U0103241

世 界 名 著

語 法 哲 學

葉 斯 泊 森 著
傅 一 勤 譯

臺灣 學 生 書 局 印行

「現代語言學論叢」緣起

　　語言與文字是人類歷史上最偉大的發明。有了語言，人類才能超越一切禽獸成爲萬物之靈。有了文字，祖先的文化遺產才能綿延不絕，相傳到現在。尤有進者，人的思維或推理都以語言爲媒介，因此如能揭開語言之謎，對於人心之探求至少就可以獲得一半的解答。

　　中國對於語文的研究有一段悠久而輝煌的歷史，成爲漢學中最受人重視的一環。爲了繼承這光榮的傳統並且繼續予以發揚光大起見，我們準備刊行「現代語言學論叢」。在這論叢裏，我們有系統地介紹並討論現代語言學的理論與方法，同時運用這些理論與方法，從事國語語音、語法、語意各方面的分析與研究。論叢將分爲兩大類：甲類用國文撰寫，乙類用英文撰寫。我們希望將來還能開闢第三類，以容納國內研究所學生的論文。

　　在人文科學普遍遭受歧視的今天，「現代語言學論叢」的出版可以說是一個相當勇敢的嘗試。我們除了感謝臺北學生書局提供這難得的機會以外，還虔誠地呼籲國內外從事漢語語言學研究的學者不斷給予支持與鼓勵。

湯　廷　池

民國六十五年九月二十九日於臺北

語文敎學叢書緣起

現代語言學是行爲科學的一環，當行爲科學在我國逐漸受到重視的時候，現代語言學卻還停留在拓荒的階段。

爲了在中國推展這門嶄新的學科，我們幾年前成立了「現代語言學論叢編輯委員會」，計畫有系統地介紹現代語言學的理論與方法，並利用這些理論與方法從事國語與其他語言有關語音、語法、語意、語用等各方面的分析與研究。經過這幾年來的努力耕耘，總算出版了幾本尚足稱道的書，逐漸受到中外學者與一般讀者的重視。

今天是羣策羣力、和衷共濟的時代，少數幾個人究竟難成「氣候」。爲了開展語言學的領域，我們決定在「現代語言學論叢」之外，編印「語文敎學叢書」，專門出版討論中外語文敎學理論與實際應用的著作。我們竭誠歡迎對現代語言學與語文敎學懷有熱忱的朋友共同來開拓這塊「新生地」。

語文敎學叢書編輯委員會　謹誌

原　序

要想知道如何把每天都見到的事物，做一番仔細的
觀察，是需要相當的哲學素養的。　　——盧梭。

這本書寫了很久的時間，就像我其他的寵兒一樣，有好些個名字。
它的初稿，就是我 1909-10 在美國哥倫比亞大學，所做一系列演講的
講稿，那時我稱之爲「英語語法導論」（Introduction to English
Grammar）；在「現代英語語法」（Modern English Grammar）第二卷
(1914)的序言裡，我冒冒失失地指稱之爲 "即將出版的「語法的基礎」
(The Basis of Grammar)"；在「語言論」(Language, 1922)裡，我又
說它是我的 "下一本書，名稱或許叫做「語法的邏輯」(The Logic of
Grammar)"；如今，我終於大膽地給它一個可能陳義過高的名字，「語
法哲學」(The Philosophy of Grammar)。它的目的，在於把我多年來
研究各種語法之一般原則的心得集合起來，呈獻給大家。這些心得尤其
來自對於英語的研究，因我同時在撰寫一部大規模的英語語法，到現在
方才出了兩卷。

我深信，現行語法理論的許多缺點，皆由於研究者主要以古代的語
言文獻爲研究對象，而欲對於語言的本質得到一個正確的理解，首先得
由對於今天的活生生的語言做直接的觀察做起，書面的文字材料僅可供
旁證參考。從廣義上說，一位現代的語法家應該是一位「熱心於新事物
的研究者」(novarum rerum studiosus)。

雖然我的研究主要在於語言學，不過我也經常大膽涉足邏輯學的領
域，因而希望本書某些部分資料也能引起邏輯學者的興趣；比如專名的

定義(第4章)，名詞與形容詞之間的關係 (第5、第7章)，抽象名詞之界定爲一種「離結」名詞(第10章)，主語和述語的關係(第11章)，及否定法(第24章)中的三切分概念。

在撰寫過程中，曾遇到許多困難需要克服；其一就是各章各節的合理安排，因爲它們所討論的主題，彼此互相糾結，互相重疊，常令人不知如何是好。我的原則是，盡量避免請讀者參考隨後的章節，但是如此也怕，對於部分題目的排列順序，可能會顯得不盡合理。我也必須要求讀者寬宥，我對於所引用之文例，時而註明出處，時而從略，這些前後不夠一致的地方。關於這一點，本書的情形也跟我的「現代英語語法」稍有不同：在後者之中，我的原則是，每一引例必定註明出處；而本書所討論的許多語法問題都是很普通的，故所需要的例句，幾乎在任何相關的語法書中，都可以很輕易地找得到。

Otto Jespersen (1860-1943)

哥本哈根大學
1924年1月

自從本書出版(1924)以來，其中一部分思想，多有進一步的發展，請讀者參閱拙著「現代英語語法」第三、第四卷，及「英語語法精義」(Essentials of English Grammar)。

O.J.

1934年11月

譯　者　序

葉斯泊森(Otto Jespersen)係丹麥著名語言學家，終身致力於語言科學（尤其英語語法）的研究，其重要著作有「現代英語語法：歷史的研究」(A Modern English Grammar on Historical Principles, Vols. I-VI, 1909-42; Vol. VII, 1949 身後出版)，「語言論」(Language, 1922)，「語法哲學」(The Philosophy of Grammar, 1924)，「英語語法精義」(Essentials of English Grammar, 1933)，「英語的成長與結構」(Growth and Structure of the English Language, rev., 1938) 等。「語法哲學」乃是葉氏從英語語法的研究中，所領悟對於一般語法及語言之本質的認識，見地深廣獨到，為世界各國語言學家所推崇和敬重。我國前輩語言學家王力教授，在其大著「中國語法理論」一書中，即曾引用該書精闢見解多達四十餘次，又趙元任教授在他的「中國話的文法」當中，亦曾引用該書多次，足證該書對於我國漢語的研究，亦極具參考價值。

「語法哲學」自初出版至今已七十年，我國尚無中文譯本；反觀日文譯本(半田一郎譯，岩波書店出版)，早於三十多年前(1958) 即已問世，令吾人不禁汗顏。本人於1956年在美國密西根大學Fries教授的課堂上，首次接觸此書，又屢經教授指定研究參考，印象極為深刻，當即有心翻譯，然因其中隨處旁徵博引，所涉及的各種語言為數甚多，我於是在這方面先做了多年的準備工作，以增強自身的語言能力，以期翻譯順利進行，故延至1979年左右，趁在國立台灣師範大學休假進修的機會，方才真正開始著手翻譯。然而短短的休假結束以後，平日教學課務繁忙，翻譯只能斷續進行。至1983轉任輔仁大學外語學院語言學研究所，在此期間，有關語言方面的問題，獲得該學院多位歐語教授的幫助不少。1992年自教學崗位退休，再經過一年的全力投入，方得於1993年五月完成初稿。一本內容如此龐雜的翻譯，難保沒有錯誤和疏漏，隨即呈送國內外語言學界權威人士——美國柏克萊加州大學王士元教授及丁邦新教授(二位亦皆中央研究院院士)、著名翻譯家吳炳鍾教授、中央研究院史語所李壬癸教授、靜宜大學文學院長許洪坤教授、及國立清華大學語言學研究所湯廷池教授——懇賜批評指教，當即承湯廷池教授破例採納，排入其所主編的「現代語言學論叢」(原不收翻譯品)。復因本書所涉各種語言字母及特殊符號十分複雜，請人排版難以如願。恰於此時，我的三個兒子送我的生日禮物：一部雷射印表機，內藏世界各種語言字母及符號，配上文鼎公司多字體的中文字型，完全符合要求，乃決定由本人自行電腦排版(原已有電腦稿)，歷時八個月排版完成，然後交與台灣學生書局，復獲該局負責人丁文治先生大力協助，得以順利出版，併此致以衷心謝意。在翻譯方面，雖自認已竭盡心力，然因內容所引用語言材料非常複雜，除了少數稀有語言，原著偶而附有英譯外，餘皆需自行解決，故或不免大膽妄臆之處，尚祈海內外學者專家，不吝賜教是幸。

　　「語法哲學」原出版於英國Allen & Unwin公司，1965年經美國 Norton公司再版。1992年復由美國芝加哥大學再行重刊，並增添了該校當今著名語言學家James D. McCawley 教授一篇精采的導言(Introduction)，詳細分析該書對於語言學界過去數十年來的發展，所產生的重大影響。McCawley教授推崇葉氏若干思想理念，實遠遠領先其同時代的其他學者，至今尚構成語言學界許多熱烈討論的主題。芝大今天重刊該書，很可能在美國及世界語言學界，掀起一陣研究葉氏著作的熱潮，自然也給本人帶來極大的鼓舞，當此時刻，「語法哲學」中文譯本的問世，可說恰躬逢其盛，尤其立即能提供我國讀者，一本能用中文閱讀的語言學經典名著，使本人感到無限的欣慰。

　　芝大McCawley教授在「導言」中讚譽葉氏乃是 "語言學史上最偉大的，術語鑄造者(coiner of terminology)，今天仍流行於現代語言學者為數

甚多，如「存在句」(existential sentence),「墜問句」(tag-question),
「外移位」(extraposition),以及英語史上著名的「母音大遷徙」(Great
Vowel Shift)等,皆係葉氏所首創"。

　　然而,葉氏除了是一位偉大的術語鑄造者以外,其最重要的貢獻尚在他
對於許多語言現象之敏銳的觀察力,其在「語法哲學」中所討論的問題,甚
多跟在七十年後的今天, 仍為語言學界所熱烈探討者, 實質上是同一的問
題,只是沒有用現代流行的術語而已,如complementizer〔填充詞〕,dis-
location〔脫位〕,Equi-NP-deletion〔名組等消〕等語法現象,葉氏均曾
論及,並經 McCawley 教授將這些項目,加入於芝大版新編的 index 之中,
以利現代讀者檢索參考。以下就本人在翻譯過程中,所紀錄若干仍為現代語
言學界所熱烈討論的焦點問題,提出幾點個人之管見,略述前後二者之間的
關聯性,期對於有志進一步閱讀及探索本書內容者,有所助益。

1.「離結」=「深層結構」(D.S.)

　　葉氏把含兩個字以上的結構,區分為兩大基本型態,即 (1)"nexus"(我
把它譯作「離結」,靈感來自Bloomfield 的"exocentric construction",
有人譯作「離心結構」,如the dog barks),(2) "junction" (意思相當於
Bloomfield的"endocentric con.",我譯為「附結」,如a barking dog)。
關於這兩種基本結構的性質,葉氏打了一個生動的比喻說(138-9):「附結」
好似一幅畫,是死板的,而「離結」則彷彿一齣戲,是有生命的。然而最值
得注意的是,葉氏所謂「離結」,不但包括平常的簡單句,並且包括許多在
形式上完整或不完整的子句,如(括弧內的部分):I hear [the dog bark],
he makes [her happy] (餘參161頁);用現代的術語說,葉氏的「離結」實
際豈不就等於變換律學派所講的「深層結構」(Deep Structure)?

2. 名組等消律 (Equi-NP-deletion)

　　葉氏在第178頁,討論「離結名詞」(nexus substantives) 時指出,凡

不定式動詞皆含有一個「未表出的主語」(unexpressed subject)，比如在
"I like to travel" 之中，"to travel" 的未表出主語乃是"I" (參分析→
[I like [I to travel]])，用現代的行話説，這兩個"I"因係同指一人，故
在下層(從屬)子句者被消去。又如在"It amused her to tease him"之中，
"to tease" 的未表出主語應是"she" (參分析→ [It amused her [she to
tease him]]或 [[she to tease him] amused her])，用現代的話説，不定
式"to tease" 的主語"she"，因與上層 (主要) 子句的賓語"her" 係同指一
人，故被消去——這應該就是現代語言學所稱的「名組等消律」。

3. 主語提升律 *(Subject-raising)*

　　葉氏在145頁討論"He believes me to be guilty" 時，強調其中 be-
lieve的「賓語」應為整個的「離結」"me to be guilty"，非僅"me"而已，
因為"He believes me" 完全是另外一回事。葉氏同時並指出被動句 "I am
believed to be guilty"，其主語亦應為"I to be guilty"，而非僅"I" 而
已 (參分析→[NP believe [I to be guilt]])。事實上，"I" 原本屬於下層
子句，由於主要子句變被動，因而將"I" 提升至主要子句為主語。這豈不就
是現代語言學所説的「主語提升律」？

4. 墜問句與祈使句 *(Tag-question & Imperatives)*

　　利用「墜問句」來證明祈使句之主語的人稱問題，更不是現代語言學界
的發明，葉氏在第297頁就曾明白地説:任何祈使句的主語，實際上都是第二
人稱，可由tag-question中的tag得到證明:"And bring out my hat, will
you?" 因為構成"tag" 的規則，就是要用與主句中之主語同一的人稱，如:
"He is rich, isn't he?" "She isn't rich, is she?"

5. 直接成分分析 *(IC Analysis)*

　　葉氏的"word group" (我把它譯作「字組」，有人稱之「字群」) 實際
就是早期結構學派所謂的 constituent，其組織結構可大可小，故葉氏對於

「字組」所做分層依次由大而小的結構分析，也就相當於50年代許多人所做的「直接成分分析」(Immediate constituent analysis)。 葉氏在116頁舉了一個例子："We met the kind old Archbishop of York"，接著說這裡面最後六個字構成一個「字組」(成分)，作為 met 的賓語， 而這個「字組」的本身，又可分析為"Archbishop of York"和附加語the, kind, old；然後"Archbishop of York" 再分析為 "Archbishop" 和 "of York"；最後 "of York" 的直接成分便是"of" 和"York"。 葉氏只差沒有說(如結構學派)，解剖這個句子的第一刀(first cut)應下在 we 和 met 之間。

6. 「格變語法」(*Case Grammar*) 的先驅？

　　葉氏在第214頁論及"He sells the book"和"The book sells well" 這兩個句子時說，前者的動詞是概念上的主動，後者是概念上的被動，因為前者的賓語做了後者的主語。然後又舉出"He opened the door" |"The door opened"等類例，這也正是Charles J. Fillmore教授在他的Case Grammar所討論的主題句之一，二者的目的皆在探究這兩種句子之間，主語(主格)和賓語(賓格)的根本關係，只是解釋不同。從歷史的角度看，我們是否可以說葉氏的研究實乃Fillmore之「格變語法」的先驅？

7. 品級轉換 (*Rank-shifting*) 與語言教學

　　「語法哲學」在造句法方面，最主要的思想有三： (1) 區別 「附結」(junction) 與「離結」(nexus)，(2) 把詞類分為三個品級： primary〔首品，大致等於名詞〕，secondary〔次品，大致等於形容詞和動詞〕，tertiary〔末品，大致等於副詞〕；(3) 品級轉換(rank-shifting)。關於品級轉換的作用，葉氏說： "如果把一個形容詞或動詞，轉換為相對的名詞，它原有的末品修飾語，都得跟著提升一級，成為次品。 例：absolutely (3) novel (2) → absolute (2) novelty (1) | judges (2) severely (3) → severe (2) judges (1) (餘參113頁)。" 葉氏寫此書的主要目的本不在語

言教學，但是，假如我們能把「品級轉換」這個概念加以推演活用，對於英語教學也可能會帶來一些啓示。

[例1]　He moved with astonishing rapidity. →
　　　　His movements were astonishingly rapid. →
　　　　He astonished us by moving rapidly.

(餘參96頁)這樣把傳統的詞類變化，直接融入造句的變換，比之目下一般教科書，僅把詞類變化列一個表，充充場面而已，不是有用多了嗎？

[例2]　The doctor's extremely quick *arrival* (a) and un-
　　　　commonly careful *examination* (b) of the patient
　　　　brought about her very speedy *recovery* (c). →
　　　　(a) The doctor *arrived* extremely quickly;
　　　　(b) The doctor *examined* the patient uncommonly carefully;
　　　　(c) She *recovered* very speedily.

[例2] 跟 [例1] 稍微不同一些，如果我們能夠利用像[arrival < arrive]，[examination < examine] 這一類有換級關係的名詞和動詞，比照 [例2]，編寫一系列「分解」或「組合」造句練習，比之稍早流行的簡單而機械式的 Sentence Combination，應該是更能引起學生興趣，提高學習效果的。

　　翻譯葉氏的「語法哲學」，一位友人喻之一場攻堅的戰役，我在前方，後方當然少不了一位幕後功臣，我的另一半、我的大學同窗陳爾蘭女士，在這漫長的歲月裡，她不但給我精神上的鼓勵，後勤上的支援，而且是我一切文稿的第一位讀者和品評者。

　　　　　　　　　　　　　　　　　　　　　譯　者 1994年1月

參 考 資 料

Bloomfield, L. (1933)　Language. New York: Henry Holt.
Burt, Marina K. (1971)　From Deep to Surface Structure.
　　New York: Harper and Row.
Fillmore, Charles. (1968) "The Case for Case," in Bach
　　and Harms, eds., Universals in Linguistic Theory.
　　New York: Holt, Rinehart and Winston.
McCawley, James D. (1992) "Introduction" to Jespersen's
　　The Philosophy of Grammar (Univ. of Chicago Ed.).

目　次

音　標　示　例

PHONETIC SYMBOLS

ˈ stands before the stressed syllable.
ˑ indicates length of the preceding sound.

[aˑ] as in *alms*.
[ai] as in *ice*.
[au] as in *house*.
[æ] as in *hat*.
[ei] as in *hate*.
[ɛ] as in *care*; Fr. *tel*.
[ə] indistinct vowels.
[i] as in *fill*; Fr. *qui*.
[iˑ] as in *feel*; Fr. *fille*.
[o] as in Fr. *seau*.
[ou] as in *so*.
[ɔ] open *o*-sounds.
[u] as in *full*; Fr. *fou*.
[uˑ] as in *fool*; Fr. *épouse*.

[y] as in Fr. *vu*.
[ʌ] as in *cut*.
[ø] as in Fr. *feu*.
[œ] as in Fr. *sœur*.
[~] French nasalization.
[c] as in G. *ich*.
[x] as in G., Sc. *loch*.
[ð] as in *this*.
[j] as in *you*.
[þ] as in *thick*.
[ʃ] as in *she*.
[ʒ] as in *measure*.
['] in Russian palatalization, in
　　　Danish glottal stop.

第1章 活的語法

1.1 說者 (Speaker) 與聽者 (Hearer)

語言的本質就是人類的活動 —— 這個活動就是一個人說話，一個人聽話；說者要使對方能聽懂自己所說的話，聽者要能聽得懂對方心中的意思。這兩個個體，一個發話者，一個受話者，我們可以簡單地分別稱之爲「說者」和「聽者」。此二者以及他們彼此之間的關係，如果我們要了解語言和語法的本質，都是不可忽視的。然而在從前，這一點常常被忽略了，字詞 (words) 和詞形 (forms) 往往被看做是世間天然存在的東西。這種觀念，大半導源於過份重視書面上所寫所印的文字。這個根本的錯誤，只需稍加思索便不難明白。

我們把發話者和受話者，在這裡分別稱爲說者和聽者，這就是表示口中說出的和耳中聽到的話，才是語言的根本，其重要性遠超過所寫、所印、所讀的文字。這個事實，可證之於人類尚未發明文字或極少使用文字之前無限的遠古時代；甚至在今天報紙充斥的社會裡，我們絕大多數的人每天所說的話，較之所寫的文字，仍不知多多少倍。總而言之，假使我們不堅持考慮說和聽的首要性，或者忘了文字不過是語言的代號而已，那末我們將永遠不能了解語言是什麼，和語言是怎樣演進的。寫在紙上的文字只是一個個僵屍般的東西，一定要經過一個人把它送入腦中，找到適當的發音，它才具有生命。

語法家必須隨時小心，避免跌入文字的拼法寫法所易造成的陷阱。

1

讓我舉幾個非常淺近的例子。英文的名詞複數和動詞第三人稱單數現在式的接尾語，拼寫起來同是一個 -s， 但實際上這兒有三個不同的接尾語，由其讀音可知： ends [-z], locks [-s], rises [-iz]。 同樣，書面拼寫的 -ed，按讀音也包含三個不同的接尾語，如 sailed [-d], locked [-t], ended [-id]。 拼寫成文字，如 paid 和 said 這兩個動詞的過去式， 表面上看起來似乎同一型式， 而與 stayed 有所不同；但實際上，paid [pei/d] 和 stayed [stei/d] 的構造（指讀音）是規則的， 而 said [se/d] 卻是不規則的，因其母音已變爲短音。又如 there 按拼寫的文字只是一個字，而在口中說起來卻有兩個字，音義及語法功能均不相同，如 There [ðə] were many people there [ˌðɛə]〔那兒有很多人〕。說話時的音量、重音、及語調，在文字上表示得非常不夠，而它們在語法上卻佔著重要的地位。由以上種種事實看來，語法研究的首要任務在語音，文字次之，乃是很明顯的道理。

1.2 公式 (Formula) 與自由陳式 (Free Expression)

在以上初步的討論之後，讓我們把注意力轉到語言活動的心理方面，來談談「公式」與「自由陳式」的區別。任何語言之中，都有一些語句是屬於公式性的，誰也不能對它做任何改變，如 How do you do?〔你好！〕與 I gave the boy a lump of sugar〔我給了孩子一塊糖〕。就是兩個完全不同性質的語句。前者之中每一個字都是固定的，甚至連重音都不可改變 (如 How DO you do?)，也不可在句的中間做任何停頓。而且，現今也不像從前還可以說 How does your father do?或How did you do? 雖然通常在人多的場合， 說了幾遍 How do you do? 之後，也有可能改變重音說 And how do YOU do, little Mary? 然而就實際效果而言，它仍舊是一句不可改變而且也未加改變的「公式」。這就和 Good morning! Thank you! Beg your pardon! 等等是一樣的情形。

我們當然也可以把這種公式句加以分析，指出其所構成的成份，但我們在感覺上仍把它當做一個單位處理，其總的意義常與所含單字個別的意義相去甚遠。 比如 Beg your pardon! 常用以表示： Please repeat what you said, I did not catch it exactly〔我沒聽清楚 ，請再說一遍〕 而 How do you do? 也不再是一個需要回答的問句 。

　　很顯然 ， I gave the boy a lump of sugar 這個句子， 情形就完全不一樣了。這裡可以強調其中任何一個被認為是要緊的字，也可以在句中隨時稍作停頓(比如在 boy 之後)，或者以 he 或 she 替換 I，以 lent 替換 gave ，以 Tom 替換 the boy 等等 。 我們也可以在句中插入 never，或做其他變動。在運用傳統「公式」的時候，只需牢記所學， 照樣再說出來就行了， 但是「自由陳式」，就牽涉到另一種心智活動 。 這時每一句話都得從頭造起 ， 由說話者在句中每一個位置填入適當的字詞，以應付某一特殊情況的需要。這樣所創造的句子，跟他從前所曾聽到過、或曾經說過的句子，也許不一樣，也許一樣，這對我們的研究都不重要。重要的是，他所創造的句子皆遵守著一定的模式。無論他用什麼字詞，其造句的模式是一致的。即使未受過任何專門語法訓練的人，也可以感覺出下面這兩個句子的構造很相似：

　　John gave Mary the apple.〔J.把蘋果給了M.〕

　　My uncle lent the joiner five shillings.

　　　　〔我叔父借給那位木匠五個先令。〕

換句話說，它們皆屬於同一類型。構成句子的字詞是可變的，但類型是固定不變的 。

　　那末， 這些類型在說話者的腦海中， 是怎樣產生的呢 ？ 對於一個初學說話的孩童， 我們並未教授他任何語法規則 (比如主語、 間接賓語、直接賓語，通常各應該置於何處等等)； 然而實際上一個孩童，不需經過任何語法教育，僅根據其所聽到而且聽懂了的無數句子形式，

他就會依其結構歸納出一些概念， 作爲自行造句的範本。 這些概念，
除了借助於主語、 謂語等專門術語以外， 是很難甚至不可能說明白的
。當我們聽到這孩子說了一句正確無誤的話時 ， 無論他自己或聽者都
難以確定，這句話到底是新創造的，還是他以前所曾聽到過的。重要的
是，我們聽懂了他的意思。只要他的句法符合同一社會中大家說話的習
慣，他就一定能使大家聽得懂他的意思。假使他出生於法國，他就會聽
到過無數像這樣的句子：

Pierre donne une pomme à Jean.〔P.給J.一個蘋果。〕

Louise a donné sa poupée à sa sœur.

〔L.把她的洋娃娃給了她的妹妹〕。

因此，一有機會他就會說出類似的句子，如：Il va donner un sou à
ce pauvre enfant〔他要給這窮孩子一個銅板〕。如果他出生在德國，
要用德語說出相對的句子，他就會另加一條規則： 凡法語用 à 的地方
，德語就用 dem 或 der（參拙著 Language, Ch. 7）。

假設把「自由陳式」界定爲：下意識地根據所曾聽到過的，某些句
子所共有的特點，而臨時創造的語句，那末，自由陳式與傳統公式之間
，除非經由相當縝密的分析， 實在很不容易尋找出它們的區別。 對聽
者來說， 二者最初的地位是相等的， 因此，傳統的「公式」語句對於
說者腦海中句型的形成，也有極大的作用，尤其因爲許多傳統「公式」
語句的常見度非常高。讓我們再舉幾個例子。Long live the King〔吾
王萬歲〕！這是一個傳統「公式」還是「自由陳式」？依照它的句型來
造無數不同的句子，是不可能的。像下面的例子：Late die the King!
〔吾王永生不死!〕Soon come the train!〔火車快點來吧!〕現今已不
再用來表示願望。另一方面，我們卻可以說Long live the Queen (the
President, Mr. Johnson) ！換句話說，用 "副詞 + 假設法動詞 + 主
語" 這個句型來表示願望，已完全從英語中消失了。不過尚有一些殘餘

仍然活著。 就拿 Long live the King! 來說，我們就得承認，它是由一個殘存的公式"Long live + 任意主語"構成的。故此句型在今天的用途，比之往時有限得多了。

J. Royce在一篇倫理學論文裡，提出這樣一條行為規律：Loyal is that loyally does〔姑譯：行之忠為忠〕。 我一看就立刻覺得不自然，因為作者把一句諺語 —— Handsome is that handsome does〔行之美為美〕，當成了可以活用的「自由陳式」。這句諺語無論在當初是怎麼回事，現今實際上只不過是一個「公式」而已。這一點，我們可以從 that 之前沒有前行詞 (antecedent) 以及全句倒裝的詞序上看出。

傳統公式與自由陳式的消長， 遍及語法的各部門。 茲以詞形變化為例。 複數形 eyen 在十六世紀就漸漸不用了； 現在已完全不用了。但在當時， 這種加 -en 構成複數形的規則是可以自由活用的 。 現今尚存唯一的例子就是 oxen： 一個「公式」而已，其變形雖存，其規則已亡 。 其他如 shoen, fone, eyen, kine, 則已為 shoes, foes, eyes, cows, 所取代。 這些新的複數形， 乃是根據 kings, lines, stones 等字所顯示的活的類型而重新創造的。 複數形加 -s 現已成為定則， 所有新造的字都得跟著走， 如 bicycles, photos, kodaks, aeroplanes, hooligans, ions, stunts 等。 最初棄 eyen 而採用 eyes， 那當然是隨著大多數複數形加 -s 的先例推演而來的。 然而現在， 當一個孩童初次說出 eyes 的時候， 我們就無法確定 ， 他到底是跟著別人模仿的， 還是在學會了單數形 eye 之後 ， 又根據所見大多數複數形的例子，由他自己創造的。 不管那一種情形， 結果是一樣的。 若不是每一個人所自由創造的句子， 絕大多數都與傳統的模式相符合， 那末語言的生命也就完了。 假使每一個說話者都必須揹著一一牢記無數變形的重負，那末任何語言都不容易學習了。

就詞形學 (morphology) 而言， 所謂 "類型"乃指一般所稱的規則變化，其不規則變化即是傳統「公式」。

依構詞理論，接尾語 (suffix) 在習慣上可分活用 (productive)
與非活用 (unproductive) 兩類。 比如 -ness 就是一個活用接尾語，
可以用來造新字， 如 weariness, closeness, perverseness 等。 相
反地，wedlock 中的 -lock 乃是一個非活用接尾語； 又如 breadth,
width, health 中之 -th 亦然 。 Ruskin 欲比照 wealth 創造一個新
字 illth 並未成功 ； 此後， 不見有人再用 -th 創造新字， 似乎已
有數百年了。 正如上文所說 ， "形容詞＋ness" 的類型至今尚存 ，
而 wedlock 與 width 等字現在不過變成了死的公式而已。當 width 初
出現的時候， 其類型當然是活的 。 在當時 ， 任何形容詞都可以加
-iþu (即今之 -th) 成為名詞 。 可是後來 ， -iþu 漸漸蛻化為簡單
的 -þ (=th)， 加之原字的母音也起了變化 ， 結果此一接尾語就不再
能夠活用了； 普通未讀過語法歷史的人， 已無法認得出下面這些成對
的字，原是屬於同一構詞類型—— long : length | broad : breath |
wide : width | deep : depth | whole : health | dear : dearth。 這
些名詞歷經世代傳遞，皆已形成為獨立的個體，亦即傳統「公式」。遇
到需要一個 "抽象名詞" (abstract noun)， 就不再靠 -th， 而逕用
-ness，因為任何形容詞＋ness，原形不變，不生困難。

複合詞的情形亦然 。 茲舉 hūs (house) 的三個古複合詞為例：
hūsbōnde〔家長〕，hūsþing〔議會〕，hūswīf 〔主婦〕，其複合方
式在當時都是正常而規則化的 ，有無數的古複合詞都是這樣構成的 ，
因此它們在當初都是 「自由陳式」。但是 ，整個的字經過世代傳遞下
來， 受到一般語音變化的影響，長母音 ū 變成短音， [s] 在有聲子
音之前也變成有聲的 [z]， [þ] 在 [s] 之後變成 [t]， 而 [w] 和
[f] 完全消失 ，後一音節的母音也都變得模糊不清 ，結果便是今天的
husband [hʌzbənd]〔丈夫〕，husting(s) [hʌstiŋz]〔講壇〕，hussy

[hʌzi]〔蕩婦〕。這些字原與 hūs 之間的密切關係，已逐漸疏遠了，尤其因為古長音 ū 在現今的house中已變成為複母音 [au]。語形的變化，自然也引起語意的變化。今天除字源學者外，沒有人夢想到 husband，hustings, hussy, 會與 house 有關係。從今天的眼光看，這三個字根本就不是複合詞；用本人的說法，它們已變成固定「公式」，與其他來源不明的二音節字如 sopha 或 cousin，沒有兩樣。

關於 huswif 與 house 和 wife 的關係，亦有親疏程度的不同。Hussy 作 'bad woman' 解，與二者完全失去連繫；但以其廢意 'needle-case'〔針線盒〕而言，舊字典中可以查出互相矛盾的拼法：huswife, hussif, hussive；今天，作 'manager of a house'〔主婦〕解拼作 housewife，其中 house 和 wife 皆維持原形不變，不過這顯然是比較晚近的再造形，在一百多年前尚未被語言學者如 Elphinston (1765) 所接受。將古複合詞當做傳統「公式」看待的趨勢，有時或多或少為實際要求「自由陳式」的語言本能相抵消。換句話說，不管某些公式化複合詞的音義怎樣變，今人仍然就其兩個成分的今音今義不斷地重新予以複合。這種現象並不罕見。例如 grindstone〔磨石〕的讀法照古音是 [grinstən]，前後兩個母音皆作短音，而目前所通行的讀音則是再造的 [graindstoun]。又如 waistcoat, 其古讀 [westkət] 已漸為新讀 [weistkout] 所取代。又如 fearful 為十八世紀正音學者所給的讀音是 [ferful]，然而現在恆讀作 [fiəf(u)l]。餘參拙著 MEG I, 4.34ff.

非複合詞也有類似的情形。中古英文有許多形容詞的比較級母音變為短音，如deep : deppre | great (古拼 greet) : grettre. 這種比較級有些終於形成一種「公式」傳遞下來，現今尚存的例子有latter〔後者〕和 utter〔全然〕；它們還保存著短母音，不過已與原級 late〔晚〕和 out〔外〕脫節，意義亦有所改變。其他的比較級都經

過再造成爲「自由陳式」，如 deeper, greater 。 同樣，我們現在又有了 later〔較晚〕，outer〔外部的〕，它們與 late 和 out 的關係，就比 latter, uttter 要密切多了 。

重音現象也類似 。 兒童學習新字， 當然 是語音連重音一起學，整個的字音構成一個公式化的單位。 但是， 有些字的重音也許會產生互相矛盾的兩種讀法 ， 因爲說話者把某些字當作「自由陳式」使用了。例如帶 -able, -ible 之形容詞的重音， 照通例應落在倒數第四音節，也就是遵守著一條韻律原則 (rhythmic principle)： 即新的重音必須與原重音相隔一個弱音節 ， 例如 'despicable（原來讀如法語 despi'cable), 'comparable, 'lamentable, 'preferable 等。有些情形，按照韻律原則所定的重音，恰與原動詞的重音位置相同，例如 con'siderable, 'violable 。 但也有一些情形不然 ， 說話者可能只想到，在動詞後面可以自由地加上 -able，結果造成不同的重音。莎士比亞及其他幾位詩人， 就把與動詞 ac'cept 相對應的形容詞讀作 'acceptable， 這個沿習舊例的讀法，今天在誦讀祈禱文時尚可聽到，但此外皆已經過再造，改讀爲 ac'ceptable 矣 。 其他如 refutable 從前讀 ['refjutəbl]， 現 在 通 常 讀 [ri'fju:təbl]。 再就是 'respectable 已爲 re'spectable 所取代 。 莎士比亞與斯賓塞的 'detestable 也爲米爾頓的 de'testable 所取代 ； admirable 的新讀 [əd'mairəbl]，取代舊讀 ['ædmirəbl] 未能成功； 但有許多形容詞， 經由類化作用， 已完全採用「自由陳式」， 如：a'greeable, de'plorable, re'markable, irre'sistible 。含其他接尾語的字也有同樣的矛盾現象，如 'confessor : con'fessor; ca'pitalist : 'capitalist; de'monstrative : 'demonstrative; 等， 有時連帶意義也有些改變；所謂「自由陳式」不僅遵守著原字的重音，而且保存著原字的意義， 而固定「公式」就多多少少孤立化了 (例參拙著 MEG

Ch. 5) 。 英國讀音 advertisement [əd'vəːtizmənt] 顯示的是傳統「公式」；美式讀音 [ˌædvəˈtaizmənt]或[ˈædvəˌtaizmənt] 則是依照原動詞的重音而再造的「自由陳式」。

傳統公式與自由陳式的發展， 也影響到詞序。 只要舉一個例子就夠了： some + thing 若當做兩個成分結合的「自由陳式」看， 中間通常可以插入其他的形容詞， 如 some good thing 。但當 something 一旦變成「公式」，就不再能夠被分開了，因而形容詞必須跟在後面：something good 。 下面請比較：

> 古 用 法 ： They turned *each to other*.
>
> 現代用法 ： They turned *to each other*.
>
> 〔他們轉向面對面。〕

字與字之融合形成固定「公式」，其融合的程度並不一致 。 比如 breakfast 很明顯已完全融合 ， 此不僅可證之於其讀音 [brekfəst]，亦可由其屈折形式 he breakfasts, breakfasted (從前為 breaks fast, broke fast) 看出 。 再如 take place, 其融合程度雖不完全，然就其 'come to happen'〔發生〕之義而言， 仍必須承認它是一個固定「公式」，因為已不可能把它當做 "take + 任何賓語" 看待。 一般而言，take 的賓語可以自由提前 ， 如 a book he took ， 亦可做被動句的主語，如 the book was taken，而這些對於 'take place' 都是不可能的 。

雖然我們必須承認 ， 有些可疑的情形很難說是否已形成為固定公式， 然而我們在這裡所強調固定公式與自由陳式之間的區別， 業已證明貫穿著語言活動的整個領域。一個傳統「公式」也許是一個完整的句子，或者一個詞語，也可能是一個單字，甚至一個詞素 —— 這些都不重要， 但它對於實際的語言本能 (speech-instinct) 而言 ， 必須是一個不像「自由陳式」可以再分析、再分解的單位。形成傳統「公式」

所依賴的類型，可以是死的，　也可以是活的；　但「自由陳式」的類型，必須是活的。因此，傳統「公式」可以是規則的或不規則的，但「自由陳式」永遠顯示規則的形態。

1.3 語法規則的類型 (Grammatical Types)

　　語法規則的類型在兒童腦海裡形成的過程，實在是很奇妙的，有許多情形對於語言的歷史發展，產生極有趣的影響。　德語的接頭語 ge- 在最初可以接在任何形式的動詞上，表示已完成的動作，而現在只限於過去分詞。　比如動詞 essen〔吃〕，其首母音與 ge- 的母音自然產生融合，而成 gessen；　這個形式傳遞下來成為一個公式化的單位，大家已不再感覺到它與　getrunken〔喝〕，　gegangen〔去〕，　gesehen〔看見〕等含有同樣的接頭語；　人若遇到這樣一個句子：Ich habe getrunken und gessen.〔我喝了也吃了。〕　就覺得 gessen 的形式不夠完全，　硬給它再加上一個 ge- 而說　Ich habe getrunken und ge-gessen, 以維持其與其他動詞的同屬關係。

　　語言習慣往往導致從某一觀點可稱為過剩（redundancy）的現象。比如 it 的用法，我們發現許多場合都有類似的情形。動詞之前必須要有主語，已成為牢不可破的習慣，因此沒有主語的句子，就覺得不完全。　從前，像拉丁語 pluit〔下雨〕，ningit〔下雪〕一類的動詞，　本不需要任何代名詞做主語；　是故義大利語仍然說 piove, nevica。　可是英語因受無數像 I come, he comes 這些構句的類化作用影響，便加了一個代名詞 it，　說 it rains, it snows。　影響所及，　法語、德語、丹麥語，　以及其他若干語言亦然：it pleut；es regnet; det regner。　有人說，　這個代名詞，在詞序變化成為肯定與疑問的標號以後（如德語 er kommt, 他來；kommt er? 他來嗎?），　特別感到需要。這話說得很對，　因為現在同樣有了說　es regnet〔下雨〕與 regnet es?〔下雨嗎?〕的方便 。

　　像 rain, snow 這一類的動詞， 原本沒有主語， 就是在今天也很難下一個合理的定義說明主語 it 代表什麼， 它的義意是什麼; 因此， 有許多學者 <註1> 都認為， 它不過是為符合一般句型需要而設的語法工具。 另外， 有的時候本有一個實在的主語 ， 而我們卻找一些理由給它插入一個代名詞 it。 比如我們可以說 To find one's way in London is not easy〔在倫敦不迷路是不容易的〕。 但是， 我們往往覺得不方便一開頭就說出一個不定詞 ， 而我們在這種情形下也不願以動詞開頭，說 Is not easy to find one's way in London. 因為我們已習慣於認為以動詞開頭的句子乃是疑問句; 所以我們說 It is not easy ... 同樣， 我們可以說 That Newton was a great genius cannot be denied〔牛頓是一個大天才,這是不可否認的〕。 但如果我們不想把帶 that 的子句放在句首,就必須說 It cannot be denied that Newton was a great genius. 在這種句子裡面 ， it 代表後面的不定式結構或子句， 恰如下句中的 he 代表 that husband of hers : He is a great scoundrel, that husband of hers〔他是一個大流氓,她的那位夫婿。〕請比較口語常說的 It is perfectly wonderful the way in which he remembers things〔他記事情的本領真高〕。 又如這一句: She made that he had committed many offences appear clearly〔據她所說,他曾犯許多次規,似乎很明顯〕， 其各部語法成分悉照 make appear 的通常用法安排(如: She made his guilt appear clearly)， 然而說起來就覺得彆扭 ; 這種彆扭的感覺,若用代名詞 it 置於不定式 appear 之前,就可以避免了: She made it appear clearly that ... 。 由此觀之， 許多有關 it 的用法規則,可說導源於說話者的兩種心態:一方面要想符合大多數句子所具有"主語 + 動詞 + 賓語"之句型 ， 一方面要想避免笨重而又時常可能

引起誤會的句構 。

　　疑問句助動詞 do 的用法規則,也可用同樣的道理加以解釋。普遍的構句詞序傾向於 "主語 + 動詞", 而表示疑問的詞序則是相反的 "動詞 + 主語",如古式的 Writes he? (參德語 Schreibt er? 及法語 Écrit-it?) 現在有許多疑問句的詞序是 "助動詞 + 主語 + 動詞" (如 Can he write? Will he write? Has he written? 等),其中真正的實質動詞居於主語之後,就好像普通肯定句一樣:由於這個折衷式 Does he write? 的建立,使兩個衝突性的趨勢得以兼顧 : 一方面由於動詞 (雖然沒有實質義意) 居於主語之前,表示是疑問句;另一方面,主語亦復居於實質動詞之前。惟若句中已有疑問代名詞做主語 (如 Who writes?), 則不需要助動詞 does,因為疑問代名詞當然置於句首,業已符合一般肯定句詞序的要求。<註2>

1.4 句的構築 (Building up of Sentences)

　　除了傳統「公式」以外,一個句子並非突然整個跳進說話者的腦海中,而是一邊說著話,一邊逐漸構築成的。平常的情形不像下面這個例子那樣明顯。我想告訴某人我在某一場合遇見了一些什麼人,我開始說道：There I saw Tom Brown and Mrs. Hart and Miss Johnstone and Colonel Dutton …當我開始細數時,我在心中尚未決定要提到多少人,或按什麼順序,因此不得不每提到一個人就用一次 and。反之,倘若我在開口之前就確定知道要提到哪些人,那末除了最後一個and 以外,其他的就不必了。再看下面兩句,其間另有一個特別不同之點:

(1) There I saw Tom Brown, *and* Mrs. Hart, *and* Miss Johnstone, *and* Colonel Dutton.

(2) There I saw Tom Brown, Mrs. Hart, Miss Johnstone, *and* Colonel Dutton.

其特點就是，在前一句中，每一個名字都用降調 (falling tone) 說出
，好像句子就要在這裡終止似的， 而在後一句中， 除最後一名外，其
他的一律用升調 (rising tone) 說出。 很顯然，後一句的結構需要對
於整個的句子預先有一個全盤的概念， 適合於寫作之用， 而前一句僅
適用於日常的談話。可是有許多名作家也不避諱「談話」的體裁。狄福
(Defoe) 在英國文學中，便以使用口語化文字著稱， 例如 (Robinson
Crusoe)： Our God made the whole world, and you, and I, and
all things〔我們的上帝創造了整個的世界，還有你，我，及一切〕，
受事用主格的 I, 而不用賓格的 me, 也是談話體的特徵； 談話體的句
子，都是一步一步營造構築起來的 。

造句法 (syntax) 上有許多不規則的現象，皆可歸因於同一道理。
比如主語用了代名詞 thou, 動詞末尾就應該加上 -st： 如果動詞緊
跟在代名詞之後， 當然不生困難， 但如果距離稍遠一點， 就容易 忘
掉 -st, 而逕用與下意識中的 you 相配合的動詞形式。 如莎劇 "暴風
雨" (Tempest I.2.333) 有一句中之made 就忘了-st： Thou *stroakst*
me, and *made* much of me〔你安撫我，厚待我〕。<註3>

同理，連接詞 if 雖然要求假設法 (subjunctive) 動詞形式，但對
於距離較遠的第二個動詞，常有鞭長莫及之勢，如：(莎士比亞 Hamlet
V. 2.245) If Hamlet from himselfe *be* tane away, And when he's
not himselfe, *do's* wrong Laertes, Then Hamlet does it not〔如
果 H.確實精神失常，而在他精神失常的時候得罪了L., 那末他的行為
便不能算數〕 | (又 Meas. III. 2.37) I*f* he *be* a whoremonger, and
comes before him, he were as good go a mile on his errand〔如
果他是一個娼妓販子，走到他的面前，他可就麻煩了〕 | (Ruskin): If
the mass of good things *be* inexhaustible, and there *are* horses
for everybody, -- why is not every beggar on horseback〔假使

成堆的財貨永遠用不完，又有馬匹可供人人享用，——為什麼乞丐非個個騎馬〕？｜(Mrs. Ward)： A woman may chat with whomsoever she likes, provided it *be* a time of holiday, and she *is* not betraying her art 〔一個女人可以跟任何她所喜歡的人聊天，只要那是放假的時候，並且只要她不會漏出馬腳〕。<註4>

　　日常的談話，只要注意聽一下就會發現， 在在都顯示出句子是逐步營造構成的。 說話者往往在同一句子中間， 修改原來的敘述計劃，或者吞吞吐吐，或者突然打住， 而轉入另外一條思路。 這種「頓折」(anakoluthia) 現象，在著作出版物中當然比較少見。不過也有一些為學術界所熟知的例子。<註5>

　　第一章開宗明義，主要的目的在使讀者明白，語言並非專注於研究字典和一般文法書，就能使我們認識清楚的。語言乃是一套習慣，或者一套習慣的動作，而每說出一個詞語或一個句子，對說話者都是一項極複雜的動作。這些動作大部分都是根據過去的習慣塑造的，而這些習慣的本身，又取決於耳中所聽到的，他人的語言習慣。然而就每一個個別的例子而言，除了傳統「公式」以外，說話者必須靈活地運用這些習慣來應付新的情況，來描述從前所未曾描述滿意的事物，因此，每一個說話者不可能只是習慣的奴隸，而必須活用這些習慣以適應多種多樣的需要——經過時間的積累，終於形成新的表現法，新的習慣，換句話說，也就是新的語法形式及慣用法。 語法由是已成為「語言心理學」(Linguistic psychology)或「心理語言學」(psychological linguistics)的一部分。 以上所述， 雖非今日研究語法革新以糾正過去許多的缺失——如食古不化及教條主義——需要努力的唯一途徑，然而這就是以下各章所要探討的主題 。

◎ 第 1 章 附 註 ◎

1. 諸如 Brugmann 等人。 並參閱 § 17.6「概念中性」。

2. 參拙著 Language, 357 頁以下。 否定句中 do 的用法也是一樣，可在否定詞 not 應置於動詞之前及動詞之後兩種要求下， 幫助謀求一種協調：如 I do not say 之中， not 既位於標示人稱、時制、及數的助動詞 do 之後，同時亦位於實質動詞 say 之前。

3. 另一例引用拜倫 (Byron) 作品 Childe Harold's Pilgrimage，其原文為："Thou, who *didst* subdue Thy country's foes ere thou *wouldst* pause to feel The wrath of thy own wrongs, or reap the due Of hoarded vengeance ... thou who with thy frown *Annihilated* senates ... thou *didst* lay down"， 因旨在指出 annihilated 漏加 -st, 全文硬譯似無甚意義，姑從略——譯者。

4. 尚有其他例子，請參 C. Alphonso Smith, "The Short Circuit," in *Studies in Engl. Syntax*, p. 39.

5. 下刪一例 (出自莎劇 "King Lear")，原文如次：

>   Patience and sorrow strove,
> Who should expresse her goodliest[.] You have seene,
> Sun shine and raine at once, her smiles and teares,
> *Were like a better way* those happie smilets,
> That play'd on her ripe lip seeme[d] not to know,
> What guests were in her eyes which parted thence,
> As pearles from diamonds dropt[.] In briefe,
> Sorrow would be a raritie most beloued,
> If all could so become it.

關於此例，原書耗費相當篇幅討論其中 'Were like a better way' 一行的解釋問題，牽涉甚廣，似僅能在英語環境中欣賞，故從略，尚祈讀者鑒諒——譯者。

第2章　語法的體系(I)

2.1 寫實的和歷史的 (Descriptive & Historical) 語言學

　　處理語言現象有兩種方式，可以分別稱爲「寫實的」和「歷史的」語言學，與物理學上的「靜力學」(statics) 和「動力學」(dynamics, kinetics) 相當。 它們不同的是， 前者認爲現象處於平衡的狀態，後者認爲現象處於運動狀態。 近百年來對於歷史語法的研究成績， 可說是語言學界一件值得誇耀的事， 語言現象不但有了紀錄， 而且得到解釋。 不可否認的，由於這種新的觀點， 使我們明白了從前認爲是孤立的現象之間 ， 實際存在著許多相互的關聯性 。 從前認爲是絕對的規則和一些不可解釋的例外 ， 今天有許多都找到了可信的理由 。 比如 feet 和 foot ， 從前認爲不過是英語名詞複數變形規則的幾個少數例外之一，而今我們知道，feet 中的長音 [i:] 乃是原始英語 (Proto-English) 之 [œ:] 的正規發展 。 這個古 [œ:]，毫無例外地 ， 經過 [e:] 的階段 (現仍保存在英語的拼字法中)， 最後變成今日的 [i:] (請比較 feed, green, sweet 等)。 再就是，fœt 中的母音在未變成 [œ:] 之前原本是 [o:]， 這個 [o:] 尚保存在單數的 [fo:t] 之中 ，後來經過英語史上普遍的「母音升高」，乃變成今天的 [u]，雖然拼字仍保存著雙"oo"。由 [o:] 到 [œ:] 的母音變異 (mutation) 係由後一音節中的 i 所引起，因當時的原始哥頓語 (Proto-Gothonic)，亦即原始日耳曼語 (urgermanisch) 之中，有一些複數字的字尾是 -iz。最後這個字尾，除了在經過「變異」的母音中留下一絲痕跡以外，完全消失──這應算是複數字尾如拉丁語 (Latin) 之 -es 的正常發展。由是

16

觀之，從現代英語之靜態的觀點看起來也許是一個孤立的例子，從動態的觀點看，實與同一語言之早期的、或同族語言之中許多其他的用例是相連繫的。某一階段的不規則變化，往往可視爲較早時期之規則變化的殘餘。過去有許許多多不明白的現象，現在都已眞相大白。此不限於狹義的歷史語言學，就是「比較語言學」 (comparative linguistics) —— 不過同一科目的另一部門 —— 也以類似的方法，充實了只有在歷史材料中才找得到的證據，因而使業已看不出係同一語源的各種語言取得了連繫。

然而，儘管這些新的方法使得語言學研究大放異彩，我們也不可忘記，並非一切語言現象都可以由歷史的觀點得到解釋。甚至有許多不則的變化都可以追溯到早期的規則變化；然而仍有許多情形，無論追溯到多遠的過去，依然是不規則的。總而言之，如果追溯到最早的時期仍舊沒有解釋，那末就必須予以承認。因爲我們現在已揚棄了第一代比較語言學者的迷信 —— 迷信亞利安語 (Aryan)，亦即印度日耳曼語 (Indo-Germanic)，就是我們本語族的語基 (grundsprache)，它相當可靠地代表著我們最早的祖先所使用的原始語言 (ursprache)。我們可以解釋許多不規則的現象，但不能將之消除，對我們說現代語的人而言，不管理論如何解釋，它們照樣是不規則的。規則與不規則的區別，對於語言的心理生命極爲重要，因爲規則的形式乃是說話者據以創造新字的基礎，而不規則的形式則常有爲根據類化作用所創的新形式取代的趨勢。

總之，寫實語言學絕不會因歷史語言學的興起而喪失其功能，因爲後者必須依賴前者，提供對於我們可以直接接觸到的某些語言之早期資料所作的紀錄。有許多語言只有一個時期是我們確有把握的，這固然可以作爲科學研究的對象，但是也不能忘記那些可以作歷史研究的語言所給予我們的教訓，即語言永遠處於變遷的狀態，絕非樣樣都是固定的，而且每一種語言，甚至在同一個時代，都必然有一些極容易起變化的地方。就語言的本質而言，此乃必然的結果，而語言也就是這樣一代一代傳遞的。

2.2 語法 (Grammar) 與字典 (Dictionary)

談到整理語言資料的最佳方式，我們立即面臨到 語法與字典或字彙學 (lexicology) 的劃分問題。語法處理語言的一般事象，字彙學處理語言的特殊事象。<註1> 比如 cat 指某一特殊的動物，這是僅關係到一個字的特殊事項，而其複數形加-s，則屬於一般的事項，因其同時關係著無數其他的複數字形，如 rats, hats, works, books, chiefs, caps 等。

或謂，倘若語法與字典果然如此分法，則 ox 之複數形 exen 的構成，就不應屬於英語語法的範圍，而該置於字典中。這話有一部分是對的，因為所有的字典都在有關的字詞項下，列舉出此類不規則變化，而對於 cat, rat 等字的複數形則從略。規則與不規則動詞的情形也是一樣。然而這些不規則變化，實在不應該排除於語法之外，因為語法需要它們來界定一般性規則的有效範圍。如果不提 oxen，則學生可能以為 ox 的複數形就是 oxes 。是以，語法與字典在某些方面互相重疊，處理的是同一問題。

我們現在感覺，通常在語法中列舉數詞，實在是不恰當的，但在另一方面，如序數字加 -th ，及 20, 30 等基數字加 -ty ，則毫無疑問地應屬於語法的領域。

關於介系詞，在字典中敘述 at, for, in 等的各種用法，正如同詳述動詞 put, set 的多重意義一般，這種作法是對的。不過在另一方面，只要有有關介詞值得注意的一般事項，則應置於語法中。茲舉數例：雖然介詞有時可以統攝從屬的疑問子句，如： They disagree *as to how he works* 〔關於他的工作做得如何，他們有不同的看法〕｜ That

depends *on what* answer she will give〔這要看他如何回答而定〕。
一般而言，介詞卻不能統攝由 that 所引導的子句，如丹麥語然：

　　　　Der er ingen tvivl *om at* han er dræbt.

　　　　('There is no doubt *of that* he has been killed.')

　　　　〔毫無疑問，他已被殺。〕

主要的例外是英語的 in that ， 例如 They differ *in that* he is
generous and she is miserly 〔他們的不同之點是：他慷慨 ， 她吝
嗇。〕因此， Goldsmith 在一句之中將 sure 一字作兩種用法： Are
you *sure of* all this, are you *sure that* nothing ill has be-
fallen my boy?〔你對於這一切都有把握嗎? 你有把握我的孩子沒出事
嗎?〕其他尚有結合介詞，如 *from behind* the bush〔注意 *to behind*
不可能〕，及介詞與副詞的關係，如 climb *up* a tree; he is *in*〔比較
: in his study〕; he steps *in*〔比較: he steps *into* his study〕。
語法還必須包括介詞之表示靜止於一處和自一處運動至他處的一般表達
方式，以及同一介詞表示時間與處所意義之間的關係。嚴格說來，更應
該屬於語法領域的是，某些介詞業已喪失時間或處所意義，而降級爲了
無意義的虛字或助詞； of 就是一個例子，如 the father of the boy
〔比較使用領格的 the boy's father〕， all of them ， the city of
London〔倫敦市〕， that scoundrel of a servant〔那個流氓般的僕
人〕等。另一個例子是不定詞前面的to，及其爲許多語法家所稱的與格
(dative)用法，如 I gave a shilling *to* the boy (=I gave the boy
a shilling)〔我給了孩子一個先令〕。 不過也有一些例子，到底應該
歸屬語法之內，還是應該保留給字典處理，仍然不無疑問，或具有某種
程度的武斷性。

　　任何語言現象，都可以從外在的形式和內在的意義兩個方面來看，
從外形著手，我們先取一字或一詞的聲音，進而探究其所含的意義；從

內涵著手，則先自意義開始，然後追尋其在某一語言中的表現形式。設以字母 O 代表外在的形式，字母 I 代表內含的意義，則此二觀點可以簡式 "O→I" 及 "I→O" 分別表示之。

在字典方面，若採取 O→I 的觀點，我們首先取一個字，比如英語的 cat，然後以義釋 (paraphrase) 或定義的方式，來解釋它的意義。這時，如果是單語字典，就用英語作解釋；如果是雙語字典（如「英法字典」）， 就用法語的譯詞 chat 作解釋。 同一個字項下可列多種不同的意義。有時這些不同的意義，由於時間的推移，可能實際已分別變成兩個或更多的字，如 cheer (1) 臉，(2) 食物， (3) 喜悅，(4) 歡呼。 就因為這個緣故，我們不得不把聲音相同的字，即同音字 (homo-phone) 排在一起，如 sound (1) 聲音， sound (2) 探測，sound (3) 健康，sound (4) 海峽。<註2>

倘若採取第二種觀點， 由內而外 (I→O)， 做法就完全不同了。在這裡，我們或欲將世上萬事萬物及其相互間的關係，整理出一個系統或邏輯的秩序。 這在某些少數的字， 倒是相當容易， 比如數詞 one, two, three ...〔其地位已如前述，應歸屬於字典而非語法〕。 但有什麼最佳的邏輯原則， 可以拿來編排下面這些字：image〔形象〕，picture〔圖畫〕，photo〔相片〕，portrait〔畫像〕， painting〔繪畫〕，drawing〔繪圖〕，sketch〔速寫〕？ 由於我們周圍的世界及語言所必須表達的事物太過複雜，欲將整個字彙，在邏輯的基礎上，作一令人滿意的編排， 乃是極為困難的事 。 一個著名的例子便是 Roget 所編的 Thesaurus of English Words and Phrases〔英文分類字詞彙編〕。Bally 所著 Traité de stylistique française Vol. II〔「法文文體論」第二卷〕的編排法，似較 Roget 為進步， 卻遠不及後者完全。假如在 O→I 的部分，將同音字排在一起，那末在這裡就應該把同義字 (synonym) 排在一起，如 dog〔狗〕， hound〔獵犬〕，

pup〔幼犬〕，whelp〔幼犬〕，cur〔雜種狗〕，mastiff〔猛犬〕，spaniel〔長耳犬〕，terrier〔小獵犬〕等；way之一義同 road〔路〕，path〔徑〕，trail〔小徑〕，passage〔通道〕等；另一義同 manner〔樣態〕，method〔方法〕，mode〔樣式〕。又如cheer亦將有兩見：一見同 repast〔膳食〕，food〔食物〕，provision〔糧食〕，meal〔餐〕等；一見同 approval〔贊成〕，sanction〔認可〕，applause〔喝采〕，acclamation〔歡呼〕等。以上所述，僅適用於 I→O 式的單語字典；若是雙語字典，只需將外語中的字詞翻譯成我們本國語中相對應的字詞就可以了。

由於這些特殊的現象難以納入一個合理的系統，一個當然的結果就是，大多數的字典都只管守著按字母順序的排列法，雖然完全不科學，卻也有實際的方便。假使我們的字母順序也像梵文 (Sanskrit) 字母一樣，將發音部位相同的音都排在一起，那末結果當然會好得多，不像拉丁字母的排列順序純粹出於偶然，把 b 與 p，d 與 t 分開，反把發音部位毫不相干的音堆在一起，子音和母音也完全紛然雜陳。其他也許還有可以想得到的編排法，如將發音相近而易混淆誤解的字置於一處，如 beg 可一方面與 bag 並列，一方面與 back 並列。但就整個而言，關於字典的編輯，實在想不出一個徹底令人滿意的辦法。

Sweet 說過，語法處理語言之一般的事項，字典處理語言之特殊的事項，任何贊同這句話的人，跟我一樣，都會立即想到這兩個領域或有重疊之可能性，因為有些字詞，語法和字典都需要它們，而且也很方便加以處理。但是還有一大片空間，Sweet 的二元系統並沒有給它一個地位，那就是對於字義的理論研究。語言學對於這一部門的研究，還沒有確立一個公認的名稱。在這方面有一位先驅，即 Bréal，他根據希臘語之 sēmaino 創造了 semantics (法語作 sémantique) 一詞，此外也有人用 semasiology，也有人 (如 Sayce, J.A.H. Murray) 用 sematology； Noreen 提議 semology （根據希臘語之 sēma, sēmatos 杜撰而成）， 可巧的是，這兩個希臘字根本不作 signification 〔意義〕解，而作 sign 〔記號〕解。 最後 Lady Welby 的 significs 也同樣令人無法接受。我將用 Bréal 的 semantics 〔語意學〕指稱這方面的研究。語意學近年來引起了很大的興趣。由於現代語言學向歷史鑽研的潮流，使得靜態語意學的研究成績遠不如動態語意學（即對於字義之歷史變遷的研究），不過靜態語意學也是一門頗能引人入勝的學科，故亦不乏有關的著作問世，如 K.O. Erdmann 的 Die Bedeutung des wortes 〔字義論〕。 儘管語意學的主題乃是研究字義及字義變遷的分類，並將之納入一個一般性的系統，因此所處理的也是一般的而非特殊的事項，可是習慣上都不把語意學包括在語法之內──雖然 Nyrop 的鉅著 Grammaire historique 〔歷史語法〕例外。 故本書不談語意學，讀者當可諒解 。

2.3 語音 (Sounds)

幾乎所有應用科學方法來談語法的論著，開卷都有一章論語音，並不問語音理論可能包含的意義為何。語言根本上是口說的東西，因此我們當然有理由，對於人類的語音做一番通盤的研究，一方面說明語音怎樣由發音器官發出，一方面說明它們怎樣結合，構成音節及更高層次的單位。其次，論及某一特定語言的語音特徵，當視著作者的專長而定。一般性的語音理論，通常稱為語音學 (phonetics)，雖然這個名辭也常用於某一特定語言的語音理論，如 "英語語音學" 等。也許最好把語音學一辭限用於普遍性或一般性的語音學，而用音韻學 (phonology) 一辭來指稱特定語言的語音研究， 如 "英語音韻學"， 不過這個問題並不太重要。 有些學者用語音學指寫實的 (即靜態的) 語音研究， 而用音韻學指歷史的 (即動態的) 語音研究， 但也有人 (如 de Saussure，

Sechehaye）把這兩個名辭反過來應用。

　　本書爲篇幅所限，對於語音學或音韻學不克詳論，僅就以下數點略
陳所見。大多數談論語音的書籍，其編排次序，在我看來皆極爲紊亂；
讀者一開始就爲大量來自各門學科的細節所困惑 。拙著 Fonetik〔語
音學，丹麥語版，1897-99；德語版名稱是 Lehrbuch der phonetik；
英語版在準備中（但似乎從未出版──譯者註）〕與其他不同者，在於
嘗試建立一整套較有系統的語音理論；根據本人多年教授語音學的經驗
，有一個系統將可使學習者比較易學。我的方法是首先講最小單位──
語音成素，也就是由每一發音器官所發的音素。發音器官自上下唇開始
，漸及口腔內部，每一發音器官由合而開，依次而進；待全部發音器官
處理畢，方才探討語音本身，因爲語音乃是由各部位發音器官聯合行動
而產生的；最後討論語音的結合。

　　研究西方語言的音韻學，必須談談語音與傳統拼法的關係；尤其在
歷史音韻學中，語音跟拼法是分不開的，儘管二者不可混淆也是很重要
的。這個問題當然可自兩個相反的觀點來看：我們可以自拼法著手，問
某一拼法代表什麼語音；或者反過來先取語音，然後問它們是怎麼個拼
法。前者是讀者的觀點，後者是作者的觀點。

　　上文給語音學所下的定義，不考慮語意，嚴格說來並不正確，因爲
在討論任何語言的語音時，不可能完全不涉及語意。在特定的語言中，
留心觀察什麼語音被用來區別字義，是非常重要的。在甲語言用以區別
字義的兩個音，在乙語言裡可能並無此作用；結果，說乙語言的人對於
甲語言之語音上的重要區別，則聽而不聞。通常在音韻學中所處理的許
多問題，倒不如放在語法之某些部門處理或者更爲適宜。語法家在這方
面很少有前後一致的，連我自已也不得不承認犯過不一致的毛病，因我
在 MEG 第一卷中曾費了一些筆墨，來討論名詞與動詞之間的重音差別，
如 'present〔禮物〕，'object〔實物〕爲名詞，而 pre'sent〔贈

與），ob'ject〔反對〕為動詞 。 但吾人必須承認， 語法中有許多現象，放在這個部門或那個部門處理，都一樣的好，或者幾乎一樣的好。

2.4 語法的通常分部 (Usual Division of Grammar)

以上將研究範圍交代清楚以後，我們就要談到大家所公認的語法的核心部分，有人甚至認為這就是語法的全部。一般語法書，幾乎千篇一律地劃分為三大部門：

1. 詞形變化 (Accidence) 或詞形學 (Morphology)。
2. 構詞法 (Word-formation)。
3. 造句法 (Syntax)。

這個劃分法，連同常見的各部子目，有很多地方為世人所詬病。試觀以下各節，當即可見此一體制實不足為建立一個一貫的語法系統所憑藉的基礎 。

在傳統的體制中，詞形學一般分為若干節，每節處理一個通常所謂的詞類 (parts of speech)。 實體詞 (substantive) <註3> 被視為最顯赫的詞類，故居首位； 次為形容詞及其他， 末為介系詞及連接詞。作者對於每一詞類的說明皆甚簡略。 就實體詞而言， 僅述其屈折變形 (flexion, inflexion)，而不提各種變形的意義；除了領格 (genitive)、複數等名稱所能暗示者外，也不講任何變形的功能。 編排方法係根據變形表 (paradigm) 的格式， 將一個單字的所有變形擺在一起； 至於出現在各變形表中的同形接尾，則不予置論。比如古英語的「與格」(dative) 複數，就被分列在好幾個地方， 而無視於其詞形在各表中皆為 -um 的事實。

次論形容詞，其編輯法與實體詞大致相同，所不同者，因許多形容詞有三個性屬 (gender)，且各具不同的形式 (如拉丁語、古英語等)，故其變形表較實體詞為長。另一方面，因為形容詞的詞尾，與相對應的實體詞的詞尾大致相同，故此節內容大部分必然與前一節重複。

　　再次論數詞，因為數詞（尤其在古代語言）往往也有屈折現象，故其處理方式相似。不規則的變形全部列出，其餘請讀者參考形容詞一節。不過，本節卻有一個與前兩節大大不同之處，即將所有數詞全部依序列出一個總表。再次一節討論代名詞；對於代名詞的處理，大致亦與實體詞同，所不同者，像數詞一樣，將全部代名詞列出一個總表，縱使其形態並無特殊可述之處。再一層就是，代名詞的分類基礎，並不像實體詞一樣根據其屈折形式，如不同的詞幹（stem）等，而根據其意義，分為人稱代名詞，領有代名詞，指示代名詞等。有些語法書，在這一節並附列一個代副詞（pronominal adverb）表，儘管此類副詞實與詞形學本身無關，因其外形從無屈折作用。

　　動詞的處理方法亦與實體詞同，既不問動詞本身的意義，亦不問其屈折變化，僅簡單地指出某某形式為第一人稱單數，或者說它是直敘法（indicative）或假設法（subjunctive）等等。

　　副詞只有一種屈折變化，即比較法（comparison）。此外，許多語法家在這裡尚包括一節根據意義的分類，即時間副詞，場所副詞，程度副詞，樣態副詞等，就彷彿我們在第一章裡曾將名詞也分為時間名詞，如　year〔年〕，month〔月〕，week〔週〕...；　場所名詞，如country〔國家〕，town〔城鎮〕，village〔村莊〕...　等。　時常也有人區分直接副詞（immediate adverb）和衍生副詞（derived adverb），並附載若干由形容詞衍生副詞的規則，不過這顯然屬於「構詞法」的範圍。

　　再其次是介詞。因為介詞沒有形式變化，而許多語法家又想要說幾句話，故依介詞所統攝的格（case）將之分為若干類，其實這似乎應該屬於格的用法之一。最後是連接詞與感歎詞，對於這些無屈折作用的詞類，許多作者為了要說幾句話，亦將之一一舉出，有時並分為若干類，與上述副詞的情形相仿。

第二分部爲構詞法（德語：wortbildung；法語：dérivation）。這裡值得注意的是，每一衍生成份，無論接頭語 (prefix) 或接尾語 (suffix)，一般皆意義與形式不分。至於編排，各種方法都有，有些依據形式，接頭語、接尾語，分別處理；有些根據意義，分爲抽象名詞 (abstract noun) 構造法，主事名詞 (agent-noun) 構造法，使役動詞 (causative verb) 構造法等；還有些人對此二種觀點頭腦混淆不清，毫無條理可言。根據通常所謂的八大詞類區分，也不見得有用：比如有一本很好的英語語法書，在名詞項下談到接尾 -ics（如 politics 等），而與形容詞的接尾 -ic 完全沒有連繫；然後又在另一個地方，討論形容詞如何轉爲名詞的實例（以其含有複數接尾 -s 爲證），因而使這三件事好像彼此完全不相干。

第三分部爲造句法，絕大部分討論屈折形式的意義（即功能），但僅包括第一分部從另一個角度所曾討論過的屈折形式，如名詞的格，動詞的時式 (tense) 及敘法 (mood) 等，而不談論與第二分部構詞法有關者。另一方面，在少數眞正討論造句法的章節裡，我們也時常發現同時討論一個現象的形式和功能（如句的結構、詞序等）。

一般語法著作，只需要這一點簡單的分析，便可以看出它們的內容是多麼的雜亂無章；其所探的系統（如果尚有系統可言），乃是語法科學尚在萌芽時期的殘餘，只有一個事實可以說明它今天仍然流行的原因，那就是因爲我們大家自小就對它已經習慣了。許多語法家曾做過一些零零星星的修正和改進，但就整體而言，尚未出現一個較爲科學的體系。要達成這個任務，自然並非易事，這一點可由兩部相當用心的著作的失敗看出。這兩部書就是 John Ries 的 Was ist syntax?〔造句法是什麼？1894 版〕和 Adolf Noreen 的 Vårt språk〔語言是什麼？1903 初見，尚未完成〕，二者的主旨皆在爲語法現象建立一個一貫的

體系，但並未成功。二者皆具有許多極精闢的見解，也有對於前人極中
肯的批評，但在我看來，他們似乎也仍然不夠令人滿意。不過，在此地
我不想正面去批評他們，而只就個人觀察所得略陳己見，讓讀者去鑑別
我們之間的異同。

2.5 一個嶄新的系統 (New System)

　　前面講到組成字彙學的兩個分部，如果也拿來作爲語法之區劃的兩
大原則，那末語法便可得到一個一貫的系統。換句話說，語法的研究也
可以自外形著手，或自內涵著手，自然構成兩大分部。<註4> 在第一分
部 (O→I)，我們先取一個詞形，然後探求它的意義或功能； 在第二分
部 (I→O)，我們倒轉過來先自意義或功能開始， 然後再追問它在形式
上怎樣表現。兩個分部所研究的語法現象是一個，只是觀點不同，故處
理方式也不同；二者互補長短，合起來便給一個語言的全貌，勾畫出一
個完整而明確的輪廓。

2.6 詞形學 (Morphology)

　　第一分部 (O→I) 由形式而意義， 我稱之爲「詞形學」── 此處
與其通用常用法稍有不同。這裡把外在形式相同的項目擺在一起，也就是
說，一節處理接尾 -s，另一節處理接尾 -ed，再一節處理母音變異等。
不過請注意，這並非意味著放棄語意不管；在處理每一個接尾或音變時
，我們同時也要考察它的功能或用法，這當然就等於回答了語意的問題
。在許多情形下，只要說出語意的名稱就可以了，比如在 -s 項下舉出
cats 爲例，我們只需說 -s 使單數的 cat 變爲複數； 又在 -ed 項下
舉出 added 等，我們說 -ed 表示第二 （或被動） 分詞及過去式等。這
些可說是造句法上的定義，在極簡單的情形，只需要幾句話便把必要的
一切交代清楚了，其餘較詳細的分析，一般而言，須留待第二分部處理

。雖然 Sweet 對語法體系的二分法，實際抱持相同的見解，但我不能同意他的下面這幾句話 (NEG I, 204)：「將形式跟意義分別處理——至少達到某種程度——不但是可能的，而且是可行的。只管形式而盡量不管意義的部分，稱為詞形變化 (accidence)。盡量不管形式的區別而集中於意義的部分，稱為造句法。」這裡我要指出的就是 "盡量不管" 這幾個字。語法家的任務應該是時時二者兼顧，因為語音跟意義，形式跟功能，在語言的生命中是不可分割的。阻礙語言科學不能向前發展的，正是這種絕對劃清界線的態度，因而忽略了聲音與意義之間經常的交互作用關係 (參拙著 Language 有多處討論)。

　　設若有一種理想的語言，既具有高度的表達力，且語法簡潔而絕對沒有例外、不規則、及多義 (ambiguity) 的情形，那末它的語法就容易寫了，因為這時一音永遠只有一義，而一義也永遠只有一個表現形式。像 Ido (一種世界語) 這樣的人造語言，已經極為接近這個標準。在這裡任何語法規則，只需要交代一次就夠了，比如說名詞的複數以接尾 -i (I→O) 表示，或者說接尾 -i 表示名詞的複數 (O→I)，如此同一現象在語形上和造句上的表現方式，便完全一致了。可是自然語言都不是這樣構造的，不能以直線作直角交叉的構圖 (如美國地圖) 來描繪，它的輪廓倒很像歐洲地圖，各國的邊界皆呈彎彎曲曲不規則的線條。就連這個比喻，也不能十分恰當地說明語言現象，因為這裡有無數的重疊，彷彿一個地區同時屬於兩三個不同的國度。我們不可忽略的是，同一詞形可能有兩個或好幾個意義，也可能根本沒有意義；而同一語意或功能，也可能時而用這個形式表現，時而用那個形式表現，更有時候其表現形式完全等於零。是故，無論在那一個分部，我們不得不把實際不相同的東西放在一類，而把似乎自然屬於同一類的東西，分置於不同的處所。不過我們所區分的大小類別，必須盡量符合自然的原則，並且用前後參照的辦法，以避免不必要的重複。

　　下面便是我在 MEG 中爲第七卷「詞形學」所作的內容綱要 。正如我寫語音學書籍的進行方式，依次由音素、而語音、而語音的結合，在「詞形學」裡我將採類似的方式，依次由字(詞)素 (word element) 而字詞、而字詞的結合。 不過我們必須承認， 這些區分之間的界線也並非絕對清楚無疑，如 could not 中的 not 是一個獨立的字，在美國的出版物中 can not 拼作兩個字 (今已不確——譯者) ，在英國 cannot 卻拼作一個字；拼寫的習慣固然不可據以爲斷， 然而 can't, don't, won't 所顯示的語音融合及母音變異，卻告訴我們其中的 [nt] 只能算是一個字素，已不再是一個獨立的字。反之，表領格的 -s 卻有越來越獨立的趨勢，這一點可由組合領格 (group genitive) 看出， 如 *the King of England's* power 〔英王的權力〕， *somebody else's* hat 〔別人的帽子〕，Bill Stumps *his* mark〔B.S. 的記號〕—— 參拙著 Chapters on English, III) 。

　　在「字素」項下，我們必須將每一個接語 (affix)，無論是接頭語 (prefix)、接尾語 (suffix)、或內接語 (infix)， 分別列舉其形式，並說明其功能。我們並不按照詞類的標準，說完一類才進行下一類，而是就一個詞形，比如接尾語 -s (包括三個不同的音形 [s/z/iz])， 我們先講其標示名詞之複數的功能， 次講其標示「領格」的功能， 再次爲標示動詞之「第三人稱單數現在式」的功能 ， 再次爲其構成非加語性的 (non-adjunct) 領格代名詞， 如 ours 。 同樣的方式， 依次說明接尾語 -n (或 -en) 在 oxen 之中表示複數 ，在 mine 之中表示非加語性的領格，在 silken 之中表示衍生形容詞，在 weaken 之中表示衍生動詞，等等。此外像語音變異等項目，必須另立一節討論，如字尾子音濁化之產生動詞： halve < half; breathe [ð] < breath [θ]; use [z] < use [s]，母音變異 (mutation, umlaut) 之造成名詞複數 (如 feet < foot) 及動詞 (如 feed < food)；母音交換 (apophony,

德語 ablaut) 之構成 sing 之過去式 sang，及過去分詞 sung； 重音移動之區別動詞 ob'ject〔反對〕與名詞 'object〔實物〕；這裡我們也可以加入指示詞 that [ðæt] 與虛詞 that [ðət] 之間的不同。

或謂，此種辦法有將 「詞形變化」與 「構詞法」混為一談之嫌。但是，只需稍加審察便會發現，屈折作用與「構詞法」之間的界線，雖不能說不可能 ， 實在不易確切劃分 。 英語之陰性名詞的構成 （如 shepherdess〔女牧人〕< shepherd〔牧人〕），恆認為屬於後者，法語有一部分情形也可以如此說， （如 maîtresse〔女教師〕< maître〔教師〕），然而法語的paysanne [-zan]〔農婦〕< paysan [-zã]〔農夫〕該怎麼講？ —— 難道不應將之與 bonne < bon 歸入一類？而後者卻被認為是屈折作用而置於「詞形變化」之下。我們所主張的辦法有一個優點，就是把天然的語感在直覺上認為是相同的或類似的東西集合在一起，同時也擴大了語法家的視野，把他們可能會忽略掉的現象，拿來擺在他們的眼前。比如多義的接尾 -en，或見之於形容詞、或動詞衍生字、或被動分詞，但無論如何，它總是接在某些子音後面 （不管是歷史上保留下來的，還是後來加上去的）， 而從不見於其他子音之後 （有些是把 -en 丟掉了，有些是從來沒有加過）。另外值得注意的一點，就是帶-en 的加語性形容詞，與不帶 -en 的原字之間的對應關係，如：

a drunken boy	:	he is drunk
〔醉童〕		〔他醉了〕
ill-gotten wealth	:	I've got it
〔不義之財〕		〔我已得到了〕
silken robes	:	clad in silk
〔絲袍〕		〔穿著絲綢〕
in olden days	:	the man is old
〔昔日〕		〔此人已老矣〕

hidden treasures : it was hid〔古〕

〔寶藏〕 〔被藏起來了〕

the maiden queen : an old maid

〔處女女王〕 〔老處女〕

這一切，現在可以證明，與自 1400 年以來在大量動詞之後重加 -en 的趨勢，有著奇妙的關連。這一趨勢不但產生了 happen〔發生〕，listen〔聆聽〕，frighten〔嚇〕，而且創造了像 broaden〔加寬〕，blacken〔抹黑〕，moisten〔打溼〕這些動詞。這等動詞在今天皆被視為自動詞而來，其實它們在最初，只是在已有的 動詞上重加 -en 而已，因為 broad, black, moist 在當時都是動詞兼形容詞，同形。我的新系統，使我們得以注意到從前所未曾注意到的問題。

說到構詞法，我在這裡不禁要表示非常不滿於一些英語語法書中所流行，將拉丁語的構詞成分 (formative) 借入英語，而當做純粹英語看待的作法。比如在接頭語 pre- 之下所舉的例子：precept〔教訓〕，prefer〔寧取〕，pre'sent〔呈獻〕，及在 re- 下所舉之例：repeat〔重複〕，resist〔抵抗〕，redeem〔贖回〕，redolent〔芳香〕——除去接頭部分以後，剩餘的 cept, fer 等，在英語中根本不存在。由此可見，上面這些字（雖然最初係由接頭語 præ, re 組成），在英語中皆為不可分解的固定「公式」。請注意這些字第一音節的母音，恆讀短音 [i]，或短音 [e]，請比較：

prepare [pri-] : preparation [pre-]〔準備〕

repair [ri-] : reparation [re-]〔修理〕

然而同時另有某些字的接頭語，拼法與此相同而讀音卻為長音 [i:]，這才是真正的英語接頭語，其自身具有獨立的意義，如 presuppose〔先設〕，predetermine〔預定〕，re-enter〔再入〕，re-open〔再開〕。只有這個 pre- 和這個 re-，才有資格在英語語法中佔一席地位，其他都應歸入字典。同樣的原則也可應用於接尾語部分：雖然有一個眞正的英語接尾 -ty，但其例示不可包括 beauty [bju:ti]，因爲英語之中沒有 [bju:] 這樣東西； beau [bou] 在現今與 beauty 絲毫沒有關係。事實上 beauty 只是一個單位，一個「公式」，請參考與其相對應的形容詞 beautiful ，二者之間的關係可列一比例式如下：

- beautiful : beauty = （法語） beau : beauté

因爲法語的 -té 乃是一個活的接尾語。英語語法必須提到 safety〔安全〕，certainty〔確定〕等的接尾 -ty ，以及原字核 (kernel) 在接尾過程中所產生的音變，如： reality [ri'æliti]〔眞實性〕< real [riəl]〔眞實的〕; liability [،laiə'biliti]〔責任〕< liable ['laiəbl]〔有責任的〕。

其次應處理的項目 ，主要包括所謂語法字 (grammatical word) 或助詞 (auxiliary)，不管它們是代名詞、助動詞、介系詞或連接詞，只要它們所表現的確屬"一般語法"性質。比如在 will （包括 he'll 中之 -'ll）之下， 即應舉出其可以表示 (1) 意志， (2) 未來， (3) 習慣等的用法。不過，如前所述，語法跟字典之間勢不可能畫出一條很明確的界線。

最後談字詞的結合，應詳述詞序 (word-order) 的每一類型，及其在語言中所負的任務。比如 "名詞 + 名詞"的結合，除了像 Captain Hall 之類的以外，尚包括各式各樣的複合詞，如 mankind〔人類〕，wineglass〔酒杯〕, stone wall〔石牆〕, cotton dress〔棉衣〕, bosom friend〔摯友〕, womanhater〔恨女人者〕, woman author〔女作家〕; 至於兩個複合成分之間的關係，應就形式（重音及拼法 ，後者較次要）和意義兩方面詳予說明。"形容詞 + 名詞"的結合 ，主要構成「加語性組合」(adjunct group)，如 red coat〔穿紅色外套者〕，由是產生 blackbird〔山鳥〕的類型； 但也有些複合詞，意義業已特殊化，如 redcoat〔昔日之英國士兵〕。 "名詞 + 動詞"可構成定動詞句，如 Father came〔父親來了〕， 其中 father為主語 。如果將詞序倒轉過來，則名詞可為主語或賓語，視情況而定。 比如 Tom 在右列(1)-(4)句中為主語，在(5)中為賓語：(1) said Tom (插句)，(2) Did Tom? (問句)，(3) and so did Tom (在某些副詞之後)，(4) Had Tom said that, I should have believed it〔假若 T. 說過此話，我就會相信〕(在不用 "If" 的條件句中)， (5) I saw Tom〔我見到了 T.〕。當然，我在這裡只能將我的理想系統說個大概，其餘細節留待將來在我尚有部分未出版的「文法」中，再行詳述。

也許有許多人會驚訝，我怎麼會把這些東西都放在詞形學之內；但我個人認為，這樣才是處理語法現象唯一首尾一貫的作法，因為詞序跟詞形本身，當然一樣都是構築句子的形式要素。到此，我的新語法的第一大分部，即由外形 (語音) 而論的部分，告一段落。顯然，在我的體系中，沒有地方容納常見的，由同一個字的各種變形排列而成的變形表，如拉丁語的 servus〔奴隸；主格〕，serve〔呼格〕，servum〔對格〕，servo〔與格/離格〕，servi〔領格〕； amo〔我愛〕， amas〔你愛〕，amat〔他愛〕，amamus〔我們愛〕，等等。此等變形表對於學生們或許有些用處 <註5>，依我的看法，可以把它們當做「詞形學」的一個附錄。不過我們應當注意，從純科學的觀點看，這些變形表的排列並非依據詞形，因為這裡集合在一起的並非同一的形式，而是同一個字的不同形式。硬把這些不同的形式拉扯在一起，乃是根據字彙的觀點。我的主張純粹以語法為依據，第一分部所處理的可以稱為語法上的同音字 (homophone) 或同形字 (homomorph) ，第二分部所處理的可以稱為語法上的同義字 (synonym)。諸位也許還記得，在我們的字典裡所劃的兩個分部，與此相當。

◎ 第 2 章 附 註 ◎

1. 我不明白 Schuchardt (Br. 127) 怎麼可以說：語法只有一種，即語意論，或者正確一點說，即符號論 ...。字典跟語法所處理的材料沒有兩樣；字典不過為語法做一個按字母順序排列的索引。

2. 通常的字典亦將同拼字 (homograph) —— 即拼法同而讀音不同的字 —— 排在一條內，如 bow (1) [bou] 武器；(2) [bau] 向前彎曲，船首。

3. "Substantive" 為讀者方便，常亦逐譯為「名詞」—— 譯者。

4. 此種區分， 我在其他數種著作中皆曾提及， 這或許是受了 v. d. Gabelentz 的影響，因其所著 Chinesische Grammatik 〔中國語語法〕之中有類似的區分；不過，因中國語完全沒有屈折作用，一切與歐洲語言皆不相同，詞序的規律及虛字的用法，構成了語法的全部，故其系統並不能全盤搬到西方語言裡來。

5. 不過，像許多為外國人編寫的英語語法書中所列的變形表，就很難看得出有什麼用處，如 I got, you got, he got, we got, you got, they got--I shall get, you will get, he will get, we shall get, you will get, they will get, 等等。

第3章 語法的體系(II)

3.1 造句篇 (Syntax)

語法的第二個大分部，我們已經說過，跟第一分部所處理的資料相同，只是觀點倒過來，由內而外 (I→O)，以語意爲出發點。 我們稱此篇爲造句篇。本篇內的子目視語法的範疇而定，每一範疇的功能及用法皆應在此詳細說明。

造句法應有一章處理「數」(Number) ， 首先講各種詞類的複數形（如 dogs, oxen, feet, we, those 等）如何構成；這一層最簡單不過的辦法，就是與「詞形學」中各有關項目取得連繫，互相參照，作一整合。然後講所有單數形的共通點， 及所有複數形的共通點， 無論這些複數形是怎樣構成的。 比如 a thousand and one nights 中的複數形 nights，在丹麥語和德語中皆爲單數， 因其前面的數詞 one 是單數；又如 more than one man (=more men than one) 中的單數形 man （按意義應爲複數），可說是數的「吸引」(attraction) 的好例子。再就是無論單數或複數皆可用以涵蓋全物類的概括性(generic) 用法，如：A cat is a four-footed animal. 或 Cats are four-footed animals. 〔貓是四足動物。〕以及其他許多在詞形學部分未能提及的項目。

在「格」(Case) 之下， 至少必須說明「領格」及與「領格」同義的 of-phrase （後者常被誤稱爲一種領格）的用法，二者有時可以互通，如 Queen Victoria's death = the death of Queen Victoria 〔維多利亞女王之死〕。但也有二者並不能互通的情形， 如 I bought it at *the butcher's*.〔我在肉商店裡買來的。〕 與 the date of her

death (?her death's date)〔她的忌日〕。 在「比較法」(compari-
son) 之下， 我們將會把像 sweetest, best, most evident 這些在
「詞形學」內放在不同處所的各種「比較」形式集中起來看，並進而研
究比較級和最高級在談及二人或事物時的用法。另一章將探討「未來」
(futurity) 的種種不同用法，如 I start tomorrow; I shall start
tomorrow; he will start tomorrow; I am to start tomorrow; I
may start tomorrow; I am going to start tomorrow。由這些例子
，可以看出我們的新造句法處理語法現象的態度。我們把「詞形學」所
處理的同一現象，拿來再從另一個角度加以分析，因此我們也面臨一些
新的、比較整體性的問題。我們的雙重研究方法，使我們對於像英語這
樣一個結構如此龐雜的語言，得到一個清晰透明的理解，這對於走老路
的學者是不可能的。爲了講得更明白一點，我們試以下圖解來表現英語
語法之中，一部分形式與功能重重相互交錯的關係：

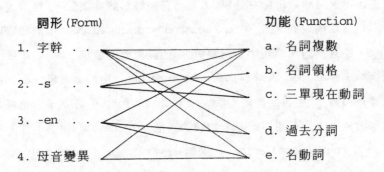

例字： (1a) sheep. (1c) can. (1d) put. (1e) hand. (2a)
cats. (2b) John's. (2c) eats. (3a) oxen. (3d) eaten. (3e)
frighten. (4a) feet. (4e) feed (< food).

　　試比較一下本篇所談語法的兩個分部，並回憶前一章所論字典的兩
個分部，我們便會發現，這兩種觀點實際就是「聽者」和「說者」的觀

點。在二人對話的場合，「聽者」聽到某些語音跟詞形，接著就得尋找出它們的意義——這是由外而內的活動 (O→I)。 反過來，「說者」從他所要表達的意念出發，對他而言，意念是已知數，他必須尋求出表達這意念的方法：他的活動是由內而外 (I→O) 的。

3.2 普遍性語法? (Universal Grammar?)

關於我們在造句篇所設立的範疇，我們必須首先提出一個極爲重要的問題：這些範疇究竟是純粹的邏輯範疇，抑或只是語言上的範疇而已？若是前者，則它們就應該具有某些普遍性，屬於一切語言所共有；若是後者，那末它們至少應有一部分特性，僅爲少數語言所特有，而非一切語言所共有。因此，我們的問題仍舊是老問題：到底是否可能有普遍性的或一般性的語法這樣東西存在？

語法家對於這個問題的看法，隨時代而異。幾百年前，一般相信語法不過是"應用邏輯"，因此就認爲有可能從世界上各種語言的背後，尋找出一些原理原則；也因此使大家每每從一個語言中，除去一些不嚴格符合邏輯法則之處，而用他們所謂一般的或理論的語法法典來衡量其他一切。不幸的是，這一班人往往存著一種幻想，認爲拉丁語法乃是邏輯系統的完美模式，因此盡量在每一個語言裡，努力尋找出拉丁語所認可的區分。時常受了先入爲主的成見和純邏輯觀念的影響，使他們在某些語言中找到一些蛛絲馬跡；若不是因他們自小就受著拉丁語法薰陶的關係，他們連做夢也想不到這些區分。由於將邏輯跟拉丁語法混爲一談，結果強削一切語言之足以適其履，此乃語法天地裡錯誤百出的一大根源。Sayce 很久以前在「大英百科全書」第九版，Grammar 項下寫道：「欲在英語語法之中，尋找出拉丁語法的類別，結果只不過造成一些荒誕的錯誤，及對於英語語法的全然誤解」—— 這番話時至今日， 仍然值得銘記在心，無論研究任何語言，都不可忘記。

　　十九世紀，由於比較方法和歷史語言學的興起，並且由於對於世界各民族語言興趣的升高而導致視野的擴大，早先致力於邏輯語法的研究，已不再受歡迎，是故像 Stuart Mill 如下的言論，誠屬罕見 :

　　「請考慮一下，語法是什麼？語法就是邏輯的初步，亦即思維過程分析的開始。語法的原理原則，不過是促使語言形式與普遍的思維形式溝通的工具 。各種詞類之間的區別 ，名詞之格的區別 ， 動詞之敘法 (mood) 與時式 (tense) 的區別，以及質詞 (particle) 的功能，皆屬思想上的區別，非僅語法上的區別 . . . 每一個句子的結構，便是邏輯的一課」(1867 在 St. Andrews 講詞)。

　　此種論調應該不至於出自語言學家之口 ; 我所碰到最近的例子是 Bally (1909: 156) 所說：「語法不過是邏輯在語言上的應用。」

　　較為常見的是以下這些觀念:「普遍性語法 ，就如同統一的政治體制或宗教信仰，或一統的植物或動物形體，一樣是不可思議的；我們唯一應當注意的是，仔細觀察各種實存語言所呈現的範疇，而不是以一套預先設計好的範疇系統為出發點。」(Steinthal 1860: 104f.) 同樣，Benfey 也說，自從現代語言學有了成果以後 ，所謂普遍性的或邏輯的語法驟然消聲匿跡，其方法與觀點，現在只能在完全未受真正科學洗禮的書籍中找到 (“語言學史”， 306)。 又根據 Madvig (1856:20; 1875:121)，語法的範疇，與事物本身之間的關係，毫無關連。

　　儘管大多數的現代語言學家 ， 對於經由演繹的推理以尋求普遍性語法的觀念有反感， 然而，相信具有普遍性語法範疇存在的言論， 不時仍可在語言研究的文獻中發現。 例如 C. Alphonso Smith 在其大作「英語造句法研究」(Studies in English Syntax) 中就說 (p. 10)：語言的歷程有其統一性， 這種統一性不在單字、語音、 或屈折作用之中，而在字與字的關係之中， 亦即在造句法則之中 ，「比如南島語系 (Polynesian) 諸語中的字詞，固不同於英語的字詞 ，但它們有它們的假設法，它們的被動態，它們整套的時制和格位系統；因為造句法的原理是屬於心理的，故有其普遍性。」又在 p. 20 說：「吾人幾乎可以確信，造句法的若干常式是千古不滅的，它們在意想不到的場合，不斷反覆重現。」

我想以上所說對於玻里尼西亞諸語的看法，恐怕並非經由對其語言現象的綜合研究而得，而係根據一種先入為主的假設，即認為沒有任何語言能夠缺少此等造句法則，恰如丹麥哲學家 Kroman 在依據邏輯的基礎，建立了一套九式的時制之後，便說「事實上，每一個會用頭腦思想的民族，都必然有這九種時式。」調查一下現今實存的語言，就會發現有些少於九式，有些多於九式，並非吾人所能預料。甲語言在每一個句子中謹慎小心所表達的精微區別，在乙語言裡卻不予理會，彷彿絲毫沒有任何重要性。這一點尤以「假設法」等項目為然——雖則某些語言在形式上有此一「法」，但所表達的完全不是一回事。就以英語、德語、丹麥語、法語、和拉丁語為例，其「假設法」的名稱雖同，嚴格說來，其內涵並不完全相同。單就一個語言而論，要給「假設法」下一個適當的定義，使它能幫助我們決定，何處用假設法，何處用直敘法，已經難上加難，更何況要替它找一個定義，能夠同時適合所有的語言！因此，一點也不稀奇：有許許多多的語言，無論從怎麼寬廣的角度看，根本沒有任何跡象可以稱之為「假設法」者。事實上，從英語和丹麥語的歷史即可看出，昔時一度盛行的假設法，今天如何日漸式微，好似發育不全的器官，其功能實在大有疑問，或者非常不夠顯著。

3.3　各種語言的差異 (Differences of Languages)

在「比較詞彙學」裡，我們經常發現，各種不同的語言，對於由字詞所代表外界事物的分類，有多麼的不同，甲語言融合在一個單字裡的，在乙語言卻被分開：比如英語區別 clock〔鐘〕跟 watch〔錶〕；法語區別 horloge〔鐘〕、pendule〔擺鐘〕、跟 montre〔錶〕；而德語卻只有一個字 Uhr〔時計〕——雖然經由複合詞可以得到補救，並可表達更多的區分：Turmuhr〔塔鐘〕，Schlaguhr〔報時鐘〕，Wanduhr〔掛鐘〕，Stubenuhr〔壁爐檯鐘〕，Standuhr〔落地鐘〕，Stutzuhr〔座鐘〕，Taschenuhr〔懷錶〕。英語只有 prince〔王子；大公〕，德語卻區分 prinz〔王子〕和 fürst〔大公〕。法語的 café 等於英語coffee〔咖啡〕和café〔咖啡館〕。法語的temps 等於英語time〔時間〕和 weather〔天氣〕，而英語的 time 卻等於法語的 temps〔時間〕和 fois〔次數〕——以上不過幾個最明顯的例子。語法部分也是一樣，沒有兩個語言的歸類和區分是相同的。因此，在處理某一特定語言的語法時，最要緊的就是仔細尋找該語言中實際存在的類別，不可沒有事實根據，憑空加入一個不爲該民族，在語言心理上所認可的範疇理念。儘管邏輯學者強調，「最高級」(superlative) 比較，乃是每一個有思想的民族都必然能夠表達的必要範疇，法語卻沒有 。雖然法語的 le plus pur, le plus fin, le meilleur 可以用來翻譯英語眞正的「最高級」the purest, the finest, the best，可是法語實際不過以「比較級」加上定冠詞，使其指涉確定而已 。我們甚至不能說 ，法語係以「比較級」前加定冠詞構成「最高級」，因爲時常不用定冠詞，而用其他限定詞也有同樣的效果，如 mon meilleur ami〔我的最好的朋友〕。

另一方面，雖然法語具有眞正的「未來式」，如 je donnerai〔我將給〕，我們卻不可說，英語的時制中也有一個獨立的「未來式」。英語的「未來」在動詞的形式上，時常毫無表示，如 I start tomorrow at six〔我明天六時出發〕；又請比較 If he comes . . .〔如果他來了〕——或者所用的助動詞，不僅僅表示「未來」，此外尚有別的含義，如 he will start at six 其中的 will 就含有意志的成分，the congress is to be held next year〔國會定於明年召開〕中之 is to

含有預為安排的成分，he may come yet〔他還可能來〕中之 may 含有不確定的成分，I shall write to him tomorrow 之中 shall 含有責任的成分。誠然，這些原有的意義有時幾已完全消失，雖然並未達到像法語 "不定式 + ai"(=have to) 之原義，在「未來式」中已完全被遺忘的程度。這種原義的消失，以 shall 最為顯著，如 I shall be glad if you can come〔如果你能來，我會很高興〕根本就不含有責任的成分，因為 shall 現今幾乎從來不作原義使用——試比較聖經中的 thou shalt not kill〔你不可殺人〕跟現代的 you mustn't walk there〔你不可走到那兒去〕。 Shall 在英語中可說最接近表示「未來」之助動詞的地位了；假如進而可用於所有的人稱，那末說英語具有「未來式」，就不應有什麼問題了。不過，假使我們承認he will come 為「未來式」，那末像 he may come, he is coming, he is going to come 等等，也都很可以稱為「未來式」了。問題的癥結，並不在於 will 是否為一個獨立的字；構成一個「時式」的要件，必須是由一個詞核跟一個屈折性接尾語，結合而成一個分不開的單位。我們沒有理由不承認一個語言有「未來式」，只要它有一個真正可用以表示「未來」的助詞（動詞或副詞），只不過應把它放在「詞形學」的助詞部處理，而不像法語的未來式，放在詞素部處理。若就本書所講的「造句法」而言，那就又沒有區別了。

3.4 確立什麼範疇 (What Categories to Recognize)

我們所主張的原則是，對於任何語言的造句法，只應承認其具有形式表現的範疇，不過請記住，這裡所指的是廣義的「形」，包括虛字虛詞(form-word)及字詞的配置 (word-position)。既然以形式為最高準繩，我們不能不警惕於一個聽起來似乎也很合理的錯誤觀念。英語說 one sheep : many sheep，這時我們是否應當說，前者之 sheep 既非單數，後者之 sheep 亦非複數，因其形式不變， 故可稱之爲「通數」(common number) 或空數 (no-number)，或其他類似的名稱？或者也可以說，I cut my finger every day〔我每天割破手指〕中之 cut 並非現在式， I cut my finger yesterday〔我昨天割破了手指〕中之 cut 亦非過去式，因二者中之 cut 形式未變。再者，請比較： our king's love for his subjects〔吾王對其臣民之愛〕 跟 our kings love their subjects〔吾國君王皆愛其民〕，其中之 king's 與 kings 雖在傳統的拼法上有所區別，然自口中說出 [kiŋz] 並無不同，這時嚴格的形式論者，對於 [kiŋz] 的「格」和「數」，便沒有理由說什麼話了。再說 love 又如何呢？形式上沒有一絲痕跡表示它在此處是單數名詞，在彼處爲複數動詞，因此，我們是否必須爲這個獨特的例子，另行創立一個新的範疇，並且另立一個新的名目以名之？我舉這些例子的目的就是說，僅就一孤立的現象而特立一名目，是錯誤的；我們應當觀察語言的全部。 Sheep 在 many sheep 中是複數，因爲英語在 many lambs 及其他無數同樣的情形，都承認其中的名詞爲複數 。至於 cut 之爲現在式或過去式，只要換上 he 爲主語 (如 he cuts, he cut)， 或者另換一個動詞 (如 I tear, I tore) ，便不難明白 。又 [kiŋz] 之爲單數領格抑或複數主格， 試代入 man 即可明矣： the *man's* love for his subjects；the *men* love thier subjects 。最後，關於 love 之爲名詞或動詞，亦可代入他字以明之，如 our king's *admiration* for his subjects 和 our kings *admire* thier subjects 。換句話說，我們固然應該小心，不讓甲語言的範疇闖入乙語言的語法中，而乙語言並無形式上的區別與之配合；然而我們也應該同樣小心，不可在同一語言之中，單就一個偶然的特例，便依據其形式標記的有無，去判斷某一範疇的存在與否。究竟一個語言區分多少個、以及何種語法範疇，這個問題必須視整個的語言系統而定，或者至少應視一個詞類之中全部的詞彙而定，其原則是，應就所有的形式特徵去尋找它們的語法功能，縱使這些特徵，並非在每一個應該出現的地方皆可找到：如此而定的範疇，當然可適用於某些不具外在形式特徵，或多或少例外的情形。比如英語的名詞、代名詞、和動詞，都必須承認有複數，但形容詞則無，如同副詞一樣；而丹麥語的複數，則可見於名詞、形容詞、及代名詞，而不復見於動詞。談到英語到底應該承認有多少「格」的問題，就更有理由需要牢記這個原則了。

依照以上所述的原則看來，語法學界犯此毛病者，累見不鮮。有許多語法家稱道英語是如何如何靈活的語言，它能將名詞變為動詞，也能將動詞變為名詞——可是英語從來不會把這兩個詞類弄混，縱令同一形體時而用作名詞，時而用作動詞，如 a finger〔手指〕和 a find〔發現物〕是名詞，但 you finger〔觸摸〕this and find〔發現〕 that 中之 finger 和 find，無論就形式或功能言，都是動詞。一位 Hamlet 的註釋家，在說到鬼魂出來走動的一段時，對於 "slow and stately" 中之 slow，有這樣的述評：「形容詞常用作副詞」——此言差矣，slow 實際就是副詞，正如 long 在 he stayed long〔他逗留很久〕之中為副詞一樣，雖然它在 a long stay〔很長的逗留〕之中是形容詞，二者形式無異。再如 five snipe〔五隻　〕或 a few antelope〔幾頭羚羊〕或 twenty sail〔二十艘船〕之中的名詞，常被稱為單數，有時稱為「集合單數」(collective singular)，儘管它們與 five sheep 中之 sheep 的情形，並無兩樣，然而後者卻總是被視為複數，為什麼？也許就是因為大家都熟習 sheep 這個字，自古英語時代起就有一個不變的複數。可是，歷史實在與我們的問題扯不上關係。今天 snipe 有兩個複數形，另一形為 snipes，然而這個事實不應使我們忽視無複數變形之 snipe 的真實價值。

3.5 造句上的範疇 (Syntactic Categories)

現在，我們可以回到 "普遍語法" (Universal Grammar) 的可能性這個問題上來。沒有人曾夢想到 "普遍詞形學"，因為事實很明顯，所有實際發現的詞素及其功能和重要性，都是隨語言之不同而相異，因此關於它們的一切，都必須保留給個別的語法，可能的例外不過是幾條有關句重音 (sentence-stress) 和語調 (intonation) 的通則而已。 只有在造句法方面，大家才會想到，所有人類的語言必然有某些共通的地方，直接建立在人類思想的本質上，亦即邏輯上，因而超越個別語言所有的形式特徵之上。我們已經講過，這個邏輯的基礎，無論如何不會與現有的造句規則全盤一致 ， 因為許多語言沒有假設法 (subjunctive mood)，或「與格」(dative)，甚至連名詞也沒有複數。 那末，這個基本的邏輯，其範圍到底如何？其正確的涵義又如何？

在我們新的語法體系中，配合著每一形式特徵，都有一條敘述說明其在造句上的價值或功能 ，比如英語的接尾 -s，一方面表示名詞的複數，一方面表示動詞的第三人稱、單數、現在式等。每一條敘述都包含著兩個以上的成分，如詞類、單複數、第三人稱、現在式。在英語裡，這種敘述所包含的成分，比較起來還算簡單；若談起拉丁語，情形就複雜多了。 比如 bonarum (<bon- 好）的接尾語所表示的， 包括複數、陰性、及領格；又如 tegerentur (<teg- 包）的接尾語所表示的， 就包括複數、第三人稱、未完成式、假設法、被動態等。別的字也都一樣。事實很明顯，從形式的觀點看，這些成分不一定都能分析得出來，比如拉丁語 animalium (=of animals) ，它的複數特徵在哪裡 ？ 其領格的特徵又在哪裡 ？ 又如 feci (=I have done) ，如何從中找出人稱、完成式、直敘法、主動態等特徵 ？ 然而從造句法的觀點看 ，對於這些成分的分析，不但是可能的，而且也是應該的。我們的程序是，先把所有的名詞，所有的動詞，所有的單數，所有的領格，所有的假設法，所

有的第一人稱等，分別集合起來，這樣將可得到一系列關於造句法的基本概念，然後再進一步，就彼此性質有關連的項目，歸納成為較高層次的綜合性大類別。

　　如此，名詞、形容詞、動詞、代名詞等，組織起來構成字詞的分類，亦即通稱的「詞類」(parts of speech; word-classes)。

　　1. 單數、複數〔包括雙數〕構成「數」(numbers) 的範疇。

　　2. 主格、對格、與格、領格等，構成「格」(cases) 的範疇。

　　3. 現在式、過去〔未完成、完成〕式、未來式等 ，構成「時制」(tenses) 的範疇。

　　4. 直敘、假設、祈願、祈使等，構成「敘法」(moods) 的範疇。

　　5. 主動、被動、間動 (middle) 構成「動態」(voices) 的範疇。

　　6. 第一、第二、第三人稱，構成「人稱」(persons) 的範疇。

　　7. 陽性、陰性、中性，構成「性屬」(genders) 的範疇。

3.6　造句法與邏輯 (Syntax and Logic)

　　直到現在，我們僅觸及造句法上的一些概念和範疇，尚未踏出語法的領域一步。然而，一旦我們要問它們所代表的是什麼，我們就立即必須走出語言的領域，而進入外在的世界<註1>，或者說思想的世界。 前文所列舉的一些範疇，其中有一部分與外界的事物，確有明顯的關係。比如「數」的範疇，顯然與外在世界中「一個」跟「一個以上」的事實有關；欲說明「時式」、「現在」、「未完成」等的涵義，則必須涉及外界的「時間」觀念；語法上的三個人稱，也剛好與「說話者」、「說話的對象」、和「二者以外的事物」三個方面相對應。也有一些範疇與外界事物之間的關連，並不很明顯。有些人可能有一種幻想，使他們極力想找出這些對應關係，使他們以為，比如說，語法上名詞與形容詞的區分，跟外界「實物」與「品性」的區別，恰相對應；或者使他們圖為

「格」或「敘法」建立一個「邏輯的」系統。凡此種種，牽涉的問題十分複雜，以後有專章詳論。

外在的世界，反映在人類的腦海中，是極爲複雜的。人類對於這個包羅萬象的世界之間重重的關係，在表達所見所聞時，偶然碰上的表達方式，吾人不可能期望都是最簡單、最精確的。外界事物與語法範疇之間的對應關係，絕不會是完全完美的；我們處處都會發現最爲奇特、最意想不到的重疊和交錯。現在我想舉一個實例，表面上看起來似乎很簡單，而在我看來卻極具代表性，十足以說明實際的語言有時如何不合邏輯的要求，而吾人仍然得以了解其意義。茲舉二例，一爲家喻戶曉的常言，一爲莎士比亞的警世名句：

(1)　Man is mortal.〔凡人皆有死。〕

(2)　Men were deceivers ever.〔男人本來都是騙子。〕

從語法的觀點看，這兩句話除了在敘述語 (predicatives) 形式上的不同之外，一句是單數，一句是複數；一句是現在式，一句是過去式。然而兩句所敘述的，都是關於人間事的一種觀察，只是二者所包括的範圍有所不同：前者指全人類，不分性別，後者僅指人類的一半——男性。因此，一個語法上的「數」的區別，竟暗示著「性」的區別。二者的時式雖然不同，其所指的時間實際並無不同；前者所言並不限於現在，後者所言亦不限於過去。二者皆不受「現在」或「過去」的限制，二者所言內容皆係永恆的眞理。根據邏輯學者的理想，應該有一種語言，能使這兩個句子的「數」同爲「普數」(universal number) (Bréal 稱之爲 "omnial"〔公數〕)，「時式」同爲「普蓋時式」(universal t.) 或「概括時式」(generic t.)，但前者之主語應爲「通性」(common gender)，後者之主語則應爲陽性，這樣意義才不致誤解：

a.　All human beings have been, are, and always will be mortal.

b. All male human beings have been, are, and always will
   be deceitful.

　　然而事實上，這並不是英語的說話方式；語法只應陳述事實，並非欲望。

3.7 概念上的範疇 (Notional Categories)

　　由此可知，所謂語法範疇，係以實際的語言結構爲基礎，在此之外，或者隱藏於其背後，存在著某些超語言的範疇，有別於實際語言之中或多或少偶然的現象。這些範疇，或可適用於一切現存的語言，它們實在具有一定程度的普遍性，雖然在實際語言的形式上，很少明確而肯定地表現出來。有些與外在世界的性別有關，有些與心理狀態或邏輯有關。因爲缺乏更好的名稱，我就稱它們爲「概念上的範疇」。語法家的任務，就是一條一條地去考察這些概念範疇與語法範疇之間的關係。

　　這當然不是一件容易的工作，使之不容易做得滿意的最大障礙之一，就是缺乏一套適當的術語，因爲同一個名辭時常用來指稱屬於兩個不同領域的事物。一套獨立的術語，如何能幫助紓解研究上的困難，可以暫時舉一個簡單的例子來說明（以後尚有專章詳論）。「性屬」gender乃是拉丁語、法語、德語的一個語法範疇，與之相對應的自然界的範疇（亦即概念的範疇）是「性別」(sex)。性別存在於眞實的世界，但在語言中並不一定表現出來，就連拉丁語、法語、德語也不例外，儘管它們的語法性屬，與自然界的性別大多吻合。請看如下分析：

語　法	自　然　界
性屬（造句的）：	性別（概念的）：

```
陽 性 ┐                     男/雄 性 ┐
陰 性 ◇ 字詞              女/雌 性 ◇ 生物
中 性 ┘                     無  性  物
```

茲舉幾個法語和德語的例子，以明其中「性別」與「性屬」之間一些有趣的現象。

德　語	法　語	性別	性屬
der soldat〔士兵〕	le soldat〔士兵〕	男性	陽性
die tochter〔女兒〕	la fille〔女兒〕	女性	陰性
der sperling〔麻雀〕	le cheval〔馬〕	兩性	陽性
die maus〔老鼠〕	la souris〔老鼠〕	兩性	陰性
das pferd〔馬〕		兩性	中性
die schildwache〔哨兵〕	la sentinelle〔哨兵〕	男性	陰性
das weib〔女人〕		女性	中性
der tisch〔桌子〕	le fruit〔水果〕	無性	陽性
die frucht〔水果〕	la table〔桌子〕	無性	陰性
das buch〔書〕		無性	中性

<註2>

在別的部門，就不可能像這樣設計兩套術語，一套用於真實的世界或一般的邏輯，一套用於語法的世界，但我們應當盡量把這兩個疆界分別清楚。

以上關於性屬跟性別的例子，使我們明白了語法範疇跟概念範疇的關係，而且這個關係與§3.1所講形式範疇跟語法範疇的關係很相似。

因此，我們可以歸納得到一個三分法，代表處理語法現象的三個階段，或研究語法現象的三種觀點。 這三種觀點可以 (A) 形式、(B) 功能、(C) 概念來表示。我們試選一個造句上的功能，來看看它跟形式和概念三者之間的關係。英語的過去式，在形式上有好些種表現法，它雖然是一個確定的語法範疇，卻不一定含有一致的邏輯意義。試看下表：

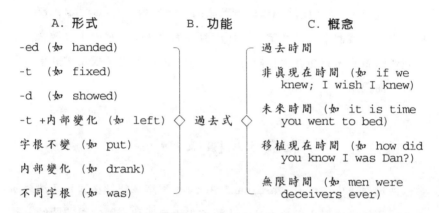

```
      A. 形式              B. 功能              C. 概念
-ed (如 handed)                         過去時間
-t  (如 fixed)                          非真現在時間 (如 if we
-d  (如 showed)                            knew; I wish I knew)
-t +內部變化 (如 left)  ◇ 過去式 ◇      未來時間 (如 it is time
字根不變 (如 put)                           you went to bed)
內部變化 (如 drank)                      移植現在時間 (如 how did
不同字根 (如 was)                           you know I was Dan?)
                                        無限時間 (如 men were
                                           deceivers ever)
```

　　語法的範疇，就像羅馬神話中具有兩副面孔的門神 (Janus)，一副面孔向著形式，一副面孔向著概念，居於其中，構成音界與意界間的橋樑。說和寫的活動，自右邊的 (C) 開始，通過功能 (造句法) (B)，而達到形式的表現 (A)；聽和讀的活動進行方向相反 ，即由 (A) 而 (B) 而 (C)。說者和聽者兩種活動的相對關係，略如下圖：

```
            C         B         A         B         C
說 者 :   概念 ──→ 功能 ──→ 形式
聽 者 :                     形式 ──→ 功能 ──→ 概念
```

　　在建立概念的範疇時，必須牢記要有語言上的意義；我們要了解的是語言 (語法) 現象，故不可忘記語言的存在，就對外界事物或意念直接進行分類的工作，而忽視其在語言上的表現形式。相反地，我們應當仿照對於語法的範疇分析，密切注意實際語言中所有的形式特徵，包括已經發現的語法範疇。本書將以大部分的篇幅，對於現已公認與實際的語法範疇，相呼應的一些主要的概念範疇，做一系統化的評述，並檢討這兩種範疇在各個語言中的相互關係。 我們時常發現， 語法範疇最多不過是概念範疇的徵候或前兆； 隱藏在語法背後的「概念」， 時而非常難以捉摸， 就像康德 (Kant) 所謂的「物本體」(ding an sich) 一般。總之，我們不可能期望獲致什麼舊理論語法家所稱的「普遍語法」；我們所做的，只是在現代語言科學所容許的範圍內，盡量求其接近此一理想而已。

● 第 3 章 [後 記] ●

法國語言史名作家 Ferdinand Brunot 提議革新 (法語) 語法教學，一反傳統自詞形入手的方式，主張首先應自所欲表達的思想開始。其所著 「思想與語言」(La Pensée et la Langue) 極富觀察力，於方法上亦多卓見，出版時 (Paris, 1922) 本書完稿已超過三分之二。 倘若 Brunot 的大作早一些在我的計劃尚未定案之前問世 ，則本書今日的面貌可能會不太一樣 (雖然我今天並不作如是觀)； 就目前而論，雖然我很歡迎他作爲我有力的同道，我跟他至少有兩個重要的地方，意見不同。第一，他所認爲高明的方法，以「思想」爲出發點，亦即由內而外的方法，在我看來，只不過是處理語言現象的兩個途徑之一：一爲由外而內，一爲由內而外。第二，語法跟字典應該分別清楚，而 Brunot 在他的同義術語對照表中，每將二者混爲一談。此外，我對於他對於舊「詞類」的說法所持斷然鄙視的態度，也不敢苟同，尚不說其在細節上有多少舛誤之處。

◎ 第 3 章 附 註 ◎

1. 當然，此指反應在人腦中的「外在世界」。

2. 這套術語較 Sweet (NEG, 146) 的一套爲明確 。 按 Sweet 大著，性別與性屬一致者稱爲「自然性屬」(natural gender) ，性別與性屬不一致者稱爲「語法性屬」(grammatical gender)； 如古英語之 wifmann〔女人〕爲語法陽性， mann 〔男人〕爲自然陽性。依本人看法，二者皆爲陽性，只是 wifmann 指女人， mann 指男人，而後者亦常通指人類，不拘性別。

第4章 詞 類(I)

4.1 舊的系統 (Old Systems)

語法教學一開始， 在習慣上， 就是把字詞分為若干類，通稱「詞類」(parts of speech) —— 名詞、形容詞、動詞等 —— 並給這些詞類各下一個定義。詞類的劃分，主要係依據希臘語和拉丁語的語法，略加增刪，可是它們的定義，與歐幾理得 (Euclid) 幾何學的精確度，相去太遠。甚至最近出版的語法書，其中的定義大多數仍舊漏洞百出，關於分類的基礎，到底應該依據形式 (及形式變化) 還是意義、還是在句中的功能、還是通統包括在內，也沒有能夠得到一個一致的看法。

在這方面最具有創見的人物，當然首推古羅馬語法家 Varro，他把字詞分為四類：一為有格變的類 (名詞)， 一為有時變的類 (動詞)，一為既有格變又有時變的類 (分詞)， 一為既無格變亦無時變的類 (質詞)。 今天一般都不採用這個分法，原因很簡單，因為它很明顯地只能適用於拉丁語 (及希臘語)；它既不適用於由與拉丁語同類語言演化而來的現代歐洲語言 (如英語)， 亦不適用於結構形態全然不同的語言，如愛斯基摩語 (Eskimo)。

下面這個系統所顯示數理式的規律性， 與 Varro 的分類法很相似：有一部分名詞像動詞一樣區別時式， 又像一般名詞區別性屬 (即分詞)， 另外一部分名詞既不區別性屬，亦不區別時式 (即人稱代名詞)。唯有動詞區別時式，但缺乏性屬。

<pre>
      ┌─ 一 般 名 詞 ： 有性屬無時式
名詞 ◇ 人稱代名詞 ： 無性屬無時式
      └─ 分   詞 ： 有性屬有時式
動詞   ： 無性屬有時式 <註1>
</pre>

　　這個系統也只能適合歐洲古代的語言， 與 Varro 所不同的是，一
個依據性屬，一個依據格變，二者皆是主觀的。二者皆以時變爲動詞的
特徵， 這一點倒是可以從德語把動詞譯爲「時詞」(zeitwort) 得到印
證；不過，據此而論，漢語就沒有動詞了。另一方面，我們在後面會提
到，名詞有時候也區別時式。也有別的語法家 (如 Steinthal) 認爲，
動詞的特徵在於其表人稱的字尾。 然而此一標準， 亦將使漢語的動詞
遭到排除，而且，丹麥語的動詞， 亦不區別人稱。 因此， 即使跟著
Schleicher (1865:509) 說，「動詞乃具有、或曾有、人稱字尾的字」
，也於事無補，因爲一個不需要任何「語言史」知識的人，便可以認得
出一個字，屬何詞類。

4.2 定義 (Definitions)

　　現在我們來看一看J. Hall 與E.A. Sonnenschein 合著的 Grammar
(London, 1902) 之中的一部分定義。之一：「名詞稱名，代名詞指定而
不稱名 (Nouns name. Pronouns identify without naming.) 」。 我
卻不明白 Who killed Cock Robin? 〔誰殺了C.R.?〕之中的 who 所指
爲何；它倒是要求別人來指點。再如 Then none was for a party〔當
時無一人贊成來個聚會〕，其中之 none 又何所指？ 之二：「形容詞跟
著名詞一起，用以描寫、指示、或列舉 <註2> 」。 然則，形容詞是否
一定不可離開名詞而獨用？ 請看：*The absent* are always at fault
〔缺席者永遠輸理〕。He was *hungry* 〔他餓了〕。反之，'Browning

the poet'中的 poet, 難道是形容詞? 之三:「動詞用以敘述某物或某人之事。」 試看 You scoundrel!〔你流氓!〕這裡關於 you 的敘述,與 You are a scoundrel 效力相等,而且在後者之中,有敘述作用的並不是動詞 are,而是敘述語 scoundrel。之四:「連接詞連接字群或單字。」然而,'a man of honour' 中的 of 也具有連接作用,卻並不因此就算是連接詞。以上這些定義,沒有一個是徹底的或可靠的。<註3>

4.3 分類的基礎 (Basis of Classification)

有些語法家,因鑑於以上所舉這些定義的缺失,而感到依意義爲基礎的詞類分析法毫無希望, 故而產生形式主義論者, 如 J. Zeitlin (1914) 是。 可惜他只講到名詞,其所謂的「形式」,意義相當寬廣。他說:「英語的名詞實具有某些形式特徵,爲其他詞類所無,其中包括前加冠詞或指示詞,後加屈折標記表示領屬及複數,又與介系詞結合表達原本依賴字尾變化表示的關係。」接著又仔細地補充說,一個雖然不具備上述特徵的字,也不可排除其爲名詞的可能性,因爲名詞應該說是一個「實際具有,或在某種情形下可能具有」前述形式特徵的字。

然而,倘若嚴格以「形式」爲唯一的檢驗標準,則可能得到這樣可笑結果:比如英語的 must 既然沒有形式變化, 就應該與 the, then, for, as, enough 等屬於同一詞類。事實上,我們將 must 歸入動詞的唯一理由就是,因其在 I must go, must we go? 中的用法,與 shall 在 I shall go, shall we go? 中的用法完全平行,換句話說,我們將意義及其在句中的功能,同時列入考慮。假如 Zeitlin 說,must 與主格代名詞 "I" 的連用,就是它的「形式」特徵(一如他認「能與介系詞聯用」就算是名詞的「形式」特徵), 我對於這種考慮的方式沒有異議,不過我感覺仍不能同意,他把這樣的考慮就稱爲「形式」的考慮。

依我的意見,形式、功能、意義,都應該列入考慮。不過應該強調的是，因為「形式」乃是最為明顯的檢驗標準，它可能使我們在甲語言所發現的某些詞類，在乙語言實際並無此例。意義雖然重要，卻最不易處理，尤其不可能的是，找出一套簡潔易行的定義，做為分類的基礎。

我們可以假設兩種極端的語言結構，一種是每一個詞類永遠都有一個明確的形式特徵，一種是任何詞類都沒有外在的形式特徵。最接近前者的，沒有任何自然語言， 只有人工語言， 如 Esperanto (一種世界語)， 或者更好一點如 Ido (一種簡易世界語，由前者衍生而來) ，這裡面每一個名詞的字尾都是-o (複數為 -i)，每一個形容詞的字尾都是-a，每一個(衍生)副詞的字尾都是-e，每一個動詞的字尾或為 -r 或為-s 或為 -z，視其敘法 (mood)而定。反之，任何詞類沒有形式特徵，漢語就是一個例子。漢語裡的字詞，有些只限於某種用法，有些時而為名詞，時而為動詞，時而為副詞等等，無論功能如何，外形不變，其實際作用視造句法則及上下文而定。

英語的情況居於二者之間， 雖然它已有逐漸接近漢語的趨勢。 以round 為例，在下面所舉 (1)、(2) 之中為名詞，(3) 之中為形容詞，(4) 之中為動詞，(5) 之中為副詞，(6) 之中為介系詞：

> (1) a *round* of a ladder 〔梯子的橫木〕；(2) He took his
> daily *round*〔他照每天的路線走一趟〕； (3) a *round* table
> 〔圓桌〕； (4) He failed to *round* the lamp-post〔他未能
> 繞過路燈柱〕；(5) Come *round* tomorrow〔明天再過來吧〕；
> (6) He walked *round* the house〔他圍繞著房子走〕。

又如 while 在下面(1)中為名詞，(2)中為動詞，(3)中為連接詞：
> (1) He stayed here for a *while*〔他在這裡逗留了一會兒〕。
> (2) to *while* away time 〔荒廢光陰〕；
> (3) *while* he was away〔當他不在時〕。

　　其他如 move 可爲名詞或動詞 ， after 可爲介系詞、副詞、連接詞等。<註4>

　　另一方面， 也有很多字， 只能屬於一個詞類 ， 如 admiration, society, life 只能屬於名詞， polite 只能屬於形容詞， was, comprehend 只能屬於動詞，at 只能屬於介系詞。

　　欲確定某一字屬何詞類，單就一項孤立的外在形式看，一般是沒有多大用處的。也沒有一個字尾， 是屬於某一詞類所獨有的特徵。 字尾 -ed 或 -d 主要見於動詞 (如 ended, opened)， 但也可以加在名詞上使變爲形容詞 (如 blue-eyed, moneyed, talented) 。 如果我們把意義也列入考慮，有些字尾是可以用作檢驗標準的，比如， 如果加了 -s 就變爲複數，則這個字就是名詞；如果變爲第三人稱單數，則這個字就是動詞：準此，則名詞 round 和動詞 round 的區別，便可以測驗出來了 (如 many rounds of the ladder; he rounds the lamp-post) 另有一些字 (如 love) 的詞性，可由其上下文決定。 請比較： (1) my *love* for her〔我對她的愛〕， (2) the *love* I bear her〔我對她所萌生的愛〕, (3) I *love* her〔我愛她〕。 前兩例中的 my 和 the 便足以證明 love 是名詞，而非動詞 (如第3例)。更明白點，請比較 my admiration, the admiration 與 I admire ： 這裡 admiration 與 admire 的詞性，是毫無疑問的。<註5>

　　不過，重要的是，雖然 round 和 love，以及很多很多其他的字，可以隸屬兩個以上的詞類，但這只是就其在孤立的狀態時說的：在實際的語言中，每一個字在每一句話裡面，絕對只能屬於一個詞類，與別的詞類不相干。但這一點常爲一般語法家所忽略， 他們說 tea 在這句話中——We *teaed* at the vicarage〔我們在牧師家飲茶〕——是名詞做動詞用。事實上，它是一個眞正的動詞， 就如同 dine 或 eat 一樣，只是由名詞 tea 衍生而來 ，形式上沒有特別的變化 (除表過去的 -ed

外）而已。（參第§3.4末段。）根據名詞另造一個動詞，與將名詞用作動詞（這是不可能的）並不是一回事。因此，字典裡必須承認 love（名詞）和 love（動詞）分別為兩個字；同樣地，tea（名詞）和 tea（動詞）也應分別為兩個字。比如遇到 wire，我們甚至應該承認三個字：(1) 電線（名詞）；(2) 打電報（動詞）——由前者衍生而來，雖在形式上沒有任何變化；(3) 電報（名詞），由動詞無變化衍生而來。

假如我教初級語法，我將不以詞類定義開始，當然更不會用一般常用的定義，這些定義看起來說了那麼多，實在說的卻那末少，故我將採較為實際的辦法。事實上，一個受過訓練的語法家，認識一個字的詞性，並非靠著什麼定義；他所用的方法，實際與我們一般人看見一個動物，就知道它是牛還是貓一樣。兒童也能學會認識詞類，就像學習分辨常見的動物一樣，辦法是不斷地給予實習機會，讓他們觀察足夠的標本，並隨時提示他們注意各方面的特徵。我將取一篇有連貫性的文字，如短故事，將其中所有的名詞用斜體字印出，並針對這些斜體字略加討論，然後再給一篇不含斜體字的文字，這時學生或許就不難認識出，若干意義和形式皆與前篇相類的名詞。然後再用同一篇文字，將其中的形容詞用斜體字印出，接著以同樣的方法，對這些形容詞的特徵略加介紹。照這樣進行，直到所有詞類全部介紹完畢，學生將會逐漸獲得相當的「語法感」(grammatical instinct)，因而給他培養出一種能力，使他以後無論在本國語或外國語，對於詞形變化和造句法，都能得到進一步的理解。

不過，我說這些話的目的，並非在於告訴人怎樣教授初級語法，而是想對於語法的邏輯基礎，求得一些科學的了解。要達到這個目的，我想首先應該研究，語言到底怎樣給萬事萬物一個名稱，也就是說，首先要研究包羅萬象的真實世界，與其在語言上的表達方式之間的關係。

4.4 語言 (Language) 與眞實生活 (Real Life)

　　眞實的生活，往往呈現給我們的，只是一堆最具體而瑣碎的細節。比如你看見一隻確定的蘋果，它一部分確定是紅色，一部分略帶黃色，它具有確定的大小、形狀、重量、及成熟度，具有確定的斑點和不平處，處於今天此時此刻確定的光線下和確定的地點，等等。任何一種語言完全不可能把這麼多具體的細節，一次表達出來；我們爲了溝通傳達的效率，不得不略去其中許多屬於個別的具體特徵：「蘋果」一詞，不但可指處於不同環境、不同時間和地點的同一蘋果，而且可指許許多多其他的不同蘋果；爲了方便，我們給這些個體同一的名稱，因爲不然的話，我們就得需要無數的個別名稱，並且每天時時刻刻都要忙著，爲新的事物創造新的名稱。世界在我們的周圍及我們的內心，不斷地變動著。爲了捕捉這些變動中的事象，我們就在我們的思想中，或者說在我們的語言中，設定了某些或多或少的固定點、某些平均值。眞實的世界從來不給我們一個平均物，但是語言會給，因爲語言中的字詞，如 apple，並非指某一特定的個體，而是代表許許多多大同小異的個體的平均值。換句話說，爲了溝通思想感受，給予「類念」(class-concept) 一個多多少少抽象的名稱，是絕對必要的：apple 與任何我們親眼所見的個別的蘋果相比較，是抽象的； fruit〔水果〕的抽象度甚至更高一級，至於 red、yellow 等字就更不用說了。語言的進行，處處有賴於抽象的字詞。不過，抽象的程度差異極大。

　　現在，假設你要在與你談話者的腦海中，喚起某一特定的概念，你會發現這個概念的本身極爲複雜，包含很多很多的特徵，實在說，即使你終其一生也難以數盡。你必須做一個選擇，這時你當然會選擇你認爲，最能在對方的腦海中，正確無誤地喚起同一概念的那些特徵。除此之外，你並且注意你所選擇的特徵，無論對於你自己或對方，都是最容易達成任務的，俾雙方皆不致有走彎路的麻煩。因此，你不會說 a timid gregarious woolly ruminant mammal〔怕生的、群居的、多毛的、反芻類、哺乳動物〕，而說 sheep〔綿羊〕；不會說 male ruler of independent state〔獨立國的男性統治者〕，而說 king〔國王〕，只要可能的話，你總是用一個獨特的個別名稱，而不用長長的組合名稱。然而，因爲組合的概念並非都有一個獨特的名稱可用，你往往必須利用一個個的單字，拼湊成一個名稱，其中每一個字僅代表構成此概念的一個成分。即使如此，一個名稱仍不能盡述其所有特徵。因此，某人在不同的情況下，可能用了完全不同的說法，而聽者仍然每一次都明白他說的是同一個人，如 James Armitage 可簡稱 Armitage 或 James，此外，也可能說 the little man in a suit of grey whom we met on the bridge〔我們在橋上遇到的穿著灰色衣服的那個矮小的人〕，或者 the principal physician at the hospital for women's diseases〔婦科醫院裡的主治大夫〕，或 the old Doctor，或 the Doctor，或 her husband，或 Uncle James，或 Uncle，或者逕稱之 he。聽者對於每一項指稱，都必須根據當時的實際情況（也就是他所已知的事實）補充很多很多沒有說出來的個別特徵——尤其最後一項，僅以代名詞 he 稱之的情況。

在這些對於同一人的各種稱法之中，有一些顯然具有某種固有的特色，比如我們會挑出 James, Armitage, 和 James Armitage 而稱之爲「專名」(proper names)，又從別的描寫法中挑出 man, physician, doctor, husband, uncle 等而稱之爲「通名」(common names)，因其可爲許多（至少較專名所指者爲多的）人的通稱。現在，我們來詳細談談專名的本質。

4.5 專名 (Proper Names)

專名，好像當然就是只能適用於獨一無二之個體的名稱。就這個定義而論，像 the Pyrenees〔庇里牛斯山脈〕或the United States〔合衆國〕一類的複數形專名，並不能構成定義上的反證，因爲這一山系和這個政治實體，雖然在名稱上是複數形，但實質上被爲一個單位，一個單一的個體。 要說 one Pyrenee 或 one United State 是不可能的，必要時只能說 one of the Pyrenees 和 one of the United States。

　　一個比較嚴重的問題是，如 John, Smith 等 ，一般均認爲屬於專名類 ，然而無疑地 ，有許多人的名字都叫做 John ，又有許多人叫做 Smith，更有相當多的人叫做 John Smith。 同樣地，Rome 也是一個專名，然而除了原位於義大利的 Rome 之外，在北美洲至少還有五個城鎮叫這個名字。那末，我們到底應該怎樣區別「專名」和「通名」呢？

　　大家都知道，John Stuart Mill 在其所著「邏輯的體係」(System of Logic)曾提出一個說法，認爲專名是非「隱涉性的」(connotative)；它僅「明指」(denote) 其所代表的個體， 並不暗示屬於此一個體的任何品性；當我們僅欲表明所指爲何物而不談其他時，它能符合我們的要求。另一方面， 像 man 這個名詞，除了明指 Peter, James, John 及無數其他個體外，並且「隱涉」(connote) 某些屬性 (如具有形體、生命、理性) ，及另外一些僅爲人類所有，而非一般禽獸所有的外貌。因此， 如果我們給予事物的名稱具有任何意義， 則此意義當不在其所「明指」的範圍，而在其所「隱涉」的部分。僅有明指而無隱涉者，是謂專名；嚴格地說，專名是沒有「涵意」(signification) 的。

　　最近有一位丹麥學者 H. Bertelsen (1911) 也說，John 之爲專名，乃因其沒有任何意義，且其「名」實爲所有名叫 John 的人所共有，僅有別於其他名叫 Henry 或 Richard 的人而已。「通名」選取人、物本體某些特性以名之，「專名」則反是。 因此 ，二者的區別實與所名個體的數量無關 —— 至少沒有特定的關係。然而，我認爲這個看法，仍未觸及問題的核心。

4.6　專名的實際意義 (Actual Meaning of Proper Names)

　　依我的看法，問題的關鍵在於說者實際怎樣使用一個名稱，以及聽者怎樣了解這個名稱。在實際的語言裡，每用到一個專名，對於說者和聽者兩方面，它的功能都是指一個單獨的個體，而且限於這一特定的個體。今天，我跟一夥朋友談話，可以用 John 這個名稱指以 John 為名的某人，但這並不妨礙我明天同另外一夥人談話時，再用 John 這個名稱去指另外一個完全不同的人。 前後兩個場合，John 這個名稱都盡了使聽者明白我意的責任。 Mill 一派人士，太過於強調一個名稱的字典值 (dictionary value)， 而忽視其在實際使用中的環境值 (contextual value)。誠然，假使僅拿 John 這個名稱孤零零地擺在我們面前，我們實在很難說出它的意義，可是這個例子，對於很多很多的「通名」來說，情形也都完全一樣。如果有人問我 jar 或 sound 或 palm 或 tract 是何意義，我只有老實回答：請給我一個用例，我就知道它的意義了。比如 pipe ，在甲句中的意義是「煙斗」，在乙句中是「水管」，在丙句中是水手班長的「哨子」，在丁句中是管風琴的「風管」。 同樣 ， John 在每一句用例中 ，只有一個明確的意義，這一點由上下文及實際情況可知。假如我們覺得 John 在每一句話中的意義 ，都比上述 pipe 等字的意義更為特殊化，這不過再一次證明了「專名」所表示的個別特徵，實較「通名」所表示者為多。借用 Mill 的術語 (但與他的觀點完全相反) ，我敢大膽地說，「專名」在實際使用中所「隱涉」的個別屬性，數目最大。

　　當你第一次聽到或在報紙上看到一個人的名字，這時他對於你不過是一個名稱而已。但是，後來逐漸聽多了或看多了，這個名稱對你所產生的含義，也就愈來愈多了。又如一篇小說中的人物，你對他的熟習程度，會隨著你的閱讀進度而增長。「通名」的情形完全一樣。倘使你遇到一個新的名詞 "ichneumon"，一個「通名」，你對於它的表面意義或

隱涉意義 (connotation)，將會跟著你的知識的進展而逐漸了解。否定
這個看法的人，只可能有一個理由，那就是說一個名稱的「隱涉意義」
，乃是這個名稱所固有的，它的存在，與任何認識者或使用者的心理，
皆不相干。但此一說法當然是很可笑的，而且違反了一切有關語言本質
及人類心理學的正確理念。

假使專名對於聽者，不曾「隱涉」許多個別屬性，那末我們就無法
明白或解釋，為什麼經常有專名變為通名的現象。一個法國人問一個丹
麥女子，她的父親是幹什麼的？這位女子因不諳法語 "雕刻師" 怎麼說
，在情急之下只好轉彎抹角地說： Il est un Thorvaldsen en minia-
ture〔他是個渺小的 Thorvaldsen〕(譯者按： Thorvaldsen 為丹麥名
雕刻家）以解其困。 王爾德 (O. Wilde, *Intentions*, 81)： "Every
great man nowadays has his disciples, and it is always Judas
who writes the biography"〔今天的每一個偉人都有他的信徒， 而為
其寫傳記的總是 Judas〕。 這可說是把 Judas (聖經中的猶大) 當做
完全的「通名」使用 (因而有了 a Judas) 的先聲 。 Walter Pater
(*Renaissance*, 133)： France was about to become *an Italy* more
Italian than Italy itself〔法國將成為比義大利本土更有義大利風
的一個義大利〕。 Cæsar 就是這樣變成了各國的皇帝 —— 羅馬的
emperor，德國的 Kaiser， 俄國的 tsar —— 的通稱 。 如莎士比亞
悲劇 Julius Cæsar 第三幕第二景，民衆叫喊著：Live Brutus, live,
live ... Let him be *Cæsar*〔活下去， Brutus！ 活下去！ 活下去！
... 擁他為皇帝〕。以上不過略舉數例。<註6>

邏輯學家當然明白這一點 ，不過他們並不完全同意 ， 像 Keynes
(1906:45) 就這樣說：「專名被用來指稱某一型的人，當然就變得有隱
涉性了； 比如 a Diogenes〔犬儒派哲學家〕，a Thomas〔對耶穌復活
持懷疑論者〕， a Don Quixote〔不切實際的理想主義者〕， a Paul

Pry〔過份好奇者〕, a Benedick〔多年抱獨身主義而突結婚之男子〕
, a Socrates〔知識的殉道者〕。 一經如此使用，這些名字就已完全
不再是專名了； 它們已具有通名的一切特徵。」 一般邏輯學家只管在
意義圈裡作嚴密的區劃 ， 而不考慮作爲一個語言學家所認爲最重要的
問題，那就是： 原本了無意義的一串語音，忽然由「非隱涉性」(non-
connotative) 的意義變爲有隱涉性，而且此項新生的意義， 立刻爲整
個語言社區所接受──這將如何解釋？

假使採取本人的觀點，問題即可解決。因爲事情就是這樣簡單，一
個人的特有品質 (實際應該說是由他的名字所隱涉的品質) 本來是很複
雜的，我們從中選擇一項最爲人所熟知的，用來指稱另一位具有同一品
質的人物。這也正是我們所常見一些通名的形成過程，比如我們把喇叭
形的花叫做喇叭花，無論它在別的方面如何不像眞正的喇叭；或者稱某
政客爲 old fox〔老狐狸〕；或者形容女子爲 pearl〔明珠〕, jewel
〔寶貝〕。專名之轉爲通名，與通名之產生隱涉意義，實基於同一原理
，故二者之間的差異，僅程度不同而已。

Crœsus 作爲個人之專名，與轉借爲「富豪」之間的差異， 可比之
於 human (通指一切人性) 與 humane (選擇人性之一面──慈悲) 之
間的不同。

按現代歐洲各國通行的複合人名制度，我們又發現一種略爲不同的
專名「通名化」的例子。一個孩子僅因其出生關係而取得其父的姓氏，
但我們不可輕率地說，同一家族的人(如 Tymperleys)， 除了同姓之外
，別無其他共同之點。他們有共同的遺傳，有時顯露在鼻子上，或走路
的步態上，有身體的，有心理的，範圍可能很廣， 因此 Tymperley 這
個名字， 亦可逐漸產生某種意義， 在本質上與通名如 Yorkshireman
或 Frenchman 或 negro 或 dog 沒有什麼兩樣。 後者之中有些很難確
定，它們到底「隱涉」些什麼，也就是說，我們到底根據何種特徵來認

定，某人屬於這一型或那一型，然而邏輯學家都同意，所有這些名稱皆具有「隱涉性」。然則，Tymperley 何獨不然？

基督教的教名情形當然不同，因為它們都是隨意取的。甲女取名為 Maud，可能為承襲其富有的姑母之名，乙女取名為 Maud 只因其父母認為此名漂亮，二者之間除了同名之外，別無其他共同之點。Temple〔廟宇〕與 temple〔太陽穴〕的情形也大致相同。（實際兩個 Maud 之間尚有同為女人之特點。）<註7> 但是，這並不影響我的主要論點，我認為每次當 Maud 之名出現在自然語言環境中，它都能使聽者聯想起一連串為其所獨有的特性或特徵。

持反對意見者或曰：「一個名稱的隱涉，並不能令吾人據以識別其所名之物類。比如英國人 (Englishman) 到了海外，我可以根據其衣服的剪裁式樣，認出他是英國人，法國人 (Frenchman) 可由他的口音認出他是法國人，牛津、劍橋大學的學監 (proctor)，可由他胸前的兩條飾帶認出來，律師 (barrister) 可由他的假髮認出；但這並不是說，這些特徵就是 Englishman, Frenchman, Proctor, barrister 的本義，而且它們也不能構成後者之『隱涉』的任何成分」(Keynes 1906:43)。這種說法似乎要在「隱涉」之中，區分必要的跟非必要的或臨時的特徵。然而，如何在這二者之間，畫出一條明確的界線？設欲知 salt〔鹽〕和 sugar〔糖〕的隱涉如何，則必須應用化學試驗，以明二者之化學式為何，抑或使用通常口嚐的方法？「狗」這個字會令人聯想些什麼？在很多情形下，我們會毫不猶豫地應用「類名」(class-name)，而當他人問到該名的意義如何，或者何以在此時此地用此名？我們常感茫然不知如何回答。我們認識一條狗，有時靠著此特徵，有時靠著彼特徵，當我們指某動物為「狗」時，我們深信，它必具有其餘構成狗性 (dog-nature) 之一切特質的總和。<註8>

專名之用於複數（參拙著 MEG II, 4.4），依我所持的觀點，自不難理解。 嚴格地說，專名不可能有複數， 正如同以代名詞「我」而言，複數乃是不可想像的事：只有一個「我」存在。 John 和 Rome 當然也只有一個，如果它們所指的，就是我們此時此刻所談的那一個人或城市。 但是，依據前文的分析，專名也照常可以有複數。 諸如以下各類之例：

(1) 不約而同的同名之人： In the party there were three *Johns* and four *Marys*〔在場的有三位約翰和四位瑪麗〕。 I have not visited any of the *Romes* in America〔我尚未訪問過美洲的任何羅馬城〕—— 譯者按：美洲共有五個城鎮名 Rome。

(2) 同一家族的份子： All the *Tymperleys* have long noses〔T. 家的人個個鼻子都很長〕。 in the days of the *Stuarts*〔在斯圖亞特王朝的時代〕。 the *Henry Spinkers*〔H.S. 夫婦〕—— 參第14章：近似複數。

(3) 與知名之人或事物有相似之特點者： *Edisons* and *Marconis* may thrill the world with astounding novelties〔像愛迪生和馬可尼那樣的發明家，會以驚人的新奇產品震撼世界〕。 *Judases*〔像猶大一樣出賣朋友的人〕。 *King-Henrys, Queen-Elizabeths* go their way (Carlyle)〔那些亨利王和伊利莎白女王都過去了〕。The Canadian Rockies are advertised as "fifty *Switzerlands* in one"〔加拿大的洛基山脈在廣告中宣稱有五十個瑞士合起來大 〕。

(4) 依換喻 (metonymy) 的原理，藝術家的名字可用以稱其作品： There are two *Rembrandts* in this gallery〔在此間畫廊有兩幅雷姆卜蘭特的作品。〕

我們應該記住，一個專名所指稱的個體，細想一下，也不過是一個抽象的概念。每一個人時時刻刻都在不斷地變化，名稱的功能便是在這些瞬間即逝的精靈中，捕捉住他們永遠不變的成分，打個比方說，就是把他們化成一個公因數。因此，我們才能夠了解像下面這些句子（這些句子，在專名嚴格不含「隱涉」的前提下，是難以解釋的）：

■ He felt convinced that Jonas was again *the Jonas* he had known a week ago, and not *the Jonas* of the intervening time (Dickens)〔他感覺深信 J. 已恢復了他在一個禮拜以前所認識的 J，而不是這一個禮拜期間的 J.〕。

■ There were days when Sophia was the old *Sophia* -- the forbidding, difficult *Sophia* (Bennett)〔過去有一段日子，S.還是老的S.，亦即令人退避三舍難以與之相處的S.〕。

■ Anna was astounded by the contrast between *the Titus* of Sunday and *the Titus* of Monday (Bennett)〔A. 大感驚訝，星期天的提多跟星期一的提多，竟有如此的差別〕。

■ *The Grasmere* before and after this outrage were two different vales (de Quincey)〔Gr. 山谷經過這一次的蹂躪，前後簡直是兩個不同的世界〕。

■ Darius had known England before and after the repeal of the Corn Laws, and the difference between the two *Englands* was so strikingly dramatic ... (Bennett)〔大流士了解英國在穀物法廢止前後的情況，而這兩個時期的英國，令人感到有驚人的差異〕。

就語言學的觀點而言，要在專名與通名之間，劃一條嚴格的界線，是完全不可能的。我們已經談過專名變爲通名的例子，通名變爲專名也一樣地常見。 只有極少數的專名，自始至終都是專名， 如 Rasselas (Dr. Samuel Johnson 所著小說 Rasselas 的主人翁)； 大多數的專名，直接或間接皆起源於通名。比如 the Union，作爲牛津或劍橋大學某一學生聯誼社的名稱，它是專名嗎？又如 British Academy〔英國學術院〕, Royal Insurance Company〔皇家保險公司〕, 再如書名 Men and Women〔男人與女人〕,或 Outspoken Essays〔直言集〕, Essays and Reviews〔散論文集〕,它們都是專名嗎? 一個名稱愈是無解,我們就愈會立即承認它是專名,但這也並不是不可或缺的條件。比如 the Dover Road 指通到英國東南部港口 Dover 的公路,原本不是專名,而 Dover Street 則與 Dover 絲毫沒有關連 (當初很可能命名為 Lincoln Street), 從一開始就是專名。 然而,the Dover Road 經過一段時間,如果原來叫這個名字的理由已被遺忘,而且這條路也已經成了普通的街道,那末它也可能變成專名。這個轉變,在語言方面,或許可以由其定冠詞 the 的消失看出 。 倫敦有一個公園 , 許多人仍稱之為 the Green Park,也有人略去冠詞,這時 Green Park 當然就是專名了。類似的情形尚有紐約的 Central Park,牛津大學的 New College, 英國東北部港口 Newcastle 。 因此,英語之冠詞的消失 (義大利語或德語則不然),便成了判別專名跟通名的具體標記之一。

日常生活中所用的名稱,如 father, mother, cook, nurse, 沒有冠詞,可說是近似專名;無疑地,它們在小孩子某個年齡以前的感覺上是如此。關於這一點,試看:當母親或姑母對孩子說 father 時,所指的並不是她們自己的父親,而是孩子的父親——便可以得到明證。

由通名變為專名,與一般通名的專用化,這兩個過程僅有程度的差別,沒有本質的不同。 比如,當 the Black Forest (或者取德語的名稱 Schwarzwald [=schwarz 'black' + wald 'forest'] 更明白些) 變為某一特定山脈的名稱之後 , 它與可指其他 "黑森林"的通名 the black forest 之間的關係, 恰與 the blackbird〔山烏類〕 跟 the black bird〔黑色的鳥〕之間的關係相當。

由此觀之,專名與通名之間實不可能劃出一條嚴格的界線,其間只有程度的不同,沒有本質的差別。一個名稱永遠「隱涉」該人物所特有的某些品性。此人物愈是特殊化或性格化，則其命名的自由度就愈高，因此，它也就愈接近專名的境界。 當我們想在對方的腦海中， 喚起對某人物的意念時，通常都有一個現成的、特指該個體 (亦即對方在此情況下能聽得懂指誰) 的名稱可用；不然的話，我們就得利用其他的字詞，拼湊一個意義夠精確的合成名稱，以達到溝通的目的。至於字詞與字詞結合的方式，將為下一章所討論的主題。

◎ 第 4 章 附 註 ◎

1. 見 Schroeder (Leipzig, 1874)。

2. 「列舉」(enumerate) 在此似乎並非指字典裡的意義，否則，依照上述的定義，比如這一句：All his garments, *coat, waistcoat, shirt* and *trousers*, were wet. 其中的 coat 等字豈不都變成形容詞了。

3. 在本書初稿完成之後很久，我才見到 Sonnenschein 的 New English Grammar (Oxford, 1921—— 其中有很多精采的地方，不過我不盡同意，容後敘及)。 該書對於上述部分定義也有所改進：「代名詞用以代替名詞，其功能在於指示或列舉人或事物而不直稱其名。」「指示」(indicate) 比「指定」(identify) 要好得多，不過，none 與 who 的問題仍未解決。「對等連接詞用以連接一句中的同級成分。從屬連接詞，用以連接複句中的副詞子句或名詞子句。」對等連接詞也可以用來連接整句 (Sonnenschein, 59)。這個定義相當複雜，而且牽涉許多預設術語；對於「何謂連接詞？」這個問題，實際並未提出一個答案。再者，兩類連接詞的共同性質是什麼？

4. 稍後我們將會討論，這些是否真是不同的詞類。

5. 參拙著 MEG II (Chs. VIII & IX) 有詳細的討論， 下面各例引號內的字是否真的都是名詞：(1) Motion requires a "here" and a "there"〔運動需要一個起點和一個止點〕。 (2) a "he"〔一個男人〕(3) a "pick-pocket"〔一個扒竊〕(4) My "Spanish" is not very good〔我的西班牙語不太好〕。 我在 MEG II, Ch. XIII 特別舉了一些詞類有問題的例子，比如下列複合詞中的前一字，是否都已變爲形容詞？ (1) intimate and *bosom* friends 〔親密的

心腹摯友〕｜ (2) the *London* and American publishers 〔倫敦及美國的出版家〕｜ (3) a *Boston* young lady 〔一位波士頓小姐〕｜ (4) his own umbrella -- the *cotton* one 〔他自己的傘——那一把棉布的〕｜ (5) much purely *class* legislation 〔許多純粹的階級立法〕｜ (6) the most *everyday* occurrences 〔每天最常發生的事情〕｜ (7) the roads which are all *turnpike* 〔到處是收費站的公路〕｜ (8) her *chiefest* friend 〔她的最主要的朋友〕｜ (9) *matter-of-factly* 〔實事求是地〕｜ (10) *matter-of-factness*〔實事求是的精神〕。

6. 立陶宛語 (Lithuanian) 之 karalius〔國王〕源出於 Carolus (Charlemagne)；與之同源者尚有俄語之 korol, 波蘭語之 król, 馬扎兒語 (Magyar) 之 király。

7. 專名的另外一個傳遞方法，就是已婚婦女名字的獲得，比如 Mary Brown 與 Henry Taylor 結婚以後就成了 Mrs. Taylor, Mrs. Mary Taylor，甚至 Mrs. Henry Taylor 。

8. 「狗」之最好的定義，也許就是這個幽默的說法：「狗，乃是另一隻狗直覺地認其爲『狗』的動物。」

第5章 實體詞與形容詞

5.1 形式概覽 (Survey of Forms)

在前面 §4.4 我們曾見過同一'個人'所有的各種稱謂之中，有一些含有兩個成分，這兩個成分彼此顯然處於相同的關係，如： little man, principal physician, old Doctor。 我們稱 little〔小〕，principal〔主要的〕，old〔年老的〕為形容詞 (adjective)； man〔男人〕，physician〔內科醫生〕，Doctor〔醫生〕為實體詞 (substantive)。 形容詞與實體詞有許多共通之點，而且有些情形也很難說某一個字是形容詞還是實體詞。因此為方便計，應有一個可以涵蓋二者的概括名稱。 依照老的拉丁術語 (近代歐洲大陸的語法家仍常用之)，我有意使用名詞 (noun > 拉丁語nomen) 這個字，來作為實體詞與形容詞的總稱。一般英語學者常用 'noun' 僅指我們這裡所稱的實體詞 (為讀者方便，本漢譯本將沿此習慣，以下逕以「名詞」譯之——譯者)；不過依我的術語，我們一方面可以得到一個形容詞 nominal〔名詞的或形容詞的〕，一方面可以得到一個動詞 substantivize〔使名詞化〕，在必要時可以說 substantivized adjective〔名詞化的形容詞〕。

雖然有些語言，如芬蘭語，在形式上好像找不出可以區別名詞與形容詞的記號，如 'suomalainen' 就是二者兼屬的， 不管我們把它譯成名詞 "芬蘭人" 或形容詞 "芬蘭的" 皆可 —— 然而咱們亞利安語系 (Aryan) 的語言，都區別名詞與形容詞，雖然在程度上有不同。在較古一點的語言，如希臘語和拉丁語，其主要的區別在於性屬的變化上，比如形容詞的性屬，必須與其所形容的名詞一致。雖然每一個名詞都有一

71

個固定的性屬，形容詞則不然；就因爲我們必須說 *bonus* dominus〔好主人〕, *bona* mensa〔好桌子〕, *bonum* templum〔好廟〕, 使我們不得不承認名詞與形容詞爲兩個類別。值得注意的是，形容詞就其性屬變化而言，似乎較名詞更爲「正統」。雖然陽性名詞也有帶接尾 -a 的，陰性名詞也有帶接尾 -us 的，但陽性的 bonus 和陰性的 bona 卻只有一個形式，如 bonus poet*a*〔好詩人〕，bona fag*us*〔好青剛木〕。整個說來，名詞在屈折變形上所表現的不規則處（如無變形、變形不全、或有兩個字幹等）遠較形容詞爲多。現代德語依然如此：名詞比較個性化而保守，形容詞則比較易受類化作用的影響。在羅曼語系（Romanic）裡，中性性屬雖然消失，仍保留著名詞與形容詞之間的諧合關係（如拉丁語），除了在法語的口語中，陽性和陰性的區別大部分已經消滅， 如下面陽性、陰性成對的形容詞發音都相同── donné：donnée〔已知的〕；poli：polie〔有光澤的〕；menu：menue〔細小的〕；grec：grecque〔希臘的〕。 另外值得注意的是，形容詞的位置亦非固定不變，有時放在名詞的前面，有時放在名詞的後面。因此，在某些情形下，很難說相鄰的兩個字之中，哪一個是名詞，哪一個是形容詞。比如 un savant aveugle〔盲人學者/學者盲人〕， un philosophe grec〔希臘哲學家/達觀的希臘人〕；又如 un peuple ami〔人民的友誼/友善的人民〕； une nation amie〔國家的友誼/友好國家〕； une maîtresse femme〔女強人〕──可視爲「名詞 + 形容詞」，亦可視爲兩個名詞的結合，如同英語boy messenger〔信童〕，woman writer〔女作家〕。

在哥頓語系（Gothonic）── 亦即日耳曼語系（Germanic）──裡，像這樣模稜兩可的情形，一般而言是不存在的。在很早的時期，形容詞就從代名詞吸收了一些接尾語，然後發展出一種爲形容詞所特有的「強變形」(strong declension) 和 「弱變形」(weak declension), 其「弱變形」原係由某一類名詞轉化而來的 -n 變化，逐漸延伸至所有的形容詞，主要用於限定詞（如定冠詞）之後。這種情形，在一定程度內，仍忠實地保存在現代德語裡。在現代德語裡，我們仍舊可以看到像這樣突出的形容詞變形： ein *alter* mann〔一位老人〕， der *alte* mann〔那位老人〕, *alte* männer〔老人們〕， die *alten* männer〔那些老人們〕等。 冰島語（Icelandic）仍然保留著古代形容詞（複數）的變形系統，但是其他的北歐語言，都已經大為簡化了，除了尚保存著強變形和弱變形的區別，如丹麥語 en *gammel* mand〔一位老人〕， den *gamle* mand〔那位老人〕。

　　古英語的情形，與德語大致相同。可是歷史既久，由於語音變遷及其他因素，結果產生一個截然不同的新系統。有些字尾（如某些含'r'者）， 已完全消失； 遭同樣命運的還有 -e 和 -en ，這兩個字尾在從前與名詞和形容詞的關係都很大。從前形容詞單數（陽性及中性）領格的字尾 -s，現已完全拋棄； 因此，形容詞現今不論格位或數目，也不論前面是否有定冠詞，一律只用一個形式。另一方面，名詞的屈折變形雖然也曾有大量的簡化，但卻不如形容詞徹底。字尾 -s 在這裡特別頑強，現已構成名詞的主要特徵，儘管古亞利安語之一切諧合（concord）的痕跡已完全消失。 因此我們必須說，在 the old boy's（單數領格）及 the old boys'（複數領格）中，old 是形容詞，因爲它沒有字尾；boys 是名詞，因爲它有字尾 -s。在用 the blacks 指黑人（種族）時，black 已完全名詞化了。 同樣地， the heathens〔異教徒衆〕是名詞，而 the heathen〔異教徒全體〕仍是形容詞，儘管它的後面並沒有跟著任何名詞 —— 許多語法家稱之爲「扮演著名詞的功能」。因此，莎劇「亨利五世」(III.5.10) 有這樣一行 ： Normans, but bastard Normans, Norman bastards.〔諾曼人，私生的諾曼人， 諾曼人的私生子！〕先是形容詞 bastard + 名詞 Normans，後是形容詞 Norman + 名詞 bastards 。

5.2 本體與品性 (Substance & Quality)

由上面的簡述可以知道，名詞與形容詞的形式區別，在各種語言裡雖有或多或少程度的不同，但有此區別乃為大勢所趨。同時也很容易看出，凡有此區別的地方，其分配狀況在基本上也必定是一致的，即凡表示stone〔石頭〕，tree〔樹〕，knife〔小刀〕，woman〔女人〕一類概念的字，必然是名詞；凡表示big〔大〕，old〔老〕，bright〔光明〕，grey〔灰色〕一類概念的字，必然是形容詞。由此看來，很可能這兩個詞類的區別，並非純粹是偶然的；其中必然有些根本的道理，和某種邏輯的或心理的（亦即概念的）基礎。現在，我們就要研究這個基礎是什麼。

一個常見的回答是：名詞指實物的本體（即人或事物），而形容詞則指這些實體的品性。這個定義顯然就是「實體詞」（名詞）這個名稱的由來，但並不能說完全令人滿意。有許多「實體」(substances)的名稱，無疑係由某種品性衍生而來，因此，這兩個概念實在是分不開的：比如the blacks〔黑人〕，eatables〔食物〕，desert〔沙漠〕，a plain〔平原〕等，必須稱為名詞，而且在實際語言裡也是如此處理的。無疑地，還有很多其他的名詞，其來源現今已不可考了。然而在當初，它們都是說話者從許多品性中，挑選出來的某一品性的名稱。所以，就語言學的觀點而言，實體與品性的區別，實在沒有多大的價值。若從哲學的觀點看，我們可以說，唯有經由「品性」才得認識「實體」；任何實體的本質，都不過是我們所能察知或想像得到的，彼此具有某種關聯的若干品性的總和。在從前，實體被認為就是「真實」(reality)的本身，而品性本身被認為是不存在的，但是現在卻有一個很強的相反傾向，認為所謂品性的「底層」(substratum)，只是一個假想的東西，對於它或多或少的需要，實不過吾人思考習慣的結果；換句話說，「品性」才是構成真實世界 —— 也就是我們所能察知的、對我們具有真實價值的一

切 —— 的最終成分。

以上所言 ，無論讀者怎樣想，都必得承認 ，舊的定義無論如何無法解決像 wisdom〔智慧〕，kindness〔和善〕 這一類所謂「抽象字」的問題，因為，雖然這些字在實際上都是名詞，而且在所有的語言中也都認為是名詞，然而很明顯地，它們與形容詞 wise 和 kind 所指的，乃是同一的「品性」，並沒有任何「實」的地方。從概念著手，無論給名詞下怎樣的定義，這些抽象字總會造成困擾。故於此刻，最好完全不要去考慮它們，容後面第10章再談。

5.3 特殊化 (Specialization)

不談抽象字，問題就好解決。我們可以說，大體而言，名詞較形容詞為特殊化，其所適用的對象較形容詞為少；用邏輯學家的口吻來說，與形容詞相較，名詞的外延 (extension) 較小，內含 (intension) 較大。一個形容詞僅指 (或者說挑選) 一種品性，一個特點，而每一個名詞，對聽者來說，都暗示著許多足供識別某實物的特點。這些特點是什麼，通常從名稱上看不出來；即使一個描寫性的名詞，也不過挑選出一、二較突出的特徵，其他的都省略了。植物學家在不開花的季節，也能認得出 bluebell〔藍鈴花〕， 在沒有黑莓 (blackberry) 的時候，也能認識黑莓樹叢。<註1>

名詞與形容詞的不同，在一字兩用的時候，看得最清楚。有許許多多名詞化的形容詞，它們的意義都比原來的形容詞要特殊化得多，試比較 a cathedral（法語 une cathédrale, 西班牙語 un catedral）〔內有主教聖座的大教堂； 原義： 主教之聖座的〕，the blacks〔黑人〕，natives〔本地人〕，sweets〔糖果〕， evergreens〔常青樹〕等。還有的時候，其形容詞的用法殆已完全消失，如 tithe〔什一稅；原為一序數 (=tenth)〕，friend〔朋友；原係某動詞 (=love) 的古分詞〕，以及某些古拉丁語或希臘語之分詞，如 fact〔事實 < 已完成的〕， secret〔秘密 < 隔離的〕， serpent〔莽蛇 < 爬行的〕，Orient〔東方 < 升起的〕，horizon〔地平線 < 分界的〕。

　　相反地，名詞轉爲形容詞，意義就變得較一般化了。比如法語的 rose〔玫瑰 > 粉紅色的〕，mauve〔錦葵 > 淡紫色的〕，puce〔蚤 > 深褐色的〕等，作爲顏色形容詞，其意義就比做名詞一般化得多了；作爲形容詞，它們可以適用於多種不同的實物，因爲這時它們僅「隱涉」(connote) 構成原名詞的許多特徵之一。<註2>　英語名詞轉爲形容詞的例子，有 chief〔首領 > 主要的〕， choice〔挑選 > 精選的〕，dainty〔珍饈 > 味美的〕，level〔平面 > 平坦的〕，kindred〔親屬關係 > 同類的〕。

　　拉丁語形容詞 ridiculus，依據 Bréal (MSL 6.171)，乃是由中性名詞 ridiculum〔可笑之物〕演變而來，後者之構字原與 curriculum, cubiculum, vehiculum同型。待應用於人時，取得了陽性和陰性字尾而成爲ridiculus 和ridicula，就因爲這一點形式特徵，使它轉化爲形容詞；同時它的意義也變得比較一般化了，並且丟掉了「物」的成分。

　　哥頓語系 (Gothonic) 的所謂弱變化形容詞，也是由名詞逐漸演變而來的。Osthoff 曾指出，這等形容詞應追溯至一種古名詞的構詞法，類似希臘語的 strabōn〔斜眼的人〕，相對應於形容詞 strabos〔斜視的〕，或拉丁語 Cato catonis (='the sly one')〔狡猾者〕，參形容詞 catus〔精明的〕，Macro 參形容詞 macer〔瘦的〕。在哥頓語系，這個現象也逐漸推廣，不過最初只是作爲混名或外號用，屬於個人化的。如 Osthoff 所說，拉丁語的M. Porcius Cato, Abudius Rufo, 譯成德語意思就是M. Porcius der Kluge〔聰明的 M.P.〕，Abudius der Rote〔赤面 A.〕，正如現今德語，在 Karl der Grosse〔偉大的 K.〕，Friederich der Weise〔睿智的 F.〕，August der Starke〔強盛的

A.〕等語中，仍舊使用弱變化形容詞，定冠詞在最初是不需要的。如古英語作品 Beowulf 之中，beahsele beorhta 原本視爲兩個同位的名詞，即'ringhall —— the bright one'〔明亮的鐘樓〕；又如 hrefen blaca = 'raven, the black being'〔烏鴉〕。 像這樣的結構："þær se goda sæt | Beowulf" (源出於 "þær se cyning sæt"〔那邊坐著國王〕的句型)，最初的意思相當於'there the good one sat (namely) Beowulf'〔那邊坐著一個好人，即Beowulf〕，但是後來 se goda 漸與 Beowulf (或其他名詞) 直接連繫起來；此一形式遂延伸至中性名詞(尚未見於英國最古的史詩)， 終於成爲使名詞前面的形容詞變「特定化」(definite) 的常規了。 如此新生弱變化的形容詞不斷增多，尤以德語爲然。此等弱變化形容詞經過逐漸發展，結果同原有的「強變化」形容詞並行，成爲眞正的形容詞，故使得原有的個人化成分消失，意義變得較爲一般化，雖則我們仍然可以說， (der) gute (mann)〔那個好人〕的意義，比較 (ein) guter (mann)〔一個好人〕爲特殊化。

Bally (1909:305) 曾提醒大家注意， 形容詞的名詞化還有另外一重效果： 如法語 Vous êtes un impertinent〔你是個魯莽的傢伙〕就比 Vous êtes impertinent〔你是魯莽的〕習慣而有力。這裡名詞化的程序很簡單，就只加了一個不定冠詞 un。 別的語言也有同樣的現象，試比較： 英語 'He is a bore'〔他是個令人乏味的傢伙〕與 'He is tedious'〔他是令人乏味的〕｜德語'Er ist ein prahlhans'〔他是個吹牛大王〕與'Er ist prahlerisch'〔他好吹牛〕。暱稱詞也一樣，比如 'You are a dear' 給人的感覺，就比 'You are dear' 更爲親暱，而且後者事實上很少說。道理很明顯：這些名詞使人感覺有力，就因爲它們比形容詞的涵義較爲特殊化，儘管表面上似乎所言係同一概念。

根據我們的定義可以得到一個簡單的推論，那就是最特殊化的名詞，也就是所謂專名，不可能轉爲形容詞 (或附加語，詳見下) 而不致眞正失去其專名的本質，變得較爲一般化。比如 the Gladstone ministry，意即以 Gladstone 爲首相的內閣，此一Gladstone 與眞正的專名Gladstone 相對立，正如 Roman 之於 Rome，及English 之於 England。此一意義的轉變，由特殊轉爲一般，在下兩個例子裡面尤見明顯：Brussels sprouts〔龍眼包心菜〕可出產於任何地方，不限於布魯塞爾；Japan table 意爲日本油漆桌子，不必爲日本製 。<註3>

5.4 兩個詞類的互轉 (Interchange of the 2 Classes)

現在我們來談談，一個形容詞成分和一個名詞成分構成一個詞組，是否可以互換位置而不失其自然。 Couturat 原則上不重視這兩類字的區別， 可能是因爲在他的母語中形式稍有不同， 他總是舉這樣的例子說： un sage sceptique〔懷疑論的聖哲〕 就是 un sceptique sage〔聖哲懷疑論者〕， un philosophe grec〔希臘的哲學家〕 就是 un Grec philosophe〔富哲學思想的希臘人〕， 並說其間的區別細微，全看當時哪一個成分被視爲較基本、或較重要、或較受關切，因爲，很明顯地，一個人必須先要是一個希臘人，然後才能談得上是否爲一哲學家。 "總之， 我們寧可說 des philosophes grecs 而不說 des Grecs philosophes" (Couturat 1912:9)。

這兩個名、形兼具的成分，到底哪一個比較重要或受到關切，也許很難確說，但假如我們應用上述的標準，則我們將不難發現，爲什麼在表達 the Greeks who are philosophers (= the philosophers who are Greeks) 時， 我們很自然地選 philosopher 當名詞 (因其涵義較爲特殊化)， 選 Greek 做形容詞 (因其涵義較爲一般化)， 而說 the Greek philosophers (法語 les philosophes grecs)，卻不會說 les Grecs philosophes (在英語裡， 此二類結構的互轉， 意義並不完全相等：the philosophical Greeks 並不能適切地涵蓋法語的含義)。一本著名的德文書，名爲　Griechische denker〔希臘的思想家〕。如果稱爲 Denkende griechen〔有思想的希臘人〕意思就差得多了，因爲形容詞 denkend 的涵義，較名詞 denker 要浮泛得多了，後者所指乃思想深刻而具專業性的思想者，而非普通"有思想"的人。

　　再舉一個例子。高爾斯華綏 (Galsworthy) 曾寫道：「他在政治上做一位保守的自由黨人 (Conservative Liberal)，一直做到了六十好幾歲，直到 Disraeli 時代，他才轉變成一位自由的保守黨人 (Liberal Conservative)」。這裡的 conservative 和 liberal 兩字，被用做名詞 (可加 -s 表複數) 以指兩個政黨的成員；很明顯地，這兩個字做了名詞，要比它們做普通形容詞的涵義，特殊化多了。<註4>

　　試比較 a poor Russian 和 a Russian pauper 兩語，我們首先發現名詞 Russian〔俄國人〕的涵義，比做形容詞的時候要特殊化，因爲它暗示著"一個男人或一個女人"；另一方面，pauper〔貧民〕較 poor〔貧窮〕爲特殊化，後者除了人類以外，可能適用的對象很多：pauper 甚至比 a poor person〔窮人〕的意義還要特殊化，因爲前者有資格接受公衆的救濟。<註5>

5.5　其他的結構 (Other Combinations)

　　名詞的綜合性和特殊化，這條規則，每當我們直接比較兩個意義極爲相近的字，都用得上；但是，可以用在其他的情形嗎？我們能夠說，在任何一個"形容詞 + 名詞"的結構中，前者一定不如後者較爲特殊化嗎？在大多數的情形下，我們毫無疑問地都能應用上述的準則，甚至靠最原始的計數法，來數一數每一個字能適用於多少個個人。Napolean the third〔拿破崙三世〕：只有極少數的 Napoleans，但卻有許多人和事物居於第三位。A new book〔新書〕：世上新的事物比新的書多。An Icelandic peasant〔冰島的農夫〕：世間的農夫確比冰島人要多，

然而形容詞 Icelandic ，卻能適用於很多很多的事物以及人類：如
Icelandic mountains〔冰島的山〕，waterfall〔瀑布〕，sheep〔綿
羊〕，horses〔馬〕，sweaters〔羊毛衫〕，等等。有些批評家反對我
的例子 a poor widow ，他們說假使我們將 poor 換上 rich ，那末就
不能令人無疑了：到底世上的富人多，還是孀婦多？且不談 rich 尚可
適用於城鎮、鄉村、國家、礦藏、戰利品、商店、報酬、服裝、經驗、
雕刻、膳食、糕點、乳脂、韻腳、等等。The Atlantic Ocean: 形容詞
Atlantic 見於雪萊 (Shelley) 的詩中，用以描述名詞雲朵、浪濤、島
嶼。形容詞 rare 其意雖曰「少見」，卻可用於無數的名物字，如人、
石頭、樹木、郵票、心理狀態等，這些都在我們的定義範圍之內。但是
，我們當然必須承認，計數法不能永遠適用，因爲形容詞與名詞的結合
，時常因爲本質特殊的原因而無法計數：比如我們說 a grey stone ，
有誰能說 grey 或 stone 到底哪一個能適用於較多的對象？然而適用
對象的多寡，不過是「特殊 vs. 一般」問題的一面，我個人傾向於強
調，一個名詞所綜合的品性極爲複雜，而一個形容詞每次只能挑選其中
之一，二者的對比十分明顯。這個複雜的綜合體，乃是一個名詞的根本
，所以只有在極少數的情形，才有可能運用一大堆疊的形容詞，以確定
一個實體名詞所能喚起的意象：如 Bertelsen 所說，永遠剩下一個未
知數 x，這也許可以說就是我們所賦予其一切品性的「支柱」。舊的定
義需借用「本體」(substance) 一詞的道理即在此，所謂「本體」即視
爲代表著一分的「眞值」(truth)，雖然並非「眞值」的全部。如果想
要打個比方，名詞可比之於各種品性的結晶化，而形容詞之中的各種品
性則處於液體狀態。

　　同時，我們必須指出，在我們的語言中，也有若干名詞其意義十分
一般化，如 thing, body, being 是。不過它們的一般性，實與形容詞
有所不同：它們時常用來作爲，代表若干確屬名詞性概念的綜合名稱

（如說 all these things 以免去一一細數書籍、紙張、衣物等）。這種用法，常見於抽象的哲學性或科學性文字中。在日常談話中，遇到一個該語言所沒有的特殊名詞，或者臨時忘記了某一個名詞，這時它們便會排上用場，隨便地拿來用一用（比較英語的 thingummybob 或德語的 dingsda）。否則，它們很少會出現，除了與形容詞同行，這時它們的功能，常不過幫助同行的形容詞得以名詞化而已，如英語 one。The new ones 中的 ones 乃是一個代詞，代替剛提過不久的某一個名詞；her young ones〔指鳥類〕之中，ones 填補了一個相當於鳥類之「幼兒」的缺字，一個特殊名詞。由此造成若干複合代名詞：something, nothing, somebody,〔法語〕quelquechose (=something)等。另一方面，一種語言一旦有了某項形容詞的構成法，它就會逐漸擴大而產生高度特殊化的形容詞，如 a pink-eyed cat〔桃色目之貓〕，a ten-roomed house〔十室之屋〕，這些例子曾被用來推翻我的整個理論：世上的貓當然多於桃色目之物。不過這話在我看來，似乎並不能推翻我所持的大原則：我們必須認清楚，前述兩例中真正的形容詞，是 pink 和 ten。

依據以上論證，所謂各級比較（degrees of comparison）照例僅屬於形容詞所專有（如 greater, grestest），自不難理解：這種比較必然是一次處理一項品性。一個概念愈是特殊化，用得上各種比較的機會就愈少。在實際應用中，我們也的確發現由名詞產生的「比較級」和「最高級」，不過，仔細研究起來，它們也只挑選一項品性做比較，就好像源出真正的形容詞一般。如希臘語 basileuteros, basileutatos，——英直譯：more (most) of a king；英意譯：kinglier〔更有王者之風的〕，kingliest〔最有王者之風的〕。馬扎兒語（Magyar）：szamár〔驢〕，szamarabb〔更笨如驢的〕，róka〔狐狸〕，rókább〔更狡猾如狐狸的〕。芬蘭語：ranta〔沙岸〕，rannempi〔更靠近沙岸的〕，syksy〔秋天〕，syksymänä〔近秋末的〕。並參 Paul 1909,

§ 250。

　　最後一句話：我們不可以把品性的複雜性或涵義的特殊化，當做一個標準尺度，去衡量某一個字是名詞還是形容詞：這一點必須視個別情形，按照各個語言所要求的形式特徵來決定。本章的主旨，在研究是否在萬物的本質或人類的思想中，能找出一點道理，來說明爲什麼那末多語言，都有名詞和形容詞兩個詞類的區分。

　　當然，我們不能期望，如邏輯學者所喜愛的，要在這兩個詞類之間畫出一條明確而嚴格的分界線：語言的創造者（亦即普通的說話者）並非精確的思想家。但是，他們也並非沒有某種天然的邏輯，無論其分界線有時候是如何的模糊不清，其由語法形式所表現的、大致的主要詞類的分類，卻永遠顯示某種邏輯的基礎。我們目前的情況就是如此：名詞大體上的特色，在其涵義之較爲特殊化，而形容詞大體上的特色，乃在其涵義之較爲一般化；因爲前者所傳達的乃是一個多種品性的綜合體，而後者僅具有某一項單獨的品性。

◎ 第 5 章 附 註 ◎

1. 我的定義與 Paul (1909：§ 251) 的定義相似：「形容詞僅指一項或好像是一項突出的品性，名詞則是由許多品性組成的一個綜合體」。但緊接著，Paul 似乎又放棄了他自己的定義 。在此我也許應當特別聲明，我並非有意說，任何名詞的「外延」，永遠、而且在任何情況下，都比任何形容詞來得小：因爲要用具體的數字來表明兩個字適用對象的多寡，常因該字的本質特殊而無法實現。

2. 法語 "Elle avait un visage plus *rose* que les *roses*" (Andoux, *Marie Claire*, 234)〔她有一副面龐比玫瑰花還紅〕。句中形容詞 rose 僅表出了名詞 roses 的特徵之一：顏色。

3. 由專名轉來的形容詞，是否保留大寫字母，各種語言處理方式不盡相同，如**英語**： French〔法語的，法國的：一律大寫〕Frenchify〔法國化：大寫〕；**法語**：français〔法國的，法語的：小寫〕，Français〔法國人：大寫〕，franciser〔法國化：小寫〕。

4. 請參閱拙著 MEG II, 8. 14. 中有更多的例子，如 Chesterton 的 "Most *official Liberals* wish to become *Liberal officials*." 〔大多數自由黨的正式黨員，都希望當上自由黨的官員。〕

第6章 詞 類(II)

6.1 代名詞 (Pronouns)

代名詞在任何語言都視爲若干大詞類之一，然而構成代名詞的獨有特點是什麼？舊的定義就顯現在它的名稱的本身：代名詞代替人或事物的名稱。 Sweet (1898：§ 196) 將此定義加以擴充：代名詞代替一個名稱，用來一部分爲的簡潔，一部分爲的避免重複一個名詞，一部分爲的避免說確定話的必要。但是，這個定義卻不能適合所有的情形。設若遇到一句的第一個代名詞，這個定義就瓦解了；對於一個思想單純的人，要說 "I see you" 是代替 "Otto Jespersen sees Mary Brown" 的，那該有多彆扭。相反地，大多數人都會說，在 Bellum Gallicum〔高盧之戰〕中，作者用 Cæsar 這個字代替了 "I"。 我也可以說 "I, Otto Jespersen, hereby declare ..."， 這其中如果說 "I" 不過是我的名字的代用字，那將是多麼的可笑。就語法而言，重要的是，"I" 是第一人稱，人名是第三人稱，這在許多語言都可由動詞的形式看出。再者，沒有人懷疑 noboby 以及疑問詞 who 都是代名詞； 然而它們是用來代替什麼名詞，卻不易回答。

的確，he, she, it 經常用以代替剛才提到過的人或事物，同時我們很可以集合若干有同樣功能的字成爲一類，然而並非個個都能列入代名詞之列，例如：

(1) he, she, it, they 可用以代替名詞。

(2) that, those 功能同上；試比較 "his house is bigger than *that* of his neighbour."〔他的房子比他的鄰居的大。〕

(3) one, ones： 如 "a grey horse and two black *ones*"〔一匹灰馬跟兩匹黑的〕， "I like this cake better than *the one* you gave me yesterday"〔跟你昨天給我的那個比，我比較喜歡這個餅〕。

(4) so： 如 "he is rich, but his brother is still more *so*"〔他很富有，但是他的兄弟更爲富有〕| "Is he rich? -- I believe *so*"〔他富有嗎？—— 我相信是的〕。

(5) to： 如 "Will you come? -- I should like *to*."〔你會來嗎？—— 我會的。〕

(6) do： 如 "He will never love his second wife as he *did* his first"〔他永不會愛他的第二任太太，像愛他的前任太太一樣〕。

這樣我們將可得到一類「代詞」，可以分爲代-名詞，代-形容詞，代-副詞，代-不定式， 代-動詞， 及代-句詞 (如前面第4項第2例中的 so)，不過這些在語法上很難稱爲一個眞正的詞類。

Noreen (1903:5.63ff.) 對於代名詞的處理方式，十分獨到而具有啓示性。他以代名詞與「表意値」(expressive sememes) 來相比 ，後者的意義是固定的，因爲它基本上存在於「表意語」 (linguistic expression) 的本體之內，而代名詞的涵義是隨時可變的，基本上存在於「表意語」以外的大環境中，其涵義乃決定於整個的情況。"I" 是一個代名詞，因爲它在 John Brown 說話時代表一個人，在 Mary Smith 說話時又代表另一個人。結果是大批的字和詞，按 Noreen 的說法，都變成代名詞了 ，例如 the undersigned〔簽署者〕，today〔今天〕，設有三個男孩： the biggest one〔最大者〕等。最有資格稱爲代名詞的兩個字 ，莫過於 yes 和 no (不過若以 On the contrary 作答而不用 no, 又將如何)； here 是第一人稱所在的代副詞， there 是第二及第三人稱所在的代副詞，now 和 then 則是與以上相當的時間代副詞 (但 here and there, now and then 二語 ，表示"在各未經說明的場所"

和"不定時"，按照 Noreen 的定義 ，都不可能是代名詞）。 再如
right〔右〕，left〔左〕，on Sunday〔在星期天〕，the horse 〔該
馬〕，my horse〔我的馬〕，又全部都是代名詞。 Noreen 費了不少周
章（但不很成功）， 欲證明像 John 這樣一個普通的「專名」，並不是
一個代名詞，雖然它的涵義，每次用起來，都是爲整個情況所決定的。
又如兒語常不說 'my father' 而代之以 'father'，將如何處之？

　　Noreen 的代名詞類， 涵義太過寬廣而龐雜，但在另一方面卻不易
看出， 像疑問詞 who, what, 以及 some, nothing 這些字，如何能擠
進他的定義。不過依我看來，他的最大缺點乃是在他建立詞類時，完全
依賴「語意邏輯」(semological)， 也就是我所說的「概念的」觀點，
而不考慮語意在實際語言中的表現方式，也就是不考慮形式要素。

　　如果我們能把雙方的意見同時加以考慮，我們將會發現，在舊有的
代名詞類中，列入若干「浮動詞」(shifters —— 參拙著 Language,
p.123)，「提示詞」(reminders —— 參同書p.353)，亦即代表性的和
表關係性的字，還眞是不無相當的道理。從概念的觀點看，也許不易說
出它們整體的共同之點何在，但是，如果我們就每一個傳統的次分類來
看，其在概念上的統一性，是很明顯的：人稱代名詞，包括相對的所有
格代名詞，指示代名詞，關係代名詞，疑問代名詞，不定代名詞，雖然
有些不定代名詞如 some ，與形容詞如 many 之間的界線，相當模糊不
清；故而使得若干語法家，對於人稱代名詞到底應該包括些什麼字，意
見分歧不一。不過這一點，與任何其他詞類在分類時所遭遇的狀況，基
本上並沒有什麼不同，永遠會有一些模稜兩可的情形。假使我們對於這
些代名詞，在各個語言裡的形式與功能加以調查，我們將會發現它們呈
現某些特徵，確爲其他詞類所無。 不過這些特徵， 並非所有的語言都
是一致的，甚至在同一語言裡，包括所有的代名詞，都不是完全一致的
。形式與功能上的不規則現象，充斥著代名詞內部。在英語裡，我們區

分兩個格位，如 he：him｜they：them； 區分加語性 (adjunct) 和非加語性 (non-adjunct)，如 my：mine； 區分性別，如 he：she；及類似的區分，如 who：what；不規則複數形，如 he, she：they｜that：those； 複合詞，如 somebody, something（卻不見與普通形容詞結合者）；each 的用法（前無冠詞後無名詞），等等。<註1> 其他語言的代名詞，也有類似的獨特處，比如法語就有 je, me, tu, te 這些特別的形式，專門與動詞結合使用。

「代名詞」一辭，有時受到一些限制（普遍見於法文書籍，但也包括 "專門術語聯合委員會的報告"）， 限於功能相當於我將在第 7章稱爲「首品詞」(primary words) 的字，而將 my 稱爲「所有格形容詞」，this（如 this book）稱爲「指示形容詞」。然而，沒有絲毫理由可以硬把 my 與 mine 扯開，或者更遭的是，硬把 his（如 his cap was new）與 his（如 his was a new cap）扯開；this（如 this book is old）與 this（如 this is an old book）<註2> 扯開 —— 把同一個字形分派到兩個不同的「詞類」，尤其因爲這樣就必須在形容詞和代名詞兩個詞類中，重複建立同樣的次分類（如 possessive, demonstrative）。 我甚至更進一步， 擬在代名詞中列入所謂「代副詞」， 如：then, there, thence, when, where, whence 等， 這些字皆具有代名詞的若干特性，而且很明顯，都是由代名詞轉成的（請參較 whenever, whoever, somewhere 等字的結構）。

「數詞」常被分列爲一個詞類；倒不如把它們當做代名詞下的一個次類 (sub-class) 較佳，因其與代名詞有若干共同之點。比如 one 除了是一個數詞之外，它在英語裡以及若干其他語言，還是一個不定代名詞，如 one never knows（請比較 oneself 的結構）。 它的弱式發音即是所謂「不定冠詞」，如果與之相當的「定冠詞」，有理由可算是代名詞，那末像 a, an,（法語）un 等，也都應該得到同樣的待遇。把兩個「冠詞」獨立成爲一個「詞類」，如某些語法書然，乃是極不合理的。 英語的 other 原本是一個序數詞， 意義 = 'second' （丹麥語的 anden 今天依然如此）； 現在一般都將之歸入代名詞，理由：基於其在 each other, one another 二語中的用法。大多數的數詞都沒有屈折作用，然而在一部分數詞有屈折作用的語言裡，它們所顯示的不規則現象，常與其他代名詞相當。假使我們把數詞歸入代名詞，我們就很可以把不定數詞 many〔多〕, few〔少〕也包括在內：在邏輯上，這兩個字與 all〔全部的〕, some〔一些〕,以及否定的 none〔無一個〕, no〔無〕，同屬一個系列， 而後者卻恆被視爲不定代名詞。 不過，這時我們也必須包括表量的 much〔多〕和 little〔少〕（如 *much* harm, *little* gold）。<註3> 所有這些「量化詞」(quantifier) —— 我們姑且如此稱之——不同於通常的「修飾性的」(qualifying) 形容詞， 因其可以獨立，不需冠詞而作「首品詞」使用， 如 "some (many, all, both, two) were absent，" "all (much, little) is true"；它們永遠置於修飾性形容詞之前，而且不可能用做敘述語 (predicative)：如 "a *nice young* lady" 意思等於 "a lady who is *nice and young*"〔一位親切的青年女子〕，然而這種移位，對於 *many* ladies〔許多女子〕, *much* wine〔許多酒〕等是不可能的，而與 *no* ladies,*what* ladies, *that* wine 及其他代名詞之不可移位，沒有兩樣。

最後，我們來談談幾個次類的名稱問題。 Relative pronouns：當今一切皆已證明可爲relative〔關係詞〕，我們或者可以引進一個較恰當的名稱， 如 connective 或 conjunctive pronouns〔連接代名詞〕，因爲它們的任務，就是像連接詞一樣地連接子句：我們實在想問一問，英語的 that 爲什麼不是連接詞，而是代名詞；請看省略 that 的可能性： "I know the man (that) you mentioned"〔我認識你提到的那個人〕和 "I know (that) you mentioned the man"〔我知道你提到了那個人〕，及在 that 之前使用介系詞的不可能： "the man *that* you spoke *about*"〔你所說的那個人〕，比較 whom："the man *about whom* you spoke"。Personal pronouns〔人稱代名詞〕：如果person 指的是 human being〔人類〕， 那末 it, (德語)er, (法語)elle, 用以指 a table, der tisch, la table〔桌子〕就不對了；更遭的是，所謂人稱代名詞，甚至包含非人稱的 (impersonal) it, es, il，如 it rains ，(德語)es regnet, (法語)il pleut〔下雨了〕。 另一方面， 如果 personal 指的是三個「語法上的人稱」(參第16章)， 那末我們有充分理由可以說， 只有兩個第一人稱確實歸屬於此， 因為所有其他代名詞 (如 this, who, nothing 等) 都是第三人稱，與 he, she 完全一樣。然而，要找一個比較好的名稱，來替代 "personal" pronoun，倒也相當困難，不過這個問題並不重要。人稱代名詞與指示代名詞的分界，有時會發生一些困難，如丹麥語de, dem (=they, them) 在形式上與指示代名詞 den, det (=that, this) 為一類，但在功能上卻同時是 den, det 及人稱代名詞 han, hun (=he, she) 二者的複數形。

6.2 動詞 (Verbs)

動詞在大多數語言中，至少在亞利安(Aryan)語系、閃 (Semitic)語系、和烏格爾•芬 (Ugro-Finnic) 語系， 具有太多的顯明特徵，因而必須視之為一獨立的詞類， 儘管隨時隨地不難發現， 這些公認的動詞特徵皆可能有其缺例。這些特徵包括人稱的區分 (即第一、第二、第三人稱)， 時式的區分， 敘法 (mood) 的區分，及動態 (voice) 的區分 (參 §4.1)。 至於動詞的意義，Sweet 稱之為現象詞，大致可分為指動作(action) 者 (如 he eats, breathes, kills, speaks, etc.) ，指某種過程 (process) 者 (如 he becomes, grows, loses, dies, etc.)， 及指某些狀態或情況者 (如 he sleeps, remains, waits,

lives, suffers, etc.)， 雖然仍有若干動詞，很難歸入上述任何一類
(如 he resists, scorns, pleases)。 要辨別某一概念是否為動詞，
幾乎從來不難，當我們將一動詞與一代名詞結合 (如上列各例)， 或者
與一名詞結合 (如 the man eats, etc.)，我們就會發現，動詞能賦予
整個結構一種特別的完成感，使之能傳達給我們一則或多或少完全的訊
息 —— 這種特質，乃是我們結合一個名詞或代名詞跟一個形容詞或副
詞，所找不到的。動詞可以賦予一種生命力，因此乃是造句上一項特別
有價值的成分：一個句子差不多永遠包含一個動詞，有時我們也許會發
現一個夠格稱為句子的結構，而沒有一個動詞，那不過是例外的情形。
有些語法家甚至要求，雖然已夠傳達一項訊息的結構，也必須要有一個
動詞，才能稱為一個句子。這個問題，容後再談。

　　我們現在來比較一下這兩個結構：the dog barks〔狗叫〕和 the
barking dog〔吠叫的狗〕， 我們覺得雖然 barks 跟 barking 的意義
關係很明顯，可以說是同一個字的兩個形式，只有前者才能傳達給我們
一項完全的訊息，而後者則缺乏那種特殊的完成感，它使我們想問：狗
怎麼樣了？ 這種造句的能力， 僅限於通常所稱的「定式」 (finite)
動詞，而分詞 (participles) 如 barking 和 eaten，以及「不定式」
(infinitive) 動詞，如 to bark, to eat，則無此能力。 分詞，實際
上乃是由動詞構成的一種形容詞，不定式則與名詞有一些共通處，雖則
在造句上，分詞與不定式皆保存著動詞的許多特性。故從某一觀點而論
，我們有理由將動詞， 限制於有卓越造句能力的「定動詞」， 而將分
詞與不定式另成立一類，可稱為「半動詞」(verbids)， 介於名詞與動
詞之間(參舊名稱 participium，意即兼有名詞與動詞二者之特性)。不
過，我們仍然得指出，要在下列這一組句中，把 eat, eaten, eating
與 eats, ate 切斷關係，是有些違反自然法則的：如　he is *eating*
the apple〔他正在吃蘋果〕，he will *eat* the apple〔他將吃蘋果〕

，he has *eaten* the apple〔他已經吃了蘋果〕，he *eats* the apple〔他吃蘋果〕，he *ate* the apple〔他吃了蘋果〕。<註4> 因此我們覺得，還是以承認動詞有「不定式」和「定式」兩式並存，像大多數語法書一樣，比較妥當。

6.3 質詞 (Particles)

差不多所有的語法書，都把副詞、介系詞、連接詞、和感嘆詞，分別當做四個「詞類」，儼若名詞、形容詞、代名詞、和動詞，被視爲四個不同的類別一般。但是，這樣太過分強調了它們彼此之間的不同之點，而忽略了它們之間的相同之點，因此，我擬恢復古老的名辭，把這四類字合起來稱爲「質詞」。

這幾類字在形式上都是不變的，除了某些副詞具有構成「比較級」和「最高級」的能力，恰如形容詞一般。但是，爲了衡量這幾類字在意義或功能上的不同 —— 多數的語法家就因爲這些不同而視之爲不同的「詞類」—— 我們需要先來看看，這幾類字以外的幾個其他的字。

有許多字容易產生不同的用法，因而被加上不同的名稱，在不同的環境，就被視爲根本上是不同的東西。比如有一個字，其本身的意義是完全的（或者暫時用作此義），而在另一個環境，卻需增加某些字來完成它的意義，這些增字一般都是限制性的。比如 he sings, he plays, he begins 這些句中的動詞，意義都可以說是完足的；同一個動詞，用在 he sings a song〔他唱歌〕，he plays the piano〔他彈鋼琴〕，he begins work〔他開始工作〕這些句中，後面卻多跟了一個補語(complement)。這種情形，通常稱前者之動詞爲「不及物」(intransitive)，後者之動詞爲「及物」(transitive)，其補語則稱爲「賓語」。別的動詞，雖然一般沒有使用這套名辭，卻也有十分類似的區分：比如 he can 的意義可說已經完足，而 can 在 he can sing 之中，卻增加了一個不定詞來完成它的意義。 這個區分沒有固定的名稱， 有人以「獨立」(independent) 及「輔助」(auxiliary) 動詞稱之，不能算是很恰當， 因為一方面 can 有一個古用法，可帶一個不同種類的補語，如 "He could the Bible in the holy tongue"〔他能以聖語理解聖經〕，另一方面我們有這樣的結構："he is able"〔他能夠〕，"he is able to sing"〔他能夠唱〕，及 "he wants to sing"〔他想唱〕。再舉一個相關的例子， 如 he grows〔他成長〕，其動詞的意義可說已經完足，而在 he grows bigger〔他長大些了〕中，grows 就多了一個敘述語來補足它的意義。試比較 Troy was〔特洛古城存在〕跟 Troy was a town〔特洛乃一古城〕。然而，不管有多少不同，沒有人會想到把這些動詞，歸入不同的詞類： sing, play, begin, can, grow, be 永遠都是動詞，姑無論在某種環境下，它們的意義是完的或不完全的。

　　現在我們來談談 on 和 in， 它們的問題，在我看來，與剛才所舉的例子非常相似，請比較 "put your cap on"〔把帽子戴上〕與 "put your cap on your head"〔把帽子戴在頭上〕，及 "he was in"〔他在裡面〕與 "he was in the house"〔他在屋裡面〕； 然而，on 與 in 在前一句中稱為副詞，在後一句中稱為介系詞，算是兩個不同的詞類。假如把 on 和 in 歸入同一個詞類，說它們有時本身意義已經完足，有時後面會跟一個補語 (或稱為賓語)， 豈不更為自然？再舉幾個例子：如 "he climbs up"〔他爬上去〕與 "he climbs up a tree"〔他爬到樹上去〕；"he falls down"〔他跌倒〕與 "he falls down the steps"〔他從階梯上跌下去〕； (參動詞 "he ascends, or descends"， 有沒有明帶補語 "the steps"，都一樣是動詞)；及 "he had been there before"〔他以前到過那裡〕 與 "he had been there before breakfast"〔他在早餐前到過那裡〕。<註5> 又如 near 在 "it was near one o'clock" 一句中，按照舊有的系統，是介系詞還是副詞？ (比較這兩個同義字 almost 與 about，前者稱為副詞，後者稱為介系詞。）及物動詞的賓語，跟介系詞的賓語，本來就有密切的關係，因為有時用作介系詞的，實不過是某動詞的分詞形式而已，如 concerning （德語 betreffend) 和 past。在 "he walked past the door at half-past one"〔他在一點半鐘經過門口〕句中的 past，實不過是分詞 passed 的另一種拼寫法而已；在"he walked past"〔他走過去了〕之中，past 就沒有補語。

把連接詞分立一個詞類，也沒有什麼道理。試比較下列a,b各例：

- (a) after his arrival ｜ (b) after he had arrived
  〔在他到達之後〕；

- (a) before his breakfast｜ (b) before he had break-
  fasted〔在他早餐之前〕；

- (a) She spread the table against his arrival｜ (b)
  (古用法) She spread the table against he ar-
  rived〔她在他到達之前擺好餐食〕；

- (a) He laughed for joy｜ (b) He laughed for he was
  glad〔他因為歡喜而笑〕；

以上 (a) (b) 各例之間唯一的不同，即 (a) 中的補語是一個名詞，(b) 中的補語是一個句子（或子句）。因此，所謂連接詞，實際上應稱為「句介系詞」：這些同一個字兩種用法之間的差別，乃在於補語性質的不同，如此而已；正如我們不需要創造兩個名辭，來區別需要整個句子（子句）做賓語的動詞，和只需要一個名詞做賓語的動詞一般，所以，為「連接詞」單獨取一個名稱，實在是多餘的。假如我們要保留這個名稱，只不過因為傳統如此，並沒有什麼科學上的根據，我們也不應該就此承認連接詞為一個「詞類」。注意下面 since 與 believe 各種用法之間的類似關係：

- (a) I believe in God〔我信仰上帝〕。

  (b) I believe your words〔我想信你的話〕。

  (c) I believe (that) you are right〔我相信你是對的〕。

- (a) They have lived happily ever since〔他們從此以後就過著快樂的生活。〕

  (b) They have lived happily since their marriage〔他們自從結婚以後就過著快樂的生活。〕

  (c) They have lived happily since they were married〔他們自從結婚以後就過著快樂的生活。〕

這裡所舉的例子，顯示同一個字時而用作介系詞，時而用作連接詞；有時候，二者意義略有出入，如 "because of his absence"〔因爲他的缺席〕和 "because he was absent"〔因爲他未在場〕，根據歷史解釋，because 起源於 by cause，故而舊用法有 "because that he was absent"。還有些時候，一個字只有一種用法，或者帶一個普通的賓語，或者帶一個子句作爲補語：during his absence｜while he was absent〔當他不在的時候〕。但是這一點，並不足以動搖我們主張介系詞與連接詞不分家的立場，正如我們將所有的動詞歸入一個詞類，儘管它們並非都能接納一個子句爲補語。

　　把連接詞定義爲「句介系詞」，對於某些永遠爲連接詞的字，並不合適。如 and："he and I are great friends"〔他跟我是很要好的朋友〕，"she sang and danced"〔她唱歌又跳舞〕；如 or："was it blue or green?"〔是藍的還是綠的？〕等。它們也可用來連接句子，如 "she sang, and he danced"〔她唱歌，他跳舞〕，"he is mad, or I am much mistaken"〔他是瘋了，不然就是我大錯特錯了〕。And, or, 二者都是對等連接詞，而我們到目前爲止所談的介系詞和連接詞，都是從屬連接詞，不過，雖然這個區別也很重要，我們卻沒有理由就因此把它分爲兩個詞類。And 跟 with 意義幾乎相等，其間主要的區別在於，前者是對等性的，後者是從屬性的 ； 這一點在語法上有相當的重要性 —— 注意後列句中的動詞形式："he and his wife *are coming*" 對照 "he with his wife *is coming*" (= he is coming with his wife) 〔他跟他的太太一塊兒來〕。<註6> 再如 both, either, neither，共有一個非常突出的特點， 就是能「預告」後面必分別跟著 and, or, nor，但我們當然不必爲它們另立一個詞類。

最後一個「詞類」通常列感歎詞，其中包括從來不作他用的字 (甚至有些通常字從來不用的聲音，如突感疼痛時所作吸氣的 [f]，或被隨便拼爲"tut"的口腔抽氣塞音 (suction-stop)，以及其他由正常音構成的hullo, oh 等)，同時也包括一些日常用的字詞，如： Well! Why! Fiddlesticks!〔胡扯！〕Nonsense!〔胡說！〕Come!〔來罷！〕還有伊利莎白時代的 Go to! (=Come on!) 以上各種表感歎的成分，其唯一的共同之點，就是它們都可以獨立成爲一句完整的話，否則即可能分別被歸入其他的詞類。是故，我們不應脫離它們的日常用法而視之。所有除了作感歎詞以外別無他用的字，最好跟其他的「質詞」歸入一類。

6.4 總結 (Summary)

根據我們研究的結果，只有下列各類詞，在語法上具有足夠的特色，可以使我們承認他們是獨立的「詞類」：

(1) 名詞 (實體詞) —— 包括專名。

(2) 形容詞。

(3) 代名詞 —— 包括數詞及代副詞。

(4) 動詞 —— 未決定是否包括「半動詞」(Verbids)。

(5) 質詞 —— 包括一般所稱的副詞、介系詞、連接詞 (對等的和從屬的) 及感歎詞。這第五類可以說包括所有不歸屬前四個「詞類」的字詞。

關於詞類的總考察，於此結束。對於舊有的定義，雖然作了許多批評，我仍然保留了大部分傳統的系統。我不能像沙皮爾 (E. Sapir) 那末大膽，敢說 (1921:125)：「任何詞類的邏輯系統，包括它們的數目、性質、及範圍，都不能引起語言學家的絲毫興趣」因為「每一種語言都有它自己的系統。一切皆視其形式區分而定。」

固然，甲語言用動詞所表現的，在乙語言可能要用形容詞或副詞來達成：就拿英語來說，同一個意思就可能有多種表現法，比如 he happened to fall = he fell accidentally. 我們甚至可以列出長長的一列同義句，讓其中的名詞、形容詞、副詞、動詞，互相變換位置，好像完全是任意的行為。例如：

He *moved astonishingly fast*〔他移動得驚人地快〕。

He *moved* with *astonishing rapidity*〔他以驚人的速度移動〕。

His *movements* were *astonishingly rapid*〔他的移動驚人地快〕

His *rapid movements astonished* us〔他的快速移動驚人〕。

He *astonished* us by his *rapid movements*　　　　〔同上〕。

He *astonished* us by *moving rapidly*　　　　　　〔同上〕。

The *rapidity* of his *movements* was *astonishing*

〔他的移動速度驚人。〕

The *rapidity* with which he *moved astonished* us　〔同上〕。

His *movements astonished* us by their *rapidity*　〔同上〕。

He *astonished* us by the *rapidity* of his *movements*〔同上〕。

然而，這只是一個極端的例子，其所以有此可能，全靠著我所稱的「離結詞」(nexus-words)，亦即名動詞 (verbal substantives) 及所謂抽象名詞，這些形式變化，就是為了詞類轉換而特別設計的 (第10章有詳論)。就絕大多數的句子而言，這種戲法是不可能的。舉一個簡單的例子：This little boy picked up a green apple and immediately ate it.〔這個小男孩拾起一個青蘋果，立即吃掉它。〕 這裡的詞類都十分穩定， 不容許自由變換：名詞就是名詞 (boy, apple)，形容詞就是形容詞 (little, green)，其他代名詞 (this, it)，動詞 (picked, ate)，質詞 (up, and, immediately) 亦然。

　　因此我敢說，這五個詞類的劃分是很合理的，雖然我們並不能夠給它們下一個嚴格的定義，使它沒有可爭議或模稜兩可的情形。不過我們必須小心，不可以爲這些詞類的劃分，是絕對以概念爲基礎的；它們是「語法上」的分類，因此可能隨語言的不同，而有某種程度的變動，不過變動不會太大。它們也許不適合像愛斯基摩語 (Eskimo) 或漢語──兩個極端的例子──或者不如對拉丁語或英語那末適合。但是，英語和其他歐洲語言乃是本書的主題，舊有的名稱如名詞、形容詞等，仍不可缺少，故除了本書所討論過的各點以外，悉按原義予以保留。

6.5　字〔詞〕(Word)

　　什麼是字？什麼是一個字 (不是兩個或更多)？這是一個很難的問題，本書亦應有所交代。<註7>

　　字是一個語言單位，但並不是一個語音單位：單單對於一串語音的分析，不能告訴我們裡面有幾個字，或者哪裡是字與字之間的界線。這是語音學家很久以來都已承認的事，無可置疑：就發音聽起來，a maze〔迷宮〕與 amaze〔驚愕〕完全一樣， 其他如 in sight〔看得見〕與 incite〔刺激〕，a sister〔姐/妹〕與 assist her〔幫助她〕， (法語) a semblé〔好像〕與 assemblé〔集合〕，il l'emporte〔他把它拿去〕與 il en porte〔他拿了一些〕，聽起來也都完全一樣。拼寫法 (spelling) 也不是決定性的， 因爲拼寫法時常是完全沒有道理的，或者爲時尚所驅使，在某些國家，或者爲政府 (不見得很高明的) 命令所左右。現在有人偶而把 at any rate〔無論如何〕拼寫成 at anyrate，這對它的本質有何改變嗎？ 再如 any one, some one 寫成 anyone, someone，又有什麼不同？ (No one 本來可以如法炮製，但這樣的拼法 noone 永遠行不開， 因為它會被讀如 noon)。 德語的官方拼法， 如 miteinander (=with one another)〔大家一起〕， infolgedessen (=because of that)〔因此〕，zurzeit (=at the time)〔目前〕等，也都是沒有什麼道理的。 Barrie 在其早期的作品裡，曾用了蘇格蘭語 (Scottish) "I suppaud," 可能是因為他以為 suppaud 跟 suppose 一樣是一個動詞，後來經人指點出它的來歷， 現在 (如果我沒弄錯的話) 他寫 "I'se uphauld" (=I shall uphold)〔我將支持〕。 這一切顯示，要弄清楚什麼到底是兩個未合併的字，還是一個合二為一的字，是多麼的困難。

另一方面，字(詞) 也不是概念的單位， 因為，如 Noreen 所指出，triangle〔三角形〕這個字，與 three-sided rectilinear figure〔有三個邊圍起來的幾何圖形〕的意義完全相等，正如同 "Armitage" 與"the old doctor in the grey suit whom we met on the bridge"〔我們在橋上遇到的穿灰衣服的那個老醫生〕可能指同一個人，是一樣的道理。既然語音和意義都不能明白告訴我們，什麼是一個字，什麼是兩個以上的字，那末我們就得尋找語法上的標準，來解決這個問題。

從下面的例子看，純語法的標準可以告訴我們，原來的兩個字，如何變成了一個。德語的 grossmacht〔強權〕與丹麥語的 stormagt〔強權〕不同於英語的 great power，可由其屈折作用看出： (德語) die europäischen grossmächte〔歐洲列強〕， (丹麥語) de europæiske stormagter〔 歐洲列強 〕， 而英語卻以不同的詞序說 the great European powers〔強大的歐洲列國〕。<註8> 等於 '5+10' 的數詞，拉丁語作 quindecim (=quinque+decem)，英語作 fifteen (five+ten)

，皆與未複合前的兩個數詞語音相異； 法語的 quinze (=15), douze
(=12) 當然應該視爲一個單位，其層次甚至更高，因爲它們已完全失去
與 cinq (=5), deux (=2), dix (=10) 的形式關係。英語的 breakfast
〔進早餐〕， vouchsafe〔惠賜〕 原本都是兩個字， 直到有人開始說
he breakfasted，he vouchsafes， 而放棄早先說的 he broke fast，
he vouches safe，這時才實際合二爲一； 參§1.2 末。 英語的 each
other〔相互〕很有資格合拼爲一個字，因爲介系詞置於二者之前， 如
with each other，而不像從前作 each with other。法語的 je m'en
fuis〔我逃走〕現已寫成爲 je m'enfuis，這樣寫完全對，因爲它的完
成式是 je me suis enfui〔我已逃走〕；而結構與之平行的 je m'en
vais〔我離開〕卻永遠分開寫 ： 口頭上常不照正式的說法 je m'en
suis allé 〔我已離開〕 而說 je me suis en-allé ， 這固然是實情
，然而像 en-allé 這樣的拼合，終不能如 enfuis 一樣的徹底，因爲
前者牽涉幾個不規則字幹 [allé = '(have) gone', vais ='(I) go',
irai ='(I) shall go']，實際阻礙了與 en 的融合。法語 république
〔共和國〕跟英語的 republic 都是單位詞，而拉丁語的 res publica
〔共和國〕卻不然，因各自有其屈折形式 (如受格作 rem publicam) 故
也。 德語的 jedermann〔每個人〕，jedermanns〔每個人的〕， die
mitternacht〔午夜〕等字的內部沒有屈折變化 —— 原來 jeder 是主
格，mitter 是與格 (dative)——顯示業已完全單位化；同樣，拉丁語
ipsum〔他自己，受格〕也不再拼作 eumpse (按其主格 ipse 係由 is-
pse 而來，而 eum 則爲 is 的受格)。

　　從以上這些例子看來，由原來的兩個字完全融合爲一個字，這個事
實必須承認，因爲我們己有明確的語法證據，足以顯示原語民在心理上
已實際把它們當做一個單位看待；不過英語的例子 he loves〔他愛〕，
雖然有時被認爲與拉丁語的 amat 相當，可視爲一個單位，然而英語可

在其間插字，如 he never loves〔他從來不愛〕，這對拉丁語的amat
是不可能的；同樣，法語的 il a aimé〔他愛過〕也不與拉丁語的
amavit〔他愛過〕相當，並不是一個單位詞，因爲我們可以說 il n'a
pas aimé〔他沒有愛過〕，a-t-il aimé〔他愛過嗎〕等。（參拙著
Language p.422 等頁對於各家的批評。）

　　有時候演變方向相反，由單位詞逐漸鬆動分離。比如英語的複合詞
兩個成分之間的緊密度，就比從前（以及現代德語和丹麥語）要鬆懈些
。德語的 steinmauer〔石牆〕和丹麥語的 stenmur〔石牆〕，無論如
何都是單位詞，而英語的 stone wall 及其他類似的例子，現在都勿寧
說是兩個字，stone 是附加語（adjunct），wall 才是首品字（primary）
。這個事實可證之於其平等（或不定）的重音，及以下諸現象：

- 可與形容詞並列：如 his *personal and party* interests
  〔他個人的及黨的利益〕；among the *evening and weekly*
  papers〔在晚報及週報當中〕；a *Yorkshire young* lady
  〔一位約克郡的年輕女子〕。
- 可與 one 連用：如 five gold watches, and seven *silver*
  ones〔五隻金錶，和七隻銀的〕。
- 可與 adverbs 連用：如 a *purely family* gathering〔一次
  純粹的家庭聚會〕。
- 可孤立游離（isolation）：如 any position, whether *State*
  or national〔任何職位，無論州級的或國家級的〕；things
  that are *dead, second-hand, and pointless*〔死的、二手
  的、和無意義的東西〕。

有些第一成分，就這樣變成了完全的形容詞，不但可接最高級接尾語，
如 chiefest〔最主要的〕，choicest〔最精緻的〕，而且還可由之構

成副詞，如 chiefly〔主要地〕，choicely〔精選地〕，參拙著 MEG II，第13章。

　　綜觀這些事實，加上字首音的變化，如常見於克爾特語 (Keltic) 者，還有 (北歐)古諾斯語 (Old Norse) 的特殊語法如 "hann *kvaðsk eigi vita* (=he said-himself not know, = he said that he did not know)〔他說他不知道〕，以及許多其他因素，在在顯示，在許多情形下，要說明什麼是一個字，什麼是兩個字，是多麼的困難。能否孤立游離，對很多情形確有幫助，但是我們不要忘了，對有些字我們必須承認事實，它們無論如何不能孤立游離，比如俄語的單子音介系詞 's' (=with), 'v' (=at, in)，或法語 je〔我〕，tu〔你〕，le〔陽性冠詞〕，它們從來不單獨出現，雖然我們實在沒有純語音學的理由，反對它們可以游離。我們承認它們的獨立性，乃是因爲它們跟著其他的字，位置沒有限制，而這些其他的字都是毫無疑問的完整的字，因此，je, tu 等並非構成其他字的一部分，其本身都是完整的字。同樣地，德語 an (=at, on), bei (=by, in), statt (=instead of)，在這些句中都是獨立的字：　"ich *nehme* es *an*"〔我接受它〕，"wir *wohnten* der versammlung *bei*"〔我們出席了會議〕，"es *findet* nur selten *statt*"〔這事很少發生〕，一套徹底一貫的文字系統，應該這樣寫：an zu nehmen, bei zu wohnen, es hat statt gefunden，而不是 (像現在事實上) 把 an, bei, statt, 與動詞 nehmen, wohnen, finden, 各連寫成一個字 (按即 annehmen, beiwohnen, stattfinden)；an 等的詞序，實應與 "*gern* zu nehmen"〔欣然接受〕，"*dort* zu wohnen"〔住在那邊〕，"er hat *etwas* gefunden"〔他發現了些什麼〕等之中的 gern, dort, etwas 是一致的。<註9>

　　我們永遠不要忘記，任何字幾乎永遠用於連續的談話中，跟別的字或多或少緊密地扣在一起：這些環境對於了解某字的特殊意義，時常很有幫助，甚至是不可缺少的。孤立的字，如字典裡所編排的，或考據學 (philology) 論文裡所討論的，都是些抽象的概念，與眞實的活的語言，很少直接關係。另一方面，在回答問題或反譏他人時，我們也用一些孤立的字，甚至用些一般不能獨立的字，如 if 在下面對話中：

"If I were rich enough ... "〔假使我夠富有 ...〕

"Yes, if!"〔是呀，假使！〕

不過它的意義可由上文推知， 正如 "Yesterday" 作爲下一問句的回答 ："When did she arrive?"〔她是何時到達的？〕—— 這時它的意義等於 "She arrived yesterday"〔她昨天到的〕。然而，這些孤立的用法只能算是例外，不能算是常態。

我們需要一個名辭，來指稱由若干字構成的一個意思單位，它們並不必永遠靠在一起，因此不能構成一個單位詞，而仍各保有其獨立性，也許可以稱之爲「成語」(phrase)，雖然這個名辭別家有不同的用法。比如 puts off (=postpones, 延期) 即構成一個「成語」， 它的意義並不能由 puts 和 off 兩個字推知，並且這兩個字還可以分離，如 he puts it off 。 德語的 wenn auch (=although) 自然也構成一個「成語」，如 *wenn er auch reich ist*〔雖然他很富有〕。

◎ 第 6 章 附 註 ◎

1. 另外一件值得注意的事， 就是拼寫爲 th 而作有**聲**子音 [ð] 發音者，若位於字首，則僅見於代名詞 thou, thee, that 等，並包括前述的代副詞 then, there, thus。

2. 這種功能 [或 '品級' (rank)] 上的差別，正彷彿 poor 的情形，如 "the poor people loved her" 〔窮人愛戴她〕和 "the poor (=poor people) loved her；又如 "there were only two men"〔只有兩個男人〕和 "there were only two" 〔只有兩個〕。Sonnenschein (1921, § 118) 甚至說 both 在 both boys 中是形容詞，在 both the boys 中是同位代名詞——多麼不自然的區別。

3. 關於質量詞，參本書第14章。 換一個意思，little 也是一個普通的形容詞，如 my little girl 〔我的小女兒〕。

4. 注意俄語有些過去式動詞， 如 kazal (=showed) 原來就是它的過去分詞 (=having showed)。

5. 請參 opposite 也有類似的情形： 如 the house opposite ours 〔在我們房子對面的那棟房子〕， the house is opposite 〔房子在對面〕。

6. 在比較句中 as 與 than 都是對等連接詞 ， 如 "I like you as well as (better than) her" (i.e. as/than I do her) 〔我喜歡你，一如 (更甚於) 喜歡她〕；"I like you as well as (better than) she" (i.e. as/than, she does) 〔我喜歡你， 一如 (更甚於) 她喜歡你〕。但是，由於某些句子的影響，如 "I never saw anybody stronger than *he* (or *him*)" 〔我從來沒有見過比他強的人〕——使一般人對於「格位」的正確用法，容易感到困惑，在該用 him 的時候卻用了 he，或者反之。

7. 關於 word 的適當定義，在語言學界曾有無數的文獻討論過，如：
Noreen (1903:7.13ff)；H. Pedersen (1907:898)；Wechssler,
"Giebt es Lautgesetze"〔是否有語音律〕，19；Boas, "Hand-
book of Amer. Indian Languages"〔美洲印地安語手冊〕，1.28
；Sapir (1921:34)；Vendryes (1921:85.103)。

8. 法語的 peut-être〔也許〕現在是一個單位詞，因爲我們可以說
il est peut-être riche〔他也許很富有〕。

9. 近來有些語法家，特別喜歡過分誇大，對於許多問題，觀念頗有偏
差，比如有人說，現代法語的複數形，乃是由一前置的 [z] 所構成
，如 les（音 [le-z]）arbres〔那些樹〕等：但若遇到 beaucoup
d'arbres〔許多樹〕及 les（音 [le]）pommes〔那些蘋果〕該如何
解釋？ 或者說法語名詞的「格變」(declension) 現已經由冠詞來
擔任了 (Brunot 1922:162)：如 le cheval〔馬〕(主格)， du
cheval〔馬的〕(領格)，au cheval〔給馬〕(與格)， 但若是專有
名詞，如：Pierre, de Pierre〔P.的〕，à Pierre〔給P.〕， 中
間並沒有冠詞呀。 (同時，這也不能就算是「格變」。) 最後，有
一位德國作家聲稱 der mann〔男人〕(主格)， dem mann (賓格)
等，皆已構成單位詞，因而使我們有了 "flexion am anfang oder
genauer im innern des wortes an stelle der früheren am
ende"〔字首屈折，或者正確一點說，字中屈折， 取代了以往的字
尾屈折。"

第7章 三 品 論

7.1 從屬關係 (Subordination)

　　一個字應歸屬何類，無論名詞、形容詞、或其他──這個問題僅涉及一個字的本身。它的答案，一部分可以在字典裡找到。<註1> 我們現在必須討論的是字與字的結合；事實上，雖然一個名詞永遠是一個名詞，一個形容詞永遠是一個形容詞，但當它們出現在連續的談話中，就會產生一種從屬關係，這就彷彿把字分成若干詞類，卻又不完全依賴它。

　　任何指人或事物的組合名稱（如我在 §4.4 末所列舉者）， 其中總有一個字最爲重要，其他都是從屬性質。這個首要的字，爲另一字所定義、或限制、或修飾，而這另一字也同樣可能爲第三字所定義、所限制、所修飾，等等。由此，我們對於「字」，可以根據其相互之間的主從關係，設立不同的「品級」(ranks)。比如 extremely hot weather 之中，最後一個字 weather 顯然是首要的意念， 可以稱之爲「首品」(primary)；hot 限定 weather， 可以稱之爲「次品」(secondary)；extremely 修飾 hot，可以稱之爲「末品」(tertiary)。<註2> 雖然末品，還可以有一個「四品」(quaternary) 來修飾它， 四品也還可以有一個「五品」(quinary) 來修飾它，依此類推；不過事實上，沒有必要區分三個以上的品級， 因爲這些低層次的字與末品之間， 並無形式上或其他的特徵，足資區別。 比如： a certainly not very cleverly worded remark〔一句措辭的確不很聰明的評語〕之中 ， certainly , not, very 三個字 ， 雖然依序修飾次一個字 ， 卻沒有任何語法上的特殊標記， 可與其作爲末品用時加以區別， 如 *certainly* a clever remark〔的確一句聰明的話〕| *not* a clever remark〔不是一句聰明的話〕| a *very* clever remark〔一句很聰明的話〕。

現在我們來比較一下這兩種結合體： a furiously barking dog（或 a dog barking furiously)〔一隻狂叫的狗〕跟 the dog barks furiously〔狗狂叫〕：二者中之 dog 皆是首品，barking 或 barks 是次品，furiously 是末品，很顯然，二者中字與字之間的主從關係沒有兩樣。但是，二者之間卻有一項根本的差異，需要不同的名辭來表示：我們稱前者為「**附結**」(junction)，後者為「**離結**」(nexus)。<註3>關於這兩個概念的區別，我們在 §6.2 曾提到過，第8章將有更詳細的討論。所謂「離結」，除了the dog barks 這一類型之外，還有別的類型。應該注意的是，首品詞 "the dog" 不但為一句之主語時（如上）是首品，為動詞或介系詞的賓語時，亦為首品，例如 I see *the dog*〔我看見狗〕| he runs after *the dog*〔他追趕狗〕。

關於名稱問題，首品、次品、末品，本可適用於「附結」及「離結」，不過再設兩個特別名辭也很有用，即「附結」裡的次品字可以稱為「**附加語**」(adjunct)，「離結」裡的次品字（主動詞）稱為「**離加語**」(adnex)。末品字可以稱為「**次加語**」(subjunct)，四品字很少見，必要時可以稱為「**次次加語**」(sub-subjunct)。

正如我們可以並列兩個（或兩個以上）的首品字，如 *the dog and the cat* ran away〔狗跟貓跑掉了〕，我們當然也可以並列兩個或兩個以上的附加語，附屬於同一首品，如 a *nice young* lady〔一位悅人的青年女子〕之中， a, nice, young 三個字同時修飾首品 lady；試比較 much (II) good (II) white (II) wine (I)〔很多好白酒〕與 very (III) good (II) wine (I)〔很好的酒〕。並列的附加語，常需要一個連接詞擔任連接作用，如 a *rainy and stormy* afternoon〔一個細雨兼風暴的下午〕| a *brilliant, though lengthy* novel〔一部

雖嫌冗長卻很精采的小說〕。設若沒有連接詞，那最後一個附加語與首品之間，常產生一種特殊密切的關係，形成一個單位概念，或一個複合首品，如 young-lady，尤以某些常用習語為然，如 in high good humour〔特別高興〕｜ by great good fortune〔由於特別走運；參拙著 MEG II, 15.15〕｜ extreme old age〔垂老之年；參同書 12.47〕。兩個並列附加語的前一個，時常有降為從屬的趨勢，幾乎變成後者的次加語，如 burning hot soup〔滾燙的熱湯〕｜ a shocking bad nurse〔壞透頂的惡護士〕。 英語的 very 原本是個形容詞（現仍見於 the very day），如 Chaucer： a verray parfit gentil knight〔一位非常完美的君子騎士〕， verray (=very) 起先變為附加語與次加語之間的一個中性字，後再變為次加語，於是我們不得不把它歸入副詞，餘參拙著 MEG II, 15.2。 一個不無關連的例子，就是 *nice and* warm〔好暖和〕， 恰巧義大利語也有一個類似的 bell'e (=good and)，如 : il concerto ...On ci ho bell'e rinunziato (Giacosa： Foglie 136)〔音樂會我辭退的好〕； Tu l'hai bell'e trovato (ib. 117)〔你發現的好〕。 其他附加語當做次加語用的例子，如法語 elle est *toute* surprise〔她十分吃驚〕； les fenêtres *grandes* ouvertes〔窗戶大開〕。

　　次加語並列之例： a *logically and grammatically* unjustifiable construction〔 一個邏輯上及語法上皆說不通的結構 〕｜ a *seldom or never* seen form〔一樣很少見或者從未見過的東西〕。

　　到現在為止，我們所舉的例子，都是名詞作首品，形容詞作附加語，副詞作次加語；這裡所設立的三個品級，與相對的三個詞類之間，確有相當程度的對應關係。我們甚至可以說，名詞在習慣上就是作首品用，形容詞在習慣上就是作附加語用，副詞在習慣上就是作次加語用。然而這種對應關係，絕非一致貫徹到底，由以下的討論可以證明：詞類與品級實在是兩回事，各活動於不同的領域。

7.2 名詞 (實體詞) (Substantives)

名詞用作首品：不需再舉例。

名詞用作附加語。名詞作為附加語，古老的辦法就是用它的領格，如 *Shelley's* poems〔雪萊的詩〕| the *butcher's* shop〔屠宰商店〕| *St. Paul's* Cathedral〔聖保羅大教堂〕。 不過我們不可不知，領格亦可作為首品 (由於原首品省略)，如 I prefer Keats's poems to *Shelley's*〔我比較喜歡濟慈的詩，若跟雪萊的 (詩) 比起來 〕| I bought it at *the butcher's*〔我在屠宰商店買的〕 | *St. Paul's* is a fine building〔聖保羅大教堂是很精美的建築〕。英語複合詞的第一成分，現在常被視為一獨立的字，作附加語用，如 a *stone* wall〔石牆〕| a *silk* dress and a *cotton* one〔一件絲衣和一件棉的〕；關於這些字今之被視為形容詞的趨勢，參上文 §6.5。 以下是名詞作附加語用的其他例子：*women* writers〔女作家〕，a *queen* bee〔女王蜂〕| *boy* messenger〔信童〕；又如將下列二例亦歸入此類，有何不可： *Captain* Smith〔史密斯船長〕 | *Doctor* Johnson 〔江森醫生〕——比較德語 *Kaiser* Wilhelms Erinnerungen 〔威廉大帝回憶錄〕中之 Kaiser 並無屈折變化；不過複合頭銜的用法，很不一致。

有些情形，要想將一個名詞用作另一個名詞的附加語，而直接將其平行並列又不可能， 這時，某些語言常用所謂「絕對領格」(definitive genitive) 或介系詞結構來解決 ， 如拉丁語 urbs *Romæ*〔羅馬城〕(參丹麥語直接並列 byen Rom，及上述英語的 Captain Smith) | 法語 la cité *de Rome*〔羅馬城〕| 英語 the city *of Rome*〔羅馬城〕等。以下是一些趣味的例子：英語 a devil of a fellow〔極惡之人〕| that scoundrel of a servant〔那個流氓似的僕人〕 | his ghost

of a voice〔他那鬼似的聲音〕｜德語 ein alter schelm von lohn-
bedienter〔一個老流氓般的僕人 —— 介系詞 von 之後例外地使用主
格〕｜ 丹麥語 den skurk av en tjener〔那個流氓似的僕人〕｜ et
vidunder av et barn〔令人驚嘆的小孩〕｜ det fæ til Nielsen〔傻
瓜尼爾森〕， 法語 ce fripon de valet〔那個流氓般的僕人〕｜ un
amour d'enfant〔一個可愛的小孩〕｜celui qui avait un si drôle
de nom〔那個有流氓名字的人〕｜ 義大利語　quel ciarlatano d'un
dottore〔那個江湖醫生〕｜ quel pover uomo di tuo padre〔你那位
可憐人老爹〕等。這些例子與北歐語族 (Scandinavian) 使用的領格代
名詞有關連：dit fæ = 'you(r) fool'〔你這個傻瓜〕，以及西班牙語
之 Pobrecitos de nosotros!〔我們這些小可憐呵!〕｜ Desdichada
de mi!〔多麼不幸的我呵!〕。

　　名詞用作次加語或次離加語 [subnex (修飾主動詞者)]。 這個用
法很少，但在某些「字組」中卻很常見 (參下面§7.7)。例如：emo-
tions, part religious ... but part human (Stevenson)〔半宗教的
...半人道的情操〕｜the sea went mountains high〔海浪像山樣高〕
。又如 Come home〔回家吧〕， I bought it cheap〔我買的便宜呀〕
，其中 home 同 cheap 原本都是名詞，然而現在一般都稱之為副詞 ；
再如 go South〔到南方去〕用法亦同。

7.3 形容詞 (Adjectives)

　　形容詞用作首品：you had better bow to the impossible (sg.)
〔你最好向那不可理喻者屈服〕｜ ye have the poor (pl.) always
with you〔你讓窮人們永遠跟著你—— 參 MEG II，第11章〕，但是下
列各字，從它們的複數字尾可以看出，都是真正的名詞： savages〔野
人〕，regulars〔正規軍〕， Christians〔基督徒〕， the moderns

〔現代派〕。又如 the child is a dear〔這孩子是個小可愛〕，dear 也是一個真正的名詞，因其跟在冠詞 'a' 之後（參 MEG 第9章）。德語 beamter〔官員〕一般視為名詞，但實際上乃一形容詞首品，因其可有屈折變化：der beamte〔那位官員〕，ein beamter〔一位官員〕。

形容詞用作附加語：此處不需舉例。

形容詞用作次加語：a *fast* moving engine〔轉動很快的引擎〕，a *long* delayed punishment〔遲延很久的懲罰〕| a *clean* shaven face〔刮得很乾淨的臉〕——以上諸例中的形容詞 fast, long, clean，從歷史的觀點，稱它們為副詞比較正確（其原有的副詞字尾 -e，與其他的弱字尾 -e，一併消失），應不能算是形容詞次加語。關於 new-laid eggs〔新生的蛋〕| *cheerful* tempered men〔天性快樂的人〕等，參 MEG II, 15.3。關於 burning hot，參 §7.1。

7.4 代名詞 (pronouns)

代名詞用作首品：*I* am well〔我身體很好〕| *this* is *mine*〔這是我的〕| *who* said *that*?〔這話誰說的〕| *what* happened?〔發生了什麼事〕| *nobody* knows〔沒人知道〕等。不過，a mere nobody〔無名人物〕中，nobody 是一個真正的名詞，它有複數 nobodies。

代名詞用作附加語：*this* hat〔這頂帽子〕| *my* hat〔我的帽子〕| *what* hat?〔什麼帽子?〕| *no* hat〔沒有帽子〕等。

以上代名詞的兩種用法，多數情形並無形式上的區別，但也有形式有區別的，請比較 mine : my | none : no；德語 *mein* hut〔我的帽子〕| der *meine*〔我的〕。注意德語 ein 的形式變化（éin 表示重讀）：Hier ist *éin* umstand（*éin* ding）richtig genannt, aber nur *éiner* (*éines*)〔這裡有 "一個" 東西，名稱恰當，但是只有一個〕。法語卻有好些 "附加語：首品" 成對的代名詞都有形式的區

別：*mon* chapeau〔我的帽子〕： le *mien*〔我的〕| *ce* chapeau〔這頂/個帽子〕： *celui-ci*〔這個〕| *quel* chapeau〔哪一頂/個帽子〕： *lequel?*〔哪一個？〕| *chaque*〔每一〕： *chacun*〔每人〕| *quelque*〔某某〕： *quelqu'un*〔某人〕。

代名詞用作次加語。 除了「代副詞」不需要舉例以外，這裡是一些其他的例子：I am *that* sleepy (vg.)〔我是那麼地昏昏欲睡〕(俗)，*the* more, *the* merrier〔越多越熱鬧〕， *none* too able〔不太能幹〕，I won't stay *any* longer〔我一刻也不要再停留〕， *nothing* loth〔非常樂意〕， *somewhat* paler than usual〔臉色比平常稍嫌蒼白〕。<註4>

7.5 動詞 (Verbs)

定動詞 (finites) 只能用作次品 (離加語)，從來不作首品或末品用。但是分詞 (participles)，如同形容詞，可為首品，如the *living* are more valuable than *the* dead〔活人比死人有價值〕，亦可為附加語，如 the *living* dog〔活的狗〕。不定式 (infinitives) 視情況可為三個品級的任一級；在句中某些位置，英語需要加 to，德語加zu，丹麥語加 at。嚴格地說，我應該把 to go 這一類的結構，放在「字組的品級」(rank of word groups) 項下。

不定式用作首品： *to see* is *to believe* (cf. *seeing* is *believing*)〔眼見是實〕| she wants *to rest*〔她想休息〕。比較 she wants *some rest*〔她想休息一下〕。法語 *espérer, c'est jouir*〔希望就是享受〕,il est défendu *de fumer* ici〔此處禁止吸煙〕,sans *courir*〔不急〕，au lieu de *courir*〔不要急〕。 德語 *denken* ist schwer〔用思想不易〕， er verspricht *zu kommen*〔他答應來〕，ohne *zu laufen*〔沒有跑〕，anstatt *zu laufen*〔不必跑〕等。

　　不定式用作附加語： in times *to come* 〔在未來的時代〕 | there isn't a girl *to touch* her 〔沒有一個女孩去觸摸她〕 | the correct thing *to do* 〔正確的做法〕 | in a way not *to be forgotten* 〔用令人難忘的方式〕 | the never *to be forgotten* look 〔令人難忘的眼神〕 (MEG II, 14.4, 15.8)。法語 la chose *à faire* 〔要做的事〕 | du tabac *à fumer* 〔供吸食的煙草〕。 德語的不定式用作附加語， 產生了一個特別的「被動分詞」 (passive participle)， 如： das *zu lesende* buch 〔要讀的書〕。 西 班 牙 語： todas las academias existentes y *por existir* (Galdós) 〔所有現在存在的和將來存在的科學院〕。這種不定式的用法，從某一方面說，補償了西班牙語缺乏一套完整的分詞系統 (未來的，被動的等)。

　　不定式用作次加語： *to see* him, one would think 〔爲了想見他，人會用思想〕 | I shudder *to think* of it 〔我一想到它就會不寒而慄〕 | he came here *to see* you 〔他到這兒來目的是要見你〕。

7.6 副詞 (Adverbs)

　　副詞用作首品。這種用法很稀少； 也許可以提兩個例子：he did not stay for *long* 〔他沒有停留好久〕，he's only just back from *abroad* 〔他剛從國外回來〕。代副詞比較常見： from *here* 〔從這裡〕 | till *now* 〔直到現在〕。 再一個例子就是 he left *there* at two o'clock 〔他在兩點鐘離開了那裡〕： there 被視爲 left 的賓語。 Here 和 there 用哲學的辭彙說， 也可說是眞正的名詞， 如 Motion requires a *here* and a *there* 〔運動需要一個此點和一個彼點〕，in the Space-field lie innumerable other *theres* (NED) 〔在太空中有無數其他的彼點──參 MEG II, 8.12〕。

　　副詞用作附加語。這個用法也相當少見 ： the *off* side 〔遠的一邊〕｜ in *after* years〔在以後的年歲裡〕｜ the few *nearby* trees (US)〔幾棵近旁的樹〕｜ all the *well* passengers (US)〔所有未受傷的旅客〕｜ a *so-so* matron (Byron)〔一個平庸的婦人〕。 就大多數的情形而言，以副詞作附加語用是不必要的，因為還有一個對應的形容詞可用。代副詞之例：the *then* government〔當時的政府〕｜ the *hither* shore〔此岸〕(MEG II, 14.9)。

副詞用作次加語。 不用舉例，因為這是副詞最通常的用法。

假使我們把一個形容詞或動詞，轉變為相對的名詞，它的限定詞也跟著提升一級，成為次品，而不再是末品了，並且可能的話，就直接用形容詞而不用副詞的形式。 例如：

absolutely novel :	*absolute* novelty〔絕對的新奇〕
utterly dark :	*utter* darkness〔全然黑暗〕
perfectly strange :	*perfect* stranger〔完全陌生(者)〕
describes *accurately* :	*accurate* description〔精確的描寫〕
I *firmly* believe :	my firm *belief*〔我(的)堅信〕
judges *severely* :	*severe* judges〔嚴厲的審判(者)〕
reads *carefully* :	*careful* reader〔仔細的讀(者)〕

$$\text{III} + \text{II} \quad \rightarrow \quad \text{II} + \text{I}$$

值得注意的是，表示大小的形容詞 (great, small) 與表示程度的副詞(much, little)，具有互相換級的關係：如 a *great* admirer of Tennyson，法語 un *grand* admirateur de Tennyson〔丁尼生的偉大崇拜者〕。關於這些雙面加語 (subjunct-adjuncts) 的換級，請參 MEG II, 12.2。 Curme (1922:136) 曾提到德語 die geistig armen〔精神上的窮人〕， etwas längst bekanntes〔傳聞已久的事〕， 其中形容詞 geistig 與 längst 保持原形不變，如同副詞一般， 雖然實際所

修飾的是名詞： 一個合理的解釋應該是，armen 與 bekanntes 並不是真正的名詞，而不過是形容詞首品，可由其屈折變形看得出來 。 有些英文字可有名詞和形容詞兩種用法：

these are full *equivalents* (for) ： fully *equivalent* (to)

　　〔這些與...是完全相等的東西 〕　　　　〔完全等於...〕

the direct *opposites* (of) ： directly *opposite* (to)

　　　　〔 為...絕對的反面 〕　　　　〔與...絕對相反〕

Macaulay (Essays, 2.99) 寫過這樣的句子：The government of the Tudors was the direct opposite to the government of the Augustus〔都鐸王朝的政治體制正好是奧古斯都政治的反面〕。 這裡的 to 較適合於形容詞 opposite，而不適合名詞 opposite，而 direct 卻明顯預設 opposite 為名詞。丹麥語在翻譯法語 le malade imaginaire〔幻想的病人〕時，應作 den indbidt syge 呢，還是應作 den indbidte syge 呢，常拿不定主意。

7.7 字組 (Word Groups)

　　「字組」包含兩個或兩個以上的字，其間的關係性質極為龐雜，時常位居同一品級，如同一個獨立的單字。 有些情形實在很難決定， 它們到底是一個字還是兩個字，請參 §6.5。 To-day 原本是兩個字，現在逐漸減去短橫拼作一個字 today，事實上從 from today 一語可以看出，to 已經不再具有它的原來意義。Tomorrow 現在同樣也是一個字，我們甚至可以說 "I look forward to tomorrow"〔我期待明天 〕。不過，就本章的主旨而言，無論把它們看作一個字或兩個字，完全不重要。因為我們認為，一個「字組」恰如一個單字一般，可以用作一個首品，或一個附加語，或一個次加語。

　　各種「字組」用作首品 ： *Sunday afternoon* was fine 〔星期天

下午天氣好〕 | I spent *Sunday afternoon* at home〔我在家消磨星期天下午〕 | We met *the kind old archbishop of York*〔我們遇見了那位和善的約克郡老主教〕 | It had taken him *ever since* to get used to the idea〔他從那以後很久才習慣這個觀念〕 | You have *till ten* to-night〔你今晚可以...到十點〕 | *From infancy to manhood* is rather a tedious period (Cowper)〔從嬰兒到成年是一段頗為乏味的時日〕。參較法語 *Jusqu'au roi* l'a cru〔連國王都相信他〕 | Nous avons assez pour *jusqu'à samedi*〔我們有的...足夠維持到星期六〕; 西班牙語 *Hasta los malvados* creen en él —— Galdós〔連惡人都相信他〕。

「字組」用作附加語: a *Sunday afternoon* concert〔週日午後的音樂會〕 | the archbishop *of York*〔約克郡的大主教〕 | the party *in power*〔執政黨〕 | *the kind old archbishop of York's* daughter〔那和善的約克郡老主教的女兒〕 | a *Saturday to Monday* excursion〔週六到週一的旅遊〕 | the time *between two and four*〔兩點到四點的時間〕 | his *after dinner* pipe〔他的飯後煙斗〕。

「字組」用作次加語(末品): He slept *all Sunday afternoon*〔他睡了整個週日下午〕 | He smokes *after dinner*〔他飯後抽煙〕 | He went *to all the principal cities of Europe*〔他去到歐洲所有主要的城市〕 | He lives *next door to Captain Strong*〔他住在S.船長的隔壁〕 | The canal ran *north and south*〔該運河係南北流向〕 | He used to laugh *a good deal*〔他過去笑口常開〕 | *five feet high*〔五呎高〕 | He wants things *his own way*〔他一切都要照自己的意思辦〕 | Things shall go *tug-of-war fashion*〔事情必將如拔河方式發展〕 | He ran upstairs *three steps at a time*〔他一步三階地跑上樓〕。參§9.5 之 "獨立結構"。

　　由以上這些例子看來， 一個「字組」， 無論是首品、次品、或末品，其本身所包含的成分相互之間，也遵守著由三個品級界定的從屬關係。 一個「字組」的品級是一回事， 其內部成分的品級則是另一回事。基於此種觀點，無論多麼複雜的層次結構關係，都會變得很容易分析。茲舉數例以說明之。 比如 We met *the kind old archbishop of York*〔我們遇見了那位和善的約克郡老主教〕這個句子，其最後六個字合起來構成一個「組合首品」(group primary)，作為 met 的賓語；而此組合本身則包含了一個首品 Archbishop 和四個附加語 the, kind, old, of York, 或者我們應該說， Archbishop of York 包含一個首品 Archbishop, 和一個附加語 of York, 合起來構成一個組合首品 ， 再帶著三個附加修飾語 the, kind, old；而附加語 of York 則包含介系詞 of 及其首品賓語 York。 最後， 這一整個的「字組」， 還可以再置於領格之下，構成一個「組合附加語」(group adjunct)， 以修飾其他的首品 ， 如： We met *the kind old Archbishop of York's daughter* 〔我們遇見了那位和善的約克郡老總主教的女兒〕。

　　再如 He lives *on this side the river* 〔他住在河這邊〕： 其最後五個字合起來構成一個末品，修飾 lives； on this side 包含一個介系詞 of 及其賓語 this (附加語) side (首品)，合起來構成一個「組合介系詞」(group preposition)，統攝一個「組合賓語」the (附加語) river (首品)。 然而， 在下面這個句子： The buildings *on this side the river* are ancient〔河這邊的建築物都很古老〕： 同樣五個字的「字組」，又做了 buildings 的附加語。 這樣，我們便得到了一個自然而一致的分析法，足以應付實際語言中甚至最複雜的句子結構。<註5>

7.8 子句 (Clauses)

「字組」之中，有一項非常重要的特殊情形，就是一般所稱的「子句」。我們可以將「子句」界定為一個句子裡的一員，而其本身也具有一個句子的形式要件 —— 照例含有一個「定動詞」。因此，一個子句，視情形而定，可以為首品、次品、 或末品。

I. **子句用作首品**(子句首品)

That he will come is certain (參 His coming is ...).

〔他會來是一定的。〕

Who steals my purse steals trash (參 He steals trash).

〔偷我錢包者等於偷到垃圾。〕

What you say is quite true (參 Your assertion is ...)

〔你所說的十分對。〕

I believe *whatever he says* (參 all his words).

〔我相信他所說的一切。〕

I do not know *where I was born* (參 my own birthplace).

〔我不知道我出生何方。〕

I expect (that) *he will arrive at six* (參 his arrival).

〔我期待他在六點鐘到達。〕

We talked of *what he would do* (參 of his plans).

〔我們談到他會幹什麼。〕

our ignorance of *who the murderer was* (參 of the name of the murderer).〔我們對於兇手是誰之一無所知。〕

以上頭三個句子，以子句為主語，其餘的子句則為動詞或介系詞 of 的賓語。但是，有一種假的語法分析，我必須特別警告讀者：他們說像上面第二個例子，steal trash 的主語，乃是為 who 所暗示的一個 he，它的地位與 the man who steals 中的 the man 相當——這完全是一種牽強附會之詞，對於語言現象的眞正理解，毫無助益。<註6>

II. 子句用作附加語（子句附加語）

I like a boy *who speaks the truth* (參 a truthful boy).

　　〔我喜歡說實話的孩子。〕

This is the land *where I was born* (參 my native land).

　　〔這就是我出生的國度。〕

值得注意的是，時常在有兩個關係子句，好像修飾同一前行詞首品時，那第二個關係子句所修飾的前行詞，實在已經爲第一個關係子句先行修飾過；就此觀點而論，那第二個關係子句所修飾的，實不過由同一前行詞（首品），加上一個關係子句（附加語）所構成的一個「組合首品」。以下各例中的斜體字部分，皆是同類型的「組合首品」：

They murdered *all they met* whom they thought gentlemen.

　　〔他們謀殺了所有遇到的他們認爲是君子的人。〕

There is *no one who knows him* that does not like him.

　　〔沒有一個認識他而不喜歡他的人。〕

It is not *the hen who cackles the most* that lays the largest eggs.〔並不一定最會叫的雞才會生最大的蛋。〕

III. 子句用作次加語或末品（子句次加語）

Whoever said this, it is true (參 anyhow).

　　〔不管是誰說的，這話是眞的。〕

It is a custom *where I was born* (參 there).

　　〔這是我出生地的習俗。〕

When he comes, I must go (參 then).

〔他來時，我必須走。〕

If he comes I must go (參 In that case).

〔如果他來了，我就得走。〕

As this is so, there is no harm done (參 accordingly).

〔既然如此，也沒有害處。〕

Lend me your knife, *that I may cut this string* (參 to cut it with).〔把你的小刀借給我，我想割斷這條繩子。〕

請特別注意上面第一個例子，由 whoever 所引導的子句，既非主語，亦非賓語，與 it is true 的關係並不緊密。

關於「子句」一辭的定義，需要對於傳統的術語重新加以評估。根據傳統的說法，以上的子句都會被稱為「附屬的」(dependent) 或「從屬的」(subordinate) 子句，與「主要子句」(principal clause) 或「主要命題」(principal proposition) 相對立；別的語言也有類似的名辭，如德語 nebensatz〔附屬子句〕和 hauptsatz〔主要子句〕。實在說，所謂「主要子句」根本用不著一個特別的名稱。首先，我們應該明白，一個句子的主要意念，並不見得表現在主要子句裡面，例如 *This was* because he was ill〔這是因為他生病了〕。又如 *It is true* that he is very learned〔真的他很有學問〕，其主要子句 It is true 所表達的意思，完全可以由一個簡單的副詞來取代，如：*Certainly* he was very learned——這樣從附屬子句轉到主要子句，對於他的 "學問" 會有什麼影響嗎？請再比較這兩個句子：

I tell you that he is mad.〔我告訴你他很生氣。〕

He is mad, as I tell you.〔他很生氣，我告訴你。〕

此外，假設把「主要子句」界定為減掉從屬子句所剩餘的部分，我們時常會得到很奇怪的結果。固然我們必須承認，有些情形把從屬子句移去，對於主要句意並沒有實質的影響，在一定程度以內，其本身仍舊是完整的，如 I shall go to London (if I can)〔（如果可能的話）我將去倫敦〕或（When he got back) he dined with his brother〔（回來以後）他跟他的兄弟一起進餐〕。 即使如此， 似乎也不必為那剩餘的部分設一個特殊的名稱，就像在別的時候，減掉一個類似的介系詞組合，如 I shall go to London (in that case)，或 (After his return) he dined with his brother── 我們並不需要特別稱呼這些剩餘的部分為「主要子句」一樣。假使我們把 where I was born 從前面所舉的三個句子中拿走，則其剩餘的部分就是(1) I do now know, (2) This is the land, (3) It is a custom；我們根本沒有理由把這些當做一個獨立的語法範疇， 因為像這樣幾個句子： (1) I do not know *my birthplace*, (2) This is my *native* land, (3) It is a custom *at home*── 如果把斜體字部分拿走，我們一樣不能稱它們是一個獨立的語法範疇。更糟的是，有些情形把附屬子句拿掉，剩餘的部分完全沒有意義，如 (Who steals my purse) steals trash； 還有更可笑的，如 (What surprises me) is (that he should get angry)〔（使我驚奇的）是（他怎麼會生氣）〕。難道我們真的能夠說，一個小小的 is 包含了全句的主要意念？這個語法單位乃是整個的句子，包括說者或作者為了表達他的思想，所使用的所有的字；全句應該看做一個整體，那末無論其主語（或其他部分）的形式，是一個句子（因而稱之為子句），或者是一個簡單的單字， 或者是一個「字組」── 無論其形式如何，都不重要了。

7.9　結語 (Final Remarks)

本書所主張的語法術語，區分三個品級，以別於名詞、形容詞、副詞，這在許多方面皆優於若干語法書中，時常混淆不清或自相矛盾的用語。 相當於這裡的三個品級，我們時常發現有所謂名化詞 (substan-tival)，形化詞 (adjectival)，和副化詞 (adverbial)， 或者說某字 "用如副詞" 等。如「牛津大字典」之例 a sight too clever〔太過分 聰明〕。也有人(如 Wendt)率性依實際情況，時而稱 what 或 several 爲名詞，時而稱爲形容詞，雖然二者皆置於代名詞項下。Falk & Torp 稱挪威語之 sig 爲名化性反身代名詞，sin 爲形化性反身代名詞， 然 而後者在下句中卻爲名化性：Hver tog *sin*, så tog jeg min〔大家都 拿*自己的東西*，所以我也拿我的〕。有許多位學者論及「加語性領格」 ('adnominal genitive' = adjunct)，以別於「副詞性領格」(adver-bial genitive)， 然而後者至少有一部分人士，僅限與動詞連用。 在 「正統英語」(The King's English)一書中，所謂 "adverbials" 一詞 ，即相當於我們的「次加語」組合及子句，但是，我想我不曾見用「形 化詞」或「名化詞」，可等於我們的「附加語」和「首品」。相當於我 所謂的「形容詞首品」，約有下列多種說法：

(a) 「名詞性形容詞」(substantival adj.)，

(b) 「名詞化形容詞」(substantivized adj.)，

(c) 「獨立形容詞」(absolute adj.)，

(d) 「獨用形容詞」(adj. used absolutely)，

(e) 「準名詞」(quasi-substantive)，如 the great (見 NED)，

(f) 「自由形容詞」(free adj.)，如(德語) die gute (見 Sweet: NEG § 178)，

(g) 「半名化形容詞」(adj. partially converted into a noun)， 如 the good (見同書 § 179)，

(h) 「同名詞」(substantive-equivalent)。

Onions (AS, § 9) 用了「同名詞」，卻又用「同形容詞」(adjective-

equivalent) 指「同位名詞」等 ， 如 Simon Lee, the old *huntsman*
〔賽門李，那個老獵人〕，且指與他字構成一複合名詞的名詞或名動詞
(verb-noun)，如 *cannon* balls〔砲彈〕。 關於 a lunatic asylum
〔瘋人院〕， 他說 lunatic 是名詞（這一點是對的， 由其複數形
lunatics 可以見之），但是這個名詞卻被稱爲「同形容詞」； 由此推
之， 對於 sick room，他一定說 sick 是一個形容詞， 而且也是一個
「同名詞」（§9.3），但是根據同書§10.6， 這個「同名詞」同時也必
須是一個「同形容詞」！這個例子乃是 Sonnenschein 所用 "簡化的"
統一術語的一部分（參拙著 MEG II, 12.41）。在 the London papers
之中，London 被稱爲是「同形容詞」；the poor 獨立使用，是「同名
詞」，因此在 the London poor 之中，名詞必須是「同形容詞」， 而
形容詞則必須是「同名詞」。 有人說， the top one 中的名詞 top，
首先經過形容詞化，然後再名詞化， 而這兩重轉化過程皆由 one 這個
字來完成。請參 MEG II, 10.86：在本人的系統中，top 永遠是名詞，
不過在這裡做了首品 one 的附加語 。 我所用的術語也比 Poutsma 的
「近代英文法」(A Grammar of Late Modern English) 簡單得多。 比
如我的「介系詞（組合）附加語」，Poutsma 稱之爲 "由一個介系詞加
一個（代）名詞，所構成的修飾性名詞附加語 (adjunct)" 。(Poutsma
的 'adjunct' 實較我所用的意義爲寬廣。)

　　現在我們才夠格來正確地認識，Sweet 在 1876 年 (CP 24) 所說的
「有一件奇怪的事情，到現在爲止，語法家跟邏輯家都忽略了，那就是
名詞的定義僅嚴格限於主格。 位於偏格 (oblique case) 的字， 實際
都是屬性詞 (attribute-words)，屈折變形實際不過是化名詞爲形容詞
或副詞的工具。這一點，就領格而言最爲清楚 . . .又，拉丁語 flet
noctem〔他夜裡哭泣〕中之 noctem〔夜裡〕乃一純粹的副詞，也很清
楚」。 然而，Sweet 在他自己的「盎格魯撒克遜語法」(Anglo-Saxon

Grammar) 中， 卻未把名詞的領格置於形容詞之下——他未這樣做是正確的，因為他上述的話只對了一半：偏格固然是用以轉化名詞（其主格係首品）為次品或末品的工具， 但名詞仍然是名詞。 名詞、形容詞、副詞的三分法，與我所主張的三個品級之間，確有相當的對應關係。經過一段時間，我們常發現一些名詞的附加語，變成眞正的形容詞，次加語變成副詞（介系詞等）， 然而這種對應關係只是部分的， 是不完全的。「詞類」的劃分和「品級」的劃分，代表不同的觀點，同一個字形，首先要認清它的本身，然後再看它與其他字詞的結合關係。

◎ 第 7 章 附 註 ◎

1. 不過請注意，任何一個字、一個字組、或一個字的一部分，在列
   舉爲例的時候，都可以當做一個名詞看待（MEG II, 8.2），例如：
   Your *late* was misheard as *light*〔你說的late被聽成了light〕
   | His speech abounded in *I think so*'s〔他的演說之中充滿了
   「我想是這樣」〕| There should be two *l*'s in his name〔他
   的名字當中應該有兩個 'l' 字母〕。

2. 關於葉氏的特殊用語 primary〔首品〕，secondary〔次品〕，
   tertiary〔末品〕及 rank〔品級〕等的翻譯，係借自我國前輩語
   言學家王力教授在其所著「中國語法理論」一書中所給的譯名。王
   氏並曾在該著作中引用「語法哲學」內容達四十餘次，顯見本書對
   於研究漢語的語法理論，也是很有用的 —— 譯者註。

3. 王力教授對於junction 和 nexus 的翻譯，分別是「組合」和「連
   繫」；本書用「組合」翻譯 'group'，如「組合首品」（group
   primary)，「介系詞組合」(prepositional group) —— 譯者。

4. 有些「代副詞」或「數詞副詞」加附加語的組合，很不容易分析，
   如：*this once*〔這一次〕| we should have gone to Venice,
   or *somewhere not half so nice* (Masefield)〔我們應該去了威
   尼斯，或者什麼不及一半好的地方〕| Are we going *anywhere
   particular*?〔我們要去什麼特別的地方嗎〕從心理學上講，once
   = 'one time', somewhere/anywhere = (to) some/any place; 附
   加語因此屬於該內含的名詞。

5. 有一次，一個朋友告訴我一個故事。有一個七歲大的小男孩，他問
   他的父親，嬰兒出生的時候會不會說話。他父親說「不會！」男孩
   說，「那末，太有趣了，聖經中的 "約伯書" 卻說，約伯一出生就

咒罵。」(按原文爲 "Job cursed *the day that he was born.*")
這孩子誤把一個組合首品 (賓語),當做了組合次加語。(因此正確
解釋應爲 "約伯曾詛咒他的出生日子" —— 譯者補釋。)

6. Sweet (NEG §112, 220) 曾指 *What you say is true*〔你所說的
是真的〕句中有一個壓縮的 what 身兼二職,它是關係子句中say
的賓語,同時也是主要動詞 is 的主語; 在 *What I say I mean*
兩個子句之中,它都是賓語,而在 *What is done cannot be un-
done*〔'覆水難收'〕中,它又是兩個子句的主語。他說,這裡的
關鍵是,關係子句必須置於主要子句之前。假使我們把它的結構改
造一下,那隱藏於 what 中的前行詞,常會重行出現,如 (a) *It
is quite true what you say;* (b) *If I say a thing, I mean
it*。 但是 (b) 句在語法上絕不等於 what I say I mean,因其
中既無前行詞,亦無關係代名詞; 在 (a) 中,我們也不能稱 it
爲 what 的前行詞,因我們並不能說 it what you say (關於 it
的真實性質,參§1.3), what 不可能有前行詞。主要子句之前的
位置, 也並非限於以 "壓縮的" 代名詞爲首的子句:Sweet 所舉
的例子中,詞序多正常,主語在前, 然而在 What I say I mean
之中,居於首位的卻是爲加強語氣而提前的賓語,它的自然順序應
是 I mean what I say,這裡的關係代名詞 what, Sweet 卻並不
視爲「壓縮的關係詞」(condensed relative)。

　　我們對於 Sweet 的觀點最反對的是, 指 what 一字同時兼二
職,這未免太不自然。 事實上, What 本身並非 is true 的主語
,因爲,如果我們問 "What is true?",答案絕非 "what",而是
"what you say"。其他的句子,情形亦同。what 乃是 say 的賓語
, 如此而已, 正如同 which 在 the words which you say are
true 中的地位一般 ; 然而, 這後一個句子,依我的看法,are

的主語乃是 the words which you say, 而非僅 the words 而已。唯有如此才能使語法分析，符合普通常識的感覺。 Onions (AS, §64) 談到 Pope 的句子："To help *who want*, to forward *who excel*"〔幫助需要者，提拔優秀者〕， 在 who 之前省略了前行詞 those;他卻沒有想到，這個說法並不能幫助他解釋 I heard *what you said*〔我聽見你所說的〕，因爲在 what 之前什麼都插不進去； Onions 沒有將 what 視爲一個關係詞，因而很難將之納入他的系統。 他和 Sweet 都沒有提到與此相關的不定關係詞 whoever, whatever，雖然這兩個字與"壓縮的關係詞"，很顯然地只多了一個 ever。像這樣的句子 "*Whoever* steals my purse steals trash" 或 "*Whatever* you say is true" 或 "I mean *whatever* I say"，都應當與僅用 who 或 what 的相對句子， 做完全同樣的分析。 Dickens 的句子 "Peggotty always volunteered this information to *whomsoever* would receive it"〔P. 老是自告奮勇把這個消息傳給任何願意接受的人〕(DC 456)，其中 whom 用錯了，作爲 would receive 的主語應是 whosoever， 雖然整個子句乃是 to 的賓語 ； whomsoever 只有在 '(to) *whomsoever* it concerned' 的場合，才算用對了。 參 he was angry with *whoever crossed his path*〔誰擋住他的路， 他就生誰的氣〕， 及 Kingsley 的 "Be good, sweet maid, and let *who can* be clever"〔做個好人吧，好姑娘，誰能幹，就讓誰表現〕。Ruskin 的 "I had been writing of *what I knew nothing about*"〔(那時)我一直在寫我完全不清楚的事〕： 其中 what 爲介系詞 about 所統攝，而 of 卻統攝著整個子句 "what I knew nothing about"。

第8章 「附結」與「離結」

8.1 附加語 (Adjuncts)

我們現在的任務是，研究附加語的功能；附加語加在首品字上的目的是什麼？附加語可以區分爲若干類。

最重要的一類，毫無疑問地就是所謂限制性的 (restrictive) 或修飾性的 (qualifying) 的附加語：其功能就是限制首品字，以減少其可適用的對象；換句話說，就是使其特殊化或給它加上一個範圍。 比如 a red rose, 其中 red 對於 rose 的應用範圍加了一個限制， 使其僅適用於全類 rose 中的某一個次類， 使其因剔除了白色的和黃色的 rose 而形成特殊化；其他大多數的例子亦然：Napoleon *the third*〔拿破崙三世〕| a *new* book〔一本新書〕| *Icelandic* peasants 〔冰島農夫〕| a *poor* widow〔可憐的孀婦〕等。

諸位也許還記得，我以前曾經舉過相同的例子，藉以說明名詞較形容詞爲特殊化的理論，諸位也許要問：這前後兩種說法豈非自相矛盾？然而仔細一想就會明白，用一個次特殊性的字，去限制一個已經相當特殊化的字，使之更進一步特殊化，正是非常自然的事：這種達到高度特殊化的方法，可比之於用梯子攀登房頂，如果一個梯子不夠，我們就用最高的梯子，頂端再綁一次高的梯子，若還不夠，就再綁一次次高的梯子，餘類推。同樣，如果 widow 不夠特定，就加一比較不特定的poor，二者相加之後，反提高了 widow 的特定性； 如果這還不夠，就再加一較 poor 更爲一般化的次加語 very。 結果，widow 已經特定，poor widow 更爲特定，very poor widow 再進一步更加特定，然而 very 本

127

身的特定性次於 poor，當然更次於 widow。

　　雖然專名已經高度特殊化，我們仍然可以用附加語使之更加特殊化
。　如 *young* Burns 可以指另一個人，以別於 *old* Burns，也可以指其
本人（如果實際談話者雙方意識中皆只有一位 Burns），而這時的重點
在於強調他還年輕。　如果是後者的情形，　就超出了限制性附加語的範
圍，容後討論。

　　在限制性附加語當中，有些具有代詞性 (pronominal character)
，這是應該注意的。如 this, that 在 this rose, that rose 之中，
一點也不像大多數其他附加語，具有描寫的作用：它的功能，不管說話
者有沒有帶著指點的手勢，僅在於特指(specify)。所謂的定冠詞the，
情形亦然，最好稱爲定指冠詞；它是附加語中最不特殊的，然而它卻比
其他大多數的字更具有特殊化的功能，　與 this, that, 具有同等的效
力（就語音而論，the 可說是 that 的弱讀）。　就　the rose 而言，
rose 僅限指某一特定的 rose，它此刻存在於我的思想中，必然也存在
於你的思想中，因爲我們剛剛才提到過它，或者因爲在此環境下，一切
皆指向此一特定的 rose 。　參 較 "Shut *the door*, please." 〔請把
門關上。〕雖然 king 這個字本身，可以指無數個個人，但 the king
卻特指某一個人，像專名一樣：假使我們正在講故事或談話中，以某一
特定的 king 爲中心，那末我們指的就是他，否則它的意思就是 'our
king', 也就是指的我們這個國家當今的 "國王"。　但是，環境是會改
變的，因此，那含於冠詞內的定義實質也自動改變。如 "*The King* is
dead. Long live *the King*!" (法語 *Le roi* est mort. Vive *le roi*
!) 其中第一句裡的 king，　說的是群眾心目中認爲依然在位的 king；
第二句中同樣的兩個字，　所指的就是另一個人了，　也就是前者的法定
繼承人。　又如 *The Doctor* said that *the patient* was likely to
die soon 〔醫生說病人可能不久就會死亡〕，　情形完全相同 。　還有

Sweet (NEG § 2031) 所謂的「唯獨冠詞」(unique article)，如 the Devil〔（聖經中所說的）魔王〕， the sun〔太陽〕， the moon〔月亮〕, the earth〔地球〕等。 我們實在沒有理由，要藉定冠詞來挑出一些「其本身已經是獨一無二的人或物」。

然而，這並不是定冠詞唯一的功能。 比如 the *English* King〔英國國王〕｜the King of *England*〔英國國王〕｜ the *eldest* boy〔最大的孩子〕｜the boy *who stole the apples*〔偷取蘋果的孩子〕等，它們的附加語（印斜體者）其本身業已具備十分足夠特別指定的能力，這些定冠詞在邏輯上可說都是累贅多餘的，雖然語言習慣需要它。不但英語如此，許多別的語言也是一樣。我們也許可以稱這種冠詞為「補充性定冠詞」。就 the King 與 the English King 而言，它們的關係就如同 he, they 單獨使用時（如下面a,b），與外加一個關係子句時（如下面c,d）的情形完全一樣：

a. He can afford it.〔他買得起它〕

b. They can afford it.〔他們買得起它〕

c. *He that is rich* can afford it.〔富有的他買得起它〕

d. *They that are rich* can afford it.〔富有的他們買得起它〕

前者在一定的情況下，已足夠表明所指為誰，而後者同樣的兩個代名詞，其所指卻由外加的關係子句來決定。參 the same 的兩個用法：(a) 單獨使用時，意指「剛才提到過的同一個人或事物」，(b) 外加一個關係子句時，如 the same boy *as* (or, *that*) *stole the apples*〔偷蘋果的同一個孩子〕。然而，如牛津大字典所說，定冠詞加 same 常指不確定的東西，如 all the planets travel round the sun *in the same direction*〔所有的行星都圍繞著太陽依同樣的方向轉動〕：表示相同的意思，法語則用不定冠詞，如 deux mots qui signifient *une même* chose〔指同一樣東西的兩個字〕。 英語也常說 one and the same，這裡的 one 可說具有中和定冠詞的作用。 其他語言相當的例子如：拉丁語 unus et idem，希臘語 (ho) heis kai ho autos，德語 ein und derselbe， 丹麥語 （不用冠詞） een og samme。 <註1>

　　由領格或所有格代名詞構成的附加語，永遠是限制性的，雖然在程度上常不及定冠詞。 My father 跟 John's head 乃十足的定指及個別化，因爲一個人只可能有一個父親和一個頭；但是關於 my brother 和 John's hat，該怎麼說？ 我也許有數位兄弟，John 也可能有不只一頂帽子，然而在大多數的情形下，它們的指稱就算是十分確定的：如 *My brother* arrived yesterday〔我兄弟昨天到了〕｜ Did you see *my brother* this morning?〔你今天早晨看見我兄弟了嗎〕｜ *John's hat* blew off his head〔約翰的帽子從頭上吹落了〕—— 說話時的情況和上下文會示明，前兩句中指的是我的哪一位兄弟，末句中所指的帽子，也當然就是約翰當時所戴的那一頂。但是，當這兩個字用在述語部分，它們的確定程度就不同了：如在介紹某人時說 "This is *my brother*"〔這是我的兄弟〕， 或者說 "That is not *John's hat*," 它們的意義就不過是 "我的兄弟之一" 及 "約翰的帽子之一"，完全變得不確定了。在德語裡，前置的領格表示確定，如 Schiller's gedichte〔席勒的詩〕，後置的領格則否，因此我們可以說 einige gedichte Schiller's〔幾首席勒的詩〕，如果需要表示像前置領格一樣的確定程度，那就必須加上定冠詞 die gedichte Schiller's 。 假使不用領格而用的是介系詞組合，則定冠詞不能少： die gedichte von Schiller, 其他的語言亦如此， 英語 the poems of Schiller， 法語 les poèmes de Schiller，義大利語 i poemi dello Schiller。

　　有些語言可以用所有格代名詞，表示不完全的限制。中古高地德語 ein sîn bruoder，現在說 ein bruder von ihm〔他的一個兄弟〕。義

大利語的所有格沒有 "定指" 的功能， 故可以說 un *mio* amico 〔一個我的朋友〕| alcuni *suoi* amici 〔幾個他的朋友〕| con due o tre amici *suoi* 〔同他的兩三個朋友〕| si comunicarono certe *loro* idee di gastronomia 〔交換一些他們對於美食的意見〕(Serao: Cap. Sans., 304)。 因此，要特別強調 "定指" 的意思，就需要加定冠詞了 : *il* mio amico 〔我的朋友〕。 但是， 這條規則有一個有趣的例外： 表示親屬關係的名稱，又不需要冠詞： 如 mio fratello 〔我的兄弟〕| suo zio 〔他的叔叔〕。 如果我沒有錯的話， 這個根源當係來自 mio padre 〔我的父親〕| mia madre 〔我的母親〕， 因為每個人只有一位父親和一位母親， 其特定性自然毫無疑義， 依此類推及其他親屬名稱。複數需要冠詞，乃是十分自然的事： *i miei* fratelli 〔我的兄弟們〕，另一方面，作敘述語用又不需要冠詞： questo libro è *mio* 〔這本書是我的〕。 法語的所有格，都是定指的， 例如與比較級連用時： mon meilleur ami 〔我的最好的朋友〕，其中的代名詞 mon 與冠詞 le 的效果相等：le meilleur ami。但是，也有用不定冠詞的例子： （今已廢用）un mien ami (= 義大利語 un mio amico)，現在法語通常說 un de mes ami 或 un ami à moi 〔我的朋友之一〕。英語所有格的不定性，賴與 of 結合表達：a friend *of mine* 〔我的一個朋友〕| some friends *of hers* 〔她的幾個朋友〕， 請參較 any friend *of Brown's* 〔布朗的任何朋友〕， 這個辦法也用以避免所有格或領格，與其他定指代名詞連用的情況：*that* noble heart *of hers* 〔她那高貴的胸懷〕| *this* great America *of yours* 〔你們這個偉大的亞美利加〕等。這裡既然談不上什麼 "切分" (partitive) 結構 <註2> ， 我們姑稱之為 "假性切分" (pseudo-partitive) 結構。

其次來談談「非限制性的」附加語，如 *my dear little* Ann! 〔我的親愛的小安〕這裡的附加語，既然不是用來定指某一位特殊的 Ann，而只是對之加以特別的描述，我們可以稱之為 "裝飾性的" (ornamental)，或者從另一個觀點，稱之為 "插入性的" (parenthetical) 附加語。它們的使用，一般只是情緒性的或者甚至是感情性的，雖然不見得永遠是恭維性的（而限制性的附加語卻是純然理性的）。它們時常加在專名之前：*Rare* Ben Jonson〔不世出的 B.J.〕｜ *Beautiful* Evelyn Hope is dead (Browning) 〔美麗的 E.H. 死了〕｜ *poor, hearty, honest, little* Miss La Creevy (Dickens) 〔雖窮而熱情正直的小女子 L.C.〕｜ *dear, dirty* Dublin 〔親愛的髒城都柏林〕｜ le bon Dieu〔萬能的上帝〕。在 this extremely sagacious little man〔這位極端精明的小矮人〕之中，只有 this 是限制性的，其他的附加語皆不過插入性的描寫詞，但在 he is an *extremely sagacious* man 中，這些附加語皆是限制性的。

有時候，一個附加語究竟屬於哪一種，或有疑問。如 his *first important* poem，一般而言，指「他的重要詩作中的第一篇」（在他曾寫了一些其他不重要的詩作之後），但也可以指他從來所寫的第一篇，而增加一點描述，說它是重要的（若經口語說出，由聲調可以辨別，若是記為文字，可由所加標點辨別）。又如 the *industrious* Japapese will conquer in the long run：說的是「日本這個國家，因為全國人民的勤奮而終於會贏」，還是「日本國內勤奮的人終於會贏」？

Bernhard Schmidtz 的「法語語法」(French Grammar) 有一個好例子，可以說明這兩種附加語的區別。Arabia Felix〔肥沃的阿拉伯〕指 Arabia 的一部分，然而拉丁語有一句著名的，關於 Austria 的諷刺語，卻說的是整個的 Austria："Tu, *felix* Austria, nube"〔你，豐盈的奧地利，結婚呀〕，因為 Austria 拓展疆域靠婚姻，而別的國家拓展疆域靠戰爭。這種非限制性附加語的提前，和限制性附加語的後調，造成語意上的差別，法語語法有一條著名的規則，情形與此類似

，如 ses *pauvres* parents 就包括所有同情他的親屬，而 ses parents
pauvres 則僅指他的部分窮親戚 —— 不過這個區別並非一致貫徹到底
，它並不適用於所有的形容詞。

這兩種附加語（限制性與非限制性）的區別，對於關係子句一樣重
要。就英語而言，代名詞 who 與 which 皆可用於限制性或非限制性的
關係子句，但只有限制性的關係子句才可由 that 引導（或者不用任何
代名詞）： the soldiers *that were brave* ran forward〔勇敢的士兵
們向前衝〕| the soldiers, *who were brave*, ran forward〔士兵們
很勇敢，向前衝〕| everybody *I saw there* worked very hard〔我在
那裡所見到的每一個人工作都很努力〕。前兩個句子的差別，如果插入
一個 all 則更清楚： *all* the soldiers that were brave . . .〔所
有勇敢的士兵. . .〕| the soldiers, who were *all of them* brave
. . .〔士兵們，他們都很勇敢. . .〕另外值得注意的是語調上的差異
，非限制性的子句較限制性的子句， 起頭的語調要低沉一些； 此外，
非限制性的子句之前，容許稍作停頓，但在限制性的子句之前，則差不
多從來不作停頓；請注意書面文字上逗點的使用。在丹麥語，這個區別
是靠著前行詞之前的冠詞來表示的 ： (alle) *de* soldater som var
modige løb frem (=all the soldiers that...)| soldaterne, som
(alle) var modige, løb frem (=the soldiers, who ...)。 然而這
條規則，並非隨時用之皆準；如果前行詞再加一個附加語，則其關係子
句的限制性，就要靠加強冠詞的重音來表示：'*de* franske (=French)
soldater som. . .（限制性的） | *de* 'franske soldater, som ...
（非限制性的）。 所謂繼續性的 (continuative) 關係子句，當然就是
非限制性的： he gave the letter to the clerk, *who then copied*
it〔他把信交給書記，書記然後抄寫〕，丹麥語 han gav brevet til
kontoristen, *som så skrev det av*〔意同上〕。但請參： ...to the

clerk *who was to copy it*〔...交給負責抄寫的書記〕，丹麥語 ...
til den kontorist *som skulde skrive det av*〔意同〕。下面再舉幾
個例子，以進一步說明這兩種不同的關係子句附加語：there were few
passengers *that escaped without serious injuries*〔只有很少逃出
而沒有嚴重受傷的旅客〕｜there were few passengers,*who escaped
without serious injuries*〔只有很少旅客，他們都逃出來而沒有嚴重
受傷〕｜they divide women into two classes：those *they want to
kiss*,　and those *they want to kick*, who are those *they don't
want to kiss*〔他們把女人分爲兩類：一類是他們想親吻一下的，一類
是他們想踢一腳的，而後者是他們不想親吻的〕。

　　限制性與非限制性附加語（二者從某種意義上說都是修飾屬性的）
的區別，　並不影響量化的（quantifying）附加語，　如 many, much,
some, few, little, more, less, no, one及其他數量詞。當它們與形
容詞共作同一首品的附加語時，它們總是置於首位：many small boys
〔許多小男孩〕｜ much good wine〔很多好酒〕｜ two young girls
〔兩個小女孩〕。　這種量化詞（quantifiers）與數量詞之間，有一種
奇妙的關係：　hundred 本來是一個名詞，　作複數用時仍然當做名詞：
hundreds of soldiers〔好幾百士兵〕，但作單數用時，儘管前面跟著
one 或 a，卻被當做其他數詞一樣看待：*a hundred* soldiers〔一百士
兵〕｜　*three hundred* soldiers〔三百士兵〕；　參較 *dozens of*
bottles〔好幾打瓶子〕｜ *a dozen* bottles〔一打瓶子〕。英語說 a
couple of days〔兩三天〕｜a pair of lovers〔一對情侶〕，德語說
ein paar tage,　丹麥語 et par dage；　德語甚至說 die paar tage
〔那兩天〕，　丹麥語 de par dage,簡直就好像說（德語）die zwei
tage〔那兩天〕與（丹麥語）de to dage〔同前〕一樣平常 。　與英語
much wine〔許多酒〕, many bottles〔許多瓶子〕, no friends 〔沒

有朋友〕相對當的法語是beaucoup de vin, *beaucoup de* bouteilles, *pas d*'amis ; 與英語 *a pound of* meat〔一磅肉〕 | *a bottle of* wine〔一瓶酒〕相對當的德語是 *ein pfund* fleisch| *eine flasche* wein, 丹麥語分別是 *et pund kød*| *en flaske* vin。

　　任何語言只要產生一個不定冠詞，它好像永遠是數詞 one 的弱化式：義大利語 uno, 法語 un, 德語 ein, 丹麥語 en, 英語 an (a)。漢語的 i 也是 yit 的弱化式，俄語的 odin (=one) 用起來也常常好像一個不定冠詞。英語的 a 有時候與數詞等值，如 four at a time〔一次四個〕| birds of a feather〔同一類的鳥〕；有時候弱讀與非弱讀意義不變：one Mr. Brown = a Mr. Brown，同時 我們也可以說 a certain Mr. Brown〔某一位布朗先生〕。這個 certain 的用法使我們發覺到，在大多數使用 "不定" 冠詞的場合，我們在心目中實際上都有一個非常確定的對象；這在語法上所謂的 "不定"，其實際上的意義只不過 "我們將不（或尚未）指名" 而已，比如說故事者常如此開講 :"In a *certain* town there once lived a tailor who had a young daughter"〔某鎮某裁縫師有個女兒〕——故事繼續下去，再指同一個人，就要用定指式了：　"The *tailor* was known in that town under the name of, etc."〔這位裁縫師在該鎮無人不知其名...〕。 關於不定冠詞的泛指 (generic) 用法，參§11.3 及第15章。

　　不定冠詞既然是一個弱化的數詞，它當然不能與 「不可數名詞」 (uncountables) (即質量詞 mass-words, 參第 14 章) 連用。 又因為 one 及 a(n) 都沒有複數形，所以沒有複數的不定冠詞，除非你把稀奇的西班牙語 unos (=some) 看做是 uno (=one) 的複數形。但是法語卻不同，它發展出了一種不定冠詞，可用於質量詞及複數名詞，稱為「切分冠詞」(partitive article)，如 *du* vin〔一些酒〕| *de l*'or〔一些金子〕| des amis〔幾個朋友〕。它的起源當然是一個介系詞組合，

但是現在已無此感覺，而且還可用於另一個介系詞之後：*avec du vin*〔用一些酒〕｜j'en ai parlé *à des* amis〔關於此事我已與幾位朋友談過〕。 它現在已是一個完全的附加語， 正如同任何數詞、或其同義字 quelque(s)、或英語的 some 一樣。

8.2 「離結」(Nexus)

我們現在來詳細地講一講前面 §7.1 所稱的「離結」。 前面所舉的例子是 the dog barks furiously， 以別於「附結」 a furiously barking dog。 末品字 furiously 在二者之中同是一個字， 故在此可以暫不討論。至於 the dog barks 與 a barking dog 之間的關係，顯然與 the rose is red〔玫瑰是紅的〕跟 a red rose〔一朵紅玫瑰〕之間的關係相當。 The dog barks 與 the rose is red 具有完整的意義，是完整的句子，我們通常稱the dog 與the rose 爲主語(subject)，稱 barks 與 is red 爲述語 (predicate)， 其整個的結構則稱爲一個敘述 (predication)。然而，這樣的結構與其他的結構有何不同？

Paul 認爲附加語乃是一種弱化的述語 (ein degradiertes prädikat)， 同樣地，Sheffield 也說「附加語」含有一個「隱藏的繫詞」(latent copula)。 如果這話是說 a red rose 等於（或者起源於）a rose which is red，因此 red 始終是一種敘述詞 (predicative)，那末我們就不應忽視，這裡走私進來了一個關係代名詞，它的功能正是把整個的結構， 轉化成一個附加語（即修飾語、或描述語）。 Barking 並不是降格的 barks，雖然 a barking dog 就是 a dog who barks。 Peano 的說法比較正確，他說關係代名詞跟繫詞好像一正一負兩數相加，結果互相抵消（which= -is, 或 -which = +is）故 which is = 0。

Paul 認爲「附結」，即「修飾關係」 (attributivverhältnis)，乃由述語關係演變而來，其終極點就是一個句子。Sweet 也並未說明這兩種結構的發生有先後關係， 他只說「臆飾語」（"assumption" 等於本人的附結）乃是隱含的「敘述」，而「敘述」就是一種強化的或成熟的「臆飾語」(NEG §44)。 然而這種看法實在於事無補。

　　Wundt 與 Sütterlin 稱這兩種結構爲「開放結」 與 「閉合結」(offene und geschlossene wortverbindungen)。其實還不如說，前者爲「未完成結」， 它會使聽者覺得尚有下文 (a red rose, -- well, what about that rose?)，後者爲「完成結」，因此可以構成一個連貫的整體 (the rose is red)。前者是一個無生命的、僵硬的結合，而後者則是有生命的。 這一點一般人認爲， 應歸功於其中的定動詞 (the rose *is* red; the dog *barks*)， 這裡我們不禁想起中國語法家名之曰「生詞」(the living word)，以別於無生命的「名詞」， 確有道理。然而有能力賦予生命者，並非那些單字本身，而是它們的結合，因爲也有缺乏定動詞的結合， 完全與 「離結」 句 (如 the rose is red, 或 the dog barks) 同效。 它們構成完全的句子，造成完全的情意溝通，這一點當然是非常重要的，甚至從語法家的觀點，亦必同意。然而正是這種完全句子裡，首品字與次品字之間的關係，亦重現在許許多多其他的結構，雖然其本身的形式不怎麼完美，並不能構成一個眞正的句子。比如通常的從屬子句，即是一例 ： I see *that the rose is red*, 或 She is alarmed *when the dog barks* 。 再如 He painted *the door red*〔他把門漆成紅色〕， 其中最後兩個字之間的關係， 顯然與 the door is red 等同， 而與 the red door 不同。 又如 the Doctor 與 arrive 這兩個概念，在下列四種結構中的相互關係，基本上相同：

(1) The Doctor arrived. 〔醫生到了。〕

(2) I saw that *the Doctor arrived*.〔我看見醫生到了。〕

(3) I saw *the Doctor arrive*.〔我看見醫生到達。〕

(4) I saw *the Doctor's arrival*.〔我看見醫生的到達。〕

這種共同關係，以及下一章要討論的一些結構，就是我所謂的「離結」
。現在要談的是，如何判別「離結」與「附結」之間的不同。讀者請記
住，一方面「離結」並非絕對需要一個定動詞，另一方面一個「離結」
可以構成一個完全的句子，但並非永遠如此。

在一個「附結」裡，一個次品成分（即附加語）加於一個首品之上
，等於給它貼了一個標籤，或者作了一個特記：比如 house 可以被標
示爲 the next house 或 the Doctor's house。附加語和首品共同合
作，構成一個「命名」(denomination)，它是一個組合名稱，它所代表
的很可能跟一個單字名稱完全一樣。事實上，我們往往不說 new-born
dog, 而說 puppy；不說 silly person 而說 fool；請比較下面這些組
合名稱與其相對應的單字名稱：

a female horse	:	a mare〔母馬〕
the warm season	:	the summer〔夏季〕
an unnaturally small person	:	a dwarf〔侏儒〕
an offensive smell	:	a stench〔惡臭〕

甲語言用一個字所表達的，乙語言常必須用一個首品加一個附加語
來表示：如英語 claret〔紅酒〕，法語作 vin rouge，反之，法語
patrie〔祖國〕，英語作 native country。因此，一個「附結」所
表達的乃是一個單位意念、或單一意念，有時需要兩個成分來表達，多
多少少是偶然性的。<註3>

一個「離結」，恰相反，永遠含有兩個概念，而且它們必須是分
立的：其中的次品字給首品所指的對象，增加了新的訊息。「附結」比
較僵化、死板，而「離結」則具有較大的可塑性；打個比喻說，它是
有生命的、能指揮的。打比喻，當然總是不十分恰當的。事情既然很
難用完全合乎邏輯的或科學的方法來說明，我們不妨這樣來形容，附加

語加之於首品， 就彷彿鼻子和耳朵長在頭上， 而「離加語」(adnex)
，即定動詞，加之於首品，則彷彿頭植於軀幹之上，或門嵌於牆壁之中
。「附結」好像一幅圖畫，「離結」則好似一項過程、一齣戲。一個單
一概念的組合名稱，與一個概念加一個概念的結合，是不相同的；這個
區別在下面兩個對立的句子之間，可以看得最清楚：

The blue dress is *the oldest.*〔那件藍衣服是最舊的。〕
The oldest dress is *blue.*〔那件最舊的衣服是藍的。〕

前一句關於 dress 所傳達的新的訊息是 the oldest，後一句關於
dress 所傳達的新的訊息是 blue； 再比較 a dancing woman *charms*
〔跳舞的女人迷人〕｜ a charming woman *dances*〔迷人的女人跳舞〕
。

下一章我們要進一步詳細討論「離結」的種種多樣化結構。誠然，
某些結構乃是一般語法家所熟悉的，但是，要從這一個觀點來研究它們
的內部狀況，據我所知，還是頭一遭。

◎ 第 8 章 附 註 ◎

1. 這裡並不是一個合適的地方，來詳細討論常常令人感到困惑的不定冠詞，它的習慣用法不僅隨語言的不同而不同，甚至在同一語言之內，也會隨時代的遷移而有所改變。它的用法有時候完全出於偶然。例如英語的 at bottom 實代表早期的 at the (atte) bottom，其間的冠詞，後來隨著一項著名的語音變遷而消失了 。 Schütte (1922) 對於許多語言中冠詞的消長， 提出了一些雖不夠有力卻很有趣的論點。假使我們能研究一下，一些沒有定冠詞的語言，用什麼方法來表示定指，應該是一件很有趣的事。比如芬蘭語，主格與分格 (partitive) 的區別，時常就相當於定冠詞與不定冠詞（或無冠詞）的區別：linnut (nom.) ovat (pl.) puussa〔鳥在樹上〕 | lintuja (part.) on (sg., 限與分格主語連用) puussa〔樹上有鳥〕| ammuin linnut〔我射中了那些鳥〕| ammuin lintuja〔我射中了一些鳥〕(Eliot: FG 131.126)。 不過，芬蘭語的分格較接近於法語的「切分冠詞」(partitive article)，而其主格的用法，與英語的定冠詞則相去較遠。

2. 唯有 Sonnenschein (§184) 贊成對此結構作 "切分" 解釋，他說：像 He is a friend of John's 這樣的句子，其中省略了一個名詞：of John's 等於 of John's friends， 因此全句等於 He is one of John's friends 。 這裡的 of 等於 out of the number of。 那末試問：a friend of John's friends 能夠等於 one of John's friends 嗎？

3. 同樣地，一個次品加一個末品所表達的概念，有時候也只等於一個單獨的次品：如 very small = tiny〔極小〕| extremely big = enormous〔極大〕| smells foully = stinks〔惡臭〕。

第9章 「離結」的各種形態

9.1 定動詞 (Finite Verb)

在進行各種「離結」的分類以前，我們首先必須簡單交待一下，其中含有定動詞的三種形態： (1) 通常的完全句子，如 the dog barks〔狗叫〕| the rose is red〔玫瑰是紅的〕。 (2) 同樣的一串字，套入其他的句子，即成爲從屬子句，如： she is afraid *when the dog barks*〔狗叫時她很害怕〕| I see *that the rose is red*〔我看見玫瑰是紅的〕。 (3) 這是一個比較有趣的情況，即 Arthur *whom* they say *is kill'd* to-night (Shak., John IV, 2.165)〔亞瑟，他們說今天晚上被殺了〕。從屬子句 whom is kill'd 係 they say 的賓語，故用賓格 whom。 我在書末「補遺」中還列舉了一些其他同類型的句子，同時也說明了我支持 whom 的理由，因一般人以爲這是一個大錯。

9.2 不定式「離結」(Infinitival Nexus)

本節將討論一系列包含一個不定式動詞的結構。

賓格 + 不定式。 這是一個大家非常熟習的結構，例如：I heard *her sing*〔我聽見她唱歌〕 | I made *her sing*〔我使她唱歌〕| I caused *her to sing*〔我造成她唱歌〕——注意有時候需要to，有時候不需要。別的語言也有類似情形。Sweet (§124) 注意到以下兩個句子之間的不同：I like quiet boys〔我喜歡安靜的小孩〕| I like boys *to be quiet*〔我喜歡小孩子們安安靜靜的〕， 後者，不像前者，對於小孩子沒有表現出絲毫喜歡之意， 但是 Sweet 卻未察出其眞正的理由

何在，因爲根據他的說法：「就語法而言， I like 所能統攝的唯一的字，就是 boys，而 to be quiet 只是 boys 之語法上的附加語。」比較正確的說法應該是，作爲賓語的並不是 boys，而是整個的「離結」，包括首品 boys 及其不定動詞 to be quiet。 如果我們能改造此句爲 I like that *boys are quiet*，那末它的賓語應該是整個子句，而不僅其主語 boys， 這兩種情形是完全相同的 。（這種句式用 like 作動詞很少見，雖然「牛津大字典」自 Scott 引了一個例子； 用其他的動詞， 如： see, believe ＋ 賓格 ＋ 不定動詞 ， 便很常見 。 ） Sonnenschein （§487）指二者皆爲「直接賓語」， 並將全句比之 he asked *me a question*，這個說法容易引起誤解，因爲我們還可以說he asked *a question*，與原意並無出入， 而 I like *to be quiet*，如果插入 boys，意義就完全不同了。 Boys 與不定詞之間的關係， 與 me 和 a question 之間的關係，絕不相同；與之可以相比的倒是其他「離結」兩大成分之間的關係，比如完全句子的主語和述語。

英語有一種常見的結構， 就是介系詞也可以統攝一個 「離結」賓語，有時一個介系詞跟著一個動詞，結合起來常等於一個單一動詞，如 look on ＝ consider︱ prevail on ＝ induce 等。 例句： I looked upon *myself to be fully settled* (Swift) 〔我認爲我自己已經完全安定下來了〕︱she can hardly prevail upon *him to eat*〔她幾乎沒有辦法勸動他吃東西〕︱you may count on *him to come*〔你可以信賴他會來〕。

雖然 I long *for you to come*〔我渴望你來〕可以同樣的方式來作分析，但是這個方式，並不適用於現代英語中某些其他含有for ＋ 不定詞的結構。 像這樣的句子： It is good for a man not to touch a woman,它本來的分斷法是：It is good for a man ／ not to touch a woman, 然而一般人對它的理解卻是 ： It is good ／ for a man not to touch a woman，顯然認為 for a man 與不定動詞的關係比較密切。因此造成以 "for + 賓語" 置於句首的例子，如 *for a man* to tell how human life began is hard (Milton) 〔由一個男人來講人的生命如何起源是很困難的〕｜ *for you* to call would be the best thing 〔由你去拜訪最好〕，更進一步置於 than 之後者，如 nothing was more frequent than *for a bailiff* to seize Jack (Swift)〔執法官捕人是非常常見的事〕｜ nothing could be better than *for you* to call〔最好的辦法是由你去拜訪〕： 至此，for 及其賓語，實不過一「離結」的首品主語，其「次品」部分乃一不定動詞：再如下面這個例子：it might seem disrespectful to his memory *for me to be on good terms with [his enemy]* (Miss Austen) 〔我跟他的敵人交好，可能顯得不尊重他的記憶〕，由此可見此一結構的發展，與其原來的用法相去已遠矣，因為這裡的 to his memory，與 "for-結構" 最初的功能相同。（本人前曾論及此一變遷，文見 "Festschrift W. Viëtor," Die Neueren Sprachen, 1910.）

　　相當於英語史上的此一趨勢，斯拉夫語 (Slavic) 也有極為類似的發展。斯拉夫語常用「與格」(dative) + 不定動詞，這在希臘語和拉丁語，所用則為「賓格」+ 不定動詞。古斯拉夫語有這樣的句子：dobro jestĭ namŭ sĭde byti ='it is good for us to be here'〔我們在這裡很好〕，其中之與格原屬於 'is good'，以後延伸至這樣的句子：ne dobro jestĭ mnogomŭ bogomŭ byti = 'it is not good for many gods to be'〔有許多神不是好事〕； 這樣的句法，甚至用於本來不能連接與格的動詞。哥頓語系 (Gothonic) 早期也有類似的結構，Grimm 等人指下面的哥德語 (Gothic) 例子為 "與格 + 不定式" 結構：jah wairþ þairhgaggan imma þairh atisk = 'and it happened for him to go through the field' (Mark 2.23)〔接著發生的事情是

，他需走過田野〕，以及同系其他語言類似的例子；其實，這不過是後來在斯拉夫語相當發達的、不定式「離結」的最初雛形而已。 Morgan Callaway 在「盎格魯‧撒克遜語的不定式」(The Infin. in Anglo-Saxon 1913, p.127, 248 及以下諸頁) 一書中，對此有精闢的討論，並提供了早期有關的文獻資料。

以上所見的首品詞，實際也就是不定動詞的主語，或為賓格，或為與格，並與介系詞 for 連結成一體；但是，某些語言也有直接用主格的。中古英文名詞的「通格」(common case) 同時代表早期的「賓格」和「與格」，例如Lo! swich it is *a millere to be fals* (Chaucer)〔瞧!就是這樣，磨坊老闆欺騙〕 | And verelye *one man to lyue in pleasure*, whyles all other wepe . . . that is the parte of a iayler (More)〔的確，一個人生活享福，而其他所有的人流淚 ... 那是獄卒的好命〕。代名詞則直接用主格: *Thow to lye* by our moder is to muche shame for vs to suffre (Malory)〔你躺在我們的母親身旁，乃是我們無法忍受的羞恥〕。西班牙語用主格: Es causa bastante Para *tener hambre yo*?〔那個理由足以讓我挨餓嗎〕 | Qué importará, si está muerto Mi honor, el *quedar yo vivo*!〔如果我的名譽死了，我活著還有什麼意義!〕。義大利語也是一樣，比如這個例子: prima di *narrarci il poeta la favola*〔在詩人告訴我故事以前〕，其中的不定動詞不但有主語，而且有兩個賓語，使我們強烈地感覺到，它好像是一個從屬子句，即'before the poet tells us the story'，所不同者，只是它沒有一個定動詞。根據 Steinthal (1860：267)，阿拉伯語也是用主格；我將他對於其中一個例子的德語翻譯，抄錄於此：es ist gemeldet-mir die tödtung (nomin.) Mahmud (nomin.) seinen-bruder, d.h. dass Mahmud seinen bruder getödtet hat〔有人告訴我，Mahmud 殺死了他的兄弟〕。

下面這些例子代表另一種方式 ， 以主格作爲不定動詞的「概念主語」。假設在 he believes me to be guilty〔他相信我有罪〕句中的賓語是整個的「離結」'me to be guilty',那末在相對的被動句 I am believed to be guilty 之中，它的主語就不單單是 'I' 而已， 而是「離結」'I to be guilty'，雖然這幾個字並不全相鄰接，並且主動詞的人稱，也單由頭一個字決定。「他相信的是我的有罪。」同樣的情形，如 he is expected to come at five〔他被預期五點鐘到〕 | I am made to work hard〔我被迫做苦工〕—— 被迫的不是 "我" ，而是我的 "苦工"。其他的語言也有類似的例子。<註1>

同樣的觀點也適用於主動的結構，如 he seems to work hard〔他好像工作很努力〕 | 德語 er scheint hart zu arbeiten〔他好像工作很努力〕 | 法語 il semble (paraît) travailler durement〔他好像工作很努力〕：各句之眞正的主語，乃分散於各句首尾的斜體字部分，亦即整個的「離結」。<註2>

這個分析原則，應該推廣應用到若干其他的結構， 如英語 he is sure to come〔他一定會來〕 | she happened to look up〔她偶然抬頭向上看〕等等，雖然這些結構中現今用「主格」的地方，在歷史上原本用的是「與格」(dative)。

到現在爲止所討論的不定式結構，皆爲主句內部的主要成分，下面將列舉一些比較少見的、以同樣的結構用作次加語之例，如 the caul was put up in a raffle to fifty members at half-a-crown a head, the winner to spend five shillings (Dickens)〔胎膜由五十人公開抽籤出售，每籤半克朗，中籤者再付五先令。〕 | we divided it:he to speak to the Spaniards, and I to the English (Defoe)〔我們分工，由他去跟西班牙人講，我去跟英國人講〕。這裡的不定式結構，其功能與作用跟一個獨立句子(如 he is to spend) 完全相同；

另一方面，使用不定式「離結」，可以避免笨重的分詞結構， 如 the winner being to spend（容後討論）。

還有一種「離結」，就是前面§8.2已經提到過的 I heard of *the Doctor's arrival*〔我聽說了醫生的到達〕。不過，這些動名詞需要專章（見第10章）討論。這裡值得一提的是，傳統上業已認識出這種「離結」與完全句子 "the Doctor arrived" 之間的關連，並稱之爲「主語領格」（subjective genitive）， 以別於 「領屬領格」(possessive genitive)， 如 the Doctor's house, the Doctor's father 等。

9.3 沒有動詞的「離結」(Nexus without a Verb)

最後一種「離結」，既不含定動詞，亦不含不定動詞或動名詞。

我們首先來談所謂的「名相句」 (nominal sentence)， 它含有一個主語和一個述語，而這述語可以只是一個名詞或形容詞。這種句構非常常見，無論該語言是否有所謂「繫詞」(copula)，即動詞 be， 或者雖有之，而用得不如英語一樣廣泛。歐洲的古老語言中，希臘語即是一例；參Meillet (1906)。俄語的現在式 be 動詞，通常都將之略去，如 ja bolen = 'I am ill'〔我病了〕| on soldat = 'he is a soldier'〔他是士兵〕。一個形容詞是用作附加語，還是用作敘述語，則由其變形區別之，如 dom nov = 'the house is new'〔房子是新的〕| dom novyj = 'a/the new house'〔新的房子〕。 不過， be 動詞的其他時式，都不能省略。

人常說這種「名相句」在西歐語言之中，業已絕跡，然而事實上，卻在一種特殊結構中非常常見。由於受了強烈情緒的影響，好像隨時都有一種趨向，將敘述語提前，後置的主語反形成一種事後的追述，而略去動詞 is。這樣造成的句子，非常類於希臘語的 Ouk agathon polu-koiraniē = 'Not a good thing, government by the many'〔不好，

多頭政治〕，例如英語：Nice goings on, those in the Balkans! 〔發生的真好，那些巴爾幹半島的情勢〕 | Quite serious all this, though it reads like a joke (Ruskin)〔十分糟糕，這一切，雖然它聽起來像是一個笑話〕 | Amazing the things that Russians will gather together and keep (Walpole)〔真驚人呀，俄國人將在各處所拾獲的便宜〕 | What a beastly and pitiful wretch that Words-worth (Shelley)〔多麼可厭而又可憐的傢伙，那個渥茲華斯〕 | 法語 Charmante, la petite Pauline!〔多迷人呵，小波林!〕 | 丹麥語 Et skrækkeligt bæst, den Christensen!〔一隻可怕的野獸，那個克里森森!〕 | Godt det samme!〔很好，一樣的!〕

這種結構中常用 happy〔幸福〕一類的字：如希臘語Trismakares Danaoi kai tetrakis, hoi tot' olonto Troiēi en eureiēi='thrice and four times happy the Danaans who perished then in broad Troy' (Odyss. 5.306)〔加好幾倍的幸福呵，那些當時亡身在廣闊的 Troy 城的達南人〕 | 拉丁語 Felix qui potuit rerum cognoscere causas (Virg.)〔幸福呵，能夠認識事情之原因的人〕 | Beati possidentes〔幸運呵，所有者〕 | 英語 Happy the man, whose wish and care / A few paternal acres bound (Pope)〔幸福呵，其願望與煩憂乃繫於其數畝祖產的人〕 | Thrice blest whose lives are faithful prayers (Tennyson)〔加三倍有福了，其生活即是虔誠祈禱的人〕 | 丹麥語Lykkelig den, hvis lykke folk foragter! (Rørdam)〔何其幸福呵，其幸福不為人所重視的人〕；以下請參哥德語 Hails þiudans iudaie (Joh.19.3)〔萬歲，猶太人之王〕 | 英語 All haile Macbeth!〔萬歲，馬克白!〕<註3>　另外還有一種常見的形式：Now I am in Arden, *the more fool I!* (Sh.)〔現在我來到阿爾頓，何其愚蠢呵，我——莎劇〕。

　　跟在敘述語後面的主語，往往是一個不定動詞，或者一個完整的子句：如希臘語 Argaleon, basileia, diēnekeōs agoreusai = 'difficult, your Majesty, to speak at length' (Od. 7.241) 〔很難，陛下，要詳細地說〕｜英語 Needless to say, his case is irrefutable〔不用說，他的立場是駁不倒的〕｜法語 Inutile d'insister davantage〔沒有用的，再堅持下去〕｜英語What a pity that he should die so young〔多麼可惜呵，他竟死得這麼早〕｜德語 Wie schade dass er so früh sterben sollte〔同上〕｜法語 Quel dommage qu'il soit mort si tôt〔同上〕｜丹麥語 Skade at han døde så ung〔同上〕｜英語 Small wonder that we all loved him exceedingly〔難怪，我們大家都極爲愛他〕｜How true, that there is nothing dead in this Universe (Carlyle)〔完全是眞的，在這個宇宙中沒有一樣東西是死的〕｜True, she had not dared to stick to them〔眞的，她沒有敢堅持跟他們在一起〕。

　　法語有一種特殊句法，將 que 置於主語之前，如：Singulier homme qu'Aristote!〔奇人也，亞里斯多德！〕｜Mauvais prétexte que tout cela!〔惡劣的託辭，完全(是)！〕

　　我舉這些例子，因爲一般語法家都未注意到這些結構。只說這裡省略了is，是於事無補的；若是加上一個動詞，反而削弱了這些句子的習慣語勢，雖然把主語置於句首，就必須要有一個動詞。

　　與此相當的、沒有動詞的「離結」，亦可見於子句之內，如：俄語 govorjat čto on bolen = 'they say that he is ill'〔他們說他病了〕｜英語 However great the loss, he is always happy〔無論損失多大，他總是很快樂〕｜The greater his losses, the more will he sing〔他的損失愈大，他愈要唱〕｜His patrimony was so small that no wonder he worked now and then for a living wage (Locke)

〔他的祖上遺產很少，難怪他不時打打零工，賺點生活費〕。

9.4 「離結賓語」(Nexus-Object) 及其他

這兩個句子很容易區別：

I found *the cage empty*〔我發現籠子是空的〕。

I found *the empty cage*〔我發現了空籠子〕。

前者含有一個「離結賓語」，而後者中的 empty 則僅是一個附加語。一般人通常認為前者係以 the cage 為賓語，empty 為賓語的補語，然而正確的說法，應視整個的 'the cage empty' 為賓語。（請比較：'I found that *the cage was empty*' 及 'I found *the cage to be empty*'.）關於「離結賓語」特別清楚的例子是：'I found *her gone*' (thus did not find her!)〔我發現她走了，因此沒有找到她〕。再請比較下面兩個句子：

I found Fanny not at home.〔我發現凡尼不在家。〕

I did not find Fanny at home.〔凡尼不在家，我沒找到她。〕

前一句中的 not 係「離結賓語」 'Fanny not at home' 的一部分，而後一句中的 not 所否定的則是主要動詞 find。

其他的例子：They made *him President*〔他們舉他為總統〕── 'him President' 乃是一種表結果的賓語 | He made (render) *her unhappy*〔他造成她的不愉快〕| Does that prove *me wrong*?〔這就證明我錯了嗎?〕| He gets *things done*〔他會辦事〕| She had *something the matter with her spine*〔她的脊椎骨有點毛病〕| What makes *you in such a hurry*?〔什麼使你這樣匆忙?〕| She only wishes *the dinner at an end*〔她只盼望晚餐快點結束〕。「離結賓語」的述語部分，可以是能夠接在 'be' 動詞之後的任意單字或字組。

　　這裡最值得玩味的是，一個「離結賓語」裡的主語部分，與一個動詞的通常賓語可以大不相同，如　he drank *himself drunk*〔他把自己喝醉了〕　|　The gentleman had drunke *himselfe out of his five senses* (Sh.)〔那個人把自己醉得不省人事〕。 'He drank himself' 獨立起來是不通的。　一個不及物動詞，也可以後帶一個表結果的「離結賓語」，如：He slept *himself sober*〔他睡了一覺清醒了〕|　A louer's eyes will gaze *an eagle blind* (Sh.)〔情人的凝視的目光會把一隻老鷹的眼睛盯瞎——莎劇〕|　Lily was nearly screaming *herself into a fit*〔莉莉的慘叫幾乎使她暈了過去〕。

　　其他的語言也有同樣的現象，如：　丹麥語　de drak *Jeppe fuld*〔他們把 J.灌醉了〕| de drak *Jeppe under bordet*〔他們把 J.灌的醉得溜到桌子下面去了〕|　古諾斯語　þeir biðja hana gráta Baldr ór helju (=they ask her to weep B. out of Hades)〔他們央求她把 B.從地獄裡哭救出來〕。　Paul (1909:154) 曾提到這樣的例子：　die augen rot weinen〔把眼睛哭紅了〕|　die füsse wund laufen〔把腳跑痛了〕|　er schwatzt das blaue vom himmel herunter〔他說得天花亂墜〕|　denke dich in meine lage hinein〔把你自己放在我的立場想一想〕；可是他並未說明，如何解釋這些賓格詞語的自由用法。芬蘭語有一個特殊的格位，稱為「易格」(tranlative)，造成類似的結構，如：äiti makasi lapsensa kuoliaaksi = 'The mother slept her child (into) dead, overlay it'〔母親睡覺把孩子壓死了〕|　hän joi itsensä siaksi (=he drank himself (into) a swine)〔他喝酒把自己醉得像一條豬〕；　這些例子採自 Eliot (1890:128)。

　　「賓格語 + 不定式」，與此處所稱的「離結賓語」非常相似，因此我們不難理解，常見到同一個動詞，同時接受上述兩種結構為賓語，如：a winning frankness of manner which *made most people fond of her and pity her* (Thackeray)〔一種感人的坦誠態度，使得大多數的人都愛她憐她〕｜ a crowd round me only *made me proud, and try to draw* as well as I could (Ruskin)〔一群人圍繞著我，只有使我既感到驕傲，又會盡量努力作畫〕｜ he *felt himself dishonored, and his son to be an evil* in the tribe (Wister)〔他自己感到蒙羞，也感到他的兒子在族裡是個壞蛋〕。

含有「離結賓語」的句子，變爲被動以後，我們必須視整個的「離結」爲其概念上的 (notional) 主語，如 he was made President 之中的 'he ... President' 是，雖然動詞的人稱仍以其首品部份爲準，比較 'if *I am* made President'。丹麥語有這樣的結構: han blev drukket under bordet〔他被灌醉醉得溜到桌子下面去了〕｜ pakken ønskes (bedes) bragt til mit kontor = 'The parcel is wished (asked) brought to my office'〔包裹被要求帶到我的辦公室〕。比較古諾斯語 at biðja, at *Baldr* væri grátinn *ôr Helju* = 'to ask that Baldr should be wept out of Hades'〔要求設法讓 B. 從地獄裡被哭救出來〕。

有時主動句也表現出類似的結構，如希臘語 allous men pantas elanthane dadrua leibōn (Od. 8.532) = 'He escaped the attention of the others shedding tears,' ie. the fact that he shed ...〔他避開了別人的注意而流淚〕｜ hōs de epausato lalōn (Luk. 5.4)，英文的翻譯作 when he had left off speaking，只是表面上好似與希臘語原文符合，因爲 speaking 乃一動名詞，做爲 left 的賓語，而原文的 lalōn 則爲一主格分詞。<註4>

「離結」亦可爲一介系詞的賓語。英語特別常見的例子是在 with 之後，如: I sat at work in the schoolroom *with the window open*〔我坐在教室裡做功課，窗子開著〕｜ You sneak back *with her kisses hot on your lips* (Kipl.)〔你偷偷地溜回來，她留在你雙唇上的香吻還是熱的〕| He fell asleep *with his candle lit*〔他竟睡著了，蠟燭還燃燒著〕| Let him dye,/ *With euery ioynt a wound* (Sh.)〔讓他死吧，遍體鱗傷的——莎劇〕| He kept standing *with his hat on*〔他一直站著，帽子戴在頭上〕。 此一結構的特色， 在於 with 的通常意義已被中和，如：wailed the little Chartist, *with nerve utterly gone*〔小 C. 哭號起來，勇氣盡失〕| I hope I'm not the same now, *with prettiness and youth removed*〔我希望我現在不一樣了，漂亮和年輕都沒有了〕；有別於 He stood *with his brother on the steps*〔他同他的兄弟一起站在台階上〕。

Without有時也會統攝一「離結」，如 like a rose, full-blown, but *without a petal yet fallen*〔好似一朵玫瑰，正值盛開，連一片花瓣也未掉落〕。

丹麥語的 med (=with) 時常統攝一個「離結」: med hænderne tomme ='with the hands empty'〔兩手空著〕，不同於med de tomme hander = 'with the empty hands'〔用空著的手〕,前者的效力實等於一個子句， 即 while (or as) his hands are (or were) empty〔當他的兩手空著時〕。其他語言也有類似的情形。

其他的介系詞後接「離結」， 可見於大家所熟知的拉丁語之例 : post urbem conditam = 'after the town constructed'〔建城以後〕| ante Christum natum = 'before Christ born'〔基督降生以前〕。 Madvig 論及此二語的涵意， 謂其主旨，與其說是在於所描寫的人或物，不如說是在於名詞化的動詞內容，其實這就是本書下一節所稱的「離結名詞」，它與通常的名詞化動詞是不相同的。所以 Madvig 的論點並無新意。Allen & Greenough 的意見：「由於一個名詞和一個被動分詞的緊密結合，故其結果所表現的主要意義，常在分詞而不在名詞，」也

不見得有用。Brugmann (IF 5.145ff.)反對把此種結構解釋爲一個省略型的子句，並譏之爲乏味的語言哲學 (sterile ling. philosophy)，<註5> 他本人認爲這是一個歷史變遷的結果，比如post hoc factum 最初的意義等於after this fact (用我的術語說，hoc 乃是首品factum 的附加語)，但是後之人卻視 hoc 爲首品，factum爲次品，因而影響了其他類似的情況。這個解釋似乎也太玄了一點。這些語法理論家，沒有一位想到將此結構與本章所列舉的種種現象，合爲一類討論，而只有通過集體的處理，方可對於它們的相互關係得以充分理解。

　　義大利語在 dopo ('after') 之後也常見這樣的結構 (即後接分詞結構)，如： *dopo vuotato* il suo bicchiere, Fileno disse 〔飲乾了他的杯酒之後，F.說〕| Cercava di relegger posatamente, *dopo fatta* la correzione (Serao) 〔作了修正以後，他正要愼重地再讀一遍〕| *Dopo letta* questa resposta, gli esperti francesi hanno dichiarato che ... (Newspaper)〔讀了這項回應以後，法國的專家們已宣示...〕。

　　Milton 的 after Eve seduc'd 〔夏娃被誘惑以後〕，和 Dryden 的 the royal feast *for Persia won* 〔爲戰勝波斯所舉行的慶功宴〕，無疑是有意模仿拉丁語的語法，然而我們時而所見某些非學院派作家所作類似的例子，又如何解釋，如before one dewty done (Heywood)〔一項任務都還未完成前〕| They had heard *of a world ransom'd*, or *one destroyed* (Sh.)〔他們聽到了一個天下被勒索，或一個天下被毀〕| after light and mercy received (Bunyan)〔受到了光和恩惠以後〕| He wished her joy *on a rival gone* (Anthony Hope)〔他祝她因去掉一個對手而歡喜〕——僅信手舉幾個例子。

　　與此類似的「離結」結構，也可能出現在別的位置，它既不是動詞的賓語，也不是介系詞的賓語，如莎翁的句子 Prouided that my banishment repeal'd, And lands restor'd againe be freely graunted (R2 III.3.40 =the repealing of my b. and restoration of l.)〔倘若我的放逐令被撤消，被收回的土地再度無償發還〕。不過像下面的情形就很難說，其中所含帶 -ing 的字究竟是一個分詞，還是一個動名詞：The 'Squire's portrait being found united with ours, was a honour too great to escape envy (Goldsmith)〔莊主的畫像被發現跟我們的聯合在一起，這是一件極光榮的事，很難避免招人疾妒。| And is a wench having a bastard all your news? (Fielding)〔一個鄉下姑娘生了個私生子，你的新聞就是這些嗎?〕

Sandfeld Jensen (1909:120) 與 E. Lerch (1912) 曾蒐集不少法語的例子，如：le verrou poussé l'avait surprise〔門上了閂，使他吃了一驚〕| c'était son rêve accompli〔這是他的夢想的實現〕。這裡的「離加語」(adnex) 不必一定是個分詞，甚至可能是一個關係子句，比如 Sandfeld Jensen 所討論的句子 Deux jurys qui condamment un homme, ça vous impressionne〔兩位陪審審判一個人，這件事給你很深的印象〕，其中單數的 ça 便可以說明前文的結構性質——一個單元，一個「離結」。

這裡我還想舉幾個含有量化詞 (quantifiers) 的結構，這些量化詞皆不能作通常的意義解，比如英語的諺語 Too many cooks spoil the broth(=The circumstance that the cooks are too numerous spoils ...)〔廚師太多會弄壞湯，喻人手多反而誤事〕。又如法語 Trop de cuisiniers gâtent la sauce〔廚師太多會弄壞醬，喻同上〕| 德語 Viele köche verderben den brei〔廚師太多會弄壞粥，喻同上〕| 丹麥語 mange kokke fordærver maden〔廚師太多會弄壞食，喻同上〕| 英語 many hands make quick work〔人手多做事快〕| 丹麥語 Mange hunde er harens død〔犬多兔死〕| 英語 No news is good news〔沒

有消息就是好消息〕｜You must put up with *no hot dinner*〔沒有熱食，你得將就點〕。這些量化詞 (many, no) 的作用，很顯然跟在下列二句中用作附加語不相同： Too many people are poor〔太多的人是貧窮的〕或 No news arrived on that day〔那天沒有來消息〕。

9.5「離結次加語」(Nexus Subjunct)

其次來談「離結次加語」。一般常用的名稱，如duo ablativi〔雙重離格〕, ablativi consequentiae〔連續離格〕, ablativi absoluti〔獨立離格〕, absolute participles〔獨立分詞〕等，沒有一個掌握了現象的本質，所謂"獨立"的意思，必然是指「獨立於句格之外」，然而這些字真的比其他的次加語，更獨立於句格之外嗎？名稱之中"分詞"一詞尤其不妥，因為分詞根本不是必要的，如dinner over〔餐事既畢〕｜ Scipione autore〔作者為斯基皮歐〕等。 Brugmann (1904：§815) 曾對各種語言所用不同的格位（如希臘語和梵語用「領格」，拉丁語用離格，哥德語、古德語、古英語、古諾斯語等用「與格」）加以分析解釋說，其中的分詞起初只是一個普通的附加語，後來由於句構分節的轉變，使它跟某些其他的字，結合成為一種從屬子句的形態。依我看來，此一結構的要點有二：(1) 其所含兩個成分相互之間的關係，亦即本人所稱的「離結」關係， 實與一個句子（如 The dog barks) 的主語和動詞相當， (2) 此一結構在句中所扮演的乃是次加語角色。本人在此不擬討論如何解釋拉丁語等，選用不同格位的問題。

在羅曼斯語系(Romanic) 裡，「離結次加語」仍然相當普遍，茲舉數例： 義大利語 *Morto mio padre*, dovei andare a Roma〔父親死了，我不得不到羅馬去。〕｜ *Sonate le cinque*, non è più permesso a nessuno d'entrare〔五點鐘響過了，再不許任何人進入。〕｜ 法語 *Ces dispositions faites*, il s'est retiré〔做好這些安排， 他就

退休了。〕 | *Dieu aidant*, nous y parviendrons <註6> 〔有了神助，我們將會成功〕。

英語之中此種結構很常見，只是除了某些有限的用法以外，多傾向於文語，口語較少，如： We shall go, *weather permitting*〔天氣狀況許可的話，我們就去。〕 | *Everything considered*, we may feel quite easy 〔一切情況都加以考量過後，我們可以高枕無憂了。〕 | *This done*, he shut the window〔這個做完，他就關上窗戶〕 | She sat, *her hands crossed on her lap,her eyes absently bent upon them* <註7> 〔她坐著，雙手交叉置於膝上，兩眼無神地呆視著它們。〕 | He stood, *pipe in mouth* <註7> 〔他站著，口中含著煙斗。〕 | *Dinner over*, we left the hotel〔晚餐過後，我們就離開了飯店〕。由以上例子可以看出，除了分詞和形容詞以外，其他任何可以作敘述語 (predicative) 用的字，在此也都很常見。

有些情形，在「離結次加語」之前，常出現像 once 這樣的字作爲引導，如 ： *Once* the murderer found, the rest was easy enough 〔兇手一旦發現，其餘的就十分容易了〕 | 法語 *Une fois* l'action terminée, nous rentrâmes chez nous 〔事情一辦完，我們就回家去了〕。

德語裡，「離結次加語」現在也很普通，只是歷史還相當短；我舉幾個Paul (1916:3.278) 的例子 :Louise kommt zurück, *einen mantel umgeworfen*〔L.回來，穿了一件大衣〕 | *Alle hände voll*, wollen Sie noch immer mehr greifen〔兩手已滿滿，難道你還要再強奪嗎?〕 *Einen kritischen freund an der seite* kommt man schneller vom fleck〔有一位諍友在旁，吾人必進步神速〕。Paul 並未說明這種自由賓格的用法 (art des freien akkusativs) 如何解釋，不過他在舉了幾個含有被動分詞的例子之後說：「在所有這些例子中的被動分詞，皆可

代之以一個修飾性的主動分詞」，不過我們不明白，那些不含分詞的結構又將如何解釋。Curme (1922:266, 253) 也把其中的分詞視爲主動的意義，他認爲助動詞 habend (='having') 一字被省掉了，如： *Dies vorausgeschickt [habend], fahre ich in meiner erzählung fort* 〔說過楔子之後，我就可以繼續說我的故事了〕| *Solche hindernis alle ungeachtet [habend], richtet gott diesen zug aus* 〔大家都不理會這樣的難題，上帝會來管的〕。我非常不贊成這種用補贅 (subaudition) 的方式，來解釋任何結構的起源；總而言之，他並未說明爲什麼這種「離結」結構 —— 用他自己的話說：「會變得如此靈活，它不但可以用及物動詞的完成分詞，而且也可以用不及物動詞的完成分詞，甚至一個形容詞，一個副詞，或一個介詞片語。」

討論「離結次加語」，我們也可以考慮下列句中的「領格」名詞：*Unverrichteter dinge kam er zurück*〔任務未完成，他就回來了〕| *Wankenden schrittes...erscheint der alte mann* (Raabe, 爲Curme 所引)〔步履蹣跚地...走出這位老人〕。

古哥頓語系的「獨立與格」(absolute dative)，常被解釋爲模仿拉丁語而來。在丹麥語，此種結構僅扮演從屬的角色，除了幾個固定成語，如：*Alt vel overvejet, rejser jeg imorgen*〔一切的有利因素都考慮過了，我明天就動身〕| *alt iberegnet*〔一切包括在內〕| *dine ord i ære, tror jeg dog* ...〔我很尊重你的話，我仍有信心...〕。德語也有 *dein wort in ehren* (='your words in honour')，意思就是 "尊重你的話"。

首先，這種「離結次加語」的主語部分，大都係用一種偏格 (oblique)，雖然在各種語言之間尚有差異。然而拋開別的語言不說，就各個語言本身而言，大家都覺得，以用主格來擔任主語的角色較爲舒服。現代希臘語和較早的拉丁語，皆不乏其例。羅曼斯語的主格不表現在名詞，而表現在代名詞，如義大利語 Essendo *egli* Cristiano, *io* Saracina (Ariosto)〔他是克里斯其安人，我是撒拉辛人〕｜西班牙語 Rosario no se opondrá, *queriendolo yo* (Galdós)〔R.不反對，我希望〕。在英語，主格已形成了標準規則： For, *he being dead*, with him is beautie slaine〔因為，他既然已死，其俊美也隨之而逝 —— 莎劇〕。 在德語，主格也不時可見， 如 Paul 所舉之例： *der wurf geworfen*, fliegt der stein〔一經投擲，石頭飛了〕。 此外，Curme (1922:554) 也舉了不少例子。

關於 this notwithstanding （或 notwithstanding this）及 notwithstanding all our efforts〔儘管我們盡了一切努力〕， 我們可以很適當地稱之為「離結次加語」，this 跟 all our efforts 為其中之首品， 而其否定的分詞，則為「離加語」， 但是此一結構，今天實際已被解釋為一介賓組合。 下列情形亦復如是： 德語 ungeachtet unserer bemühungen〔忽視我們的辛苦努力〕｜ 丹麥語 uagtet vore anstrengelser〔同上〕｜法語 pendant ce temps (=E. during that time, 原意 'while that time dures or lasts')〔在此期間〕。德語則更進一步，重新予以分析，將古領格「離結次加語」，如 währendes krieges （複數 währender kriege），化為 während des krieges 及 während der kriege 〔在戰爭期間〕：這樣 während 就變成了一個統轄領格的介系詞。

西班牙語的「離結次加語」換格的情形，可由主語跟賓語之間的自然關係加以解釋；下面的實例採自 Hassen (1910:§39.3)， 但解釋是本人加的：

(1) 主部 + 分詞： estas cosas puestas (=these things put) 〔這些事情已安置好〕，如同法語及其他語言。

(2) 同上，詞序顛倒： visto que no quieres hacerlo (=seen

that you don't wish to do it)〔明白了你並不想去做〕｜ oídos los
reos (=the defendants [being] heard)〔被告被審問過了〕。這裡的
首品置於分詞之後，如同一般句子中的賓語，故將其理解為一種賓語。
又因西班牙語指有生命之賓語，須用介系詞 á，而這一特點也延伸到此
一結構中的名詞，結果便是：

(3) oído á los reos. 這裡值得注意的是，分詞不再是複數形，
現在的結構與普通的主動句如 he oído á los reos (=I have heard
the defendants) 相似，在一定的程度內，也可以看作是主動分詞
oyendo á los reos 的過去式；換句話說，其分詞乃用於主動的意義，
只是主語沒有明示。西班牙語的這種語感，終於造成一種新的句型，這
也就是，依 Curme 所言（可能包括 Paul），影響德語之「離結次加
語」結構的同一概念。

領格 + "抽象名詞" 構成的「離結」也很常見，如 I doubt the
Doctor's cleverness，其意義實等於 I doubt that the Doctor is
clever〔我懷疑醫生不聰明〕。這種抽象名詞結構，相當於名動詞
(verbal substantive) 結構，是很明顯的，如 the Doctor's arrival
〔醫生的到達〕，然而，傳統語法所謂 "主語領格" (subjective
genitive) 卻限於指稱後者，雖然我們也很可以用以指稱前者。

9.6 反詰的「離結」(Nexus of Deprecation)

以上所討論各式各樣的「離結」，其兩個成分之間的關係，恆作直
接或正面的意義解。下面要談到一種可以稱之為反詰的「離結」，因其
二成分之間的關係，聽者一聽立即覺得是不可能的，因此其意義也就成
為否定的。這種意義在口語中，常用疑問的語調表出，並且表示得特別
誇張，甚至給予兩個成分同等的強度。我們將在另一章中討論疑問與否
定的密切關係。

反詰的「離結」可分爲兩類，第一類含一個不定動詞，如：What? I loue! I sue! I seeke a wife! (Sh.)〔什麼？我戀愛！?我追求！?我要娶老婆！?〕| "Did you dance with her?" "*Me dance!*" says Mr. Barnes (Thackeray)〔"你跟她跳舞了嗎?" "我跳舞！?"〕| I say anything disrespectful of Dr. Kenn? Heaven forbid! (G. Eliot)〔我會對坎博士說不敬的話?天地不容！〕<註8> 最後一例中的 'Heaven forbid'，可以說明該「離結」的意義，如何被否定了。又如 Browning 之句，如果將頭四字補足爲一正常的完全句，倒很符合我們在 §9.3 所講的句型：*She to be his*, were hardly less absurd Than that he took her name into his mouth〔他會要她? 這比他在嘴里說出她的名字更可笑〕。不過，平常說話不會這麼囉嗦，因爲感情藉著"主語 + 不定詞" 結構及特別的音調，業已得到充分的抒發。

別的語言也玩同樣的把戲，如德語 Er! so was sagen!〔他！這麼說的！?〕| 丹麥語 Han gifte sig!〔他，結婚！?〕| 法語 Toi faire ça!〔你，要這麼做！?〕| 義大利語 Io far questo!〔我，會這麼做！?〕。<註9>

第二類，主語跟敘述語並列在一起，用疑問的語調，也一樣有否定的效果，如：Why, his grandfather was a tradesman! *he a gentleman!* (Defoe)〔喂，他的祖父是個做生意的！他，一位紳士！?〕| The denunciation rang in his head day and night. *He arrogant, uncharitable, cruel!* (Locke)〔公然的指責日夜響在他的腦際。他傲慢?! 缺乏同情心！? 殘酷！?〕當然也可以加一個否定的回答，使語意完全明朗，如 He arrogant? *No*, never! 或 *Not* he!

其他語言的例子：丹麥語 Hun, utaknemlig!〔她，忘恩負義！?〕| 德語 Er! in Paris!〔他！在巴黎！?〕| 法語 Lui avare?〔他，守財奴?〕德語有時在中間加一個 und (='and')：Er sagte, er wolle landvogt werden. *Der und landvogt! Aus dem ist nie was geworden* (Frenssen)〔他說他要當省長。他，當省長!? 他從來沒有過什麼成就〕。

我們把這些反詰的「離結」，跟前面「有主語有動詞，只是動詞非定動詞」 的例子擺在一起， 是一種看法。 從另一個角度看， 也可視之爲一種頓折法 (aposiopesis)：說話者在當時強烈感情的影響下，顧不得去完成他的句子，甚至有時候要想去完成它，也很困難。

9.7 總結 (Summary)

作爲本章的總結，我們把以上所討論過關於「離結」的重要例子，列一簡表如下，只取代表性的例子，不附分類名稱。左列各例均含有一動詞(無論定式或不定式) 或名動詞，右列各例則無此類字。

1.	*the dog barks*	*Happy the man*, whose...
2.	when *the dog barks*	*However great the loss*
3.	Arthur, *whom* they say *is kill'd*	
4.	I hear *the dog bark*	he makes *her happy*
5.	count on *him to come*	with *the window open*
6.	for *you to call*	*violati hospites*
7.	*he is believed to be guilty*	*she was made happy*
8.	*the winner to spend*	*everything considered*
9.	*the doctor's arrival*	*the doctor's cleverness*
10.	*I dance!*	*He a gentleman!*

例 (1) 及例 (10) 皆爲完全句之「離結」， 其他各例則不過完全句的一部分，或爲其主語，或爲其賓語，或爲一次加語。

[本章補遺]

9.8 繫詞、敘述語 (Copula. Predicative.)

這裡可算是個合適的地方，讓我們來談談通常所謂的繫詞 (copula)，也就是動詞 is，它用來完成一個「離結」結構，使其所含兩個概念可以構成主語和述語的關係。邏輯學家喜歡把所有的句子，分析成為三個元素，即主語、繫詞、和述語 (predicate)；如 the man walks，其主語就是 the man，繫詞是 is，述語乃是 walking。語言學家必然不滿意於這種分析，它不但不符合英語語法的觀點，因為 is walking 與 walks 的意義並不相同，而且也不符合一般的看法。比如說不用現在式動詞，就有些困難：the man walked 就無法分析出 is 來，不然，也只能分析成 the man was walking——可是，邏輯學家永遠在代表永恆之真理的現在之中運作呀！繫詞絕不是一個典型的動詞，許多語言從來沒有發展出一個繫詞，縱然有之，也常略而不用，前面我們已經見過這種例子。動詞 be 的形成，經歷一段很長的過程，從一個較具體的動詞 grow 逐漸蛻變而來；它需要一個敘述語，正如許多其他的動詞一樣：如 he *grows old* 〔他老了〕│ *goes mad* 〔瘋了〕│ the dream will *come true* 〔這夢將會實現〕│ my blood *runs cold* 〔我感覺毛骨悚然〕│ he *fell silent* 〔他安靜下來了〕│ he *looks healthy* 〔他看起來很健康〕│ it *looms large* 〔似大難臨頭〕│ it *seems important* 〔事情好像很重要〕│ she *blushed red* 〔她臉紅了〕│ it *tastes delicious* 〔它味道很美〕│ this *sounds correct* 〔這個聽起來很正確〕等等。再者，敘述語不但用於動詞之後，而且也用於某些質詞 (particles) 之後（尤其英語 for, to, into, as 之後），如 I take it *for granted* 〔我視之為當然〕│ you will be hanged *for a pirate* 〔你將被當做海盜而被絞死〕│ he set himself down *for an ass* 〔他彎下身來偽裝一隻驢子〕│ he took her *to wife* （廢）〔他娶她為妻〕│ she grew *into a tall, handsome girl*〔她長成亭亭玉立一少女〕｜I look upon him *as a fool*〔我當他是個傻瓜〕等。 特別有意思的是，尚可與上文（§9.4）所提到的 with 連用，如 *with* his brother *as* protector〔依其兄為監護人〕｜The Committee, *with* the Bishop and the Mayor *for* its presidents, had already held several meetings〔該委員會，以主教跟市長為主席，已經開過幾次會〕。其他語言類似的例子：哥德語ei tawidedeina ina du þiudana =`that they might make him (to) king'`〔他們可能擁之為王〕｜德語das wasser wurde zu wein〔那水會變成酒〕｜ 丹麥語 blive til mar, holde een for nar〔自己生來是傻瓜，把別人也當傻瓜〕。 參德語 was für ein mensch〔怎樣的一個人〕其中 mensch 用的是主格，荷蘭語也一樣：wat voor een〔同上〕。 俄語 čto za (=`was für') 之後也用主格。（參莎士比亞 What is he for a foole? 他是個什麼樣的糊塗人？）因為這樣的結構，使得介系詞 for 也可以統攝一個形容詞（分詞），這在別的地方是不可能的，如：I gave myself over *for lost*〔我投誠而讓人以為失蹤〕；參拉丁語 sublatus *pro occiso*〔以殺人為傲〕｜ *pro certo* habere aliquid〔有決心出人頭地〕｜ 義大利語 Giovanni non si diede *per vinto*〔卓凡尼不認輸〕｜法語 Ainsi vous n'êtes pas assassiné, car *pour volé* nous savons que vous l'êtes〔你沒有被刺死，因為我們知道你只是竊盜而已〕。此處對於不定冠詞的使用原則，可說與英語動詞後的敘述語同一模式：in his capacity *as a Bishop*〔以他主教的身份〕｜ in his capacity *as Bishop of* Durham〔以他為杜漢主教的身份〕。

◎ 第 9 章 附 註 ◎

1. Sonnenschein （§301）以爲下列 (a) 句中的不定式 to be，乃是
   一種保留賓語 (retained obj.)，與 (b) 句中的賓語 the prize
   相類（參主動式 They awarded him *the prize*）。 這個說法毫不
   新鮮。

   (a) He is believed by me *to be* guilty〔他我相信無辜〕。
   (b) He was awarded *the prize*〔他獲頒獎〕。

2. 我不明白Sonnenschein 是否亦將 'He seems to be guilty' 之中
   的不定式 to be 稱爲 "保留賓語"。

3. Hail 在此結構中原爲一形容詞，後來漸被當做是名詞，故而加 to
   於後："Hail *to* thee, thane of Cawdor!"〔歡迎，科多爾的領
   主！—— 莎劇：馬克白〕

4. 這個情形與動詞後接敘述語的結構，如 she seems *happy*, 很難加
   以區別。

5. Brugmann當然反對如此解釋這種結構的起源，沒有錯，因爲這是他
   這一學派的唯一興趣。但是，研究語言現象採取歷史的觀點，並不
   是唯一的途徑；遇到一個現象，除了要問它的歷史起源，同樣重要
   的是，也要知道它今天演變的結果。同樣地，一個字的字源，也只
   是它的構成的一部分，而且也不見得是我們在查字典時，所尋求的
   最重要的項目。事實上，文中所述的結構，意義等於一個從屬子句
   ，故將其置於本章討論。

6. 法語諺語 Morte la bête, mort le venin〔獸既死了，毒也沒了；
   喻人死口滅〕之中 ， 前半句乃一「離結次加語」，後半句則爲一
   個獨立的「離結」，參§9.3。

7. 在這兩句中，都可以插入介系詞 with，這樣一來跟 §9.4所舉的例子極為相似，就很明顯了。

8. 其他的例子，請參拙著 "論否定" (Negation), p. 23f。

9. 另有一個相類的結構，常以and 為連接詞，所連接的兩個概念，並不如此強烈地受到質疑，而僅表示感到驚愕，如What? A beggar! a slave! *and* he to deprave and abuse the virtue of tobacco! (Ben Jonson)〔什麼？一個乞丐！一個奴隸！他會辱沒了煙草的美妙！〕| One of the ladies could not refrain from expressing her astonishment —— "A philosopher, *and* give a picnic!" (Spencer)〔女士們當中有一位忍不住表示驚訝 —— "一位哲學家，請大家野餐！"〕

第10章 離結名詞・關於離結的結語

10.1 抽象名詞 (Abstracts)

把名詞界定爲實體物的名稱 ， 這些語法家碰到 beauty〔美〕，wisdom〔智〕，whiteness〔白〕這一類的字，就遭遇麻煩， 因爲這些字顯然屬於名詞，而且在所有的語言中，都把它們當做名詞，然而它們並不能說是實體物的名稱。就因爲這個原故，習慣上把名詞分爲兩類：具體的跟抽象的。前者又稱爲眞實名詞 (reality nouns; 德語 ding-namen)，包括人和實物的名稱，同時也包括一些或多或少"無形的"現象，如 sound〔音〕，echo〔回聲〕，poem〔詩〕，lightning〔雷電〕，month〔月份〕等等。「抽象名詞」亦稱爲「思考名詞」 (thought-names; 德語 begriffsnamen)。這兩個類別的區分，似乎夠容易的，因爲我們幾乎從來不會猶豫指出任一名詞屬於何類；然而，要給「抽象名詞」找一個滿意的定義，絕非易事。

首先，讓我們來看看，一位著名的邏輯學家怎麼說。

J.N. Keynes (1906:16) 根據上述的定義加以擴充：「具體名詞」乃具有某些屬性的一切事物 ， 亦即屬性的主體 (subject of attri-butes)；而「抽象名詞」則爲其他事物的屬性， 亦即主體的屬性 (attribute of subjects)。 但在同書18頁，K.氏又說，"屬性本身亦可爲屬性的主體，比如在 Unpunctuality is irritating〔不守時是很惱人的〕這句話中，unpunctuality 雖然基本上是一個抽象名稱，但在一定的環境下，亦可用作(依據我們的定義)具體的意義。" 然而，遇到"基本上爲抽象的名稱，偶也用作具體的意義，換句話說，這些屬性名稱，其本身亦可視爲具有屬性"，K.氏這時不得不承認，"這個結果確有矛盾"。K.氏提出兩個解決辦法，不過認爲這第一個辦法在邏輯上沒有價值，那就是將抽象名詞定義爲，可以爲其他事物之屬性的名詞，而具體名詞則定義爲，不可爲其他事物之屬性的名詞。因此，K.氏比較著重第二個辦法，即爲了邏輯的理由，放棄具體名詞與抽象名詞的區別，而代之以名詞的具體用法和抽象用法，接著又說 "作爲邏輯學者，我們並不關心名詞的抽象用法，" 因爲 "一個名詞，無論作爲一個 '唯名命題' (non-verbal proposition) 的主語或述語，它的用法永遠是具體的。"

這種說法，無異等於完全否定了抽象與具體的區別，然而不可否認的，像 hardness 這個字，與 stone 絕對是兩個完全不同層次的字。我想 Keynes 博士的結論，係受累於 "抽象" 和 "具體" 這兩個不幸的名辭，因爲這兩個詞在日常生活中所代表的區別，時常與我們在此所討論二者間的區別，並無關連。 關於這一點， V. Dahlerup 在 "抽象詞與具體詞" (Abstrakter og konkreter) 一文中，說得尤其明白，V.D.氏指出抽象與具體的區別，乃是相對的，不但適用於名詞，而且可適用於所有其他的詞類。 比如 hard 在 a hard stone〔堅石〕中是具體的，而在 hard work〔辛苦的工作〕中卻是抽象的；又如 towards 在 he moved towards the town〔他朝著市鎮前進〕中是具體的， 在 his behaviour towards her〔他對她的態度〕中卻是抽象的； 又如 turn 在 he turned around〔他轉過身子〕中是具體的 ，在 he turned pale〔他臉色變得蒼白〕中是抽象的，等等。這個說法，謂 "具體" 主要指外在世界中可觸摸的、 佔有空間的、 五官可感到的一切實體物 ， 而 "抽象" 則僅指內心思想的產物 —— 倒與日常語言的觀點頗爲吻合，然而它對於我們如何理解，像 whiteness 與其他名詞比較對照起來，其特點何在，依然無補於事。

W. Hazlitt (1810:viii) 曾說 : "名詞既非某實物的名稱，亦非某物質的名稱，實乃任何實物或物質或思想概念，若就其本身而言，或者把它當做一個獨立的個體而言，都可以算是名詞。換句話說，一個名詞的成立，並非由於其本身的眞實存在 (依據舊的定義)，而是由於它在我們認知上的存在。因此，假使我們把 white〔白〕當做一種情況，或者指雪的特質，它就是個形容詞；假設我們從白色的物質中，抽取出 white 的概念，並把這個顏色的本身看做眞實的存在，或者把它當做談話的一個獨立的主題，那末它就變成一個名詞，比如 White or whiteness is hurtful to the sight〔白色有傷視力〕。"

近來許多位作家，都曾表示出基本上與此相同的觀點 ， 他們對於 whiteness 一類名詞的定義多大同小異，如 "假性名物字" (fictitious substantival words)，"純想像物之名稱" (names of only imaginary substances)， "被視爲獨立存在之概念" (德語 vorstellungen, welche als selbständige gegenstände gedacht werden)，"客觀的思考之概念" (德語 gegenständlich gedachte begriffe)， "在思想上及語法上皆被視爲獨立事物之名稱" (mere names, thought of, and consequently grammatically treated as if they were independent things—— Noreen, VS 5.256f) <註1> 。儘管有這樣的共識，我必須表白，當我說到一位少女的 beauty〔美麗〕， 或一位老者的 wisdom〔智慧〕，我並不會把這些概念當做是 "事物" 或 "實物" ；它們對我不過是另一種表現法，用以表明 She is beautiful, he is wise。 當 Wundt 說 humanity〔人性；德語 menschlichkeit〕指一種品性，正如 human〔人性的〕一樣，這句話完全對；不過當他補上一句說， 名詞的形式使我們感覺容易一些，把這種思考的品性當做一種實物 (object；德語 gegenstand)，這句話就不對了。Misteli 避免此一困擾，唯獨強調語法的處理原則，然而沒有一個人眞正能解釋，何以所有的語言都有這種名詞，代表形容詞的概念。

Sweet (CP 18；NEG §80, 99) 早在 Wundt 跟 Misteli 之前，就曾表示過類似的看法： "把 white 變成 whiteness 乃是一種單純的變形，俾使我們能將一個屬性詞，置於一個命題的主語地位...稱 whiteness 爲「抽象名詞」是不錯的， 它代表一種屬性而不必指出其所屬的物體。不過 white 的意義是暗示的 (connotative)...實際上，white 當然與 whiteness 同爲抽象名詞，意義完全相等。因此，對 Sweet 而言，一個詞類之唯一滿意的定義，必定是純粹以形式爲準的。如 snow 之爲名詞，並非因它代表一種物質，而是因爲它可以做一個命題的主語，因爲它可以加 -s 成爲複數形， 因爲它可以前接定冠詞， 等等；whiteness 之爲名詞，完全基於同樣的理由。 <註2>

Sweet 所言： white 與 whiteness 是同樣抽象的（有別於獨立的實體），這一點是對的，可是堅持二者之意義完全相等，卻難以令人信服。 二者的區別也許很細微，但卻是存在的， 不然爲什麼所有的語言都用不一樣的字，來表示這兩個概念？注意這兩種情形，使用不同的動詞：*being* white = *having* whiteness； The minister is (becomes) wise, he possesses (acquires) wisdom〔這位閣員很聰明，他很有智慧〕。在 Couturat 的簡易世界語 Ido 中，他很巧妙地創設了一個名詞接尾語 -eso（由動詞 es-ar 'to be' 的字根，加上名詞字尾 -o 而成：如 blind-es-o (=the being blind)， 亦即 blindness〔盲〕， 又如 superbeso (=pride)〔傲〕，等等。 我們也許可以說，在這些名詞中走私進去了一個 being 的概念， 正如同我們說西歐語言的人，在習慣上傾向於在像俄語這樣的句子 dom nov ='the house (is) new' 之中，走私進去一個該句既未表出亦無需要的 is 一樣；但 Couturat 是正確的，他看出了一個基本事實，那就是構成這些名詞的形容詞成分，皆具有「敘述語」的身分。這才是構成這些抽象名詞的眞正特色：它們是

「敘述性名詞」 (predicative-substantives)。<註3>

以上所談的「敘述性名詞」，基本上是由形容詞構成的，它們與所謂名動詞 (verbal substantives；nouns of action)， 如： coming〔來〕， arrival〔到達〕， movement〔移動〕， change〔變化〕，existence〔存在〕，rest〔休息〕，sleep〔睡眠〕，love〔愛〕等之間， 顯然有很多相似之處。 <註4> 然而， 就這些例子看來， 所謂 "noun of action"〔動作名詞〕這個名稱並不太合適，除非我們把一些表示狀態 (state) 的字，如 rest, sleep, 也都算是動作。 我個人的看法，前面業已表明，首先請看這兩個事實：

I saw the Doctor's arrival. = I saw the Doctor arrive.

= I saw that the Doctor arrived.

I doubt the Doctor's cleverness. =

I doubt that the Doctor is clever.

因此我們不得不承認，這是另外一類的字，我們將稱之爲「離結名詞」(nexus-substantives)， 並將其再分爲「動詞性離結名詞」 (verbal nexus-words, 如 arrival) 和 「敘述性離結名詞」 (predicative nexus-words, 如 cleverness)。

剩餘的工作就是考察這類字的用法，也就是在實際語言中使用這類字的目的爲何。依我看來，它們的力量在於能幫助我們避免許多累贅的說法，因爲同樣的思想也可由從屬子句來表達。比如下面由一本新近出版的小說中選出的一句 —— His *display* of *anger* was quivalent to an *admission* of *belief* in the other's boasted *power* of *divination* 〔他的發怒等於承認了相信對方所誇耀的預言能力〕。 請試試不用那些標示出的名詞，將如何表達原句的意義。

創造簡便的詞語以表達複雜的思想，這種創造力的價值將更爲提昇一層，因爲當一個動詞或敘述語，提昇爲名詞時，它的附屬字也都跟著提昇一個層次：　末品字改爲次品，四品字改爲末品。　換句話說，次加語變成附加語，次次加語變成次加語，　同時首品的主語或賓語，　也變爲次品，而成爲附加語，亦即"主語的"或"賓語的"領格語。雖然經過這些改變，卻給我們帶來造句上極大的便利。

這必須要舉幾個例子來說明。我們試比較下面兩句：

The Doctor's extremely quick arrival　and　uncommonly careful examination of the patient brought about her very speedy recovery〔醫生極爲迅速的到達，和對於病人非常仔細的診察，使她得以迅速的康復〕。

The Doctor arrived extremely quickly and examined the patient uncommonly carefully; she recovered very speedily〔醫生到的非常迅速，診察病人也非常仔細；她恢復得很快〕。

我們就會發現（茲以羅馬數字代表品級），　動詞 arrived, examined, recovered (II) 被改成爲 arrival, examination,　recovery　(I)，次加語（副詞）quickly, carefully, speedily (III) 變成了附加語（形容詞）quick, careful, speedy (II)，　而次次加語 (IV) 變爲次加語 (III)，　則無任何形式變化，　仍舊是 extremely, uncommonly, very。　另一方面，首品字（主語和賓語）the Doctor, the patient, she (I)　都被轉化成了次品（附加語）：the Doctor's,　of the patient, her (II)。

下面兩句之間，也有相似的品級轉換，請比較：

We noticed the Doctor's (II) really (III) astonishing (II) cleverness (I)〔我們注意到了醫生之眞正驚人的才華〕。

　　　The Doctor (I) was really (IV) astonishingly (III) clever (II)〔醫生眞正驚人地高明〕。

如果我們把 really 看做是 was 的修飾語，那末它就是「末品」。

　　述語名詞 (predicative-nouns) 時常用做介系詞 with 的賓語，因而避免了一些成串的次加語，也可使整句得到簡潔的效果，如：He worked *with positively surprising rapidity* (避免了 positively surprisingly rapidly)〔他工作得絕對驚人地快速〕｜ with absolute freedom〔有絕對的自由〕｜ with approximate accuracy〔以大致的正確〕。餘參 §6.4 所舉之例。

　　現在我們有機會，對於一般所謂「同源賓語」(cognate object)的語法現象，可以得到一個較淸晰的概念。<註5> 同源賓語的用途，並不能從這樣的例子 "I dreamed a dream" 得到充分的理解，因爲這種句子至少在實際談話中極爲少見，理由很簡單，這種賓語內容空洞，對於動詞的內涵毫未增加任何新意。在實際談話中所見到的，是這樣的句子： I would faine *dye a dry death* (Sh.)〔我寧願死在乾燥的陸地上(不願淹死在海裡)〕｜ I never saw a man *die a violent death* (Ruskin)〔我從未見過有人遭橫死〕｜ She *smiled a little smile* and *bowed a little bow* (Trollope)〔她微微一笑，略略一鞠躬〕｜ Mowgli *laughed a little short ugly laugh* (Kipling)〔M.作了短短的、難看的一笑〕｜ He *laughed his usual careless laugh* (Locke)〔他作了他慣常的漠然的一笑〕｜ He *lived the life* and *died the death of a Christian* (Cowper)〔他生爲基督徒，死爲基督徒〕。

　　這些例子明顯地告訴我們，「離結名詞」(同源賓語)的功能就在於，使我們能夠很容易地給一個動詞添加一個描寫性的附加語，而這項描寫是一個副詞次加語所難以完成的：fight a good fight〔打了漂亮的一仗〕與 fight well〔打得好〕並不是一回事。有時候，這樣添加

的描寫，也會以同格語 (appositum) 的方式出現， 與動詞或以逗點或以破折號分開，如： The dog sighed, the insincere and pity-seeking sigh of a spoilt animal (Bennett)〔狗歎息了一聲， 一種被寵壞了的寵物之假意乞憐的歎息〕 | Kitty laughed -- a laugh musical but malicious (Mrs. H. Ward)〔K.笑了一笑——好聽然而是惡意的一笑〕。同樣的辦法也有用在別的時候，比如要想在一個次品字上添加點什麼，而又不方便用次加語來表示，於是就用一個敘述詞以附加語的形式，自由地加在句末，以達到特別描寫的目的，如 Her face was very pale, a greyish pallor (Mrs. Ward)〔她的面色蒼白， 一種透灰的蒼白〕 | He had been too proud to ask -- the terrible pride of the benefactor (Bennett) 〔他的傲慢不容許他問——是那種大恩人之令人難以忍受的傲慢〕。用介系詞 with 來添加描寫的例子，也很常見，如：She was pretty, *with the prettiness of twenty*〔她很美，是二十之美〕 | I am sick *with a sickness more than of body, a sickness of mind and my own shame* (Carlyle)〔我的病不僅在於身體上，而在於精神上，以及我內心所感受的羞愧上〕。

　　某些慣用語不容許有從屬子句，這時「離結名詞」也常是一項便利的工具，比如在 upon 之後：Close *upon his resignation* followed his last illness and death〔緊隨著他的辭職就是他的最後一次生病和辭世〕。加上這個例子，關於「離結名詞」能使造句簡潔的功效，我希望我已經說得夠充分了。 <註6> 不過，正如同這世界上大多數美好事物的命運，這種「離結名詞」也有被濫用的可能。 Hermann Jacobi 有一篇研究「梵文裡的名化風」(Nominal Style in Sanskrit) 的論文，其中對於這一點，就曾發表過精闢的意見。他說：當語言的歷史變得古老，它就傾向於名化風，尤其經過長久的時間，作為科學思維的表達工具。用名詞表達思想，似乎可能比用比較形象化的動詞，來得精確而洽當。"梵文在印度曾為高等教育所享有的文字,已與低層社會脫節,因而已不再為表達廣大人民生活的工具。當梵文越來越遠離日常生活的實際需要,同時並越來越專為高級知識分子服務,因而也越來越需要抽象化的措辭,以表達思考領域越來越狹窄的思想觀念,"因此很自然地就形成了對於名詞(也就是我所稱的「離結名詞」)的偏好。

德語的科學文字,有時候很接近 Jacobi 所說的梵文風。當我們用名詞來表現一般用不定式動詞來表達的概念時,我們的語言就不但變得抽象化,而且變得深奧難解,一部分的原因是,一旦用了名動詞,就喪失了某些賦予動詞生命力的要素:時間、語氣、人稱。名化風也許恰合哲學家的需要(雖然哲學文字時常不過把簡單的思想,包裝著貌似深奧的外衣),但卻不長於應付日常生活的需要。

10.2 不定式 (Infinitives) 和動名詞 (Gerunds)

從語言史看,所謂名動詞 (verbal substantives) 有時候會拋棄某些名詞的特性,而凸顯出前一節所提及"可賦予生命力"的某些動詞特性,換句話說,說話者如何習慣於對待這些名動詞,好似對待定動詞一般,這倒是一個有趣的問題。

不定式動詞的情形,就是這樣,現在已被普遍認為是古名動詞的一種死格式。名動詞在構詞學及造句法上,都相當接近定動詞,雖然各種語言的表現程度不盡相同: 它們跟普通動詞一樣,可以有各種不同格位的賓語,可以附帶否定詞及其他次加語,它們也有時式的區別(如拉丁語的完成不定式 amavisse (='to have loved') ,某些語言還有未來不定式),也有主動、被動的區別(如拉丁語的被動不定式amari ='to be loved') 。 這些特性乃是movement, construction, belief 等字所沒有的。 一個更為接近定動詞的例子是, 有些語言容許其與一主格主語相結合,例見 §8.2。

有些語言的不定式，可與定冠詞連用。此一名化性的優點是，由冠詞的格變即可看出該不定式在句中的功能。希臘語賓格冠詞與不定式的連用，即是一例，它的價值更勝於，僅限 "無標" (naked) 不定式可與冠詞連用的語言，如德語。<註7>

有些名動詞，也有與上述的不定式動詞相類似的發展。名動詞帶賓格賓語，偶然可見於梵語、希臘語和拉丁語。有些斯拉夫語系的語言，如保加利亞語 (Bulgarian)，後加一賓格賓語於字尾有 -anije 的名動詞，乃十分尋常的事。 丹麥語字尾為 -en 的名動詞可以帶賓語，雖然有個條件，即二字必須密切結合成為一個語意單位，如denne *skiften tilstand*〔如此變更狀態〕， *tagen del* i lykken〔分享幾分幸運〕，餘參拙著 Fonetik〔語音學〕，565。

最有意思的是英語的'-ing'式動名詞，它有一段很長的歷史，最初只是由某些特殊的動詞所構成的純粹名詞，後來擴及任何動詞，並獲得越來越多的定動詞特性， 參拙著 GS (1923：§197ff.)。它可以帶賓格賓語，如 on *seeing him*〔一看見他〕，可以帶副詞，如He proposed our *immediately drinking* a bottle together〔他提議我們立即共飲一瓶〕，它已發展出完成式，如： happy in *having found* a friend〔高興找到了一位朋友〕，又有被動式： for fear of *being killed*〔害怕被殺〕。至於主語，最初必須置於領格，現在時常仍然如此，但亦常置於通格 (common case)， 如 He insisted on *the Chamber carrying* out his policy〔他堅持議會實行他的政策〕 | without *one blow* being struck〔一拳未揮〕， 在日常會話中甚至可能意外地置於主格，如Instead of *he* converting the Zulus, the Zulu chief converted him〔他不但未能改變祖魯人，祖魯酋長反而改變了他〕，惟he 須置強重音。現今若有英國人說： "There is some possibility of *the place having never been inspected* by the police"〔這個

地方相當有可能從來未被警察巡查過〕，依六百年以前的英人看來，他可能犯了四條語法規則：即誤用了通格、完成式、被動式、及副詞。

這裡我們也可以提一提拉丁語動名詞的發展。拉丁語本來有一個被動分詞，字尾是 -ndus，稱為「動狀形容詞」(gerundive)，它的用法跟其他分詞及形容詞一樣，暗示一個「離結」結構（參§8.4），如：Elegantia augetur legendis oratoribus et poetis (= 'Elegance is increased through read/ing orators and poets')〔高雅的氣質可藉閱讀名家演說和詩作而提昇〕。然而，與此同構同解的cupiditas libri legendi〔讀書的慾望〕，就發展出了 cupiditas legendi〔閱讀的慾望〕，而略去了名詞首品；然後，進一步將 legendi 視為不定式的一種領格，因而容許帶一個賓格賓語。這樣就產生了現今所稱的動名詞(gerund)，它成了動詞的一種特別形式，除了主格以外，它可以有各種的單數格位變化，就如同一個中性名詞一般。<註8>

10.3 關於「離結」的結語 (Final Words on Nexus)

前面我一直強調，一個「離結」之中必存在有兩個意念，以別於「附結」，其中雖有兩個成分，卻僅構成一個單一意念。讀者或許要驚奇，我在這裡會提出這樣一個問題：「離結」是否可能只由一個成分構成，而且我的答案是肯定的。我們的確發現，有時只有一個首品，或者只有一個次品，然而它的功能十分近似正常的「離結」，故不宜將之排於常態「離結」之外。不過嚴格地說，這兩個自然成分必存在於說話者的腦中，只是在語言的表達上，偶而可能略去其一。

首先，我們來談只有一個首品的形式，換句話說，也就是沒有離加語的「離結」。比如英語這樣的一句：(Did they run?) Yes, I made them (=I made them run)〔我使他們跑的〕，這句回答就包含了一個沒有不定式的「不定式離結」，不管這話聽起來如何有些矛盾；them

實在暗示一個真正的離結，它與做賓語的 them 是不同的，如 (Who made these frames?) I made *them*〔誰做的這些框子？我做的〕。同樣的道理，在口語中我們也可用一個孤零零的'to'，來代表一個帶 to 的不定式，如：I told them *to* (=I told them *to run*)。在心理學上，這些稱爲頓折句 (aposiopesis)，也就是我所講的中斷句 (stop-short sentences)或刹車句 (pull-up sentences，參拙著 Language, 251)。不定式動詞的省略句尚有：(Will you play?) Yes, I will〔你要玩嗎？是的，我要〕，或 Yes, I am going/willing/anxious to〔是的，我要/願意/很想〕。

　　其次，來談談只有次品而沒有首品的「離結」。它在感歎句中極爲常見，因爲在這裡不需要說出主題是什麼，已經構成完全的訊息，毫無疑問地應稱之爲"句子"。例如 Beautiful!〔好美喲！〕| How nice!〔好舒服呀！〕| What an extraordinary piece of good luck!〔多麼好的超級好運！〕事實上這些都是敘述語，參較 his is *beautiful*〔這很美〕等。不過，這是敘述語首先跑進說話者的腦中；如果後來想到添加主語，其結果即是 Beautiful *this view*!〔這風景好美喲！〕另一項可能的選擇是後加一個短問句：Beautiful, *isn't it*?〔很美，是不是？〕正如同說 *This view is* beautiful, isn't it?〔這風景很美，是不是？〕<註9>

　　此外，還有一種無主語的「離結」，係因爲它的定式動詞變形，已足夠表明主語的人稱、數目等，如拉丁語：dico (=I say，我說)，dicis (=You say，你說)，dicunt (=They say，他們說) 等。有許多語言，第三人稱動詞即可以表示主語爲概括人稱 (generic person)，如法語的 'on'。

　　在西歐各國語言，主語一般必須表出，但也有少數的例外省略主語，常見於某些特定用語，如：Thank you〔謝謝你〕| 德語 Danke

〔謝謝〕｜Bitte〔請〕｜英語 Bless you〔多保重〕｜Confound it!〔混蛋!〕。參 Hope I'm not boring you〔希望我沒有使你厭煩〕。

以上所討論的不完全「離結」，本身都是一個獨立的句子，也有只構成主句裡的一個成分。比如英語的諺語 Practice makes perfect〔熟能生巧〕，其中 makes 的賓語就是一個沒有首品的「離結」，因為它等於說 makes *one* perfect；這在丹麥語非常常見，如：penge alene gør ikke lykkelig ＝ money alone does not make (a man) happy〔單靠錢不能使(人)幸福〕。

不定式「離結」缺乏首品，完全不稀奇，如 Live and *let* live〔待人如待己〕｜*make believe*〔假裝〕｜I have *heard say*〔我聽說〕。丹麥語常見：han *lod lyse* til brylluppet〔他使婚禮放光彩〕｜jeg har *hørt sige* at ...〔我聽說...〕等。德語和法語情形亦同。略去的首品乃是「概括人稱」。德語 ich bitte zu bedenken〔我請考慮〕，略去的可能是第二人稱。

省略「離結」中的首品，並不限於以上所舉的例子，因為大多數的情形，不論是不定式動詞或「離結名詞」，都不需要表明「離結」的主語為何。它可以是特定的 (definite)，可由上下文推知，如 I like *to travel/travelling*〔我喜歡旅行〕，省略的首品是 I；It amused her *to tease him*〔取笑他是她的樂事〕，省略的首品是 she；He found *happiness* in *activity* and *temperance*〔他在活動與節制中找到快樂〕，省略的首品是 he。除此以外，省略的首品也可能是不特定的「概括人稱」(如法語 on)：*To travel/Travelling* is not easy nowadays〔旅行在今天不是一件容易事〕｜*Activity* leads to *happiness*〔活動使人快樂〕｜*Poverty* is no *disgrace*〔貧窮不是羞恥〕，等。首品雖未表出，卻存在於說話者的腦中，這一事實可由不定式動詞及「離結名詞」使用反身代名詞得到證明，使用反身代名詞表示心中的主語和賓語係同一人，　如 to deceive *oneself*〔欺騙自己〕｜ control of *oneself* (self-control)〔對自己的控制，　即自制〕｜ contentment with *oneself*〔對自己感到滿足〕｜　丹麥語　at elske *sin* næste som *sig* selv er vanskeligt〔愛鄰人如同自己是困難的〕 ｜ glæde over *sit* eget hjem〔滿意於自己的家〕｜　德語　*Sich* mitzuteilen ist natur〔自我表達是天性〕｜　拉丁語　Contentum rebus *suis* esse maximæ sunt divitiæ (Cicero)〔　自我滿足乃最大 的財富〕。其他的語言也有類例。

　　我想，由於強調「離結」的概念及其固有首品（或主語）的存在， 使我對於抽象名詞、名動詞（nomina actionis）、　及不定式動詞，尤 其對於它們在語言經濟上所起的作用，得到了較深入的理解　。　傳統上 給予不定式的定義，一點意義也沒有，如 "一種動詞的形式，僅表示動 詞的概念，而不論主語爲何" (NED)，　或者 "僅表示動詞的一般概念， 而不指出可與之配成一個句子的任何特定主語" (Madvig語)。我對於後 者所持反對的理由是：事實上，一個不定式時常可有一個特定的主語， 或者已表示出，或者可由上下文得之；另一方面，一個定動詞的主語， 跟一個不定動詞的主語，往往是同樣的不確定。我謹此希望讀者能夠了 解，本章以及前一章所舉大量的實例，互相印證，足可使我們得到充分 的支持，敢把它們歸爲一類，稱之爲「離結」，料無不妥。

◎ 第 10 章 附 註 ◎

1. Finck (Kuhns Zeitschrift, 41.265) 說，我們仍然 [!] 把 death
    〔死亡〕，war〔戰爭〕，time〔時間〕，night〔夜〕等，視為和
    stones〔石頭〕，trees〔樹〕一樣的東西。

2. Sweet (NEG 61) 關於「抽象名詞」的說法並不清楚； 他不但包括
    redness〔紅〕，reading〔讀書〕，而且包括 lightning〔閃電〕
    ，shadow〔影〕，day〔日〕等；north〔北〕和 south〔南〕時而
    視為抽象，時而視為具體。

3. 其中大多數由形容詞轉來，如 kindness 由 kind 而來，或者與形
    容詞有天然關係，如 ease, beauty 與 easy, beautiful；這是很
    自然的事，如果我們考慮一下形容詞常作敘述語用的頻率，然而也
    有自其他名詞轉來的，如 *scholarship*〔學問〕，*professorship*
    〔教授的職位〕，*professorate*〔教授的任期〕，*chaplaincy*〔牧
    師的職位〕，有人說，抽象名詞的主要語法特色之一，就是不允許
    有複數；但是這句話並不很正確，參第14,15章 "數系論"。

4. 這兩類字的親密關係， 可以說明一個現象， 那就是丹麥語的動詞
    elske (=love) 本沒有相對的名動詞，而實際所用的卻是由形容詞
    kørlig (=affectionate 親愛的) 轉來的 kørlighed。

5. 別的名稱尚有 inner object〔內賓語〕，object of content〔實
    質賓語〕， factitive object〔使役賓語〕；較早的名稱有 fi-
    gura etymologica〔語源的文飾〕。

6. 在它們本身的範圍之外，這些字經常由於語意的變遷，而用以 "具
    體地" 代表某一品性的所有者，如 a beauty〔美的事物，常指美
    女〕，realities〔真實情況，現實〕，a truth〔實話〕等。請比
    較這兩句的句意 ： I do not believe the *personality* of God

〔我不相信上帝的人性——意指他是一個人〕， 與 The Premier is a strong *personality*〔總理的個性很強〕。 這種字意的轉移，與名動詞的具體用法很相似，如 building, construction〔建築物〕。有時候，具體的意義由於使用的頻率升高，大有喧賓奪主之勢，因而又造出一個新的「抽象名詞」， 如 relationship〔關係〕，acquaintanceship〔交往〕。抽象詞亦常用於具體的比喻之意，如： He was *all kindness and attention* on our journey home〔在回家的路上，他對我們照料得無微不至〕。

7. 不定式動詞（如 to do）原本是一個平常的介系詞組合，如古英語 to dōnne (to + 間接受格)， to 用其介系詞原意，一如在相當於現代英語的 I went *to see* the Duke〔我去看公爵〕，或He was forced *to go*〔他是被迫去的〕，其中to see 與 to go 應算是次加語。後來經過歷史的演變，到了現代 I wish to see the Duke〔我想見公爵〕，to see 已變成爲首品，用作 wish 的賓語； 在諺語 To see is to believe〔親眼看見才相信〕中 ， to see 和 to believe 二者皆爲首品。

8. 主事名詞 (agent-nouns)，如 believer〔信者〕，跟分詞形容詞，如 believing〔信的〕，believed〔被信的〕，皆可說源出於一個先存的「離結」， 但不同於動作名詞 (如 belief) 和不定式 (如 to believe)，後者則直接表示一個「離結」。

9. Wundt 將德語的 Welch eine wendung durch gottes fügung!〔由上帝所安排的多麼大的變化呵！〕 稱爲一個屬性句 (attributive sentence)， 並分析 welch eine wendung 爲主語，durch gottes fügung 爲修飾語， 相當於我所稱的「附加語」。但這是非常不自然的： 我認爲整個乃一「離結」的敘述語， 亦即「離加語」(adnex)； 假使我們加入 dies ist (='this is') 二

字，那末，那未說出的首品　（即　dies）　就顯現出來了。

第11章 主語和述語

11.1 形形色色的定義 (Various Definitions)

　　我們在討論一個「離結」(nexus) 應具有兩個部分時，就已經意識到主語和述語之間的關係這個問題，因為如果一個「離結」能構成一個完整的句子，那末 "首品" 就等於主語， "離加語" (adnex) 就等於述語； 如果不是完整的句子， 我們也可以用 "主語部" (subject-part) 替代 "首品" ， "述語部" (predicate-part) 替代 "離加語" 。

　　現在我們來看看諸家學者，給 "主語" 和 "述語" 這兩個名辭下了一些什麼樣的定義。這些學者所考慮的，照例只以 "句子" 為限，甚至限於更狹窄的所謂 "判斷" (judgments)。 若想要對所有的語法家和邏輯學者，關於這個問題所提出的所有看法，做一個徹底的批判性的討論，將需要另寫一本書，不過我希望下面這幾點，已足以代表了。

　　主語有時被認為是相對熟習的部分，述語則增加了關於主語的新的訊息。 "說話者在主語裡面，投入了他認為與聽話者所有的一切共識，然後在述語裡面，加入該句所要傳達的新的訊息... 比如 'A is B' 這個句子，意思就是 '我知道你知道A 是誰，或許你並不知道他跟B 是同一個人' " (Baldwin 1902:I.2.364)。 這句話對於大多數的句子而言，也許是對的，但不能包括所有的句子；比如回答這樣一個問題 "Who said that?" 我們會說 "Peter said it," Peter 代表新的訊息，然而他無疑是該句的主語。所謂 "新的訊息" (new information) 並不一定在述語裡面，而是包含在主語和述語兩個成分相互聯結的關係之內，也就是二者結合起來構成一個「離結」這個事實， 請參 §8.2 所談「離結」與「附結」的區別。

也有人說，述語的任務乃在詳述或判定，起初是不定或不確定的東西，也就是說，主語乃「被確定者」(determinandum)，只有通過述語才能變成「確定者」(determinatum) (見Keynes FL 96; Noreen VS 5. 153; Stout AP 2. 213)。 這個說法，可能較適用於附加語，如 the blushing girl〔臉紅的女孩〕中之 blushing，但卻難說適用於真正的述語，如the girl blushes〔女孩臉紅〕中之blushes。 這個句中被確定的，並非只是the girl，而是整個句子所表達的情境。

另外一個常見的定義就是，主語乃是我們心裡所想的，述語乃是關於主語的敘述。大多數的句子或者可以這樣解釋，不過，一個普通的人也許仍然會不明白：比如這個句子 John promised Mary a gold ring〔約翰答應瑪麗要送她一條金項鍊〕，他就會說，其中便有四個被敘述的人或事物，即 (1) John, (2) Mary, (3) a promise, (4) a ring，它們豈不都是所謂的 "主語"。這個為一般人所熟悉的定義，將主語與主題 (subject-matter; topic) 混為一談，實在不妥，然而它的影響卻不小，一位著名的心理學家 Stout 就根據此一定義，對於主語和述語的意義，演繹出一套很難為語言學家所接受的觀念。Stout 有很著名的一段話(AP 2.212ff)：

> 述語的功能，在於確定原先不確定的事物。主語乃是對於一般主題(gereral topic) 的事先限定，然後再加上新的限定。主語乃是先前思維的產物，它構成進一步發展的直接基礎和出發點。這進一步的發展就是述語。句子的思維過程，可比之於用兩足行走的過程。承載身體重量的一足相當於主語，向前移動而跨出新的一步的另一足則相當於述語 ... 所有問題的答案，其本身皆為述語，而所有的述語，皆可視為對於可能之問題的答案。假設 Who is hungry?〔誰餓了？〕的答案是 I am hungry〔我餓了〕，那末 'I' 就是述

語。假如回答的是這樣一個問題 Is there anything amiss with you?〔你有什麼不舒服嗎?〕，那末 'hungry' 就是述語。 如果問題是 Are you really hungry?〔你真的餓了嗎?〕，那末 'am' 就是述語。在一連串的思維之中，每踏出新的一步，即可視為對於某一問題的答案。主語彷彿就是一個問題的形成；述語則是答案。

如果這就是上述對於"主語"之定義的邏輯推演，那末它對於語法家則毫無用處可言。語法家用了 subject 這個字來指主語， 的確是件不幸的事，因為它平常除了別的意義不說，尚可作"主題"解。

11.2 心理的 (Psychological) 和邏輯的 (Logical) 主語

由於"主語" (subject) 一詞的混淆多義，它也是引起一些語言學者和邏輯學者，關於所謂"心理主語與邏輯主語、心理述語與邏輯述語"爭論不休的主要原因。事實上這些名辭，常隨使用者的不同而代表完全不同的概念。以下是我所作一個簡要的概觀，當然不免掛一漏萬。

(1) 時間的順序。 依據G. v. d. Gabelentz：聽者首先捕捉到一個字 A，於是充滿期待的心情問道：What about this A?〔A 怎麼樣了?〕。 然後他就接收到下一個字或意念 B，將二者相加，於是又問：現在，這 (A + B) 又怎樣了? 答案就是下一個意念 C，如此下去。 每一個後續的字，都是前面所聽到之主語的述語。這就彷彿電報接收機上所用的兩筒紙，一筒紙上印滿了文字，而且不斷地增長，另一端則是一筒白色的紙，不斷地轉動，使另一個紙筒加胖。說話者對於一端紙筒所含的內容，以及另一端空白的紙筒要填什麼，事前都很清楚。那末，什麼使他先說 A，後說 B 呢? 顯然，他是把引起他思想的東西放在第一位： 此乃 "心理主語" (psychological subject)， 然後就是關於這個主語，他想些什麼：此乃 "心理述語" (psychological predicate)

；然後二者合併起來，又可以成爲後續思想或言語的主語。

這個見解不錯，Gabelentz依此觀點對於拉丁語句Habemus senatus consultum in te vehemens et grave 〔我們有參議院關於你的強烈而嚴厲的決議，〕所作之巧妙的分析，値得任何研究詞序 (word order) 之心理因素者，加以重視；不過這個比喻，用來描寫主語和述語的關係，太過牽強，與後者實不能混爲一談。 Wegener 所稱的 "提示語" (exposition)，實較 Gabelentz 的心理主語要恰切得多。 我們應該記住，詞序在實際語言裡，並非完全取決於心理的因素，時常是純粹的約俗 (conventional) 問題，由某特定語言的慣用法決定，並不受各個說話者意志的左右。

(2) 新鮮感和重要性。 Paul (Gr. 3.12) 似乎是贊同 Gabelentz 的第一人，他說心理主語就是，最先出現在說話者腦海中的一個或若干個意念，而心理述語就是，然後加上去的新的訊息 (neu angeknüpft)。不過他也作了一些修正，他說，即使主語意念先出現於說話者的腦中，有時候也會置於較後的位置，因爲在他開口說話的當時，其述語意念因代表新而重要之訊息，要求搶先出發，尤其處於情緒激動的影響之下。Paul在較早的作品 (PS 283) 中也曾說過，心理述語乃是一句之最重要的成分，它是全句要傳達的目的，因此它的音調也最強。 假使在德語 Karl fährt morgen nach Berlin〔卡爾明天早晨乘車前往柏林〕一句中，每一個字對於聽者都是同樣新的訊息，那末 Karl 就是主語，緊隨其後的fährt 就是述語；然後再以fährt 爲主語，那末隨後的 morgen 就是第一述語，nach Berlin 就是第二述語。倘若在另一方面，聽者已知Karl 明天的遠行，但不知其將去何處，那末 nach Berlin 就是述語；如果已知他將去 Berlin，但不知何時啓程，則 morgen 即爲述語。Paul 甚至說，如果唯一所不知的是旅行的方式 (比如騎馬、坐車、或步行)，那末 fährt "就好像被切爲兩半，一半是一般的運動動詞

(verbum der bewegung)，一半則是它的附則 (bestimmung)，依此來規定它的運動方式，而只有後者才爲其「述語」(prädikat)" 功能之所在。分析的精妙，令人激賞，但無必要。何不乾脆放棄主語和述語這樣的名稱，而直接說，任何語言在傳達的場合，每一個句子中的任何部分，依當時的情況，都可以成爲對聽者來說是新的訊息呢？

(3) 重音（或音調）。 這個觀點很難與前者分別清楚。Høffding (Den menneskelige tanke〔人類的思想〕, 88) 說， 邏輯述語時常就是語法的主語，或其附屬的形容詞，如： *You* are the man〔你就是那個人〕 | *All* the guests have arrived〔所有的客人都到齊了〕。勿論在句中何處，重音就是它的指標，如：The king will *not* come〔國王將不會來〕 | He *has* gone〔他的確已經走了〕。 在一句描寫性的句子裡， 幾乎每一個字都可以成爲邏輯述語， 因爲每一個字都可藉重音以傳達新的訊息。 這裡所稱的邏輯述語， 差不多等於 Paul 的心理述語， 與邏輯本身不太相干。Høffding 在其所著「形式邏輯」(formal logic) 教本中， 繼續使用主語和述語這兩個字， 比如在其三段論法 (syllogism) 的規則之中 —— 然而這兩個名稱， 在這裡根本沒有用上它們的邏輯意義， 所用的只是它們的語法意義， 且毫不過問它們的重音問題。其實這一點， 一般而言， 並非取決於嚴格的邏輯考慮，感情的成分甚爲重要， 所謂感情， 就是指對於當時的話題或其價值所感到的關切，因此我很贊同Bloomfield的看法，他建議用「感情支配語」(emotionally dominant element) ， 來替代 Paul 的心理述語 ， 和 Høffding 的邏輯述語。

(4) 一個句中的任何首品字都是它的邏輯主語 。 依據 Couturat (1912:5)， 法語 Pierre donne un livre à Paul 〔皮爾給保羅一本書〕跟Paul reçoit un livre de Pierre〔保羅自皮爾收到一本書〕，這兩個句子意義相同，其中 Pierre, livre, Paul 三個字，Couturat

稱爲「名項」(termes)，它們都是 "表示其間之關係之動詞的主語。"

(5) "從邏輯的立場看，德語 guter vater〔好父親〕中的 gut 之爲 vater 的述語，實與 der vater ist gut〔父親好〕中的 gut 之爲 vater 的述語，完全是一回事。 又如 einen brief schreiben〔寫一封信〕與 schön schrieben〔寫得好〕，從邏輯的觀點說，主語皆爲 schreiben，而 einen brief 跟 sch 都是它的述語。" (Steinthal, 1860:101.)

(6) Wegener (1885:138) 將德語的動詞 satteln〔置鞍〕分析爲 sattel〔鞍〕+ 動詞接尾語 -n， 並分別稱前者爲 "邏輯述語"，後者爲 "邏輯主語"。

(7) Sweet (1898:48) 說，在這個句子 I came home yesterday morning 之中，came 本身是 "語法述語"，而 came-home-yesterday-morning 則是 "邏輯述語"。但在另一處 (HL 49) 卻說，在 Gold is a metal 之中，嚴格的語法述語是 is，而邏輯述語是 metal。

(8) 許多語法家，都將被動句中相當於原主動句的主語部分，稱爲 "邏輯主語"，比如 He was loved by his father 中之 his father 〔在本書第12章稱爲 "變格主語" (converted subject)〕。

(9) 很多人說，在下面兩句中 —— It is difficult to find one's way in London.〔人在倫敦很容易迷路。〕| It cannot be denied that Newton was a genius.〔無可否認的，牛頓是位天才。〕 —— It 是 "形式主語" (formal subject)，其後的不定式動詞或子句則是 "邏輯主語"。

(10) 還有若干語法家，認爲德語這個沒有主語的句子 —— mich friert〔我感覺冷〕—— 它的 "邏輯主語" 是主格之'Ich'。<註1>

(11) 最後，與第 (10) 條有密切關係的一項說法是， 從古代的句法 "Me dreamed a strange dream"〔我做了一個奇怪的夢〕演變到現

代的　"I dreamed a strange dream"，其間心理的（或邏輯的）主語同
時也變成了語法的主語。

　　難怪，經過這一番無結果的，關於邏輯主語與心理主語的大論戰之
後，有些學者乾脆避免使用"主語"一詞。比如 Schuchardt (Br 243)
欲以 agens〔主事〕一字替代之 ，但這似乎並不適用於 he suffers
〔他受罪〕| he broke his leg〔他斷了腿〕等語句，又如 "A loves
B"，我們寧願說 "B acts on A"〔B 作用於 A〕，而非反是。據我所知
，只有兩位語言學者，在其語法分析著作之中認眞地摒棄了"subject"
一詞，他們就是瑞典籍的 Svedelius 和 Noreen。 然而， 這樣做實際
上也無甚所獲。最好的辦法是，仍然保持傳統的名辭，而加以適當的界
定，使人人都能一望即知其義， 換句話說， 就是將主語和述語嚴格限
用於"語法的"意義，再不接受任何建議，給冠上"邏輯的"或"心理
的"等修飾語。

11.3　語法上的主語 (Grammatical Subject)

　　要想懂得清楚，應用在語法上的主語的意義，讓我們回到第 3 章所
講的「三品論」。 在每一個句子裡面，總有某些字（次品字），它們的
意義顯得捉摸不定，難以把握，同時也有若干字（首品字）， 它們的意
義比較堅實，好像冒出海面上的岩石一般。主語永遠是一個首品，雖然
不必一定是一句中唯一的首品；這就等於說，主語是比較有所指而特定
的，而述語則比較無特定性，因此可適用於較多數的事物。

　　主語的判定，有時候也不無問題，比如中性動詞 be 後面跟一個敘
述語 (predicative) 的情形 <註2> ；不過，甚至在這種情形，只要我
們記住，主語總是具有較高度的特定性，述語則否，那末，要認出誰是
主語，一般說來也就沒有什麼困難了。

　　由於我們在第 5 章研究的結果，使我們早就料到，充任敘述語最爲

常見的就是形容詞，因為形容詞比名詞的特定性較低，可適用於較多不同的事物；比如 My father is old〔我父親老了〕| The dress was blue〔那件洋裝是藍色的〕，沒有人會懷疑，father 跟 dress 是主語，兩個形容詞是敘述語。

如果為動詞 is 所連接的是兩個名詞，我們可以依據我們的原則，列出幾條規則，來判別主語和述語。

假設其中一個名詞是完全特定的，而另一個則否，那末前者就是主語，比如其中一個是專有名詞：Tom is a scoundrel〔T.乃一大流氓〕，Tom 當然就是主語。

假使一個名詞，為一定冠詞或具有類似功能的字所限定，那末它當然就是主語： 如 *The thief* was a coward〔那盜賊是個懦夫〕| *My father* is a judge〔我父親是位法官〕。

有一點要指出的是，詞序並非絕對的決定因素，雖然許多語言都有強烈的傾向，尤以英語為然，將主語置於句首 。 例外之一，就是將形容詞置於句首，雖然它毫無疑問地是用作敘述語， 如 Great was *his astonishment* when he saw the result 〔當他看到結果，大為驚訝〕，也有將名詞敘述語置於句首的：A scoundrel is *Tom*〔大流氓，Tom 是也〕；這種情形在德語中更為常見，如海涅 (Heine) 的詩句"König ist *der hirtenknabe*"〔那牧童乃是國王〕， 人人都會一致同意， 後者是主語。 丹麥語的主語不必一定置於句首，不過，如果不在句首，就必須緊跟著(第一個)動詞之後，至於不定式動詞及否定詞'ikke'等，則置於敘述語之前。 我們有兩個字，拼法相同，即 Møller，如果當做專名， 就在讀 '1' 時帶喉塞音 (glottal stop)； 如果當做普通名詞，作 miller〔磨坊主〕解，則沒有喉塞音。 奇怪的是，丹麥人對於下列四個句子的讀音，從來不會感到猶豫：

(1) *Møller* skal være Møller.

(2) Møller skal *Møller* være.

(3) *Møller* er ikke Møller.

(4) Møller er *Møller* ikke.

在第 (1), (3) 句中，讀第一個 Møller 帶喉塞音，表示它是專名，因爲依據詞序指示， 它是主語； 第 (2), (4) 句反是。 用英語說， 第 (1), (2) 句的意思是 (Mr.) Miller is to be a miller〔米勒即將做磨坊主/開磨坊〕，第 (3), (4) 句的意思是 Miller is not a miller〔米勒不是磨坊主/不是開磨坊的〕， 在英語中，二者的區別就在於後者有一個不定冠詞。

假使爲 is 所連接的兩個名詞，在形式上同樣地不確定，那末就依它們的外延 (extension) 範圍大小， 來決定哪一個是主語， 如： *A lieutenant* is an officer〔中尉是軍官〕｜ *A cat* is a mammal〔貓是哺乳類〕｜ *A mammal* is an animal〔哺乳類是動物〕。很明顯地，它們都遵守著高低階級層次的關係 (如生物學上的綱、目、 科、 屬、種)。 比如我們可以說： *A spiritualist* is a man〔唯心論者是人〕，但不能說 *A man* is a spiritualist〔一個人是唯心論者〕，雖然我們當然可以說 *This man* is a spiritualist〔這個人是唯心論者〕。

下面這句話完全自然，對於我們的規則並不構成例外： *A man* is a spiritualist, if he believes in the possibility of communication with the spirits of the dead〔一個人就是一個通靈者，假使他相信可與鬼魂傳遞訊息的話〕，因爲其中的條件子句，即具有特定化的功能，這個句子的意思就等於說： *A man who believes* ... is a spiritualist〔相信 ... 的人就是一位通靈者〕。

同樣的道理，我們也可以說：If *a man* is a spiritualist, etc.〔假設一個人是一位通靈者 ...〕，這就等於說：I am talking only of those men who are spiritualists〔我只談抱持唯心論者〕。

這裡我們觀察到一件奇怪的事，就是假設主語跟敘述語，表面似乎同樣的不確定，可是仍然有一點不同，因為主語具有概括的意義，而敘述語僅表示個別的意義。請看複數句： *Thieves* are cowards〔盜賊都是懦夫〕，這意思就是說： *All thieves* are cowards〔所有的盜賊都是懦夫〕，但cowards 僅指天下懦夫中的一部分。同樣的意思也可用單數句表達： *A thief* is a coward，所謂 a thief 並非指某一特定的thief，而是指任何 thief；當然我的意思並不是說 "Any thief is any coward"，二者的外延應該是相等的 (co-extensive)。其他如前例 "A cat is a mammal" 等，道理相同。

值得注意的是，不定冠詞的真值 (value) 會自動轉變。比如下面一段對話：A 說： "The sailor shot an albatross"〔水手射殺了一隻信天翁〕，這隻信天翁當然指的是全部之一。B 問道："What is an albatross?"〔信天翁是什麼〕？ B 的問題並非指 A 所說的那一隻信天翁，而是指的全部。 於是， A 又回答說 "An albatross is a big sea-bird"〔信天翁是一種大海鳥〕，這時信天翁指的當然是全部，意思是說：全部的信天翁屬於海鳥 (一個大類) 中的一種。

這一點使我們明白了，為什麼敘述語時常沒有任何冠詞，或者用一個不定冠詞， 雖然各種語言的規則不盡相同。 英語說： *John* was a tailor〔約翰是個裁縫〕，也說 *John* was a liar〔約翰是個騙子〕；德語和丹麥語在後一句中同樣用不定冠詞，但在前一句中則不用任何冠詞，因為 tailor 是一種職業， 如在德語 *Hans* war schneider〔漢斯是裁縫〕 | *Hans* war ein lügner〔漢斯是個騙子〕； 丹麥語 *Jens* var skrædder〔殷斯是裁縫〕 | *Jens* var en lögnhals〔殷斯是個騙子〕。英語的敘述語，如果它的意義有所限制，就不用冠詞，如： Mr. X is *Bishop of Durham*〔X 先生是德漢的主教〕， 但如果它的意義沒有限制，就需要冠詞，如：He is a *bishop*〔他是一位主教〕。同理，

He was made *President*〔他被推舉爲總統〕 —— 因爲在同一時刻只有一位總統。 請參此句的「離結」賓語： They made *him President*〔他們推舉他爲總統〕。

現在，再看這兩句： *My brother* was captain of the vessel.〔我的兄弟是般長〕｜ *The captain* of the vessel was my brother〔般長是我的兄弟〕。 前句中的 my brother 較後句中者特定性爲高：前者所指可能是我唯一的兄弟，或者是話題正談論中的那一位，而後者則指我的兄弟之一， 或者不管我到底有幾位兄弟這個問題。 參上文 §8.1 關於所有格之意義的討論。

在有些句中，主語和敘述語可以互換位置而句意不變，因此，關於誰是主語，誰是敘述語的問題，曾引起許多專家 (如 Noreen 等人) 的爭論， 例如 ： Miss Castlewood was the prettiest girl at the ball〔C.小姐是舞會中最漂亮的女子〕｜ The prettiest girl at the ball was Miss Castlewood〔舞會中最漂亮的女子是 C.小姐〕。

這個問題並不十分重要，如果依據我們所主張的觀點來看，我們可以說，先後兩個名項皆具有同等的特定性。不過在這種情形下，如果說專名具有較高的特定性，故應視爲主語，似乎也很合理。這個道理並不難理解，假使我們能造一個相當的問句，因爲中性疑問字 what 永遠代表的是敘述語； 因而上面的兩句，皆可爲下面兩個問句的合理答案 ： What was Miss C.?〔C.小姐是什麼?〕及 Who was the prettiest girl?〔誰是最美麗的女孩?〕<註3> 不過， What was the prettiest girl at the ball?〔舞會上那位最美麗的女子是幹什麼的?〕所問的就是另外一回事了。下面的例子，使我們得到同樣的結論，請看：我們可以說 I look on Miss C. as the prettiest girl at the ball〔我視 C. 小姐爲舞會上最美麗的女孩〕，但不能說 I look on the prettiest girl at the ball as Miss C. <註4>

假使為 is 所連接的兩個名項，它們的外延完全相等 (coextension)，那末它們就可以互換位置，互為主語和敘述語。 這就是 Keats 的詩句 "Beauty is truth; truth, beauty" 〔美就是眞；眞就是美〕所暗示的。然而，諸位都知道，完全的相等極為稀少，我必須強調的是，語言中所用的繫詞 (copula) is，無論直接或間接，並不表示相等，倒是符合古亞理斯多德之邏輯學 (Aristotelian logic) 的意義，它更接近於語法的意義， 而不同於 Leibniz, Jevons, Høffding 諸氏所謂的同一性的邏輯 (logic of identity)。根據後者的看法，Peter is stupid〔彼得很笨〕這個句子， 應該分析為 Peter is a stupid Peter〔彼得是個笨彼得〕；又宣稱述語的內涵影響主語的內涵，因此欲求得完全的相等，我們只有說 Stupid Peter is stupid Peter。 然而這時候， 說者與聽者之間傳達訊息的功能盡失 ； 作為述語的 is stupid Peter 三個字對於聽者，了無新意，與先前所聽得的主語部分毫無兩樣，因而整個的句子也毫無價值可言。凡是一般正常的人，無不偏愛這樣公式化的句構 Peter is stupid, 這個句子所指的，乃是所有可以稱得上 stupid 而名叫 Peter 的人或事物。

我們不應把數學公式 "A = B" 中的等號 (=)，看做是繫詞， 把 B 看做是敘述語，而應該在 "equal to B" 之前加上一個繫詞，這樣才可算是表達出原意： A 乃指包含在與 B 相等的若干事物之中，姑無論其所謂 "相等" 指的是數量上的相等 ， 還是完全的 "同一" (perfect identity)。

在某些習慣語中，我們常認為 is 暗示同一性，例如：To see her is to love her〔她是人見人愛〕及 Seeing is believing〔親眼目睹才可信〕。但這種同一性，僅是表象，而非眞實；要把 is 前後的兩個名項顛倒過來，是不可能的。其實，這句俗話的邏輯意義不過是：親眼看見 (seeing) 直接導致或造成情愛 (love) 或確信 (belief)。 其他的類例，如：To raise this question is to answer it〔提出這個問題也就等於回答了它〕等是。<註5>

11.4　"有"(There is)

上文說過，一個句子的主語，較敘述語為特殊化，或較有特定性，在這裡我們要談一個相關的現象，就是一般人都不肯拿一個帶有不定冠詞的字來做主語，除非它用的是涵蓋全體的"概括性"(generic) 冠詞的意義，這樣它就實在是一個特定的意念了。比如在說故事的時候，我們不會開頭說：A tailor was once living in a small house〔一位裁縫曾經住在一個小屋裡〕，而很自然地這樣說：Once upon a time there was a tailor ... 〔從前有一位裁縫 ...〕。我們把一個弱讀的 there 放在主語的位置，彷彿把主語隱藏起來，而把它放在一個次要的位置，因為它是不特定的。

引導這種句子的虛詞 there，與表示地點的副詞 there，拼法雖然相同，意義卻相去甚遠，有如不定冠詞與定冠詞之別；它沒有重音，而且其母音一般讀作中央元音，即 [ðə]，而非 [ðɛə]；虛詞 there 在同一句之中，可與 (有重音的) 處所副詞 there 或 here 並存，由此可見其意義的不定性。虛詞 there 後接不特定的主語，如 There was *a time* when... 〔從前有一次 ...〕 | There were *many people* present〔有許多人出席〕 | There was *no moon* 〔沒有月亮〕 | There came *a beggar*〔來了一個乞丐〕。弱讀的 there 取代主語的地位，尚可見於其他的結構，如：Let *there be* light〔讓世界有光吧〕 | on account of *there being* no money in the box...〔由於箱子裡沒有錢 ...〕。下面一例摘自一本現代小說：No other little girl ever fell in love with you, *did there?*〔再沒有別的女孩愛過你，對嗎？〕

　　這裡所談的無特定性，並不一定在形式上表現出來，比如下面一句中的 those，在概念上就是不特定的：There are those who believe it (=There are some who ... 或拉丁語 sunt qui credunt)〔有些人相信〕，與置於句首表示特定的those 自不相同：Those who believe it are very stupid〔相信它的人非常愚蠢〕。 試比較下面兩句之差異：In Brown's room there was the greatest disorder (= a very great disorder)〔布朗的房間非常零亂〕| The greatest disorder was in Brown's room (i.e. greater than in the other rooms)〔最零亂的是布朗的房間〕。

　　請再比較其次兩句在詞序上的差異： There [ðə] was found the greatest disorder〔發現了最大的零亂〕| There [ðɛə] the greatest disorder was found〔在那兒發現了最零亂的處所〕：雖然前一句中的 'there' 也可以作重讀。

　　英語之 there is 或 there are，在句中所表示的乃是某事物之存在或不存在， 若要給這種句子找個名稱， 我們可以稱之為「存在句」(existential sentence)。不過，它在許多語言中的表現法，各有顯著不同之處。 不管有沒有像 there 一類的字作為前導，動詞總是先於主語，而且後者在語法上，幾乎完全沒有被當做真正的主語看待。在丹麥語，它跟賓語同形，雖然動詞是be，如： der er *dem* som tror〔有一些相信的人〕。丹麥語在過去，並用單數的動詞來配合隨後的複數名詞，雖然在那時候單數的 er (=is) 與複數的 ere (=are) 一般而言是有區別的；英語也有同樣的趨勢，在複數名詞之前用 there's，雖然在文語中今已不如昔日之普遍； 義大利語亦然，常用 v'è (=there is) 替代 vi sono (=there are)。

　　俄語相當於 is 的動詞，在一般大多數的句中都不表現出來，唯有在這些句中，我們發現一個提前置於句首的動詞：*byl* mal'čik (there

was a boy)〔有一個男孩〕| žila vdova (='there lived a widow')
〔從前曾有一位孀婦〕。再者 jesť (='there is') 本來是第三人稱單
數, 亦用於複數名詞之前, 甚至用於其他人稱代名詞之前 (Vondrák
1906:2.267)。 最後值得一提的, 是這樣一個奇特的結構: naĕxalo
gostej [='there came driving (中性單數) some guests' (領格複
數)]〔開著車來了幾位客人〕(Berneker, *Russ. Gramm.*, 156)。

德語爲大家所熟習的 es gibt (=there is) <註6> 當然也是置於
句首,表示某事物之存在,而後者卻是動詞 gibt 的賓語,雖然德國某
些西部方言用的是主格名詞,如 es geben viele äpfel〔有許多蘋果〕
—— Grimm, *Wörterbuch* IV, 1.1704; Paul Gr 3.28。

許多語言都有類似的結構, 含有一個 'has', 後面緊跟的原是它
的賓語, 但現在已與主語的格位分不清了 , 如法語 *il y a* , 西班
牙語 *hay* [<ha ('it has') + y ('there')] , 義大利語 *v'ha* [參
v'hanno molti (='there are many') , 其中的 molti 係當做主語看
待],南部德語 *es hat*,塞爾維亞語 (Serbian) 及保加利亞語 (Bul-
garian) *ima*, 現代希臘語 *ekhei* 等。 漢語的常規詞序是主語在動詞
之前,但表示存在的句子卻以 yeù (='has, have') 開頭 (Gabelentz,
Chin. Gramm., 144)。Finck (KZ 41.226) 將 yeù 拼作 yu³,如 yu³
ko lang² 〔有個狼〕(='there once was a wolf'; 原意 = has
piece wolf)。

芬蘭語也有一些奇特的地方,主格僅用於特定的主語,但概括性詞
語也包含在內; 如果主語是不特定的,則用分格 (partitive) 表示,
請比較: viini (主格) on pöydällä (=the wine is on the table)
〔酒在桌子上〕| viini (總稱) on hyvää (=wine is good)〔只要是
酒都好〕| viiniä (分格) on pöydällä (=there is wine on the
table)〔桌子上有酒〕。芬蘭語正如英語和丹麥語一樣,當動詞有賓語

時，照例不用 there 或 der， 因為它似乎已暗示了一種特定性，因此，芬蘭語這時就直接用主格，縱然所表示的是‘部分’的意思： var-kaat (or jotkut varkaat) (主格) varastivat tavarani [=thieves (some thieves) stole my things]〔竊賊偷了我的東西〕| varkaita (分格) tuli talooni (=there came some thieves into my house)〔有竊賊闖入我的屋子〕—— Eliot FG 121f.

◎ 第 11章 附 註 ◎

1. 反身代名詞一般反指句子的主語，有時亦指本段所謂的**邏輯**主語，
   如古諾斯語 (ON.)：(Laxd. saga, 44.17) Gúðrún mælti nú vid
   Bolla, at *henni* þótti hann eigi hafa *sér* allt satt til
   sagt (=Guthrun now spoke to Bolla that he seemed *to her*
   not to have told *her* the full truth)，其中 henni 和 sér 皆
   爲反身代名詞，指主要子句的主語。參拉丁語 Sunt et *sua* fata
   sepulchris = '(They) and *their* fates are by the burial-
   places.'

2. 注意述語(predicate) 跟敘述語(predicative) 的區別：(a) The
   man paints flowers〔那個人畫花卉〕｜ (b) The man is a
   painter〔那個人是一位畫家〕——(a)句的述語爲 paints 或（包
   括賓語在內）paints flowers; (b)句的述語爲 is a painter, 包
   含動詞 is 及敘述語 a painter。 關於後面可接敘述語的其他動
   詞，參第9章「補遺」。

3. 這裡的 Who 很明顯是主語。 然而奇怪的是， Sweet (NEG § 215)
   曾說 "疑問代名詞永遠是一句中的述語。" 這句話僅適合他所舉的
   例子：Who is he? 因爲 he 的特定性較 who 爲高，但在 Who is
   ill? Who said it? 之中，who 當然是主語； 此外，請注意間接
   問句的詞序，如 I asked *who he was*〔我問他是誰〕｜ I asked
   who was ill〔我問誰生病了〕；丹麥語則另置 der (=who) 於主語
   之後：Jeg spurgte *hvem* han var (=I asked *who* he was)｜ Jeg
   spurgte *hvem der* war sug (=I asked *who* was ill).

4. 丹麥語對於 ikke (='not') 的位置限制，也可提供我們一個參考：
   在 Frk. C. *var* den smukkeste pige på ballet (=Miss C. was

the prettiest girl at the ball) 之中，不可能將 ikke 置於句末，必須置於var 之後，雖然在 Den smukkeste pige på ballet var frk. C. 之中，兩個位置均可。

5. "Children are children" = "(All) children are among the beings characterized as children"〔孩子總是孩子 = 孩子都屬於具有孩子之特質的一群〕。關於 "it is I (me)" 及其他語言中的類似結構，請參拙著 Sprogets Logik〔語言邏輯〕(1913:59)。

6. 德語的 es gibt 直譯 = E. 'it gives'; 意譯 = E. 'there is' —— 譯者。

第12章 賓語・主動與被動

12.1 賓語是什麼? (What Is an Object?)

　　假使一個句子只有一個首品，要判定什麼是主語，非常容易，如：
John slept〔約翰睡覺〕 | *The door* opened slowly〔門慢慢地開
了〕；我們曾經談過含有兩個名項的句子，由is 或類似的動詞連繫起來
(以及第9章所討論過的沒有動詞的句子)， 其中特定性較高的就是主語
(首品)，特定性較低的就是敘述語。然而，許多句子含有兩個或三個首
品，其中一個是主語，另外的一個(或兩個)則是賓語；如:*John* beats
Paul〔約翰打敗保羅〕 | *John* shows *Paul the way*〔約翰爲保羅帶
路〕，John 是主語，Paul 及 the way 是賓語。 含有動詞的句子，對
於主語的認定幾乎毫無困難：按照動詞的形式，與之關係最直接的首品
，就是主語。這個原則可適用於與前例類似的句子，當然也可適用於被
動句，如 Peter is beaten by John〔彼得爲約翰所敗〕，這裡根據某
些定義，我們也許要說 John 是主語，因爲他是主事者 (agent)。

　　關於「賓語」的定義有許多；最爲大家所熟習的就是，賓語者乃爲
動詞的動作所作用的人或事物。這個定義當然適合大多數的句子，如：
John beats *Paul*〔約翰打敗保羅〕| John frightened *the children*
〔約翰嚇到了孩子們〕| John burns *the papers*〔約翰燒文件〕， 但
卻難以適應無數其他的句子 ， 語法家們在此也從不猶豫使用賓語一詞
，例如:John burns *his fingers* (i.e. he suffers in his fingers
from burning)〔約翰燒到了手指，因而感覺手指痛〕| John suffers
pain〔約翰感受痛苦〕，等。

Sweet 在很久以前就看出了這項困難，他說 (CP 25)："如果是像 beat〔打〕，carry〔攜帶〕這類的動詞，那末，賓格就毫無疑問地指出誰是動詞的賓語，然而如果是 see〔看見〕，hear〔聽到〕這類的動詞，那末很明顯地，所謂「賓語」就只能算是一種比喻之詞了。一個人不可能被打而不感覺痛，但他可能被看見而毫無所知，「看見」之爲動詞，時常完全不涉及動作，亦不涉及意志。像這樣一個句子:He fears the man〔他怕那個人〕，主客的關係完全反過來了，語法上的主格倒是眞正受到影響的賓語，而語法上的賓格，則是造成事件的主因。"
<註1> Sweet 的結論是，有許多情形，賓格是完全沒有意義的 —— 一個較妥當的說法是，它並沒有通常所界定那樣狹隘的意義，它的意義應是隨著變化萬千的動詞的意義而改變的，例如：<註2>

kill the calf〔宰牛〕—— 牛沒命了；

kill time〔消磨時間〕—— 時間沒受任何影響；

The picture *represents* the king〔畫像代表國王〕—— 國王未受任何影響；

He *represented* the University〔他代表該大學〕—— 大學未受任何影響；

It *represents* the best British tradition〔它代表最優良的英國傳統〕—— 傳統未受任何影響；

run a risk〔冒險〕—— 危險可能根本不會發生；

run a business〔經營事業〕—— 事業可能成功可能失敗；

answer a letter〔回信〕—— '發信人' 收到一封回信；

answer a question〔回答問題〕—— '發問者' 得到答案；

answer a person〔答覆某人(問題、要求等)〕——某人得到答覆；

He *answered* not a word〔他沒有回答一個字〕—— '字' 根本不存在；

pay the bill〔付帳單〕—— 實乃‘付帳’；

pay six shillings〔付六先令〕—— 六先令轉至他手；

pay the cabman〔付車資〕—— 非付‘出租汽車駕駛’；

I shall *miss* the train〔我將趕掉火車〕——火車毫不受影響；

I shall *miss* you〔我將會想念你〕—— ‘你’會有感覺嗎？

entertain guests〔款待客人〕—— 客人受到款待；

entertain the idea〔懷抱念頭〕—— 念頭事前並不存在；

fill a pipe〔裝煙斗〕—— 實在是裝煙草(於煙斗)；

fill an office〔擔任職務〕—— 英語比較具體：‘填入辦公室’

　　：辦公室有人辦公了，辦公室活了，等等。（參拙著 Spr. L.

　　83）。

下面請比較同一個動詞的“不及物的”、 或稱爲“獨立的”（ab-
solute）、也就是不帶賓語的用法， 跟它的“及物的”，也就是帶賓語
的用法<註3>：

She *sings* well.　　　　　　　She *sings* French songs.

　〔她唱得好。〕　　　　　　　　〔她唱法國歌曲。〕

I *wrote* to him.　　　　　　　I *wrote* a long letter.

　〔我寫(信)給他。〕　　　　　　〔我寫了一封長信。〕

Send for the doctor.　　　　*Send* the boy for the doctor.

　〔派(人)去請大夫。〕　　　　　〔遣此少男去請大夫。〕

He doesn't *smoke*.　　　　　　He doesn't *smoke* cigars.

　〔他不抽(煙)。〕　　　　　　　〔他不抽雪茄。〕

He *drinks* between meals.　　He *drinks* wine.

　〔他在餐外時間飲(酒)。〕　　　〔他飲酒。〕

　　由此可見賓語的作用，可使動詞的意義變得比較特殊化。這一點觀察所得雖然有其重要性，但不能據以界定賓語的意義；因為動詞的內涵，還有別的方式使其‘特殊化’，比如依賴敘述語： Troy was *great* 〔特洛伊很大〕：參較 Troy was〔特洛伊存在〕｜ He grows *old*〔他老了〕：參較 He grows〔他成長〕； 或依賴次加語，如： He walks *fast*〔他走得快〕｜ He sings *loud*〔他唱得響亮〕｜ He walks *three miles an hour*〔他每小時走三哩〕｜ travel *third class*〔坐三等車廂旅行〕｜ride *post-haste*〔驅馬飛馳〕。

　　有些情形也許很難說，某個字到底是敘述語，還是賓語。有許多情形，要檢驗是否為賓語，可以看它是否能做被動句的主語。賓語跟動詞的關係比較密切，敘述語跟主語的關係比較密切（換個句法，敘述語可能變為主語的附加語）。因此，在有字尾變化的語言中，形容詞敘述語須與主語的數和性屬一致，又無論名詞或形容詞為敘述語，皆須與主語同一格位(主格)，這些都是很自然的事。英語 make 之後的字詞，似為介於敘述語與賓語之間者，如 She will make *a good wife*〔她將成為一位好太太〕，德語方言中也有類似的例子，如在 geben〔給〕之後： welche nit gern spinnen, die *geben* gute wirtin〔喜歡織布的女子將是一位好主婦〕｜ wöttu en bildhauer *gäwen* (=標準德語 willst du ein steinmetzer werden?)〔你將來做個石匠嗎？〕——Grimm, *Wörterbuch*, 1702。

　　次加語 (名詞用作副詞) 有時候很像賓語，並不容易在它們二者之間劃一條界線，如：He walks *three miles*〔他走了三哩路〕。我們毫不猶豫就認定stones 在 throw stones〔擲石頭〕之中是動詞的賓語，但有許多語言，在這裡用的是器格 (instrumental case)，而器格在哥頓語中，又跟與格 (dative) 合而為一；古英語的 *weorpan* 'throw' 可以接與格，如 *teoselum* weorpeþ〔擲骰子〕，雖然通常都是接賓格

；古諾斯語 kasta (verpa) *steinum* ='throw (with) stones' 〔用石頭擲〕；俄語的 *brosat́* = 'throw' 後接賓格或器格皆可。英語現今當然已不再用器格，不過我們仍可使用「工具賓語」(object of instrument) 一詞，來稱呼下列各例中的賓語：She nods *her head*〔她點頭〕 | She claps *her hands*〔她拍手〕 | She shrugs *her shoulders*〔她聳聳雙肩〕 | She pointed *her forefinger* at me〔她用食指指著我〕 | It rained *fire and brimstone*〔天降災難於人間〕。

12.2 表結果的賓語 (Object of Result)

有一類的賓語獨樹一格，頗值得研究，那就是表結果的賓語，如：He built *a house*〔他蓋了一棟房子〕 | She paints *flowers*〔她畫花卉〕 | He wrote *a letter*〔他寫了一封信〕 | The mouse gnawed *a hole* in the cheese〔小老鼠在乾酪上咬了一個洞〕。一些認識此種賓語的語法學者 (在德語稱為「結果賓語」'ergebnisobject'或「效果賓語」'effiziertes objekt'，以別於「方向賓語」'richtungsobject'或「被動賓語」'affiziertes objekt')，只注意到一部分動詞，如：make〔製造〕,produce〔產生〕,create〔創造〕, construct〔建設〕等，說這些動詞所帶的都是表示結果的賓語，這當然是無可爭辨的；他們忽略了一個更重要的事實，那就是同一個動詞常可接兩種賓語，動詞的意義雖無任何改變，然而動賓之間的關係就完全不同了，請比較：

dig the ground	dig a grave
〔挖地面〕	〔掘墳墓〕
bore the plank	bore a hole in the plank
〔鑽木板〕	〔在木板上鑽個洞〕
light the lamp	light a fire
〔燃燈〕	〔生火〕

He eats an apple.	The moths eat holes in curtains.
〔他吃一個蘋果。〕	〔蛀蟲在帷幕上咬了些洞。〕
hatch an egg	hatch a chicken
〔孵卵〕	〔孵小雞〕
roll a hoop	roll pills
〔滾鐵環〕	〔搓丸藥〕
strike the table	strike a spark
〔擊桌〕	〔擊出火花〕
conclude the business	conclude a treaty
〔結束業務〕	〔締結條約〕

「結果賓語」尚可分為兩小類，一類應包括我在 §10.1「離結名詞」項下所講的「內在賓語」(inner objects)，如 dream a strange dream〔做了一個怪夢〕| fight the good fight〔這一仗打得漂亮〕等。另一小類則包括這些例子 : grope one's way〔摸索著走路〕| force an entrance〔強行進入〕| He smiled his acquiescence〔他以微笑表示默認〕等。

12.3 主語和賓語 (Subject & Object)

主語跟賓語的關係，不能靠單純的邏輯或定義，一次解決，一勞永逸，而必須視每個動詞的個別特性而定。主語跟賓語都是首品字，在某種程度內，我們可以接受 Madvig 意見，稱賓語乃是一種內藏的主語，或如 Schuchardt (1920:462) 所說，"賓語乃是被推至幕後的主語"。在許多方面我們都可以看出，主語跟賓語之間存有相當的親屬關係。

假若事實不是這樣，那末我們就無法理解，二者在歷史上屢屢交互變換的現象，如古英語 him (O = object) dreams a strange dream

(S = subject)，後來變爲 he (S) dreams a strange dream (O)， 兩句的意思沒有改變，都是 "他做了一個奇怪的夢。" 這一格位的轉換，當然是起因於大多數的句子，都不以句首的第一個字爲賓語， 如 the king dreamed ... 〔國王夢見了...〕。 此一轉變使動詞 like 也起了語意的變化，它的原意是 'please, be agreeable to'，如 him like oysters〔牡蠣對他的胃口〕，後來變成 'feel pleasure in'，如 he likes oysters〔他愛吃牡蠣〕。 由於此項變化使原來因爲情緒緣故而置於句首的人名，現在自然同時既是主語，也佔著語法上的句首位置。

英語和丹麥語有若干動詞，都因此而由 "非指人的" (impersonal) 變爲 "指人的" (personal)， 而義大利語則因此產生了一個 "概括人稱" (generic person) 代名詞 (參第16章：人稱論)。如： *Si* dice così， 直譯相當於英語 '(it) says *itself* thus'， 德語 'es sagt *sich* so'，但實際上等於德語 '*man* sagt so'〔大家如此說〕，原來的賓語被認爲是主語，主語則變爲賓語，如：Si può vederlo (=E. *You* can see him)； 這樣賓、主的互換， 可由下面兩句中動詞之 '數' 的變化看得更爲明白： Si (O) vendono (pl.) biglietti (pl.)── biglietti 是主語，直譯是 "票賣它自己" ｜ Si (S) vende (sg.) biglietti (pl.) ── biglietti 是賓語，直譯 "人賣票"， 兩句的意思都是 "票賣了"。 這兩種結構在現今的義大利語是共存並行的，如 Fogazzaro (Santo, 291)：Pregò che si (O) togliessero (pl.) le candele (pl.)〔請把蠟燭拿走〕，但在同一出處 (p.290) 亦有 Disse che si (S) aspettava (sg.) solamente loro (pl.)〔他說他只是期待著他們〕。<註4>

主語跟賓語之間在邏輯上的親屬關係，也可以解釋爲什麼，不時可見一些沒有形式上的主語卻有一個賓語的句子， 如德語 mich (=me) friert〔我冷〕｜ mich (=me) hungert〔我餓〕。不過在絕大多數的情形下，假使一個動詞只有一個首品，那末這個首品就會在感覺上被認爲是主語，然後經過長久歷史的演變，逐逐漸把它置於適合做主語的主格格位。

12.4 交互關係 (Reciprocity)

有些動詞基於其意義上的特性，可使主語跟賓語之間的關係，交互顛倒而實質不變。假如說 'A meets B'，當然也等於說 'B meets A'。注意英語說 I met an old man〔我遇到一位老先生〕， 德語通常會把 an old man 置於主語地位 : 'mir (dat.) begegnete *ein alter mann*,' 雖然基本詞序未變。在幾何學上，A 線與 B 線相交， B 線亦必與 A 線相交。假設 Mary 長得像 Ann，Ann 亦必長得像 Mary；假使 Jack 與 Jill 結婚，Jill 亦必與 Jack 成婚。在這種情形下，我們常將兩個主語組成一個複合主語，而用 each other 作爲賓語，如：The old man and I met *each other*〔老人與我相互遇見〕 | The two lines cut *one another*〔兩條直線相交〕 | Mary and Ann resemble *each other* 〔瑪麗與安妮彼此長得很像〕 | Jack and Jill marry *one another*〔傑克與姬兒結婚〕。 這種交互關係，當然也不一定爲動詞本身的特殊意義所支配， 比如 A 可以恨 B 而 B 不一定恨 A，假使 B 也同時恨 A，我們便可以用同樣的方式來表達： A and B hate *one another*〔A 與 B 互相憎恨〕。英語某些動詞的本身，時常就足以表示交互的關係，比如 A and B meet (marry, kiss, fight) = 'A meets (marries, kisses, fights) B,' 和 'B meets (marries, kisses, fights) A'〔A 與 B 相遇，結婚，接吻，打架〕。丹麥語有時用加-s（一個古老的反身字尾） 的形式，來表示交互的意思： A og B mødes, kysses, slåss〔A 與 B 相遇，接吻，互毆〕。

12.5 雙賓動詞 (Two Objects)

一句之中可以有兩個賓語，如 He gave *his daughter a watch*〔他給他女兒一只手錶〕｜ He showed *his daughter the way*〔他為他女兒帶路〕｜ He taught *his daughter arithmetic*〔他教他女兒算術〕等。但是請注意，"They made *Brown President*" 之中，只有一個賓語，'Brown President' 乃是一個「離結」，正如同 "They made *Brown laugh*" 的結構是一樣的。 在有賓格和與格區別的語言裡，代表'人'的字一般置於與格，代表事物者，置於賓格；前者稱為間接賓語，後者稱為直接賓語。但有時候我們發現，只有一個賓語，用的卻是與格，又有時候兩個賓語同時置於賓格——這種情形說明，與格跟賓格之間的區別，並非是概念上的，而是語法上的，視每一語言的語風規則而定。關於此點，以及有關賓語的其他格位用法，參第13章 "格位論"。

間接賓語也有不用格位形式，而用介系詞表示的，這個介系詞業已失去原意，如英語的 to，羅曼語系 (Romanic) 的 a。 這個原意表示方向的介系詞，如果跟 give 一類的字連用還算合適，但它常被引伸用到與方向毫不相干的場合，如跟 deny 一起的時候。 西班牙語的 á 甚至用在直接賓語之前，如果指的是'人'。英語某些動詞之後習慣用 on，如 bestow an honor *on* a person〔授與某人榮譽〕｜ confer a degree *on* him〔頒贈他一個學位〕。

關於直接賓語和間接賓語的認定，即使在同一個語言裡，也常顯示出不同的觀點，比如英語： present something *to* a person〔贈某物與某人〕，或 present a person *with* something〔贈某人以某物〕；法語： présenter quelque chose *à* quelqu'un〔贈某物與某人〕。然而對當法語的 fournir quelque chose *à* quelqu'un〔供給某物與某人〕， 英語卻說：furnish someone *with* something〔供給某人以某物〕。這裡只能簡單地說，法語有一種趨勢，就是把動詞與附屬的不定

式動詞，當做一個單一動詞看待，因而將‘人’視爲間接賓語，如 il lui *fit voir* le cheval (=il lui *montra* le cheval)〔他讓他看馬〕| il le *fit chanter*〔他使他唱歌〕<註5>；然後更進一步：je lui *ai entendu dire* que ...〔我曾聽他說 ...〕。

假使一個動詞有兩個賓語，在變被動時，其中任一皆可作爲主語。<註6>大多數的情形，都是取直接賓語作爲主語；許多語言都有嚴格限制，不可拿與格(間接)賓語作爲被動句的主語。不過請參法語 je veux être obéi〔我希望(被別人)服從〕。英語有越來越強的趨勢，拿代表‘人’的賓語作爲被動句的主語，這是很自然的事，因爲與格跟賓格現今已無形式上的區別，再者爲了情緒的因素，通常都喜歡把代表‘人’的字放在第一位。比如一般人都會很自然地說：*The girl* was promised an apple〔那女孩(被某人)答應給她一只蘋果〕| *He* was awarded a gold medal〔他獲頒一枚金牌〕等。語法家曾表反對此一趨勢，主要因爲他們的腦子中還有拉丁文法，然而大衆的語感 (speech-instinct) 不會屈服於迂腐的學究論調。奇怪的是，這些學究們似乎很少反對這樣的結構：He was taken no notice of〔他沒有受到注意〕，關於此點將另予詳論。

12.6 帶賓語的形容詞和副詞 (Adjs & Advs with Objects)

動詞並非能帶賓語的唯一詞類。英語就有幾個形容詞能帶賓語:He is not *worth his salt*〔他不值他的俸祿；意即不稱職〕| He is *like his father*〔他好像他父親〕；丹麥語 han er *det franske sprog mægtig*〔他精通法文〕，德語 (此處賓語用的是領格) er ist *der französischen sprache mächtig*〔同上句〕；拉丁語 *avidus laudis*〔渴望讚賞〕| *plenus timoris*〔充滿恐怖〕。英語又有以子句或不定式動詞爲形容詞之賓語的結構：conscious *that something*

had happened〔感到有事情發生了〕| anxious *to avoid a scandal*
〔極欲避開醜聞〕。不過這些形容詞並不能直接拿名詞作賓語,除非加
入一個介系詞:conscious *of evil*〔意識到有不祥之兆〕| anxious
for our safety〔焦慮我們的安全〕,這裡整個的介系詞片語,即 of
evil 及 for our safety,可以說是一種「概念賓語」(notional obj.)
,縱然我們不能視之爲「語法賓語」(grammatical obj.)。這個說法自
然也適用於某些形容詞 (如 suggestive, indicative 等) 後面由 of
組成的介系詞片語。 拉丁語法有一條規則說,以 -ns 收尾的分詞若是
動詞的感覺較強,其賓語就用賓格,如 amans *patriam*〔愛國行動〕,
若指一種恆常的特性,則如同形容詞 (如 tenax '固執') 一般,賓語
用領格,如 amans *patriæ*〔愛國情操〕。

假使一個副詞帶有賓語,那末這個副詞就變成通常所謂的介系詞,
詳見第6章。注意德語的介系詞 nach, 也不過是副詞 nah 的一種音變
(phonetic variant)。

假設一個動詞後面帶著一個副詞 (介系詞) 跟它的賓語,這個賓語
常被視爲整個 "動詞 + 副詞" 結構的賓語; 因此我們發現某些語言會
有搖擺不定的現象,比如德語的 nach, 時而與 laufen 構成一個可分
離動詞,如 er *läuft ihr nach* (um ihr *nachzulaufen*)〔他追她〕:
時而爲一獨立的介系詞, 如 er läuft nach ihr (um *nach ihr* zu
laufen)〔他在她後面追〕。法語 il lui *court après* (= il court
après elle〔他追她〕。古英語 he him æfter rād (æfterrād) 'he
rode after him'〔他 (騎馬) 在他後面追〕, 這裡的 *æfter* 可說是一
種後置的 (postpositive) 介系詞; 注意丹麥語不可分離的動詞 (at)
efterfølge〔後續〕, (at) efterstræbe〔追求〕 = 德語的可分離動
詞 nach(zu)folgen〔後續〕, nach(zu)streben〔追求〕。英語因而產
生了這樣的被動結構:He was laughed at〔他受人笑話〕| He is to

be depended on〔他將爲人所依靠〕等。

12.7 被動 (Passive)

在西方的語言中，有些成對的動詞二者之間的關係，正如同其他某些成對的字間的關係一樣：如 over:under〔在上：在下〕，before:after〔在前：在後〕,more:less〔多一點：少一點〕,older:younger〔長：幼〕，故 A precedes B〔A 行於 B 之前〕= B follows (succeeds) A〔B 跟在 A 之後〕，前一句表示從 A 的觀點看，後一句表示從 B 的觀點看。<註7> 這種觀點的轉換， 大多數的情形都是用被動相 (passive turn) 來達成，即 B is preceded by A. 如此，原來的賓語變爲主語，原來的主語則用介系詞來引介，如英語的 by (從前用 of)，法語的 par 或 de， 拉丁語的 ab 等， 也有某些語言僅用格位形式來標示，如器格 (instrumental)、離格 (ablative)。

下面我們可列一公式，來表示主動、被動之間的關係 (S 代表主語，O 代表賓語，V 代表動詞，小 a 代表主動，小 p 代表被動，C 代表"變格主語" (converted subject)：

$$
\begin{array}{cccccc}
\text{S} & \text{V}^{\text{a}} & \text{O} & \text{S} & \text{V}^{\text{p}} & \text{C} \\
\text{Jack} & \text{loves} & \text{Jill} & = \text{Jill} & \text{is loved} & \text{by Jack}
\end{array}
$$

$$\therefore \text{Jack} : \text{S}^{\text{a}} = \text{C}^{\text{p}} \quad | \quad \text{Jill} : \text{O}^{\text{a}} = \text{S}^{\text{p}}$$

英語習慣上有主動態和被動態 (voice = 法語 voix) 之說。 美國心理學家 William James， 在其所著 "致教師" (Talks to Teachers) 第152頁，談到他有一位親戚，正在跟一個小女孩解釋， 什麼是被動態。 "假設你殺了我，你是殺人者，所以你是主動態，而我是被殺者，所以我是被動態。" "可是你已經被殺了，怎麼還能講話？" 女孩說。 "哦，唔，你可以假設我還沒有十分死呵！" 第二天，女孩在學校裡被老師問到什麼是被動態，便回答說， "那就是你還沒有十分死的時候，說話所用的那種聲音 (voice 亦可作‘聲音’解—— 譯者)。這個故事，不但說明了一般語法教學所可能犯的大錯(可笑的例子，愚笨的解釋)，而且也顯示了傳統術語 'voice' 的缺點。 德國及其他國家，有些語法家使用拉丁語 genusverbi〔動詞的屬〕以代之，可惜的是， genus 亦用以指名詞的性屬(gender; L. genus substantivi)。我以為，也許最好用active turn〔主動相〕和 passive turn〔被動相〕這樣的名稱；active 和 passive 這兩個字尚不能拋棄，雖然它們也可能引起一些誤解：甚至在某些名學者的著作中，都會發生這樣的怪論，謂某些動詞如 suffer〔受苦〕, sleep〔睡覺〕, die〔死亡〕 都應該稱為被動動詞， 又如拉丁語 vapulo = 'I am thrashed'〔我被鞭打〕，也應該稱為被動，儘管它在形式上是主動。 或者說 'A sees B', 'A loves B' 之中沒有任何主動的成分。這些論調起因於一個錯誤的觀念，那就是把語言學上主動、被動的區別，與人類身心的活動跟被動的區別，混為一談——這項錯誤，與上文談到賓語的定義時，所遭遇的類似狀況有關。

談主動、被動的問題，跟別的問題一樣，重要的是，將語法範疇與概念範疇區別清楚。一個動詞在語法上為主動或被動，完全就其形式而言；同一意念有時可用主動的形式表示，有時亦可用被動的形式表示：A precedes B = A is followed by B〔A 行於 B 之前 =A 為 B 所跟〕｜A likes B = A is attracted by B〔A 喜歡 B = A 為 B 所吸引〕。

拉丁語被動的 nascitur 業已為法語主動的 naît 所取代 (意義不變)，英語時而將之譯為被動的 is born〔被生出來 = 出生〕，時而將之譯為主動的 originates〔起源〕或 comes into existence〔發生〕；拉丁語的 vapulo 雖在別的語言都被譯為被動，這個事實並不能改變它在語法上的主動性質；希臘語的apothnēskei，無論我們簡單地翻成 dies〔死亡〕，或者有時因其後面跟著 hupo (=by) 而譯為is killed

〔被殺〕，它都一樣是一個主動的動詞。由此可見，一個動詞的主動或被動，與它所代表的意念本身並無直接關係。不過active 和 passive 這兩個詞，仍應予以保留，除了可用以代表語法上的範疇以外，亦可用以表示‘概念上’(notional) 的範疇，只是應用起來，需視每一個動詞的個別意義而定，尤其更重要者，應只限於主語、賓語與動詞的關係有移位時。概念上的被動跟語法上的被動，大半是一致的，比如 'Jill is loved by Jack'〔Jill 被 Jack 愛〕和德語 'es wird getanzt' (=it is danced =there is dancing)，因爲它們的主語 (Jill, es) 不同於 'Jack loves Jill' 和 'sie tanzen' (=they are dancing) 中者 (Jack, sie)。 在別的時候，語法上的和概念上的主動、被動，就不見得是一致的。

就拿這兩個句子來說吧： He sells *the book*〔他賣書〕 | *The book* sells well〔書賣得很好〕。 我們必須承認，這裡以主動形式出現的動詞 sells，在前一句中是概念上的主動，在後一句中則是概念上的被動，因爲前一句的賓語，做了後一句的主語。同樣，也有若干其他的動詞 (多少視個別語言而定)，在習慣上，可兼用於概念上的主動，和概念上的被動，如： Persia *began* the war〔波斯開啓戰爭〕 | The war *began*〔戰爭開始了〕。

英語其他的例子：

He opened the door〔他開門了〕；
{
The door opened〔門開了〕。

He moved heaven and earth〔他 (感) 動天地〕；
{
The earth moves round the sun〔地球繞太陽轉動〕。

roll a stone〔滾石〕；
{
The stone rolls〔石會滾〕。

```
   turn the leaf〔翻轉過(書)頁〕;
{
   The tide turns〔潮水漲落;形勢轉變〕。
   burst the boiler〔爆破鍋爐〕;
{
   The boiler bursts〔鍋爐爆炸〕。
   burn the wood〔燃燒木柴〕;
{
   The wood burns〔木柴燃燒〕。
```

　　很少有被動形式的動詞,能兼備此二用法。丹麥語的 mindes 具有被動的形式,一般的意義是 'remember',這時可說是概念上的主動,但它偶而也表示 'be remembered',這時就是概念上的被動,如:det skal mindes længe〔那軀殼會長久留在人們記憶中〕。 同樣,請比較:vi må *omgås* ham med varsomhed ='we must *deal* cautiously with him'〔我們對他必須很小心〕,跟概念上的被動:han må *omgås* med varsomhed (=he must *be dealt* with cautiously)。 稍後我們將會討論,名動詞和不定式動詞,也都可能含有隱藏的概念上的被動。

　　此刻我必須插一句,某些非西歐語言有一項語法特徵,若干學者認爲對於西歐語言的遠古時期, 具有啓示作用, 那就是對於「主動格」(casus activus) 或「及物格」(transitivus) 與「被動格」 (casus passivus) 或「不及物格」(intransitivus) 的區分。比如愛斯基摩語 (Eskimo),如果名詞字尾帶 -p,它就是及物動詞的主語; 若是不及物動詞的主語,或及物動詞的賓語,則無此字尾,如:

```
nan·o(q) Pe·lip takuva·   = Pele saw the bear〔P.看見熊〕
nan·up Pe·le takuva·      = the bear saw Pele〔熊看見P.〕
Pe·le o·mavoq            = Pele lives〔P.活著〕
nan·o(q) o·mavoq         = the bear lives〔熊活著〕
```

同時請比較領格的用法：

nan·up niaqua Pe·lip takuva· (=Pele saw *the bear's* head).
〔P.看見熊的頭〕。

nan·up niaqua angivoq (=*the bear's* head was large).
〔熊的頭很大〕。

Pe·lip niaqua nan·up takuva· (=the bear saw *Pele's* head)
〔熊看見P.的頭〕。

西班牙和法國境內的巴斯克語 (Basque)，某些高加索 (Caucasus)
語，以及若干美洲印第安 (Amerindian) 語，都有類似的規則。根據這
一點，有人曾經推測，原始的亞利安語 (Aryan) 有一個 -s 字尾，它
的功能就是表示主動格 (活力格、主語格、或領屬格)，因而只用於有
生物 (陽性和陰性)，另一方面，沒有字尾或者帶 -m 字尾，則表示被
動格或賓語格，但也適用於不及物動詞的主語，最後自然演變成爲無生
物名詞 (中性) 的主格形。帶 -s 的格位，後來區分爲主格和領格，
後者有些改變重音，有些則另外再加一個字尾，以示區別。然而所謂
領格，最初並不含多少「領屬」的的意義，其所指實乃某種親密的自然
統一 (union) 或關連 (connexion) <註8>。這些推測將會證明，對於
了解西歐語言之性屬系統 (gender-system) 和格位系統 (case-system)
的某些特徵，很有幫助。這一點我們必須記住，往後我們將要談到 '主
語' 領格 (subjective genitive) 和 '賓語' 領格 (objective geni-
tive)—— 雖則由於前者不但可用於來自及物動詞的名詞，而且也可用
於來自不及物動詞和被動動詞的名詞，因使二者毫無區別可言。

12.8 「被動」的用途 (Use of the Passive)

一個句子該用主動相 (active turn) 或被動相 (passive turn)，完全在於我們所採取的觀點，是站在句中哪一個「首品」的立場。比如 'Jack loves Jill' 和 'Jill is loved by Jack'，雖在基本意義上是相同的，然而它們並非百分之百的同義，因此，一種語言有了主動相，又有被動相，並不多餘。照例，說話時居於興趣中心的人或事物，自然放在句子的主語位，是故動詞有時必須用主動，有時必須用被動。假使我們拿一篇文章來，調查一下其中對於被動相的使用，就絕大多數的情形而言，不出下列數種理由：

(1) 主動的主語不可知或不易說明，如：He *was killed* in the Boer War〔他戰死於波爾沙場〕｜ The city *is* well *supplied* with water〔該市供水充足〕｜ I *was tempted* to go on〔我被引動繼續下去〕｜The murderer *was caught* yesterday〔兇手昨天被捕獲〕──在此，捕獲的事實比較為哪位警察所捕重要。時常，主動的主語係「概括人稱」(generic person)，如 'it is known' 的主動相 = 法語 *on* sait。再如 The doctor *was sent for*〔醫生派人去請了〕，既未說明派人者，亦未說明被派者。

(2) 主動主語根據上下文，不言自明：His memory of these events *was lost* beyond recovery〔他對於這些事的記憶，已完全喪失而不復可得〕｜She told me that her master had dismissed her. No reason *had been assigned*; no objection *had been made* to her conduct. She *had been forbidden* to appeal to her mistress ...〔她告訴我說她的主人已辭退了她。任何理由都沒有說；也沒有任何批評提出，指責她的行為。她也被禁止向她的女主人申訴 ...。〕

(3) 也許爲了特殊的理由(說話的技巧或細微的感情),不便說出主動的主語;故而,第一人稱常爲人所避免使用,尤以寫作較說話爲然: Enough *has been said* here of a subject which will *be treated* more fully in a subsequent chapter〔關於此點,此處已說得夠多了,餘容後另章詳論〕。在瑞典語中,被動相頗爲常用,以便避免笨拙的第二人稱代詞之代詞: önskas en tändstick? = do you want a match?〔你要一支火柴嗎?〕| Finns inte en tändstick? = Haven't you got a match?〔你沒有火柴嗎?〕

以上所有的例子,沒有一句說明主動的主語是什麼,常有人指出,這就是使用被動句的一般原則, 諸如阿拉伯語、列特語(Lettish)、古拉丁語皆係如此 (Wackernagel 1920:143)。 許多年前,由我的學生做了一項統計,結果發現英語作家的作品之中,有百分之七十到九十四的被動句,都沒有說明主動的主語。

(4) 縱使主動主語以變格主語(介詞賓語)的形式出現在句中,我們之所以寧用被動相,乃是因爲我們對於被動的主語較爲關切,如:The house *was struck* by lightning〔那房子爲閃電所擊中〕| His son *was run over* by a motor car〔他的兒子被汽車撞倒〕。

(5) 被動相可使句與句之間容易取得連繫,如 He rose to speak and *was listened to* with enthusiasm by the great crowd present〔他站起來講話,爲在場大批的聽衆所熱心地傾聽〕。

許多語言對於被動相的使用,都有某些限制,難以交代清楚。比如動詞 have (have got),在正常的情形下很少用於被動,雖然它也可以用於被動,如:This may *be had* for twopence at any grocer's〔這樣東西在任何雜貨店花兩個辨士就可以買到〕。腐朽的學究有時反對這樣的句子:This word *ought to be pronounced* differently〔這個字應該不同讀法——因爲 '字' 不會有什麼 '義務' !〕，或 Her name will *have to be mentioned*〔她的名字必須提到〕。 在某些語言，不及物動詞用被動相，是很普通的，如：拉丁語 *itur, itum est, curritur*〔走，走了，跑了〕，德語 es *wird getanzt*〔舞跳了〕， 甚至 "Was nützte es auch, *gereist musste werden;* man musste eben vorwärts, solange es ging"〔不管旅行有何用處，人們仍然得盡量努力向前 —— Ch. Bischoff〕，丹麥語 *der danses*〔有舞跳〕｜ *her må arbejdes*〔這裡必須有工作〕—— 然而英語和法語皆無此用法。

12.9 間動態 (Middle Voice)

像希臘語所謂的 "間動態"，在此實不需要多說，因爲它本身並沒有獨立的、概念上的特質：它有時候表示純粹的反身作用，也就是指主語跟(未表明的)賓語相等的關係；有時含糊地指主語，有時是純粹的被動，有時又與普通的主動幾無區別；在某些動詞裡更產生了特殊的意義變化，不易加以分類。

12.10 主動和被動的形容詞 (Active & Passive Adjs)

從概念上區別的主動和被動，也適用於一部分來自動詞或與動詞有關連的形容詞。 英語有主動分詞和被動分詞， 如 knowing, known 等(雖然後者並非純粹的被動)。研究比較語言學的學者中間，有一項共識，就是古亞利安語的兩個分詞， 其字尾分別爲 -to 和 -no，它們乃是我們現今規則和不規則動詞之第二分詞的根本，然而在當初其性質既非主動亦非被動。<註9> 此外，有些形容詞字尾(如 -some, -ive, -ous)都含有主動的意義：troublesome〔煩人的〕，wearisome〔累人的〕，suggestive〔暗示性的〕，talkative〔好說話的〕，murderous〔謀殺的〕，laborious〔費力的〕； 帶 -ble 的形容詞一般都是被動的，如

respectable〔可敬的〕，eatable〔可食的〕，credible〔可信的〕，
visible〔看得見的〕，但偶而也有主動的，如 perishable〔易枯萎
的〕，serviceable〔有用的〕，forcible〔強行的〕；又 sleepless
〔失眠的〕是主動的，tireless〔不倦的〕是被動的。有些成對的字，
一含主動，一含被動，如 ——

> contemptuous〔輕蔑的〕 : contemptible〔可鄙的〕
> desirous〔渴望的〕 : desirable〔合意的，可要的〕

有時同一個字，時而表主動，時而表被動，如suspicious〔多疑的
，可疑的〕，curious〔好奇的，奇怪的〕。別的語言也是一樣。 某些
主動的形容詞，還可藉助介系詞of帶一個概念的賓語，如 *suggestive
of* treason〔暗示叛國行為〕， *oblivious of* his promise〔忘記他
的諾言〕等。

12.11 主動和被動的名詞 (Act. & Pass. Substantives)

　　假使有人問起，名詞是否可有主動和被動，是否也可以帶賓語，我
們首先遇到的就是所謂「主事名詞」(agent-nouns)， 它們都是主動的
，如fisher〔漁夫〕，liar〔說謊者〕，conqueror〔征服者〕，sav-
iour〔救主〕，creator〔創造者〕， recipient〔收受者〕。 與其相
對動詞的賓語，或置於領格之下，如 *Ann's* lover，或者更常見的情形
是，置於介系詞 of 之後，如the owner *of the house*〔屋之所有者〕
，the saviour *of the world*〔救世主〕。跟前面一樣，這裡我們也可
以稱之為概念的或變位的賓語。 像這樣的名詞： pickpocket〔扒錢袋
者；扒手〕，breakwater〔防波堤〕，顯係由一個主動動詞與其賓語組
成；a pickpocket 的意思就是 a picker of pockets.

　　英語有一類稀奇的被動名詞，其字尾為 -ee，如 *lessee* 'one to

whom a lease is given'〔承租人〕， *referee* 'one to whom a question is referred'〔仲裁者〕， *examinee* 'person examined'〔應試者〕等。不過，同一個字尾也有造成主動名詞的例子：refugee〔難民〕，absentee〔缺席者〕。

12.12 「離結名詞」(Nexus-Substantives)

其次談到「離結名詞」，它們本來既非主動，亦非被動，但可依情況而視爲主動或被動。 首先讓我們舉一個熟習的拉丁語例：amor dei 可以指上帝的愛，也可以指人們對上帝的愛，以上帝爲賓語。就前者而言， 我們稱 dei 爲「主語領格」， 某些人索性稱之爲 「所有領格」(possessive gen.)，因爲那種愛的感覺係爲上帝 '所有'。 第二種情形，我們稱之爲「賓語領格」。第一種情形，用我們在§12.7所曾用過的符號來表示， dei 就是 S^a ，在第二種情形， 它就是 O^a ，但是因爲 $O^a = S^p$ ，所以我們勿寧說，dei 不管在那種情形， 永遠是「主語領格」，而 amor 在前者爲主動， 在後者爲被動。 兩種情形皆爲一個「離結」，領格代表首品， amor 代表次品；「離結」本身所表示者既非主動，亦非被動，任由聽者去判斷它的意思到底是上帝愛世人，還是世人愛上帝。 同樣 ， *odium Cæsaris* (=hate of Caesar)， *timor hostium* (=fear of the enemies)， 二者的意思都是模稜兩可的。 希臘語也是一樣，如 hē gar *agapē tou Khristou* sunekhei hēmas，聖經欽定本 (2 Cor. 5.14) 譯文 '*the loue of Christ* constreineth vs'〔基督之愛 (或世人對基督之愛) 約束著我們〕。

英語有時也會產生同樣兩解的情形。 Hodgson (*Errors*, 91) 曾引述一則軼事：某律師，聲譽不特別好，有天夜晚從Wicklow到Doublin 在途中被搶。第二天，他的父親遇見了O'Grady 爵士，對話如下：

"My lord, have you heard of my *son's* robbery?"

〔爵士，你聽說了我兒子的搶案了嗎?〕

"No, indeed, pray whom did he rob?"

〔沒有呵，請問他搶了誰?〕

莎劇哈姆雷特(Hamlet)曾將memory 一字兩用：'Tis in *my memory* locked〔此事鎖在我的記憶中〕—— 這是通常用法，即 my = Sᵃ ；又例：a *great mans memory* may outliue his life half a year〔一般人對於一位偉人的記憶，可能只及於其故後半年以內〕—— 這是較罕用的例子，mans = Sᵖ 。 賓語領格 (Sᵖ) 在過去比較普遍， 如莎氏：Reuenge *his foule and most vnnaturall murther* 〔要為他被卑鄙無情的謀殺復仇〕| thou didst denie *the golds receit*〔你的確拒絕了收受金子〕。不過，對於領格 (包括所有格代名詞) 的使用，也有某些特定的規則，只是未為一般語法家認可而已，茲舉其要者如下。

(1) 不及物動詞自然不可能產生被動的意義，故其領格永遠是 Sᵃ ，如：the doctor's arrival, existence, life, death, etc.〔醫生的到達、存在、生、死，等〕。

下面的規則皆適用於及物動詞，不過此處僅限於‘領格 + 名動詞’的結構，而且後者也不帶介系詞片語。

(2) 如果作為名詞之基礎的及物動詞，由於語意的關係，不可能以人為賓語，那末這個名動詞就視為主動的，如 his (Sᵃ) suggestion, decision, supposition, etc.〔他的建議、決定、設想等〕。

(3) 如果一個動詞，一般而言以人為主語，而且也可能有一個指人的賓語， 那末它的領格或所有格代名詞， 一般視為 Sᵃ ，如：his attack, discovery, admiration, love, respect, approbation,

interruption, etc.〔他的進攻，發現，**讚佩**，愛，崇敬，嘉許，阻止等〕。不過，這裡我發現一個奇特的現象，就是作一句之主語跟作介系詞的賓語，意義有所不同，如：*His assistance* (Sᵃ) is required〔他的幫助是必須的〕｜ come to *his assistance* (Sᵖ)〔來幫助他〕。又如：*His service* (support, defence) is valuable〔他的服務（支持、衛護）是很可貴的〕｜ at *his service*〔爲他服務〕，in *his support*〔以支持他〕。請比較略帶古風的 in order to *his humiliation*〔目的在羞辱他〕。 在動詞 need, want 之後的名動詞，即使不用領格，仍然帶被動的意義，如： He *needs support*〔他需要支持〕｜ He *asks for approbation*〔他要求允准〕。不過，下例中的 my 卻是 Sᵃ： He asks for *my approbation*〔他要求我的認可〕。

(4) 置於領格或所有格之字詞，將被理解爲'賓語'，假使我們所關心的乃是動作的受事者，而非主事者。比如最近英國某家報紙，就有這樣前後沒有相隔幾行的兩個例子：De Valera's capture〔DV 的被捉拿〕和 De Valera's arrest〔DV 的被捕〕。 DV 乃是愛爾蘭人民的領袖，是誰捉拿或逮捕他並不重要。 其他的例子：a man's trial〔某人的受審〕｜his defeat〔他的遭敗〕｜ his overthrow〔他的被推翻〕｜his deliverance〔他的被救〕｜his release〔他的被釋放〕｜his education〔他所受的教育〕。 下面兩句也都顯示被動的意義 ： *Her reception* was unique〔她所受的接待很別緻〕 ｜ *He escaped recognition*〔他逃過注意未被認出〕。 又如 ： He is full of *your praises*〔他對你讚不絕口〕，其中praise 的主語當然是he，而 your 則代表 Sᵖ, = Oᵃ 。

(5) 假設一個動詞的主語，爲事物的時候多，爲人的時候少，或者二者出現的機率不相上下，而同時又有一個爲'人'的賓語，那末這個

「離結名詞」就被視爲被動的意義 ， 如 ： his (S^p) astonishment (surprise, amazement)〔他的吃驚〕，his amusement, irritation, etc.〔他的娛樂，煩燥〕等。

其次要討論的是，與「離結名詞」連用的介系詞。以 of 爲例，它本身的語意，就跟領格是一樣的含糊不清，比如： the love of God，God 可以是 S^a 或 S^p。但是如果前面附有領格，意思就清楚了，這時其領格永遠是 S^a，而 of 的賓語當然爲 S^p，如： my trials of thy loue (Sh.)〔我對你的愛的考驗〕| his instinctive avoidance of my brother〔他對我兄弟之本能的躲避〕等。 上面第 (4) 條所提到的領格結構，如果後面跟了 of，它們的意義立刻就改變了 ： Luther's (S^a) deliverance of Germany from priestcraft〔路德將德國自祭司的法術中拯救出來〕| He won praise by his release of his prisoners〔他因爲釋放人犯而贏得讚揚〕| her reception of her guests〔她對客人的接待〕。

十九世紀時，帶 by 的結構開始成爲明確代表 S^a 的普通方式；現今跟被動(名)動詞連用的乃是同一個 by， 奇怪的是這個新興的用法，「牛津大辭典」並未提及： the purchase, by the rich, of power to tax the poor (Ruskin)〔富人購買權力去壓榨窮人〕 | a plea for the education by the State of neglected country girls〔要求政府對未受照顧的鄉村女孩施予教育的呼籲〕| the massacre of Christians by the barbarians〔基督徒被野蠻人屠殺事件〕。 如果後面跟了by 結構，那末前面的領格就可以代表 S^p：his expulsion from power by the Tories (Thackeray)〔他之被保皇黨趕下台〕。

因爲用of 代表S^p 會引起多義的問題，所以一般人就逐漸趨向於使用別的介系詞，如 your love for my daughter〔你對於我女兒的愛〕| the love of Browning for Italy〔白朗寧對義大利之愛〕 | his dislike *to (for) that officer* 〔他對那位軍官的憎惡〕 ｜ there would have been no hatred of protestant *to Catholic* 〔那末就不會有新教徒對天主教徒的仇恨〕｜his contempt *for the truth*〔他對真理的輕蔑〕｜our attack *on the enemy*〔我們對敵人的攻擊〕。

　　其他語言也有某些名動詞，常與類似的介系詞連用，如 ： 丹麥語的 for (='for'), til (='to'), 拉丁語 *odium in* Antonium〔對 A. 之嫌惡〕, 義大利語 *la sua ammirazione per* le dieci dame più belle (Serao)〔他對那十位更為美麗的貴婦人之讚嘆〕。<註10>

　　英語的動名詞 (V-ing) 本來也有同樣的雙重性格，雖然現今普通只用於主動的意義：his (Sᵃ) throwing 等。 在過去 Sᵖ 很常見， 請比較 ： Shall we excuse *his throwing* (=his having been thrown) into the water (Sh.)〔我們將原諒他之被拋入水中這件事嗎〕？下面這一句出自莎劇的例子也有被動的意義： Vse euerie man after his desart, and who should scape *whipping* (Sh.) 〔每個人按照他的身分待遇，有誰能逃過一頓鞭打〕？現今仍有這樣的結構： The roads want *mending*〔道路需要修補了， 即被修補的意思〕。 被動形的結構 being thrown, having been thrown，乃是比較晚近的產物；有了它，遂使得簡單的 V-ing，在絕大多數的情形，限用於主動的意義。關於概念主語的格位，參 §10.2。

12.13　不定式 (動詞) (Infinitives)

　　這裡我們也必須談談，今日的不定式動詞，早期的發展如何。它在最初也是既非主動，亦非被動，但是經過時間的發展，單純的被動形式出現了：拉丁語 amari, 英語 be loved, 等。 當初以主動或中性的形式，表示被動的概念，今天在英語中尚有一些痕跡可尋， 如 ： They were not *to blame*〔他們不該受責備〕。 請比較 They were not *to* be seen〔他們被禁見〕| The reason is not far *to seek*〔理由不需遠求〕| The reason is not difficult *to see*〔理由不難明白〕，這最後一句中的the reason 乃是 is 的主語，然而同時也可視爲to see 的一種賓語，或者視爲to see 的主語，如果把to see 看做被動的意義。<註11> 再請比較：There is a lot *to see* in Rome〔羅馬有很多可看的東西〕| There is a lot *to be seen* in Rome〔羅馬有很多東西待看〕，這兩個句子並非絕對同義。下面引文之中的不定式，依序表示三種可能的意義：There is no one *to ask*〔無人可問 —— 主動形式，被動意義〕, no one *to guide* him〔無人指導他 —— 主動形式，主動意義〕; there was nothing *to be relied upon*〔沒有什麼可以依靠—— 被動形式，被動意義〕。

其他可以表示不定式動詞之雙重性格的著名例子：德語 er liess ihn (Sᵃ) kommen〔他讓他來〕| er liess ihn (Sᵖ) strafen〔他讓他受罰〕| 丹麥語 han lod ham komme〔他讓他來〕 | han lod ham straffe〔他讓他受罰〕| 法語 je l'ai vu jouer〔我看見他(她)遊玩〕|je l'ai vu battre〔我看見他(她)挨打〕。 像這種情形，在今日英語中已普遍使用被動形，但在從前主動形亦用作被動的意義，例如Chaucer: "(he) leet anon his deere doghter *calle*" = he anon let his dear daughter *be called*, i.e. caused her *to be called*〔他立即叫人叫他的女兒〕| NED (*make* 53 d):he made *cast* her in to the riuer〔他叫人把她拋入河中〕。

◎ 第 12章 附 註 ◎

1. Deutschbein (1918:37) 對於官能性動詞 (verbs of observation) 重新予以評估。 當我們遇到這樣的句子：ich sehe den baum〔我看見那棵樹〕或 ich höre das geschrei der möwen〔我聽見海鳥的叫聲〕，我們很難按照通常的理解，能夠說出賓語受到了何種影響。他本人曾將賓格界定為一種 "使役格" (causative)，這個名字依我看，用於主格倒比用於賓格恰當。用他自己的話說，"賓格的涵義就是指某一原因所產生的結果。" 不過現在他已明白，原因和結果這兩個名辭，並不能直接適用於這些動詞。他說這個問題應這樣解釋： ich sehe das schiff〔我看見那隻船〕這句話，原來的意義是 ich nehme ein schiff als bild in mir auf〔我收了一幅船的圖畫在我的眼中〕，然後才將此意推廣至非意識的 (non-intentional) 用法。如果不是因為通常給予 "賓語" 的定義過於狹窄，Deutschbein 也不會想出這一套說法。

2. 以下各例中破折號後的贅言，皆係譯者所加，以助讀者進一步了解所舉各例的用意。

3. 據 Elworthy (Grammar, 191)，美國 Somerset 地方方言，關於動詞有一條奇特的規則，就是在沒有賓語的場合，需在字尾加一個短 [i]，例如——

    '[digi]'   :   '[dig ðə graun]'
    〔挖掘〕   〔挖地〕
    '[ziηi] like a man'   :   '[ziη] the song'
    〔唱的像人樣〕   〔唱歌〕

與此類似，馬扎兒語 (Magyer) 動詞區分「主語」變形 (subjective

conjugation)，如 írok 'I write'，和「賓語」變形(objective conjugation)，如 írom 'I write'（與定指賓語 it 等連用）。再請比較模里西斯島(Mauritius) 的變種法語(Creole)： to manzé =法語 tu manges〔你吃〕| to manze pôsson = 法語 tu manges du poisson〔你吃魚〕──見Baissac (p. 42)；又據 Uhlenbeck (p.32)，巴斯克語也有類似的現象。

4. 根據某一種說法（雖然有爭議）， 拉丁語的被動句有相反的賓、主語互換現象 ： 其原來爲主動的 *amatur amicos (=is loved friends [賓格]) 已爲 amantur amici (=are loved friends [主格]) 所取代；參 Brugmann (Es 27 n.) 所引多篇有關論文。

5. Brunot (1922:390) 說：我們不得不讚賞這種語感──儘管同一句式結構，如何能辨別出兩種根本不同的語意：

> J'ai fait faire un vêtement à mon tailleur.
> 〔我向我的裁縫定製一件衣服。〕
> J'ai fait faire un vêtement à mon fils.
> 〔我爲我的兒子定製一件衣服。〕

我所感覺到的不是讚賞，而是驚奇，爲何此種模稜兩可的結構，卻很少引起誤會的時候。

6. 菲律賓的塔加拉語(Tagala)動詞有三種被動形，比如像這樣的一個句子"search for the book with this candle in the room," 與之相對應的被動句動詞，依照以 book 或 candle 或 room 爲主語（置於主格）而有三種不同的造形。 見 H. C. v. d. Gabelentz, Ueber das passivum〔關於被動〕, 484。

7. 請比較：

    A sells/gives it to B = B buys/receives it from A.

    〔A 把它賣給/送給 B = B 從 A 買到/收到它〕

    A has (possesses) it = It belongs to A.

    〔A 擁有它 = 它屬於 A〕

8. 見Uhlenbeck: (i) IF 12.170, (ii) KZ 39.600, 41.400, (iii) Karakt. k. bask. gramm. 28; Holger Pedersen: KZ 40.151ff; Schuchardt: IF 18.528.表示不同意見者有Finck: KZ 41.209ff; Sapir, IJAL, Vol. I, 85。

9. 見 Brugmann IF 5.117; H. Pedersen KZ 40.157f。

10. 芬蘭語的領格具有雙重意義，如 isänmaan rakkaus = native country's love =love of the native country〔對於祖國之愛〕| jumalan pelko = God's fear = fear of God〔對於上帝之恐懼〕。 如果二者加起來，即 S^p + 名詞組，則視爲一複合名詞： kansalaisen isänmaan-rakkaus=the citizen's love for their country〔市民對於他們的國家之愛〕，見Setälä: Satslära 31。

11. 參法語 Ce vin est bon à boire〔這酒很好喝〕。

第13章 格 位 論

13.1 英語有多少格 (Number of English Cases)

　　本章的主題，前一章業已略略提過，是一個最難闡釋的題目，因為各種語言在這一點上出入很大，而且諸種格位之背後的意義，也不易掌握，不像單、複數或現在、過去、將來等概念那麼乾脆，這些容後討論。此地或許最好先拿一個具體的例子開始，比如拉丁語和英語原本是有親屬關係的語言，今天竟有多麼深廣的不同。

　　羅馬人說 Petrus filio Pauli librum dat， 英國人卻說 Peter gives Paul's son a book〔彼得給保羅的兒子一本書〕。 無疑，拉丁語的名詞分別顯示了四種不同的「格位」：

- Petrus (Peter) —— nominative〔主格〕
- filio (son) —— dative〔與格〕
- Pauli (Paul's) —— genitive〔領格〕
- librum (book) —— accusative〔賓格〕

同樣無疑，英語 Paul's 的形式是領格，約略相當於拉丁語的領格；但是其他的格位，都不能沒有爭議，比如我們能說 Peter 是主格，son 是與格，book 是賓格嗎 ？ 英語不像拉丁語，有明確的字尾變化，以顯示不同的格位區別。我們是否應該說英語有三格，跟拉丁語同，還是說英語只有兩格，即主格 (Peter) 和偏格 (oblique: son, book)，或者說三個名詞同屬一格，即通格 (common case)？ 三種說法都有語法家贊同，討論這個問題，除了在學校裡語言教學上有其實際的重要性以外，在理論上也令人感到極大的興趣，因此對於正反兩方的意見，需要費點工夫加以研究。

　　我們首先要研究的是：英語是否有一個「與格」以別於其賓格？假使我們能夠找到眞正語法上的證據，無論是形式的或功能的，可將二者分別開來，那末這個問題的答案無疑是肯定的。 在第2章裡，我們曾經承認詞序可爲形式特徵之一，因此我們可以想像，或許有人以爲固定的序位，即足表示一個實際的「與格」，因爲我們不可能說出這樣的句子：He gave a book Paul's son。 不過，稍微仔細觀察一下，我們就會發現這個說法是不可能的，因爲在"I gave it him"句中，它的詞序就顛倒過來了。如果硬說這裡的'it'便是「與格」，或者說英語的「序位與格」，時而置於賓格之前，時而置於賓格之後，那簡直是可笑極了。再者，假使我們說"The man gave his son a book"句中的 son 乃是序位與格，那末，在下列各句中，我們就得承認皆有一個序位與格，因爲其中的兩個名詞都是不可顛倒位置的：

I asked the boy a few questions〔我問了男孩幾個問題〕。

I heard the boy his lessons〔我聽了男孩背功課〕。

I took the boy long walks〔我帶著男孩散步很久〕。

I painted the wall a different colour〔我給牆壁油漆了不
　　同的顏色〕。

I called the boy bad names〔我罵了男孩〕。

I called the boy a scoundrel〔我罵男孩(是)流氓〕。

　　假設硬說英語有明顯不同的「與格」和「賓格」，我就不懂，在上列各句中，何者是與格，何者是賓格，而且在一些主張有此二格存在的語法書中，也找不到任何指導原則。

　　或者有人提議，以一個字是否能爲被動句的主語爲測驗標準，而這個任務只有賓格可以擔任。這將是一個純語法的測驗，但不可行。第一，並非每一個「賓格」都可做被動句的主語；我們試檢驗一下下列兩句中的第二「賓格」： They made Brown Mayor〔他們推舉布郎爲市長〕｜They appointed Kirkman professor〔他們聘柯克曼爲教授〕。第二，某些「與格」亦可作爲被動句的主語，§12.5末業已提過，如： He was awarded a medal〔他獲頒一枚獎章〕｜She was refused admittance〔她被拒絕入場〕。 因此， 除非有其他更經得起考驗的方法出現，我們可以很有把握地說，現代英語並沒有獨立的「與格」，和獨立的「賓格」。

　　Sonnenchein 教授乃是主張有此二格位存在的最有力人士，然而當我看過他的「新英文法」之後，益發增強了我對自己的信心，因爲在他的「文法」裡，除了他所舉的例子以外，我們很難找到任何有系統的準則，來應付其他的情形。 有時也會抬出歷史的理由， 比如他在闡述任何介系詞之後的格位必爲賓格時，說道（§169, 489）：“在古英語裡，某些介系詞之後曾使用「與格」... 不過，英語經過了一次變遷，在後期古英語裡，就有一種強烈的趨勢，在所有的介系詞之後，一律使用賓格。”這句話，無論如何，並不完全正確，因爲與格的使用，在某些實例中，一直繼續到很晚的時期；比如 Chaucer 的 of towne, yeer by yere (=year by year), by weste 等（惟 -e 須發音）。 甚至時至今日，仍可見於某些詞語，如單數與格： alive (on life)， Atterbury (OE. æt þære byrig)；複數與格： (by) inchmeal〔漸漸地〕, on foot〔步行〕, 後者可視爲 OE. on fotum, ME. on foten, on fote 的延續，尤其用於二人以上，如 They are on foot。 除了這些零星的例子以外，其簡單的歷史眞相是，大多數的代名詞中，唯有與格保存下來，名詞的複數保存了賓格 (=主格)，單數則主格、賓格、與格共爲一形；不管它們的起源如何，從很早的時期起，像這些形式 him, kings, king，就不加區別任意使用，無論早先必須使用與格或賓格。<註1>

讓我們回到Sonnenchein 教授所稱，現代英語中與格和賓格的區別。據S. 教授說，在He asked me a question 一句中，me 跟question 都是直接賓語(direct object)，這也許是因為古英語 ascian (=ask) 需要兩個賓格； 在 teach him French 之中，又說 him 可稱為與格或賓格，雖然前者似乎較佔優勢，也不管事實上古英語 tæcan (=teach) 需要一個與格和一個賓格。 我們也許絕對不會聽說 teach 需要兩個賓格，若不是因為拉丁語的doceo (=teach) 和德語的 lehren (=teach) 有此結構 <註2> —— 不過，這與英語語法實不應有什麼關連，否則我們有一天將會聽到說，use 也要像拉丁語的utor (=use) 一樣，需要一個「離格」(ablative)賓語。

S.教授所給的規則，有時顯然不完全。 比如在§173, 好像認為與格作為間接賓語，必需在同一句中尚另有一個賓格賓語存在，如 Forgive us our trespasses〔原諒我們的過錯〕，但是如果只有Forgive us，那末我們是否應該說 us 便是賓格賓語？又如 I paid him， 其中的him 到底是賓格呢 (因為它是唯一的賓語)，還是與格 (因為它在 I paid him a shilling〔我付他了一個先令〕之中是間接賓語)？像這樣的問題不勝枚舉，一旦我們進行深入追問格位的本質到底是什麼。這個問題在德語很容易回答，因為他們有實際的字形變化告訴我們，而在英語什麼依靠都沒有。如hit him a blow，有誰能說 him 是間接賓語(與格)，a blow 是直接賓語 (賓格)？或者說 him 是直接賓語 (賓格)，而 a blow 乃是一種次加語 (表"工具"的副詞)？大多數的人面對這個簡單的句子 Hit him (沒有加上 a blow)， 或許都會說 him 是直接賓語，因此當然是「賓格」。

Sonnenschein認為以上兩種格位，都有"副詞"的功能，但是我們不可能找到什麼理由來說明它們的用法。如 Near him，說 him 是與格，為什麼？如果說因為古英語語法是如此，那末 to him, from him 中

之 him，也都應該是與格；可是這裡都說是賓格，因為大家有一個幻覺
，認為所有的介系詞都要求賓格，然而，已為「牛津大辭典」所承認的
介系詞 near 又為何不同？ "He blew his pipe three times" 〔他把笛
子吹了三遍〕——"three times"說是賓格，又為什麼？（按照古英語法
，應該是與格。）其他的例子不必多舉，因為一個字用於什麼格位，完
全是約定俗成的，沒有什麼理由好講。這些規則，孩子們必須用心熟記
，它們是沒有法子去理解的。

　　Sonnenschein教授說，對於英語語法史的研究，使他愈益增強他的
立場，他不同意許多學者所持的論點：認為英語語法的進步，乃是由於
逐漸擺脫拉丁語法的結果。 他在 Modern Language Teaching (March
1915) 中說， "早期的語法家並未認清英語跟拉丁語語法之間的相似之
處，但自此以後，即逐漸認出英語和拉丁語有著相同的格位；對於這兩
種語言之間的契合性，一直到比較語法 (comparative grammar) 出現，
將二者之間的關係釐清以後，才得到充分的了解。" 不過，這種持續朝
向S.教授之系統的 "進步" ，這種看法，絕不能代表全部的事實，他忽
略了早在1586 年，就已經有Bullokar 聲稱英語具有五格，並舉例說，
在"How, John, Robert gives Richard a shirt" 一句中，John是呼格
(vocative)，Robert 是主格，shirt 是賓格，Richard 是與格—— 除
領格以外，四格齊備。1920年，S.教授自己在他的「新英文法」第二卷
的序言裡，也曾提到過一些早期的語法家 (如Gil 1619, Mason 1622)
，他們寫的英文法都是以拉丁文法為藍本的，不過關於這一部分的英文
法，雖然在過去似乎一直都有兩種相反的看法，S.教授卻認為其發展的
"主流" 方向 ， 仍然符合他的觀點 。他沒有提及 William Hazlitt
<註3>， William Cobbett, Henry Sweet 等一流的語法家， 這些人都
反對他的看法；但他卻特別讚揚 Lindley Murray，說Murray 踏出了重
大的第一步，承認名詞的「賓格」(objective)， 因而使英語語法得以

從錯誤的‘格’的定義中解救出來，並且給第二步的重要進展，也就是
S.教授對於「與格」的發現，開啓了一扇大門。如此說來，我們眞不知
道這下一步的進展是什麼？或許有人會感謝S.教授，爲我們鋪好了引進
一個「離格」的路，那末爲何不繼續下去，還有「器格」(instru-
mental)、「場格」(locative) 呢？ S.教授一切爲建立「與格」所列
述的論據，此處依同理皆可適用。

　　S.教授說，格位的內涵乃‘意義’的範疇，而非‘形式’的範疇，
這句話對於拉丁語和英語而言，都沒有錯。一個拉丁語名詞的格位，並
非一定要靠形式來區別：中性名詞的賓格和主格，永遠同一形式，所有
離格的複數，永遠跟與格的複數同形，有些名詞的與格單數和領格單數
同形，有些名詞則跟離格單數同形。這些完全都是事實，然而它並不能
推翻我們所持的觀點，即拉丁語的格位區別，主要仍建立在形式上的不
同，根據不同的形式賦予不同的功能。 就拿離格來說， 若不是因爲它
在許多場合都跟與格保持著形式上的區別，誰會夢想到爲拉丁語設立一
個離格？縱使在它們二者形式相同的時候，我們仍然有根據來區別它們
，因爲其他的字處於此位，將會告訴我們它是哪一格。我們說，拉丁語
Julio(男子名) 在 do Julio librum〔我給J.一本書〕之中是與格，但
在 cum Julio〔跟J.一起〕之中是離格，因爲若是換了Julia (女子名)
，形式就不同了：do Juliæ librum, cum Julia。 又如 templum〔寺
廟〕有時爲主格，有時爲賓格，因爲若用其他的字，則二者形式有別，
如 domus〔家；主格〕，domum〔家；賓格〕。這就像英語的動詞 cut
，如在 I cut my finger yesterday 之中，我們說它是過去式， 雖然
它在此處，形式上並無任何特徵表示它不是現在式。但是關於英語的名
詞，就不可能用這樣的說法了：拉丁語跟英語在系統上有一項根本的差
異，前者的格位區別，一般說來 (雖非絕對) 都是由形式表達，而後者從
來不用形式表達。如果硬要把英語的賓格跟與格 (形式永遠相同)，和拉

丁語的實格跟與格(百分之九十以上形式有別)相提並論,那簡直等於把一切科學原則都徹底推翻了。

根據「歷史比較語法」(comparative and historical grammar)業已確立的事實,來處理英語的語法問題,這方法當然是十分正確的,不過也不可忽略歷史上一個非常重要的現象,就是歷史的異化作用,它在歷史的過程中,把一些起初極為親近的語言拆散開來,結果使得同一的範疇,不再可能適用於分開後的各個語言。我們都承認,英語的名詞已不再像希臘語,有所謂二元複數(dual number), 雖然二元複數這個概念十分清楚,並不難理解。那末,我們為什麼要說英語有一個「與格」?它在形式上既沒有任何根據,而在那些真正具有「與格」的語言,從概念的觀點看,它的意義又是那樣的模糊不清。

Sonnenschein教授說,格位表示 "意義的範疇"。但是他沒有,也不可能,詳細說明與格的特殊意義是什麼。<註4> 假使我們翻閱一下任何一本德語、拉丁語、或希臘語的語法規則,我們就會發現所謂與格,在每一種語言中皆扮演著多種多樣的功能或意義,然而它們所代表的意義,有很多在不同的語言中都是彼此不相同的。這現象並不稀奇,只要我們考慮一下,這些語言是怎樣從它們的共同 "祖先",原始亞利安語(Proto-Aryan),演化出來的。 正如 Paul 所說,我們把德語的與格叫做與格(古英語亦同),實在是完全沒有道理的,因為與格除了它本身的功能以外,它還擔任古場格、離格、和器格的功能。就形式而言,它只相當於某些字的單數古與格,在另外某些字中,它所代表的是古場格,而無論任何字,它的複數與格一律代表一種古器格。希臘語名詞第三變化的單數與格乃是一種古場格,而所有名詞的與格不但取代了古與格本身的功能,而且也取代了場格和器格的功能。走入歷史無論追溯多麼遠,我們都找不到一個格位,只有一個唯一的、定義明確的功能:每一種語言裡的每一種格位,都擔任著不同的功能,而且其間的界線,也絕不是我們所想像的那麼清楚。這一點，再加上現有各種格位形式上的不規則和不一致，足以說明我們在語言史上屢見不鮮的併合 (coalescence) 或融合 (syncretism) 現象，以及各個語言內部規則的混亂，而這些規則大部分，甚至在歷史上也都找不到解釋。如果說英語規則簡化的腳步，較其他語言為快，我們連感謝都來不及，怎可想盡辦法再把它推回到早先的混亂而繁複的局面！

　　正如與格在我們西方的任何古語中，實際並找不到一個明白乾脆的定義，賓格亦然。 若干學者，提出一種 "場所主義" (localism) 格位理論，認為賓格最主要的意義，乃是指的朝向一定方向的運動，其他的用法都是由此延伸而來： 比如拉丁語由 *Romam ire* 'go to Rome'〔到羅馬去〕， 引伸出 *Romam petere*〔攻擊羅馬〕，及其他用法，最後甚至延伸至 *Romam linquere* 'leave Rome'〔離開羅馬〕。另外有些人認為用作賓語，乃是最初的用法；更有人認為，賓格好像一個打雜的，當主格既不能用，其他的各種「格」也都不能用的時候，這時就是賓格的任務。唯一可以確定的是，賓格實際結合了(直接)賓語的涵義，和向著某一定點運動的概念，以及空間和時間的涵蓋區域。很可能當初還有某些用法，今已失傳。

　　賓格和與格的意義根本沒有嚴格的區別，這一點也可證之於一個事實，即在同一語言裡，同一個動詞所轄的名詞，時而需要賓格，時而需要與格。比如德語的某些動詞就是這樣，這些動詞包括 rufen〔呼喊〕， gelten〔值(多少)〕， nachahmen〔摹倣〕， helfen〔幫助〕， kleiden〔穿(衣服)〕，liebkosen〔撫摸〕，versichern〔保證〕等等 (尚有許多例子， 參 Andresen: *Sprachgebrauch*, 267ff.)。 古英語 folgian (=follow) 和 scildan (=shield)，同樣有搖擺不定的情形。 在 onfon (=take, receive) 後面的賓語，時而為賓格，時而為與格，時而為領格。 按照語言歷史，我們應該說英語的三個同義字中，help

〔幫助〕統攝與格，aid 及 assist 統攝賓格。在語言史上當然找不到根據，來支持 Sonnenschein 之似是而非的規則： (除了他的 "副詞" 用法以外) 凡有與格出現的句子，它的動詞必然另有一個賓格賓語。我們沒有發現任何語言有這樣的規則，而 S. 教授的與格規則，正如同他所說 "所有介系詞皆統攝賓格" 一樣地沒有道理。

Sonnenschein 教授試圖以教學上的理由，來支持他的觀點 (Pt. 3，序言)： 英國學生若學了他所解釋的與格用法，將來在學拉丁文的時候，就不會太吃力了，除了拉丁文尚多一個離格。 這話的意思， 就是把拉丁文法一部分的麻煩，轉移到英語的學習上來了；就這個問題本身而言，甚至對那些將來有打算繼續學拉丁文的學生，也沒有佔到什麼便宜，唯一不同的地方就是，要他們把一部分問題提早一點學習，而且或許還會增加一些理解上的困難，因為在英語裡，根本沒有可以捉摸的形式特徵，足以幫助學生去記憶它們的功能。還有那些永遠不會去學拉丁文的學生，該怎麼辦？難道真的說得過去，要求每一個學生辛辛苦苦地學習一些，對於他們將來一生中毫無實用價值的格位分析？

13.2 領格 (Genitive)

在古亞利安語所有的格位之中，沒有一個有非常明確的定義，使我們能夠說它只有某一種功能或意義，而與其他的格位截然不同。所謂領格實際結合了兩種功能， 這在芬蘭語中分別屬於兩種格位， 即領格和分格 (partitive)。 然而對於前者的定義卻非常模糊，如 "屬於、歸屬、所屬、關連、關係、關涉" <註5>； 英語對於領格的用法有限得多，可是我們仍然發現下列領格所表示的各種各樣的關係：

> Peter's house〔彼得的房子〕
> Peter's father〔彼得的父親〕

Peter's son〔彼得的兒子〕

Peter's work〔彼得的工作〕

Peter's books〔彼得的書；指他有的書或他寫的書〕

Peter's servants〔彼得的僕人〕

Peter's master〔彼得的主人〕

Peter's enemies〔彼得的敵人〕

an hour's rest〔一個小時的休息〕

out of harm's way〔避開有危害的地方〕

有些語法家試圖將這些用法加以分類，但是有許多情形，其意義並不在於領格本身，而在於被連繫的兩個名詞各自特殊的內涵，然而這些關係對於聽者而言，都是極易理解的。這裡我們必須再提一提所謂"主語"領格和"賓語"領格（參§12.12）。

英語的領格只保存了兩個用法：(1)使所連繫的兩個名詞，一個成為另一個的附加語，即名屬領格（adnominal genitive），(2)將領格獨立用作首品，如 at the grocer's〔在雜貨店〕。在較古的語言裡，領格還有其他的用途，比如它可以作某些動詞或形容詞的賓語等。這種領格賓語和普通賓語之間的關係，在德語可以看得很清楚，德語有些動詞，如 vergessen〔忘記〕，wahrnehmen〔察覺〕，schonen〔節省〕，從前帶領格賓語，現在帶賓格賓語,如ich kann *es* nicht los werden〔我甩不掉它〕，ich bin *es* zufrieden〔我對它很滿意；沒有意見〕，其中之 es 原本係領格，現在則被理解為賓格。

其次談到古亞利安語之領格的第二功能 ，即表'切分'（partitive）的功能。它在拉丁語中，主要與首品(名詞等)連用，如 magna pars *militum*〔軍隊之大部分〕，major *fratrum*〔兄弟之年長者，兄〕，*multum* temporis〔大多的時候〕。以上到此為止，跟領格的第一功能可說大體一致，因爲這裡的領格無論如何都是一種附加語；然而，它還有一些別的用法，在句中擔負著完全不同的任務。它時常作動詞的賓語，因而跟賓格形成競爭的局勢，如古英語 bruceþ *fodres* 'partakes of food'〔享用些食物〕，希臘語 phagein *tou artou* 'eat (some part) of the bread'〔吃一些麵包〕，較早期的德語 wer *des wassers* trincken wird (Luther)〔誰要飲點水〕，俄語 daite mně *xlěba* 'give me of bread, some bread'〔給我一點麵包〕。俄語這種以領格作爲賓語的用法，已延伸至（並丟掉‘切分’的概念）所有的陽性名詞及指有生物的複數名詞。"分格"(partitive) 亦可用作句子的主語，因此與主格也造成競爭的形勢。芬蘭語即是一例，在我們西方的語言裡也不乏其例，如俄語的否定句 nět *xlěba* 'there is no bread'〔沒有一點麵包〕，ne stalo *našego druga* 'there is no more of our friend, i.e. he died'〔我們的朋友已不在了，即已亡故〕。在羅曼語系裡，我們也發現同樣的現象，介系詞 de 已取代了古領格（包括表示‘切分’之義）的任務，現在常稱爲「切分冠詞」(partitive art.)；值得注意的是，有了這個切分冠詞的名詞，不但可以用作動詞的賓語，如 j'y ai vu *des amis*〔我看見幾個朋友在那裡〕，而且可以用作句子的主語，如法語 ce soir *des amis* vont arriver〔今晚有幾個朋友將要到〕｜il tombe *de la pluie*〔下了一點雨〕，用作敘述語，如 ceci est *du vin*〔這裡有一點酒〕，用在介系詞之後，如 avec *du vin*〔加一點酒〕｜après *des détours*〔繞路〕｜je le donnerai à *des amis*〔我將把它送給朋友們〕。作主語用的情形比較少見，乃是因爲說話者一般都傾向使用不定主語（參§11.4）。下列各例中的主語，起初都是賓語：voici *du vin*〔這裡有些酒〕｜il y a *du vin*〔有些酒〕｜il faut *du vin*〔需要點酒〕。<註6>

如此說來，以領格表示（某物之）‘部分’的意思，似乎有違通常格

位系統的原理， 因為這樣的功能在許多語言中， 都分別由不同的格位
(主格，賓格) 擔任； 總而言之，這是一個事實，不論這'部分'的意
思，在芬蘭語是由另一種格位表達，還是像在希臘語直接由領格表達，
還是像在法語由領格與介系詞 de 聯合表達。

　　設若各種不同的格位，都有它自己獨立的本質意義，那末，像下面
這樣的事情完全是不可想像的：同一種所謂的 "獨立" (absolute)結構
──我稱之為「離結次加語」(nexus-subjunct)──實際卻用了五種完
全不同的格位： 離格(拉丁語)，與格(古英語)，領格 (希臘語)，賓格
(德語)，主格 (近代英語)。 這種現象也許可以在歷史上找到一些解釋
，但是絕找不到一個邏輯的解釋，可適用於這種種格位之某些被公認的
本質意義。

　　古格位區別的不合理，也許還可由以下的事實看得更為清楚。與格
跟領格，從某一方面講，似乎具有相反的意義，比如後來凡以介賓組合
語取代古格位者，前者選擇 to, ad (L., ='to')， 後者則選擇與前者
運動方向相反的 of (即 off 的弱化), de (L., ='from')。 而另一方
面，與格 (或代與格) 又時常用以表達跟領格同一的意義，如通俗德語
dem kerl seine mutter = 'that fellow's mother'〔那個人的母親〕
｜法語 ce n'est pas ma faute à *moi*〔那不是我的錯〕｜ sa mère à
lui〔他/她的母親〕，還有通俗的 la mère à *Jean*〔珍的母親〕； 古
法語 je te donrai le file *a un roi* u *a un conte* (Aucass)〔我將
把它給國王的或伯爵的兒子〕。 C'est à *moi* = 'it is mine'。 挪威
方言中對於介系詞 til 和 åt (='to, at') 的使用 ， 以及法羅島語
(Faeroese) 對於 hjá (='with'; Fr. 'chez') 的使用，大部分已取代
了今已廢用的古領格。<註7>

13.3 主格和偏格 (Nominative and Oblique)

如果讀者回到本章開始所提出的問題， 即在此一英文句中 Peter gives Paul's son a book， 我們到底應該承認它有幾格，我希望諸位現在會同意我的看法： 我們根本不可能說 son 和 book 處於不同的格位（與格和賓格）； 不過到現在爲止， 尚無人表示反對這第二種可能：即 son 和 book 二者同屬「偏格」， 僅需保持與主格 Peter 有所區別而已。 古法語的名詞即有此一系統，如 Peter 和 son 的主格形分別爲 Pierres 和 fils，其偏格形爲 Pierre 和 fil。 英語的名詞雖無此形式上的區別，我猜想有人會說，根據我自己的原則，我應該承認此一區別，因爲英語的代名詞有此區別，如 I—me, he—him 等，又正如我所說 sheep 在 many sheep 中，雖然形式上與單數無異，然而卻是複數，因爲 (many) lambs 與單數的 lamb 有區別； 又如 cut 在某些句中應視爲過去式，理由相同。所以我應當說，Peter 和 son 用在與 he 同樣的地位時即爲主格，與 him 同樣的地位時即爲偏格。這種論辯似乎很強，不過我認爲並非無懈可擊。 關於 sheep 和 cut，我所舉的例證皆屬同一詞類，而且條件實際也相同，但是，上述的論據卻採自另一詞類，代名詞，而代名詞單獨有許許多多的特點，都是其他詞類所沒有的。假使我們可以根據代名詞的格位以認定名詞的格位，那末我們當然可以說，英語的名詞也有性屬的區分， 因爲代名詞有 he, she, it 及 who, what 之別，同時我們也可以將英語的形容詞和領格，劃分爲兩個 "態" (states)，或者隨便叫什麼， 以便與代名詞的 my（附加語）和 mine（非附加語）相對應。 事實上，沒有哪位語法家同意此一看法，就如同古英語不會因爲人稱代名詞有「雙數」形式的區別，而認定名詞也必須有「雙數」，是一樣的道理。因此我們認爲，對於某一詞類適合而且必要的分類，不見得就可以生搬硬套在其他的詞類頭上。

關於主格的 '意義' 問題，我們因習慣於拉丁語等之語法，而視爲

不言自明，不但一句話的主語是主格， 而且其敘述語 (predicative)
也是主格。 然而，自邏輯的觀點言， 這並非是唯一的合理想法，因爲
主語跟敘述語在概念上，根本不應視爲相等的東西，甚至也不見得有很
近的宗親關係。這個問題跟別的問題一樣，爲了開拓視野，讓我們試看
一下，這同一的概念在別的語言是如何表達的。芬蘭語的敘述語，可以
有許多格位： (1) 主格，如： pojat ovat *iloiset* ='the boys are
glad'〔那些孩子們很快樂〕，(2) 分格 (partitive)，意即 "如果主語
所指乃是一個物類，且與此物類共有某種特性—— Eliot"， "意指主
語所擁有之永恆的或習慣的本質 —— Setälä"， 如： pojat ovat
iloisia = 'boys are (naturally) glad' 〔孩子們天生是快樂的〕，
(3) 生格 (essive)， 意指主語在一定時刻的狀態， 如： isäni on
kipeänä = 'my father is (now) ill' 〔我父親 (現在) 生病了〕，
<註8> (4) 易格 (translative)，用於表示變化 (變成某種狀態) 的動
詞之後，如 isäni on jo tullut *vanhaksi* = 'my father has grown
old' 〔我父親已老了〕。<註9>

即使在我們西歐的語言裡，敘述語也不見得永遠是主格。丹麥語幾
百年以來，都認爲敘述語用賓格 (不如說偏格) 是完全合乎文法的，這就
等於視敘述語爲一種賓語，如 det er *mig* (='it is me')。 英語在口
語中也是這麼說的：It's *me*。 像下面這樣的句子：Swinburne could
not have been the great poet [ ] he was without his study of
the Elizabethans〔斯文朋若是沒有研究過伊利莎白時代的諸家作品，
就不可能成爲一位有像他那樣成就的偉大詩人〕。 習慣上對於關係代
名詞的省略 (丹麥語亦如是)， 似乎顯示出一般人也直覺地將敘述語和
賓語同歸入一類。<註10>

英語和丹麥語對於「敘述語」的這種看法，跟語言使用者要求簡化
格位的趨勢， 也有密切關係， 即將主格限用於作爲一個定動詞的主語

(如：*I do* | *do I*)，別的地方一律用偏格，如在 than 和 as 之後：
he is older than *me* / not so old as *me*〔他比我大/不如我大〕，
又當「代名詞」獨立使用時：Who is that?— *Me*!〔是誰？——我！〕
這個趨勢在法語早已不算稀奇，第一人稱單數代名詞，獨立時使用moi
，若與動詞接連時，主格使用 je, 賓格使用 me, 其他的人稱代名詞亦
同。參義大利語的獨立代名詞 lui〔他〕, lei〔她〕, loro〔他/她
們〕。<註11>（關於英語這方面的發展，參拙著 *Progress in Lang-
uage* 第7章，後復經收入 *Chapters on English* 第2章）。

13.4 呼格 (Vocative)

關於所謂呼格，此處不需多說。在某些語言裡，如拉丁語，它有分
別的形式，故必須分別算是一格。然而在大多數的語言裡，它與主格相
等，故不需要另外給它一個名稱。在有呼格的語言裡，它可以說是表示
一個名詞用於第二人稱，並置於句子之外，或者自成一句。它與祈使句
有點相近，表示對聽者的一種請求，即 "聽著!" 或 "注意!"。

呼格與主格之間的密切關係，可由祈使句的變化看出，比如 '*You,*
take that chair!' 呼格的 you 置於句之外(恰如 '*John*, take that
chair!')，但在快說時：*You* take that chair! 這時 you 就成了祈使
句的主語。

13.5 關於格的結語 (Final Words about Cases)

一般習慣上把格位分為兩類，即「語法格」(grammatical case)，
如主格，賓格等，和「具體格」(concrete case)，主要指表示場所
(local) 者，如：場格 (locative)，離格 (ablative)，社格 (soci-
ative)，器格 (instrumental) 等。Wundt 的思想大致類似，區分
「內定格位」(case of inner determination) 及「外定格位」(case

of outer determination)。 Deutschbein 區分「概想格」(kasus des begrifflichen denkens) 及「直觀格」(kasus der anschauung)。但是,這兩個觀念不可能劃分得很清楚,至少就我們所熟知的語言是如此。甚至具有全套場所格位系統的芬蘭語,也難貫徹此二觀念的區分,因為「向格」(allative)被用來表示間接賓語,而「生格」(essive)現在的主要功能屬於一種語法格,雖然其原為「場格」的事實,尚可見於某些殘留的副詞。在亞利安語系中,這兩個範疇自始即糾纏不清。不過後來,古格位之單純具體的用法,漸漸消失,主要因為大量介系詞的興起,將場所及若干其他關係,表示得較之三五格位更為精密準確,因而使一些格位喪失了它的功能。經過時間的淘汰,古格位的數目不斷縮減,尤其有了比較系統化的詞序規律,時常已足夠表明一個字在句中的地位。在西歐各國,沒有一種語言在任何時候有過一套格位系統,具備精確而整齊的意義基礎;換句話說,格位僅是一種純粹的語法範疇,而非真正的概念範疇。格位所代表的主要意義,包括:

(1) 稱呼 (呼格)

(2) 主語 (主格)

(3) 敘述語 (沒有特定的格位)

(4) 賓語 (賓格和與格)

(5) 連繫 (領格)

(6) 地點和時間 (許多不同的關係,如場格等)

(7) 度量 (沒有特定的格位)

(8) 方式 (沒有特定的格位)

(9) 工具或手段 (器格)

另一種分類方法，在某些方面遠優於此，它的基礎就是本書第7章所提出的三個「品級」的觀念。

    I. 用作首品的格位：

        主語格 (Subject-case)；

        賓語格 (Object-case)：又可分爲

          直接賓語格 (case of direct object)；

          間接賓語格 (case of indirect object)；

        述語格 (Predicative-case)。

    II. 附加語格 (Adjunct-case)：

        領格 (genitive)。

    III. 次加語格 (Subjunct-cases)：可以分爲

        時間格 (time-cases)：表示時點、時期；

        場地格 (place-cases)：表示何處、往處、來處；

        度量格 (measure-case)；

        方式格 (manner-case)；

        手段格 (instrument-case)。

可是這些概念之中，有許多界定不清，不知不覺地相互重疊，無怪乎語言差別之大，甚至在遠古時期同宗共祖的近親語言亦復如是。格位乃是一般語言之中，最不講理的部分。<註12>

13.6 介賓組合 (Prepositional Groups)

讀者諸君也許會發覺，本章到現在只講到所謂"合成格位" (synthetic cases)，而未曾提到由介系詞及其賓語所組成的"分析格位" (analytic cases)；不過，我認爲此種介賓組合，不應與其他的介賓組合分別處理。就英語而言，to a man 並不等於一種與格，by a man

並不等於一種器格，in a man也不等於一種場格。Deutschbein 乃持相反意見者之最極端的代表，請看他在「新英語造句法」(1917:278ff.)中所列舉關於英語之「與格」的用例：

He came *to London*〔他來到倫敦〕；

This happened *to him*〔此事降臨於他〕；

complain *to the magistrate*〔訴諸法官〕；

adhere *to someone*〔忠於某人〕；

The ancient Trojans were fools *to your father*

　　〔古代特洛伊人跟你父親比起來，全是笨蛋〕；

He behaved respectfully *to her*

　　〔他舉止恭敬於她〕；

You are like daughters *to me*

　　〔你們像是我的女兒〕；

bring the book *to me*〔把書給我拿來〕；

I have bought a villa *for my son*

　　〔我買了一棟別墅給我的兒子〕；

What's Hecuba *to him*? (Sh.)〔H.跟他有什麼關係?〕

It is not easy *for a foreigner* to apprehend

　　〔這不是一個外國人容易理解的〕。

這裡的介系詞有to又有for,恐怕只是因為德語在這些情形下，大半都用與格的緣故。比較合理的解決辦法，就是正視這些結構，看它們是什麼就是什麼──「介賓組合」而已，「與格」這個名稱能避免則避免之，除非不得已，有類似拉丁語、或古英語、或德語之「與格」的情形。奇怪的是 Deutschbein， 根據他所強調的「空間與格」(der räumliche dativ)，例如 He came *to London*，這與古老的理論 '一切格位皆係由

空間關係演繹而來’的說法恰恰相反，因為據此理論，與格乃‘靜止’
(rest) 之格，賓格乃‘移往’(movement to) 之格， 領格乃‘移離’
(movement from) 之格；倘若 Deutschbein 稱 to London 為與格，那
末 into the house 豈不也是與格？然則，德語 in das hous〔在屋裡〕
是否亦將為與格？—— 雖然事實上用的是賓格， 而賓格跟真正的與格
in dem hous〔入屋內〕，意義是有區別的。下面這兩句話：

I gave the boy a shilling〔我給了男孩一個先令〕。

I gave a shilling to the boy〔我拿一個先令給了男孩〕。

縱然它們的意義是相同的，我們也不能據此作出結論，認為應該用同樣
的語法術語去解釋它們：比如 man-made institutions〔人為的制度〕
跟 institutions made by man，二者在意義上雖然相同，但在語法上並
不相等。

　　介系詞 to 表示處所的意義，時常被弄得相當模糊，甚至完全失去
處所的意義， 但我們不能就因此而說它是一種與格。 法語中類似的介
賓組合， 如 j'irai au (='to the') ministre〔我要到牧師那兒去〕
和 je dirai au (='to the') ministre〔我要跟牧師說〕， 也和英語
的情形相彷，雖然若以代名詞替代 ministre， 前者仍用介賓組合，後
者則需用代名詞的與格： j'irai à lui〔我要去他那兒〕 | je lui
dirai〔我要告訴他〕。

　　領格的情形也是一樣的。Deutschbein (1917:286ff.) 所謂的領格
，不僅指 the works of Shakespeare〔莎士比亞的著作〕，而且包括：
participate of the nature of satire〔帶有諷刺的性質〕 | smell
of brandy〔聞起來有白蘭地酒的味道〕 | proud of his country〔以
自己的國家為榮〕，如果我沒記錯的話，還有 the man from Birming-
ham〔來自伯明翰的人〕 | free from opposition〔未遭到反對〕。

有些語法家說：“領格與其統攝字之間可被其他詞語分離” (die trennung eines genitivs von seinem regierenden worte durch andere satzteile)，意思是指像這樣的情形：the arrival *at Cowes of the German Emperor*〔德皇之到達Cowes〕，其實這裡很簡單，只是兩個平行的介賓組合附加語 (prepositional group-adjuncts) 而已；Anglia (1922:207) 甚至創出「分裂領格」(split genitive)一詞，來描寫像這樣的例子the celebrated picture *by Gainsborough of the Duchess of Devonshire*〔Gains.爲 Devon.公爵夫人所繪的著名畫像〕，這裡我們也很有理由將 'by Gains.' 和 'of ... Devon.'，同樣稱爲領格。二者皆係「介賓組合」，如此而已。

【附記】 我或許可以藉這個機會，對於某種 "民族心理" 論點，提出一點抗議，這種論點在德國某些大學的學術圈子裡，已開始流行成爲一種風尚，但是在我看來，他們根本上是不正確，不合理的。此一論點影響格位法 (csae-syntax) 的部分是： "如果撒克遜語 (sächsisch) 之有關時序 (zeitbestimmung) 的領格，仍用於現代的生活語言中，那末這就顯示，時間在英語的語識(sprachbewusstsein) 裡受到特別的喜愛，尤以某些職業圈爲然，如出版業者、編者、新聞記者" (Deutschbein, 1917:289)。 又第269頁，將德語 ich helfe *meinen freunden*〔我幫助我的朋友〕句中的與格，當作是 "我和我的朋友之間，靜態性質的私人彼此信任關係" 的標記，然而 "近代英語 I help *my friend* 句中的 help 與賓格連用，這就不再表示我跟我的朋友之間的私人關係 . . . 近代英語因此具有 "動態的" (dynamischen) 的本質，這一點

在其他許多語言現象中，也都感覺得出來。"所謂"動態"在此情形下指何而言？ Deutschbein 又如何知道 help 後面的格位不仍然是與格？在 give my friend a book 之中，他承認 friend 是與格，這裡爲什麼不是？兩個 friend 的形式並無不同。就功能而言，這個句子與古英語的 ic helpe minum freonde 完全相同，而且也是由此直接傳承而來；這句古英語在每一方面，都與現代德語 ich helfe meinum freunde 完全相當。爲什麼不乾脆說，在近代英語裡，它既非賓格亦非與格，然後抛開一切關於"私人的"、"動態的"、"靜態的"民族性格之論調？

◎ 第 13章 附 註 ◎

1. 英國的學童們將會怎麼說，假使他們的老師在學校教了他們這樣一
    條規則：him 在 I saw him 和 for him 之中是與格，kings 在I
    saw the kings 和 for the kings 之中是賓格，然而 king 在 I
    saw the king 中是賓格，而在 for the king 中卻是與格 ？

2. 德語lehren〔教〕的賓語如果是人，用與格的例子並不稀罕，但於
    被動句，如 ich wurde das gelehrt (='I was taught that') 或
    das wurde mich gelehrt (='That was taught me')，二者皆不算
    通順，必須改為 das wurde mir (='to me') gelehrt。

3. [Lindley Murray] "堅稱英語名詞有六格，而這六格的字尾皆沒有
    任何形式變化；英語的動詞同樣也具有一切拉丁文所有的「敘法」
    (mood)，時式 (tense)，和人稱 (person)。 這簡直是天大的盲目
    和頑固。他把拉丁語法的一切形態形式都翻成英語 (在他之前許多
    人都曾這麼做)，而自認為寫了一部英語的語法； 因得到聖教界的
    讚賞，並經教育學究的推舉，而由英語學界接手，繼續傳誦這個笑
    話" (Hazlitt, 1825:119)。

4. 我們甚至不能說，德語之與格的主要意義是表示間接賓語。一本最
    近出版的德文書，我翻閱了若干頁，並數了一數所有的與格，發現
    157個實例，只有3個表示間接賓語(原句為雙賓句)，18個只是動詞
    的賓語而已，因該動詞並未帶「賓格賓語」。

5. 相當於德語之 zugehörigkeit 〔關係〕， zusammengehörigkeit
    (相關，關連〕。

6. Voici = 'see here'; il y a (a < avoir) = 'it there has' ；
    faut < falloir = 'be necessary'，原義為及物動詞， 後轉為無
    人稱動詞—— 譯者。

7. 芬蘭語並無眞正的與格,不過表示有向運動的「向格」(allative)常相當於亞利安語系的與格。

8. 芬蘭語的「生格」(essive) 亦用以表示同位關係 (apposition),例如 lapsena (='as a child')。

9. 參德語 zu etwas werden (='become [to] something'), 丹麥語 blive til noget (同上)。

10. 有些語法書不用 "敘述語" 一詞,而稱爲「述語主格」(predicate nominative)。 我曾看到一篇討論美國堪薩斯州小學生英文文法錯誤的論文,不禁覺得有點好笑,文章中說: "Predicate nominative not in nominative case"〔述語主格沒用主格〕。例:They were John and *him*. It is *me*.

11. 參義大利語: *Io* non sono fatta come *te* (Rovetta)〔我不像你那樣子〕。

12. 我的主要結論與 Paul 所言相同: "格位並非每一個語言所必須有的表達工具;如果有的話,它也會隨著各種不同的語言及其發展的階段,而呈現出不同的形態,而且我們也不可能期望它的功能,會表現出永恆不變的、邏輯的、或心理的情態關係" (1910:114)。

第14章 數 系 論(I)

14.1 計數法 (Counting)

'數'表面上看起來或許是最簡單不過的自然範疇之一,簡單得像
"二加二等於四"一樣。然而仔細一瞧,它也有一大堆的問題,邏輯的
和語言的都有。

從邏輯的觀點看,最明顯的區分是 "1" 和 "大於1",後者還可以
再分為2, 3, 4, 等,當作一個獨立的類看,可以稱為'全部'(all);
除此之外還有一個物類,不適合用數詞'1, 2'來數,我們可以稱之為
「不可數類」(uncountables),雖然一般字典都不承認 'uncountable'
之此一用法<註1>,把它看作像是 'innumerable, numberless, count-
less' 一類的字 , 而給它一個模糊的定義 'too numerous to be
(easily) counted'〔為數太大以致數不清〕。

在語法上相當於以上的兩個分類,為「單數」和「複數」,這是大
多數語言所共有的,然而某些語言除了普通的「複數」以外,還有所謂
「二元複數」(dual), 甚至極少數的語言, 還有所謂 「三元複數」
(trial)。

由此我們可以得到下面兩個系統:

概念的 *(NOTIONAL)*					語法的 *(SYNTACTIC)*

A. 可數類 (Countables)

| one | .. | .. | .. | .. | 單數 |

| two | | | | | (雙數) |

| three | | .. | .. | .. | (三數) |

.. 　 ◇ more than one .. 複數

..

..

..

B. 不可數類 (Uncountables)

　　我們一次只能說‘數個’不相等而同屬一類的東西，因此「複數」這個概念已預設了一些差異，但是如果差異太大，就不可能用‘2’或‘3’這樣的字。一個梨子和一個蘋果是兩(2)個水果(two fruits)；一塊磚頭和一座古堡，大概不可能稱爲2件東西；一塊磚頭和一個音符不能成爲2，一個人和一條眞理和蘋果的味道，不能成爲3，等等。

　　什麼事物可以在一起數，一般視語言工具而定。就大多數情形而言，‘數’的分類非常自然，大多數的語言實際上是相等的；只是某些情形，因語言結構的特殊需要而有所不同。比如英語完全沒有困難，我們說：Tom and Mary are cousins，因爲 cousin 可指男性或女性；丹麥語(跟德語及一些其他語言一樣)就用不同的字，而必須說：T. og M. er fætter og kusine，因此，英語 five cousins便不可能很準確地翻成丹麥語。另一方面，英語卻沒有一個通稱名詞，相當於德語的 ge-schwister 和丹麥語的 søskende (='brother/s and sister/s')。英語有時候，用一個數詞統括二者，如：They have ten brothers and sisters，也許等於 '2 brothers + 8 sisters'，或者其他的組合；

We have *twenty cocks and hens* = (Dan.) tyve høns〔二十隻雞〕。
由於對一個單詞包括兩性的自然需要，迫使某些語言特設一條法則，即陽性之複數可用以包括兩性，如義大利語 gli zii (='the uncles and aunts')，西班牙語 los padres〔父母雙親 (直譯等於 the fathers，參§17.4)〕。

　　有些情形，很難說什麼算是 ‘一件’ 東西，各種語言有不同的看法：如法語 *un* pantalon〔一條褲子〕,等於英語 *a pair of* trousers,丹麥語 *et par* buxer,德語 *ein paar* hosen；又如德語 *eine* brille〔一副眼鏡〕,等於英語 *a pair of* spectacles，法語 *une paire de* lunettes,丹麥語 *et par* briller；又如丹麥語 *en* sax 和德語 *eine* schere〔一把剪刀〕， 等於英語 *a pair of* scissors， 法語 *une paire de* ciseaux。

　　英語有時傾向於把這些字的複數形，當做單數使用,如a scissors〔一把剪刀〕, a tongs〔一把鉗子〕, a tweezers〔一把鑷子〕。

　　現代冰島語 (Icelandic)之 einn ='one' 有一個奇特的複數，如：*einir* sokkar 'one pair of socks'〔一雙襪子〕。若指兩雙以上，則用 ‘分配’ (distributive)數詞,如 *tvennir* vetlingar ='two pairs of gloves'〔兩雙手套〕。

　　關於身體的各部位，什麼算是一，什麼算是二，一般而言都沒有疑問；可是英語對於 moustache〔八字鬍〕一字，卻有些搖擺不定，「牛津大辭典」給它的定義是 (a) the hair on both sides of the upper lip〔上唇兩側之鬍鬚〕， (b) the hair covering either side of the upper lip〔上唇任一側之鬍鬚〕， 因此對某甲是 a pair of moustaches，對某乙便是a moustache：He twirled first one moustache and then the other〔他先捻著八字鬍的一邊， 然後又捻另一邊〕。

　　馬扎兒語 (Magyar)有一條規則，吾人身體上成對的各部位皆視爲一體； 如英語說 My *eyes* are weak〔我的兩眼視力不好〕| His *hands* tremble〔他的雙手顫抖〕， 匈牙利人則用單數： a *szemem* (sg.) gyenge | reszket a *keze* (sg.)。一個自然的結果 (對於我們當然顯得非常不自然)， 就是在說一隻眼、一隻手、或一隻腳的時候，就需要用 *fél* 'half'〔半〕這個字，如 *fél* szemmel ='with one eye' 直譯是='with half eye(s)'〔半隻眼〕， *fél* lábára sánta ='lame of one foot'〔跛一隻足〕。 其他成雙的東西，如手套、馬靴等，也都適用： keztyü ='(pair of) gloves'〔(一雙)手套〕, *fél* keztyü ='(a half ... i.e.) one glove'〔(半雙) 一隻手套〕，csizma (sg.) ='boots'〔一雙馬靴〕, *fél* csizma 'a boot'〔一隻馬靴〕。 這類字的複數形 (keztyük, czizmák)，用以指多雙或各種不同的手套、馬靴。

14.2 正常複數 (Normal Plural)

　　複數之最簡單明瞭的用法，就是像這樣的情形：

　　horses =(one) horse +(another) horse +(a third) horse ... 如果轉換成公式也就是： Apl. = Aa + Ab + Ac ... 這可以稱爲正常複數，不需多所討論，因爲就大多數的語言而言，語法跟邏輯在這方面絕大部分的情形都是一致的。

　　不過也有些語言，在這方面表現得並不一致，主要由於形式上的特殊狀況。比如英語說 the eighteenth and nineteenth centuries，法語說 les siècles dix-huitième et dix-neuvième〔十八和十九世紀〕，二者皆使用名詞的複數形， 德語和丹麥語則用單數， 理由並非英國人和法國人的邏輯觀念較他國人爲強， 單純只是一個形式的問題： 法語的冠詞有複數變化， 放在名詞的前面， 與形容詞沒有直接的關連； 英語的冠詞單複數皆可使用，因此放在 (單數) 形容詞前面，彷彿它本身也就是單數，並不妨礙 centuries 使用自然複數。 另一方面，德語卻必須立即在冠詞的單數和複數之間，做一個選擇，如果用用複數的die置於形容詞 achzehnte (='eighteenth') 之前， 則會感覺不協調，因後者乃中性單數；反過來說，如果前面用(單數)冠詞 das，則與末尾的複數名詞同樣的顯得奇怪，即 das 18te und 19te *jahrhunderte*(應用單數 jahrhundert) 結果演成從頭到尾用單數，使在語法上獲得了一致性，儘管在邏輯上仍有可議。丹麥語也是一樣。同理，英語的不定冠詞，在同樣的情形也喜歡用單數：an upper and a lower *shelf*〔架子的上下兩層〕。有些時候，用單數還可以避免誤會，如英國作家 Thackeray 寫過這樣的句子： The eld and younger *son* of the house of Crawley were never at home together〔C. 氏家族的兄弟二人從來沒有一起在家過〕， 如果用了 *sons* 可能暗示兄弟各不只一人。 參拙著 MEG II, p. 73ff., 尚有其他特例。<註2>

英語有兩個片語 *more weeks* than one〔一個星期以上〕和 more than *one week*， 二者雖為同義語，卻在 week 的‘數’上面有所差異，這一點很清楚地顯示出， 說話者心理上的「緊鄰吸引」(proximity attraction) 因素。這種緊鄰吸引的力量，並非所有的語言都一樣的強：比如義大利語用單數 *anno*〔年〕的地方──ventun *anno*〔21年〕，因為 un = 1 的緣故 ── 英語卻用複數 years： twenty-*one years*〔21年〕,正如同說 one and *twenty years* 一般；同樣：a thousand and *one nights*〔1001夜〕。可是，德語和丹麥語就特別清楚地顯示出緊鄰吸引的影響，因為如果名詞前面有‘one’，名詞就用單數；如果將‘one’移走，名詞就用複數：

德　語 tausend und *eine nacht* (sg.)〔1001夜〕,

　　　　ein und zwanzig *tage* (pl.)〔21天〕;

　　丹麥語 tusend og *een* *nat* (sg.)〔1001夜〕，

　　　　　　　een og tyve *dage* (pl.)〔21天〕。

　　遇到分數就有一些困難：如果數詞是one and a half，那末名詞應該用單數還是複數？當然，我們可以避開這個問題而說 one mile and a half〔一哩半〕，但是這個辦法也並非無往而不利，因為有些語言有拆不開的字，如德語 anderthalb (1½)，丹麥語 halvanden (1½),德語似乎用複數名詞 anderthalb *ellen*〔一碼半〕，丹麥語則用單數名詞 halvanden *krone*〔一克羅納半〕，　稀奇的是，甚至提前的形容詞已傾向於用複數，而名詞仍用單數：med *mine* stakkels halvanden *lunge* (K. Larsen)〔用我的壞了1½ 的肺〕｜ i *disse* halvandet *år* (Pontoppidan)〔在這一年半中〕。 英語說 two and a half *hours* (pl.)〔兩個半小時〕，丹麥語則守著「緊鄰吸引」： to og en halv *time* (sg.)。

　　好幾個人當中，每人只有一樣東西，有時候用單數，有時候用複數：丹麥語說 *Hjertet* sad os i *halsen* (sg.)〔心臟把我們塞到喉裡來了 = 受到驚嚇〕， 英語說 Our *hearts* leaped to our *mouths* (pl.)〔我們的心臟跳到嘴裡來了〕。不過，英語也並非永遠如此用複數，如 Three men came marching along, *pipe* in *mouth* and *sword* in *hand* (sg.)〔三個人齊步走過來，嘴裡含著煙斗， 手裡拿著刀劍〕；詳細請參拙著 MEG II, p. 76ff。

14.3　近似複數 (Plural of Approximation)

　　其次談到我所謂的「近似複數」，我的意思是指好幾樣的東西或個人，合用一個稱謂詞， 而他們真正並不同屬於一類。 比如 a man in the sixties〔一個六十多歲的人〕，the sixties of the last century〔上個世紀的六十年代〕，這裡的sixties 並不等於(one) sixty

+ (another) sixty ...,而是sixty + sixty-one + sixty-two ... 直到 sixty-nine。 這一點，丹麥語 (e.g. *treserne* = the sixties) 跟英語相同，但此外如法語就不相同。

關於「近似複數」之最重要的例子就是 we，其意義等於 I + one or more not-I's〔'我' + 一個或數個'非我'〕。 依據第一人稱的定義，只有單數可以符合，因爲只有單數才能指某句話的說話者。甚至當一群人回答 Who will join me?〔誰願意跟我來?〕 這個問句而齊答說 We all will〔我們都願意〕，這句話在每一個說者的口中，也不過等於 I will and all the others will (I presume) 〔我願意，而且所有別的人(我料想)也都願意〕。

We 這個字基本上就不清楚， 無從知道說話者除了他自己以外還想包括誰。因此，時常必須加一些字以補充其意，如：we doctors〔我們做醫生的〕，we gentlemen〔我們君子人〕， we Yorkshiremen〔我們約克郡人〕，we of this city〔我們大家本市的人〕。 非洲等地有無數語言，區分「排他」 (exclusive) 複數與「涵蓋」 (inclusive) 複數。有一個著名的故事，略謂某傳教士，向一群黑人說 "我們大家都是罪人，我們都需要歸主"，不幸用的是 "排他we"，而不是 "涵蓋we"，致被聽衆理解爲不包括黑人他們在內(Friedrich Müller)。有好些語言，在we 之後加上一個或數個人名，與'I'合共造成複數，其間可以由 and 或 with 連接，也可以沒有任何連接詞，如：

古 英 語 wit Scilling = 'I and Scilling'

　　　　　　unc Adame = 'for me and Adam'

古諾斯語 vit Gunnarr = 'I and Gunnarr'

　(參考)　þeir Sigurðr = 'Sigurðr and his people'

　　　　　　þau Hjalti = 'Hjalti and his wife'

佛里斯蘭語 wat en Ellen = 'we two, I and Ellen'

德語口語 *wir* sind heute *mit ihm* spazieren gegangen,

　　　〔我跟他(我們)今天散步去了〕

法語口語 *nous* chantions *avec lui*,

　　　〔我跟他(我們)唱過歌〕

義大利語 quando *siamo* giunti *con mia cugina*,

　　　〔當我跟我的表姐/妹(我們)到達時〕

俄　　語 *my s bratom* pridĕm.

　　　〔我跟我的兄/弟(我們)都會去〕

第二人稱複數，視情況而定，可能是正常複數，如：ye〔你們〕=
thou〔你〕+ 一個不同的 thou + 第三個 thou 等，也可能是「近似複
數」，即 ye = thou + 一個或多個不在現場的人。 因此，有些語言的
第二人稱複數，也有跟上面所講的 we 之類似的用法：

古 英 語 git Iohannis = 'ye two (thou and) John'

古諾斯語 it Egill = 'thou and Egill'

俄　　語 vy s sestroj = 'ye, (thou) with thy sister'

基於以上所述，we 跟 ye 除了分別包括 I 跟 thou 以外，還可能
暗含其他的人，此一觀念乃造成法語如次說法nous (or vous) autres
Français =I (or thou) and the other Frenchmen〔我們/你們大家法
國人〕。西班牙語nosotros〔我們，主格〕，vosotros〔你們，主格〕
也已經一般化，故在單獨說或特別強調時，就分別替代了 nos〔我們，
賓格/與格〕，vos〔你們，賓格/與格〕。

大多數的語法書都有一條規則說，假使主語係由不同的人稱構成，
那末就用第一人稱的複數動詞，而不用第二人稱或第三人稱，要不然就
用第二人稱，而不用第三人稱。 這條規則對於拉丁語已屬多餘， 如：

Si *tu* et Tullia *valetis, ego* et Cicero *valemus*〔如果你跟 T. 都健康，我跟 C. 也都健康〕，因爲拉丁語的第一人稱複數，依定義就是第一人稱單數加另一個人，第二人稱複數情形相同。 此一規則， 用於英語就更屬多餘， 因爲英語的複數動詞， 根本就不區分人稱 。 例如 (Onions, 1904:21)：He and I *are* friends〔他跟我是朋友〕 ｜ You and they *would agree* on that point 〔你跟他們會同意這一點〕 ｜ He and his brother *were* to have come〔他跟他的兄弟應該來了〕。

　　「近似複數」的第三個例子如 Vincent Crummleses， 它的意思是 Vincent Crummles 及其家人 ； 法語 les Paul = Paul et sa femme 〔Paul 及其妻〕。<註3>

　　當一個人自稱用 we 而不用 I，這有的時候可能是出於謙遜，恐怕凸顯他本人會使聽衆或讀者感到太莽撞；他的目的是要把自己的意見或行爲，隱藏在他人的背後。然而更常見的理由，或許是出於自高自傲的心理，比如「君王複數」(plural of majesty)。 尤其古羅馬的皇帝，皆自稱爲 nos (=we) <註4>， 而且要求別人稱他爲 vos (=you pl.)。後來影響所及，導致法語習慣用複數代名詞 vous (=you pl.)尊稱所有尊長，甚至稱呼同輩 (特別是不相識者) ，以示禮貌。這個習慣在中古時代，曾遍及許多國家；英語的古單數 thou，終於爲 you 所取代，今天you 已成爲唯一的第二人稱代名詞，不復再有任何尊榮或崇敬的意思。今天的 you 已成爲一個「通數」(common number) 形， 義大利語的 voi 和俄語的vy，大致亦如此。涉及「不同社會地位的複數」(plural of social inequality) 時，亦多不規則之處，如德語跟一人談話時稱對方爲Sie (丹麥語倣而效之亦用De)，俄語談及尊長 (一人)時，用oni〔他們〕或 one〔她們〕； 其他語法上的矛盾現象， 如英王室所用的 ourself (our 爲複數，self 爲單數)，法語的vous-même (=yourself)。敘述語用單數者，如丹麥語 De er så *god* ='You are so *kind*'，俄

語 'vy segodnja ne *takaja* (陰性單數) kak včera' (Pedersen 1916: 90) ='You are not the *same* today as yesterday'〔你今天跟昨天不一樣〕。 德語動詞如果不是用代名詞作主語 ， 有所謂「敬語複數」(plural of deference)， 如： Was *wünschen* der herr general? = What (do you) want, General?〔將軍，你要什麼?〕。 講客氣或表示卑微，常免不了有些滑稽味道。<註5>

14.4 高階單位 (Higher Units)

如果有一種語言，能把好幾個人或好幾樣事物，當做一個單位看待處理，這時常不但有其必要，而且是很方便的，我稱之爲「高階單位」。它的表示方法有好多種，需要加以說明。

首先要說的是，獨立使用的複數形。英語就有這個方便，在別的語言中似乎很難找到，或者遠不及英語用得多；一個不定冠詞或者一個單數代名詞，可以直接放在一個複數結構之前：that delightful three *weeks*〔那三個禮拜愉快的時光〕 | another five pounds〔再來五磅〕 | a second United States〔第二個合衆國〕 | every three days〔每隔三天〕 | a Zoological Gardens〔一座動物園〕等。 毫無疑問，這種結合主要起因於英語的形容詞沒有單複數變化，像 that delightful *three weeks*，如果在另一個語言，delightful 也許必須作複數變形，那末 that 就會覺得不協調了；可是英語之不變形的形容詞，就可以很容易地前接單數的 that，後接複數的 three weeks。

下一個例子稍微不同一些，即 a sixpence〔一個六便士的硬幣〕或 a threepence〔一個三便士的硬幣〕，它造成了一個新的單數名詞，並新的複數形，即 sixpences 或 threepences。 丹麥語價值兩個 kroner (=crown) 的硬幣，也比照單數 en krone (=1 crown), en eenkrone = (1 one-crown)，創造了 en tokrone (=1 two-crown), mange tokroner

=many two-crowns)。這使我們想起了英語 a fortnight (=fourteen nights), a sennight (seven nights),不過這裡面的第二成分,乃是古英語的複數niht,後來置於nights 尾上的 s 則是比照其他的複數形加上去的;a twelvemonth〔12個月 < 古英語複數 monaþ〕。

其次,欲使複數名詞單位化, 時常另造一個單數名詞, 如希臘語 deka ='ten',另造一個單數名詞 dekas〔10個〕,拉丁語 decas 又衍生英語的 decade〔10年〕; 法語由接尾語 -aine, 形成高階單位數詞 une douzaine〔一打,12個〕, vingtaine〔20個〕, trentaine〔30歲〕等,其中 douzaine 已傳入好幾個語言,如英語 dozen, 德語 dutzend,丹麥語 dusin。相當於希臘語之dekas,哥頓語系 (Gothonic) 也有一個名詞tigus,傳入其他語言產生一連串複合名詞,如英語twenty (20), thirty (30) 等,德語 zwanzig (20), driessig (30) 等。所以這些字原本都是名詞,雖然現在都變成形容詞了。拉丁語 centum〔百〕, mille〔千〕,英語(哥頓語)hundred〔百〕, thousand〔千〕,原來也都是這一類的名詞,此種用法現在仍可見於法語 deux cents〔二百〕, 英語也說 a hundred〔一百〕, one thousand〔一千〕;參 a million〔一百萬〕, a billion〔十億,即1000 個million〕。拉丁語還有一種半掩面的,特殊型複合(單位)詞 : biduum〔二日〕, triduum〔三日〕,biennium〔二年〕, triennium〔三年〕。

應歸入此類的字尚有 a pair (of gloves)〔一雙(手套)〕,a couple (of friends)〔兩三位(朋友)〕, 由此又導出'套群'的概念, 如 a set (of tools, of volumes)〔一套(工具、書籍)〕, a pack (of hounds,of cards)〔一群(獵犬)、一副(紙牌)〕,a bunch (of flowers, of keys)〔一束(花)、一串(鑰匙)〕, a herd (of oxen, of goats)〔一群(牛、羊)〕, a flock〔羊群、鳥群〕, a bevy〔小鳥群〕等。

這些字的名稱叫得不錯，「集合詞」（collectives）， 不過我認爲這個名稱也不可隨便濫用，像一般語法書所說的那樣，而只應嚴格地指由若干分別可數的個體所構成的一個單位；所謂「集合詞」，一方面從邏輯的觀點看，它是‘一個’，而從另一觀點看，它又是‘多個’，這就是爲什麼「集合詞」在語法上皆具有一種特質：時而參與單數結構，時而參與複數結構。 關於集合詞和「質量詞」（mass-words）的區別，容後詳論。

某些集合詞係由指較小的單位詞構成，如 brotherhood〔同仁〕係由 brother〔兄弟〕而來，又如 nobility < noble〔貴族〕,peasantry < peasant〔農民〕, soldiery < soldier〔軍人〕， mankind < man〔人類〕。 哥頓語系有一類奇特的集合詞， 由接頭語 -ga, -ge 及中性接尾語 -ja 構成，如哥德語（Gothic）gaskohi = 'pair of shoes'〔一雙鞋〕；這種構詞在古高地德語（OHG）中爲數甚多，如 gidermi = 'bowels'〔腸胃〕， giknihti = 'body of servants'〔衆僕役〕, gibirgi = 'mountainous district'〔山區〕, gifildi = 'fields，plain'〔田野〕。 現代德語有 gebirge〔山脈〕, gepäck〔行李〕, gewitter〔雷雨〕, ungeziefer〔害蟲〕等 （其中部分語意或結構容有變化）。Geschwister 最初意爲 sisters （如 zwei brüder und drei geschwister = 'two brothers and three sisters'）， 後來變爲通指 'brothers and sisters'，有時甚至可以作單數用，單指一個 brother 或 sister，如果不欲透露性別的話。不過在現今說話時，geschwister 通常已不再作集合詞用，僅視爲普通複數而已。

拉丁語 familia 最初意爲 famuli (=house-mates) 的集合稱，後來轉變爲 servants〔僕役〕之意；在 famulus （即 famuli 之單數）廢用以後，familia 才取得其在現今西歐諸語中的意義 （家族、家庭）。 作爲一個不再可以分析的集合詞，它應與下列各字歸爲一類：crew〔機船服

勤人員〕，crowd〔群衆〕，swarm〔蜂群〕，company〔同伴〕，army
〔軍隊〕，tribe〔部族〕，nation〔民族〕，mob〔暴民群〕。

有一部分集合詞係由換喩(metonymy)的關係轉成，如 parish〔教
區〕轉指教區的居民，all the world ='all men'〔世人〕，the sex
= 'women'〔女性〕，以及 the church〔教會 > 教徒〕， the bench
〔法庭 > 法官，society〔社會 > 社交界〕等。

集合詞的雙重特質，表現在語法上，不但可當單數與 a 或one連用
，而且也可用作複數，與其他可數名詞 (countables) 無異，如：two
flocks〔兩群羊〕，many nations〔許多國家〕等。另一方面，集合詞
作集合稱，可用複數動詞和敘述語 —— 如英語 My family are (pl.)
early risers (pl.)〔我的家人都是早起者〕，法語La plupart (sg.)
disent (pl.)〔大多數的人都說〕，其他許多語言亦如是 —— 並可用
代名詞 they 指稱之。不過值得注意的是，這種複數結構僅可用於表有
生物的集合詞，從來不用於其他者，如library〔圖書館=書的集合〕，
train〔一列火車=車廂的集合〕。有時候，同一個集合詞在同一個句子
裡，同時作單數和複數，如This (sg.) family are (pl.) unaminous
in condemning him〔這家人一致譴責他〕。這種情形，不應視爲不合
邏輯或者 "反文法" [antigrammatical (Sweet, NEG §116)]，實不過
其雙重特質的自然結果。

有些語言更甚於此，容許一個實際爲單數的集合詞，當作好似其中
個別成分的複數形用： those people (=those men), many people 與
many peoples (=many nations) 有別， a few police〔幾位警察〕，
twenty clergy〔二十位傳教士〕。丹麥語folk 的情形與英語類似 (拼
法亦同)，本來是一個眞正的集合詞，如 et folk (='a nation')，並
另有其複數形 mange folkeslag (='many nations')，然而前者現在亦
當作複數用：de folk (=those people), mange folk (=many people)

，雖然不能說 tyve folk (=twenty people)；一個奇怪的混合體是 de godtfolk (=those brave people)，而 godt 乃是中性單數。關於英語 80,000 cattle〔八萬頭牲畜〕， six clergy〔六位傳教士〕， five hundred infantry〔五百名步兵〕，six hundred troops〔六百人之步隊〕等例，參拙著 MEG II, 100ff。<註6>

亞利安語系字尾爲 -a 的名詞，也有自集合詞轉化爲複數字的情形。這些集合詞原本皆爲陰性單數，前面所舉拉丁語的 familia 即是一例。這些集合詞之中，有許多與中性字相當，如 opera (領格 operæ)〔工作〕：opus〔作品〕；是故 -a 終於演變成爲構成中性複數的正規標記，雖則希臘語法仍有一條規則，謂中性複數名詞應用單數動詞，尚顯露出 -a 之古義 (單數) 的痕跡 (詳見 J. Schmidt 1889, 有精闢的討論，並參拙著 Language p. 395 之簡述)。 同一字尾在羅曼語系的發展，也值得一提。義大利語仍有許多字以 -a 表示複數， 如 frutta (= fruits), uova (=eggs), 不過就一般而言， 也都轉化爲陰性單數，只是並無‘集合’之義；請比較由拉丁語 folia〔葉〕演變而來的義大利語 foglia 和法語 feuille。

凡本節所提到的集合詞， 其複數可以稱爲「高階複數」 (plural raised to the second power)，如 decades〔數十年〕， hundreds〔數百個〕， two elevens〔兩隊，各十一人〕， sixpences〔若干六便士的硬幣〕，crowds〔成群結隊〕。「高階複數」這個名稱尚可用於其他的情形， 如英語 children 除去字尾 -en， child(e)r 本來就是 child 的複數，再加一個複數字尾 -en，最初可能意謂好幾家的孩子，如同蘇格蘭方語 shuins，據 Murray (DSC 161) 稱，意謂好幾個人的鞋子，而 shuin 僅指一雙鞋子 (另參拙著 MEG II, 5.793)。 不過，這種雙重複數 (複數之複數) 的邏輯意義，不可認爲說話者人人在腦子裡都很明白：時常，這些雙重複數也許從最初就不過是簡單的、結構成分的過剩（redundancy）而已，不管怎樣，像 children, kine〔牛隻〕，breeches〔馬褲〕這些字，在今天皆已視爲單純的複數。不列塔尼語（Breton）有一些雙重複數：bugel (=child)，複數 bugale，而 bugale-ou 意謂"數群孩子"，loer〔襪子〕，lerou〔一雙襪子〕，lereier〔數雙襪子〕；daou-lagad-ou〔數人的眼睛〕（H. Pedersen 1909: 2.71）。德語 tränen, zähren (=tears) 即是形式上的，而非意義上的雙重複數。舊的複數形 träne (trehene), zähre (zähere) 現已變爲單數。

拉丁語用另外一套數詞表示複數之複數。例如 litera〔字母〕，複數 literæ 亦作'書信'解，同時也是'書信'的邏輯複數；現在，quinque literæ〔五個字母〕，但 quinæ literæ〔五封信〕。又如 castra (='a camp' 兵營) 原是 castrum (='a fort' 碉堡) 的複數；duo castra (=two forts), bina castra (=two camps)。同樣，俄語 časy〔鐘錶〕形式上是 čas〔小時〕的複數；dva časa〔兩小時〕，但 dvoe časov〔兩隻手錶〕；遇到高階數詞，則插入 štuk (=pieces)：dvadtsať pjať štuk časov, sto štuk časov〔25, 100 個鐘錶〕。

這裡可以順便一提的是，當我們說 my spectacles〔我的眼鏡〕，his trousers〔他的褲子〕，her scissors〔她的剪刀〕，沒有人能確定指的是一副（條、把），還是數副（條、把）；假如翻成別的語言，那末其正確的翻譯到底是(德)meine brille, (法)son pantalon, (德)ihre schere (以上各爲單數)，還是meine brillen, ses pantalons, ihre scheren (以上各爲複數)？不過當我們說——

- He deals in *spectacles*〔他經營眼鏡業〕。
- The soldiers wore khaki *trousers*〔士兵們都穿著卡嘰褲〕。

這時所指的顯然都是複數之複數。因此，像 spectacles, trousers，

scissors 這一類的複數詞，其本身在概念上所代表的，　都可說是一種「通數」。

14.5　通數 (Common Number)

　　通數形式，即是一種不拘單複數的形式，我們有時會感到它的需要，然而通常只有一個辦法來滿足這種需要，那就是用一種笨拙累贅的說法，如a *star* or two〔一兩顆星〕｜one or more *stars*〔一兩顆星〕｜some *word or words* missing here〔這裡必有一個或一些漏字〕｜The property was left to her *child or children*〔遺產留給她的子女，無論幾位〕。 <註7> "Who came?" 及 "Who can tell?" 其中之who 便是通數，但是在 "Who has come?" 之中，　動詞便不得不用定數形式(單數)，雖然問話的意思是完全不定的。　再請看 "Nobody prevents (sg.) you, do they (pl.)?" 前半句單數，後半句複數，假使我們能夠避免這樣的矛盾，那末全句的意思豈不明白多了 (參第17章中之「通性」)？

14.6　質量詞 (Mass-Words)

　　一種理想的、純然建立在邏輯原則上的語言，甚至更爲需要一種無分單、複數的形式。當我們走出可數名詞的世界 (如 houses, horses; days, miles; sounds, words, crimes, plans, mistakes 等) 而進入不可數名詞的世界，我們會發現有許多字，根本不能喚起某種具有一定形狀或明確邊緣之物的概念，我稱之爲「質量詞」。它們或爲某種本身不具形狀的物質(material)名詞，如 silver〔銀〕, quicksilver〔水銀〕, water〔水〕, butter〔奶油〕, gas〔瓦斯〕,air〔空氣〕等，亦可爲「非物質」(immaterial)名詞，如leisure〔閒暇〕, music〔音樂〕, traffic〔交通狀況〕, success〔成功〕, tact〔機智〕,

common sense〔常識〕等，此外還有許多「離結名詞」(見第10章)，如來自動詞者：satisfaction〔滿足〕, admiration〔讚賞〕, refinement〔洗練〕；來自形容詞者：restlessness〔躁急不安〕, justice〔正義〕, safety〔安全〕, constancy〔恆常性〕等。

可數名詞的量化，藉用one, two, many, few 等字，而質量詞的量化，則用much, little, less 等。遇到some 和more，雖在英語兩類詞可以兼用，若翻成其他語言，就可以看出它們實際上的差別了：

英語	德語
some horse	*irgend ein* pferd〔某一匹馬〕
some horses	*einige* pferde〔若干匹馬〕
more horses	*mehr* (mehrere) pferde〔更多的馬〕
	(丹麥語 *flere* heste)
some quicksilver	*etwas* quecksilber〔一些水銀〕
more quicksilver	*mehr* quecksilber〔更多的水銀〕
more admiration	*mehr* bewunderung〔更多的讚賞〕
	(丹麥語 *mere* beundring)

由於語法上沒有另設一個「通數」，遇到質量詞我們便不得不在現有的兩種數別之中，選用其一；或者選單數，如上所舉各例，或者選用複數，如 victuals〔食品〕, dregs〔渣滓〕, lees〔酒糟〕；proceeds〔收入〕, belongings〔財物〕, sweepings〔垃圾〕；measles〔麻疹〕, rickets〔軟骨症〕, throes〔劇痛〕，以及日常說話時，用以描寫某些不快之特殊心情的口語用字，如the blues〔憂鬱〕,the creeps〔戰慄〕, the sulks〔怒氣〕等。有許多字常遊移於單複兩數之間，如 coal(s)〔煤炭〕, brain(s)〔頭腦〕等，有時甲語言用單數，乙語言可能用複數。有趣的是，porridge〔粥〕在英國南部，grød

〔粥〕在標準丹麥語，皆視爲單數，而前者在蘇格蘭，後者在丹麥之日德蘭，卻視爲複數。 相對於英語的複數字 lees, dregs，德語 (及其他語言)用單數的質量詞：hefe〔渣滓〕。 非物質的質量詞亦同： much knowledge 在德語必須譯爲viele kenntnisse，丹麥語爲mange kundskaber，二者皆爲複數 (='many knowledges')。

關於質量詞的界定，本身就有一些困難問題，因爲許多字具有雙重意義。某些名物詞很自然地可以從兩方面看，如 fruit (much fruit, many fruits); hair: "Shee hath more *hair* then wit, and more faults then *haires*" (Sh.) 〔她的頭髮多於智慧，缺點多於頭髮〕。請比較a little more cake〔多一點蛋糕〕, a few more cakes〔多幾塊小點心〕。 在一篇拉丁語的佈告裡， 乾燥疏菜跟肉類視爲單數，即質量詞，新鮮的則當作複數，因爲它們是按數量買賣的 (Wackernagel: VS 1.88)。再看 'verse': He writes both prose and verse〔他散文和詩都寫〕，I like his verses to Lesbia〔我喜歡他寫給 L. 的一些小詩〕。

從下面這些例子可以看出，同一個字可能時而用作質量詞，時而用作名物詞(thing-word)：

a little more *cheese*
〔多一點乳酪〕

two big *cheeses*
〔兩大塊乳酪〕

it is hard as *iron*
〔像鐵一樣堅硬〕

a hot *iron* (flat-iron)
〔一個燒熱的熨斗〕

cork is lighter than water
〔軟木比水輕〕

I want three *corks* for these bottles〔我要三個軟木塞塞這些瓶子〕

some *earth* stuck to his shoes
〔他的鞋子沾了一些泥土〕

the *earth* is round
〔地球是圓的〕

a parcel in brown *paper*

〔用棕色紙包的小包〕

little *talent*

〔無甚才氣〕

much *experience*

〔豐富的經驗〕

state-*papers*

〔政府文件〕

few *talents*

〔很少有才之士〕

many *experiences*

〔很多經驗〕

一個字的原始意義，有些是質量詞，有些是名物詞。也有的時候，二者的意義有所差別，比如 shade〔樹蔭〕和 shadow〔影子〕原係古英語同一個字的不同格位形式 (sceadu, sceadowe)。 按現代的規則，shade 用作質量詞 ， shadow 用作可數的名物詞 ， 不過有些情形 ，shade 也和 shadow 一樣用作名物詞，比如我們說 different *shades*(=nuances) of colour〔不同的色調〕。

Cloth 有兩個意思， '數' 的關係各不相同，作質量詞用，指某種特殊的布料，但指用布做成的用品，如桌布、馬鞍墊等，這時自然是名物詞，故產生了一個新的複數形 cloths，而舊的複數形 clothes 現在已與 cloth 分離，必須視為另外一個獨立的字（"衣服的總稱"）：一個具複數形的質量詞。

一種樹的名稱如 oak，當做質量詞用，不但可指取自該樹的木材，而且可指一叢活生生的樹， 即一個樹林（參 barley 大麥 ，wheat 小麥），例如：*Oak* and *beech* began to take the place of *willow* and*elm*〔橡木和青剛木開始取代了柳木和榆木〕。 別的語言也有類似的用法。與此相關的情況，如 fish，不但可指我們所吃的魚肉，而且可指我們在垂釣時所釣的活魚；丹麥語 fisk 和俄語 ryba (=fish) 的用法亦同 (Asboth 1904:68)。致使英語和丹麥語產生不變形的複數，如 many*fish*, mange *fisk*，這是原因之一。

　　質量詞常被用作可數名詞，雖然此點各種語言不盡相同。比如英語（丹麥語否）tin〔洋鐵皮〕可以指用 tin 所製的罐頭（供裝沙丁魚等）。英語的 bread〔土司麵包〕只是一個質量詞，但在許多語言與其相當的字，卻亦可用如英語 a loaf〔一條土司麵包〕之意，如法語 un peu de *pain* (='a little *bread*' 少許的麵包)；un petit *pain* (='a small *loaf*' 一小條麵包)。

　　非物質的質量詞，也有類似的可數化現象，如 a stupidity = 'a stupid act'，他如 many follies, kindnesses〔許多愚行、人情〕等。不過此一用法，在英語並不如在其他語言較為普遍，比如德語 eine unerhörte unverschämtheit, 英語最好的翻譯是 a piece of monstrous impudence〔荒誕的狂妄行為〕；他如 an insufferable piece of injustice〔一項難以忍受的社會不平事件〕，another piece of scandal〔又一件醜聞〕，an act of perfidy〔一項不忠的行為〕，等。（餘參拙著 MEG II, 5.33ff.）　以上各例的構造，要皆不外此一模式的延伸：a piece of wood〔一塊木頭〕，two lumps of sugar〔兩塊方糖〕等。

　　質量詞變名物詞，還有一種方式，就是拿一個「離結名詞」（抽象名詞），如 beauty〔美麗〕，來代表具有此種特質的人或物（美人、美景）。最後必須一提的是，用一個質量詞代表其中的一個種類，如 This tea is better than the one we had last week〔這種茶比我們上週所喝的好些〕；於是自然也有複數：various *sauces*〔各種的醬汁〕；The best Italian *wines* come from Tuscany〔最好的義大利葡萄酒產於塔斯卡尼〕。

　　通過「質量詞」一辭，並將「集合詞」的定義加以嚴格的限制，俾使二者區別分明（一方面依邏輯原則，使‘數’的概念不適用於「質量詞」，一方面使其加倍適用於「集合詞」），我希望我這個辦法對於解決此一困難問題，有所貢獻。「質量詞」的概念，每見用於字典之中，足證有其必要性，如「牛津大字典」中常見這樣的定義："*claptrap* (1) with pl.: A trick . . . (2) without a or pl.: Language designed to catch applause" —— 其中 (1) 即用作名物詞，(2) 即用作質量詞。我所建立的區分，較之 Sweet 和 Noreen 二人（據我所知係最有見地者）的系統，似乎略勝一籌。

　　依據 Sweet (NEG, §150ff.)的系統，名詞主要分為「具體名詞」(substance-noun or concrete noun) 和「抽象名詞」(即如 redness, stupidity, conversation 等字)。「具體名詞」又分為：

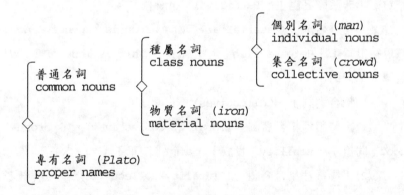

　　Sweet 沒有察覺他的「物質名詞」與「抽象名詞」之間，在基本上是相似的；而且他的「物質名詞」一辭也並不妥善，因為有許多「非物質的」(immaterial) 現象名稱也表現出與iron〔鐵〕和glass〔玻璃〕同樣的特徵。我也看不出他區分單數的種屬名詞（如sun 在日常用語與科學用語的不同）與複數性名詞（如tree）的價值何在：二者皆屬「可

數名詞」(countables)，縱然前者不如後者使用複數的機會多。

Noreen (1903:5.292ff.) 的分類法很具有創意 —— 除「抽象名詞」(如 beauty, wisdom) 以外。

I.「個體名詞」(impartitiva)，下分：

A.「獨體名詞」(individua)，特指不可能再分割爲若干同質成分者，如 I〔我〕，Stockholm〔斯德哥爾摩，城市名〕，the Trossachs〔特洛薩克斯，蘇格蘭地名〕；

B.「合體名詞」(dividua)，如 parson〔牧師〕，man〔人〕，tree〔樹〕，trousers〔褲〕，measles〔麻疹〕。甚至 'Horses are quadrupeds'〔馬是四足動物〕句中的 horses 都應視爲「個體名詞」，因爲它所代表的乃是一個不可分割的類名 horse；這句話實與 'A horse is a quadruped' 同義 (p. 300)。

II.「非個體名詞」(Partitiva)，下分兩類：

A.「物質名詞」(Materialia)，如：*Iron* is expensive now〔鐵現在很貴〕| He eats *fish*〔他吃魚〕| This is made of *wood*〔這個是木製的〕；

B.「集合名詞」(Collectives)，下再分：

(1)「整體性集合名詞」(Totality-collectives)，如 brotherhood〔同僚〕，nobility〔貴族〕，army〔陸軍〕；

(2)「複數性集合名詞」(Plurality-collectives)，其所舉之例爲：many a parson〔許多牧師〕，many parsons〔許多牧師〕，every parson〔每一位牧師〕，也包含通常的複數，如 fires〔火災〕，wines〔(多種)酒〕，waves〔波浪〕，cows〔(多頭)牛〕等。

「複數性集合名詞」可再分爲：(a) 同質者 (homogeneous)，如 horses 等；(b) 異質者 (heterogeneous)，如 we〔我們〕，parents〔雙親〕—— 後者單數爲 father〔父〕或 mother〔母〕。

上面最後一類，幾乎(雖不完全)等於我所稱的「近似複數」：瑞典語的 föräldrar (=parents)，不巧， 沒有相對的單數形， Noreen 因此拿 father 和 mother 作爲其單數形： 別的語言不乏單數形， 如英語 a parent (丹麥口語也有 en forælder)， 所以這個情形不能與 We : I 相比擬，尤其因爲有一個自然的複數 fathers，如 The fathers of the the boys were invited to the school 〔學童們的父親全體請到學校〕，而 'I' 的合理複數是難以想像的。總的說來，Noreen 的系統，依我之見，似嫌過於雕琢，對於語言學者價值不大，因爲他把自然屬於一類之物分隔開來，而又創出一些毫無用處的類別，如「個體名詞」，同時也過於擴大「集合名詞」的意義。我們的首要問題當然是，什麼是可以容納‘一個’和‘兩個’的概念，而不是什麼可以分割爲同質成分的概念；整個‘數’的概念，雖在日常生活中佔著極爲重要的地位，然而在 Noreen 的系統裡，卻被推置一旁。他在同書 p. 298 開始談到複數，雖然對於 we 的正確單數，主張應爲 'one of us' 一節，解釋極爲精妙， 卻未依據同一原理， 繼續指出 'the horses' 的正確單數並非 the horse， 而應爲 'one of the horses'， 並且 'one of us' 以及 'one of the horses' 的複數， 也並不一定就是 we 和 the horses， 也可能是 'some of us' 和 'some of the horses'。

◎ 第 14 章 附 註 ◎

1.　現今情勢業已改觀，按目前國內一般英漢字典，在名詞項下多已加
　　入是否為 countable〔可數〕或 uncountable〔不可數〕的指示。
　　然此概念當應歸功於葉氏，及英國 Harold E. Palmer 教授的大力
　　推廣──譯者。

2.　除了連接不同的事物以外，and 尚可用以連接同一事物或人的兩種
　　性質，如：my friend and protector, Dr. Jones〔我的朋友兼支
　　援者，J.博士〕。如此可能引起意義上的曖昧不明。比如雪萊的詩
　　(Epipsychidion 492)：Some wise and tender Ocean-King ...
　　Reread it ... a pleasure house　Made sacred to *his sister*
　　and his spouse ── 其所指妹與妻係一人抑或二人？　參廣告：
　　Wanted a clerk and copyist〔徵辦事員兼書記：一人〕，a
　　clerk and a copyist〔辦事員及書記：二人〕。又如 A secret
　　which she, *and* she alone, could know〔一件她，而且只有她，
　　能夠知道的秘密〕。德語常用 und zwar (= and that) 以示 und
　　並非如平常作 '添加' 的意思：Sie hat nur ein　kind,　und
　　zwar einen sohn〔她只有一個孩子，而且是個男孩〕。

3.　德語Rosners (=the Rosner family)，原本是領格，但時常被視為
　　複數，關於此點，及丹麥語 de gamle Suhrs〔古S.家族〕，　請參
　　拙著 MEG II, 4.42.

4.　關於希臘語之"we"當作"I"的用法，參 Wackernagel: VS 98ff.

5.　我忘記在哪裡見過這樣的話，據說在Munda-Koh 語裡，對於已婚的
　　婦女，得用二元複數(dual)稱呼她，否則會被認為是很不禮貌的：
　　她好像不能忍受被別人忽略她是有丈夫的。

6.　請注意德語 ein paar (='a pair')，在意義不太確定時，即 ='a

couple'〔兩三個，甚至再多幾個〕時， 常被脫去其屈折變形而作
附加語用，如mit ein (非 einem) paar freunden ='with a few
friends'〔跟幾位朋友〕，甚至可用複數冠詞:die paar freunde
〔這幾位朋友〕。丹麥語類似，如 et par venner〔幾位朋友〕，
de par venner〔這幾位朋友〕。

7. 法語大多數的名詞，就其字音而言，實際都是「通數」，倒是其附
   加語卻有單複數之別，因而產生如下的結構：il prendra *son ou*
   ses personnages à une certaine période de leur existence
   (Maupassant)〔他將在他一生中一定的時期，演出他自己的角色〕
   | *le ou les* caractères fondamentaux (Bally)〔根本的性格〕
   | le contraire *du ou des* mots choisis comme synonymes
   (ib.)〔被選用作同義字的相反詞 〕。 請比較德語 Erst gegen
   ende des ganzen satzes kommen *der oder die* tonsprünge,
   die dem satze seinen ausdruck geben 〔一句的音調直到接近整
   句的末尾時才突然升高，表示句子結束—— 參拙著 LPh 241.〕。

第15章 數 系 論(II)

15.1 種種不規則現象 (Various Anomalies)

所有的語言都有一種字，它的功能就是代表複數中的個別成分，並且使用單數的形式，以表達其共有的特質：every, each。 如'Everybody was glad'〔每一個人都高興〕 與 'All were glad'〔所有的人...〕，這兩個句子之間， 僅有些微的差別〔參中性的 everything 與 'All is well that ends well'〔善了就好〕句 中 的 all (= all things)〕。 參拉丁語： *uterque vir* = 'each (either) of the two men, both men'； *utraque lingua* = 'both languages'； *utrumque* ='both things'。 一個連帶有關的例子是個別化的 many a man，與概括性的 many men。許多別的語言也有類例： 德語 manch ein mann = 'many a man'，丹麥語 mangen en mand = 'many a man', 西班牙語 mucha *palabra* (sg.) loca〔許多瘋話〕 —— Hanssen: SG §56.6；法語 (廢) maint homme = 'many a man'。

關於單、複數的用法，我們隨時會發現一些難以解釋的不規則現象，由此可見，人並非是絕對邏輯的動物，比如古英語，跟著10 (tens) 的倍數的數詞，名詞用單數，如 (Beowulf 3042)： se wæs *fiftiges fotgemearces* lang = 'it was 50 feet long'〔它有50 呎長〕，但也並非完全一致，如同書 p. 379: *pritiges manna* mægencræft = 'the strength of 30 men'〔30人的力量〕 —— fotgemearces 是單數，manna 是複數。中古英語有這樣矛盾的例子：a *forty* (=about forty) men, 這種例子在丹麥語非常常見：en *tyve* stykker = 'about twenty

278

(pieces)'，這一點可比之於英語的a few，由於這個單數的冠詞，使得一個原本有‘半否定’(quasi-negative) 含意的複數字， 如 he has *few* friends〔他有很少的朋友〕， 轉化為肯定的意義，如 he has *a few* friends〔他有幾個朋友〕。不過 a few 也可能與 a many 有關，這裡的many 可能並非形容詞，而是一個集合名詞—— 這兩種形式最初是有區別的，後來弄得混淆不清了。法語 vers *les une* heures〔大約一小時〕，以及 vers *les midi*〔大約中午時分〕，這裡面單複數的矛盾，顯然是由比照其他表時間的詞語而來，如 vers *les deux* heures〔大約兩小時〕，好像把 vers-les 當作是一個專用於‘鐘點’的混合介系詞。德語的疑問代名詞 wer (如同英語的who)，並無‘數’的限制，而當需要明白表示所問的對象不只一人時，則須依靠中性單數 [!] 的 alles 以達成之:*Wer* kommt denn *alles*? (=Who are coming?)｜ *Wer kommt*? (=Who is coming?) ｜ *Wen* hast du *alles* gesehen?〔你看見了那些人?〕請比較本書第17章第3節「性別」項下之中性的 beides, mehreres，與第5節之稱人的 beide, mehrere 相關討論。

15.2 概括性的(Generic)單數與複數

本節將討論一些對於種屬總稱的說法， 而不用 all (*all* cats)，
<註1> every (*every* cat), any (*any* cat) 等字眼。 為此 ， Bréal (1882:394)杜撰了一個新詞 'omnial'〔統數〕， 以與 dual, plural 並列；設若有一種語言，在數詞中有此一‘形’，倒不失為一個好的主意。然而據我所知，並沒有這樣一種語言，事實上，對於種屬總稱的表示法，各種語言有時使用單數，有時使用複數；有時使用定冠詞，有時使用不定冠詞，有時什麼冠詞都不用。英語因為沒有複數的不定冠詞，故而演繹出下列五種不同的組合:

(1) **單數而無任何冠詞**。英語只有 man 和 woman 屬於此類：Man

is mortal〔人皆有死〕｜Woman is best when she is at rest〔女人在歇息時最美〕；此外還有「質量詞」，<註2> 無論是物質性的或非物質性的：*Blood* is thicker than *water*〔血濃於水〕｜*History* is often stranger than *fiction*〔史實有時比小說還奇怪〕。 德語和丹麥語僅適用於物質性的質量詞，法語則以上皆不可。<註3>

(2) **單數而帶不定冠詞**： A cat is not as vigilant as a dog〔貓不如狗機警〕；冠詞 a 亦可視爲弱式的any，或者說是拿 '一隻' 狗作爲狗之全類屬的代表。

(3) **單數而帶定冠詞**：*The dog* is vigilant〔狗很機警〕。還有，用哲學的口吻說，就是(中性的)形容詞：*the beautiful* ='everything that is beautiful'〔一切美好的事物〕。Chaucer 的話"*The lyf* so short, *the craft* so long to lerne"，用現代英語說，就沒有冠詞，如 Longfellow的詩：Art is long, but *life* is fleeting〔藝術長久，而人生飛逝〕。Chaucer的用法與希臘語吻合，如Hippocrates："*Ho bios* brakhus, hē *de tekhnē* makrē"〔意略如上〕， 法語、丹麥語、德語也都用冠詞，如德國作家哥德所著「浮士德」(Faust) 劇中人物 Wagner: "Ach gott! *die kunst* ist lang; Und kurz ist unser leben"〔哦，天神！藝術長久，而吾人之生命短暫〕。

(4) **複數而無任何冠詞**：*Dogs* are vigilant〔狗很機警〕。 *Old people* are apt to catch cold〔老人易患感冒〕。 I like *oysters*〔我愛吃牡蠣〕。

(5) **複數而帶定冠詞**：Blessed are *the poor* in spirit〔窮人在精神上是有福的〕。這種用法在英語只限於形容詞，如the old (=old people)〔老人們〕｜the English (=the whole English nation)〔英國全國人民〕，但在某些語言則是正常規則，如法語 *Les vieillards* sont bavards〔老人多嘮嘮叨叨〕｜ J'aime *les huîtres*〔我愛吃牡

蠣〕。

德國諺語Ein unglück kommt nie allein〔禍不單行〕，名詞用單數，同樣的一句話，在英語，名詞卻用複數:*Misfortunes* never come singly〔禍不單行〕。參莎士比亞："When sorrows come, they come not single spies, But in battalions"〔不幸的事，不會單獨來犯，必大舉而來〕。再比較（"每週"的說法）：

英　語 twice *a week*──week用不定冠詞，

法　語 deux fois *la semaine*──semaine用定冠詞。

由以上各例，我們可將「不定人稱」(indefinite person) 或者更恰當一些「概括人稱」(generic p.) 的表現方式，歸納如下：

(1) **單數而無任何冠詞。** 德語和丹麥語都有一個作為概括人稱的man，以別於普通名詞的 mann 和 mand，在德語僅以無重音作為區別標記，在丹麥語並失去喉塞音 (stød, 'glottal stop')；中古英語不但有man，而且還有一個 men (me)，後者常用單數動詞，如此可說是man 的弱讀式。法語的概括人稱'on'則是拉丁語之主格 homo 的正規發展。

(2) **單數而用不定冠詞。** 這是口頭英語所常見的，各種名詞都有，如 What is *a man* (a fellow, a person, an individual, a girl，蘇格蘭話a body) to do in such a situation?〔一個人在這種情形下該怎麼辦?〕有許多語言都用one (如英語) 這個字，來代表概括人稱，如德語ein (尤用於偏格)，丹麥語 en (標準語主用於非主語，方言中亦見用於主語)，義大利語有時用uno, 如 uno si commuove quando si toccano certe tasti (Serao)〔人遇到某些事情會受到感動〕。

(3) **單數而用定冠詞。** 法語之 l'on 現在被視為簡單的 on 之另一讀法。

(4) **複數而無任何冠詞。** 英語的Fellows 和 people 時常用在句中相當於法語之"on"的意思，如 fellows say, people say ＝法語 on dit〔人們說〕。參中古英語用複數動詞時的 men。用they（丹麥語de）作概括人稱時，可與前述複數名詞帶定冠詞的用法，作一比較 。 關於 you 和 we 作爲概括人稱的用法，見第16章。

用作「不定人稱」和「概括人稱」的man（如 "*man is mortal*" 人皆有死）二者之間的界線，不易劃清，時常似乎感性的成分多於理性的成分。因此，某些人也經常使用man, one（義大利語 si）作爲 "I" 的化身，希藉以隱藏其個人身分，俾其所言具概括性效果：you 也常被用於概括的意義，以達到類似的目的。「不定人稱」用作「概括」的意義，一個更爲明顯的事實是，丹麥語man 或法語 on 之後不時會跟著一個複數字，如：

丹 麥 語 Man blev *enige*〔人人都同意〕.

法　　語 La femme qui vient de vous jouer un mauvais tour mais voudrait qu'on reste *amis* quand même (Daudet)〔那個來跟你們惡作劇而又希望大家仍然保持友誼的女人〕. <註4>

義大利語 Si resta *liberi* per tre mesi (Serao)〔人人有三個月的自由〕| Si diventa ministri, ma si nasce *poeti, pittori*! (Rovetta)〔一個人做了大臣，也就成了天才詩人、畫家，天曉得！〕

15.3 二元複數 (Dual)

二元複數，在一些使用它的語言裡，對它有兩種不同的概念。

(A) 以格林蘭語 (Greenlandic) 爲代表，例如 nuna (=land) 的二元複數是 nunak，普通複數是 nunat；此二元複數主要用以明白表示，其所指對象的二元性 (duality)；如果此種二元性事實上非常明顯，比如身體上成對的五官，那末使用普通複數，幾乎沒有例外。因此，習慣上說 issai (=his eyes), siutai (=his ears), talê (=his arms) 等，而不說 issik, siutik, tatdlik (=his two eyes, etc.)。甚至數詞markluk (=two)，其本身雖是二元複數，卻常用於普通複數，如：inuit markluk (=two men)—— Kleinschmidt：Gramm. d. grönländ. spr. 13。

(B) 以亞利安 (Aryan) 諸語為代表，其二元複數多指自然成對之物，如希臘語 osse (=the eyes)。早期的亞利安語言多有此二元複數，然隨時間的演變，現僅殘存於少數零星的方言之中，如：立陶宛語 (Lithuanian)，塞爾維亞語 (Serb)，斯拉維尼亞語 (Slovene)；亦見於某些巴伐利亞語 (Bavarian) 方言代名詞系統。亞利安語系中二元複數的逐漸消失，<註5> 產生許多有趣的特徵，在此不及詳述。二元複數的存在，一般被(如 Lévy-Bruhl, Meillet)視為原始型思維的標誌：因此其消失亦被認為是伴隨文明進步的結果。(我本人對於語言發展的看法是，任何對於舊有的過多區別的廢棄，都是進步的現象，只是一般文化與某一語法現象之間的無常關係，卻不容易說得非常明白。)

希臘語的二元複數，在其文明較高的殖民地區消失得很早，而在大陸的希臘，如 Lacedæmon, Bœotia 及 Attica，卻頑強地保持著它。在荷馬 (Homer) 的詩歌裡，二元複數很常見，但似乎都是故搬古風，尤多為了音步 (metre) 的緣故；在同一句話裡，我們常發現普通複數與二元複數前後並用的情形，像這樣的例子：amphō kheiras〔兩手〕—— Odyssey, 8.135。哥德語的二元複數，僅用於第一、第二人稱代名詞，及與其相對應的動詞，然而這類的動詞為數很少；在其他的哥頓語中，只有 we 和 ye 兩個代名詞，還保持著這古老的區別，不過後來一般也都放棄了。(相反的是，在現代冰島語中，二元複數við (=we), þið (=ye) 卻逐出了古老的複數 vér, pér，丹麥語的 vi (=we), I (=ye)

或許也是如此。古老的二元複數，至今也還找得到一些零星的痕跡，如door〔門〕——原指其中的兩扇門——及breast〔乳房〕，其實，甚至從古代起，這些字也從未認真地被視爲二元複數，而只認爲是單數。And 和 both, 如今也許可說是唯一的兩個二元複數，然而請注意，當它們作「連接詞」用的時候，時常用以連接兩個以上的對象，如"both London, Paris, and Amsterdam"; 雖然許多名作家都這樣寫，某些語法家仍抱持反對的態度。<註6>

根據 Gauthiot，二元複數形，如梵語(Sanskrit) aksī, 希臘語 osse, 立陶宛語 akì, 正確地說，並非指 'the two eyes'，甚至亦非 'the eye and the other eye'，而是 'the eye in so far as it is double'〔眼本來就是一雙〕，因此，mitrā 就是'Mitra, in so far as he is double', 也就是'Mitra and Varuna',因爲Varuna 使 Mitra 成雙。同樣，梵語 áhanī = 'the day and (the night)', pitárā ='the father and (the mother)', mātárāu ='the mother and (the father)', 於是 pitárāu matárāu ='father and mother'，二者皆爲二元複數。希臘語略有不同：Aiante Teukron te ='Aias (二元複數) and Teukros'。烏格爾·芬語系，跟以上大部分結構都有類似的例子，比如下例中兩個相鄰接的字皆用複數形:īmeηen igeηen (='the old man and the old woman'), teteηen tuηgen (= 'winter and summer')。

有些遺失的二元複數，尚留下了一些跟跡，不易考證。如古諾斯語 (Old Norse)的代名詞 þau (='they two') 就是一個古二元複數，不過它也是中性複數，因而導致這樣一條造句規則：倘若一塊兒說到兩個不同性別的人，則需使用中性複數。

俄語某些字的古二元複數，恰巧與單數領格形式相同；因此像dva mužika〔兩個農夫〕，乃導致擴大應用單數領格於其他的字，更奇怪的是，在二元複數的概念，業已完全被遺忘以後，甚至用於 tri〔三〕，četyre〔四〕之後，如 četyre goda〔四年〕等。

15.4 次品字的數 (Number in Secondary Words)

　　Sweet (NEG, §269)說，動詞與名詞唯一共同的語法範疇就是 '數'。就實際的(英語)語法而言，這句話沒有錯；不過我們應該記住，動詞的數跟名詞的數並不是一回事。名詞的複數指的是該名詞本身的數，而動詞的數所指的，並非其所代表的動作或狀態的數，乃其主語的數：請比較 (two) sticks〔(兩支)棍子〕 或 (two) walks〔(兩次散步〕 與 (they) walk，後者的複數並非指兩次以上的walks〔步行〕，而說的是兩個以上的walkers〔步行者〕。 同樣，當拉丁語(及其他語言)的附加語形容詞使用複數，如 urbes *magnæ*，德語 *grosse* städte (='great towns')， 這時所指的亦並非形容詞概念的複數，其所謂複數實不過指towns〔城池〕而已。 以上二例所顯示的，純粹是一種語法現象，即所謂「諧和」(concord)， 跟邏輯絲毫沒有關係，但卻普遍存在於早期的亞利安系諸語之中；其影響非但及於 '數' 的形式，而且及於形容詞之格位的形式，俾能與其所屬的首品詞取得「諧和」作用。 然而， 這種「諧和」的要求，實在是多餘的(參拙著Language, 353ff.)，又因爲複數的概念，在邏輯上只是屬於首品字的特徵，故而許多語言皆或多或少一致地，放棄了在次品字上標示 '數' 的原則。

　　就形容詞而言，丹麥語一如德語，仍然保持著en *stor* mand (德語 ein *grosser* mann) 和 *store* mænd (德語 *grosse* männer) 的區別，英語在這方面就進步多了，已不再區別形容詞的單數或複數 (a *great* man, *great* men)，此種要求「諧和」的古習， 今只剩下極少數的殘餘例子，即 *that* man, *those* men, *this* man, *these* men。 一種理想的語言，無論是附加語或動詞，都不該另有一個複數的形式。<註7>

　　馬扎兒語 (Magyar) 的規則相反，‘數’的標示在次品字，不在首品字，不過只限於一個名詞跟著一個數詞。這時的名詞使用單數，就彷彿我們說 "three house"。該國土生土長的名語言學家 Simonyi 稱之 "不合邏輯"：我卻讚爲 "高明的經濟"，因爲這時在名詞上面再做任何‘複數’的明白標示，都是多餘的。別的語言也有與此相同的規則。芬語系 (Finnic) 並加了一個稀奇的條件：如果是主語，不用主格單數，而用切分 (partitive) 單數；如果不是主語，則數詞與名詞之間必須「諧和」。 丹麥語的規則與此近似：tyve *mand* stærk (20人力) ｜ fem *daler* (='five dollars' 五元，指其價值)，不同於 fem *dalere* (='five dollar pieces' 五個一元硬幣，指貨幣)｜to *fod*〔二呎〕。德語 zwei *fuss*〔二呎〕｜drei *mark*〔三馬克〕｜ 400 *mann*〔400 兵力〕。甚至英語也有類例：five *dozen*〔五打〕｜three *score* (=3x20 =60)｜five *foot* nine〔5呎9吋〕｜five *stone*〔5石，重量〕；詳見拙著 MEG II, 57ff。

　　論複合名詞的構成，其前字在許多方面都彷彿是後字的附加語。各位都曉得，古式的亞利安語複合詞，前字用的是字幹 (stem)本身，故沒有‘數’的表示：希臘語 *hippo*-damos〔扣馬衛者〕可能只管一匹馬，也可能管好幾匹馬。英語通常用的是單數，即使其意義很明顯地是複數，如 the printed *book* section〔版書部〕｜a three-*volume* novel〔分三卷的一部小說〕。不過也有許多，尤其是近來新造的複合詞，其前字也有用複數的：a *savings*-bank〔儲蓄銀行〕｜ the Contagious *Diseases* Act〔防傳染病法〕。丹麥語有一個奇特的例子，前後字皆變形：bonde+gård, 複數作 bønder+gårde (='peasants + farms' 農莊)；一般而言，複合名詞 (複數) 的前字仍保持單數： *tandlæger*〔齒科醫生〕。

　　動詞方面，英語在「過去式」中完全拋棄了單、複數的區別， 如

gave, ended, drank 等 (唯一的例外是 was, were)，某些現在式亦如此，如 can, shall, must 等 (這些原本都是過去式)；唯一保留單、複數區別的是第三人稱 (he comes, they come)，第一及第二人稱現在皆已無此區別 (I come, we come, you come)。 在丹麥語動詞方面，這種 '數' 的區別已完全廢棄，古單數形式現已變為「通數」(common number)，口語中永遠如此，文語中現已幾近永遠如此。

　　無論句中何處，只要動詞出現在主語之前，即使主語為複數，動詞似多傾向於使用單數(無反是者)；理由時常可能是，在先說出動詞的剎那間，尚未決定後面跟著要說什麼。 古英語之例："Eac *wæs* gesewen ... *ealle ða heargas*"〔並且...看見了所有的聖像〕。莎士比亞之例："that spirit upon whose weal *depends* and *rests* The *lives* of many"〔萬民的生命皆依賴著他(王者)的福祉〕。 這種情形特別常見於 'there is' 句型，如 Thackeray："There'*s* some *things* I can't resist"〔有一些事情我抵抗不住〕。別的語言也一樣。 丹麥語的文語在從前，der er (='there is')通例跟著複數的主語，雖然在那時候，一般句子的主語若為複數，ere (=are) 才是正確的形式。 類似的例子，義大利語也很常見： In teatro *c'era* quattro o sei persone〔劇院裡有五六個人〕。義大利語動詞居前使用單數的趨勢，已延伸及於 Evviva〔萬歲〕的用法：Evviva *le bionde* al potere! (Rovetta)〔金髮女之權力萬歲！〕

　　次品字遵守古「諧和」規則的語言，時常遭遇一些困難；語法不得不定出或多或少的複雜規則，然而在日常生活上又不見得為人人所一致遵守，甚至連名作家也不例外。從下面這些英語的例子，可以看出關於動詞方面的問題所在 (詳見拙著 MEG II, Ch. VI)：

Not one in ten of them *write* it so badly.

　　〔他們之中十人沒有一人寫得如此差。〕

Ten *is* one and nine. 〔十就是一加九。〕

None *are* wretched but by their own fault.

〔沒有一個可憐人不是由於他們自己的錯而造成的。〕

None *has* more keenly felt them.

〔沒有一人的感受更加深切的了。〕

Neither of your heads *are* safe.

〔你們二人的腦袋都不保險。〕

Much care and patience *were* needed.

〔需要很多的細心和耐心。〕

if the death of neither man nor gnat *are* designed

〔假設不論人或蚊的死都沒有設計。〕

Father and mother *is* man and wife; man and wife *is* one

flesh. 〔父母是夫妻；夫妻是一體。〕

His hair as well as his eyebrows *was* now white.

〔他的頭髮跟眉毛這時都白了。〕

the fine lady, or fine gentleman, who *show* me their teeth.

〔那位淑女，或者是位紳士，意欲恐嚇我。〕

One or two of his things *are* still worth your reading.

〔他的東西有一兩樣仍值得你一閱。〕

His meat *was* locusts and wild honey.

〔他的食物就是蝗蟲和野蜂蜜。〕

Fools *are* my theme. 〔傻人乃是我的主題。〕

Both death and I *am* found eternal.

〔他們會發現死亡跟我都是永恆的。〕

上面這些例子，皆出自名作家的手筆，比如最後一句便是摘自米爾頓

(Milton)的作品。同樣的問題，亦見於要求形容詞遵守數(性、格)與首品字「諧和」的語言；試觀下面法語和英語兩個簡單的例子，即可了然拋棄次品字中這些無謂的區別，對於一種語言是多大的優點<註8>：

法　語　*ma* femme et *mes* enfants〔我的妻子和我的孩子們〕，

　　　　la presse *locale* et *les* comités *locaux*

　　　　〔當地的新聞界和當地的一些委員會〕；

英　語　*my* wife and children,

　　　　the *local* press and committees.

15.5　動詞概念的複數 (Plural of the Verbal Idea)

　　"單、複數"的概念，與動詞本身所表達的概念，並非全然不相容。我所指的當然不是 Meyer (IF 24.279ff) 所謂的 "verba pluralia tantum"〔大複數動詞〕，因爲他所指的是德語的 wimmeln〔密集〕，sich anhäufen〔堆積〕, sich zusammenrotten〔結黨〕, umzingeln〔包圍〕[英語之例應是 swarm (成群)、teem (充滿)、crowd (群集)、assemble (集合)、conspire (共謀)]，然而它們的複數概念並不在動詞本身，仍在於主語；<註9> 我的意思是指，某些動詞概念本身，眞正構成的複數，其中最明顯的例子，請參第10章所討論相關的「名動詞」(verbal substantives) 即可明白。假設 one walk, one action 的複數是 (several) walks, actions，那末它所表達的複數概念，必然是"做了數次 walks, actions"。可是英語及大多數的語言，都沒有另設一個動詞形式來表達它；當我們說 he walks (shoots), they walk (shoot)，我們根本無法交代明白，他 (他們) 到底是做了一次 walk (shot) 還是若干次。假使我們說they often kissed〔他們常常接吻〕，這裡的副詞所表達的複數概念，正是複數名詞 (及形容詞) (many) kisses〔多次的接吻〕所表達的概念。某些語言的動詞，有所謂「多次體」(frequentative)或「反覆體」(iterative)，所表達的方是動詞之眞正的複數概念 —— 有時用一個特別的動詞形式表示，常被視爲動詞的一種時式 (tense)<註10> 或動貌 (aspect)，比如閃語系 (Semitic)利用中位子音的重疊 (doubling)或延長 (lengthening) 以表示動作的反覆及持續 (duration)等。察莫洛語(Chamorro)利用動詞字根之重音節的重覆(reduplication)以表示動作的多次反覆(K. Wulff: Festschrift, 49)。 有時另造一個形式，以表示重覆或習慣的動作，比如拉丁語某些動詞加字尾 -ito 造出 cantito (='sing frequently'), ventito (='come often')；visito 就形式而言，乃一雙重的多次體，因爲它的主體viso 已經是video (=see) 的多次體，不過它的複數概念漸形消失，是故法語的 visiter 和英語的 visit， 皆可用於表示‘參觀一次’。斯拉夫語系的動詞， 在表示複數或多次動作這方面相當發達， 如俄語strělivať ='to fire several shots'〔多次發射〕係由 strěljať ='to fire one shot'〔發射一次〕而來。英語也有幾個以 -er, -le 收尾的動詞，表示重覆或習慣的動作:stutter〔口吃〕, patter〔雨聲淅瀝〕, chatter〔喋喋不休〕, cackle〔母雞啼聲〕, babble〔牙牙學語〕。除此以外，欲表反覆多次的動作，則須用各種其他的方法:

He *talked and talked*.〔他一直不斷地說說說。〕

he *used to* talk of his mother.〔他從前常談他的母親。〕

He was *in the habit of* talking.〔他習慣多話。〕

He *would* talk of his mother *for hours*.

　〔他談起他的母親，一談就是幾個鐘頭。〕

He talked of his mother *over and over again*.

　〔他談他的母親，談了又談，談了又談。〕

　談過了像 walk, shot, kiss 這一類的「離結名詞」(名動詞)，我要提醒讀者另一類的「離結名詞」，即含有敘述語（形容詞）者，如：stupidity〔愚鈍〕, kindness〔和藹〕, folly〔愚昧〕，這些也都可以用複數，不過，這樣它們就由「質量詞」轉化爲「可數名詞」了，比如它們可以與單數不定冠詞連用：a stupidity = 'a stupid act, an instance of being stupid'〔一項愚行〕。

副詞當然沒有顯著的 '數' 的問題，唯一的例外是這樣的幾個字：twice〔二次〕，thrice〔三次〕，often〔時常〕，它們可說是 once〔一次〕的複數，因爲從邏輯的觀點說，這些副詞的意義實際等於 'two times, three times, many times'；這種表示次數的複數概念，相當於「組合次加語」中所含名詞的複數，如 at two (three, many) places。同樣，now and then〔時時〕，here and there〔處處〕，這些副詞片語也都可以說，含有複數的概念，因爲它們的意義等於 at various times〔各時〕，at various places〔各處〕，不過這些現象，一般當然並不影響此一事實：'數' 的概念並不適用於副詞。

● 關於「數系論」兩章的補遺 ●

在一組事物裡面，要指出一個位置，大多數（或者全部？）的語言，都是用由基數詞 (cardinals) 衍生而來的所謂序數詞 (ordinals)。非常常見的情形是，頭幾個序數並非由相對的基數衍生而來，如（拉丁語）primus,（英語）first,（德語）erst, 跟 unus, one, ein 看不出任何關係，它們從最初起，所指的就是最前面的（時間或地點）。拉丁語 secundus〔第二〕原來的意思是 'following'〔跟著的〕，讓人去想像到底前面走了幾個；往往意爲 "第二" 的字，同時隱含有 'different' 的意思，如古英語 oðer（其不特定的意義，保留在現代英語的 other

中，而其基數係借自法語），德語 ander, 丹麥語anden。法語自 deux
〔二〕 新造了一個規則的 deuxième〔第二〕， 最初也許用於複合的
vingt-deuxième〔第二十二〕，參 vingt-et-unième〔第二十一〕。

有許多用基數的情形，照嚴格的邏輯說，應該用序數；這是爲了方
便的緣故，尤其遇到較大的數字時， 比如 in 1922 = in the 1922nd
year after Christ's birth〔在耶穌降生後第1922年〕， 俄語在此用
序數；此外，像讀下列的章、頁、行次： "line 725"〔第二十三行〕,
"page 32"〔第三十二頁〕, "Chapter XVIII"〔第十八章〕等，以及法
語之"Louis XIV"〔路易十四〕, "le 14 septembre"〔九月十四日〕等
，也都使用基數。

在表示'number' (法語'numero', etc.) 這個字的後面，使用基數
而不使用序數，這個現象很普遍：'number seven'乃表示‘第七’之意
。參‘鐘點’的說法： at two o'clock〔在兩點鐘時〕， at three
fifty〔在三點五十分時〕。

〔注意〕德語drittehalb, 丹麥語 halvtredie, 這兩個字使用的都
是序數，意思是'two and a half'〔兩點半鐘〕,照字面是'the third
is only half'〔第三點鐘才只一半〕； 下面對於‘兩點半鐘’的說法
又稍微不同一點： 蘇格蘭方言at half three, 丹麥語 klokken halv
tre, 德語 um halb drei uhr (字面意思是 'at half of three
o'clock')。

序數在許多語言中，無論加不加相當於'part'〔部分〕的字眼，尚
須擔任表示‘分數’的功能： five-sevenths, 法語cinq septièmes,
德語 fünf siebentel, 丹麥語 fem syvendedel〔七分之五〕等。但表
½ , 卻另有一個單獨的字，即 half, demi 等。

◎ 第 15章 附 註 ◎

1. "All cats have four feet" = "any cat has four feet"， 但是 all 這種‘概括性’用法，應與其‘分配性’(distributive)用法 分別清楚，如 "All his brothers are millionaires"〔他的兄弟 們全都是百萬富翁〕與 "All his brothers together possess a million"〔他的兄弟們共擁有一百萬〕的意義是不相同的。 "All cats" 若按分配性的意義講，它們的足就不知共有多少隻了。邏輯 學家舉過一個例子，說明二者之間的區別：All the angles of a triangle are less than two right angles 〔一個三角形，所有 的角皆小於兩直角〕| All the angles of a triangle are equal to two right angles〔一個三角形， 所有的角加起來等於 兩直角〕。參拙著 MEG II, 5.4。

2. ‘概括性’的概念，用之於質量詞，係指‘量’，而非‘數’，如 Lead is heavy〔鉛很重〕，係指 'all lead', 'lead, wherever found'〔所有的鉛，任何地方發現的鉛〕。

3. Sweet (NEG §1)："從理論的觀點說 ， 語法就是語言的科學。 所謂‘語言’(language) 乃指一般所有的語言 (languages) ，以 對待於某一個(或某一些)個別的語言 (language/s)。" 法語在表 現這兩個概念方面，就便利多了，不但有兩個不同的字可用，而且 也有‘數’的區別 ： "Le langage et les langues"〔一般語言 與個別的語言〕—— Vendryes (1921:273)。

4. 挪威語例 (Western: NR 451) ： En blir lei *hverandre*, naar en gaar *to mennesker* og ser ikke andre dag ut og dag inn 〔二人彼此長久不見，以後就生疏了〕。

5. 見 Cuny 1906; Brugmann VG II, 2.499ff; Meillet Gr 189. 226.

303; Wackernagel VS I, 73ff。Gautiot 在 Festschrift Vilh. Thomsen p. 127ff, 發表了一篇很有價值的論文，比較亞利安語系跟烏格爾‧芬 (Ugro-Finnic) 語系的二元複數。

6. 二元複數有時會延伸到跟著較大數詞 (如52)的名詞，例如：kourō de duō kai pentēkonta〔50又2位少年〕——Odyssey 8.35.

7. 世界語 Esperanto，無論主語是單數或複數，動詞的形式一律不變，如mi *amas*〔我愛〕, ni *amas*〔我們愛〕，然而形容詞卻分單複數：la *bona* amiko (='the good friend'), la *bonaj* amikoj(= 'the good friends')，矛盾的是冠詞 la 形式不變。 另一世界語 Ido，則嚴守邏輯原則：la *bona* amiki (='the good friends').

8. 假使一種語言(如亞利安諸語)，其主語的概念全由動詞的形式表達，那麼其由動詞所表示的複數，當然就不能算是多餘，比如拉丁語 *amamus* Læliam, *amant* Læliam = 'we (they) love L.' 義大利語有一個特別的情形： *furono soli* con la ragazza〔他跟那女孩單獨在一起〕,這句話實際等於egli e la ragazza (=he and the girl) *furono soli*, 或 egli *fu solo* con la ragazza； 其他法語、德語、斯拉夫語(Slav)、阿爾巴尼亞語(Albanian)的例子，參見 Meyer-Lübke (1909:88), Delbrück (1893:3.255)。 英語的敘述語，也有一個用複數的例子：Come, Joseph, be *friends* with Miss Sharp〔來吧，約瑟夫，跟夏蒲小姐做個朋友〕。同樣，丹麥語 ham er jeg gode *venner* (=friends) med〔我跟他是好友〕。

9. Quarrel 也是一個同類的字，因為它需要至少二人才能‘爭論’； 假使它的主語為單數，如 I quarrel with him, 那末它就應該歸入 〔註8〕之例。

10. 參閱第20章 §20.4 關於 'imperfect' 部分。

第16章　人　稱　論

16.1　定義 (Definitions)

　　牛津大辭典 (NED) 對於 'person' 作為語法術語，所下的定義是：
"三類人稱代名詞的每一類(連同動詞中相配合的人稱標記)，分別明指
或暗示說話的人(第一人稱)，說話的對方(第二人稱)，及所說的人或事
(第三人稱)。"雖然同一的定義，也都為一些優良的字典和大多數的語
法書所採用，然而它顯然並不正確，因為當我說 "I am ill" 或 "You
must go"，所說的人，毫無疑問，當然是 "I" 和 "you"；因此，所言
三個真正的類別應該是(1) 說話者，(2) 說話的對方，(3) 既非說話者
，亦非對方。第一人稱指說話者自己，第二人稱指與之談話的對方，第
三人稱，二者皆非。

　　此外，還有一件事情務請牢記，就是語法上所稱 first, second,
third person, 這裡面的 person 與其通常的意義完全不同，它並不具
備任何 '人格' (personality) 或理性動物的本質。 比如我們說 the
horse runs, the sun shines, 都是第三人稱；假如在某寓言故事中，
我們要horse 說 'I run'，或者要sun 說 'I shine'，這時兩句又都
是第一人稱。這種對於'person'的看法，要追溯到拉丁語法家，然後由
他們再傳到希臘語 (prosōpon)，這是傳統語法名辭的許多不便之一，
但是根深蒂固不易廢除；不管對於一個對此問題未曾深思過的人，會感
到多麼奇怪，當我們告訴他「無人稱」(impersonal) 動詞， 必須要用
「第三人稱」，如法語 pluit〔下雨〕，英語 it rains〔下雨〕。 有
人曾經反對把代名詞'it'歸入「人稱代名詞」，不過如果依照我們這裡

給 person 所下的定義，把'it'納入「人稱代名詞」也說得過去。可是，當我們處理who, what 這兩個「疑問代名詞」的區別時，又得要說前者指人，後者指除人以外的事物，這時如果又稱who 為「人稱代名詞」，那便非常傷腦筋了。

根據定義推論，第一人稱嚴格說來，只可能用單數 <註1>；在前面 §14.3 我們已經提到過，所謂第一人稱複數 we，實際不過等於 'I + someone else or some others'。 根據專家研究， 某些美洲印第安語 (Amerindian lgs.) 有一個便利的辦法，就是使用分數詞 ½和 ⅓來代表 'we'，使用何者則視加在'I'一起的是第二或第三人稱而定。

奇怪的是，對於三個人稱的使用，有時竟也會受情緒的左右。根據 Bruce Glacier： "Ruskin 對於 '大眾' 永遠稱 'You'，Carlyle 則視之較遠，稱其為'They'，而 Morris 永遠稱之為'We'。"

許多語言的三個人稱，不但表現在代名詞，而且也表現於動詞，如拉丁語（amo〔（我）愛〕,amas〔（你）愛〕,amat〔（他）愛〕），義大利語語等 。 在這些語言之中，許多句子都不需要明確地說出主語是什麼，像 ego amo〔我愛〕，tu amas〔你愛〕，最初只有在需要特別強調主語是 '我(你)' 的時候才這麼說。然而經過時間的推移，漸漸產生一個趨勢，即在並不特別需要強調的時候，也給加上一個主語代名詞。這個趨勢當然會影響到動詞，使其代表人稱之字尾的聲音，越來越小，因為它們對於一個句子的正確了解，越來越顯得多餘。如法語：

　　j'aime〔我愛〕, tu aimes〔你愛〕, il aime〔他愛〕,
　　　　　　—— aime, aimes, aime 完全同音 [ɛm]；
　　je veux〔我願〕, tu veux〔你願〕, it veut〔他願〕,
　　　　　　—— veux, veux, veut 完全同音 [vø]；
　　je vis〔我活〕, tu vis〔你活〕, il vit〔他活〕,
　　　　　　—— vis, vis, vit 完全同音 [vi].

英語也有不隨人稱變形的 I can, you can, he can; I saw, you saw, he saw; (甚至複數) we can, you can, they can; we saw, you saw, they saw—— 語音變化跟類化齊平作用 (analogical levelling) 連手掃除了舊的人稱區別。當然，動詞的人稱區別也並非完全消失，殘餘的現象仍在，如法語的動詞 avoir〔有〕: j'ai, tu as, il a, nous avons, vous avez, ils ont，英語 I go, he goes, 以及一般第三人稱單數現在式。現代丹麥語，對於這些區別業已完全廢除，如動詞 ser (=see): jeg ser, du ser, han ser, vi ser, I ser, de ser ，並已擴及所有的動詞和所有的時式，恰如漢語和某些其他語言。這應視為語言的理想或邏輯狀態，因為這些區別，正確地說，只應屬於首品概念，實不需要在次品字裡再予以重覆。

英語在助動詞裡產生了一個區別，讓原本表示未來的 I shall go, you will go, he will go, 同時也表示附條件的假想: I should go, you would go, he would go.

任何祈使句 (也可以包括任何呼格句)，實際都是第二人稱，甚至包含這種情形: "Oh, please, someone go in and tell her"〔哦，拜託，有哪位進去告訴她〕, 或者 "Go one and cal the Iew into the court" (Sh.)〔派人去叫那猶太人到法庭上來〕，尤其明顯的是後加墜尾問句的例子，如: "And bring out my hat, somebody, will you? (Dickens)〔並且把我的帽子帶出來，哪一位，好嗎?〕。英語的動詞形式不表明人稱，但是某些語言具有第三人稱的祈使句，這時我們不得不承認，語法上的第三人稱跟概念上的第二人稱之間，存在有矛盾。不過有時，這後一種力量會占上風 (甚至表現於形式上)，比如在希臘語，我們發現 "sigan nun hapas ekhe sigan"，根據 Wackernager (1920: 106)，其中就是以 ekhe (2nd p.) 替代了語法上所需的 ekhetō (3rd p.)，該句直譯等於 "everyone now hold silence"〔每一個人現在請肅靜〕。第一人稱複數的祈使句，如義大利語 diamo，法語 donnons〔我們來給〕，它的實際意義就是'you give, and I will give, too'，所以這種的祈使句，照舊也指的是第二人稱。 英語舊有的'give we'，業已爲 'let us give'所取代 (跟丹麥語一樣；德語尚不很徹底)； 這裡的let，無論就語法說或概念說，當然都是第二人稱， 第一人稱複數，只見於其從屬的「離結」'us give'。

相當於代名詞之第一人稱的方位副詞是here，如在英國北部方言有兩個表示'not-here'的副詞，即there 和yonder (yon, yond)，這時我們就可以說，表示較近的there 相當於第二人稱，表示較遠的yonder相當於第三人稱，<註2> 但是，標準英語表示遠位的副詞只有一個there (yonder 已廢用)。 第一人稱與'here'的關係，仍可見於義大利語，它的副詞 ci 'here' 被廣泛地用爲第一人稱複數代名詞(偏格)， 以替代ni 'us'。德語有兩個表示運動方向的副詞，hin表示朝向說話者，her表示離去說話者。

W. Bang 在他的小冊子Les Langues Ouralo-Altaïques〔烏拉·阿爾泰語言〕裡堅信不疑地說，人類在尚未產生"I"和"thou" 的概念之前，必先有"here"和 "there"的概念。因此，他設立了兩組構成代名詞的元素，一組係構成'here, I, now'的成分，以 m-, n- 起頭，一組係構成'not-I, there'的成分，以 t-, d-, s-, n- 起頭；然後再將其分爲兩個次類：(a) la personne la plus rapprochée, là, toi, naguère，tout à l'heure 〔最近的人，那裡，你，最近，剛才〕， (b) la personne la plus éloignée, là-bas, lui, autrefois, plus tard 〔最遠的人，那邊，他/她，從前，後來〕。

這是一個有趣的看法，值得一提，不過我不擬在本書中，對於原始語法，及語法成素的起源，多作設想。

16.2 通稱的和概括的人稱 (Common & Generic Person)

在前面 §14.5我們已經說過，在某些情形下如果有一個表示「通數」的形式，是很方便的；同樣，我們有時也感到需要一個「通稱」人稱。我們曾經說過，we 就是一個好的例子，因它代表了"I and you"或"I and someone else"，複數的you,ye 時常也代表"thou and someone else"，這樣就等於結合了第二和第三人稱。但這並不能涵蓋除 and 以外的連接詞，如「斷折連接詞」(disjunctive conjunction)。在某些動詞需要區別人稱的語言裡，這眞是一個相當困難的問題，如 "*either you or I ... wrong*" 這裡的動詞應該用are 還是am 還是is？ 餘參拙著Language, p. 335f。Thackeray (Newc. 297) 對於 our 有此一用："Clive and I went *each to our habitation*"〔C. 和我各自回我們自己的住處〕，這句話當然也可以這麼說："... each to *his* home"〔各回他自己的家〕，丹麥語就直接用第三人稱反身代名詞："(C. og jeg gik) hver til *sit* hjem" ——參 "vi tog hver *sin* hat"〔我們各人拿自己的帽子〕——但若有一個「通稱」人稱，就比較合理得多。

Wackernagel (1920:107) 提到一個奇特的例子，假設有一個「通稱」人稱，問題就解決了：(拉丁語)Uter meruistis culpam (Plautus) (=which of you two has deserved blame?) —— uter (='which of two') 需要第三人稱單數，然而動詞用的卻是第二人稱複數，因爲所講的對方是二人 (two men)。

「通稱」人稱再擴大一點，可以說等於我所喜歡講的「概括人稱」，如法語的 on。我在 "數系論" §15.2 已經討論過各種語言中，概括性單數和複數(無論帶不帶冠詞)的通稱用法，又在第12章 §12.3 (主語和述語)談過義大利語 si (=oneself) 如何演變成一種「概括人稱」代名詞；在這裡我要指出的是，這種概念上的 '全人稱' (all-person)，或 '無人稱' (no-person)，表現在語法上或爲第一、或爲第二、或爲第三人稱，在實際語言裡都可以找到相當的例子：

英 語	法 語
1) as *we* know	= comme on sait
〔如我們所知〕．	
2) *you* never can tell	= on ne saurait le dire
〔誰也說不準〕．	
3) *one* would think he was mad	= on dirait qu'il est fou
〔人會以為他瘋了〕．	

what is *a fellow* to think = qu'est-ce qu'on doit penser

〔人會怎麼想〕．

they/people say that he is mad = on dit qu'il est fou.

〔人都說他瘋了〕．

這些說法要用哪一種，多少與情緒的因素有關：有時說者想強調他自己包括在內，有時說者想特別引起對方的興趣，<註3> 有時說者想把自己的身份隱藏起來，儘管真正所表達的仍然是第一人稱，並非什麼 fellow 等等。唯有「概括人稱」一詞，能夠涵蓋以上語法上各種人稱所傳達的「概括」概念。

諸位都知道，有些語言的第一人稱複數代名詞 'we' 已日漸消失，而代之以「概括人稱」'one'。如：

法　語 Je suis prêt, est-ce qu'*on* part（而不用 *nous*
　　　partons）(Bally)〔我已準備好，我們都去〕．

　　　Nous, on va s'battre, *nous on* va s'tuer（對 nous
　　　作特別的強調）(Benjamin)〔我們，要去打戰呢，要
　　　去自殺呢〕．

法　　語 Moi, j'attends le ballet, et c'est *nous* *qu'on*
　　　　 dansera avec les petites Allemandes (Benjamin)
　　　　 〔我，我等待著芭蕾開始， 我們將要跟那些德國女
　　　　 孩子跳舞〕．

義大利語 la piazzetta dove *noi si giocava* a volano
　　　　 (Verga)〔我們玩羽球遊戲的廣場〕．

　　　　 Noi si potrebbe anche partire da un memento
　　　　 all'altro (Fogazzaro)〔我們大概也可以隨
　　　　 時出發〕．

　　　　 La signora Dessalle e io *si va* stamani a visi-
　　　　 tare i Conventi (id.) 〔D. 夫人同我今晨去訪
　　　　 問修道院〕．

　　　　 Noi si sa che lui non vuole andare (id.)
　　　　 〔我們知道他不想去看他〕．<註4>

　　義大利語這種現象如此常見，其理由似乎並非如 Bally 所說，(法語) 因為第一人稱複數 nous chantons〔我們唱〕之中的動詞字尾，業已失去判別作用 ， 且不能與其他的人稱如 je chante 〔我唱〕, tu chantes〔你唱〕, il chante〔他唱〕, ils chantent 〔他們唱〕，在發音上獲致協調 (因為其他各人稱的動詞皆變為同音) ，我倒要請問 vous chantez〔你們唱〕該如何解釋？不過Bally 的話也可能有一部分是對的 ， 他說比如法語 moi je chante, toi tu chantes, lui il chante, eux ils chantent 這些強調人稱的說法， 雖然都十分自然，然而遇到第一人稱複數nous nous chantons，這裡強調人稱的意味就不夠明顯，而且發音也與其他的人稱不夠諧和，於是nous on 的形式就受到歡迎，無論在聽覺上或意象上，都比較能夠令人滿意。

16.3 概念上的和語法上的人稱 (Notional & Grammatical P.)

　　在絕大多數的情形下，概念上的和語法上的人稱是完全一致的，即用代名詞 "I" 及其相關的動詞變化時 ， 說話者的確說的是他自己 ，其他的人稱亦如是。 但是， 偏離此原則的情形毫不稀奇；比如爲了表示謙卑、尊敬、或者只是客氣而已，常使說話者避免直接說 "I"，而改用第三人稱如your humble servant〔你的忠實的僕人〕等。 請參西班牙語 Disponga V., caballero, de *este su servidor*〔老爺，您請吩咐您的這個僕人〕。在東方諸語中，這種情形更是發展到了極點，原義爲 'slave'〔奴〕或'subject'〔臣〕或'servant'〔僕〕等之字，已成爲替代'I' 的正常用語 (參Fr. Müller: Gr. II, 2.121)。在西歐各國，由於其自我意識較強，這種說法常帶有諧謔的口吻，如英語 'yours truly' (源於書信結尾用語)，'this child'(俚語this baby)。一個特別強調自我而不說'I' 的諧謔用語，就是'number one'。有些作家盡可能不說'I'而用被動句等，如果此等句法不行，那麼就用'the author', 'the (present) writer', 'the reviewer'〔筆者〕。一個著名的消匿自我以表絕對客觀的例子，就是名評論家 Cæsar，他在他的新聞評論裡面，從頭到尾一律自稱 Cæsar，而不用第一人稱代名詞。當然，在某些文學作品中，運用這種直接使用自己的名字而不用'I' 的技巧，那就又當別論了， 如 Marlowe 的 Faustus ， 莎士比亞的 Julius Cæsar 或 Cordelia (李爾王之么女) 或 Richard II ； Lessing 的 Saladin ； Oehlenschläger 的Hakon (還有許多德語、古諾斯語、希臘語等語言的例子，請參 Grimm: Personenwechsel, 7ff.)。有些情形，它也可能是一種向聽衆作自我介紹的方式，但一般而言，乃是出於自豪或高傲的心態。還有一種情形，就是成人跟小孩說話的時候，說 "爸爸"、"阿姨" 而不說 "我"，這是爲了要使小孩比較容易了解。<註5>

　　有時候，present company 也用以替代第一人稱複數"we", "us"，

如 "You fancy yourself above *present company*"〔你自以爲超過我們大夥兒〕。

　　關於間接表達概念上的第二人稱，我首先想到帶父輩口吻的 'we'，時常爲教師或醫生們用以表示親切感，及與對方所共同關心的問題，如 "Well, and how are *we* today?"〔喂，今天感覺怎麼樣？〕這個現象，好像在許多國家都很普遍，如丹麥、德國 (參Grimm: Personenwechsel, 19)，法國作家 Bourget 所著 Le Disciple (94)： "Hé bien, *nous* deviendrons un grand savant comme le père?"〔唔，我們都將成爲像父親一樣的大學者嗎？〕又如 Maupassant 所著Fort comme la Mort (224)： "Oui, *nous* avons de l'anémie, des troubles nerveux"〔是呀，我們都有些貧血症，神經病〕——後面立即跟著一個 'vous'〔你〕。這種 'we'通常所含保護的色彩，在丹麥語所常用的 "Jeg skal sige os" (=Let me tell you) 句中並不存在。

　　其次是一個所有代名詞 + 一個表示性質的名詞， 所構成的敬語稱謂： your highness〔殿下 —— 含意是 you are so high〕， your excellency〔閣下〕， your Majesty〔陛下〕,your Lordship〔閣下〕等。 諸位都知道，西班牙語 vuestra merced (=your grace)，經過截縮爲usted，就變成爲 'you'的敬稱。法語 Monsieur〔先生〕，Madame〔夫人〕，Mademoiselle〔小姐〕，皆可用以替代 vous〔你〕，如：Monsieur désire?〔先生想要嗎？〕 有些國家特別喜愛頭銜，因此簡單而自然的人稱代名詞反被擱置一旁， 如德語經常說： "Was wünscht (wünschen) *der Herr Lieutenant*?"〔軍官老爺想要點什麼〕｜"Darf ich *dem gnädigen Fräulein* etwas Wein einschenken?"〔我可以給尊小姐添一點葡萄酒嗎？〕

　　在瑞典，若是不知道或者偶然忘記了一個人的頭銜，便非常不易與其進行有禮貌的談話；我很抱歉告訴各位，我的丹麥東部和南部的同胞們，近年在這方面，越來越熱衷於模倣我們的鄰居，每聽人開口問道：
"Hvad mener professoren?"〔先生以為如何？〕，而不說"Hvad mener
De?"〔你以為如何？〕

　　德語從前在習慣上說 er, sie〔他，她〕連同第三人稱單數動詞，
而不用 du〔你〕，尤其對晚輩說話時如此；　丹麥語也風行同樣的習慣
(han 他，hun 她)，直到十九世紀中葉左右。今天的德語第三人稱複數
Sie，已成為概念上的第二人稱(包括單、複數)之通常的客氣用語。　這
件事，Grimm 形容為德語系統上的一個擦不掉的污點 <註6> ── 說得
對；而丹麥語卻亦步亦趨地仿效著：De。

　　借用第三人稱以表達概念上的第二人稱，還有一種情形，可舉蕭伯
納 (Shaw) 的劇詞為例，　Candida　對她的丈夫說：　"*My boy* is not
looking well.　Has *he* been overworking?"〔我的寶貝面色不太好。
是不是工作過於勞累？〕同樣，一對情侶可以互稱'my darling'或(男對
女)'my own girl'，而不用 you。對嬰兒寶寶講話時用it稱之，可能是
因為嬰兒太小，聽不懂大人的話，故用半對他人的口吻語之。Candida
也有此例，她對Marchbanks說："*Poor boy*! Have I been cruel? Did
I make it slice nasty little red onions?"〔可憐的寶貝！是我殘
忍了點嗎？是我教我的乖乖，去切氣味難聞的小紅洋蔥的嗎？〕

　　在英語裡，由所有格代名詞＋self 所構成的複合詞 (如 myself,
yourself) 之中，我們發現有一個人稱上的矛盾，即語法上的第三人稱
卻當做概念上第一或第二人稱處理；換句話說，動詞變化一般跟著概念
上的人稱走 (myself *am*, yourself *are*)，雖則偶然也有跟著語法人稱
走的例子，如莎士比亞有時候用my self *hath*, thy self *is* 等。

16.4　間接引述 (Indirect Speech)

　　在間接(報告)引述中，人稱的轉換，在多數的情況下乃是很自然的

事，直接的第一人稱，視情況而轉換成間接的第二人稱或第三人稱等。
茲舉一例而將其各種可能的變化臚列於后。比如，直接引述(A to B)：
"I am glad of your (B) agreement with him (C)"〔我很高興你跟他
已達成協議〕，其可能的變化如下：

1. (A to C)：I said I was glad of his (B) agreement with you (C).

2. (A to D)：I said I was glad of his (B) agreement with him (C).

3. (B to A)：You (A) said you (A) were glad of my (B) agreement with him (C).

4. (B to C)：He (A) said he (A) was glad of my (B) agreement with you (C).

5. (B to D)：He (A) said he (A) was glad of my (B) agreement with him (C).

6. (C to A)：You (A) said you (A) were glad of his (B) agreement with me (C).

7. (C to B)：He (A) said he (A) was glad of your (B) agreement with me (C).

8. (C to D)：He (A) said he (A) was glad of his (B) agreement with me (C).

9. (D to E)：He (A) said he (A) was glad of his (B) agreement with him (C).

當然，第 2, 5, 8, 9 各句，若是直接改用人名，而不要用那些糾
纏不清的 he, his, him, 意思就會明白多了。

至於第一人稱複數的 we，由於其本身的特性關係，時常不需要轉

換，如：He said that he still believed in *our* glorious future as a nation〔他說他仍然深信我們國家的前途無限光明〕。

英語的助動詞 shall (should) 時常用在間接引述中，表示其中的第二或第三人稱乃是經過轉換的第一人稱："Do you think you *shall* soon recover?"〔你認為你很快就會恢復嗎〕"He thought he *should* soon recover"〔他認為他很快就會恢復〕——然而其後面跟著的下文卻是 "but the Doctor knew that he *would* die"〔可是醫生知道他已活不久了〕。

莎翁名劇「威尼斯商人」(II. 8. 23)，有一相當不尋常的轉換人稱 (my ⇒ his)：Shylock 高聲喧嚷著 "*My* stones, *my* daughter, *my* ducats"〔我的寶石，我的女兒，我的錢財〕，然後當街頭的頑童們，學著他的腔調跟著鬧嚷時，此一情景是這樣描寫的："Why, all the boyes in Venice follow him, Crying *his* stones, *his* daughter, and *his* ducats"〔哇，威尼斯所有的孩童們都跟隨著他，嚷著他的寶石...〕。這裡若是用直接引述，就要自然得多。在冰島的傳說故事裡，十分常見間接引述只有在開頭的時候使用轉換人稱，過了一句以後，就直接用原來的人稱繼續下去。

16.5 第四人稱 (Fourth Person)

與第三人稱並行，我們是否還應該承認一個第四人稱呢？這原是 Rask (1811:96; 1818:241)的意見，他說，在 "he beats him" 之中，him 乃是第四人稱，而"he beats himself" 中之 himself 跟其主語同為第三人稱。(恰相反，Thalbitzer 在「美洲印第安語手冊」1021頁，指反身代名詞為第四人稱。) 不過，顯而易見，根據我們前面對於「人稱」所下的定義，這兩種情形都是第三人稱，所謂「第四人稱」是講不通的，儘管不容諱言，同一個(第三人稱)代名詞或動詞形式，在同一句或連續數句中，可能指稱不同的人或事物，這些都是事實。

　　某些美洲印第安語，有非常細微的代名詞區別， 參見 Uhlenbeck (1909)：在吉布威語 (Chippeway) 第一次提到一個第三人稱，沒有特殊標記，但在以後出現的第二個第三人稱 (second 'tertia persona'亦稱 obviativus)，就要加一個字尾 -n，第三個第三人稱 (third 'tertia persona' 亦稱 superobviativus, Uhlenbeck 則稱之 subobviativus) 就要加字尾 -ini。比如 "Joseph took the boy and his mother" 句中的 the boy 就是第二個第三人稱，his mother就是第三個第三人稱，所以 his 到底指的是Joseph 或the boy，就會精確地標示出來。因此使得 Brinton (1890:324)感嘆英語的貧乏，比如 "John told Robert's son that he must help him" 一句，就可能有六種不同的解釋， 而在吉布威語便可一一仔細地區別清楚。不過，我仍然必須指出，像he, his 這類的代名詞，在一定的情況下，幾乎永遠由上下文足可得知其所指爲何人； 就連下面這樣的句子 (Alford)，有誰說會造成問題： Jack was very respectful to Tom and always took off *his* hat when *he* met *him*〔J. 對 T. 非常尊敬，每當他遇到他，他就向他脫帽致敬〕。 Jack was very rude to Tom, and always knocked off *his* hat when *he* met *him*〔J.對 T.非常粗暴，每當他遇到他，他就打落他的帽子〕。 Sully 提到一個五歲的小女孩，如何對一句古頌詩 (hymn)── And Satan trembles when he sees The weakest saint upon his knees〔當撒但看見最虛弱的聖徒跪了下來，他渾身發抖〕── 感到大惑不解，問道： "Whatever did they want to sit on Satan's knees for?"〔他們到底爲什麼想要坐在撒但的膝上？〕<註7>

　　當年由德皇打給皇太子妃一通有趣的電報 (1914)，曾爲世人所取笑，電文曰： "Freue mich mit dir über Wilhelm's ersten sieg. Wie herrlich hat Gott *ihm* zu seite gestanden. *Ihm* sei dank und ehre. Ich habe *ihm* eisernes kreuz zweiter und erster klasse verliehen"〔威廉首次打勝仗,我跟你一同高興。好極了,上帝站在他的這一邊。讓我們感謝他、讚美他吧。我已頒授二等和一等鐵十字勳章給他〕。

在口語裡面,特別加強語調常可解決多義問題,明白指出一個代名詞意指何人。J. S. Mill在所著「詩論」中有這樣的話:"Shelley is the very reverse of all this. Where Wordsworth is strong, *he* is weak; where Wordsworth is weak, *he* is strong"〔雪萊與此恰相反。渥茲華斯強的地方,雪萊弱;渥茲華斯弱的地方,雪萊強〕。這句話若用弱讀的he,就不通了,因為如此它就意味著Wordsworth,只有用強讀的 he,方才符合原意,因為這時它就意味著Shelley;甚至在強調了頭一個he之後,再用一個弱讀的he來替代第二個Wordsworth,全句的意思也很明顯。Lamb運用斜體的they,來保持句意的明顯:"Children love to listen to stories about their elders, when *they* were children"〔小孩子喜歡聽他們的長輩小時候的故事〕。 在英國索美塞郡 (Somersetshire) 的方言中,"Bill *cut's* vinger" 指割破了‘自己的’手指,"Bill *cut ees* vinger" 指割破了‘別人的’手指。

16.6 反身及交互代名詞 (Reflexive & Reciprocal Pron.)

許多語言都發展出了一套反身代名詞,可使許多歧義問題得以釐清。反身代名詞的功能,就是表明與某前行詞(大半為主語)之間的等同關係,因此反身代名詞,一般而言,皆沒有主格。

在亞利安語系裡,所有反身代名詞最初皆以sw- 起頭,然而因為它們的應用範圍各地不盡相同,在此似有必要將其在大家所最耳熟諸語中的使用情況,作一簡要的說明。

(1) 在最初,一個反身代名詞可適用於三個人稱,並不分單、複數

，如梵語和最早的希臘語。這個用法至今尚保存在立陶宛語及斯拉夫語族，如俄語：ty vrediš' *sebě* ='you hurt yourself'〔你把自己弄傷了〕| my dovoľny *soboju* 'we are pleased with ourselves'〔我們對自己都感到滿足〕──見 H. Pedersen著「俄語語法」。

(2) 有許多語言的反身代名詞僅限於第三人稱，不分單複數，如拉丁語的 se，以及拉丁語族由此衍生而來的各種形式；此外尚有德語之 sich，古諾斯語 sik，丹麥語 sig，不過有些限制，見下。

(3) 在日德蘭 (Jutland)的方言中，sig這個代名詞僅用以指單數的主語，主語若為複數，則用 dem (=them)。不用標準語的 sig 而用 dem，這在丹麥文學中一點也不稀罕，而且不限出生於日德蘭的作家，如齊克果 (Kierkegaard)著「不安的觀念」(Enten Eller 1.294):"naar de ikke kede *dem*"〔他們從來不覺無聊〕。

(4) 雖然德語的敬稱Sie (概念上的第二人稱)，在需要反身代名詞的場合，仍舊使用單數的sich，如：Wollen Sie *sich* setzen〔您請坐吧〕，可是丹麥語師法德語而來的 De (=Sie)，現在後面卻永遠跟隨著複數的Dem，如：Vil De ikke sætte *Dem*?〔您不想坐下嗎?〕── 在十八世紀有時也用sig。

(5) 法語非強調的se，可用於任何第三人稱主語，無論單複數，然而強調的soi卻只限於單數的主語，而且一般僅指不特定的主語，如 ce qu'on laisse derrière *soi*〔為人所拋在背後的〕，若指特定的主語，則需說：

　　ce qu'*il* laisse derrière *lui*〔被他拋在背後的〕，
　　ce qu'*elle* laisse derrière *elle*〔被她 ...〕，
　　ce qu'*ils* laissent derrière *eux*〔被他們 ...〕.

這項原則偶而也有例外，如羅曼羅蘭 (R. Rolland)的作品中就相當常見：*Il* était trop peu sûr de *soi* pour ce rôle (J. Chr. 7.81)
〔他對於此項任務沒有什麼自信〕。

(6) 英語很早就比其同系諸語進步得快，所謂反身代名詞只剩下所有格的sin(見下)，且僅限於上古時期。所以從前的說法便是："I wash me, thou washest thee, he washes him, she washes her, we wash us, ye wash you, they wash them." 這種用法現今尚保存在一些介系詞片語中，如：I have no money about me〔我身上沒有帶錢〕｜ he has no money about him, 等。有許多簡單的及物動詞，除了及物的功能以外，現在也加入了反身的意義，如 "I wash, dress, shave" 等。不過大多數的情形，都是藉與 self 結合的複合代名詞直接表達反身的意義，即 "I defend myself, you defend yourself (yourselves), he defends himself" 等。這樣發展出來的反身代名詞，已突破原始亞利安語，可以清楚地區別三個人稱和兩個數，與芬蘭語相近；後者的反身代名詞係由itse + 通常的所有格接尾語構成，即itseni(=myself), itsemme (=ourselves), itsesi (=yourself), itsensä (=himself, herself) 等。參照後期希臘語：emauton (=myself), seauton (=yourself), heauton (=himself, herself, itself) 等，及尤其奇特的現代希臘語：ton emauto mou (=myself), ton emauto sou (=yourself), ton emauto sas (=yourselves), ton emauto tou, tēs (=himself, herself), ton emauto mas (=ourselves) 等。所有格反身代名詞的發展，可說循著同一的路徑，雖然與上述 se 等的情形並不完全一致。

(1) 首先，同一形式適用於所有的人稱及兩數。今日的俄語仍然如此：ja vzjal *svoj* platok = 'I took *my* pocket-handkerchief'〔我拿起我的手帕〕。

(2) 限於第三人稱，但須分單數、複數。屬於這個階段者有拉丁語

suus 及哥頓語族, 如哥德語: (路加福音6.18) qemun hailjan sik sauhte *seinaizo* = 'they came to be healed of *their* diseases' 〔他們終於治好了他們的病〕| (馬可福音15.29) wiþondans haubida *seina* (sg.) ='shaking their heads'〔(他們)搖頭〕。古英語詩歌中的sin,相當於 his 或 her,但很少用於複數的主語,並且似乎很早就從日常口語中消失了。古諾斯語的sinn可用於單數的或複數的主語。這個用法現仍見於挪威語:de vasker *sine* hænder ='they wash *their* hands'〔他們洗手〕;瑞典語亦如此。

(3) 丹麥語的sin 僅限用於單數的主語:han (hun) vasker *sine* hænder = 'he (she) washes his (her) hands' | de vasker *deres* hænder ='they wash *their* hands'.

(4) 日德蘭諸方言中,對sin 更加一層限制,僅限用於不特定的主語,如 enhver (en) vasker *sine* hænder ='everyone washes *one's* hands'〔人人洗手〕,但 han vasker *hans* hænder ='he washes *his* hands' | hun vasker *hender* hænder ='she washes *her* hands'.

(5) 所謂所有格反身代名詞,在某些語言中業已失去其反身的功能,而只用作第三人稱單數的一般所有格,如法語 *ses* mains可用於任何地位,意思等於 'his or her hands'。

(6) 德語的情形亦同,只是對於 sein 多加了一重限制,限於陽性(或中性), 如 *seine* hände (=his hands), 陰性則為 *ihre* hände (=her hands)。<註8>

為篇幅所限,在此不擬討論反身代名詞的適用範圍問題,因其在各個語言中的差異很大,特別是涉及分詞結構、不定式結構、及附屬子句的部分。<註9>

在遇有二人可指的複雜情況下, 一個反身代名詞的存在, 也不見得能保證免於產生多義性的困擾,如拉丁語 Publius dicit Gaium *se*

occidere voluisse〔P.告訴G.想自殺／P.說G.想自殺〕，或丹麥語han
fandt Peter liggende i *sin* seng〔他發現 P. 躺在（他的）床上〕
<註10>，後者跟英語的'He found Peter lying in *his* bed' 同樣的不
清楚。 參德語 dessen 的用法，若改用 sein 就不清楚了：Der graf
hat diesem manne und *dessen* sohne alles anvertraut〔伯爵對於此
人跟他的兒子都很信任〕——Curme (1922:168)。

　　跟反身代名詞有密切關係的是交互代名詞 (reciprocal pron.)，即
'each other'，意味主語的一部分跟另一部分，起著交互作用的關係
。這種交互作用的關係，常由一個簡單的反身代名詞表達，如法語 ils
se haïssent〔他們互相憎恨〕， 或者另加一字強調彼此互相之意，如
ils *se* haïssent *entr'eux*〔他們彼此互相憎恨〕，拉丁語 *inter se*
confligunt〔互相打鬥〕，哥德語(馬可福音1.27)sokidedun miþ *sis*
misso〔互相質問〕。 參德語 sie halfen *sich gegenseitig*〔他們
互相幫助〕，或法語 ils se sont tués *l'un l'autre*〔他們彼此互殺〕
—— 因為'ils se sont tués' 易被解釋為 '他們全部自殺了'。相當
於 l'un l'autre (=one another) 的詞語，在各種語言中常合併為一字
，並丟掉反身代名詞而單獨使用，如希臘語 allēlous，丹麥語 hin-
anden, hverandre, 荷蘭語 elkaar, mekaar, 德語 einander。關於德語
einander 的發展，Grimm 在其「德語辭典」(Deut. Wörterbuch) 中有
詳述，並自其他語言，如羅曼斯語族、斯拉夫語族、立陶宛語、克勒特
語 (Keltic)，徵引許多類例。英語的 each other, one another 從前是
可以切開的， 如莎士比亞： gazed *each on other*〔互相凝視〕 |
what we speak *one to another*〔我們互相交談的談話〕，現在平常已
不再可能切開了：gaze on *each other* | speak to *one another*。俄語
的 drug druga 雖可切開插入一介系詞， 如 drug s drugom (=with
one another)，但也有被視為一體的趨勢，比如它無論什麼性屬或數別

，一律不予變形(Boyer et Speranski 1905:273)。馬扎兒語 (Magyer) 的 egy-mas 似乎不過是翻譯德語的 einander。<註11>

交互代名詞有時亦用爲從屬子句的主語，例如新近問世的某英語小說有這麼一句： "Miss C. and I are going to find out what each other are like"〔C. 小姐跟我即將尋找出我們之間彼此相像的地方〕。丹麥語也有類似的句子。

許多語法家都把反身代名詞，歸入動詞討論，而在動詞的類別中列入一類稱爲「反身動詞」(reflexive verbs),另一類稱爲「交互動詞」(reciprocal verbs)。然而事實是，在右列各句中的動詞並無不同:we *hurt* him〔我們傷害他〕| we *hurt* ourselves〔我們傷害我們自己〕| we *hurt* one another〔我們互相傷害〕， 所不同的只是，主語跟賓語所指的是同一人，還是不同的人。同樣，德語在下面(a),(c) 中的動詞和(b),(d)中的動詞，亦無任何區別：

(a) ich *schmeichele* mir〔我恭維自己，自鳴得意〕.

(b) ich *spotte* meiner〔我輕視自己〕.

(c) ich *schmeichele* dir〔我恭維你〕.

(d) ich *spotte* seiner〔我輕視他〕.

唯一勉強可以稱爲「反身動詞」的是，某些在習慣上除了反身代名詞以外，從不帶其他賓語的動詞，如：

英　語　I *pride* myself〔我感到自豪〕.

丹麥語　jeg *forsnakker* mig〔我說溜了嘴，露出馬腳〕.

德　語　ich *schäme* mich〔我自感慚愧〕.

主語和(無論直接或間接)賓語的等同，可能影響助動詞的選擇，如法語 il s'*est* tué = 'he has killed himself'〔他自殺了〕| nous

nous *sommes* demandé ='we have asked ourselves (or one another)
〔我們已問過自己，或互相問過〕。至於某甲語言用反身代名詞所表達
的，某乙語言也可能用一個單獨的動詞形式來表達，如希臘語的「間動
態」(middle voice)： louomai = 'I wash myself'（此一形式也含有
被動的意義，參第12章）—— 那完全是另外一回事。北歐語族 (Scan-
dinavian) 中的反身代名詞 sik，以簡化的形式與許多動詞融合，往後
產生純然被動的意義，如han kaldes原意是'he calls himself'，現在
的意義是 'he is called'。有時也有交互的意思：de clås（母音爲短
音）= 'they fight (strike one another)'， 同一動詞若母音爲長音
（加喉促音），則表被動的意義：slå(e)s ='is struck'。同樣，俄語的
反身代名詞也趨向於以sja 和s' 兩個形式與動詞相融合—— 後者雖在
拼字上標示爲顎化音，但仍照非顎化音唸—— 關於它們的各項意義（如
明顯的反身，模糊的反身，交互，近似被動），參Pedersen (1916:190)
；Boyer et Speranski (1905:247)。

◎ 第 16章 附 註 ◎

1. 如"I" (或"me" 或"ego")用作名詞時(從哲學的觀點說)，它當然屬
   於第三人稱，所以也可有複數: "several I's", "Me's", "Egos"
   。因此，像下面這個句子所用的動詞形式，就有些不合理了:"*The
   I who see am* as manifold as what I see"〔那個能見（世物）的
   '我'，跟我之所見是同樣複雜多面的〕——J. L. Lowes。

2. 參較拉丁語的三個指示詞 (1) hic (=this), (2) iste (=that),
   (3) ille (=yonder)。

3. Jack London的作品 Martin Eden (p. 65) 中有一段對話，足以說
   明概括性的"you"在日常會語中的重要性，原文如下——

   Miss Ruth asks Martin: "By the way, Mr. Eden, what is
   booze? You used it several times, you know." "Oh,
   booze," he laughed."It's slang. It means whisky and
   beer--anything that will make *you* drunk." This makes
   her say: "Don't use *you* when you are impersonal. *You* is
   very personal, and your use of it just now was not
   precisely what you meant." "I don't just see that."
   "Why, you said just now to me, 'whisky and beer --
   anything that will make *you* drunk' -- make me drunk,
   don't you see?" "Well, it would, wouldn't it?" "Yes,
   of course," she smiled, "but it would be nicer not to
   bring me into it. Substitute *one* for *you*, and see how
   much better it sounds."

4. 其他的例子，參 Nyrop (1919:66).

5. 在個人獨白之中，常稱自己爲 you，如 "There you again acted
   stupidly, John; why couldn't you behave decently?"〔你看吧
   ，John，你的行爲又笨了一次；你就不能表現得像樣一點嗎?〕 這
   裡的you實在屬於 （概念上的） 第二人稱。關於'you-monologues'
   跟 'I-monologues', 參 Grimm: Personenwechsel, 44ff.

6. Grimm (Pers., 13) 的原文是"Es bleibt ein flecke im gewand
   der deutschen sprache, den wir nicht mehr auswaschen

können"〔這將在德語的衣襟上留下一個污點， 我們再也無法洗掉
它了〕。

7. 按原句中的his 當係指saint，因小女孩不懂upon one's knees 有
   特殊意義（‘跪下’），致產生誤解 —— 譯者註。

8. 在此順便一提的是，所有格代名詞在某些語言中，除了表明‘所有
   者’的性別(sex) 或性屬(gender) 以外， 並且指示出其所修飾之
   名詞的性屬。下面將法、英、德、丹四種語言之所有格代名詞列一
   對照表，藉供參考：

法語	英語	德語	丹麥語
Son frère	= his brother	= sein bruder	= hans broder
	= her brother	= ihr bruder	= hendes broder
			= sin broder
Sa sœur	= his sister	= seine schwester	= hans søster
	= her sister	= ihre schwester	= hendes søster
			= sin søster
Son chat	= his cat	= seine katze	= hans kat
	= her cat	= ihre katze	= hendes kat
			= sin kat
Sa maison	= his house	= sein haus	= hans hus
	= her house	= ihr haus	= hendes hus
			= sit hus

9. 茲就哥頓語族略舉數例，如：

   哥 德 語 (馬可福音3.14) gawaurhta twalif du wisan miþ
   sis = 'he made twelve to be with *him*'〔他挑選了
   十二人跟隨他〕| (又3.34) bisaihwands bisunjane
   þans bi *sik* sitandans ='looking around at those
   sitting round *him*'〔向四面看看坐在他週圍的人〕.
   (略加福音6.32) þai frawaurhtans þans frijondans
   sik frijond = 'sinners love those that love
   them'〔有罪的人喜歡愛他們的人〕.

古諾斯語 (Sn. Edda 52)Utgardaloki spyrr hvārt hann (þórr)
hefir hitt ríkara mann nokkurn en *sik* ='U. asks
whether he has met any man more powerful than
him (U.)' 〔U.問他是否遇見過任何人比他(U.)更強有
力〕.

10. 就漢語而言，似無此項困擾：‘H.發現P.躺在床上’指躺在P.的床
上；‘H.發現P.躺在他的床上’係指躺在H.的床上——譯者註。

11. 仿照德語的einander創造一個不可切開的單語，倒可以避免我們有
時在選擇單、複數時所遭遇的困難。 比如法語通常說 les trois
frères se haïssent *l'un l'autre*〔三兄弟互相仇恨——注意un
和autre 皆爲單數〕， 然而更邏輯一點應該說 l'un les autres
或les uns l'autre。 熟習世界語Ido 的人士曾感到猶豫，到底應
該說la tri frati odias l'unu l'altru還是 l'unu l'altri還是
l'uni l'altri； 因此，假使有一個獨立的單字可用，那就方便得
多了。Ido 既然有mutuala (=mutual) 這個字，依據反截 (back-
formation)的原理，很自然地可以得到一個 mutu, 同時 mutuala
也可以解釋爲由 mutu 合法衍生的形容詞，而不再是一個獨立的根
字 (root-word)。

第17章　性別與性屬

17.1　世界各地區的語言 (Various Languages)

「性屬」(gender)一辭在本書中指的是，任何語法上的詞類區分，與亞利安語系中的陽性、陰性、中性相當，而無論它的區分是基於自然的兩個性別，<註1> 或是基於有生命物和無生命物的區別，或者其他的原則。雖然許許多多的語言(很可能是絕大多數的語言)，都沒有如上所說的「性屬」區別，但是卻有一些語言，將名詞區分為若干「性屬」。本書在此僅就某些其他語言的「性屬」區分略舉數例，藉以顯示其與西歐語言相近及相異之點。

在非洲南部的班圖語 (Bantu)，每一個名詞都歸入一個不同的「性屬」，而這每一性屬都有它獨特的接頭語，不但接在名詞上面，並且以或多或少弱化的形式，重複接在所有的附加語或相關動詞上面，產生「提示」(reminder)的作用。有些「性屬」顯示單數，有些顯示複數，但與性別毫無關係，雖然有些主要用於有生命物，其他則否。「性屬」的數目，雖同屬班圖語族，亦隨語言的不同而有所差異，最多的達到十六類，不過其中有些類別常不易釐清，故不可能將其區分的理由一一詳加說明 (參拙著Language 352ff. 及所引參考資料)。

高加索地區語言之一的土什語(Tush)，有各種不同的接頭語，分別表示有理性的男人，或有理性的女人，或非理性的人或物。例如：

土什語	wašo wa	'the brother is'
	bstuino ja	'the woman is'
	naw ja	'the ship is'

xaux ba 　　　　　　　'the pigeon is'

bader da 　　　　　　 'the child is'

　　形容詞'heavy'〔重〕用於男人是watshi,用於女人是jatshi，用於物是 batshi，與'heavy' 相對應的名詞，分別是 watshol, jatshol, batshol。 Wašo 是"兄弟"，jašo 是"姐妹"， woh 是 "男孩"，joh 是"女孩"。

　　與土什語相近的車臣語(Tshetshensian)，'I am' 這句話男人說是 'suo wu'，女人說是 'suo ju'，小孩說是 'suo du' (參 Fr. Müller 1876: III, 2.162)。

　　在安達曼語 (Andaman)， 無生命物構成一類， 有生命物構成一類，後者又再分為人類和非人類。人的身體共分為七部份，而這七分法又引伸至與人體各部位，有某些關係的無生命物 (參Schmidt: Stellung der Pygm., 121)。

　　阿岡奎語系 (Algonkin) 的性屬區分有生命物和無生命物，然而它的分配有許多地方在我們看來是非常奇怪的，比如他們把人體的各部位視為無生命物，而把動物身體的各部視為有生命物。 (參見 J. P. B. Josselin de Jong: Waardeering.，曾就此系統與亞利安語族的性屬分配加以比較，並曾討論關於後者之起源的各種學說。)

　　哈姆語系(Hamitic) 區分兩個性屬，一包括人、重大之物、和男性的名稱，一包括物、細小之物、和女性的名稱，有時並附帶一條稀奇的規則：即第一性屬名詞的複數變為第二性屬，反之亦然。因此，同一接頭語加以交換，即可將「男人」(man) 變為「小男人」(small man)，「兄弟」變為「姐妹」，「公狗」變為「母狗」或「小狗」；在貝多尤語(Bedauyo)，ando 指馬、公牛、駱駝的「糞便」時是陽性，指較小動物的「糞便」時是陰性。女人的乳房是陽性，男人的乳房 (因為較小) 是陰性 (參 Meinhof: Spr. der Hamiten, 23 & passim.)。

閃語系(Semitic) 的性屬類別，一般認為最接近亞利安語系，只是前者沒有中性，而且甚至連動詞也要隨著主語的性屬(性別)而變化。例如阿拉伯語：

單數第二人稱　katabta = 'thou (陽性) hast written'

katabti = 'thou (陰性) hast written

第三人稱　kataba = 'he (陽性) has written'

katabat = 'she (陰性) has written'

複數第二人稱　katabtum = 'ye (陽性) have written'

katabtunna = 'ye (陽性) have written'

第三人稱　katabū = 'they (陽性) have written'

katabna = 'they (陰性) have written'

但第一人稱並無性別之分：

katabtu = 'I have written'

katabnā = 'we have written'

17.2 亞利安語的性屬 (Aryan Gender)

亞利安語依據最古老的歷史紀錄，區分三個性屬，即陽性、陰性、中性，而中性有一部分可說是陽性的一個分支，其主要的特徵在對於主格、賓格不加區別。各種名詞在三個性屬的歸類上，一部分是合理的，一部分是不合理的。合理的部分是，大多數的雄性生物都是陽性，雌性生物都是陰性，無性物都是中性。不合理的部分是，有些雄性生物歸入陰性或中性，雌性生物歸入陽性或中性，而不具自然性別的事物或概念，卻歸入陰性或陽性。<註2> 關於此一奇特無章之系統的起源，各派學者提出不同的解釋，本人曾在拙著 Language (p. 391ff.) 論及於此，並在同書p. 346ff. 指出其在實際應用上所遭遇的種種困難問題。對於某些字的性屬類別，要想找一個理由來加以解釋，也許並非不可能，比如 Handel Jacób 最近指出 (Bulletin de l'Acad. polonaise des Sciences「波蘭科學院院刊」, 1919-20, 17ff.)：凡指 'earth'〔大地〕的字，如：希臘語 khthōn, khōra, 拉丁語 terra, 斯拉夫語 ziemia, 德語 erde, 之所以歸入陰性，乃因爲大地好似一位會生長各種植物的母親；同樣，'trees'〔樹木〕之所以爲陰性，乃因其能結果實；H.J.氏並舉了一些哈姆語的類例。但是主要的問題仍然存在：爲什麼將此項分類推及所有的字，甚至根本看不出與自然的性別有任何關連。舉個例來說，爲什麼亞利安語系常見指 'foot'〔足〕的字 (pous, pes, fot 等) 都是陽性，而另一方面，各個彼此並無關連之指 'hand'〔手〕的字 (kheir, manus, handus, ruka) 概爲陰性？再如意指 'table'〔桌子〕, 'thought'〔思想〕, 'fruit'〔果實〕, 'thunder'〔雷〕之字，在甲語言是陽性，在乙語言卻是陰性。我們實在找不出任何一條單一的指導原則，來解釋這個混亂局面。

「性屬」一部分是由形式來表示的，如拉丁語的主格和賓格，在陽性和陰性有別，如陽性 rex/regem〔國王〕，陰性 lex/legem〔法律〕，在中性則無區別，主格=賓格，如中性 regnum/regnum〔王國〕。然而，「性屬」的主要功能乃在造句方面，如形容詞和代名詞，不同的性屬即需要不同的形式：<註3>

拉丁語 *Ille* rex *bonus* est〔這位國王是好的〕.

Illa lex *bona* est〔這項法律是好的〕.

Illud regnum *bonum* est〔這個王國是好的〕.

就絕大多數的情形而言，一個單字的性屬，是從祖先世世代代傳遞下來而從無改變的；不過偶然也會發生變遷。有不少例子純粹是由於外在形式的原因；如前所述，法語母音起頭的單字，特別容易引起性屬的改變，因爲它們前面的定冠詞，不分性屬一律作 *l'*- (不定冠詞 un/

une 亦同， 從前在母音起頭的單字前面一律讀 [yn])。 字尾帶陰性接尾 -e 的字 (或者按實際讀音說，應該是以子音收尾的字)， 皆傾向於歸入陰性 。 由於這雙重因素聯合作用的結果， 使得 énigme〔謎〕, épigramme〔警句〕, épithète〔綽號〕皆自陽性轉變為陰性。 另外一些單字性屬的改變，係由於字義的原因。在意義上相互關連的字，自然傾向於同一性屬 ， 加之這些字又常在談話中接連出現 ， 比如法語的 été〔夏〕 自陰性變為陽性 ， 是因為其他三季的名稱 hiver〔冬〕, printemps〔春〕, automne〔秋〕皆為陽性—— 其中 automne 從前一度搖擺於 (原來的) 陽性與陰性之間；又如原為陰性的 la minuit〔午夜〕在 le midi〔正午〕的影響之下，亦變為陽性: le minuit。同樣，德語的 die mittwocke〔星期三〕原為陰性， 因受到陽性的 der tag〔日間〕以及其他週日名稱的影響，轉變為陽性: der mittwoch。

新生的字，或自外國語新借入的字，它們的性屬多由形式的因素決定，如 etage〔樓層〕在德語為陰性，在法語為陽性，但是也有一些字係按意義比照類推，如在德語，外來語 beefsteak〔牛排〕比照 rindfleisch〔牛肉〕歸入中性，而 lift〔電梯〕則比照本土字 aufzug (='lift') 歸入陽性。丹麥語視 et vita〔履歷〕為中性 (比照 et liv ='a life')，en examen〔考試〕為通性 (比照 en prøve ='an exam'); <註4> 有時甚至同一個字， 因為意義的不同而作不同的性屬處理，如 fotografien〔照相術〕比照 kunsten (='the art') 為通性， fotografiet〔相片〕比照 billedet (='the picture') 為中性，imperativen〔祈使法〕比照 måden (=the mood) 為通性，det kategoriske imperativ〔絕對命令〕比照 buddet (='the commandment') 為中性。當公制度量衡最初引進丹麥時， gram〔公克〕和 kilogram/kilo〔公斤〕比照 et pund (='a pound') 和 et lod (='a weight') 作中性，但是現在大家都說 en liter〔公升〕(比照 en pot ='a quart', en pægl ='½ pint')，en meter〔公尺〕(比照 en alen ='2 feet'和 en fod ='1 foot')，一律作通性。

依據形式類推的策略，當然也影響到亞利安部分語言之性屬的演變(由原始的三類縮減爲兩類)，而且影響更爲廣闊。首先來看，羅曼語系(Romanic)裡的陽性和中性，由於字尾語音的混同，使得這兩個性屬喪失區別，而陰性字尾-a，由於其發音響亮，得以保存，所以結果只剩下兩個性屬：陽性和陰性(關於古代中性的殘餘部分，詳見後)。另一方面在丹麥語，由於其陽性和陰性的冠詞 (參古諾斯語之enn, en，或 inn, in 或 einn, ein 等) 區別消失，使得原有的陽性和陰性融合爲一 "通性"，如：hesten〔馬〕，den gamle hest〔老馬〕， bogen〔書〕，den gamle bog〔舊書〕，以別於中性：dyret〔鹿〕，det gamle dyr〔老鹿〕。但在某些丹麥方言裡，由於傳統的字尾 -nn (讀顎化的 ñ) 和 -n 仍保持著發音上的區別，因而使得原有的三個性屬，陽性、陰性、中性，也就保存了下來。

以下各節，主要討論概念性屬 (也就是自然性屬) 跟語法性屬之間的關係，並且盡量舉出若干其他語言，如何在時間的推移中，發展出較之傳統更爲合理的性屬分類。

17.3 自然性別 (Sex)

在前文中，對於傳統的性屬，雖然舉出了許多矛盾的例子，然而一般人感覺它與自然性別 (即男性與陽性，女性與陰性) 之間，仍然存在著很強的一致性，只是因而造成一些性屬協調上的問題，如德語 eine männliche maus〔一隻雄性老鼠── maus爲陰性〕| ein weiblicher hase〔一隻雌性兔子── hase爲陽性〕， 其間冠詞的性屬形式，跟形容詞的意義之間，總給人有互相矛盾的感覺。曾見一則連環圖畫，內有如下的對話 (法語)：

L'instituteur — Comment donc? Vous êtes incapable de faire l'analyse grammaticale de cette simple phrase: 'L'alouette chante.' Vous avez écrit dans votre devoir: Alouette, substantif masculin singulier.

〔教師： 怎麼啦？你連 "雲雀唱歌" 這個簡單的句子都不會做文法分析。你在你的作業中寫著：雲雀，單數陽性名詞。〕

L'élève — Sans doute. Et je maintiens énergiquement 'masculin': chez les alouettes, il n'y a que le mâle qui chante."〔學生： 毫無疑問。我仍然堅持 '陽性' ：雲雀之中，只有雄性會唱歌。〕<註5>

請比較瑞典語這一段對話：

A. Hvad heter den här apan? = 'What is the name of that ape?'〔那隻猿猴叫什麼名字？〕——apa〔猿猴〕爲陰性名詞。

B. Hon heter Kalle, för det är en hanne = 'She is called Charles, for it is a *he*'〔她叫查理，因爲它是雄性 ——Noreen VS 5.314。〕

又如北日德蘭丹麥語：i honkat nöwne wi åse me haj = 'we say *he* of a she-cat'〔我們說他是一隻母貓。〕此處 kat 明顯是陽性名詞，由其冠詞 "i" 可知。

因此產生一個自然的趨勢，就是讓性屬與性別之間，盡量取得一致。<註6>首先，第一個辦法就是改變形式，比如拉丁語用lupa 以取代早先的 lupus，後者(陽性形式)曾用以指 '母狼' (she-wolf)。較晚近的例子，如 '母獅子' 西班牙語叫leona，法語叫 lionne，皆源出拉丁語 leo〔獅子，不分性別〕；又如 '夫人' 義大利語稱signora，西班牙語稱 señora，皆源出拉丁語 senior〔長者，不分性別〕。希臘語早先的 neania〔青年〕，後來加上了陽性字尾 neanias，指 '青年男子' 。不然的話，若保留原形，則將其語法關係加以改變，如拉丁語 nauta〔駕船〕，auriga〔駕車〕原本為抽象名詞，若指男人，即'水手，駕車者'，則作陽性名詞用，相關形容詞亦用陽性。再如西班牙語，某些陰性字若冠以陽性冠詞，則意義稍有不同：

西班牙語：	陽性	陰性
	el justicia〔法官〕	la justicia〔正義〕
	el cura〔牧師〕	la cura〔牧師之職〕
	el gallina〔懦夫〕	la gallina〔母雞〕
	el figura〔形象滑稽之人〕	la figura〔形象〕

又如法語le trompette〔小喇叭手，陽性〕｜la trompette〔小喇叭，陰性〕，及la jument〔母馬──按字尾應為陽性〕。瑞典語statsråd〔國會議員〕，原義為'議會'，現仍為中性，但是若有述語形容詞，則後者用包含陽性和陰性在內的通性式：statsrådet är *sjuk* (非中性的sjukt)〔國會議員生病了〕；這個字在丹麥語裡，已完全放棄其中性身份，成為通性：statsråden er syg〔同上〕。丹麥語 viv (=wife) 從前本來是中性 (如同德語das weib, 古英語 þæt wif, 瑞典語 vivet)，現在則屬於通性； 同樣，從前為中性的 gudet〔神〕，troldet〔北歐傳說中的巨人〕，現在都變為通性：*guden, trolden.*

17.4 通性 (Common Sex)

關於表'有生命物'之字，我們時常感覺最好，甚至有必要，使其不表示性別，以便可以同時適用於雌雄兩性。符合這個條件的字，有德語mensch〔人〕，丹麥語及挪威語menneske〔同〕，瑞典語 människa〔同〕，有趣的是在**語法**上，mensch 屬於陽性 (因而德國人在某些情形不放心用以指稱女人)，而 människa 是陰性，menneske 是中性。英語

的man 從最古老的時候起，就適用於兩性，然而由於它也可用以特指男性，有時便不免產生一些語意雙關或令人困惑不解的情形，如雪萊對於 Miss Hitchener 的詩句 "All, all are *men*── women and all!" 就感到莞爾不已。此外，請參考:Atrabiliar old *men*, especially old women, hint that they know what they know (Carlyle) 〔患憂鬱症的老人，尤其老婦人，常顯得凡事固執己見〕| ... the deification of the Babe. It is not likely that *Man* -- the human male -- left to himself would have done this ... But to woman it was natural〔嬰兒之神化。這件事如果交給人辦 ── 我是說男人── 他大概不會這麼做。但對於女人來說，這是很自然的事〕。概括性單數的 man 有時候涵蓋兩性，如 "God made the country, and *man* made the town"〔上帝創國，人創市〕，有時候又專指男性，如: "*Man* is destined to be a prey to woman"〔男人命定是女人的獵物〕，另尚有多例請參MEG II, 5.4。這一點絕對是英語的一個大缺陷 。近來的趨勢是用，像 a human being 這樣比較累贅但不致誤解的說法，如 "Marriage is not what it was. It's become a different thing because women have become *human beings*" (Wells) 〔婚姻不像從前。情勢已經變了，因為女人已經是人了〕。也有人乾脆只用 human (pl. humans)：常見於 Galsworthy, W.J. Locke, Carpenter 等人新近的作品中 。衍生字 manly〔雄壯的〕, mannish〔男性化的〕, manful〔剛毅的〕, 以及複合詞 man-servant〔僕人〕等皆指男性，而 manlike〔似人的〕和 manhood〔成人〕一般皆涵蓋兩性，如 manhood suffrage〔成人投票權〕等。老的複合詞 mankind〔人類〕(現在重音在第二音節) 本來包括所有的人類，但是在年輕一代的口中, mankind (重音在第一音節) 卻僅係對待 womankind〔女輩〕而言 ;「牛津大字典」所示的重音區別，並未為眾人所接受。

法語homme 的意涵，正與英語的man 同樣模糊不清，所以有時候不得不說 un être humain (=a human being)； 在科學的著作中， 甚至可以找到像這樣冗長累贅的說法： un être humain, sans acception de sexe = 'a human being, without regard of sex'〔人，不考慮性別〕。 其他的語言，在這裡常有另外一個單字可用， 如德語 mensch〔人〕，以別於 mann〔人，男人〕；希臘語 anthrōpos〔人〕，以別於 anēr〔人，男人〕等。(參 Meillet 1921:273ff.)

一方面許多指人的名詞，皆適用於兩個性別，如liar〔說謊者〕，possessor〔所有者〕，inhabitant〔居民〕，Christian〔基督徒〕，aristocrat〔貴族〕，fool〔愚人〕，stranger〔陌生人〕， neighbour〔鄰居〕等；另一方面有許多名詞，雖然在形式上沒有明顯的標誌，而事實上卻主要 (甚至唯獨) 適用於單一性別，因為與其相應的社會功能角色僅限於男人，或者女人： 如 minister〔牧師〕，bishop〔主教〕，lawyer〔律師〕，baker〔麵包師〕，shoemaker〔鞋匠〕等皆限於男性；nurse〔護士〕，dressmaker〔女裝裁縫師〕， milliner〔女帽商〕皆限於女性。奇妙的是，有些字本來可適用於男女兩性，然而經過時間的洗禮，變得僅限用於女人，如leman (古英語leofman '愛人'，在喬叟、甚至莎士比亞的作品中皆指男性，後來僅限於女性，現已作廢)，bawd〔鴇子 > 鴇母〕，witch〔巫師 > 巫婆〕， girl〔少年 > 少女〕。

假如遇到需要將一個通性的字，限制用於單一性別，這有好些個解決辦法，如 man-servant 或 servant-man〔男僕〕，maid-servant 或 servant-girl〔女僕〕, a he-devil〔男鬼〕, a she-devil〔女鬼〕, her girl-friends〔她的女性朋友〕, a poetess〔女詩人〕── 但是若稱白郎寧夫人(Mrs. Browning) 為 'great poetess'，則仍不如稱之 'great poet' 足以表示更崇高的讚譽。 Author〔作家〕這個字，一般

說來仍是一個通性字（雖然也有authoress〔女作家〕這個字的存在），
然而卻沒有一個陰性字相對於teacher〔教師〕或 singer〔歌手〕。各
種語言都有類似的問題，而且有許多困難乃起因於近來的女子活動，逐
漸及於從前專屬男性所有的範圍。在人工世界語中，只有一個(Ido)考
慮到這個問題，它一方面有表示通性的字，一方面也有表示單性的字；
所有的名詞不加任何字尾表示通性，若要表示男性則加-ulo，表示女性
則加-ino，例如：

簡易世界語 (Ido)

frato	兄弟或姐妹 (brother/sister)
fratulo	兄弟 (brother)
fratino	姐妹 (sister)
frati	兄弟姐妹 (德語 geschwister)
homo	人 (德語 mensch)
homulo	男人 (德語 mann)
homino	女人 (woman)
sposo	配偶 (spouse)
spozulo	夫 (husband)
spozino	妻 (wife)
dentisto	牙醫師
dentistulo	男牙醫師
dentistino	女牙醫師 <註7>

複數名詞比單數名詞，自然更為需要一個通性形式，然而沒有幾個
語言能像義大利語，可用陽性複數代表通性，如：

義大利語 gli (陽、複) zii = lo zio e la zia, 'uncle and
aunt'〔伯/叔父和伯/嬸母〕；

義大利語　i（陽、複）fratelli = il fratello e la sorella

　　　　　='brother and sister'〔兄弟姐妹，各一〕；

　　　　　i suoceri〔岳父母〕── 但‘父母雙親’不用 i padri

　　　　　，而用 i genitrici = 'the parents'.

西班牙語　los（陽、複）padres ='father and mother'〔父母雙

　　　　　親〕；

　　　　　los hermanos ='brother(s) and sister(s)'〔兄弟姐

　　　　　妹，各單數或複數〕；

　　　　　sus dos hijos Juan y Perfecta (Galdós)〔他們的兩

　　　　　個孩子，璜安(男孩)和白菲克妲(女孩)〕。<註8>

　　關於動物的名稱，只有少數幾種對於人類生活有極大重要性者，才有分別的通性名稱和單性名稱，如 horse〔馬〕，stallion〔雄馬〕，mare〔雌馬〕。其他如 he-dog 或直接說 dog，指公狗，she-dog 或bitch，指母狗；sparrow〔麻雀〕，cock-sparrow〔雄麻雀〕，hen-sparrow〔雌麻雀〕。至於其性別於平常一般人無關重要者，就只有一個名稱了：fly〔蒼蠅〕，worm〔蛆蟲〕。

　　代名詞和形容詞，除了 somebody, everybody, each 幾個字以外，在沒有通性字可用時，大半皆用陽性字代表，如法語 quelqu'un (='someone') | chacun (='everyone') | Jean (John) et Marie (Mary) étaient très contents d'eux-mêmes〔J.和 M.非常滿足於他們自己〕；由此產生不協調的句子是無可避免的，如：

德　　語 Was Maria und Fritz so zueinander zog, war, dass

　　　　jeder（通）von ihnen am anderen（通）sah, wie er

　　　　（陽）unglücklich war〔促使M.和F.二人互相吸引的原

　　　　因是，他們二人彼此看對方都好似不快樂的樣子。〕

西班牙語 Doña Perfecta...su hermano... pasaron unos pocos años sin que *uno y otro* se vieran (Galdós)〔P夫人...她的兄弟...有幾年的時間彼此不曾會面〕。

疑問代名詞，尤其應該有一個通性形式，至爲重要，因爲在我們問 "Who did it?"〔誰做的？〕之前，我們並不知道所問的人是男性還是女性；因此大多數的語言在這裡都只有一個形式（帶陽性字尾者也屢見不鮮），如希臘語 tis，哥德語 hwas（文法裡雖列有陰性的 hwo，恐怕從沒有人作首品用過），古英語 hwa，英語 who，德語 wer，荷蘭語 wie，丹麥語（hvo），hvem，俄語 kto 等。例外有古諾斯語 hverr（陽性），hver（陰性），hvárr（陽性），hvár（陰性）；拉丁語 quis（陽性），quæ（陰性），但在現代冰島語這個區別已經消失，至少在主格時（hver, hvor）；在羅曼語系，只有陽性形式殘留下來，作爲通性使用，如：義大利語 chi，法語 qui，西班牙語 quién。

第三身人稱代名詞單數，英語跟其他西歐語言一樣，區分 he〔他〕和 she〔她〕；在需要通性的時候，可以用 he，而不必說 'he or she'，但在口語中則常用複數的 they，如 *Nobody* prevents you, do *they*?〔沒有人阻攔你，是不是？〕，餘參拙著 Language 347 及 MEG II, 5.56。在複數方面，哥頓語系的大多數語言，現今都挑選一個字代表兩性（如英語 they，德語 sie，丹麥語 de 等），這是很自然的事，因爲我們時常需要談到包含男女兩個性別的一群人。俄語也只有在主格時保持 oni 和 one 的區別。屬羅曼語系的各語言，皆保持兩個性別，如義大利語 eglino〔他們〕，elleno〔她們〕；西班牙語 ellos〔他們〕，ellas〔她們〕；法語 ils（eux）〔他們〕，elles〔她們〕；惟「與格」例外：義 loro〔他/她們〕，西 les〔他/她們〕，法 leur〔他/她們〕，及法語動詞的賓格 les〔他/她們〕。古諾斯語的主格（þeir, þær）和賓格（þá, þær）皆區別陽性和陰性，但與格則否：þeim；其主格和賓格另外還有一個中性形式 þau，亦可用作通性複數，這個現象一般認爲是由於古二元複數(常用以表示'he and she')偶然變得與「中性複數」同音的結果。如果事實確然如此，那末中性「單數」作爲「通性」的用法，極可能係由二元複數轉移而來。例證可見於哥德語及古高德語 （參 Wilmanns 1897:3.768; Streitberg 1920:166）。 古丹麥語例： hwat lengær liuær mothær æthe barn ='which lives longer, mother or child'〔母與子，哪個活得久些〕。

17.5 有生命和無生命 (Animate & Inanimate)

有生命和無生命的區別，有時亦見於人稱和非人稱之別 （雖然事實上難有絕對標準），常涉及語法的各個部門， 與性屬性別可能有密切關係，也可能沒有。這項區別在語法上的表現方式，極爲複雜，即使對於我所最熟習的語言，我也不敢說以下的描述不會掛一漏萬。

英語在代名詞方面，對於此一區別表現得最清楚，請看下表：

有生命 (animate)	無生命 (inanimate)
he, she	it
who	what （疑問詞）
who	which （關係代名詞）
somebody, someone	something
anybody, anyone	anything
nobody, no one	nothing
everybody, every one	everything
all （複數）	all （單數）
the good （複數）	the good （單數）

從最古老的時代起，就有一個強大的趨勢，使用代名詞it (古英語

hit) 代表事物。 這個現象，早在古冠詞、代名詞、形容詞等附加語，尚需區分陽性、陰性、中性三個性屬的時代，就已經存在。茲就Moore氏「中古英語之語法的和自然的性屬」(1921)一文中有趣的例子，略舉一二以示之：

中古英語 hlæw...beorht*ne*(陽、賓)...hit〔山...明朗的，它〕

an*ne* arc ... hit〔一弧...它〕

æn*ne* calic ... hit〔一個酒杯...它〕

þisne calic, hit〔這個酒杯，它〕

þeos(陰、主) race ... hit〔這項競賽...它〕。

又如Ancrene Riwle的例子：þene kinedom〔王權〕...hit｜þeo ilke scheadewe〔同樣的影子〕...hit｜þene drunch〔醉漢〕... hit.(在Moore氏文中，將此現象與 heo (=she) 用以指中性字如 wif (=wife)、mægden (=maiden) 或陽性字 wifman (=woman)，以及he 之用以指中性字cild (=child) 的用法，混爲一談；但這兩樣事最好分開來說，因爲後一用法〔前者則否〕在現代德語仍相當常見)。關於it 的這種用法，在古代加語性代名詞及形容詞的格位和性屬區別消失以後，自然更爲普遍，約於1600年左右，因而產生了一個新的領格 its，在這之前，習慣用his 表陽性和中性；its 同時也取代了原爲地方方言的領格it，進而走入「標準英語」的世界。

然而就英語而論， 要在有生命 (以 he 或 she 爲代表) 和無生命(以it 爲代表) 兩個類屬之間，畫一條嚴格的界線，是不可能的。因爲it儘可用以指幼兒或動物，假使我們不明其性別，或者對其性別並不太關心：無論幼兒或動物，我們對其關心的程度越大，就越不太願意稱it，有許多情形，我們甚至稱某一個動物爲he 或she，而實際並無關於是否知其性別爲何，如 a hare〔野兔〕... she｜a canary-bird〔金絲雀〕... he ｜ a crocodile〔鱷魚〕... he ｜ an ant〔螞蟻〕... she 等。 另一方面，有些物類(多少帶點逗趣的口吻)也可以he 或she 稱之，藉以表示與個人之某種密切關係 。 其中最為人所熟習而普遍的例子，便是海員們指稱他們的船所用的 she；在狄更斯的小說中，稱coach〔馬車〕為 she，現今在擁有汽車的人士間，對於他的汽車，仍然流行此一稱呼。

對於一個國家，因為觀點不同，可視之為無生命，亦可視之為有生命。 比如對於法國，我們一方面可以用中性代名詞說 "It certainly is smaller than Spain, but then it is much more fertile"〔它的土地當然比西班牙小，但卻肥沃得多〕，一方面也可以用陰性代名詞說 "I do not approve of her policy in the reparations question"〔我不贊成她在賠償問題上所持的政策〕：在後一句中，法國是當做一個有行為能力的人看待，因而選取了能辨別性別的代名詞，至於何以用陰性 (儘管事實上政治領袖們仍然 (!) 皆為男性)，這是由於法語和拉丁語在文學傳統上，國名都是陰性。這個影響在德語和丹麥語，就沒有那麼強烈，一個國家的名稱即使當作政治人物看待，也都用中性代名詞，即德語 es, 丹麥語det，雖然我們有時候也借用該國國民的名稱，比如我們說 "Ja, Franskmanden, han veed nok hvad han vil"〔是呀，法國(人)深知自己想要的是什麼〕，而並不需要有任何法國人在場。

Heaven (天) 這個字的情形有點相似，當它寓意「上帝」時，即可以he 稱之。 Nature (大自然) 當做「行為者」看待時，代名詞用she，這是跟著拉丁語 (及法語) 的性屬轉來的，此一特性又被詩人白朗寧 (Browning)傳給Fate〔命運〕： "Let fate reach me how she likes"〔讓命運隨她的喜好降臨在我的身上吧〕，而不再考慮其拉丁語的性屬。<註9> 至於太陽稱之為he，月亮稱之為 she，這一點與我們是否真正感覺其有無生命的問題根本無關，而純然出自拉丁語之人為的文學傳統。大家都知道，在古英語裡，正如其他日耳曼語一樣，太陽屬陰性，月亮屬陽性。

無疑地，在詩歌中將無生命物或抽象概念予以人格化的趨向——如將Death〔死亡〕加上所有格接尾作Death's，好似有生命物一般，以及相關的造型藝術對於這些概念的塑造——大半由於受到有"性別+性屬"區別之語言（當然主要是拉丁語）的影響。不過，某些學者如 Jenisch (1796)說得好，這種人格化的表現，在英語較之在其他語言(如德語)分外生動，因爲在英語日常用代名詞it 的場合，忽然改用he 或 she，自然立即引起注意，而在德語就不會顯得如此凸出，因爲在德語每一把椅子和每一塊石頭都是er (=he)，而每一樣植物和每一個人或動物的鼻子都是sie (=she)。英國的詩人並且有更多的空間，自由選擇賦予這些概念何種性屬。<註10> Thum 比較莎士比亞的英句和史勒格爾(Schlegel)的德譯：

莎 劇 See how the morning opes *her* golden gates,

And takes her farewell of the glorious sun.

〔看那晨曦打開了她的金色大門，向燦爛的朝陽道別

—— 3 Henry VI, II. i.〕。

德 譯 Sieh, wie *sein* tor der goldene morgen öffnet,

Und abschied von der lieben sonne nimmt.

莎翁原句中的 morning 比喻爲 sun 的情婦，揮別了她的情郎，而德譯句中的性別卻顛倒了過來， 因爲德語 morgen (=morning) 屬於陽性，sonne (=sun) 屬於陰性。 米爾頓 (Milton) 的作品："*Sin* is talking to Satan who has begotten on her his son *Death*"〔罪惡正在跟撒但談話，而撒但已經藉著她(罪惡)的身子，生下他的兒子，死亡〕；像這樣的句子，要翻譯成法語是不可能的，因爲法語le péché〔罪，

陽性〕不可能為母親，la mort〔死，陰性〕不可能為兒子。參Brunqt
(1922:87) 之評論："(法語)性屬的無常，給藝術家造成極大的困擾。
La Grâce〔優雅，陰性〕，la Beauté〔美，陰性〕，la Science〔學
術，陰性〕，不難塑造成女性的形象，然而 la Force〔武力，陰性〕
呢？那就只有求助於大力士 Hercules 了!"<註11>

　　本節開首所列的對照表，有些字的性屬是比較晚近才區分的；比如
關係代名詞 which 直到十七世紀初尚可用以指人。當this 和 that 用
作首品時，限於無生命物；請看字典裡像這樣的定義："Rubber ——
one who, or *that which* rubs"，清楚地顯示此一限制。當「襯托
字 (prop-word) 'one' 有所指涉 (anaphorical) 時，可為有生命或無
生命，如 *this cake* ... the only one I care for〔這種糕點 ...
我唯一所喜歡的〕，然而當它沒有特定的指涉時，則永遠指人，如the
great *ones* of the earth〔世上的偉人〕。諸如此類的現象，在拙著
MEG, Vol. II 中另有詳述。

　　其次值得一提的是，「集合名詞」只有在指有生命物的時候，才可
以用複數動詞，如 family〔家人〕，police〔警察〕；否則，如：
library〔圖書館〕，forest〔森林〕，動詞永遠是單數。再者，加-s
的領格幾已廢用，唯一的例外就是在有生命物的場合，如 the *man's*
foot〔那人的腳〕，但不適用於無生命物：the foot *of a mountain*
〔山腳〕—— 此外尚有少數殘餘的成語不在此限，如 out of harm's
way〔避開可能受到傷害的地方〕| a boat's length from the ship
〔距該艇有一船身的距離〕。<註12>

　　德語之有生命和無生命的區別，不如英語明顯，有許多物類都是用
er (=he), sie (=she), deser (=this one), jene (=that one) 來指
稱，跟指人用的代名詞相同。不過也有一些例子，顯示出二者的區別，
除了最明顯的 wer (=who) 跟 was (=what) 以外，如「與格」的 ihm

(=to him), ihr (=to her) 並不常用以指物，又如 mit (=with) ihm, mit ihr, in (=E. in) ihm, in ihr 等，指事物時則用複合詞 damit (=with it), darin (=in it) 等。又如 derselbe, dieselbe (=the latter) 多傾向於指無生命物，很少用於有生命物；所有代名詞 sein (=his, her) 一般限指有生命物，如："Sie legte die hand auf den stein und empfand *dessen wärme*" or "*die wärme desselben*" (Curme 1922) 〔她把手放在石頭上，感覺到石頭的熱度〕。中性字 was (=what), etwas (=something), nichts (=nothing)，它們的舊「與格」都消失了，必要時用跟 wo- 合成的複合詞 womit (=with which)，wovon (=of which)，有生命物則用 mit vem (=with whom), von vem (=of whom)。

中性概念的重要性，有時候超越複數的概念，如 beide 〔二者〕指人，beides 指物；同樣，mehrere 〔數個〕指人，mehreres 指物。又 alles (=all things) 的情形亦類此（參拉丁語 omnia = 'all', 複數中性），其他的語言當然也有這種現象，如英語 all（單數中性）在指物時，有漸被everything 取代的趨勢，以保留all 專用以指人（複數）的場合；丹麥語 alt ='all, everything'; alting 原本為複數 (='all things')，但是現在用作中性單數，如 *Alting* er muligt = '*Everything* is possible'〔每樣事情都是可能的〕。參 much（德語 viel, vieles) = many *things*（德語 viele dinge)。

丹麥語對於有生命物和無生命物的區別，在語法上並無明確的規則可循。我們有的只是疑問代名詞hvem (=who) 和 hvad (=what) 的區別；begge (=both) 現在的趨勢是避免單獨用作首品，必要時用 begge to 以指二人，begge dele 以指二物，相當於 *alle (allesammen)* = 'all' (pl.) 及 *alt (alting)* = 'all, everything'。可區別性別的代名詞 han (=he), hun (=she)，限用於指人及家畜寵物等高等動物；

其他動物則依其性屬不同而用 det（中性）或 den（通性），如 lammet
〔羔羊〕，svinet〔豬〕... det ｜ hesten〔馬〕，musen〔鼠〕...
den——正如同指無生命物一樣：huset〔房子〕...det ｜ muren〔牆
壁〕... den。 關於領格 -s 之應用於無生命物的的例子，大致跟英語
相若，雖然範圍也許更小一些 ， 比如我們較常說 taget på huset =
'the roof on the house'〔房之頂〕,træerne i haven ='the trees
in the garden'〔園中的樹木〕,而很少說huset tag (=the house's
roof) , havens træer (=the garden's trees)。

　　瑞典語之文語，比丹麥語保留了更多的古性屬體系，但對於稱物的
代名詞，仍如同丹麥語，傾向於使用通性的 den, 以取代舊的 han（陽
性）和 hon（陰性），參 Tegnér (1892) 非常精闢的論述。

　　法語當然不例外，有指人的qui (qui est-ce qui)〔誰〕，也有指
物的 que (qu'est-ce que) 和quoi〔什麼〕； en (=of it) 用於無生
命物，指有生命物時則用所有代名詞： j'en connais la précision
〔我知道它的準確性〕說的是一隻錶， je connais sa précision〔我
知道他很準時〕說的是一個人（不過偶而，雖然指物也必須要用所有代
名詞son，並且相當於en 的關係代名詞 dont，也可用於兩個類屬）。

　　西班牙語的規則是，賓語若爲有生命物，則須前加介系詞 á，如：
he visto al (=a+el) ministro ='I have seen the minister'〔我會
見過了部長〕，否則：he visto Madrid〔我遊覽過馬德里〕。 俄語及
其他斯拉夫語通行的規則是，如果是有生命物作賓語，則須用領格，而
非賓格。某些現代印度語言，如印度斯坦語(Hindustani)，其賓語爲有
生命物時，以字尾 -ko 標示，若爲無生命物則與主格同形 (參Konow，
p. 99)。由此可見，語言雖各不相同，其對於名詞之是否爲有生命物，
多反映在賓語的處理方式上，雖則處理的方式不盡一致，這一特徵，似
乎根源於全世界人類心理上的一致性 。 (參亞利安語的主格字尾 -s，

其是否原係特指有生命物 —— 這一點非常值得懷疑，因為，一方面這個 -s 亦見於無生命物，如立陶宛語 naktìs〔夜〕，拉丁語 nox〔夜〕，另一方面，許多有生命物似乎從來沒有過 -s，如拉丁語 pater〔父〕，希臘語 kuōn〔犬〕）。

　　人類語言自古對於有生命(或指人的)和無生命(或指非人的)區別，有時候間接地表現在某些格位形式容許保留下來，餘皆消失。比如與格較常用以指有生命物，不常見指無生命物；因此，古代英語的賓格代名詞 mec, þec, usic, eowic 很早就被與格 me, þe, us, eow (即現代的 me, thee, us, you) 逐出，稍後，一些古與格 hire, him, hem, hwam (=her, him, 'em, whom) 也取代了相對的古賓格 heo, hine, hie, hwane；them 也是與格。另一方面就中性字而言，被保留下來的乃是古賓格 hit (=it), that, what，而犧牲了與格。丹麥語情形類似，古與格 ham, hende, dem, hvem (=him, her, them, whom) 逐出了相對的賓格 (雖然我們不得不承認，就 mig, dig (=me, thee) 而言，是賓格活過了與格)；同一大趨向亦可見於北部德語之與格 wem 取代了賓格 wen (=whom)，以及法語之 lui (=him, her)，義大利語 (不與動詞共用) 之 lui (=him), lei (=her), loro (=them)，而賓格得勝的例子有德語之 was (=what)，法語之 quoi (=what) 等。

　　在名詞方面，若為有生命物，古主格有時戰勝偏格 (oblique)，若為無生命物則反是。因此，Behaghel, Bojunga 及 Tegnér 等人曾指出，德語的「n-變化」名詞，只有有生命物保留著不帶字尾 -n 的古主格形：bote〔使者〕，erbe〔繼承人〕，knabe〔少年〕，而無生命物則一律用帶 -n 的偏格形：bogen〔弓〕，magen〔胃〕，tropfen〔一滴〕。瑞典語情形類似，無生命物之賓格戰勝主格，如 maga〔胃〕，båga〔弓〕，strupa〔咽喉〕，aga〔鞭笞〕，vana〔習慣〕；指人的名詞則保留並推廣了帶 -e 的主格，如 gubbe〔老人〕，granne〔鄰人〕，bonde〔農夫〕(參 Tegnér 1892:221)。另外一個主格字尾 -er 也只保存於指人的名詞：slarver〔愚人〕, spjuver〔惡棍〕, luver 〔呆子〕(見同書p. 225)。古代法語區分主格和偏格，一般而言皆係後者統合前者，不過 Bréal (MSL 6.170) 曾指出， 所有的古主格皆保留在指人的名詞之中，如 traître〔叛徒〕， sœur〔姐妹〕， fils〔兒子〕，maire〔市長〕。

由於無生命物的價值， 自然被認爲低於有生命物， 並且由於中性名詞(倘若有之)亦必多用於無生命物，故中性名詞設若應用於人類及高等動物，即會產生某種輕蔑的色彩。丹麥語有一點值得注意的就是，許多罵人的字眼都是中性：et fjols〔傻瓜〕, et pjok〔娘娘腔〕，et fæ〔驢，笨伯〕,et bæst〔畜生〕， et drog〔無用之人〕； 而某些指動物而含有貶意的名詞，經過歷史的洗禮，均改變性屬成爲中性字了：øg〔老馬〕, asen〔驢、鬼〕，æsel〔驢〕，kreatur〔牛頭〕。 這個現象可比之於衆所週知的， 某些語言中的「稱小詞」(diminutives)多屬中性(並不論其本字是何性屬)，如希臘語 paidion (=little boy)來自pais (=boy)，又如德語fisch+lein〔小魚〕，fräu+lein〔小姐〕，büb+chen〔童子〕，mäd+chen〔少女〕等。<註13> 我料想，義大利語有那麼多由陰性字加 -ino 轉變來的「稱小詞」，它們原來都不是陽性，而是中性，如casino > casa〔屋〕，tavolino > tavola〔几〕，ombrellino > ombrella〔傘〕，又donnino 與donnina (donna'女人')並存，manino 與 manina (mano'手')並存，我猜想，又是含貶意的中性在裡面作祟，以至造成此一有趣的現象：某些帶 -o 的字指較小的東西，而與之並存帶 -a 的字則指較大的東西：buco〔小洞〕 | buca〔大洞〕，coltello〔小刀〕 | coltella〔大刀〕，等。丹麥語某些稱小動物的名詞，一般皆屬通性， 但在東南部日德蘭方言中， 皆變爲中性：et kalv〔小牛〕，et hvalp〔小狗〕，et gris〔小豬〕,et kylling

〔小雞〕(見 Kristensen 1906:57)。 瑞典語 individ〔個體〕用於人永遠是通性 (en)，常也包括高等動物，但在指低等動物時， 則爲中性 ett individ (見 Tegnér 1892:39)； 在丹麥語永遠是中性，如同拉丁語和德語。

我們在第14.6節論「質量詞」，談過可數的物品詞 (thing-words) 和不可數的質量詞(mass-words)之間的區別，此外我們也時常發現有一趨勢，將此二類字在語法上予以不同的處理。在英格蘭西南部方言中，有固定形狀之物，用he 作代名詞，賓格作 en < 古英語 hine，指示代名詞用theäse (=this), thik (=that)，而無固定形狀之物，代名詞用 it，指示代名詞用this, that, 如 Come under theäse tree by this water〔到水邊的這棵樹下來〕| goo under thik tree, an zit on that grass〔到那棵樹下去，坐在那草地上〕。 參 Barnes, Gr. 20; Ellis, EEP 5.85; Wright, EDG 416ff.)。在別的語言還有一種趨勢，就是喜用中性表質量詞，比如德語das gift〔毒〕，das kies〔碎石〕，就已經 (或者正逐漸) 取代較早的 die gift, der kies。 同樣，丹麥語現在也以 støvet〔塵埃〕取代了較早的 støven。然而丹麥語，在這方面更進一步，使用中性附加語表示質量詞的量，甚至屬於通性的質量詞也不受限制，比如通性質量詞 mælken (=the milk),osten (=the cheese),欲指其量則附加語作中性變化，如alt det mælk (=all that milk), noget andet ost (=some other cheese)——此處ost〔乳酪〕作質量詞解，若意謂'another cheese'(作物品詞解)則仍依其通性性屬作 en anden ost。又如Jeg kan ikke nøjes med det te ='I cannot rest content with that (much) tea'〔我不滿意於那麼少的茶〕，但是若指茶的種類或品質，則說med den te。在日德蘭各地有許多方言，甚至將所有的質量詞，無論其原來性屬爲何，一律作中性 ； 在罕赫德 (Hanherred) 恰有一互補性的發展，即將所有的物品名詞一律作通性，

如：iset〔冰〕 ｜ jordet〔土〕(質量詞，中性)； skiben〔船〕｜ husen〔屋〕(物品詞，通性)。 而這些字在標準丹麥語的性屬卻相反：isen, jorden, skibet, huset.

17.6 概念中性 (Conceptional Neuter)

在結束本章「性屬」論之前，還需要談談另外一種性屬，姑稱之爲「概念中性」(conceptional neuter)。 它可說是一種眞正的 (real)、或意念的 (notional)、或普遍的 (universal) 中性，有別於特定的或具體的中性，比如英語中重指前已敘及之事物 (如house 或worm) 所用的代詞 it；再如德語的絕對中性代詞 es，其所以爲中性，乃因其所代表之前已述及的事物，如 hous〔房屋〕或 mädchen〔小姐〕，恰巧屬於中性。由下面更多的例子，我們似乎可以肯定，有某些自然的或意念上的功能，需要由中性字來擔任，甚至在許多本來沒有「中性」範疇的語言，也有少數幾個代詞，顯示在其語法系統上，顯有「概念中性」的存在。此種非特定的「概念中性」，首先可印證於像下面這樣的句子：

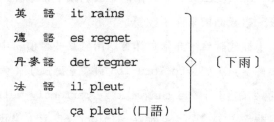

英 語 it rains
德 語 es regnet
丹麥語 det regner 〔下雨〕
法 語 il pleut
 ça pleut (口語)

英語中類似的例子尚有 it snows〔下雪〕, it thunders〔打雷〕等；這些個 it 代表什麼，很難 (甚至不可能) 說得明白， 也許可以說是整個的大氣；總之，它在我們心中是一個確定的東西，正如我們有時需要使用定冠詞一般：*the* weather is fine〔天氣好〕；*the* day is bright〔天朗氣清〕。有許多語言說 'it rains' 並不需用任何主語代詞，如拉丁語 pluit, 義大利語 piove 等。<註14> Brugmann 等人認為英語所用的 it 完全是基於語法的要求，因為我們在習慣上，總覺得需要有一個表面的主語，如 he comes〔他來〕，法語亦同：il vient (=he comes)， 雖則，拉丁語或義大利語常只需要一個動詞： venit, viene。 這項見解無疑很有些道理，但並非全部的道理。Grimm 的字典 Wörterbuch 並沒有完全錯，他指出"das geisterhafte, gespenstige, unsichtbare, ungeheure"〔超自然物，似幽靈之物，無形之物， 大怪物〕皆係 "無人稱詞" (impersonals)； Spitzer 創立「大自然中性」(das grosse neutrum der natur)， 而稱此 'it' 有如拉丁語的句子 Juppiter tonat〔雷神鳴雷〕一般，乃人類神話詩之想像的產物。 <註15> 比如Bennett的小說中有這麼一段對話："It only began to rain in earnest just as we got to the gate.——Very thoughtful of it, I'm sure!"〔剛好待我們抵達大門時，方才真正開始下雨。——天公真是好心腸，我敢說！〕又如Browning 用大寫的 That 代表 God："Rejoice we are allied To That which doth provide And not partake, effect and not receive!"〔狂歡吧，我們跟上帝站在一起，上帝主賜予而不分取，給我們帶來而不收受！〕

非特定的概念中性代詞it，亦常見作賓語用於某些習慣語中 （此並無關於「大自然中性」），如：to lord it〔擺主子威風〕 | you are going it!〔你好努力喲！〕 | we can walk it perfectly well〔我們可以步行去呀，沒關係〕 | let us make a night of it〔讓我們狂歡一夜吧〕等。在下面這個句子裡，由於it 具有雙重性質(特定性或非特定性)，而造成戲謔的一語雙關： He never opens his mouth but he puts his foot in it〔他從來不開口，一開口就說錯話——後半句若按字面解便是：一開口便把腳放進口裡〕。以下是其他語言之類似的慣用語例子：

德　語 Sie hat *es* eilig〔她正在忙中〕.

Er treibt's arg〔他太過份了〕.

丹麥語 Han har *det* godt〔他進行得很順利〕.

Han sidder godt i *det*〔他很富有〕.

Han skal nok drive *det* vidt〔我相信他很有前途〕.

法　語 *l*'emporter〔壓倒、超越；emporter ='take away'〕,

le prendre sur un ton〔裝腔做勢〕.

丹麥語有趣的是，中性的det 可以跟通性的den 互相通用，如 ta *den* med ro = 'take it easy'〔不要緊張〕近年來已取代了 ta *det* med ro，同時den 也擠進了許多習慣用語： brænde *den* a〔搞砸了〕 | holde *den* gående〔督促〕等。

德語之es (=it) klopft an der tür〔有人敲門〕，丹麥語的det (=it) banker på døren〔同前〕，即相當於英語 *someone* is knocking at the door / there is a knock at the door 及 法 語 *on* (=someone) frappe à la porte〔同前〕.

其次，「概念中性」 亦適用於像 what, nothing, everything, something 這一類的字。丹麥語有趣的是，ting (=thing) 屬於通性，而 ingenting (=nothing)，alting (=everything) 卻需要中性的敘述語：den ting er sikker〔這東西很安全〕 | ingenting er *sikkert*〔一切都不安全〕。我們發現羅曼語系也有同樣的情形，例如已將拉丁語的中性併入陽性之語言，遇到以上這些字縱使原為陰性，也一律當做陽性 (亦即中性) 處理，比如法語 rien (=nothing) 源於拉丁語 rem (陰性)，但 rien n'est *certain* (陽性)〔沒有什麼不確定〕，又如： quelquechose de *bon* (陽性)〔好的東西〕。義大利語 qualche cosa (=something), ogni cosa (=everything), che cosa (=what；作疑問詞或縮簡為cosa)，它們的敘述語皆須用陽性 (亦即中性)，如 che cosa fu detto?〔說了什麼?〕 同樣地，nulla fu pubblicato〔什麼都沒有出版〕｜ una visione, un nulla che fosse femminile (Serao)〔一點不帶女性化的看法〕。

「概念中性」與形容詞也有關聯， 如概括性的 the beautiful (=everything beautiful)〔一切美的事物〕, the good〔善〕等。 西班牙語的冠詞仍有保留拉丁語之中性者： lo bueno (=the good), 此不同於陽性的 el bueno (=the good one)〔善者〕。

「概念中性」的另一項功能，就是作爲敘述語的代詞，如：

A: All men my brothers?〔所有的男人我的兄弟?〕

B: Nay, thank Heaven, *that* they are not (Gissing)〔不，謝天謝地，他們都不是〕；參拙著 MEG II，16.377.

◇

You make him into a smith, a carpenter, a mason: he is then and thenceforth *that and nothing else* (Carlyle)〔你培養他做鐵匠、木匠、泥水匠：於是，從此以後，他就只會這些，別的什麼都不會〕。

Marian grew up *everything* that her father desired (Gissing)〔瑪麗安長大了，一切都如她父親的願望〕。

his former friends or masters, *whichever* they had been (Stevenson)〔他的舊友或舊主子，不管他們是哪一樣〕。

She had now become *what* she had always desired to be, Amy's intimate friend (Gissing)〔她現在實現了她多年來的宿願，做了艾美的密友〕。

She treated him like a tame cat, *which is what* he was (McKenna)〔她把她當做一隻馴貓看待， 那也就是他本來的原形〕。

What is he?　Just *nothing* at all as yet〔他是什麼？現在
什麼都還不是〕。

Sweet (NEG §212)尙不了然這個what 的功能，他認爲它是“一種
人格化的用法”；然而，請細察對於 "What is he?" 這個問句的回答，
它可以包含任何種類的敘述語，如 "a shoemaker"〔鞋匠〕或 "kind-
hearted"〔親切的〕等。其他的語言，也可以找到功能完全相同的「槪
念中性」，如：

丹麥語 Er de modige?　Ja, *det* er de.〔他們勇敢嗎？是的，
　　　 他們是的。〕

　　　 Hvad er han? (=What is he?)

德　語 Sind sie mutig?　Ja, *das* sind sie.〔他們勇敢嗎？是
　　　 的，他們是的。〕

　　　 Vom Papst is es bekannt, dass er, als er　*es*　noch
　　　 nicht war, seine verhältnisse geregelt hatte〔如
　　　 衆所週知，羅馬教皇在他尙未做教皇的時候， 他的日常
　　　 生活已很規律化。〕

　　　 Was ist er?　Er ist noch *nichts*. (=What is　he? He
　　　 is nothing as yet.)

法　語 Si elles sont belles, et si elles ne *le* sont pas
　　　 〔如果她們很美，那麼就不是她們〕.

義大利語 Pensare ch'egli era libero e che　anche　lei　*lo*
　　　 era (Fogazzaro)〔想想看，他自由了，她也自由了.〕

西班牙語 Personas que parecen buenas y no *lo* son (Galdós)
　　　 〔貌似善良而實不善良的人。〕

參希臘語 Ouk *agathon* polukoiraniē〔群衆統治，不好〕， 及德語

的中性單數 *Welches* sind Ihre bedingungen?〔你的條件是什麼?〕
<註16>

　　遇有用代名詞代表一個動詞或一個「離結」(nexus) 的場合,我們
也可找到「概念中性」的存在,如:

> Can you forgive me?　Yes, *that* is easy enough.〔你能原諒
> 我嗎?──可以,那十分容易。〕
>
> The Duke hath banished me. ── *That* he hath not. (Sh.)
> 〔公爵已將我放逐。──他沒有(放逐你)。〕
>
> I'll write or, *what* is better, telegraph at once.〔我立
> 刻寫信,或者更佳的辦法,打電報。〕

　　某些具有中性性屬的語言,它們的不定式動詞或整個子句,一律用
中性冠詞、形容詞等,如:

> 希臘語　*to* pinein
> 德　語　*das* trinken ⎫
> 　　　　　　　　　　⎬〔飲酒〕
> 　　　　　　　　　　⎭
> 拉丁語　Humanum est errare〔犯錯乃人之常情〕。

◎ 第 17章 附 註 ◎

1. 我們最好把 sex〔性別〕跟 gender〔性屬〕分開，而不用一般常說的 "natural〔自然的〕and grammatical〔語法的〕gender"。參閱§3.7 關於 male, female, sexless, 跟 masculine, feminine, neuter 等辭彙的區別。

2. 植物學家所談植物的「性別」，從語法家的觀點看，當然應該是不存在的；比如法語的 lis〔百合花〕是陽性，而 rose〔薔薇〕是陰性，這完全是「性屬」的問題，與「性別」毫無關係，正如同 mur〔牆壁，陽性〕跟 maison〔房屋，陰性〕分屬不同的「性屬」沒有兩樣。

3. 俄語動詞的過去式本來是一個分詞 (participle)，所以有「性屬」變化，如下，這個情形有點類似閃語 (Semitic) 動詞的性屬。

	陽性	陰性	中性	
俄 語	znal	znala	znalo	'knew'

4. 丹麥語名詞的性屬，大致可由其冠詞認知，即 et 表中性， en 表通性 (包括陽性和陰性)，置於名詞之前為不定冠詞 (='a, an')，接在名詞末尾 (如同接尾語) 為定冠詞 (='the')。 但若名詞之前存在有形容詞，則定冠詞分別作 det 和 den， 並置於形容詞之前 —— 譯者註。

5. 法語之 alouette〔雲雀〕為陰性名詞 —— 譯者註。

6. 一位義大利的小朋友曾問道，為什麼 barba〔鬍鬚，陰性〕不叫做 barbo〔魚唇的觸鬚，陽性〕？

7. 各國對於已婚婦女的稱謂，依據其夫婿之地位或職業，差異很大，如英語 Duke〔公爵〕之夫人稱 Duchess， 瑞典語 professor〔教

授〕之夫人稱 professorska，德語則稱 frau professor 。 詳細
不克贅述。

8.　西班牙語 hijo 單數僅作 '兒子' (son) 解 ── 譯者註。

9.　A:　"Donnerwetter! Was ist doch manchmal diese　verdammte
　　　　Welt　niederträchtig　schön!　Man　sollte　gar　nicht
　　　　glauben,dass sie dabei einen so hundsgemein behandeln
　　　　kann!"〔大雷雨！這個可惡的世界時而又變得多麼令人妒羨的
　　　　美麗！我們絕不應該相信，這樣她就能夠如此卑鄙地對人！〕

　　B:　"Kein wunder," meinte Hermann Gutzeit,　"es heisst ja
　　　　die Welt!"〔 "一點也不稀奇，" H. G. 說道，"它的名字本
　　　　來就叫做世界嘛!"〕

　　A:　"Frau Welt!" rief Doktor Herzfeld und lachte〔 "世界夫
　　　　人!" H.博士高聲叫道並且大笑〕 ── G. Hermann。

◇

這一段遊戲性的對話，唯在德語才有可能，因爲德語welt〔世界〕
這個字屬陰性，有兩個意思：(1) 整個的外在世界或大自然，既非
雄性亦非雌性，(2) 世人，包括男女兩性。 這在法語 (le monde
世界，陽性) 或英語或土耳其語，都是不可能的。

10.　Thy wish was father, Harry, to that thought (Sh.) 〔你的願
　　　望，哈利，乃是此一思想之父〕。

　　Your wish is mother to your thought (Galsworthy)〔你的願望
　　　乃是你的思想之母〕。

　　It is small wonder──the wish being parent to the thought
　　　── that some accepted the rumour (McKenna)〔有些人相信
　　　這謠言，不足爲奇，因爲願望乃思想之母/父〕。

11.　所引 Brunot 之原文如次： "Le hasard des genres a créé aux

artistes de grands embarras. *La* Grâce, *la* Beauté, *la*
Science, prenaient facilement figure de femme, mais *la*
Force? On a eu recours à Hercule!"

12. "假使我們說 England's history 而不用較通常的 the history
of England, 那就表示我們有意將該國名 'England' 予以相當的
人格化" —— Bradley 1904:60.

13. 奇妙的是,·當這些原爲中性的字尾加在專有名詞上,常可用陰性冠
詞: *die* arme Gret*chen* 〔可憐的小Gret(女子名)〕,但此例不適
用於 -*li* (方言): *das* Bäbe*li*, 雖然男子名仍可說 *der* Jaköb*li*
(參見 Tobler 1921:5.7)。

14. 漢語亦是一例,我們說"下雨",也不需要任何主語代名詞 ——
譯者。

15. 這種「大自然中性」,亦適用於俄語 (並無任何主語代詞) otca
derevom ubilo = '(it) killed my father with a tree' = 'my
father was struck by a tree'〔 我父親被一棵樹擊中 〕 ——
Pedersen 1916:110。

16. 參此處 that 的用法: "Are there not seven planets ? ——
That there are, quoth my father" (Sterne) 〔不是有七大行星
嗎? —— 是有七大行星啊,我父親說〕。

第18章 比較法

I8.1 比較級和最高級 (Comparative & Superlative)

所有通常的語法書，都告訴我們「比較」有三級 (three degrees of comparison) ——

1. 絕對級 (positive)：　old　　／ dangerously
2. 比較級 (comparative)：older　 ／ more dangerously
3. 最高級 (superlative)：oldest　／ most dangerously

這種三分法，無疑是針對於西歐語言所有實際的形式表徵，所謂 "絕對級" 乃其基本的形式，其他兩個形式則是由此，或加字尾、或另加副詞 (如 more, most)，衍生而來。有幾個大家所熟知的字，其比較級和最高級並非出自絕對級，而係源於其他的字幹 (stem)，如 good, better, best ｜ 拉丁語 bonus, melior, optimus (=good, better, best) 等。<註1>

現在我們從邏輯的觀點，來仔細地研究一下這個系統。首先，我們並不需要多加思索就會發現，所謂 "絕對級"，嚴格說來，並不能稱為「比較」的一級，因為在我們說 a horse or a book is 'old' 的時候，我們並沒有拿它和任何其他的 horse 或 book 做比較；如果要說它是一種比較，毋寧說它是一種「負比」(negative of comparison)，而非「正比」(positive) <註2>。舊式的語法家奇怪得很，一向不重視建立一套合理的統一的術語。不過話說回來，positive這個名辭也並沒有多大害處，因為它在此地也不很容易與negative〔負面〕扯上關係。

350

這種普遍分為三級的「比較」，易使我們幻想它代表一種刻度量尺 (graduated scale)，如 old : older : oldest 好似一組數學級數：1 : 2 : 3 (等差級數) 或 1 : 2 : 4 (等比級數)。 然而， 這只是一種例外，如：

> The clowne bore it [my sonnet], the foole sent it, and the lady hath it: *sweete* clowne, *sweeter* foole, *sweetest* lady (Sh.) 〔一個鄉下人送去的(我的十四行詩)，一個傻子發出去的，小姐收到的： 可愛的鄉下人，更可愛的傻子，最可愛的小姐〕。

> We dined yesterday on *dirty* bacon, *dirtier* eggs, and *dirtiest* potatoes (Keats) 〔我們昨天進餐吃的醃肉很糟，雞蛋更糟，洋芋最糟〕。

把這三種比較式擺在一起 <註3>，可能正是文法教育的結果；然而我要強調的是，我們通常在使用最高級的時候，並非意味著比比較級更高一級，實際所說的不過是同一等級，表示從另一個角度的看法而已。假設我們比較 A, B, C, D 四個孩子的年齡，同一的事實可以有兩種說法：A is *older* than the *other* boys〔A 比其他的孩子們年齡大些。〕｜ A is the *oldest* boy (the oldest of, or among, *all* the boys). 〔A 是所有孩子之中年齡最大的〕。這兩種說法都是拿 A 跟 B, C, D 做比較 ; 前者所比較的對象就是 B, C, D 這三個孩子 (the other boys)，而後者所比較的乃是所有的孩子 (all the boys)， 包括 A 本身在內。因此，比較級必須要有一個由 than 所連接的補語(間或省略)，而且此補語必須不同於主語，故常用 other 以區別之。 這種補語，在用最高級的場合便不可能了， 而配合最高級的補語， 則常用 of 或 among all 作為連接語。二者實際所表達的既是同一意念，我們就不應

驚訝於像這樣相當常見的，將all〔所有的〕和 others〔別的人〕熔在一語中的現象，如 the *best* of *all others*；名家作品亦不乏其例：a king, whose memory of *all others* we most adore (Bacon)〔國王，他對所有別人的記憶，我們最崇拜。〕| parents are the last of *all others* to be trusted with the education of their own children (Swift)〔對於自己孩子的教育，父母是最不可信賴的〕。

現在我們當可明白，爲什麼一些原先有眞正最高級的語言，很容易地就放棄了它，而只保有比較級就滿足了。在羅曼語系裡，藉以表達最高級這個概念的唯一方式，就是利用比較級加上定冠詞，或者某些其他的限定詞，如法語 *le plus grand* malheur〔最大的不幸〕| *mon meilleur* ami〔我的最好的朋友〕等。有時連限定詞也不加，如："la vie, dans tout ce qu'elle a de *plus intensif*"〔生命，在她的所有之中最強列的〕。俄語同樣的，也時常拿比較級當做一種最高級用，這是基於語法上的方便，因爲俄語之比較結構中的賓語須用領格，而領格同時也具有表示‘部分’(partitive) 的意思，亦即同時相當於英語的than 和of，如 lučše *vsego* (=better than all 或 best of all)| bogáče *vcěx* (=richer than all 或richest of all)。此外，欲表最高級也可在比較級的前面加上 nai- 或 sámyj (=same, very)。參 H. Pedersen (1916:89)；Vondrák (1906:1.494, 2.71ff.)。

還有一種可以稱之爲「有限的最高級」(limited superlative)，意即最高級，但須除去幾個例外，如：the next best〔次優〕| the largest but one〔第二大〕| the third best〔優等第三〕等。丹麥語跟德語都沒有相當於英語‘最高級 + but’的說法。事實上，許多語言都沒有像這樣容易的辦法，以表示「有限的最高級」。

德語有一件有趣的事情，就是當一最高級爲'possible'所修飾時，常在形式上加最高級字尾的反倒是possible，而非原被修飾的形容詞或副詞；這兩種說法同時出現在Jodl 教授的演講裡："Das problem der *grösstmöglichen* glücksbefriedigung für die *möglichst grosse* zahl" (=the greatest happiness possible for the greatest number possible)〔爲最大多數人的最大幸福的問題〕。

18.2 等與不等 (Equality & Inequality)

假設我們除去最高級，不算它是一種眞正的比較，我們就可以給眞正的比較，建立一個新的三式系統如下：

1. (>) more dangerous (better) than ： superiority (強比)
2. (=) as dangerous (good) as ： equality （平比）
3. (<) less dangerous (good) than ： inferiority (弱比)

很顯然，(1)式跟(3)式有密切關係，因爲二者所表達者皆爲不相等的比較。英語在(1)式和(3)式之中用than，在(2) 式之中用as，然而在其他語言，無論 1, 2, 3 式皆用同一個字，如法語 meilleur *que* (=better than)｜ aussi bon *que* (=as good as)。丹麥語區分 end (=than) 和som (=as)，跟英語一樣，可是丹麥有些地區(如 Fyn 島)，甚至在 (1,3) 式後面也用 som。德國有些地區，同樣地，用一個 wie 照顧三種比式，而在其他地區卻只有(2) 式用 wie；(1,3) 式用 als。因此，法語可以說 "il a autant ou peut-être plus d'argent *que* moi"〔他所有的錢跟我一樣多，或許比我更多〕，在別的語言要說這句話，就沒有那麼方便容易，比如英語這句話："he could box *as well or better than* I" (Wells)〔他的拳擊打得跟我一樣好，或者比我更好〕就予人有些拖泥帶水的感覺。

西歐語言有許多成對的反義字，使我們在某些情形，能夠將上述 (1) 式和(3)式的比較關係倒轉過來，比如 worse than 和less good than 所表達的是同一回事。 依據 old 和 young 的反義關係，在理論上我們可以得到以下的等式：

1. older than　　　（強比）　=　less young than（弱比）
2. as old as　　　（平比）　=　as young as　　（平比）
3. less old than（弱比）　=　younger than　　（強比）

但在實際上，less...than 的說法自然用得很少； 此外，as old as 跟 as young as 的意義也不見得完全相等：顯然我們總不能說 as young as the hills〔跟山一樣年少〕，而只能說 as old as the hills〔跟山一樣古老〕。這是因為 old 這個字，除了表示‘年齡’的中性意義（如baby is only two hours old〔嬰兒出生才兩小時〕）以外，還有表示‘年老、古老’的意思；與young 構成反義詞的，正是這後一意義。在某些語言，這兩個意義分別用不同的字表示，如法語 âgé de deux heures〔年齡兩小時〕｜ vieux〔年老〕，世界語（Ido）：evanta du hori〔年齡...〕｜olda〔年老〕。

同理，雖然 more unkind than = less kind than，可是 as unkind as 與 as kind as 並非同義語， 因為， 前者暗示二人皆不和善 (unkind)，後者則暗示二人皆和善 (kind)。 因此使用 as 的比較，一般說來絕不是中性或者不偏不倚的，雖則偶然也許會是，如 "I don't think man has much capacity for development. He has got *as far as* he can, and that is not far, is it?" (Wilde) 〔我認為人類並沒有多大發展的潛力。 人類已經發展到了他的極限 （走得夠遠），但是還不很遠，是不是？〕

另一方面，用 than 的比較，照例是中性的，不偏不倚的 ； 比如 "Peter is older than John" 並不暗示 Peter 的年紀很大，實際上這個比較級（強比）所涉及的年齡，或許還不及絕對級 "Peter is old" 所表示的大。而且"Peter is older than John" 也沒有暗示John 是否年老的意思，但是如果加了副詞still，說"Peter is *still* older than John"〔Peter 比 John 更老〕，那末就有 John 也很年老的意思了。許多語言都有這樣的說法：

法　語 Pierre est *encore* plus vieux que Jean.

丹麥語 Peter er *endnu* ældre end Jens.

德　語 Peter ist *noch* älter als Hans.

　　　　(=Peter is *still* older than John.)

有趣的是，不同的語言竟有如此相彷的發展，因爲still 何以有此功能，我們還完全不明白；俄語也有此說法。

　　假使我們把前述的1式（強比）加以否定化：Peter is *not* older than John，那末它的意思就可能等於2式（平比）或3式（弱比）了；英語奇怪的是，對於not more than 和no more than的意義加以區別，前者的意義不很明確，可等於2式（平比）或3式（弱比），後者則僅可等於 (2)式。否定的 (2)式，如 not so old as，實際上等於 (3) 式 less old than (=younger than)；否定的 (2) 式而用 not as... 的情形不太常見<註4>，不過有時假設特別強調 as，則其意義可等於 (1) 式，比如對於 "A is as old as B" 這句話表示不同意時，可以說"Oh no, not *as* old as B, but much *older*"〔哦不，A 跟 B 不是一樣大，A 比 B 要大得多〕。

18.3 弱化的最高級和比較級 (Weakened Superl. & Compar.)

　　有一種很自然的**趨勢**，就是利用最高級作爲一種誇大的說法，不過意指程度甚高，而非指眞正的最高，這種說法有時稱之爲「絕對最高級」(absolute superl.)，有時稱之爲「情緒化 (elative)最高級」，

如： with the greatest pleasure〔非常高興地〕| a most learned man〔一位非常有學問的人〕等。 這種說法，在義大利語和西班牙語中已變成爲定規，因而從來不用古拉丁語的最高級作爲眞正的最高級，如義大利語 bellissimo〔非常好〕， 西班牙語 doctísimo〔非常有學問的〕等。<註5> 在挪威語的口語中，也有(否定的)同樣說法：ikke så værst (='not so very bad')。丹麥語區別不變形的和變形的最高級，只有前者 (沒有冠詞) 才是眞正的最高級，後者不過情緒化的修飾語，如 med størst veltalenhed〔無論比誰，都是最雄辯的〕| med største veltalenhed〔極爲雄辯的〕。

有時候比較級用起來也不表示比較，如丹麥語en bedre (=better) middag〔一餐相當不錯的佳餚〕。 又如英語："Does it rain?" ──"Rather!"〔下雨嗎？── 相當大！〕<註6>

弱化的比較級另一個類似的例子，就是丹麥語的 flere (=more > several)，如 "ved flere lejligheder"〔有好幾次機會〕，這裡英語就比較清楚一點，通常說more than one (可算是one 的複數)。奇妙的是，丹麥語在這裡並沒有用比較級的形式，而在某些語言竟給它再加一重比較級形式(意義仍不過是'several')，如德語mehrere (從前在後面尚可接als，現在當不可能)，後期拉丁語 plusiores, 由此產生法語的 plusieurs, 此字不論形式如何，其所指之數量,實際尚不及 '絕對級' 如德語 viele (=many), 法語 beaucoup (=many, much) 等。

18.4 隱藏的比較 (Latent comparisons)

有些單獨的字詞，內中含有隱藏的比較。比如動詞prefer〔寧可〕：I prefer A to B = I like A better than B (法語亦然：Je préfère A à B = 德語 Ich ziehe A dem B vor)；世界語(Ido) 在此也用平常「比較句」用的連接詞：me preferas A kam (=than) B。 這種情

形在英語裡雖很少見，但也不乏其例，如 (Thackeray: Sketches 138) "preferring a solitude, and to be a bachelor, *than* to put up with one of these for a companion"〔寧可孤獨，做個單身漢，也不願勉強跟這些人交往〕。此外，too (法語 trop, 丹麥語 for, 德語 zu) 這個字也含有隱藏的比較，它的意義 ='more than enough'，同時還可以附帶差距 (distance) 標示，如： 英語 *an hour* too late (丹麥語 en time for sent｜德語 eine stunde zu spät｜ 法語 trop tard *d'une heure*)〔遲一小時〕—— 參 outlast, outlive (丹麥語 overleve｜德語 überleben)〔壽命長於〕；exceed〔超過〕。

　　討論隱藏的比較，也必須考慮 before 及其反義語，法語 avant, après, 德語 vor, nach,等；英語 after 及丹麥語 efter 也是形式上的比較級；有些情形也可帶表差距的詞語，如 *an hour* before sunrise (法語 *une heure* avant le lever du soleil｜德語 eine stunde vor dem sonnenaufgang)〔日出前一小時〕。 但是， 在我們說 *after an hour* he came back (法語 *après une heure* il rentra)〔一小時後他回來了〕的時候，我們實在把表差距的詞語錯當做了介系詞的賓語，因為它的意思實際是 an hour after his departure〔他離開之後一小時〕。這就彷彿數學上使用 plus〔加〕和 minus〔減〕的情形， 前者等於 augmented by, 後者等於 lessened by；參下面對於 'minus' 的翻譯： (英語) four *less* two ｜ (法語) quatre *moins* deux｜(德語) vier *veniger* zwei)〔四減二〕。

　　法語 cadet (=junior) 和 aîné (=senior) 也都含有隱藏的比較，如 il est mon *cadet* de deux ans ='he is two years *younger* than I (me)'〔他比我小兩歲〕。 參 (Rolland) "il avait un frère *cadet, de dix ans moinds âgé*, ingénieur comme lui"〔他有一個弟弟，比他小十歲， 跟他一樣是位工程師〕。 英語借用拉丁語的比較級

(字)，也造了一些類似法語的結構，雖則就形式觀點而言，它不能算是英語之正統的比較級；如 "he is my *senior* by two years"〔他比我長兩歲〕等。

　　語法用字每有不盡合理之處，由下列事實可以見之 。 比如拉丁語 post 和 ante，我們已經談過，係實質的比較級，然而在後面跟著子句的時候，它們卻需要加上 quam,用通常的語法術語說，這是因為 post 和 ante 是介系詞，而 postquam 和 antequam 是連接詞的緣故；但是我們很容易地可以看出，這並不是 quam 的通常功能，它在這裡實相當於英語的 that, 而非 than。 英語 after 和 before 後面可以隨便跟著單字或子句，二者兼介系詞及連接詞，參較 "he came after (before) the war"〔他於戰後(前)來的〕 | "he came after (before) the war was over"〔他於戰事結束後(前)來的〕。 丹麥語對於這兩個字的處理方式不一樣，efter (=after) 必須加 at (=that) 方可成為連接詞，如 han kom *efter* krigen (=he came *after* the war) | han kom *efterat* krigen var forbi (=he came *after* the war was over)， 然而 før (=before) 不需要加 at，如 han kom *før* krigen (=he came *before* the war) | han kom *før* krigen var forbi (=he came *before* the war was over)； 兩種情形都可以用 førend (end =′than′) 替代，不過一般民眾說話時仍以加了 at 才算是連接詞，如 han kom *førend at* krigen var forbi。 德語的介系詞 nach (=after)，需要加上「指示/關係代名詞」(領格) dem，才能成為連接詞 nachdem，而 vor (=before) 只是介系詞，與之相對的連接詞則是 ehe。 法語 après (=after) 和 avant (=before) 都是單純的介系詞， 相對的連接詞為 après que 和 avant que， 只是不知這裡的 que 等於 'than' 還是 'that'；參義大利語 poscia che (=法語 après que)。 若賓語為不定式動詞，法語現在 (或過去) 有以下的處理方式： avant que de partir, avant de partir, avant que partir, avant partir〔動身之前〕。

18.5 形式上的比較級 (Formal Comparatives)

另外有一類字，就形式而言是比較級，在意念上則否，因爲它們不能後接 than，如 upper〔上方的〕，outer〔外側的〕(及其同根字 utter〔全然的〕)，former〔前面的〕等。這幾個字也許從來沒有發揮過眞正比較級的功能；不過latter〔在後的〕和 elder〔年長的〕現在雖然同樣不能與 than 連用，但在從前卻是眞正的 (late 和 old 的) 比較級，我們在莎士比亞的作品裡，仍可以找到 elder than 的例子。因此，這兩個字可以稱爲舊比較級(ex-comparatives)。

Other 是一個形式上的比較級，雖然它並沒有相對的絕對級；它可與than 連用 (法語亦如此：autre que)。在英語裡，other有時會影響到它的同義字different，使它取 than 而棄正常的 from，如 (Wilde) Things will be made *different* for me *than* for others〔事情將會變得對我，比對別的人，影響較大〕；反過來，我們在another 後面也發現 from，如 (Dickens) I hope to be *another* man *from* what I was〔我希望成爲一個與過去的我完全不同的人〕。

另外，也有一些大家所熟悉的字，具有同樣的字尾，但卻更不會被認爲是比較級，即與數字‘二’有關的若干代名詞，如：拉丁語 uter (=either), neuter (=neither)；古英語 ægðer (=either), hwæðer, (=whether)；現代英語 either〔二者之一〕，neither〔二者皆非〕，whether〔或...或〕等。

此一亞利安語的接尾 -ter 到底原來是屬於這些表‘二’的代名詞，還是從開始就是一個比較級字尾，<註7> 或許不無疑問。不過，無論如何，我們發現許多語言都有一條規則，就是在沒有直接對象來作比較的情形下，如果意指兩個就用比較級，兩個以上則用最高級；參拉丁語

major pars〔大部分〕，如果只分成兩份； maxima pars〔最大部分〕
，如果分成三份以上。 英語的情況類似，如 (Shakespeare)：

> "If Hercules and Lychas plaie at dice
> Which is *the better* man, *the greater* throw
> May turne by fortune from *the weaker* hand."
> 〔若是H.(大力士) 跟L.擲骰子，睹誰的運道好，
> 　說不定由於幸運，弱者反倒會贏。〕

然而，除了一些固定用語，如the lower lip〔下唇〕,the upper end
〔上端〕,現代英語的自然趨勢乃是處處皆用最高級，如(Sh.) "whose
blood is reddest, his or mine"〔誰的血最紅，他的還是我的〕，參
拙著MEG II, 7.77。這個趨勢在丹麥語也大爲流行。稀奇的是，德語有
一個字，在最高級上面再加一重比較級字尾，即ersterer，與之相當的
英語the former，同樣也是由古英語的最高級forma (=拉丁語primus=
'first') 加上比較級字尾 -er 而來。

18.6 差距的表示法 (Indication of Distance)

不相等的比較，常附帶表示二者之差距的詞語，例如 "he is *two
years* older than his brother"〔他比他弟弟大兩歲〕； 有時亦用
by (*two years*)；拉丁語在這裡用離格 (ablative)，德語常用um。

因此之故，使得我們可以把兩種不同的比較，聯合在一句之中，如
: She is *as much better than* her husband *as* Champagne is *bet-
ter than* beer〔拿她跟她的丈夫相比，其高下之差，就像拿香檳跟啤
酒相比一般〕，參此之另一說法： She is *as* superior to her hus-
band *as* champagne is to beer〔她之優於其夫，猶如香檳之優於啤
酒〕。

關於比較句裡的差距，有時也用the（來自古英語之器格 þy）來表示。這個the在下列各例中係指示代名詞：I like him all *the* better on account of his shyness〔由於他的害羞使我更加喜歡他〕｜That makes me all *the* worse〔這件事使我的情況更加糟糕〕｜ so much *the* better〔這樣好得多〕──後兩例中的 all 和 so much 也都是表示差距的，而the在感覺上已成爲一個無甚意義的虛字。但在the more, the merrier〔人越多越熱鬧〕及同型的結構中，前一個the是關係詞，後一個 the 乃是指示詞；前半句可以稱爲「限定部」(determinant)，後半句可以稱爲「被限定部」(determined)。在日常英語，像這樣的句子： the more he gets, the more he wants〔他得的越多，想要的越多〕，前後兩半的結構完全相同，一點也看不出誰是附屬子句，誰是主要子句；但在丹麥語和德語(英語從前也是一樣)，由於詞序的關係，可以很清楚地顯示，前半句是限定部，後半句是被限定部；參 (同一個句子) 丹麥語 *jo mere* han får, *des mere* ønsker han｜德語 *je mehr* er bekommt, *desto mehr* wünscht er。 同樣的句子，同樣的結構，有時在前半部之中添加一個that，意義不變，如 (Marlowe) The nearer that he came, the more she fled〔他越走得近，她就越逃避〕。

俄語同類結構所用的 čěm ... těm, 前者由其形式顯示爲一關係詞，後者則爲一指示代名詞，以器格的形式表示前後之間的差距。然而法語跟英語一般，前後相比較的兩部分，幾乎沒有什麼形式上的差別，甚至連相當於the 的字都沒有，如 plus on est de fous, plus on rit (='the more, the merrier')。這兩部分之間，甚至比英語更感覺在語法上是處於平等的地位，尤其常在二者之間插入 et (=and)，簡直把它們當做兩個獨立的句子看待：plus il a, et plus il désire (='the more he has, the more he wants')<註8>

英語 (古英語) 及俄語的「比較」連詞，令人感覺好像是指精確的比例('by how much more ... by so much more')，但在實際上根本不是這麼回事，若用數學公式表示，像這樣一句話 "The more books he reads, the more stupid he becomes"〔他書讀得越多，變得越糊塗〕，它的公式只能大致如此：

$$S_{(n+1)} > S_{(n)}$$

其中 S(n) 表示讀了(n)本書以後之糊塗的程度。

就大多數的情形而言，限定部都是擺在前面，也就是因為這個差不多是固定的習慣，使得英語和法語，能夠在這相比較的兩個部分之間取得語法上的一致。假使把這兩個子句的順序顛倒過來，那末在法語就需要用其他的，或者更為清晰，或者較為笨拙的句法，如：

法 語　"La figure est d'autant plus admirable qu'elle est mieux proportionnée" (=mieux la figure est pro- portionnée, plus elle est admirable)〔身材比例愈 勻稱愈美妙〕。

　　　　"Si la vie réalise un plan, elle devra manifester une harmonie plus haute à mesure qu'elle avance plus loin" (Bergson)〔假使人生按照一個計劃進行， 那末它向前行得愈遠，就愈能表現更高一層的和諧〕。

英語一般只需要把兩個子句的順序顛倒一下，意思就清楚明白了，如：(Goldsmith) They liked the book the better, the more it made them cry〔這本書越惹他們哭泣，他們就越喜歡它〕。

這種表示比例關係的句子，有一類變式很是有趣，它的限定部所代表的乃是時間的長度，不過形式上沒有明白表示出來。不同的語言表達的方式也有所不同。英語通常是重複使用比較級，如 it grew darker and darker (=the longer it lasted, the darker it grew)〔天變得越來越黑〕｜he became *more and more* impatient〔他變得越來越性急〕等。丹麥語等語言亦如此。詩人們常以絕對級替換前一個比較級，如 (Shelley) "and *swift and swifter* grew the vessel's motion"〔船行得越來越快〕；下面是另一種表現方式：her position was becoming *daily more* insecure〔他的地位日漸不穩〕。第三個方式是藉助於 ever，如 he spoke *ever* more indistinctly〔他說話越來越不清楚〕。這種說法英語很少，但在德語卻很常見：es wurde *immer* dunkler〔天越來越暗〕｜er sprach *immer* weniger〔他說話越來越少〕。 法語的相等語通常是 de plus en plus（如 *de plus en plus* obscur｜il parla *de moins en moins* 等）。這個意思就是說，在起點已經開始暗了，然後變得更 (still) 暗，只是 'still' 沒有明白說出而已。

18.7 次品與末品的比較 (Secondaries & Tertiaries)

比較句中絕大多數的情形，都是比較兩個首品，如 John is older than *Tom*〔J.比 T.年齡大〕 ｜ *this house* is bigger than *ours*〔這棟房子比我們的大〕｜I like *claret* better than *beer*〔我比較喜歡紅酒，啤酒次之〕。但有時候，兩個次品(形容詞)或末品(副詞)也可以做品性上的比較：his speech was more *eloquent* than *convincing* = he spoke more *eloquently* than *convincingly*〔他的演說所展示的辯才有餘，說服力不足〕。英語在這裡只需要一個 more <註9> 來完成比較(丹麥語、德語亦同)，拉丁語有一個著名的不合邏輯的例子，就是前後做比較的兩個形容詞(或副詞)皆用比較級：ver*ior* quam grat*ior* ='more true than pleasing'〔雖不怎麼悅人，但卻很真〕。

兩個動詞也可以拿來做比較，如：he felt rather than saw her

presence in the room〔他是感覺到，而不是看見她在屋裡〕。這實在是一種文學技巧的 (stylistic) 的比較，而非真正的比較，它的意思大致就是說，felt 比 saw 是一個較爲正確的字。 同樣的概念也隱藏在像這樣的句子背後：this *rather* frightened him〔這件事頗使他受到驚嚇〕，這裡面所比較的第二個項目被省略了，而其原意應是：較之任何其他動詞，frightened 乃是更爲合適的一個字。 這個概念更延伸至如次的句子： there are some things which I *more than dislike*〔有些事情，我討厭透了〕，這裡面所比較的前一個項目被省略了，這意思等於說：dislike這個字的力量太微弱了。

◎ 第 18章 附 註 ◎

1. 有些形容詞和副詞,不可能有比較,如:other, several, half,
   daily, own。關於名詞的比較,參§5.5。

2. 這是葉氏利用positive之一語雙關,所表現的幽默感——譯者註。

3. 這裡面的最高級所表達的,實際不過等於still + 比較級:still
   sweeter, still dirtier.

4. 這話指的當是英國英語,'not as ... as'在美國是很常見的——
   譯者註。

5. 參義大利語medesimo (=selfsame) = 西班牙語mismo = 法語même
   (<拉丁語 metipsimus);西班牙語甚至還有 mismísimo (=mismo
   之最高級)。

6. Rather 原係古英語 hrathe (='quickly') 的比較級。

7. 參芬蘭語之疑問詞 kumpi (='which of two') 和關係詞 jompi
   (='which of two'),其構成及屈折變化,皆如同比較級。

8. 同樣參義大利語:(Serao) ma più ti guardo, e (='and') più
   mi sento commuovere〔我越看你,越使我感動〕。 另一方面,也
   有用不同連詞的:(Giacosa) *Quanto* più ti costa, *tanto* più
   devi parlare〔你再付多少錢,就可以再說多少話〕。關於早期法
   語所用 que plus, quant plus 等,參 Tobler (1921:2.59ff).

9. 參字典對於oblong〔長方形〕的定義: longer than broad〔長大
   於寬〕。稍有不同者:Aunt Sarah, *deafer than deaf*〔聾到不能
   再聾了〕。

第19章 時間與時式(I)

19.1 九時式制 (Nine-Tense System)

本章將討論語法對於自然的（或概念的）時間及其分段的表現法。許多語言都把時間的標誌，貼在動詞的形式上，也就是所謂的‘時式’(tense)，一般語法家都認為這是很自然的事，同時也把時式的區別看做是動詞的主要特徵(故德語稱動詞為 zeitwort ‘時詞’)。 但是，也有些語言的動詞並沒有時式的區別，甚至英語雖依常規是區別時式的，然而像 must, ought 這些動詞，在現代英語裡都只有一個‘時式’；另一方面，時間也常有不靠動詞而藉其他詞類來表示的，而且這些表示方法，時常比動詞形式所表示的要精確得多，如我們說 on the third of February, 1923, at 11.23 p.m.〔一九二三年二月三日晚十一時二十三分〕。

不過，讓我們首先來談談，最著名西方語言的動詞時制所表現的時間區別。這裡的頭一個問題就是，我們是否能夠建立一個可適用於全世界所有語言的動詞時制？

依據 Madvig 的「拉丁文法」(Latin Grammar)， 我們所說的任何一句話，都可以簡單地歸入三個主要的時式（現在、過去、未來）之一，也可以以某一過去或未來的時間為定點，而歸入相對於該定點的現在、過去、或未來。如此，我們可以得到下面的九個區分，暫用 Madvig 的術語及其所舉之例，我只加了幾個數字 (I, II, III 和 1, 2, 3)，以便往後引述。

	I	II	III
	Præsens〔現在〕	Præteritum〔過去〕	Futurum〔未來〕
	1 scribo〔寫〕	scripsi	scribam
in præterito〔過去〕	2 scribebam	scripseram	scripturus eram (fui)
in futuro〔未來〕	3 scribam	scripsero	scripturus ero

表中第一列沒有標題，比照其他兩列標題應作 "in præsenti"〔現在〕。

與此 3x3 時制極爲接近的系統，亦曾見於其他名家 (如 Matzen, Kroman, Noreen, 詳見拙文"Tid og tempus", 374)， 不過多當做純邏輯的系統看待，並不考慮這九個時制範疇，如何應用於實際語言的問題。 Madvig 也許意味這個系統是專爲拉丁語設計的 (他在「希臘文造句法」(Greek Syntax) 裡，就沒有提出這個系統； 果然，則爲希臘語的「不定過去式」(aorist) 在其中找一個適當的位置，將有困難)。即使就拉丁語的時式而言，這個系統也有它的缺點。首先，scribam 出現兩次，一爲未來的現在(I.3)，一爲現在的未來(III.1)，而其他的形式各僅出現一次。在第III行各式之中，比照第2,3列的形式，在第一列我們很自然地期待 scripturus sum；其所以未採此式的理由， 很顯然是因爲 scripturus sum 含有「最近未來」的意思，而 Madvig 並不想在他的系統中加入「時距」(distance in time)的成分。然而，要想把這個「近」的成分，跟其他含有 scripturus 的複合時式分別開來，也很困難。Madvig在「希臘文造句法」(§116) 中，曾經將「現在的未來」和「過去的未來」應用於含 mellō 及 emellon 的複合時式，而這兩個時式，不可否認，皆含有「近時」的意思。又據 Kroman 及 Noreen 所主張的時制，全部第III行的各形式，同樣皆含有「近時」的成分。 另一方面，假使我們排除這個「近時」成分，那末就再沒有必要維持「未來的現在」和「現在的未來」，二者必須合而爲一，以 scribam 爲代表。同時，基於類比的原則，也會要求我們統一「過去的現在」(I.2) 和「現在的過去」(II.1)：如此一來，scribebam 和 scripsi 的區別就表示得不夠精確了，請參上表·Madvig 如何把 scripturus eram 和 scripturus fui 擺在同一位置 (III.2)，而這兩個形式的意義並不完全相等。它們之間的區別正如同 scribebam 和 scripsi 的區別一樣；不過這個區別（我們回頭再討論），實際跟整個系統中的其他時間區分沒有直接關係。所以，最好把系統中的九個項目縮減爲七個，即將I.2, II.1, 和 I.3, III.1, 分別合而爲一。

19.2 七時式制 (Seven Tenses)

假設我們現在要把這七個時式，安排成一個一貫的系統，我們首先遇到的是術語問題。最好能有兩套不同的術語，一套適用於理念的或自然的時間區分，一套適用於語法的或造句的時式區分。這在丹麥語或德語非常方便，可用本土詞語表示前者，拉丁詞語表示後者；比如丹麥語 nutid, fortid, fremtid （德語 jetztzeit, vorzeit, zukunft）即可用以表示時間的三大區分，而拉丁語 præsens, præteritum, futurum 則可用以表示動詞的三大時式區分。但是，就英語而言，我們並不能完全照這樣辦，因爲英語本土 Anglo-Saxon 字，沒有相當於 present 和 future 的詞語，因而不得不用這兩個字，既代表自然的時間，又代表語法上的時式（因爲此二字與拉丁語 præsens 和 futurum，實難加以區別）。不過，我們似可保留 past 表示意念上的「過去時間」，而用 preterit 表示與之相對的「過去時式」。必要時爲了清楚起見，我將分別使用 present time, present tense, 和 future time, future tense。各個時間(式)的內部區分，我建議使用接頭語before, after

表示意念上的先後，使用接頭語 ante, post 表示語法上的先後（如 before-past, ante-preterit）。

第二個問題是，如何安排我們所認知的這七個"時間"？可以想到的一個辦法是，把它們大致排成一個三角形：

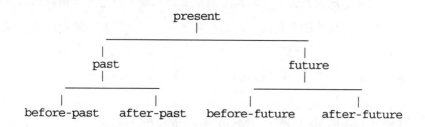

但這並不是一個令人滿意的排列，我想最好是把這七個"時間"排在一條直線上。首先，最主要的三大時區當然應該是這樣：

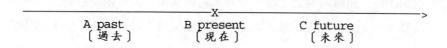

在這三大時區之下，各填入相對應的中距時間，即得下圖；我們把概念的術語置於線上，語法的術語置於線下，二者之間的橫線代表時間的進程。

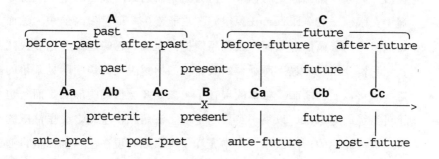

此表及其代表各個時區所用的字母，明顯地表示出這七個時點的相對關係。附屬於過去和未來之下的次區 "時間"，它們與過去某一時點 (Ab) 和未來某一時點 (Cb) 之間的相對關係，正如同主區時間 (A) 和 (C)，與傾刻現在 (B) 之間的關係是一樣的。

這個系統，在邏輯上看起來似乎無懈可擊，但是，往後我們將會明白，它並不包含所有可能的時間範疇，也不包含所有實際語言中可找到的時式。<註1> 我們現在的任務是，先談談這七個時區 (依序先談主時區，後談次時區)，在各種語言之中實際是如何表現的。

19.3 時間的主區分 (Main Divisions of Time)

(A) **單純過去時**(Simple past time)──表單純過去時，英語有一個時式，即過去式 (preterit)，例如 wrote。有些語言有兩個時式，如拉丁語scripsi, scribebam (其區別見後 §20.4)。 雖然這些語言對於過去和現在距離的遠近，並不重視，但某些語言卻有兩個過去式，分別用以表示久遠的過去和最近的過去。法語對於「最近過去」的表現法是採用迂迴式 (periphrasis)：je viens d'écrire〔我剛寫過〕。

在討論單純過去時，我們必須提到所謂「歷史的現在」(historic present)──其實最好稱為「非歷史的現在」(unhistoric present)，或者照Brugmann所說，應該稱為「戲劇的現在」(dramatic present)。使用它的人，跳出歷史的框框，用心眼來看過去所發生的事情，婉如正發生在眼前一般。Noreen氏說得好，它能產生一種藝術的幻象。然而，姑無論它的藝術價值如何，我們不能據此以為，它的起源非始於民間。我們只需要聽聽，最下層社會的民眾，如何述說他們親眼所見某事的經過，就可以明白所謂「戲劇的現在」，該是多麼自然的形式，而且也是不可避免的。Sweet 以為，英語乃是受了法語和拉丁語之文學傳統的影響，而冰島語的冒險故事，內中充滿了「戲劇的現在」，則係借自愛爾

蘭語（參 Philol. Soc. Proceedings, 1885-87, p. xlv, 及 Sweet 的
NEG §2228）。 Einenkel 和其他的人， 都以為中古英語之「戲劇的現
在」，係源於古法語。然而，中古英語之「戲劇的現在」，尤常見於民
間詩歌，如果說是由於外來造句法的影響，似不太可能。古英語中不見
「戲劇的現在」，或屬罕見，本人以為，它的原因應該這樣解釋：事實
上，古英語所留給我們的文學遺產中，並不含有像冰島所有著名的，自
然而生動的記敘文體。總而言之，「戲劇的現在」跟某些日常俗語一樣
，正式走進文學領域的時期比較晚，因為它們被認為是不能登大雅之堂
的。希臘詩人荷馬沒有用過「戲劇的現在」，而歷史家 Herodotus 卻常
用之。Delbrück (1893:2.261) 無疑說得對，它的確是屬於古代民間的
(gewiss uraltvolkstümlich) 傳統。

　　(B) **單純現在時** (Simple present time)──大凡動詞有時式區別
的語言，一般皆用現在式 (present tense) 表示單純的現在時。

　　然而，什麼是現在時？ 就理論上說，它是一個點； 它沒有'間'
(duration)，正如同理論幾何學上的點沒有'元' (dimension) 一般。
所謂"現在"乃傾刻間事，不過「過去」與「未來」之間，永遠在飛逝
中的一條界線而已；依照前一節之圖解，它沿著一條線不斷地"向右"
移動。不過實際上，我們所說的「現在」確有相當的「間」，它的長度
隨著實際狀況差別很大，比如這等句子： he is hungry〔他餓了〕|
he is ill〔他病了〕| he is dead〔他死了〕。 這與相對表示空間的
here〔這裡〕情形完全一樣，後者隨著實際狀況的不同，也具有非常不
同的意義，如：in this room〔在此室內〕，in this house〔在此屋
內〕，in this town〔在此市內〕，in this country〔在此國內〕，
in Europe〔在歐洲〕，in this world〔在這世上〕。 代名詞 we〔我
們〕的情形也一樣，它的成員除了說話者以外，還包括不定數量的個人
，其唯一的要件是，就 here 而言，說話者此刻所在的地點必須包括在

內；就 we 而言，此刻的說話者必須包括在內。

關於「現在式」的用法，所有的語言似乎一致支持一條規則，那就是所謂理論上的零點 (zeor-point)， 也就是最嚴格的「現在」，應包含在說話者所意造的時間之內。 此一定義可應用於像這樣的句子：he *lives* at number 7〔他住在七號〕| knives *are* sharp〔刀子鋒利〕| lead *is* heavy〔鉛重〕| water *boils* at 100 degrees Celsius〔水在攝氏一百度沸騰〕| twice four *is* eight〔四的兩倍是八〕。關於這些 "永恆眞實" (eternal truths) 的表現法， 有些人（誤解）說是英語等語言的缺失，因爲它們只能意指「現在時」，而沒有辦法表明，它們無論在過去或未來，皆同樣有效。 這話是不值一駁的， 事實上，我們所有的（或者大多數）關於「現在時」的說明，無不涉及嚴格說來，屬於過去的和未來的一部分 。 假設「現在時」就像現在這麼定義，它甚至可適用於間歇性而不相連續的動作，如： I *get* up every morning at seven〔我每天早晨七點鐘起床〕(甚至可在夜晚如此說) <註2> | the train *starts* at 8.32〔火車八點三十二分開〕| the steamer *leaves* every Tuesday in winter, but in summer both on Tuesdays and Fridays〔輪船在冬天每星期二開， 但是在夏天每星期二、五都開〕。在這最後一句中，所謂「現在」這一刻，仍在所言時間範圍之內，它指的是目前的安排， 不但今年有效， 而且包括過去的數年，和(假定)未來的數年。

對我來說，這樣的看法似乎較 Sweet 的看法高明一些。 Sweet 在其所著「新英文法」(§289) 寫道 ： "應付這樣的句子： the sun *rises* in the east〔太陽自東方升起〕| platinum *is* the heaviest metal〔白金是最重的金屬〕，用「現在式」最適合不過了， 因爲它本身在所有的時式之中 ， 是最爲不定的 (indefinite)" —— 爲何 "不定" ？ 又有人說， 這些句子乃是無時間性的 (timeless; zeitlos)，

那就更不妥了。<註3> 最好稱之爲「通時」(generic time)，正如我們
前曾用過「通數」(generic number) 和「通稱」 (generic person)。
對於這種句子，一般使用現在式的用意是，肯定它們現在是眞確的。但
偶然也用其他的時式， 我們稱之「格言過去式」(gnomic preterit)，
如莎翁的名句 "Men were deceivers ever" 〔男人永遠是騙子〕； 參
希臘語「格言性不定過去式」(gnomic aorist)， 它是一種文學上的小
技巧，目的在於使人自行推敲：直到現在爲眞的事，現在亦應爲眞，未
來亦應如是，直到時間的盡頭。另一方面，法語有句格言使用未來式，
即 rira bien qui rira le dernier〔最後笑的人，笑得最好〕，而同
樣的格言，在別的語言皆用現在式：法語之所以用未來式，可能是因爲
該句格言被人引用，常是有他人正在笑的時候，而說話者想要說的是，
他自己待會兒再笑，這樣更好。<註4>

(C) **單純未來時** (Simple future time)—— 談未來的事總不如過
去那麼明確，這是不難理解的：我們對於未來的所知，總不如過去那麼
多，因而不得不用一些比較模糊的說法。許多語言都沒有眞正的未來式
，或者曾經有過，然後放棄了，而代之以婉轉迂迴的說法。茲將若干語
言用以表示未來的種種說法，舉其要者略述如下。

(1) 現在式用以表示未來的意思。這個現象特別容易發生，尤其當
句子內含有明確的時間副詞，並且距離此刻(現在)的時間也不太遠，如
I dine with my uncle to-night〔今晚我跟我的叔叔一同進餐〕。 關
於現在式的此種用法，隨語言的不同而有程度的不同；用得最多的是指
‘去’ (go) 的動詞：

英　　語	I start tomorrow.	〔我明天動身〕
德　　語	Ich reise morgen ab.	〔 〃 〕
丹麥語	Jeg rejser imorgen.	〔 〃 〕

　　法　　語　Je pars demain.〔我明天動身〕

　　義大利語　Parto domani.　〔　"　〕

希臘語 eîmi (='I go') 幾乎永遠意味'I shall go'。英語以 when 或 if 引導的子句，動詞用現在式的情形極爲普遍：I shall mention it *when*/*if* I *see* him〔我見到他的時候，將會提起此事〕。法語si 的用法跟英語同：Je le dirai *si* je le *vois* (= 'I shall mention it if I see him')，但不包括quand：*quand* je le *verrai* (= 'when I shall see him')。

　　(2) 意志 (volition)。英語的 will 跟丹麥語之 vil 都還保留著幾分原有的眞正的‘意志’的痕跡，因此英語的 will go，不能算是單純的「未來式」，雖然它已很接近此點，尤其在指自然現象的時候，如 it will certainly rain before night〔入夜以前定然會下雨〕。　同時也有一個趨勢，就是以'(wi)ll'取代第一人稱的shall(尤其在蘇格蘭及美國)，如 I'm afraid I'll die soon〔我恐怕活不久了〕，這就使得 will 愈易成爲未來式的普通助動詞。德語 es scheint regnen zu wollen〔似乎要下雨了〕，句中不得不用表意志的wollen，因爲通常用以表未來的助動詞 werden 不可用於不定式。羅馬尼亞語也是用意志表示未來，如 voiu canta (='I will/shall sing')；義大利語偶然也說 vuol piovere (='it will rain') —— 見 Rovetta: Moglie di Sua Eccel. 155。現代希臘語，其意志的概念似乎已自，與tha 結合的語句中，完全消失，如tha graphō 和 tha grapsō (='I shall write')，意味經常寫或一次寫；tha 從前作 thena，源於 the (=thelei) + na (='that' > hina)，現已成爲單純的時間助詞。<註5>

　　(3) 思想、意向 (Thought, intention)。 例如古諾斯語之 mun，但不易與「意志」區別清楚。

(4) 義務 (Obligation)。這是古英語 sceal (即現代之shall) 以及荷蘭語言 zal 的原義。 英語中「義務」的概念幾乎已經完全抹去，然而作爲助動詞用，它只限於第一人稱肯定句，第二人稱疑問句，雖然在某些從屬子句裡，不限人稱，一律通用。<註6>「義務」的概念，自始即緊扣著羅曼語之動詞的字尾 (源於 scribere-habeo ='I have to write'，現已成爲單純的未來式)，如義大利語scriverò〔將寫〕，法語 écrirai〔同〕等。 在這個題目之下， 我們也可以列入英語的 is to，如 he *is to* start to-morrow〔他明天就要動身〕。

(5) 運動 (Motion)。 含有 '去' (go) 或 '來' (come) 之意的動詞，經常用以表示「未來」，如法語 je vais écrire〔我就要寫〕，用以表示最近的未來，英語 I am going to write〔我將寫〕，有時候(並非絕對)也含有「最近未來」的成分，但終於又丟掉此意。其他類似之例：

瑞典語 Jag *kommer* att skriva〔我將寫〕.

法　語 quand je *viendrai* à mourir〔當我死的時候〕.

英　語 I wish that you may *come* to be ashamed of what you
　　　 have done〔我望你有一天會對你的行爲感到羞愧〕.

　　　 They may *get* to know it〔他們可能終於會知道的〕.

然而丹麥語 jeg *kommer* til *at* skrive 可表「偶然」(='I happen to write')，亦可表「必要」(='I (shall) have to write')。

(6) 可能性 (Possibility)。英語之may 時常表示一種模糊的未來：This may end in disaster〔這件事可能終於演成一場災難〕。這裡似乎也可包括某些原本爲假設法的現在式 (present subjunctive)，而後演變爲未來式，如拉丁語 scribam〔我將寫〕。

(7) 此外，尚有一些由其他方式演變成的未來表示法。 德語 ich

werde schreiben〔我將寫〕,有人說係源於「分詞結構」ich werde schreibend,不過這個說法並未獲得一致的承認; Paul (DGr 4.127, 148)即未曾提起,不過其對於未來式的討論非常不佳。希臘語的未來式接尾 -sō (如 leipsō < leipō '去'),據說原是一種 「願望形」(desiderative)。

概念上的祈使 (notional imperative),必然跟未來時間有關聯。某些語言,比如拉丁語, 祈使法有兩個形式, 在時間上實皆指未來,所謂「現在祈使句」,或指最近的未來, 或指未來的不定時, 而所謂「未來祈使句」,則大半指某一特定的時間。「完成祈使句」所指雖也是未來時間,實不過修辭上的小技巧,藉以表示說話者多麼希望他的願望快點實現,如:be gone!〔滾開!〕 當我們說 Have done! 意思實等於 Stop at once! 或 Don't go on!〔算了吧! 住手! 不要再鬧了!〕說得婉轉一點,就是 Let that which you have already done (said) be enough〔夠了! 夠了!〕

19.4 時間的次區分 (Subordinate Divisions of Time)

其次,我們要談的是時間的次區分,亦即句中所涉時間 (過去或未來)之前或之後的某一點。

(Aa). **先過去時** (Before-past time)。 這個時間因爲非常有用,許多語言都發展出特別的時式 (tense) 來表示它, 我們稱之爲「先過去式」(ante-preterit,傳統稱爲 pluperfect, past perfect),其形式有藉曲折變化的,如拉丁語 scripseram (=I had written),也有藉用迂迴結合式的, 如英語 had written, 以及其他哥頓語系和羅曼語系中的對應形式。古英語的「先過去時」,常用簡單的過去式加上副詞ær (=before) 以表達之,如 þæt þe he ær sæde (=that which he before said = what he had said)。

　　關於單純過去式與先過去式的關係，可用下面的例句及其後之圖解來解釋，橫線代表寫信所需的時間，c 點代表他來的時刻：

I had written the letter *before* he came.

〔在他來之前，我已經寫好信。〕

=he came *after* I had written the letter.

〔在我寫好信之後，他來了。〕

He came *before* I had written the letter.

〔在我寫好信之前，他來了。〕

=I finished writing the letter *after* he had come.

〔在他來之後，我才寫完信。〕

=I wrote the letter *after* he had come.

〔在他來之後，我才寫了這封信。〕

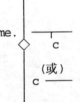

　　(Ac). **後過去時**(After-past time)。 據我所知，沒有一個語言出現一個單純的「後過去式」， 以表示「後過去時」。 往往是用一個指 '命運' 或 '義務' 的動詞來表示，英語最常用的是 was to，如：

Next year she gave birth to a son who *was to* cause her
　　great anxiety. 〔翌年她生了一個兒子，這個兒子後來給她
　　帶來極大的不安。〕

On Wednesday morning Monmouth *was to* die (Macaulay).
　　〔星期三早晨 M.就要死了。〕

He *was not destined to* arrive there as soon as he had
　　hoped to do (Kingsley). 〔命運註定，他並沒有如他所希望
　　的及早趕到目的地。〕

其他的語言，大致亦如英語：

丹麥語　Næste år fødte hun en søn som *skulde volde* hende
store bekymringer.〔翌年她生了一個兒子，這個兒
子後來給她帶來極大的不安。〕

德　　語　Im nächsten jahre gebahr̥ sie einen sohn, der ihr
grosse bekümmernis *verursachen sollte*.〔同上〕

法　　語　Jacques donna à l'électeur Frédéric sa fille qui
devait être la tige des rois actuels d'Angle-
terre (Jusserand).〔J.給了選舉員F.他的女兒，這
位女子後來就成了今日英國王室的根源。〕

Je ne prévoyais point tous les malheurs qui
allaient nous frapper coup sur coup (Sarcey).
〔我完全沒有預料到我們後來接二連三所遭遇的一切
不幸。〕

　　法語有時用未來式，相當於「戲劇的現在」(dramatic present)：
Irrité de l'obstination de Biron et voulant donner à la
noblesse un de ces exemples que Richelieu *multipliera*, Henri
IV laissa exécuter la sentence〔因惱於B.之頑固，且欲給貴族們多
一個由R.所樹立的榜樣，亨利四世於是下令執行判決〕。希臘語之例：
tēn hodon hēi de *emellen* emoi kaka kēde' *esesthai* ='the ex-
pedition that was to bring about sufferings' (Od. 6.165)〔後來
帶給大家苦難的遠征行〕。<註7>

　　(Ca). **先未來時**(Before-future time)。用以表示「先未來」的
「先未來式」(ante-future)，通常稱為「未來完成式」(future per-
fect)，拉丁語的 scripsero，在現代歐語都用迂迴式說法，如英語 I

shall (he will) have written，德語 er wird geschrieben haben，
法語 il aura écrit。 丹麥語「未來」的成分，通常不予標示：Hvis
du kommer klokken 7, *har han skrevet* brevet〔你七點鐘來時，他
將已寫完信〕。英語和德語，在表時間的連接詞之後，「未來」的成分
亦無標記：

英 語 I shall be glad when her marriage *has taken place*.
　　　　〔她的婚禮舉行了，我將會很高興。〕

德 語 ich werde froh sein wenn die hochzeit *stattgefunden
　　　　hat*.〔同上。〕

這裡我們也可以用與前面(Aa)同樣的圖解，來說明「單純未來」和
「先未來」的時間關係：

I shall have written the letter *before* he
　　comes.〔在他來之前，我將已寫完信。〕
=He will come *after* I (shall) have written
　　the letter.〔在我寫完信之後，他將會來。〕

He will come *before* I (shall) have written
　　the letter.〔在我寫過信之前，他將會來。〕
=I shall finish writing the letter *after* he
　　has come.〔他來後，我將把信寫完。〕
=I shall write the letter *after* he has come.
　　〔他來之後，我將寫信。〕

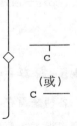

(Cc). 後未來(After-future)。「後未來」只是一個理論上的概念
，我非常懷疑像 I shall be going to write——意謂「未來」的最近

階段——這樣的結構，會有多大的常見度。 Madvig 舉了一個羅馬哲學家 Cicero 的例子： Orator eorum, apud quos aliquid aget aut acturus erit, mentes sensusque degustet oportet ='it is (now and always) the duty of the orator to consider those before whom he is talking or will talk (is going to talk)' 〔演說家有責任考慮到演說時所面對的聽衆的感受〕， 這裡請注意的是， 其中的「未來式」aget 拖著「後未來」一道， 實質上指的是「概括的現在」(generic present)，其所以用「未來式」， 乃因爲 oportet (亦未來形) 需要它。另一方面我必須指出的是，對於「未來之未來」之最自然的構句，應是一個否定句，如：

> 英 語 If you come at seven, we *shall not yet have dined*
> (...the sun *will not yet have set*).〔如果你在七點
> 鐘來，我們還沒吃飯 (...太陽尚未落) 呢。〕

> 法 語 Si tu viens à sept heures, nous *n'aurons pas encore
> dîné* (... le soleil *ne se sera pas encore couché)*
> 〔同上。〕

丹麥語「未來」的成分一般皆無標示：hvis du kommer kl. 7, har vi *ikke spist endnu* (... er solen *ikke gået ned endnu)*.〔同上。〕
<註8>

19.5 說話的經濟 (Economy of Speech)

各種語言在「時式」用法上所追求的經濟效率，跟其他方面一樣，差別也很大。有些語言允許這樣的句子：I start tomorrow〔我明天動身〕，對於「未來」的成分只用一個標誌(副詞)，另一些語言卻必須用兩個標誌，如拉丁語cras ibo (='I shall start tomorrow')。這就彷佛英語某些經濟的表現法，如 my old friend's father〔我的老朋友的父親〕，只用一個屬格標誌，而相對的拉丁語 pater veteris mei amici，卻用了三個屬格標誌。其他例子：ten trout〔十條鱒魚〕，一個複數標誌；ten men〔十個人〕，兩個複數標誌；拉丁語decem viri〔十個人〕，兩個複數標誌＋一個主格標誌。 在這方面，拉丁語時常被讚譽為最符合邏輯的語言，Weise 就曾說過：健全的理性使得羅馬人特別擅長對概念的嚴密分析，描寫精確，說話清晰明白 ...。一個有教養的羅馬人，特別小心正確使用「時式」，<註9> 如德語 'Ich werde kommen, wenn ich kann'〔我能去的時候就去〕， 羅馬人說 veniam, si potero；又德語說 'wie du säest, so wirst du ernten'〔你種什麼就會收什麼〕， 羅馬人說 ut sememtem feceris, ita metes；又德語說 'so oft er fiel, stand er auf'〔他每跌倒，必再站起〕，羅馬人說 cum ceciderat surgebat。 英語和丹麥語在這方面，大致跟德語同。然而必須強調的是，省略了某些不必說的細節，不能就稱之為不合邏輯：實際情況和上下文，使許多語法問題不言自明，而一位嚴格的邏輯家，透過迂腐的分析，就希望把這些東西一一交待明白。不過請不要忘記，拉丁語在某些情形也十分經濟。 比如 Postquam urbem liquit (='after he had left town')：這裡的「先過去時」就是以postquam (before) 和liquit (past) 聯合完成的。 英語允許長短兩種表現法並存：after he *left* the town 或 after he *had left*。 丹麥語和德語皆需要複式表現法：丹麥語 efterat han *havde forladt* byen｜ 德語 nachdem er die stadt *verlassen hatte*。 拉丁語 hoc dum narrat, forte audivi (='while she was telling this tale I happened to overhear it')〔她正在說這個故事時，我偶然聽見〕， 其中省略了「過去時」的標記，也是一種經濟。 莎士比亞的 our vizards wee will change after we *leaue* them (即 after we *shall have left* them,

Ca), 以及 you must leave the house before more harm *is done* (即 shall have been done)—— 其中實際省略了兩重 (相對的) 時間標誌。 動詞時式裡, 像這種對於時間標誌的省略, 在表示時間和條件的連接詞後面特別常見; 請看下句內兩個 when 之間的區別: We do not know when he *will come*, but when he *comes* he will not find us un-grateful〔我們不知道他何時會來, 不過如果他來了, 他會發現我們並未負他〕——第一個 when 是疑問詞, 第二個 when 是關係副詞或連接詞。法語若用 quand (='when'), 則兩個子句皆須用未來式 il viendra (='he will come'), 但若換了 si (='if'), 則其區別如同英語一樣: Nous ne savons pas s'il *viendra*, mais s'il *vient* il ne nous trouvera pas ingrats〔我們不知道他是否會來, 不過如果 ...〕。

19.6 時式之無關時間的用法 (Non-temporal Use of Tenses)

通常用以表示時間關係的語法標誌, 有時也可以拿來表示其他的概念。比如未來式每每用以表示假設或猜測, 如:

法 語 Il dormira déjà = he will already be asleep.
　　　〔他會已經睡了。〕
=德 語 Er wird schon schlafen =I suppose that he is asleep.
　　　〔我推想他已經睡了。〕
法 語 Il l'aura vu = he will have seen it.
　　　〔他會已經看見了。〕
=德 語 Er wird es gesehen haben =he has probably seen it.
　　　〔他或許已經看見了。〕

我們對於未來時間, 除了假設和猜測之外, 本來沒有把握確說什麼, 可是這個說法從語言的觀點看, 似乎本末倒置, 把未來和假設看做是

同一個東西。 對於上面所舉的例子，我們也許可以作這樣的詮釋：It will (some time in the future) appear that he is already (at the present moment) asleep〔在將來某時候看起來，他是已經 (對現在而言)睡著了〕，就彷彿我們對於hope 的用法，意涵雖指未來，卻附帶一個現在式或現在完成式的子句 ： I hope he *is* already asleep〔我希望他已經睡著了〕| I hope he *has paid* his bill〔我希望他已經付過賬了〕—— 這意思等於說： it will turn out later that he is now asleep or has now paid ... 〔(希望) 將來的結果是，他(現在)已經睡著了，或已經付了...〕。

過去式之無關時間的用法，最重要者為表示非真實性(unreality)或不可能性(impossibility)，見於祈願句或條件句。 如果要在此種用法和過去式的本來用法，二者之間找到一個邏輯的關連，我們可以說其間的共同環節在於，二者對於「現在」皆有所否定，比如這幾個句子：At that time he *had* money enough〔那時候他很有錢〕| I wish he *had* money enough〔我但願他很有錢就好了〕| If he *had* money enough〔假使他很有錢〕——其中每一句對於"He *has* money enough"〔他(現在)很有錢〕，都構成一種對比。

"I wish he *had* money enough"，藉著「過去」的形式，表示相對於「現在」的一種願望， 同時也表示出它的「不可能性」或 「非真實性」(可惜他現在不很有錢)；同樣的道理，"I wish he *had had* money enough" 藉著「先過去」的形式，表示相對於過去某一時刻的一種願望，同時也否定了他當時的經濟(富有)狀況。但是對於未來時，照理不可能斷然地否定什麼，因此所有時式的轉換(如將will 改為would)，也不過表示願望之實踐的不定性，如 I wish he *would send* the money to-morrow〔我祈求他明天把錢寄出〕， 對比之下： I hope he *will send* the money to-morrow〔我希望他明天會將錢寄出〕，對於未來之實踐的或然性，並不表示任何態度。

條件句也有「時式」的轉換。 "If he *had* money enough" 指的是「現在時」，並且否定他有錢；"If he *had had* money enough"指的是「過去時」， 並且否定他(當時)有錢； "If he *should have* money enough" 指的是「未來時」，可是對於未來他並沒有否定什麼，且不問他將來是否真會有錢。最後一句也可用以表示現在的「懷疑」(doubt)，如"If he *should* be innocent"〔假設他是清白的〕，一般而言，大意是說："if it turns out (future time) that he is (now) innocent"〔假設 (將來) 結果證明他是(指現在)清白的〕。 單純的「過去式」(不用should) 當然也可用以表示「未來」，如： It would be a pity if he *missed* the boat to-morrow〔如果他明天沒趕上船，那就可惜了〕。<註10>

在口語裡我們有時會發現，二度時間轉換，即「先過去」並非僅指先於「過去」，亦指先於「現在」，目的在於加強它的「非真實性」，不限任何時間。例如：If I *had had* money enough (at the present moment), I would have paid you〔如果我有錢的話，我就已經付給你了〕｜ I wish I *had had* money enough (now) to pay you〔我但願(現在)有錢付你〕。

有趣的是，由於過去式既然可用以指現在的假設，因此引起進而用以指「未來」的現象，如 It *is* high time the boy *went* to bed〔是孩子該睡覺的時候了〕。

祈願句和條件句所表示的「非真實性」或「不可能性」，本來並非單賴時間的轉換，另外還需要一種轉換，即由直敘法(indicative)轉換為假設法(subjunctive)，德語今天仍然如此。 可是丹麥語今天的過去式及先過去式，對於這兩種敘法(mood)已經沒有形式上的區別，因而其「假設」的概念即純由時式來判定了。英語有超過百分之九十九的情形與此相同，因為從前的過去「假設法」已與「直敘法」同形，唯一的例外只是動詞 be 的單數形 was 和 were，還保存著不同的形式。然而，可以理解的是，因為這兩個字形的區別在感覺上不夠鮮明，當然阻擋不住一般人，即使在依舊規則該用 were 地方，也一律通用was 的傾向。大約自十七世紀起，以was 取代were的情形，就日漸普遍：I wish he *was* present to hear you (Defoe)〔但願他在場能聽見你的話〕｜ A murder behind the scenes will affect the audience with greater terror than if it *was acted* before their eyes (Fielding)〔一件隱藏在幕後的兇殺案，比在幕前上演，更能使觀眾產生恐怖感〕。近來在文學界引起一些反彈，鼓吹恢復were的地位，尤以英語教師為然；可是在口語裡，were 仍然相當少見，除了成語 "If I were you"〔假若我是你〕以外。不過值得一述的是，was的語氣的確比were 強，因此我們可以說，以was 強調「不可能性」，較之舊的假設形were，效果更佳，如"I'm not rich. I wish I *was*"〔我並不富有。我但願是〕｜"I am ill. If I *wasn't*, I should come with you"〔我生病了。不然的話，我會跟你一起來〕——尤常見於否定句。如此，我們就可以區別這樣的兩個子句："If he *were* to call"，輕讀were，很模糊地表示一種未來的可能性；"If he *was* to call"，重讀 was， 則完全否定he *is* to call (now)，而is to 幾乎跟has to〔不得不〕, is bound to〔定然〕是同義語，如：

> "If I *was to* open my heart to you, I could show you
> strange sights" (Cowper)〔假設定要我把心打開給你看，
> 我可讓你看見一些稀奇古怪的東西〕。
> "If I *was to* be shot for it I couldn't ..." (Shaw)〔假
> 使我因此而被槍斃，我就不能 ...〕。<註11>

　　法語條件句中對於過去式和先過去式的用法，與英語相當，而且直敍法較假設法佔優勢，不過它們在形式上比英語和丹麥語的差異較大，如：s'il *avait* assez d'argent, il payerait〔假使他有錢，他就會支付的〕，較早時則用 s'il eût ...。

　　以上所談只是有關條件(從屬)子句裡的時式，事實上這些規則原來也同樣適用於被設定條件的(主要)子句，例如：

> "But if my father had not scanted me ...,　Yourselfe, renowned Prince, than *stood* as faire As any commer" (Sh.)〔假使我的父親沒有限制我 ...，那末王爺你自己，就跟任何來人同樣有公平競爭的機會〕。

> "She *were* an excellent wife for Benedick" (Sh.)〔她做B.的妻子最好不過了〕——條件子句未明。

> "If thou hadst bene here, my brother *had not died*" (先過去式) (A.V.)〔假使你在這兒，我的兄弟也不致於死了〕。

　　然而，正如同「未來時」在主要子句中(憑藉will 或shall)，比在從屬子句中表現得較爲明確，這個大趨勢也影響到有條件的句子（主要子句），使之利用should 或would 將動詞加以擴充，取代舊有的形式，成爲 you would stand│she would be│my brother would not have died 等。Could 和 might 仍然照舊用在主要子句(句子) 裡面，因爲這兩個動詞沒有不定式可與 should 或 would 配合，例如 How *could* I be angry with you?〔我怎麼能對你生氣〕│He *might* stay if he liked〔他可以留下來，若是他喜歡的話〕。　法語的時式發展跟英語相似，條件句(主要子句)裡舊有的il vînt (venait) 已爲il viendrait 所取代，後者原來表示過去的義務('he had to come')，但是現在主要用以表示一般所稱的「條件法」(le conditionnel)，如：S'il pouvait, il *viendrait* 〔他若能來，他就會來〕。(過去時同) Mon frère ne *serait* pas mort, s'il l'avait su 〔要是他知道了的話，我的兄弟就不會死〕。

　　表示假設的過去式也有些特殊用法，例如 should 和 ought 亦可用以表示現在的責任或義務；could 亦可用以表示 (比用 can) 謙遜，如： *Could* you tell me the right time? 〔請問現在什麼時間?〕；would 比 will 也有同樣的作用：*Would* you kindly tell me ...〔可否請告訴我...〕；還有 might (may)：Might I ask ...〔我是否可以請問...〕。此一趨勢終於導致 must 由過去式變爲現在式；參照瑞典語 måste (=must)。其他的細節，應歸入各別語法詳論。

◎ 第 19 章 附 註 ◎

1. Sheffield (1912:131)曾提出類似的安排，其中包括很多區分，在
   我看來，與簡單的時間直線，完全沒有關係。

2. 假設我們用一個點，代表每一次(七點鐘)的起床行動，用O 代表說
   話的時刻，我們便可用下圖來說明，這種句子是符合「現在式」的
   使用條件的： .... O ....

3. Brunot(1922:210)說 ："la terre tourne autour du soleil〔地
   球繞著太陽轉〕， 代表一種超時間的動作" 。 又說 (788) ："超
   時間的動作應用現在式來表達" 。

4. 我們也可有一個過去通時 (generic past time)：last year the
   early morning train *started* at 6.15 〔去年早班火車六點十五
   分開〕。爲篇幅所限，這裡不擬討論現在式的一些有趣的用法，如
   I *hear* (I *see* in the papers) that the Prime Minister is
   ill〔我聽說(我在報紙上看到)首相病了〕| I *come* to bury
   Cæsar, not to praise him (Sh.)〔我是來埋葬凱撒的，不是來讚
   美他的〕等。

5. 義大利語 sta per partire (='he is going to start')，其未來
   意念似乎來自表示意向的per (='in order to')；參 la bottega
   è per chiudersi (='the shop is going to be closed') 〔商店
   就要打烊了〕。

6. 德語有時用sollen 作爲「未來」的助動詞，如 Es handelt sich
   hierbei freilich meist um dinge, die erst *werden sollen*
   (Bernhardi)〔這裡的問題通常當然是,看什麼事情需要最先討論〕
   ，這裡若用werden werden自然就顯得彆扭了。法語也有 L'ouvr-
   age semble *devoir* être très complet et précis (Huchon)〔該

著作內容似乎十分完全而且精確〕：其中devoir être 代表失落的

未來不定式 = 'sera, à ce qu'il semble'。

7. 參英國作家Dickens 在右列引句中對於came 的用法：the influ-
ence for all good which she *came to* exercise over me at a
later time ...〔她後來對我所施的一切好的影響力〕 —— 請比
較上文 (C)之 (5)。

8. 英語在下列句中，很明顯沒有「後未來」, 只有單純未來：(To-
morrow he will go to Liverpool, and) not long after that
he *will sail* for America.〔(他明天去利物浦) 不久之後，並且
要飄洋過海到美洲去。〕

9. 葉氏所引 Weise 德語原文如次：Der gesunde menschenverstand
befähigte den römer besonders zu genauer scheidung der
begfiffe, schärfe der darstellung, klarheit und durch-
sichtigkeit der rede ... Der gebildete römer ist peinlich
sorgfältig in der tempusbezeichnung: ...

10. 假設性質的子句，並不一定都要明明白白地拿"if"做連接詞，也有
僅以時式的轉換表示者：Fancy your wife attached to a mother
who *dropped* her *h*'s (Thackeray) 〔想想看，要是你的妻子老離
不開一個不會說標準英語的母親〕。

11. 以過去直敘法表示假設的用法，有時稱爲「情態(modal) 過去式」
(NED) 或「情態時式」(Sweet); 這些名稱都不見得恰當，因爲所
謂情態(mood)並沒有一定的概念值：總而言之，沒有人能從這些名
稱看得出，上面各例句中的時式代表何種情態。

第20章 時間與時式(II)

20.1 完成式 (The Perfect)

我在前一章所講的七時式制，也許會遭遇反對者說，它沒有安排一個位置給完成式(如英語have written, 德語 habe geschrieben, 法語 ai écrit)，即拉丁語 scripsi 的雙重意義之一，拉丁語常稱之為「絕對完成式」(perfectum absolutum) 或「定態完成式」(perfect definite)。不過實在說來，我的系統並沒有缺失；所謂「完成」並不能同單純時式擺在一起，因為除了單純的時間成分以外，它還含有結果的成分。它是一種現在式，但是一種「持續的現在」(permansive pres.)：它代表現在的狀態，卻是過去行為的結果，因此，我們可以稱之為一種「回顧的現在」(retrospective pres.)。 它是一種現在式而非過去式，可以由一點看出，即可與now連用：Now I have eaten enough〔現在我吃夠了〕。 He has become mad〔他已瘋了〕，意謂他現在是個瘋子，而 He became mad 並未說明他現在的狀態。 "Have you written the letter?"〔你信寫了嗎〕問的是現在的狀態，而 "Did you write the letter?"〔你寫了信了嗎〕問的是關於過去某一特定時間。注意下面從屬子句裡時式的差別：He *has given* orders that all spies *are to be shot* at once〔他已下令，所有的奸細立即槍斃。〕 | He *gave* orders that all spies *were to be shot* at once〔意同上，但指過去的事〕。 我們也許可以用字母 BA 或 B(A) 來代表這種既現在又過去的結合體——字母 A,B, 借用在 §19.2 圖解中的意義。

古亞利安語的完成式在最初，很可能是一種強化的 (intensive) 現現在，或持續的現在； 這個觀點，Sarauw (1912:60) 講得最為精闢：
完成式原來指的是狀態，如：

拉丁語 odi　　　'I hate'〔我厭惡〕

　　　 memini　　'I remember'〔我記得〕

希臘語 hestēka　'I stand'〔我站立〕

　　　 kektēmai 'I possess'〔我擁有〕

　　　 kekeutha 'I contain hidden within me'〔我守密〕

　　　 heimai　　'I wear'〔我穿著〕

　　　 oida　　　'I have before my eyes'〔我眼見〕

「完成」的意義由推論而來 ， 即 "擁有者已經獲得" (he who pos-
sesses has acquired) ； "穿衣者已經穿上" (he who wears a
garment has put it on)。

　　這完成式的二面意義，很難維持平衡不倒。有些古完成式純粹表現
真正的現在，如拉丁語odi〔我厭惡〕，memini〔我記得〕；古哥德語系
所謂的「現過動詞」(præteritopræsentia)， 其實最好稱為 「現完動
詞」(perfectopræsentia) <註1>，如英語can, may，哥德語 wait，相
當於希臘語oida，古諾斯語veit，古英語wat，廢英語wot (='I see',
'I know') 等。但是除此以外，所有古哥德語系的「完成動詞」皆失去
其「現在」的成分，而成為單純的「過去式」，如英語 drove, sang,
held等。這時為了表示「完成」的意義，於是借用 have 造成今天的複
合形：I have driven, sung, held 等。到了最近，這些新的複合形其
中之一又變為單純的「現在」(應該說是一個新的「現完動詞」)，即：
I have (I've) got，其回顧的成分幾已完全消失，如：I've *got* no
time〔我根本沒有時間〕｜ You've *got* to do it〔你非如此做不可〕
。<註2>

　　拉丁語的「完成式」，原係融合了古代的過去式及完成式，因而兼具二者的語法功能。然而我們發現，羅曼語系的動詞跟哥頓語系之大多數的動詞，循著同樣的發展方向，即舊的完成式漸失去其完成的意義，而成爲單純的過去式，惟有一點與哥頓語動詞不完全相同的是，這些新生的過去式乃是一種「不定過去式」(aorist)──法語稱爲「定過去式」(passé défini) 或「歷史過去式」(past historic)──因爲與之同時併行的還有「未完成式」(imperfect)，詳見後。至於眞正的完成式 (如同哥頓語) 則以迂迴的組合形態表示：(義) ho scritto, (法) ai écrit (='have written') 等。關於爲何許多語言皆借用 have 以組成「完成式」，參 Meillet (1921:189)。

　　雖然這些利用 have 的現在式新組成的完成式，所表現的意義是過去行爲之現在的結果，但是我們似乎很難把握清楚，它與過去行爲本身之間到底有何區別。所謂現在完成式，常被當做不過是一種過去式而已，雖然這種傾向在各種語言中的程度不一。跟大多數的語言比較起來，英語是最嚴格的，如果在句中明言或暗示確定的過去時間，就不允許用現在完成式。如果句中含有像 yesterday 或 1879 這一類的時間詞語，就必須用過去式。至於已逝之人，除非論及其事業對於現今的影響，用現在完成式，如 Newton *has explained* the movements of the moon〔牛頓已解釋了月球的運動〕，否則即須用過去式：Newton *believed* in an omnipotent God〔牛頓相信有一個萬能的上帝〕。我們可以說 England *has had* many able rulers〔英國有過許多英明的君主〕，但是若把 England 換作 Assyria〔亞述〕，那末就必須改用不同的時式了──參 Bradley (1904:67)。

　　德語在這方面就沒有那麼嚴格，南部德語處處都傾向於用組合的現在完成式，如 Ich *habe* ihn gestern *gesehen*〔我昨天曾看見過他〕。另一方面，德國人 (北部德國?) 也常說 Waren Sie in Berlin?〔你去過

柏林嗎?〕，這時英國人就必須說Have you *been* in Berlin? 當英國人
聽見德國人問他說"Were you in Berlin?" 英國人自然將傾向於反問：
"When?" 丹麥語採取中庸之道，既不如英語之嚴格，亦不如德語之隨便
；一個丹麥人永遠會這樣問：*"Har De været i Berlin?"* (=Have you
been in Berlin?) 但也不反對說"Jeg *har set* ham igår" (直譯 = I
have seen him yesterday)。但是假若時間副詞在前，那末就必須用過
去式：*"Igår såe jeg ham"* (直譯 = *Yesterday saw* I him)——心理
上的理由是，前者在造句之初並未考慮到要用時間副詞，那句尾的時間
副詞彷彿是在全句業已完成之後才添加的，而後者既然以yesterday 開
頭，時式就自然跟著用「過去」了。

　　西班牙語對於二者的區別似乎非常嚴格。Hanssen (1910:95) 舉了
幾個與前面所談之英語相當的例子：Roma se *hizo* señora del mundo
(='Rome made itself mistress of the world') 〔羅馬曾爲世界之霸
權〕| La Inglaterra se *ha hecho* señora del mar (='England has
made itself mistress of the sea')〔英國曾爲海上之霸權〕。但是
法語對於二者的區別，在感覺上已完全消失（至少在現今巴黎的口語及
北部法語如此），所謂「定過去式」(passé défini) 已完全廢用：Je
l'*ai* vu hier (直譯 ='I have seen him yesterday')〔我昨天曾看見
過他〕| Ils se *sont mariés* en 1910 (直譯 ='They have married
themselves in 1910')〔他們已於1910年結婚〕。完成式由「完成」的
意義轉爲「過去」的意義，似乎是一種普遍存在的勢力；甚至在一個跟
一般歐洲語言扯不上關係的語言，如馬扎兒語 (Magyar)，我們也發現同
樣的趨向：在日常說話時已無人用 íra (='wrote')，而以írt (='has
written') 取代之，參 Simonyi (1907:365)。

　　回顧的 (retrospective) 過去時——相對於過去某時點之關係，恰
如完成式相對於現在之關係—— 與前述之「先過去」(ante-preterit)

如 had written，很難區別清楚。<註3>

　　同理，前述之「先未來」(ante-future)：will have written，也很難與回顧的未來，區別清楚。 運用have 所組成的組合時式，似乎告訴我們，一般人傾向於視此等時式與「完成式」相當，而與單純的「過去」不相干，故有「過去完成」(past perfect) 及「未來完成」(future perfect) 之稱。

20.2 涵蓋時間 (Inclusive Time)

　　也有不少的時候，我們需要說一句話，同時涵蓋過去和現在在內。我們當然可以聯合兩個時式，如： I *was* (then) and *am* (still) an admirer of Mozart 〔我過去是，現在仍然是，莫扎特的崇拜者〕。但是，如果加上「持續」(duration) 的概念， 那末我們就可以將二者結合起來，稱爲「涵蓋（過去和現在）時間」。由於此一概念的綜合性質，有些語言用完成式來表達，如英語和丹麥語；有些語言用現在式來表達，如德語和法語：

英　語 I *have known* him for two years. （完成式）

丹麥語 Jeg *har kendt* ham i to år. 　　　（完成式）

德　語 Ich *kenne* ihn seit zwei jahren. （現在式）

法　語 Je le *connais* depuis deux ans. （現在式）
　　　　　〔我已認識他兩年了。〕

注意各例中所用介系詞之不同。拉丁語的規則跟法語相同，只是沒有介系詞：Annum jam *audis* Cratippum〔你跟C.學習已經一年了〕。 很明顯的，這種時間關係，不可能在我所提議的時間區分裡，找到一個適當的位置；不過似可以大寫字母 'B&A' 表示之。 下面是一些以過去時間 (1912)或未來時間 (next month)爲觀點的例子：

英　語　In 1912 I *had known* him for two years.

丹麥語　I 1912 *havde* jeg *kendt* ham i to år.

德　語　In 1912 *kannte* ich ihn seit zwei jahren.

法　語　En 1912 je le *connaissais* depuis deux ans.

〔在1912年，我已認識他兩年了。〕

英　語　Next month I *shall have known* him for two years.

丹麥語　Næste måned *har* jeg (*vil* jeg *ha*) *kendt* ham i to år.

德　語　Im nächsten monat *werde* ich ihn seit zwei jahren
kennen.

法　語　Le mois prochain je le *connaîtrai* depuis deux ans.

〔到下個月，我將已認識他兩年了。〕

不待言，這最後數例並不多見。

20.3 被動時式 (Passive Tenses)

在我們討論被動時式的時候，最好能夠牢記完成式的雙面性格。古典拉丁語(classical Latin)真正的現在被動式以-r 表示：scribitur〔被寫〕；組合的形式scriptum est表示完成，等於'it is written'，亦即 'has been written'〔已經被寫，現尚存在〕。但在羅曼語系裡，這種 r-passive 業已消失，因而組合形的意義也有所改變。關於此點，Diez (1876:3.202) 有非常深入的研究。他引用早期文獻的例子，如quæ ibi sunt aspecta 對應 aspiciuntur〔被觀看〕；est possessum 對應 possidetur〔被持有〕，然後把動詞分為兩類。第一類，動作限於瞬間完成者，如 catch〔捉住〕，surprise〔突襲〕，awake〔喚醒〕，leave〔離開〕，end〔結束〕，kill〔殺死〕，或者暗示有一個終極目標者，如：make〔製造〕，bring about〔導致〕， adorn〔裝飾〕，construct〔建築〕，beat〔打敗〕； 這等動詞的被動分詞就表示動作業已完成結束，而在羅曼語系（如同拉丁語）與 sum (='be')結合，即成爲完成式，例如：

義大利語　Il nemico è *battuto.*

法　　語　L'ennemi *est battu.*

= 拉丁語　Hostis *victus est.*

　　　　　〔敵人已被擊敗。〕

其他例如abbandonato〔已被拋棄〕，sorpreso〔吃了一驚〕等，Diez稱這等動詞爲完成動詞(perfective)。 第二類動詞爲非完成動詞(imperfective)，指動作有開始，但不以結束爲目的者，如 love〔愛〕，hate〔恨〕，praise〔稱讚〕，blame〔責備〕，admire〔仰慕〕，see〔看〕，hear〔聽〕等。其分詞與 sum 結合表示現在時，如：

義大利語　Egli è *amato* da tutti.

法　　語　Il *est aimé* de tout le monde.

= 拉丁語　*Amatur* ab omnibus.

　　　　　〔他爲人人所愛。〕

其他例如（義）：è biasimato〔被責備〕，lodato〔被稱讚〕，odiato〔被恨〕，riverito〔被尊敬〕，temuto〔被懼怕〕， veduto〔被看見〕。在羅曼語，如同拉丁語，第一類動詞的分詞，由於失去表示時間的功能，傾向於變爲形容詞，如（拉）Eruditus est〔他是有學問的〕| Terra ornata est floribus〔大地裝飾著花卉〕。 現在，如果需要把「過去」的概念，附加在這些逐漸傾向變爲形容詞的分詞上面，可利用 esse (='be') 之新的分詞以表示之，如：

義大利語　Il nemico è *stato battuto.*

法　　語　L'ennemi a *été battu.*

　　　　〔敵人業已被擊敗。〕

如果指現在時間，則以主動結構較佳：(義) *Batton* il nemico ｜(法) On *bat* l'ennemi。義大利語和西班牙語，也可用 venire〔來〕作爲現在時被動的助動詞。

　　關於Diez所認識這兩類動詞的區別，其實爲H. Lindroth 氏所首創 (見所著二篇極爲精采的論文 PBB 31.238 及 OAP)。 Lindroth 把第一類動詞稱爲「連續性者」(successive)， 然後再細分爲 「即止性者」 (terminative) 和「結果性者」(resultative)； 第二類動詞稱爲「迴旋性者」(cursive)。 我甘冒被批評爲多餘製造新名辭的危險，敢於提議稱前者爲「結局性」(conclusive)動詞，後者爲「非結局性」(non-conclusive) 動詞。

　　德語和丹麥語都有兩個被動助動詞，即(德)werden, sein, 和(丹) blive, være，對於第二類動詞 (即「非結局性者」)，不論用哪一個助動詞都沒有多大的區別：

德　　語　Er *wird geliebt* (*ist geliebt*) von jedermann〔他爲人
　　　　　人所愛〕= jedermann liebt ihn〔人人都愛他〕.

丹麥語　Han *bliver elsket* (*er elsket*) av alle
　　　　　= alle elsker ham〔同上〕. <註4>

　　然而，對於第一類動詞，即「結局性者」，這兩個助動詞所代表的時式，就不同了，如：

德　語　Er *wird überwunden* (=man überwindet ihn).

〔他被征服了。〕

Er *ist überwunden* (=man hat ihn überwunden).

〔他已經被征服了。〕

丹麥語　Han *bliver overvundet* (=man overvinder ham).

Han *er overvundet* (=man har overvundet ham).

（區別同上）

如果需要更爲明確地表示完成的被動，亦可用複合兩個助動詞的方式表達：德語 Er *ist* überwunden *worden*｜丹麥語 Han *er blevet* over-vundet.

英語的古助動詞weorðan（相當於德語的 werden）業已消失，因此現在的情勢相當近似法語。我們先考慮「非結局性的」動詞（即Diez氏的第二類），當某些分詞如honoured, admired, despised, 用作附加語時，如 an honoured colleague〔獲得榮譽的同事〕，絲毫未含時間成分，根據實際情況可指任何時間，如：an honoured colleague of Bacon〔培根之榮譽的同事〕。至於 is honoured, is admired 等，則跟 is 同屬於現在式。

「結局性」動詞的分詞，如 paid, conquered, lost, 情形就不同了。作爲附加語用時，它們指過去行爲的結果，如 a paid bill〔已付的帳單〕｜conquered towns〔攻佔的城鎮〕｜a lost battle〔失敗的一仗〕。與助動詞 is 結合，就可有兩種不同的意義，這得要看分詞本身之「完成」的意義，和is之「現在」的意義，孰重；請比較：

His bills *are paid* (=德 sind bezahlt), so he owes nothing now〔他的帳單業已付清 (he has paid)， 所以現在什麼都不欠了。〕

His bills *are paid* (=德 werden bezahlt) regularly on the
first of every month〔他的帳單準於每月1日付 (he pays)〕。

過去時形式 his bills *were paid*, 當然也可有如上之雙重的意義。請
比較下列各句：

He *was dressed* in the latest fashion.〔他穿著入時。〕

The children *were dressed* every morning by their mother
〔孩子們每天早晨由母親給他們穿衣服。〕

At that time they *were* not yet *married*, but they *were*
married yesterday.〔那時他們尚未結婚，但是他們昨天
結婚了。〕

最後，我自 Curme 的一篇論文中採取一例 (稍作更動)： When I
came at five, the door was shut (德war geschlossen), but I do
not know when it was shut (德 geschlossen wurde)〔我五點鐘來時
，門關著，但我不知是何時關的〕。若要把這之間的區別弄清楚，我想
最好的辦法是，將shut 換作open： When I came at five, the door
was *open* (adj.), but I do not know when it was *opened*〔我五點
鐘來時，門開著，但我不知是何時開的〕。

很顯然，這裡有一個造成多義的根源 <註5>，不過我們必須承認，
在這過去幾百年來已產生若干修正的辦法。第一，從前在伊利莎白時代
罕見的 "has been/had been + 被動分詞" 結構，開始逐漸流行。莎士
比亞作品中十分常見的 is, 在現代作家無疑會改為 has been，例如：
(Sonn. 76) Spending againe what *is already spent* . . . So is
my loue still telling what *is told*〔再花一次已經花過的 . . . 我
的愛仍然在訴說著已經說過的〕| (John IV. 2.165) Arthur, whom

they say *is kill'd* to-night on your suggestion〔亞瑟，他們說由於你的示意，就在今夜處死的〕。　欽定本聖經亦然：（Matt. 5.10）Blessed are they which *are persecuted* for righteousness sake〔為正義而受迫害的人是有福的〕，但是在修訂本中便已改為完成式：Blessed are they that *have been persecuted* <註6>。　第二，動詞 become 和 get（後者尤以在口語中為然）用得越來越多，以取代意義不明的 be，如：taking it into his head rather late in life that he must *get married* (Dickens)〔他到年紀相當大的時候，才在腦子中產生必須結婚的念頭〕｜ "I *am engaged* to Mr. W."〔我已經跟W.先生訂婚了〕——"You *are* not engaged to anyone. When you do *become* engaged to anyone, I or your father will inform you of the fact" (Wilde)〔你未跟任何人訂婚。在你真的跟什麼人訂婚時，我或者你的父親會讓你知道的〕<註7>。　最後要提一提的是，相當晚近方產生的 'be being'，在某些情形有判別句意的功能。是故，今日英語對於被動的表達方式，除 the book is read 之外，另產生了不下三種新的形式，即：the book has been read/ gets read /is being read〔書已經（被）讀了，書（被）讀了，書正在（被）讀〕，如此日益精確化的發展，對於英語而言，很顯然代表一種進步。

20.4　不定過去與未完成過去 (Aorist and Imperfect)

　　前面已經說過，拉丁語的 scripsi，除了完成 (='have written') 的意義，還是一個過去式 (='wrote')，然而跟這後一功能併行的，還有另一個過去式 scribebam。現在，我們就要討論這兩個過去式的不同，借用希臘語法的兩個名辭 aorist 和 imperfect。我們已經說過，法語語法給予 aorist 兩種不同的名稱，即「定過去式」(passé défini)，或「歷史的過去」(passé historique)，後者已為「語法名辭委員會」

(Comm. on Gram. Terminology) 所採納； 不過從歷史的觀點看，我們覺得不僅有必要承認「歷史的過去」，並且還需要「未完成的過去」。

在希臘語、拉丁語、和羅曼語系諸語，這兩種時式都是依靠同一個動詞接上不同的字尾表示；而在斯拉夫語系，雖然基本上也有相同的區分，卻以不同的方式表達，即將動詞分爲「完成」(perfective)跟「未完成」(imperfective) 兩類(這兩個名辭的意義幾乎，但不完全，跟上文所述 Diez 的意見相同)。 一般而言，這兩類互相對立的動詞，大部分(雖然並非全部如此)仍然依賴在同一個字根上，連接不同的接尾語而成。二者具有互補的作用，能夠表達動作時間上某些細微的差異，儘管斯拉夫語的動詞只有兩個時式。茲以下表示之：

	present tense 〔現在式〕	preterit 〔過去式〕
perfective verb ： 〔完成動詞〕	future time 〔未來時〕	aorist 〔不定過去〕
imperfective verb: 〔未完成動詞〕	present time 〔現在時〕	imperfect 〔未完成過去〕

現在來談「不定過去」和「未完成過去」的意義。二者皆屬於過去時，但在我們 (§19.2)所繪的時間線上，並不能給它們分配兩個據點，因爲它們對於現時刻的關係是一樣的，而且跟所有的時間次區也都沒有任何關係。同時，二者對其動作本身的持續時間，也都沒有任何暗示，因此我們也不能說，一爲瞬間性 (momentary or punctual)，一爲持續性 (durative)。事實上，二者皆可附帶表示一段時間的詞語，如：

希臘語 Ebasileuse *terrera kai pentēkonta etea* (='he
　　　　reigned fifty-four years'). 〔他在王位54年。〕

拉丁語 Lucullus *multos annos* Asiæ præfuit.

　　　　〔L.統治亞細亞許多年。〕

　法　語　Louis XIV régna *soixante-douze ans* et mourut in
　　　　1715.〔路易十四在位72年，歿於1715年。〕

　　　De retour de ces campagnes il fut *longtemps* malade;
　　　il languit pendant des années entières.〔他自戰場
　　　歸來以後病了很久；他有幾年一直都爲病痛所苦。〕

　　這兩種時式相當於英語then 的兩個意義：(1)「然後」(= 丹麥語
dærpa)，如 Then he went to France〔然後他到法國去了〕；(2)「那
時」(=丹麥語dengang)，如 Then he lived in France〔那時他住在法
國〕。「不定過去式」保持敘述的進行，告訴我們然後發生什麼事，而
「未完成過去式」則徘徊於該事件當時的狀況，欲作詳述之狀。前者強
調進行，後者強調稍停。某拉丁語法家，忘記何人曾經引述過，把握了
其中的精神，謂 "Perfecto procedit, imperfecto insistit ratio"
〔完成者急忙前進，未完成者要瞧個仔細〕。Krüger (KZ 38.151)也說
過類似的話：「不定過去」捕捉住 (grips; zusammenfasst) 而集中精
神，「未完成過去」則似透露揭示 (disclose; entfaltet)。 Sarauw
(KZ 38.151) 將此說加以擴充云：(指前者) "經其抽象化的內容，只是
一些動作的枝節，及其所發生的周遭環境，還可能包括一些阻礙，事實
上它是將一連串的動作濃縮成一團，而對其所持續的時間，卻不予以縮
減。" 值得注意的是，如Sarauw所強調的，在古斯拉夫語，所謂「不定
過去式」不但可加於「完成動詞」，而且可加於「未完成動詞」。同樣
的， 法語對於「不定過去式」 (法語稱 passé historique「歷史的過
去」)，並不限於何種動詞，亦不限於何種意義。 也許可以容許我們稍
微誇張一點，借聖經慣用的說法，使用「未完成過去」者，對於他一日
好似一千年；對於使用「不定過去」者，一千年好似一日。總而言之，
由此可見像德語 "aktionsart"〔動作類型〕這樣的名辭，便完全不得

要領： 這個區別與動作本身毫無關係， 不如說它是一種敘事速度的不同，也許更爲接近事實。換句話說，如果說話者想在對過去的事交待過後， 急於趕著接敘現在， 他就選擇「不定過去」； 否則， 如果他不急，打算徘徊一下，觀察一番，他就選擇「未完成過去」。這種時式的區別，實在說乃是一種節拍 (tempo) 的區別：「未完成過去」 是慢板 (lento)，「不定過去」則是快板 (allegro)，或者我們應該說，前者是漸慢的 (ritardando)，後者是漸快的 (accelerando)。

由此也可以使我們了解到，何以「未完成過去」時常帶有很明顯的感情色彩，這是「不定過去」所沒有的。

法語之複合的「先過去」，存在著同樣的區別，如 j'*avais* écrit (未完成過去)｜j'*eus* écrit (不定過去)。這裡的 eus， 在民間口語中也常爲 'ai eu' 所取代，如 "Quand ma femme *a eu trouvé* une place, elle a donné son enfant à une vieille pour le ramener au pays" (Daudet)〔當我妻找到了一個職位，她就把孩子交給一位老婦人帶回家鄉〕。

正如拉丁語之完成式具有雙重功能，拉丁語、羅曼語、及希臘語之「未完成過去」也有雙重功能，它除了剛討論過的滯留玩味以外，尚可表示過去的習慣。這裡的時間概念，當然與「重複動作」是分不開的，所謂「重複動作」實際也是一種「數」的概念 (參 §15.5)：「未完成過去」所表達的複數概念，跟一般所謂「反複體」(iterative) 或「多次體」(frequentative)所表達的概念是相同的，不過不如後者明顯。

我們現在可以列一個比較表如下，藉以比較一下所曾討論過的各種語言之不同的時式體系： 表中第一行爲眞正的「完成式」， 第二行爲「不定過去」，第三行爲「習慣未完成」，第四行爲「描寫未完成」。由此可以明白地看出，何以某些語言分不清楚的時間區別，在別的語言卻分得清清楚楚。

希臘語	拉丁語	法 語	英 語	德 語
1. gegraphe	scripsit	a écrit	has written	hat geschrieben
2. egrapse	scripsit	écrivit a écrit	wrote	schrieb
3. egraphe	scribebat	écrivait	wrote	schrieb
4. egraphe	scribebat	écrivait	was writing	schrieb

20.5 英語的擴充時式 (English Expanded Tenses)

由上表看來，我們發現相對於拉丁語的 scribebat，英語有兩個翻譯，即以 wrote 表示習慣的過去，was writing 表示描寫性的 「未完成過去」。相當於後者的形式，並不限於過去，英語事實上有一整套複合的時式結構：is writing, was writing, has been writing, will (shall) be writing, will (shall) have been writing, would (should) be writing, would (should) have been writing, 還有被動的is being written, was being written——Sweet在他所建立的時制中，甚至列有 I have been being seen, I had been being seen, I shall be being seen, I should be being seen, I shall have been being seen, 這裡有一些造形，就連讀完全部英國文學作品，也絕難找到半打實際的用例。關於這些複合時式，許多語法家都曾有所論評，並且賦予種種名稱，如「限定式」(definite tense)，「進行式」(progressive tense)，「繼續式」(continuous tense)。 我願稱之爲「擴充時式」(expanded tense)，因爲這個名稱十分客觀，純粹就形式而言，用起來可望不致引起任何偏見。

關於「擴充時式」的歷史發展，我已在拙著Tid og Tempus (406-420)之中，做過一個初步的分析，對於早期的觀念也有所論及，此處僅舉其大要簡述之。我的主要結論是，現代的「擴充時式」並非起源於古英語的 wæs feohtende ('was fighting')，後者在中古英語並無重要的作用；現代的「擴充時式」主要係由「介系詞 on + 動名詞」結構的訛讀(aphesis)而來，其過程略如 is on huntinge > is *a-hunting* > is *hunting*；又例：burst out *on weeping* > a-weeping > weeping; set the clock *on going* > a-going > going。這可以說明一個事實，就是正當這個演化過程進行時，同時也正是其他類似結構發生訛讀（如 on bæc > aback > back 等等）特別流行的時候；如此可以得到解釋的現象，還有在賓語前面加介系詞 'of' 的用法(仍可見於鄙俗英語)，以及 the house was building〔房子正在建築中〕何以會有被動的意義。最後一點就是，現代英語的「擴充時式」，在所表達的意義上，遠比古英語和中古英語的分詞結構要精確得多。各位應該記得，從前用介系詞 'on' 的地方，現在我們都說 'in' 了，比如 'he is on hunting' 的意思就是說 'he is in (the middle of) the action of hunting'〔他正在打獵（的行為中）〕，因此其中就包含了兩個成分，一是 'being'，此乃時間的標誌，一是 'hunting'，彷彿繞著 'is' 畫了一個框框；'hunting' 所描述的動作，在 'is/was' 所標示的時間之前就已經開始了，但尚未終止；參法語 Il était à se raser, quand est venu son beau-frére〔當他的連襟來的時候，他正在刮鬍子〕。

「擴充時式」的主旨，並不在於表示動作所持續的時間本身，而在於表示，跟另外一個持續時間較短的動作比較之下，相對的持續時間。比如 'Methuselah lived to be more than nine hundred years old'〔(相傳)M.活了900歲以上〕其中的 lived 雖非「擴充時式」，也表示很長的時間。又如 'He was raising his hand to strike her, when he stopped short'〔他舉起手來要打他，又未打下去〕，其中雖然用了「擴充時式」，所表示的動作時間卻很短。我們可以下圖中的橫線，表示相對的較長的時間，線上的一點表示另一較短的時間，後者若為現在，在句中不必一定標明，若爲過去，則依大多數的情形，都必須特別另加副詞(子句)表明：

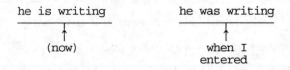

表示心理狀態、感情等的動詞，照例不能使用「擴充時式」；關於這個問題，假使我們以 'is on V-ing' 的結構式爲出發點，就容易解釋了，因爲我們總不能說：'he is on (=engaged in, occupied in) liking fish'等。不過，我們仍然可以敘述一種暫時的狀態，說'I am feeling cold'〔我感覺冷〕。

表示運動的動詞，如go, come, 關於它們的「擴充時式」，必須特別解釋一下。第一，它們只是用來表示普通的意義，而這些動詞本身又從來不會使人聯想起它的開始時刻，如：My watch has stopped, but the clock *is going*〔我的錶停了，可是鐘在走〕 | Things *are coming* my way now〔情勢現在對我有利〕 | You *are going* it, I must say〔你很努力，我得要說〕。 第二，用以表示come 或go 的動作，絕不可能只發生單獨的一次，如：The real hardships *are now coming* fast upon us 〔眞正的苦難現在正接二連三地落在我們身上〕 | She turned to the window. Her breath *was coming* quickly〔她轉過身去面對著窗戶。她的呼吸急促起來〕 | Cigarettes *were then coming* into fashion〔香煙那時正漸趨流行〕。 但就大多數的情形而言，is coming, is going，主要用於表示未來，正好像許多語言藉與 'come, go' 相當的動詞，以其現在式兼表未來的意思一樣。主持拍賣者，當出價已達高峰而欲決賣時，口中即說：*Going, going*, gone。其他類例：I *am going* to Birmingham next week 〔下週我要到伯明罕去〕 |

Christmas *is coming*, the geese are getting fat〔聖誕節要來了，
鵝也長肥了〕。 下例表示最近的未來 ： He *is going* to give up
business〔他要放棄從商〕；甚至 He is *going to go*〔他正要去〕。

　　關於現代英語「擴充時式」的用法，大半不出以上所述各項規則，
尤其將其所佔較長的時間比做一個框框，而另一個動作被框在裡面的比
喻，特別有用。然而不可諱言的，也有一些情形並不容易如此解釋，比
如有許多「擴充時式」附帶時間次加語如 always, ever, constantly,
all day long, all the afternoon 等。不過，值得一提的是，這種用
法多見於中古英語，其後由於 a-hunting 等之訛讀而導致 be Vb-ing 的
結構大量興起，這才使得「擴充時式」的性質全面改觀。

　　由於我們常用「擴充時式」彷彿劃一個時間的框框，框在另一事件
的外面，一個很自然的後果就是，我們反覺得它時常所表達的乃是一種
暫時的現象，非持久的狀態，而後者卻需要非擴充的時式來表達。「擴
充時式」使我們聯想到它的時間限度 (time-limits)，限制著事件發生
的時間長短，而簡單時式卻沒有時間限度的問題。請比較：

He *is staying* at the Savoy Hotel〔他下榻 S. 旅館〕.

He *lives* in London〔他居住倫敦〕.

Q: What *are* you *doing* for a living?〔你(目前)做何事爲生?〕

A: I *am writing* for the papers〔我(目前)替報紙寫稿〕.

Q: What do you *do* for a living?〔你從事何業爲生?〕

A: I *write* for the papers〔我替報紙寫稿〕.

習慣動作一般都以非擴充時式表達， 例如： A great awe seemed to
have fallen upon her, and she *was behaving* as she *behaved* in
church〔似乎有一種極度的敬畏之感降臨於她的心頭，使她的一舉一動
都彷彿在教堂裡一樣〕| Now he *dines* at seven, but last year he

dined at half-past seven 〔現在他七點鐘吃飯， 去年他七點半鐘吃飯〕 | Thanks, I *don't smoke*〔謝謝，我不抽煙〕。比較：I am not smoking〔我 (現在) 並沒抽煙〕。

但是，如果把某習慣動作，視爲另一事件的時間框架，那就需要用「擴充時式」，如 I realize my own stupidity when I *am playing* chess with him〔當我跟他下棋的時候，我才明白我的愚笨〕 | Every morning when he *was having* his breakfast, his wife asked him for money〔每天早晨在他吃早餐的時候，他的太太就向他要錢〕， 如果時間完全重疊，則二者皆可用擴充的過去式： Every morning when he *was having* his breakfast, his dog *was staring* at him〔每天早晨在他吃早餐的時候，他的狗就一直瞪著他〕。

「擴充時式」用以表達「暫時的」意義，以別於「持久的」意義，這個用法最近已延伸至簡單的動詞 be，雖然一般人對於 'he *is being* polite'〔他裝出很有禮貌的樣子〕 表示此時此刻之事 ， 和 'he *is* polite〔他很有禮貌〕表示一個人之長久的品性——二者之間的區別，現在才剛剛開始認識。然而令人好奇的是，何以有些語言表達此一區別的方式，有時會跟動詞的時制毫無關係。丹麥語av sig (=by nature) 有時候可表示一個人的品性，如han er bange av sig (='he is nat-urally timid')〔他天生膽小〕，而han er bange 則表示〔他 (此時此刻) 害怕〕； 不過 av sig 應用的範圍很小 。 西班牙語有兩個不同的 be-動詞，ser 表示概括的時間，estar 表示個別的時間：mi hermano es muy activo ='my brother is very active'〔我的兄弟非常活動〕 | mi hermano está enfermo ='my brother is ill'〔我的兄弟病了〕 ；我在Calderon 的作品裡，發現一個很好的例子：Tu hija *soy*, sin honra *estoy* = 'I am your daughter, but am dishonoured'〔我是你的女兒，但是極沒有面子〕。其他動詞之需要「擴充時式」，幾乎和英

語一樣,如 él está comiendo ='he is dining' <註8>| él come á las siete ='he dines at seven'。俄語將敘述語置於主格,即表示概括的時間,如 on byl *kupec* ='he was a merchant'〔他是位商人〕,但若置於器格則表示暫時性質: on byl *kupcom* = 'he was (for the time being) a merchant'〔他暫時經商〕; 不過這個區別僅適用於名詞,形容詞敘述語則恆置於主格。關於現代愛爾蘭語中之類似的區別,參Pedersen (1909:2.76)。芬蘭語之敘述語,置於主格表示概括時間,如 isäni on *kipeä* = 'my father is ill (is an invalid)'〔我父親長臥病榻〕,此外一律使用生格:isäni on *kipeänä* ='my father is ill (at the moment)'〔我父親(此刻)病了〕。參§13.3。

最後要討論的是,舊式的被動句法 the house is building〔房屋正在建造中〕, 以及現在仍然常用的 while the tea was brewing〔當茶正在沏泡的時候〕| my MS is now copying〔我的稿子現正在謄抄中〕。我在早先的一篇論文中,曾說明我的理由,我不相信這種結構在英語中出現得很早,也不相信某種論調,認為此種結構起源於英語某些動詞之概念上的被動用法,如 his prose *reads* like poetry〔他的散文讀起來像詩〕| it lookes ill, it *eates* drily, marry 'tis a wither'd pear (Sh.)〔它看起來難看,吃起來毫無水分,呵呀,它原是一隻枯梨〕。後句中之 eates 的用法,也許可用以解釋一部分 'is V-ing' 的例子,如 preparing, brewing, maturing,但並非全部,尤其不能解釋或許是見次最多的 the house is building,因為我們不可能說the house builds,而賦予其被動的意義。依我的看法,此一句法主要係來自 'on + V-ing (動名詞)' 的結構, 因為動名詞本身一般既非主動亦非被動(參§12.12末段),故可容許被動的解釋(參the house is *in construction*〔房屋正在建造中〕)。含介系詞 'a' 的結構作被動的解釋,在往時一點也不稀奇,例如:as this was a *doyng* (Mal-

ory)〔正當此事在進行中〕｜there *is* some ill *a-brewing* towards
my rest (Sh.)〔朝著我的住所方向，有什麼禍事正醞釀中〕｜while
my mittimus *was a making* (Bunyan)〔當我的釋放令正在製作中〕。
以上的事實，很自然地解釋了這樣的結構：while grace *is saying*
〔正在禱告的時候〕｜while meat *was bringing in*〔正當肉端進來
時〕。下面這兩個句子絕對是有區別的：my periwigg that *was
mending* there (Pepys)〔我的正在那邊修補中的假髮〕｜he *is now
mending* rapidly〔他現在正快速地修補中〕，因為後者可用非擴充的
時式 mends, mended，前者則否。請再比較：while something *is
dressing* for our dinner (Pepys)〔正在為我們的晚餐準備什麼佳餚
的時候〕｜while George *was dressing* for dinner〔正當喬治整衣進
餐時〕。參George *dresses* for dinner〔G.總是衣著整齊進餐〕。

正因為'-ing'式動名詞本來既不表主動亦不表被動，有時會造成一
些誤解，以致最近新產生了用being的結構（如 foxes enjoy hunting,
but do not enjoy *being hunted*〔狐狸高興捕獵，但不高興被獵〕），
一個十分自然的結果就是，將原有的is building 限用於主動的意義，
其被動的意義則由新興的is being built取代。大家都知道，這個笨重
而不含糊的結構，初次出現於十八世紀末葉，在十九世紀曾遭遇到強烈
的反對，然後才步入坦途，終於被接納為英語之合法的一份子。

20.6 關於時式的術語 (Terms for the Tenses)

關於術語方面，還有一點需要交代。由於現代西歐語言大量使用各
種助動詞，要給每一種可能的結合取一個特別的名稱，是不可能，或者
至少是不切實際的，尤其因為許多助動詞都不祇一種功能，比如下面兩
例中的 'he would go' 就有不同的意義：

He *would go* if he could〔假使他能去，他就會去〕.

He said he *would go* tomorrow〔他說他明天去〕．

(後句中的 would go 係由 will go　因時間轉換而產生的。)　為什麼
would go 和would have gone都有特別的名稱，而might go 和 might
have gone 或 dared go 等，都沒有特別的名稱？其唯一的理由就是，
前者剛好可以拿來翻譯某些語言之單純的時式 。　關於 'would　have
written'，實在不需要什麼「過去未來完成式」(Future Perfect　in
the Past) 這類的名稱，因為它的主要用途，　如前所述，　根本與「未
來」扯不上關係，而實際上還保存著一分原本表示意志(volition)的痕
跡。假使我們舉出下列三式作為「未來式」的變形範例：

> I shall write
> you will write
> he will write

那末，請考慮'he says that he shall write'中之間接引句he shall
write (實係I shall write 之轉換結果)，將如何處理？實在使學生比
較容易懂的辦法是，首先應該把每一個助動詞本身的原義，及其後來被
弱化的意義，分析清楚，然後再來研究英語的「未來時」有多少種表現
方式，比如有時用弱化的will(表意志)，有時用弱化的shall 或is to
(表義務)，有時用其他的方法 (如is coming)，又有多少時候隱藏在上
下文中，外表上任何「未來」形式都沒有。　因此，我們不應當直指 I
shall go, he will go為「未來式」，而應當說，它們都含有一個現在
式助動詞，和一個不定式動詞。惟一稍有一些理由可以設立一個特別名
稱的例子，就是have written, had written，因為這裡的have 已完全
喪失了它的原義，其惟一的作用就是標示一種非常特殊的時間關係。不
過，即使在此，是否必須要用'perfect'一辭，仍然不無疑問。

20.7 名詞裡的時間關係 (Time Relations in Nouns)

詳細討論過了定動詞所表示的時間關係,下一步要研究的就是,除了動詞以外的其他領域,是否也可以找到類似的語法現象。我們當然可以想像,世上有一種語言,只要根據字形變化,就可以辨別我們所談的sunset〔落日〕, 是屬於過去、現在、還是未來。 在這個語言裡面,bride (新娘),wife (妻子),widow (寡婦), 這三個字可能就是同一個字根的三個時式。跟這個狀況稍稍近似的接頭語 ex-,近來在好幾個歐洲語言裡很常見,如英語ex-king〔前任國王〕,法語 ex-roi〔同〕等。否則,就得增加各種的附加語,如 the *late* Lord Mayor〔故倫敦市長〕; a *future* Prime Minister 〔未來的首相〕; an owner, *present or prospective*, of property 〔現在的或未來有希望的財產所有人〕; he dreamt of home, or of *what was home once*〔他夢到了家,或者說是一度的家〕; the life *to come*〔來生〕; she was already the *expectant* mother of his child 〔她已經是即將爲他生兒子而臨盆的母親〕等。我在一本小說裡發現這樣的結構 'governors and ex-governors and prospective governors' 〔州長們及過去的州長們及未來有希望做州長的〕。<註10>

某些偏遠的語言,倒有比較完善的名詞時制。比如阿拉斯加的愛斯基摩語(Eskimo), ningla ='cold, frost'〔寒冷,冰霜〕就有過去式ninglithluk,和未來式 ninglikak;又自 puyok ='smoke'〔煙〕可以造出一個過去式puyuthluk (='what has been smoke'),和一個未來式puyoqkak(='what will become smoke')——好一個巧妙的'gunpowder'〔火藥〕的名字 (Barnum 1901:17)。 其他的美洲語言也有類似的例子。比如屬胡巴(Hupa)族的阿他帕斯干語(Athapascan),其接尾語-neen即可用以構成名詞及動詞的過去式,如xontaneen='a house in ruins'〔廢墟〕,xoutneen ='his deceased wife'〔亡妻〕(Boas 1911:105,

111)；參 Uhlenbeck, 1909。

　　從動詞轉化而來且與動詞有密切關係的名詞，其中可以找到時間成分，這似乎是很自然的事。不過主事名詞 (agent-noun)，通常正如其他名詞一般，與時間因素不發生關係：雖然 creator〔創造者〕多半是指 'he who has created'，但這並不是絕對的，比如 baker〔麵包師〕，liar〔說謊者〕，beggar〔乞丐〕，reader〔讀者〕等，都沒有告訴我們動作發生的時間。<註11>　大多數的情形，都是指的習慣動作，不過也有例外(英語猶勝於丹麥語)，如 the speaker〔演說者〕, the sitter (=the person who sits for his portrait)〔模特兒〕。

　　有些語言的主動分詞，也有顯示時間的功能，如希臘語：(writing) graphōn, grapsōn, grapsas, gegraphōs, 拉丁語：(writing) scribens, scripturus。　哥頓語系只有一個主動分詞，即德語 schreibend, 英語 writing, 參羅曼語系義大利語 scrivendo, 法語 écrivant, 這些一般皆稱為現在分詞，其實它們與「現在」並無直接關係，它們的時間概念係取決於主要動詞的時式；比較(注意 sitting 的時間概念)：

　　I *saw* a man *sitting* on a stone.(過去坐著)

　　I *see* a man *sitting* on a stone.(現在坐著)

　　You *will see* a man *sitting* on a stone.(未來坐著)

還有成語 "for the time being"〔暫時〕，也值得注意。　惟有複合式 having written, (法語)ayant écrit, 夠資格稱為「完成分詞」(perfect participle)。

　　另外一種分詞，如義大利語 scritto, 法語 écrit, 英語 written, 德語 geschrieben 等，它們所指的時間關係，已在前面§20.3討論過。它們通常稱為「過去分詞」或「完成分詞」，這對於某些情況尚無可厚非，如 *printed* books〔印刷物〕，但對於下列情況，就不見得合宜：

Judged by this standard, the system is perfect〔依此標準判斷，該系統是完美的〕｜He can say a few words in *broken* English〔他能說幾個破英文字〕｜my *beloved* brethren〔我的親愛的弟兄們〕｜He is *expected* every moment〔大家等待著他隨時到來〕｜Many books are *printed* every year in England〔英國每年出版許多書〕。有些語法家，因鑒於定名的困難， 就用主動和被動分詞， 分別稱謂writing 和written； 就前者而言，這個說法尚可接受 (暫不談老式的the house building now = a-building)，但是所謂被動分詞就不一定永遠被動了。比如下列各例中的被動分詞，就很明顯含主動的意義：a well-*read* man〔飽學之士〕｜a well-*spoken* lad〔好會說話的少年〕｜mounted soldiers〔騎兵〕｜he is *possessed* of landed pro-priety〔他擁有土地所有權〕。縱使用於完成式中的分詞，原來可以作被動的解釋，如'I have *caught* a fish'〔我捉到了一條魚〕可視為原本由'I have a fish (as) *caught*' 而來，然而這個說法業已很久與事實不符了，比如由'I have lost it'即可看出，尤其遇到不及物動詞如'I have slept, come, fallen, been,' 其整個的結構無疑皆是主動的。Bréal (1897:224)甚至說，此分詞本身業已感染到主動的意義，並舉出一般人所寫電報式的文字以為證明： (法語) *Reçu* de mauvaises nouvelles〔收到壞消息〕｜pris la ligne directe〔採取直線〕。由於找不到一個真正適當的名稱，足以涵蓋實際語言裡的各種用法，而跳出這個辭彙上的困境，我覺得不如就用「編號」這個不太令人滿意的辦法，稱'-ing'分詞為第一分詞，另一種為第二分詞。<註12>

「離結名詞」(nexus-substantive) 照例跟其他名詞一樣，不容許存在有任何時間關係；比如his *movement*〔他的動向〕在意義上，依據實際情況，可對應於he moves 或he moved 或 he will move； 同理，on account of *his coming*〔因為他的來〕， 可解釋為 because he comes, or came, or will come。又如 I intend *seeing* the doctor〔我打算看醫生〕指的是未來；I remember *seeing* the doctor〔我記得看過了醫生〕指的是過去。但是，自從大約1600年以來，加 having 的形式即已開始流行，如："he thought himself happy in *having found* a man who knew the world" (Johnson)〔他自以為很高興找到了一位通達世故的人〕。

不定式動詞，我們在前面 § 10.2已經講過，是一種古動名詞，故仍然保存著一分古風，不計時間問題，例如：I am glad *to see her*〔我很高興看到她〕，to see 指現在； I was glad *to see her*, to see 指過去；I am anxious *to see her*〔我急於想見到她〕，to see 指未來。 <註13> 然而有些語言如希臘語，不定式動詞也有時式的區別；參拉丁語除了 scribere (='to write')，又有 scripsisse (='to have written')。 這個「完成的」不定式在羅曼語系都放棄了，現代法語採組合的「完成不定式」如 avoir écrit 等。哥頓語系也有同樣的發展：英語 (to) have written, 德語 geschrieben (zu) haben。

英語的完成不定式，不但相當於完成式，如 (Tennyson)：

'Tis better to *have loved and lost*
Than never to *have loved* at all.

〔曾經愛過又失去，總比從來沒有愛過強。〕

同時也相當於平常的過去式，如 You meant that? —— I suppose I must *have meant* that〔你的意思就是這樣嗎？——我想我的意思當然就是這樣〕， 並且也相當於「先未來」， 即「未來完成」，如 This day week I hope to *have finished* my work〔一個禮拜以後，我希望已經完成了我的工作〕。在從前，它也常用以表示未能實現的願望，如 (Marlowe)：

With that Leander stoopt to *haue imbrac'd* her,

But from his spreading armes away she cast her.

〔L.屈身要去擁抱她，而她卻從他伸展的雙臂中逃開〕。

這個用法與相當於「虛擬過去」(preterit of unreality) 的用法是不可分的，這一點常爲語法家所忽略。其中牽涉許多有趣的問題，非此處所能詳述，下面僅提供若干例子，不加分類，也不加評論：

To *have fallen* into the hands of the savages, had been
as bad. (Defoe) (=it would have been as bad if I had
fallen...) 〔假使落入野人的手裡，會一樣糟。〕

It would have been wiser to *have left* us. (Ruskin)
〔假使(那時候)離開了我們，才是比較聰明的辦法。〕

It would have been extremely interesting to *have heard*
Milton's opinion. (Saintsbury) 〔假使能夠聽聽米爾頓的意見，該是極爲有意義的事。〕

A Iew would haue wept to *haue seene* our parting. (Sh.)
〔(即使)一位猶太人見到我們的別離，也將爲之一哭。〕

She would haue made Hercules *haue turned* spit. (Sh.)
〔她會使大力士H.給她紡毛線(如果眞有大力士H.的話)。〕

She was old enough to *have made* it herself. (Lamb)
〔(那時)她已經長大了，能夠自己處理了。〕

It seems likely to *have been* a desirable match for Jane.
(Miss Austin) (=that it would have been) 〔本來看起來，跟珍是頗爲理想的匹配。〕

We were to *have gone and seen* Coleridge to-morrow.
(Carlyle) 〔我們本來預定於次日去看科律芝。〕

再如 : it would have been better for him to *have stayed* outside
(=if he had stayed...)〔如果他停留在外面,那就好了〕——其中不
定式的含意是他並沒有停留在外面;然而如若將原句修改爲 it would
have been better for him *to stay* outside〔停留在外面,對他比較
好些〕——這個簡單的不定式 to stay 就沒有前句的含意;後者對於
事實或假設的問題,是 "中性的" (neutral), 正如同動名詞的中性性
質一般 : *Staying* outside would have been better〔停留在外面,比
較好些〕。同樣的道理,he ought to have come here〔他應該到這兒
來的〕,其含意是他並沒有來,比較 : he ought to come here〔他應
該到這兒來〕。

因此,以下A,B 兩句的意義,可說跟C 句是相同的 :

(A) I should like *to have seen.*

(B) I should have liked *to have seen.* <註14>

(C) I should have liked *to see.*

在某些組合時式中,把「過去」的標誌加在任一動詞上,都可以達到同
樣的目的,請比較 :

英　　語 He *could have* done it〔他本來能夠做的。〕

丹麥語 Han *kunde ha* (='could have') gjort det.

法　　語 Il *aurait pu* (='had could') le faire.

德　　語 Er *hätte* (='had') es tun *können* (='can').

　　　　<註15>

丹麥語還可以說 Han *havde kunnet* gøre det,英語就不可能,因爲英
語的can 沒有分詞;同理,以下的場合也都不得不使用「完成不定式」
: He might (must, should, would, ought to) *have done* it.

英語若需否定「過去的必要 (necessity)」， 現在習慣上已不再說 you needed not say that〔你不必這樣說〕——參德語 das brauchten (='needed') Sie nicht zu sagen —— 而說 you needn't *have said* that，把時間標誌移到不定式動詞了。

英語也有與此相反的時間移植，如 I *shall hope* to see you to-morrow〔我希望明天能去看你〕，其實這句話說的是現在的希望，和未來的訪問；因為英語沒有「未來不定式」(future infinitive)， 所以把「未來」的記號就移到hope上面來了。<註16>

20.8 動貌 (Aspect)

「動貌」這個題目，我在前面已經提過，近幾十年來討論十分熱烈，英語一般稱之aspect of the verb，德語稱之aktionsart（雖然有人會賦予這兩個名辭不同的意義），我在這裡必須做個簡單的交代。 一般認為亞利安語系的動詞，最初根本沒有真正的時式系統，但卻能表示各種動貌的區別，如「完成」(perfective)、「未完成」(imperfective)、「瞬間」(punctual)、「持續」(durative)、「起始」 (inceptive) 等，然後從這些動貌區別，逐漸演進成為亞利安語最古老的時式系統，也就是今日所有現存的時制的基礎。動貌的概念係由斯拉夫語動詞而來，它是斯拉夫語的基本特徵，其種類和區別也比較清楚明確，但當學者專家把它應用到其他有相近特徵的語言時，通常每個人都會部分或全部地否定前人所建構的一切系統，而另設一套專屬於他自己的術語，故今天倘若有人有閒有心的話，將各家的專用術語集合起來，定可排成一個長長的名單，其中許多名目並可能有兩個、三個、甚至更多的定義，且有些定義完全不懂說些什麼。也從沒有一位專家曾分別清楚，研究「動貌」的四大要領： (1) 動詞本身的平常意義，(2) 該動詞依據上下文或當時的情境所產生的臨時意義，(3) 衍生性接尾語，(4) 動詞時式。我這樣批評前人，似乎讓人覺得我也住在玻璃房子裡面，因為現在我也要提出我自己的分類，而我所提的架構又不見得一定比前人高明多少。不過，我仍然大膽地希望學術界能夠肯定，它使語言研究向前推進了一大步。下面所列各條並不代表所有動詞的各種「動貌」，我想明白指出的只是，由許多人在這個題目之下所聚集的許多不同的現象，從純粹概念的觀點看，根本不應該納入一類，而應該分配在完全不相同的檔案匣裡。以下便是本人的分析及說明。

(1) 區別「不定過去」(aorist) 與「未完成過去」(imperfect)；這一點在某些語言會影響（無關動詞意義的本身）動詞的時式；參上文 §20.4。

(2) 區別「結局性」(conclusive) 跟「非結局性」(non-conclusive) 的動詞。動詞的意義會影響羅曼語系和哥頓語系之第二分詞的意義，因而影響到被動結構的時間關係；參上文 §20.3。

(3) 區別「持續性」或「恆久性」(permanent)，與「瞬間性」或「暫時性」(transitory)。上文已經講過，這是英語區別擴充的 (expanded) 和非擴充的 (unexpanded) 時式功能之一，而此一區別經由其他的語言來表達，可能用完全不同的方式。

(4) 區別「結束」(finished) 跟「未結束」(unfinished)。「未結束」乃是英語擴充時式的功能之一，如he *was writing* aletter〔他正在寫信〕，參照：he *wrote* a letter〔他寫了一封信〕；丹麥語常藉介系詞 på (='on')表示未結束：han skrev på et brev〔他正在寫信〕；參德語an etwas arbeiten (='work on something = be doing something')。

(5) 區別「發生一次」(what takes place only once) 跟「重複多次或習慣」的動作或事件 (repeated or habitual action or happening)。我已經說過，這實在屬於第14,15 章 (數系論)的範疇。習慣

動作通常沒有特別的表達形式，如 he doesn't drink〔他不喝酒〕；有些語言用接尾語表示，這時我們稱爲「反覆性」(iterative) 或「多次性」(frequentative) 動詞。 英語有許多以 -er 和 -le 收尾的動詞即屬此類： totter〔搖擺不隱〕，chatter〔喋喋不休〕，babble〔牙牙學語〕等。

(6) 區別「靜止」(stability)和「變易」(change)。 我們有某些成對的動詞，表示一靜一動的關係，如 have : get │ be : become (及其同義字 get, turn, grow) <註17>。前面§20.3 提到過的兩種被動式(be married : get married)，即由此而來。大多數由形容詞衍生而來的動詞，皆表示一種變化，如： ripen (< ripe)〔成熟〕，slow (down)〔慢(下來)〕；如此衍生的及物動詞，也同樣含有變易的意味，即所謂「使役動詞」(causatives)，如： flatten〔弄平〕， weaken〔削弱〕等<註18>。 然而，自已廢用的形容詞 halt〔跛的〕轉成的動詞halt〔跛足〕，卻表示一種狀態。許多動詞都兼表狀態和變化；lie down〔躺下〕之‘變’的意思寄託於副詞 down。 欲表示類此‘變’的意思，還有一些別的方法：fall asleep〔睡著了〕，go to sleep〔就寝〕，get to know〔獲悉〕，begin to look〔開始觀看〕， 比較：表示狀態的 sleep〔睡眠〕，know〔知道〕，look〔看〕。有些語言使用特別的衍生接尾語，表示進入某種狀態(ingressive)，或動作的開始(inchoative, inceptive)。 <註19> 然而有趣的是， 這個「起始」的意義，經過時間的推移，時常不是弱化就是消失了；比如原本來自拉丁語之「起始」動詞 (接尾語-isco) 的法語 je finis〔我完成〕│ je punis〔我處罰〕，由此又產生英語的 finish, punish，都是很好的例子。同樣，中古英語的gan (=began)，也喪失了它原有的力量，如 he gan look 現今的意義只是 he did look, he looked〔他看了一下〕。在敘述語之前加'to'，原來只是表示‘變’的意思，如：take her to

wife〔娶她爲妻〕，但是後來也並不一定有任何‘變’的意思，如he had her *to* wife〔他有她爲妻〕；丹麥語的til (='to')同此。

反之，一種狀態的終止，有時用特別的構詞法，如德語verblühen〔凋謝〕，丹麥語avblomstre ='cease blooming'〔停止開花〕，但是一般多藉助cease, stop一類的動詞表示。

注意這三種表現法：(a) 進入一種狀態，如：fall in love with (=begin to love)〔愛上了〕，(b) 在一種狀態中，如： be in love with (=love)〔戀愛中〕，(c) 離開一種狀態，如 fall out of love with (=cease to love)〔失戀了〕；再舉一個例子：(a) fall asleep〔入睡〕，(b) sleep〔睡眠中〕，(c) wake (up)〔醒來〕。最後(c)項的 wake 亦可視爲‘進入一種狀態’，與之相對的靜態動詞爲to be awake〔清醒〕，有時亦用 wake。 比較丹麥語 vånge : våge = 法語 s'éveiller : veiller〔醒來：清醒〕。

(7) 區別「有結果意味」跟「無結果意味」。 德語帶接頭語 er-的複合詞往往都含有結果意味，例如 ersteigen〔攀登〕；這個字一般也列爲「複合式完成」(perfektivierung durch zusammensetzung) 的主要例子之一。 然而我們不明白，爲什麼像ergreifen〔捉住〕會較簡單的greifen〔捉住〕更爲「完成」。

我以爲倒不如放棄「完成」(perfective) 和 「未完成」(imperfective)這兩個名辭，除了斯拉夫語動詞以外，因爲惟有在斯拉夫語，它們才有明確的意義，並且普遍使用已有長久的歷史。至於其他的語言，最好視個別情形，詳細研究該動詞的語法意義，以明其受影響者爲動詞本身，抑或是接頭語，接尾語，時式特徵，或上下文的關係。在「完成」一辭之下， 包括許多不同的東西。 Streitberg (1920:196) 搜集了不少有趣的含接頭語 ga- 的哥德語 (Gothic) 字例， 如果把它們仔細分析一下，我們不難發現， 其所謂「完成化」(perfectivation) 指的就是：

(1)「結束」(finishing)：swalt〔打死〕，gaswalt〔死了〕；
    sagq〔擺置〕，gasagq〔擺好了〕。 參前面第4項。

(2)「變成」(change)：slepan〔睡眠〕，gaslepan〔入睡〕；
    þahan〔安靜〕，gaþahan〔靜下來〕等。 參前面第6項。

(3)「獲得」(obtaining through the action)：fraihnan〔問〕，
    gafraihnan〔因問而獲得知識〕，rinnan〔跑〕， garinnan
    〔跑贏〕。<註20>

這第(3)條與前面第7項相近，雖然並不完全相同，因為比如'ersteigt
a mountain'〔登山〕 並不意味'得到了一座山'。 另一方面， 它跟
§12.2 所稱的「結果賓語」略有一些關係，如 dig a hole〔挖洞〕，
(比較：dig the garden〔在花園裡鬆土〕)，但是顯然與時間或時式沒
有任何關聯。

◎ 第 20章 附 註 ◎

1. 英語的must 是一個眞正的「現過動詞」，它的古現在式 mot 即是一個「現完動詞」。

2. 愛爾蘭英語(Anglo-Irish) 有一個很稀奇的完成式：he is after drinking ='he has drunk'〔他已經喝醉了〕。

3. 關於此點，McKerrow (1922) 有一段妙論："Caesar had thrown a bridge across the Rhine in the previous autumn"〔前一年的秋天， 凱撒在萊因河上拋下了一座橋樑〕， 照一般對這句話的理解，在這位歷史學者說話的當時，應實有一座橋樑存在，但是如此的理解將立即破產； 假設我們加上這樣一句 "but it had been swept away by the winter floods"〔可是這座橋已被冬季的洪水沖走〕。依本人的術語，前一句中的 'had thrown' 應視爲一種回顧的過去，後句中的 'had been swept' 才是單純的「先過去」。

4. 某些「非結局性的」動詞，也可能隨助動詞的不同而產生意義上的差別。 丹麥語也有帶 -s 的被動式，如 elskes〔被愛〕, over-vindes〔被打敗〕， 對於某些動詞就會產生些微意義上的差別 。 —— 義大利語以 venire〔來〕 作爲助動詞時，其功能相當於德語的 werden 和丹麥語的 blive，如：viene pagato〔常付〕即不同於 è pagato〔已付〕。

5. 英語對於 Goethe 的 "Was heute nicht geschieht, ist morgen nicht getan"〔今天沒做的事，明天依然是沒做〕，沒有十分恰切的翻譯。

6. 欽定本聖經路加福音有如次的例子： thy prayer is heard ｜ am sent ｜ is borne this day ｜which was told them ｜ it was revealed， 在二十世紀版本 (Twentieth C. Version) 即一律修

改爲完成式 has been heard | have been sent | has been born | what had been said | it had been revealed。

7. 下面幾個例子採自蕭伯納 (Shaw)的劇本，其趣味在於第二句漏掉了強勢標記，甚至"they *are* killed"也極易被誤解: "No man goes to battle to be killed"〔沒有人上戰場是準備去死的〕—— "But they *do get* killed"〔但是他們的確會戰死〕。

8. 關於現代希臘語「未來式」和「祈使法」之間，與之相對應的時式區別，參 Thumb (1895:73;, 1910:119)，及 Buck (1914:92)。

9. 比較義大利語 sta mangiando ='(he) is dining.'

10. 參形容詞的例子: "this august or once-august body"〔這個威風的，或者說是一度威風的，軀殼〕。

11. 因之在黏著語中，加 is 所構成的主事名詞，視情況可能產生未來或完成的形式。實例請參 Hammerich, Arkiv 38.48ff.

12. 有些結構裡面帶 to 的不定式動詞，可視爲一種 (現缺的)未來分詞 (future participle)的代用品，如: a chapter in a book soon *to appear* in London〔即將在倫敦問世的某書之一章〕，(被動式例) a book soon *to be published* by MacMillan〔即將在M.公司出版的書〕; 參考: A National Tricolor Flag; victorious, or *to be victorious*, in the cause of civil and religious liberty (Carlyle)〔一面三色國旗; 爭取人權和宗教自由的勝利，或者即將來到的勝利〕。義大利語的例子: Non c'era nessuna tavoletta, nè abbozzata, nè *da abbozzare* (Giacosa)〔沒有畫板，沒有畫，也沒法作畫〕。

13. 不定式動詞在表示目的時，也指 (相對的)未來時間，例如 He said this (in order) to convert the other〔他說這些話的目的是要感化那另一個人〕; 下一例係與此相關的用法: In 1818 Shelley

left England never to return〔雪萊於1818年離開英國，以後就
再未返回了〕——這裡的to return 指的是我們在§19.4曾提到過
的「後過去」(after-past)。

14. 一般語法家多認爲此句（以及以上所舉若干例子）中的「完成不定
式」，乃是一種過剩現象 (redundancy)，或者語法錯誤。

15. 參 Tobler (1921:2.38ff.)：

法　語 Il a dû venir (=德語 Er muss gekommen sein).

　　　〔他必定已經來了。〕

　　　Il a pu oublier = Il peut avoir oublié.

　　　〔他可能已經忘記了。〕

16. 與此時間移植相當的其他例子，如： I can't seem to remember
(*I seem not to can remember)〔我似乎記不得了〕， 因爲英語
的 can 沒有不定式。

17. 芬蘭語在表示「變易」的動詞之後，敘述語(predicative) 需用特
別的「易格」(translative)。

18. 這些衍生動詞，有很多都可作及物和不及物兩用。

19. 參簡易世界語 (Ido)： staceskas〔起立〕(< stacas〔立〕) ；
sideskas〔坐下〕(< sidas〔坐〕) ； jaceskas〔躺下〕
(< jacas〔躺〕)；dormeskas〔入眠〕(< dormas〔眠〕) ；
redeskas〔臉紅〕(< redas〔紅〕)。

20. 古英語也一樣：winnan〔戰鬥〕, gewinnan〔戰勝〕；後來接頭語
ge- 失去了它的原義，於是gewinnan (=win) 也就只剩下「獲勝」
，而不再含有「戰鬥」的概念。 哥德語的例子：hausjan〔聽〕,
gahausjan〔聽見〕；saihwan〔看〕, gasaihwan〔看見〕： 應該
歸入我們前面的第6項。

第21章 直接和間接引述

21.1 兩種方式 (Two Kinds)

當我們欲向對方報告他人之所言所思，或者自己過去之所言所思，有兩種方式可供選擇。

我們可以直接將他人所說（或所寫）之一字一句，照實轉述，是謂「直接引述」(direct speech; 拉丁語 oratio recta)。或者根據當前的實際情況，僅述其要意，而並未照原來一字一句予以轉述，是謂「間接引述」(indirect speech; 拉丁語 oratio obliqua)。

「直接引述」之前可冠以"He said" 或"She asked" 之類的短句，但是非常常見的情形是，將之插入引句的部分詞語之後，如 I wonder, she said（或 said she), what will become of us?〔我很想知道，她說，我們的將來會怎樣？〕拉丁語有一個特別表示 "說、道" 的字，專用於引句中的插入語，即 inquam (='said I') 及 inquit (='said he')。

「直接引述」的目的乃在表現與原說話人同一的心理狀態，對於過去的事件尚存著生動的影像，故有所謂「戲劇的現在式」(§19.3)。因此我們時常發現，在直接引句中間插入 "says he, say(s) I"，以取代 "said"。

「間接引述」有兩種，姑稱之「從屬的」(dependent) 和「素描的」(represented)。前者 <註1>大多直接跟隨於一個前導的動詞之後，如：he said (thought, hoped) 或 he asked (wondered, wanted to know, had no idea)；後者的前導動詞，通常可自上下文中得知。

什麼是第二種「間接引述」，最好舉一個例子來說明。英國小說家
Thackeray 描述 Pendennis 在大學考試失敗時，寫道 (p.238)：

"I don't envy Pen's feelings as he thought of what he
had done. He had slept, and the tortoise had won the race.
He had marred at its outset what might have been a bril-
liant career. He had dipped ungenerously into a generous
mother's purse; basely and recklessly spilt her little
cruse. Oh! it was a coward hand that could strike and
rob a creature so tender ... Poor Arthur Pendennis felt
perfectly convinced that all England would remark the
absence of his name from the examination lists, and talk
about his misfortune. His wounded tutor, his many duns,
the undergraduates of his own time and the years below
him, whom he had patronised and scorned — how could he
bear to look any of them in the face now?"〔我毫不羨慕 Pen
這時的感覺，想到他因考試失敗而沒能畢業。他睡著了，烏龜跑贏了。
他從一開始就毀了大好的前程。他有一個大方的母親，他並沒有濫用他
母親的錢；他卻無情地打翻了她的小小的酒罈。唉！惟有懦夫才會做出
這等搶奪柔弱之事...可憐的 Pen 深信英國全國上下都會注視著考試
名單上沒有他的名字，談論他的不幸。他的受了傷害的家庭教師，還有
那許多討債者，他的同年的以及低年級的同學們——有曾受他保護的，
有他曾不屑一顧的——現在他如何受得了去面對這些人？〕

翻過去幾頁的地方，我們讀到他母親的反應：

"All that the Rector could say could not bring Helen to
feel any indignation or particular unhappiness, except

that the boy should be unhappy. What was this degree that
they made such an outcry about, and what good would it do
Pen? Why did Doctor Portman and his uncle insist upon
sending the boy to a place where there was so much temp-
tation to be risked, and so little good to be won? Why
didn't they leave him at home with his mother? As for his
debts, of course they must be paid; — his debts! — was-
n't his father's money all his, and hadn't he a right to
spend it? In this way the widow met the virtuous Doctor,"
... 〔無論校長說什麼，都不能使H.感到一絲憤怒或特別的不快，
除了她覺得不快樂的應該是孩子。這個學位值什麼，鬧得如此滿城風雨
，對Pen 有什麼好處?爲什麼 Dr. Portman 跟他的叔父堅持要把孩子送
到那樣一個地方，多的是種種誘惑，一點好處學不到? 爲什麼不讓孩子
留在家裡，跟他的母親在一起? 至於他的債務，當然都要還;——他的
債務! —— 他父親的錢不都是他的嗎? 難道他無權花? 寡母就這樣見
了品德高潔的Doctor，〕...

要給這種 「間接引述」 找一個恰當的名稱 ， 並不是一件容易的事。
Lorck固然沒有錯，否定了Tobler 的「直接間接混合引述」(mingling
of dir. and indir. discourse)， Kalepky 的「僞裝引述」(veiled
speech; 德語 verschleierte rede)， 及 Bally 的「間接自由文體」
(style indirect libre)，然而他自己所用的"erlebte rede"，似可譯
爲「經驗引述」(experienced speech)，也不見得比他人高明多少。我
也沒有更好的名稱，權稱之爲「素描引述」。(德語可稱vorgestellte
rede，丹麥語 forestillet tale)。<註2>
　　Bally 認爲這種現象乃法語所特有，然而 Lerch 跟 Lorck 卻舉了
大量的德語例子，雖然他們也覺得德語可能是受了法語的影響，尤其是

Zola（!）。但是在英國非常常見，並且出現的時代遠在 Zola 之前，比如 Jane Austin 就有了例子。丹麥亦復如是，或許還有別的國家。 我最近發現西班牙語的例子。總的說來，「素描引述」法似乎非常自然，故能夠很容易在不同的國度，同時產生並發展。它主要用於較長的連續敘述文字，它可使外在世界所發生的景象，與相關人物之所言所思中間的穿插，不致爲 "he said", "he thought" 等打斷， 而達到連貫爲一體的效果。 文章作者並未實地經驗這些思想或言語， 而僅僅爲我們做一番描述，故我稱之爲「素描引述」。

「素描引述」整個說來，較之第一類的間接引述更爲生動。因爲它近乎直接引述，所以它保留了一些直接引述的特色，特別是表示情緒的部分，不管是音調或者某些獨立的感嘆詞句，如： "Oh!"， "Alas!"，"Thank God!" 等。

「間接引述」由於情境的改變，在語法上也需要做若干調整，其要者包括：人稱的轉換，時式的轉換，敘法的轉換，問句句型的轉換，及命令或請求句型的轉換。

「從屬引述」與「素描引述」之間的區別，主要在於最後兩種轉換。人稱的轉換，參見第16章；以下討論其他各項。

21.2 時式的轉換 (Shifting of Tenses)

茲以下列各句 (1-5) 爲例，若欲將之置於「間接引述」之中，其時式的轉換即如 (a-e) 所示：

(1) I *am* ill〔我生病了〕

(2) I *saw* her the other day〔我前幾天看見她〕

(3) I *have* not yet *seen* her〔我還沒有看見她〕

(4) I *shall* soon *see* her, and then everything *will be*

all right〔我將很快會見到她，然後一切都沒事了〕

(5) I *shall have finished* by noon〔我到中午就會完成〕；

(He said that)

(a) -- he *was* ill（間接現在）

(b) -- he *had seen* her the other day（間接過去）

(c) -- he *had* not *seen* her yet（間接完成）

(d) -- he *should* soon *see* her, and then everything *would be* all right（間接未來）

(e) -- he *should have finished* by noon（間接先未來）。

「先過去式」不可能轉換，所以 I *had* already *seen* her before she nodded〔在她點頭之前，我已經看見她了〕只能轉換成：He said that he *had* already *seen* her before she nodded. 「虛擬的過去」時常不予轉換，如 He said that he *would pay* if he *could*〔他說如果他能付就付〕，其引句在未轉換前即可為 I *would pay* if I *could* 或 I *will pay* if I *can*。因 must 現今只有一個形式，故在間接引述中不變： He said that he *must leave* at once〔他說他必須立刻離開〕 = He said: "I *must leave* at once." 這實際上是must在現代口語中作為過去式用的唯一方式。

很明顯的，間接過去和間接完成在形式上跟先過去(before-past)沒有區別；間接未來在形式上跟「條件式」(conditional) 也是相等的；法語亦如是，如j'écrirais可用於條件句j'*écrirais* si je savais son adresse〔如果我知道他的住址，我就寫信〕，亦可用於間接單純未來：il disait qu'il *écrirait* le plus tôt possible〔他說他盡快寫信〕= 直接引述："j'*écrirai* le plus tôt possible"。

若問這些間接時式，與我們在§19.2所建立的時式系統，有何關係？答案是：二者當然不能混為一談，我們原先所建的系統是以 "now" 為基點 (zero-point)，而這裡所談的間接時式係以 "then" 為基點。 比如 (He said that) he should come as soon as he could〔他說他會盡快趕來〕這麼一句，它並未告訴我們他"來"的時刻與"現在"有什麼關係，它只能表示出與他說此話時的關係。他也許已經來了，也許馬上就來，也許未來某時刻才來──所有這些問題皆不在考慮之內，我們現在所得到的訊息只是，他在說話時曾提到他要來，至於來的時刻應屬於當時 (then) 的「未來」。

為這些轉換而來的時式設立特別的名稱，也無必要。牛津大字典 (NED) 在 shall (14b) 項下，舉此例句 he had expected that he *should be* able to push forward〔他至盼將能力爭上游〕，並提出 "anterior future"〔先未來〕或 "future in the past"〔過去未來〕以名其時式，其實這只是一種轉換（或間接）的未來；接著又提出 "anterior future perfect"〔先未來完成〕，未舉例，想必係指這種情形：he said that he *should have dined* by eight〔他說他將在八點鐘以前吃過晚餐〕，然而這就等於直接引句 I shall have dined by eight，故此例實不過轉換（或間接）的「先未來」(before-future time)，如必須視為一種時式，或可稱為轉換（或間接）的先未來式 (ante-future tense)。

間接引述裡的時式轉換，是很自然的，且有許多情形甚至是不可避免的，如 he told me that he was ill, but now he is all right,〔他告訴我他生病了，但是現在已經好了〕，此處所用的過去式 was，乃是基於實事的要求，故 was 在此，同時是直接的過去，也是間接的現在。然而事實並非永遠如此，時常將一個動詞置於過去式，並無其他的理由，只因為主動詞是過去式，說話者也並未停下來考慮，他所說的事件，以現時刻為基點，屬何時段。Van Ginneken 曾提到一個例子：

"Je ne savais pas qui il était." Est-ce que je veux
dire par-là qu'il est quelque autre maintenant? Nulle-
ment. *Etait* se trouve là par inertie, et par *savait*
seul on comprend qu'il faut entendre la chose ainsi:
était et est encore" (1907:499).〔'我不知道他是誰'。這
句話的意思是否就是說，我現在不認爲他是同一個人？絕對不是。
Etait 在這裡的意思是非活動性的，只要根據 savait 我們就會明
白事情必然是這樣的：過去是(était)，現在仍然是(est)。〕

或者我們也可以說，事情現在是否一仍如過去，原句並未確說。比如這
樣一句："I told you he was ill"—— 他現在可能仍然病著，也可能
已經康復。下面這幾個例子，由於事情本身的性質，使我們明白動詞形
式雖爲過去，卻意味著現在時間；這種的時式轉換是很自然的：

What did you say your name *was*?〔你說你的名字叫什麼呀？〕
I didn't know you *knew* Bright.〔我不知道你認識B.。〕
How did you know I *was* here.〔你怎麼知道我在這兒。〕

這最後一例所牽涉的矛盾關係(contradictio in adjecto) 尤堪玩味，
人既然現在在此，動詞卻用的是過去式 was：其所傳達的意義實際等於
I am here now, but how did you know that?〔我現在在這兒，你怎
麼知道的？〕

　　欲丟掉過去式而用較合邏輯的現在式，還眞需費一番腦力功夫，甚
至在我們必須宣示一項普遍的眞理時。因此，我們不能期望一般人在實
際說話時，都能夠永遠遵守所謂時間的順序 (consecutio temporum)。
有些情形可能會使我們難以確定，如 He told us that an unmarried
man *was* (or, *is*) only half a man〔他告訴我們說，一個未結婚的人

只能算是半個人〕，但像下面這句話，我們可能就不會選擇轉換： It was he who taught me that twice two *is* four〔是他教我的，　二的二倍是四〕。

使用未予轉換的現在式，意味著說話者本人深信他的話中的眞理；如果轉換了時式，將同時也把所言的內容責任推給了原說話者。試比較下列二句之間的異同：

> He told us that it *was* sometimes lawful to kill.〔他告訴我們說，殺人有時候是合法的〕──但是他可能錯了，責任在他。
>
> I did not know then that it *is* sometimes lawful to kill.〔那時候我還不知道，殺人有時候是合法的〕── 事實的確如此。

請注意莎劇人物孚斯塔夫 (Falstaff) 所用的過去式 were："Did I say you *were* an honest man?"〔我方才說了你是個誠實的人嗎〕，接著自行否認說： "Setting my knighthood and my souldiership aside, I had lyed in my throat, if I had said so"〔如果我眞的說過那樣的話，我便不得不把我的騎士和軍人身分暫擱一旁，而承認我是撒了一個大謊〕。有些時候，一個句子的眞正涵意如何，決定於它的聲調變化，比如下面 (a) 句，由於說話時的聲調不同，可以產生 (b) 或 (c) 不同的意義：

> (a) I thought he was married.〔我以爲他結婚了。〕
>
> (b) I now find that I was mistaken in thinking him married.〔我現在發現我錯了，以爲他結婚了。〕
>
> (c) Of course he is married, and didn't I tell you so?〔他當然是結婚了，我沒有告訴你嗎?〕

「假設法現在」，在會議的場合提出正式動議時，不需轉換成為過去式，如：He moved that the bill *be* read a second time〔他提議將該法案再讀一遍〕，這裡的動詞be 被認為指的是未來，所以比were 較為合適，假使用了were就會暗示所述之非真實性或虛擬性。其他動詞的過去式，假設法與直敘法同形，故在提議句裡面依然不變，儘管間接引述的標準連接詞that仍守著崗位。<註3>

使用轉換的時式，大多數的情形，主要動詞都是指的過去某一時刻；但假設主要動詞是未來式，那就可能要用相同的轉換了，雖然這種情形比較稀少。假設我們想像有一個人，他現在不在這兒，過了些時他說：I regret I *was* not with them then〔我懊悔當時沒有跟他們在一塊兒〕，如果我們現在來預測他上面的話，自然會說 He will regret that he *is* not with us now。 然而亨利五世在莎劇 (iv. 3.64) 中卻用了應屬於其他當事者，親口說話時所用的「過去式」 (其中的 here 自然代表他的觀點)：

> And gentlemen in England, now a bed,
>
> Shall thinke themselues accurst they *were* not here,
>
> And hold their manhoods cheape, whiles any speakes,
>
> That *fought* with vs vpon Saint Crispines day.
>
> 〔現在在英格蘭睡覺的紳士們，
>
> 會以為今天沒來此地乃是倒楣的事，
>
> 每逢曾經在聖克利斯品日和我們一同作戰的人
>
> 開口說話，他們就要自慚形穢。〕 <註4>

這使我們想起拉丁語的「書信體時式」(epistolary tense)，特指寫信的人常把自身移置於收信人閱信的時刻， 故所用的「未完成過去」 或「完成式」，依我們的觀點，當然都只能視為「現在式」。

21.3 敘法的轉換 (Shifting of Mood)

在間接引述中，由直敘法轉入其他的敘法，在現代英語和丹麥語都沒有規定，但在其他親屬語言卻並非如此。比如拉丁語就廣泛地應用不定式動詞加賓格語的結構，作爲間接引述中的主要子句、及從屬子句之較能獨立者，其他從屬子句則用假設法 (subjunctive)。 別的語言有其他的規則，而且在間接引述使用假設法或祈願法 (optative) 的規則，各種相關古代語言的表現非常不一致，故其在各地發展的理由似乎也不盡相同。T. Frank (JEGP 7.64ff.) 一面否定了早期根據主觀性 (subjectivity) 和可能性 (potientiality) 的本質所作之 "形而上" 的解釋，一面也提出了很好的理由，指出哥頓語系諸語之假設法的用法，係由於比照某些動詞的賓語子句逐漸延伸而來， 例如哥德語 wenjan, 古英語 wenan, 和德語 wähnen 這些動詞， 最初都是表示希望、欲望 (hope, desire) 的意思，所以它們的賓語動詞自然也都需要配以「祈願式」。這個規則保留下來，直到這些動詞轉變爲 「想像、思想」 (imagine, think) 的意思，然後再轉移到其他表示「思想、言語」(think, say) 等意義的動詞。

德語間接引述中之時式的發展，特別具有啓示作用，因爲它受著多種時常互相衝突的勢力的影響： (a) 欲與主要動詞 (或隱或現) 的時式取得一致， (b) 欲與直接引句的原來時式取得一致， (c) 欲以假設形態表示懷疑或不確定， (d) 用假設法僅僅表示從屬關係，並不見得有懷疑的成分， (e) 一般趨勢傾向於限制假設法的應用，而盡量使用直敘法。現在，由於以上各種勢力的消長常隨時代和地區的不同而有異，是故德國的作家和德語語法家，對於間接引述究竟應用何種時式，每每意見並不一致。事實上我們發現下列各種說法，皆不乏其例 (德語)：

> Er sagt, dass er krank ist.
> Er sagt, er ist krank.

```
Er sagt, dass er krank sei.

Er sagt, er sei krank.

Er sagt, dass er krank wäre.

Er sagt, er wäre krank.

Er sagte, dass er krank war.

Er sagte, er war krank.

Er sagte, dass er krank sei.

Er sagte, dass er krank wäre.

Er sagte, er wäre krank.
```

〔他說他生病了。〕

(參 Delbruck 1920:73ff.; Behaghel 1878; Curme 1922:237.) 當然，事情也並非如想像中那麼混亂，不過此地爲篇幅所限，我也不擬多作解釋。關於這種不惜犧牲統一性，而要求形式精確無比的影響，我只想摘引 Curme (1922:240) 一段極爲精采的分析：

"新的時式順序（即間接引述亦用與直接引述同一的時式）雖然可用 . . . 但通常只限於該動詞之假設法與直敘法的形式有明顯區別的時候，否則仍沿用舊的歷史順序 (historic sequence)。 由於過去式動詞較現在式容易辨別是否爲假設形， 故原來的現在式 . . . 如果處在過去式（主要動詞）之後，則必爲過去式所取代 . . . 只要原來的現在式顯然並非假設法：(德語例)

```
Sokrates erklärte, alles, was er wisse, sei, dass er

   nichts wisse; viele wüssten (現在假設法亦將與直敘法

   同形) aber auch dies nicht.〔蘇格拉底宣稱，他所知道

   的是，他一無所知；很多人連這個也不知道。〕

Sie sagten, sie hätten (過去式取代了現在式 haben) es
```

nicht getan.〔他們說他們尚未完成。〕

Sie sagten, sie *würden* (過去式取代了現在式 werden)

morgen kommen.〔他們說他們第二天早晨來。〕

但是，要求「假設法」的感覺仍然非常強烈，因而甚至在現在式（主要動詞）之後，也會棄現在式而用過去式，只要能夠維持一個清楚的假設法形態，如德語 Sie sagen, sie *hätten* es nicht gesehen〔他們說他們沒有看見〕｜ Sagen Sie ihm, ich *käme* schon〔你告訴他，我已經來了〕。如果動詞形式難以區別，則寧採過去式，縱使其本身並非明顯的假設形，如德語：Die bildhauerei, sagen sie, könne keine stoffe nachmachen; dicke falten *machten* eine üble wirkung (Lessing)〔他們說雕刻師沒有藍本可以模倣；厚厚的摺縐會造成很壞的效果〕。這裡選擇過去式的目的，就是要明白表示是假設敘法。"這一點（至少一部分的原因）大概是由於感覺過去式所描述之事，遠離實際的現實，猶如：If he *was* well, he would write, etc.〔假使他沒有病，他就會寫 . . .〕；參§19.6。

21.4 間接引述中的疑問句 (Questions in Indirect Speech)

本節所要討論的，就是本章在開始所講兩種間接引述的主要區別。我們先談「從屬疑問句」(dependent question)。

一個疑問句置於間接引述中時，它原來所特有的疑問聲調，必然消失或者弱化，不過也有一些補償，一半在於前導句中的動詞用ask 而不用say，一半在於所用之疑問連接詞(在沒有疑問代名詞的場合)。疑問連接詞往往源於代名詞，意為「二者中之何者」(which of two)：如英語 whether, 冰島語hvárt, 拉丁語utrum, 不過也有起源不同的，如我們常見使用的條件句連接詞：英語if, 法語si, 丹麥語om, 德語ob。

直接問句與間接問句之間更常見的不同，乃是詞序的不同 <註5> (英語以外的其他語言亦然)：(下面 a.原問句，b.間接引述)

英　語 a) Who *is she*? 〔她是誰?〕

　　　b) He asked who *she was*.

　　　a) How *can I* bear to look any of them in the face?
　　　　〔我怎能忍心去面對他們任何一人?〕

　　　b) . . . how *he could* bear to look . . .

　　　a) *Hasn't he* a right to spend his money?
　　　　〔他沒有權花他的錢嗎?〕

　　　b) . . . whether *he had not* . . .

丹麥語 a) Hvem *er hun*? 〔她是誰?〕

　　　b) Han spurgte, hvem *hun var*. 〔他問她是誰。〕

　　　a) Hvor *kan jeg* holde det ud? 〔我如何撐得下去?〕

　　　b) . . . hvor *jeg kunde* holde det ud.

　　　a) *Har han ikke* ret? 〔他沒有權利嗎?〕

　　　b) . . . om *han ikke havde* ret.

法　語 a) Qui *est-elle*? (Qui est-ce?) 〔她是誰?〕

　　　b) Il demandé qui *elle était* (qui c'était).
　　　　〔他問她是誰。〕

　　　a) Comment peut-on le souffrir? 〔人如何能受得了?〕

　　　b) . . . comment on pouvait le souffrir.

　　　a) N'a-t-il pas raison? 〔是他不對嗎?〕

　　　b) . . . s'il n'avait pas raison.

丹麥語另有一個不同之點，即作爲主語的疑問代名詞在間接問句中尚需附加一個der (='who, which')，如 *Hvem* har ret? 〔誰有權利?〕——

Han spurgte (om) *hvem der* havde ret? 〔他問誰有權利？〕│ *Hvad er* grunden? 〔理由是什麼？〕──...*hvad der* var grunden。<註6>

　　除了從屬間接問句的特殊形式以外，英語更有越來越多的人用「素描引述」的形式，省去連接詞 if 或 whether，而逕用倒裝的詞序：

I know not yet, *was it a dream or no.* (Shelley)
　〔我還不知道，那是不是一個夢。〕

He said *was I coming back*, and I said yes; and he said *did I know you*, and I said yes; and he said if that was the case, *would I say to you* what I have said, and as soon as I ever saw you, *would I ask you to step round the corner* (Dickens)〔他說我是否會回來，我說會；他說我是否認識你，我說認識；他說既然如此，我是否願意把我已經說過的話，再跟你說一遍，並且在我一旦見到你時，是否願意立即請你繞過街角來。〕

晚近的作家尤其如此，有些甚至將兩種形式混合在一句之中，如 They asked where *she was* going, and *would she come* along with them? (Carlyle)〔他們問她往那兒去，願不願意跟他們一道兒？〕德語也有這種情形，不過比較少見，例如：Man weiss nicht recht, *ist er junggeselle*, witwer oder gar geschieden (G. Hermann)〔人們不太清楚，他是獨身、鰥夫、還是離婚者〕。

　　除了引用直接問句以外，間接問句極常見用於某些動詞（如 know, doubt, see）之後，作為子句首品 (clause primary)，例如：

　I want to know *if he has been there.*
　　〔我想知道他是否去過那兒。〕

Go and see *who it is*, and try to find out *where he comes from*.〔去看看是誰，並且問問他是打那兒來的。〕

It is not easy to say *why the book is so fascinating*. 〔很難說這本書爲什麼如此迷人。〕

間接問句也可用作主語，如：*Whether this is true or not* is still an open question〔這件事是否確實，還是一個尚未解開的問題〕。有時候主要子句可能省略，於是（形式上的）間接問句就變成了（概念上的）直接問句：(I ask) If I may leave it at that? (=May I leave it at that?)〔我是否可以做到這裡爲止？〕

以「素描引述」形態出現的間接問句，所需要轉換者只是人稱和時式，與一般間接引述同；其他方面，則與直接引句同。比如前面§21.1所引 Pendennis 一段文中的問句(a), (b)就直接轉變成爲(a'), (b')：

a) How *can I* bear to look any of them in the face now?

b) *Hasn't he* a right to spend it?

a') How *could he* bear . . .?

b') *Hadn't he* a right . . .?

又如"What *does she* see?" 變成 "What *did she* see?" <註7> 法語以「未完成」(imparfait)取代現在式，德語則用直敘的（非假設的）「過去式」(preterit)。其他語言不多贅。

由疑問字起頭的感嘆句，無論作爲從屬子句（如 He said的賓語），或者作爲「素描引述」的一部分，除了時式和人稱的轉換以外，其餘保持不變，如 What a nuisance *it is* to change! 變爲 What a nuisance *it was* to change!〔改變是多麼討厭的事啊！〕

21.5 間接請求句 (Indirect Requests)

藉祈使法形式所表達的請求或命令等，在間接引述中必須做許多變換。 請求的成分可能表現在主要動詞裡面，如 "Come at once"〔立刻過來〕將改變爲 He ordered (commanded, told, asked, implored) me (her) to come at cone〔他命令(告訴，請求)我(她)立刻過來〕；如果主要動詞不含請求的成分，那就必須在從屬子句中想其他的辦法，如：He said (wrote) that I (she) *was to come* at once〔他說(寫)我(她)必須立刻過來〕。 這個說法乃是一般常用於「素描引述」 的方式，不過偶然也有保留「祈使法」原形的， 茲引 Dickens 作品的一段文字爲例：

> Mr. Spenlow argued the matter with me. He said, *Look*
> at the world, there was good and evil in that; *look*
> at the ecclesiastical law, there was good and evil in
> that. It was all part of a system. Very good. There
> you were.〔S.先生爲此事跟我爭論。他說，看看這世界，有善有
> 惡；看看教會的律法，有優點有缺點。它們都是構成一個體系的一
> 部分。很好。就這樣。〕

由"let us"構成的祈使句，在這兩種間接引述中的表達方式各不相同，即 "He proposed that we (they) were to go" 〔他提議我們(他們)去〕和"Let us (them) go"〔讓我們(他們)去吧〕。

21.6 結語 (Final Remarks)

直接引述跟間接引述之間的區別，並不見得爲大衆所嚴格遵守。一個直接引句，也可能被冠上一個通常爲間接引述所專用的連接詞that；希臘語這種例子就不少見。希臘語新約聖經"kai legōn autōĭ *hoti*

ean thelēĭs, dunasai me katharisai" 就被 Wulfila 模倣："jah
qiþands du imma þatei jabai wileis, magt mik gahrainjan"
(Mark 1.40) 〔有一個癩病人來到耶穌跟前，跪下求他說，你若願意，
就能潔淨我〕。下舉一個現代的例子 (Tennyson)："She thought *that*
peradventure he will fight for me." 〔她想或許他會爲我而鬥。〕
<註8> 法語說："je crois que non"〔我想不是這樣〕，non 應屬於直
接引述。

　　人類的健忘，對於間接引述裡面之心態的改變，記不了多久，因而
往往造成一個引句，開始是間接的形式，然後忽然變爲直接的形式。一
般希臘語手冊，自希臘作家如Xenophon，舉過很多這樣的例子。冰島英
雄故事裡的例子更多，例如 (冰島語)：

> Segir at Breði hafi riðit frá honum á skóginn, ok var
> hann senn ór augliti mér, ok veit ek ekki til hans
> (Vols. 1) 'he says that B. rode from him into the
> wood, and I soon lost sight of him, and I know no-
> thing about him' 〔他說B.騎著馬，離開他到林子裡去了，
> 不久我就看不見他了，以後我一點也沒有他的消息。〕
> Mælti at han skyldi gera til brauð þeira, en ek man
> sœkja eldivið (Vol. 6) 'he said that he [the other]
> was to prepare their bread, but I will fetch fuel'
> 〔他說他(另一人)去做他們的麵包，而我願意去拾柴。〕
> Hann spyrr, hveir þar væri, eða hví eru-þér svá rei-
> ðuligir? (Vol. 9) 'he asks who were there, and why
> are you so angry.'〔他問是誰，你爲什麼這樣動怒。〕

Goldsmith (Vic. 2.166)以另一種方式，將二種間接引述混合在一句之

內： But tell me how hast thou been relieved, or who the ruffians were who carried thee away?〔可是告訴我，你是如何被救出來的，或者架走你的那些歹徒是誰？〕

德語和丹麥語用一種很奇特的方式，藉助於動詞 soll (=should), skal (=have to)，以表達概念上的間接引述，如：

德　語 Er soll sehr reich sein (gewesen sein).
　　　　〔他據說很富有。〕
丹麥語 Han skal være (ha været) meget rig ='he is said
　　　　　(reputed, rumoured) to be (have been) very rich'
　　　　　〔他據說(傳聞、謠傳)很富有。〕

因為 (德)soll, (丹)skal 在大多數的場合， 即等於一種弱化的 (德)muss, (丹) må (=must)， 故我認為這種用法可歸類為一種語氣較弱的字，相對應於 muss, må, must； 後者表示邏輯的必然或強制的判斷，如 He must be very rich (since he can give so much to the poor)〔他必定很富有(因為他能夠給窮人們那麼多)〕。

◎ 第 21章 附 註 ◎

1. Lorck 稱之 "berichtete rede" 〔報告引述〕，參見其所著小冊Die erlebte Rede (Heidelberg, 1921).

2. Curme (1922:245)稱之 "Independent form of direct discourse" 〔獨立式直接引述〕——不見於Lorck文。

3. 俄語的一般規則是，間接引述的動詞和直接引述用同一的形式， 唯一需轉換的是人稱。 這條規則，在西歐人看起來必定是相當不自然的，然而它卻首先被Zamenhof 引入Esperanto (世界語)，然後再搬入Ido (世界語；係由前者簡化而來)；依後者規定，下列 (a) 項各句，必須分別照(b)項各句模式翻譯爲 Ido：

    (a) He said that he *loved*.   (過去)

               that he *had loved*.   (先過去)

               that he *should come*.   (後過去)

    (b) Il dicis ke il *amas*.   (現在式)

             ke il *audis*.   (過去式)

             ke il *venos*.   (未來式)

採納這條相當不自然的規則的唯一理由是： 如果不如此，那就可能需要另外創立一條特別的動詞形式，以表轉換的未來， 因爲如果讓轉換的未來與假設法動詞同一形式 (如venus) —— 恰如西歐諸語然 (如法語viendrait, 英語should come, 德語 würde kommen) —— 那就違背了設計世界語的基本邏輯精神。

4. 根據梁實秋譯 (遠東版，117頁)——譯者註。

5. 英語並需消去助動詞do，因爲do是用來造成疑問句詞序的，如What does she see? 〔她看見什麼?〕參：I ask what she sees 〔我問她看見什麼〕。

6. 但是，若將grunden視爲主語（亦有可能），則結果就需要倒轉詞序了
：Han spurgte om hvad *grunden war*〔他問理由是什麼？〕

7. 此種方式的間接問句，即令在句中插入 "he said"，也是一樣，如：
Hadn't he a right, she said, to spend his money?〔他沒有權
利，她說，花他的錢嗎？〕 丹麥語方式亦同： Havde han ikke,
spurgte hun, ret til at bruge sine egne penge?〔同上〕 參英
語例： Mrs. Wright presents her compliments to Mrs. Smith,
and might she borrow a saucepan, please?〔W.夫人向S.夫人問
候了一下之後，(問她)可不可以借個燉鍋？〕

8. 參 Dickens：She sat sobbing and murmuring behind it, *that*,
if I was uneasy, *why* had I ever married?〔她坐在後面飲泣，
並且喃喃地說，如果我感覺不安，我爲什麼結婚？〕──其中之"I"
= 轉換的 "you"，整個問句的形態係「素描式間接引述」。

第22章　話語的分類

天賦予我們語言

爲了傳達我們的意志，

爲了教授也爲了學習。

———薔薇的故事

22.1　分多少類? (How Many Classes?)

Brugmann (1918) 對於話語 (utterances) 做了一個極爲詳細的分類，以下是他的8 個大類，其中大多又再分爲若干小類(有多至11 小類者)：(1)感嘆句 (exclamation)，(2) 願望句 (desire)， (3) 請求句 (invitation; aufforderung)， (4) 讓步句 (concession)， (5) 恐嚇句(threat)，(6) 拒絕句 (warding off; abwehr und abweisung)，(7)想像句(statement about imagined reality)，(8)疑問句 (question)。<註1>　這八個類別的區分，多以歷史的考慮爲基礎，常與純邏輯的觀點矛盾衝突，因此很難看出整個分類的原理原則，就連 "he is rich" 這樣一個簡單的句子，我們也看不出該置於何類。如此的批評，並無意抹殺前輩語言學泰斗在其他方面的高度成就。舊式的分類 (例如 Sonnenschein 的 "New English Grammar") 倒乾脆得多： (1) 陳述句 (statement)，(2) 疑問句 (question)，(3) 願望句 (desire)， (4) 感嘆句(exclamation)。　不過，這個分法仍有可批評之處；第(3),(4) 兩類之間的界線就不很清楚： 爲什麼 "God save the King" 〔主佑吾王〕和 "Long may he reign"〔願君王長治〕 就被排除在 「感嘆句」

446

之外，又爲什麼「感嘆句」只限於 "冠以感嘆代名詞、 形容詞、 或副詞 (如what, how)" 的句子？

Sonnenschein的分類另一點令人不敢苟同的是，他明白表示所區分的單位是sentence，它必須包含一個定動詞。但是很明顯的，像"What fun!"〔多麼好玩！〕， "How odd!"〔多麼古怪！〕， "Gracious!"〔天哪！〕，"Hurrah!"〔萬歲！〕 這些感嘆語，跟上述的句子同樣都是表示「感嘆」；"Waiter, another bottle!〔侍者，再一瓶！〕 也不能跟包含一個祈使動詞的「願望句」分開；在「陳述句」項下亦應收入我們前面§9.3所討論過的「名相(nominal)句」。所謂「願望句」，也許可說並不是一個頂好的名辭，因它一方面要包括 "命令，請求，懇求" ，同時也要排除"I want a cigar"〔我想要一支雪茄〕和 "Will you give me a light, please?"〔請借個火好嗎？〕這類的句子。 在概念上，這兩個句子實在是表達「願望」的，應該歸入"Give me" 一類的祈使句，雖然在形式上它們一個是「陳述句」，一個是「疑問句」。由此看來，這個分類法是有毛病的，因爲它既非徹底的概念主義，亦非徹底的形式主義，而是徘徊在兩種觀點之間：這兩種觀點俱皆重要，但是應該嚴格區分清楚，並不限於語法理論的任何領域。

假使我們想要給一切話語，一個純粹以概念爲出發點的分類，不管它們的形式如何，那末，很自然的就是把它們分爲兩大類，端視說話者是否意欲藉以直接影響聽話者的意志。第一類(如果前項答案是否定的)必須不僅包括平常的「陳述句」和「感嘆句」，而且還應該包括「願望句」如"God save the King"等。 這一類話語，有沒有聽者當然並不重要；像 "What a nuisance!"〔討厭極了！〕這樣的感嘆語，無論是自言自語，或者有聽者在旁，效果都是一樣。

第二類話語，目標在於影響聽者的意志；換句話說，就是使他採取某種行動。這裡我們可以再分爲兩小類：請求和疑問。「請求」包括許

多不同形式的話語：祈使句，沒有動詞的詞語(如 "Another bottle!" 〔再來一瓶〕| "Two third Brighton"〔到不列登兩張三等票〕| "A horse, a horse!"〔馬，馬！〕| "one minute"〔片刻〕| "Hats off" 〔脫帽〕)，正式的疑問句 (如 Will you pack at once!〔你立刻收拾行裝〕)，正式的陳述句 (如"You will pack at once")—— 假如當時的情境和口氣，明白顯示是在下命令。「請求句」的範圍包括，自最粗暴的命令至最謙卑的祈禱(乞求、苦求)，和介於二者之間的許多等級，如要求、指令、懇求、邀請等。

22.2 疑問句 (Questions)

疑問句也是一種「請求句」，也就是請求告訴原發問者所想知道的一些什麼。疑問句也可以包括，從實質上的命令到誠摯的祈禱：答覆可以是強迫的或訴求的。疑問句跟平常請求句之間的近親關係，可以由此看出：即祈使句之後往往跟隨著一個「墜問句」，如： Hand me that box, will you?〔請把那個盒子遞給我，好嗎？〕又如"Well?"和祈使句 "Go on!"〔說下去！〕或 "Speak!"〔說呀！〕的意思是一樣的。

疑問句有兩種： 一種例如 "Did he say that?" 是， 另一種例如 "What did he say?" 及 "Who said that?" 是。 各家曾為這兩類疑問句提出過許多不同的命名：

Yes-or-no question or Categorical question	vs.	pronominal question
〔是否或判斷問句〕		〔代詞問句〕
Sentence question	vs.	word question
〔完句問句〕		〔單詞問句〕
totality question	vs.	detail question or partial question
〔整體問句〕		〔細節或部分問句〕

entscheidungsfrage	vs.	ergänzungsfrage or tatsachengrage
〔決定問句〕		〔補足或實事問句〕
bestätigungsfrage	vs.	bestimmungsfrage
〔確認問句〕		〔敲定問句〕

Noreen (1903:5.118ff.)對於這些擬議中的名稱曾詳加評論，最後提出他自己的一套，分別稱二者為(瑞典語)"rogation"和"kvestion"。這樣的區別對英語(及法語)而言是不可能的，因為"question" (kvestion)這個字乃二者的 "公項" (common term)； 此外還有一個嚴重的缺點，就是沒有人能夠記得住，二者何者為何者。事實上，一套恰當的辭彙並不難找到，只要我們記住，第一類問句永遠是關於一個「離結」的真實性的問題：問話者所欲解決的問題是，該「離結」之主語和述語的配合是否正確。因此，我們可以稱這一類的問句為 "離結疑問句" (nexus-question)。 第二類問句的特徵是，每一問句皆有一個未知項，正如同一個代數方程式裡的未知數一般；因此，我們可以利用大家所熟知"x"記號來代表該未知項，並稱這一類的問句為"x-question" (姑譯為「一元疑問句」)，其目的就在於找出那個"x"代表什麼。

有時候，一個方程式之中可以含有兩個未知數，如口語常說的Who shall sit *where*?〔誰應坐何處？〕。不過，"I don't know *which* is which"〔我不知道哪個是哪個〕及 "Who's who?"〔誰是誰？〕<註2> 是不一樣的：它們的實際意義是：'which (who) is one, and which (who) is the other?'

「離結疑問句」通常以yes或no 回答，「一元疑問句」的回答視情況而定，可以是除開yes或no 以外的任何詞句。關於音調方面，一般的原則是，「離結疑問句」以升調收尾，「一元疑問句」以降調收尾。不過有某些疑問句，音調似「一元疑問句」，形式卻像是「離結疑問句」

。假使我們把"Is it white?" 延長爲"Is it white or black?"〔那是白的還是黑的?〕，或者把 "Do you drink sherry?" 更改爲 "Do you drink sherry or port?"〔你要喝白葡萄酒還是紅葡萄酒?〕，那末就變成爲「斷折或選擇問句」(disjunctive or alternative qu.)，其音調模式前者選用升調(如簡單問句然)，後者選用降調。此種疑問句其實就等於代名型之「一元疑問句」："What colour is it?"〔是什麼顏色?〕及"Which do you drink, sherry or port?"〔你要喝哪一種酒，白酒還是紅酒?〕 不過值得注意的是，同一個疑問句可能因爲音調的不同而產生不同的意義，比如假設我們把 "sherry or port" 看做是烈酒的總稱，那末這個問句的意義就變成爲 "Do you drink (such strong wines as) sherry or port?"〔你要喝(烈酒像)白酒或紅酒嗎?〕，同時它的回答也自然是yes或no (參拙著Phonetik, 15.54)。含"neither—nor"的疑問句，如 Have you neither seen nor heard it?〔你既沒有看見也沒有聽見嗎?〕，屬於「離結疑問句」，因爲"neither—nor"乃是"both—and"的否定語，並不是"either—or"的否定語。

這裡要順便一提我所稱的「二次方疑問句」(questions raised to the second power)——參拙著 Phonetik, 15.52)。 某甲問 "Is that true?"，某乙不作回答而反問一句 "Is that true?"， 意思就是 How can you ask?〔你怎麼可以問?〕。 這種情形，多數的語言都用與間接問句同一的形式，如：

丹麥語	Om det er sandt?	
德　語	Ob das wahr ist?	= 'whether that is true?'
法　語	Si c'est vrai?	

跟平常間接問句所不同的只是句尾的音調，明顯地升高。英國十五世紀作家Caxton (Reynard 21)也有這種結構(模倣法語?)："Loue ye wel myes [mice]? — Yf I loue hem wel, said the catt, I loue myes better than ony [any] thing"〔你很喜歡老鼠嗎?——我很喜歡老鼠嗎,貓說道,我喜歡老鼠超過一切〕。不過英語的一般原則,仍舊是採用與直接問句相同的形式(即倒裝動詞而不用連接詞);英國文學中我從古到今蒐集了很多很多的例子。「反詰疑問句」(retorted qu.)一般皆暗示有多此一問之意,故其實質等於一種肯定: "Do I remember it?" ="Certainly I remember it"。時常,甚至是否含有否定詞都不重要,比如 "Don't I remember it?"依然等於一種肯定。以疑問詞起頭的疑問句(即「一元疑問句」),同樣也可加以反問,而且大多數的語言在這裡也都是比照間接問句的形式(即動詞恢復置於主語之後),如:

德　語 Was hast du getan? → Was ich getan habe?
　　　〔你做了什麼?〕
丹麥語 Hvad har du gjort? → Hvad jeg har gjort?
　　　〔同上〕

法語用關係子句替代原疑問句: Ce que (='that which') j'ai fait? Chaucer (Parl. 17) 也比照其他的子句形式, 加入一個 that: But wherefore that I speke al this?〔(反詰)但是我為什麼要說這些?〕但是自從莎士比亞時代以來,英語的慣例就是單單重複原問句,除音調外一字不改,如: "Where is it? — Where is it? taken from vs, it is" (Sh.)〔在哪裡? — 在哪裡?從我們手中搶走了〕。這種疑問句之性質的改變,也可由其所要求的回答方式看出:

A: What have you done?〔你做了什麼?〕
B: What have I done?〔我做了什麼?〕
A: Yes, that is what I wanted to know.
　　〔是的,這就是我所想要知道的。〕

由此可見，反詰疑問句應屬於「離結疑問句」。<註3>

　　構成疑問句的形式要件有三：(1)音調；(2)疑問代名詞或疑問助詞，如拉丁語 num〔嗎？〕， 或疑問接語(enclitic) -ne (原爲否定詞)，丹麥語 mon (原爲一助動詞)，法語 ti (參拙著 Language 358)──法語口語中常用的 〔ɛskə〕(est-ce que ... ?) 也可算是一種疑問助詞；(3)詞序。

　　不過應當注意一點，就是形式上的疑問句，往往被用以表達某些在概念上並非「詢問」的意思，目的只在解開心中的疑慮而已。除了所謂「誇張的疑問句」(rhetorical qu.)保持一部分概念上的詢問以外，這裡必須順帶一提某些表示驚訝的句法，比如："What! are you here?"〔什麼！是你嗎？〕 這句話，絕不是要求對方回答在面前的是不是他。再如"Isn't he stupid!"〔他豈不愚蠢！〕|德語 "Ist das unglaub-lich!"〔簡直難以置信！〕 這些表示驚嘆的問句，因其音調已變，故不能說是形式完全的疑問句。這一點應用於倒裝的條件子句，更爲恰當，因其詞序與疑問句相同，並且起源於疑問句，例如"Had he been here, I should have given him a piece of my mind."〔如果他(當時)在這兒，我會當面罵他一頓〕。

22.3　句 (Sentence)

　　關於「句」的定義太多而且太過分歧，在這裡重述一遍，或一一加以批評，皆無甚意義。不過，這些定義也並非全是些不切實際的界說，用一些學術名辭掩蓋了清晰的思路；它們有些採取形式的或邏輯的或心理的立場，也有一些力求中和以上兩個或三個觀點。然而，儘管在理論上各持己見，一般語法家在實際認知上並無多大差異，倘使遇到一列具體的字詞，他們幾乎無疑會一致斷定，這一列字詞是否應該被承認是一個眞正的句子。

　　根據傳統的邏輯，每一個句子都是由「主語」(Subject)、「繫詞」(Copula)和「述語」(Predicate)組成的三合一結構。邏輯學者把一切句子(命題)都硬性地分析成這三個成分，固守一個死板的格式，以便利他們的邏輯運算。然而，就以他們的純理論命題(proposition)而言，這個架構也是僵化而虛妄的，因為它完全不符合絕大多數日常略帶感情色彩的句子，而這些句子卻是語法家所研究的主要課題。

　　舊時的「三元論」，已為現在較流行的「二元論」所取代，後者主張每一個句子皆由兩部分所構成，即「主語」和「述語」。舉個例說："The sun shines"〔太陽發光〕之中，the sun是主語，shines 是述語。主語和述語又分別可由許多不同的成分所構成，如："The youngest brother of the boy whom we have just seen once told me a funny story about his sister in Ireland"〔我們只見過一次的那個男孩的幼弟，告訴我了一個關於他在愛爾蘭的姐妹的滑稽故事〕，其中從頭直到seen之前的複合體為主語，其餘部分為述語。關於「二元論」的心理基礎，仍有不同意見——到底這兩個概念是事先已分別存在於說話者腦中，然後合併起來，抑或本來是一個混然一體的概念 (gesamt-vorstellung)，為了傳播的目的而剖成兩個特殊的概念? 不過，這個問題我們不必細談。另一方面我們要記住，「二元論」裡的主語和述語，正好就是我所主張的一個「離結」(nexus)的兩個部分，首品和「離加語」(adnex)；只是，如前所述，並非每一個「離結」都能構成一個句子：唯有一個獨立的「離結」，方能構成一個句子。

　　然而現代語言學家越來越認為，除了上述的二元句以外，還有一元句，或者僅包含一個單獨的字，如"Come!" 或"Splendid!" 或"What?"——或者包含兩個或兩個以上的字，但彼此並無主語和述語的關係，如"Come along!"〔跟我來吧!〕|"A capital idea!"〔高招!〕|"Poor little Ann!"〔可憐的小安!〕|"What fun!"〔好好玩哦〕! 大語言學

家Sweet（NEG §452）也曾發表過如此錯誤的觀念：“從語法的觀點看，這些濃縮的句子可說完全不是句子，而是介於字和句之間的東西。”這將牽涉一個前提，即字和句乃同屬於單一架構中不同的層次，而非屬於兩個不同的領域；然而，依我的意見，一個「一元句」同時是一個字，也是一個句，就好像一棟只有一個房間的房子，從一個角度看，它是一個房間，從另外一個角度看，它是一棟房子，但不是一個介於二者之間的東西。

舊式語法家對於這種「一元句」的理論，自然抱有反感，他們會用他們的萬靈丹——省略——來解釋。比如 "Come!"，他們會說省略了主語you；若是"Splendid!" 或"A capital idea!"，他們會說不但省略了主語this，而且連動詞is也省略了。因此，有許多表驚嘆的詞語，我們都可以把它看做是一種「離加語」，而主語或爲當時的實際情況，或爲實際情況所暗示的事物（參第10章）。

大多數的語法家都會認爲，拉丁語的一元句如 "Canto"〔我唱〕和 "pluit"〔下雨〕皆內含了一個主語，不管後者的主語爲何， 是如何地難以確定。但是研究語法的人，都應該小心應用「省略」的觀念，除非絕對必要，或者對於省略的成分毫無疑問，例如： "He is rich, but his brother is not [rich]"〔他有錢，但是他的兄弟沒有〕|　"It generally costs six shillings, but I paid only five [shillings]"〔這一般要值六仙錢，但是我只花了五仙〕。 然而，這裡面又省略了些什麼："Watercresses!"〔（一種）芥菜！〕或 "Special edition!"〔專號！〕—— 是這些嗎： "I offer you ..." 或 "Will you buy...?" 或 "This is..." ？

如果某人只說了一個字"John!"而構成一個完全的一元句，那末，依據實際情況和說話的語氣，它可以有許多種解釋，如"How I love you, John"〔我好愛你喲，約翰〕|　"How could you do that?"〔你怎麼能

這樣做?〕| "I am glad to see you"〔好高興見到你〕| "Was it John? I thought it was Tom"〔是約翰嗎？我還以為是湯姆哩〕等。我們如何能把這個可作各種解釋的 "John!"，填入那個呆板的「主語＋述語」的模式，又如何能應用「省略」來幫我們分析它？然而又不能否認它是一個句子。問題尚不止此。其他例如"Yes" 和"No"，還有感嘆詞 "Alas!" 或 "Oh!"， 以及隨意瞎拼為 "Tut" 和 "Tck" 的「舌咂音」 (tongue-clicks)，無論從那一方面說，即使比之古希臘演說家Demosthenes 口中所講的，或英國文人Samuel Johnson 筆下所著的，精緻漂亮的對稱句，也都一樣具有同等「句」的地位。

如果我們承認這一點—— 雖然我坦承不知從Johnson式的宏文到舌咂音之間，要在什麼地方劃一條界線——那末，關於「句」的定義，就不是一件難事了。

一個句子就是人類所發出 (相對) 完整而獨立的話語 (utterance)——所謂完整而獨立，指單獨成句或單獨成句的能力，也就是能夠單獨說出。<註4>

在上述定義裡，我特別選用了「話語」這個名辭，因為它的涵意最為寬廣。一般而言，話語就是傳達給對方的一條訊息，但也不一定要有一個對方 (像獨白!)；不過，為了要夠格稱為一個句子，一條話語也必須要是一則足以傳達給他人的訊息，假使有人在傾聽的話。<註5>

現在來談談我所謂「獨立」的意義如何。比如"She is ill"〔她病了〕本是一個句子，但是如果把它置入另外一個句子，如 "He thinks (that) she is ill"〔他認為她病了〕或者 "He is sad when (if, because) she is ill"〔當(如果，因為)她病了，他很鬱悶〕，那末，它就不再是一條獨立的話語，而是部分句，即在前一例中作為 thinks 的賓語，在後一例中作為次加語 (subjunct)——嚴格說來，係部分次加語，因為連接詞也是該次加語的一部分。 這些部分句，英語稱之為 (從屬）子句，而德語稱之爲 "nebensätze" (='near-sentence')，丹麥語稱之 "bisætninger" (='side-sentence')，彷彿它們本身就是一種特別的句子，我則認爲不然。同理，"What to do?"〔怎麼辦？〕獨立存在時，它是一個完全的句子，但在 "He did not know what to do?"〔他不知怎麼辦〕之中，它就不再是一個完全的句子——不過變爲一個子句而已。<註6>

由此可得一簡單的推論，就是當下面(1)獨立而意思等於(2)，或者(3)獨立而意思等於(4)時，則(1),(3)都算是(完全的) 句子，姑無論我們如何輕易地就可以看得出，它們原是由「子句」，略去一部分原句演化而來的：

(1) If only something would happen!〔但願某事會發生！〕

(2) I wish something would happen.〔我祈求某事會發生。〕

(3) If this isn't the limit!〔但願這不是極限！〕

(4) This is the limit.〔(事實)這就是極限。〕

讀者將會發現，根據我所下的定義，「句」乃是一個純粹概念的範疇：我們並不需要某種特別的語法形式，方能稱一個或一群字詞爲一個句子。 我甚至不想倣效某些學者，將含有 "主語+定動詞" 的句子稱爲「正常句」(normal sentence; 德語 normalsatz)。這種所謂的正常句也許可見於靜靜的、流暢而不帶感情成分的散文，然而在說話時，一旦受到強烈感情的作用，就會大量地使用超出這個「正常」模式之外的語句，而這些語句絕對有權要求承認爲自然合法的句子。

我提議最好把「句」分爲下列三類：

(1) 非解析句(inarticulate sentence)：

Thanks! (Thanks very much | Many thanks)〔謝謝！多謝！〕

What?〔什麼？〕

Off!〔滾開!〕

(2) 半解析句 (semi-articulate sentence)：

Thanks you (very much)!〔(非常)謝謝你!〕

What to do!〔怎麼辦?〕

Off with his head!〔砍掉他的頭!〕<註7>

(3) 解析句 (articulate sentence)：

I thank you.〔我感謝你。〕

What am I to do?〔我該怎麼辦?〕

You must strike off his head!〔你必須砍掉他的頭!〕

　　解析句包含一個「離結」的兩大分部，又因爲「名相句」(nomin-al sentence, 參本書§9.3) 爲數甚少，故解析句絕大多數都含有一個定式動詞。

　　任何語言社會在使用語言的時候，都有一種強烈的心理，追求規則化、一致性、和固定的型態。由於某些詞句型態經常屢屢地使用，終於逐漸變成爲實際通用的模式。是故，某些字詞最初也許是罕用字，或者多少被認爲是贅字，爾後越來越常見，終因其可使整句符合某些最常見的句式，而形成句中必要的成分。因爲大多數的句子都有一個主語，故在最初並沒有主語的地方，也給它加上一個主語，請比較：

法　語	je viens	il vient	il pleut
英　語	I come	he comes	it rains
拉丁語	- venio	- venit	- pluit
	〔我來〕	〔他來〕	〔下雨〕

因爲大多數的句子，在動詞之前都不會空著，故乃加入虛字there 而有there are many ... 等句型。 因爲大多數的句子都有一個動詞，故在最初並不需要的處所，也給它加上一個動詞，如「繫詞」(copula) is

的使用，以及 does，如"So John does!"。因為某些動詞經常附帶一個述語補語，故在必要時以虛字so (德語es, 丹麥語det)代之，如："In France the population is stationary, and in England it is rapidly becoming so" 〔法國的人口很穩定， 英國也很快達到這個狀況〕，參 "To make men happy, and to keep them so" (Pope)〔為人群造福，並維持他們的福〕。因為大多數的附加語後面都跟著一個首品詞，故有 one 的使用以支持之，如 a grey horse instead of the white *one* 〔一匹灰馬替代那匹白馬〕| Birds love their young *ones*〔鳥類都愛牠們的幼鳥〕等。所有以上各例，實際皆顯示同一的目的，就是要圓滿地完成一個句子，俾其符合某一最常見的模式。

此一要求劃一的趨勢，雖然執行得並不十分徹底，然而卻給了語法家一個理論的基礎，認為每一個句子，或每一個正常的句子，都必須有一個主語和一個定動詞；但是，一旦我們明白這不過是一個趨勢，並不是一條定律，那末就迫切需要給「句」下一個定義，使它並不要求這兩個成分同時存在。

一切語言活動，有三點必須加以區別，即「表象」(expression)，「隱象」(suppression)，和「印象」(impression)。 「表象」就是說者所說的話，「隱象」就是說者隱之而未說出 (雖有可能業已說出) 的話，「印象」就是聽者所收到的信息。尤須注意者，「印象」往往不僅反映對方明白說出的話，而且也包含其隱而未宣的部分。暗示即是經由「隱象」所造成的「印象」。只有無聊的人說話才會囉囉嗦嗦，沒完沒了，然而甚至最無聊的人也會發現，要想認真道盡一切是不可能的。一般人說得對，作家的藝術大半在於懂得如何割愛，然而即使在每日最常用的話語裡，我們也隱藏了許多說出來便顯得迂腐的地方。比如簡單的"Two third Brighton return"〔兩張三等布列登來回票〕， 意思完全等於 "Would you please sell me two third-class tickets from

London to Brighton and back again, and I will pay you the usual fare for such tickets"〔請售我兩張三等倫敦到布列登的火車票，還要回來，我將照規定付票款〕。複合名詞包含兩個名詞，但並未說明如何理解二者之間的關係，如 home life = life at home〔家庭生活〕，home letters〔家書〕=letters from home〔從家裡來的信〕，home journey〔歸程〕= journey (to) home〔回家的旅程〕；又如：life boat〔救生艇〕，life insurance〔生命(人壽)保險〕，life member〔終生會員〕；sunrise〔日出〕，sunworship〔拜日〕，sunflower〔向日葵〕，sunburnt〔被日光曬傷的〕，Sunday〔星期日〕，sun-bright〔光天化日〕等。

正如複合名詞一般，「句」的結構中，留給聽者去想像的部分也不少，在一位受過訓練的思維學者，或一位迂腐的冬烘先生看來，不過是一句話的一部分，然而往往也就靠這說出的部分，即足以將說者的意思向聽者表達明白。尤其某些型態的句子，時常顯示同一的「隱象」，久而久之，沒有人再想到缺少了什麼，於是這剩餘的部分就變成了正規的慣用句式，語法家也不得不承認它是一個完全的句子。有兩種「隱象」需要特別注意(參拙著Lang. 273)。

(1) 句的前端省略，學術用語可稱「截頭」(prosiopesis)：說者開始發音，或者心想開始發音，然而，或因爲呼吸來不及，或因爲聲帶沒有做好發音準備，以致跳過了頭一兩個音節才發出音來，說出要說的話。比如招呼語Good morning說成Morning，德語(Guten) tag等。此外如口語中 Do you see?〔你明白嗎？〕略作 See? | (Do you) remember that chap?〔(你)是否記得那個傢伙？〕| (Will) that do?〔這樣可以嗎？〕| (I'm a)fraid not〔恐怕不然〕| (When you) come to think of it〔(當你)想起了它的時候〕| (I shall) see you again this afternoon〔(我將於)午後再見(你)〕| (God) bless you!〔(上帝)賜

福與你！〕 類似的例子，各種語言都有。

　　(2) 句的尾端省略：學術名稱爲「斷尾」(aposiopesis)， 也就是我在別處 (參 Language 251) 所講比較口語化的「急煞車」(stop-short or pull-up) 句。 比如說了 "If only something would happen"〔只要是怎麼怎麼 ...〕就停下來，自己也拿不定主意如何接下去，以完成全句： 接下去要說的到底是 "I should be happy"〔我就高興了〕， 或 "it would be better"〔會好多了〕，或 "things would be toler-able"〔事情便差強人意〕，還是其他可以想得到的話。 然而，即使不再接什麼，該「if-子句」也不限於表面的意義，無論對於說者或聽者，它都變成了一個表示願望的完全句型。其他語言的「願望句」例：

德　　語 Wer doch eine zigarre hätte!〔但願誰有雪茄煙！〕

丹 麥 語 Hvem der havde en sigar!〔同上〕

西班牙語 Quién le diera!〔但願有誰給他/她！〕

下面再舉一些「急煞車」句例：

英　　語 Well, I never!——表驚訝之嘆語。

　　　　 The things he would say!〔他會說些難聽的話呀！〕

　　　　 The callousness of it!〔多麻木無情！〕

　　　　 To think that he has become a minister!

　　　　 〔想想看他竟當了牧師！〕

法　　語 Dire qu'il est devenu ministre!〔同上〕

丹 麥 語 Tænke sig at han er blevet minister!〔同上〕

義大利語 Figurarsi ch'egli è devenuto ministro!〔同上〕

以上各例雖然都有所省略，但我們並沒有理由不承認，它們的意思都已相當完滿，足以稱爲一個句子。

不過另外有些情形，省略太過劇烈，實在不夠條件稱之為「句」，例如市招 "J. C. Mason, Bookseller"〔梅孫書店〕，書名 "Men and Women"〔男人跟女人〕，報紙標題 "New Conferences in Paris"〔巴黎新會議〕或 "Killed his father-in-law"〔弒其岳父〕，劇本裡配台詞的人物名 "Hamlet"，日記裡的記載 "Tuesday. Rain and fog. Chess with uncle Tom, walk with the girls"〔週二。雨後霧。跟唐木叔下棋，跟女孩子們散步〕等。不過請注意，這些現象僅見於書面，故不在語言本身範圍之內：口說的語言雖常含多種省略，但與此處所例示的情形，截然不同。

最後，關於省略現象（隱象）還有幾點需要補充說明。<註8> 有人說 (Smith, 1906:3)，"動詞意指活動和變化：表示擾嚷與紛亂，" 故若省略動詞，就會給人安靜的印象，例如丁尼孫 (Tennyson) 的「輓歌」(In Memoriam, XI) "Calm and deep peace on this high wold,..." 〔安靜，沈靜，在這高原之上...〕。 然而事實上，其所以造成安謐寧靜之印象者，第一，由於不斷重複 calm 一字及其同義語，第二，所省略之動詞 "is"，原本表示靜止的狀態。如果省略的是動態動詞，那便反而加強了活動的印象，如：<註9>

> Then rapidly to the door, down the steps, out into the
> street, and without looking to right or left into the
> automobile, and in three minutes to Wall Street with
> utter disregard of police regulations and speed limits
>
> 〔然後急速（走）向門口，（步）下台階，（衝）到街上，左右一眼不看就（鑽）入汽車，不到三分鐘（開）到了華爾街，全然不理會交通規則和速率限制〕。

又如朗費羅 (Longfellow) 對於 Paul Revere 躍馬飛馳的描寫：

A hurry of hoofs in a village street,

A shape in the moonlight, a bulk in the dark,

And beneath, from the pebbles, in passing, a spark

Struck out by a steed flying fearless and fleet.

〔村裡的街道上一陣急馳的馬蹄聲，

月光下一個影子，黑暗中一個龐然大物，

腳下，粒粒卵石，馬蹄躍過，迸出火花，

一匹駿馬騰起火花無畏無懼地飛馳而去。〕

此外，許許多多的諺語、格言、標語、口號等，也都由於省略動詞而給人一種簡潔有力的感覺，比如下面德語不含動詞的說法，較其他語言含動詞的說法更爲簡潔：

德　語 Ende gut, alles gut.

英　語 All *is* well that *ends* well.

法　語 "Tout *est* bien qui *finit* bien.

丹麥語 Når enden *er* god, *er* alting godt.

〔結局皆大歡喜。〕

參考 Like master, like man〔有其主必有其僕；上行下效〕｜Every man to his taste〔包君滿意〕｜ No cure, no pay 〔無效免費〕｜Once a clergyman, always a clergyman〔一日爲傳教士，永遠爲傳教士〕｜ Least said, soonest mended〔少說多和氣〕｜One man, one vote〔一人一票(制)〕等。省去多餘的字給人的印象是匆忙，或受工商社會的壓力，沒有時間來完成一句語法比較週延的話：諺語格言還有一個重要的條件，就是必須容易記，因此不可太長；不過，它的效果並不在於是否省略動詞，因爲也有一些格言諺語雖然含有動詞，一樣達到簡潔的效果：Live and learn〔活到老學到老〕｜Rule a wife and have a wife〔妻不管則不保〕｜ Spare the rod and spoil the child〔孩子不打不成器〕｜Love me, love my dog〔愛屋及烏〕。<註10> 這兩種句法拋棄了"主語 ＋ 定動詞"的標準模式， 結果彷彿某日本畫家的繪畫，對於畫中的景物僅作蜻蜓點水式的鋪陳，俾留下較多的空間讓觀賞者去發揮他的想像，以求達到藝術的效果。如此說來，語法的現象竟也加入了古典主義跟印象主義之間永無休止的戰爭。

◎ 第 22章 附 註 ◎

1. Noreen (VS 5.91ff.) 之完全不同，但也十分用心的分類，值得作
   一比較，但我在此不擬置評。

2. "Who's Who"常用作各種 "名人錄" 的名稱——譯者註。

3. 還有一種「反詰疑問句」，其中可以含有兩個疑問詞，如：

   A: Why are you doing this?

   B: *Why* am I doing *what*?

   這實在是一種「一元疑問句」，反問原疑問句中的一部分。

4. 在此之前，我曾將「句」界定爲能夠獨立，而非對他人的答話或反
   駁，因此排除了像"Yesterday" (作爲"When did it happen?"的答
   語)，和"If"(作爲一種反駁語，參§6.5末二段)。現在我對於這種
   限制，感到有些疑問。

5. 有些「句」的定義，範圍過於狹窄，我不明白它們如何能夠涵蓋疑
   問句。但是我的定義則無問題，因爲雖然疑問句在未得到所要求的
   回答以前，它的意義是不完全的，但它仍然是一條相對完整而獨立
   的話語。

6. 沒有必要再創造一個特別的名稱(如complex sentence)，來稱謂含
   有從屬子句的句子。參本書第7章末。

7. 這是一種很有趣的句型，他如：

   Away with you!〔滾開！〕

   On with your vizards!〔把面具戴上！〕

   To the rack with him!〔他去上刑台吧！〕

   它們都含有一個表示運動的次加語，和一個由介系詞 with 引進的
   首品，這個 with 的功能與后列兩種情形相似：a cage with the
   bird flown〔鳥已飛去的鳥籠〕 | pale with the pallor of

death〔面色蒼白如死人〕。

8. 關於下列的句首子句——

> *When in France*, he was taken prisoner.
>
> 〔他在法國被俘。〕
>
> *If in doubt*, answer no!
>
> 〔有疑問的時候,回答說不!〕

從某一角度看,可以說它們是由省略而來,即省略了 "he was" 和 "you are",但從另一個角度看,也可以說它們是由擴充而來, 即多加了"When"和"If"。同樣的看法也適用於"I want to know *the reason why*"〔我想知道(何以如此的)理由〕。

9. 事實上,英語有不少介系詞(如to, into)本身即含有動態的意義,翻成中文很難不另加入一個動詞,或其本身就必須譯為一動詞。故下面這段文字,翻譯起來不能全照英文不用動詞——譯者註。

10. 這些句子裡的動詞形式為何?它們很像祈使句(見下章),但並不要求什麼,大可轉換為條件句:不同的是,條件子句後面跟著一個完全「句」——姑稱為「歸結子句」(apodosis)——但在此處,後面跟的是同一動詞形式,因此,要說它是祈使句就更難了。

第23章 敘 法

23.1 敘法的分類 (Classification)

　　許多語法書將英語等的敘法 (moods) 分為下列五類：直敘法(in-dicative)，假設法 (subjunctive)，祈使法 (imperative)，不定法 (infinitive)，及分詞法(participle)。不過，所謂不定法和分詞法很顯然不能與其他三類等量齊觀；關於不定詞和分詞，本書已討論很多，故在此僅以其他三種敘法為主題。這三種敘法，有時分別稱為事實敘法 (fact-mood)，想像敘法 (thought-mood)，和意志敘法 (will-mood)。但是，它們並不如 Sweet (NEG §293)所說，"表示主語和述語之間不同的關係"。比較正確的說法(如Brugmann等人所言)應該是，表示說話者對於句子內容所持一定的心態，雖則有些情形對於敘法的選擇，並非由說話者的心態所決定，而需視從屬子句本身的性質，及其與主要子句之間的關係而定。<註1> 此外請記住，我們談敘法，僅限於在動詞形式上有所標示的場合：敘法乃是句法上的範疇，而非概念上的範疇。

23.2 祈使法 (Imperative)

　　甚至祈使法亦應屬於句法上的範疇，雖然與直敘法或假設法相比，較接近於概念的邊界。我們說它是一種「意志敘法」，因為它主要用以表達說話者的意志，不過僅限於——這一點非常重要——意欲影響聽者之行為的場合，因為，不然的話，說者逕可用其他的方式來表達他的意志。因此，祈使句基本上表示一種請求 (request)，從最嚴格的命令到最謙卑的祈禱都包括在內。但是我們也說過，所謂請求時常也用其他的

方式來表達，如：Another bottle!〔再來一瓶！〕| 德語Wollen wir gehen〔我們走吧〕| You will pack at once and leave this house〔你(們)馬上收拾東西離開此屋〕<註2>等。 這裡我要提示讀者，還有用不定式表示請求的，如德語 Einsteigen!〔請坐下！〕| Nicht hin-auslehnen!〔勿將頭伸出(窗外)！〕| 義大利語 Non piangere!〔不要哭！〕; 更有用分詞表示請求的，如： 德語 Vorgesehen!〔小心！〕| Still gestanden!〔立正！〕| "Wohl auf, kameraden, auf's pferd, auf's pferd, In's feld, in die freiheit gezogen!" (Schiller)〔來吧，同志們，上馬，上馬，/ 奔向戰場，奔向自由！〕── 換句話說，祈使和請求不是可以互換的，也不是兩個範圍相等的名辭。

也不可以說，祈使法的唯一用途就是表示請求；它時常也表示「許可」，而許可不等於請求，因為它並未要求聽者做任何事。不過，「許可」也有其他的表現方式，比如表示許可的祈使句Take that (if you like)! 下列各種方式亦皆可表示「許可」：

> I allow you to take that.〔我允許你拿它。〕
> You may take that.〔你可以拿它。〕
> I have no objection to your taking that.〔我不反對...〕
> I don't mind if you take that.〔我無所謂...〕

關於禁止 = 否定命令或許可的關係，參第24章。

莎劇 "Hamlet" 對於祈使句有另一用法："Vse euerie man after his desart, and who should scape whipping" ── 前半句並非表示真正的請求， 後半也不是一個真正的疑問句； 它們聯合起來的意思是 "If we used every man after his desert, no one would escape punishment"〔如果每一個人都照他的功過來定待遇，沒有人會逃過懲罰〕。其他例子：Spoil foc's'le hands, make devils (Stevenson)

〔寵信船首水手，會壞事的〕｜ Give *you* women but rope enough,
you'll do your own business (Richardson)〔大意：任其自作自受，
自有報應，你不必多費心〕，用 you 作間接賓語，可以證明，說者並未
要求聽者做任何事情。

由於英語的祈使法並沒有特別的字尾，也許有人會懷疑這些動詞是
否可能爲不定詞（惟是何用法？）。可是，別的語言有對應的例子，很清
楚地顯示它們是祈使法，例如：

德　語　*Sage* das, und du wirst [so wirst du] verhöhnt.
　　　　〔說出來，你就會被人笑。〕

丹麥語　*Tag* hatten op eller *lad* den ligge, i begge tilfælde
　　　　får du prygl.〔拿起帽子或不去動它，你都會遭鞭打。〕

法　語　*Obligez* cent fois, *refusez* une, on ne se souviendra
　　　　que du refus.〔幫忙一百次，拒絕一次，人就只記得那一
　　　　次拒絕。〕

拉丁語　Scaevae vivacem *crede* nepoti Matrem: nil faciet
　　　　sceleris pia dextera.(Horace)〔相信你的老母親，
　　　　她不會做對於後代不利的事情。〕

希臘語　*Dos* moi pou stō, kai tēn gēn kinēsō.
　　　　〔給我立足之地，我就轉動大地給你瞧。〕

因爲祈使法在這些句中的功能是表示條件，所以它們能跟過去式連
用是很合理的，如 "*Give* him time, and he *was* generally equal to
the demands of suburban customers; *hurry* or *interrupt* him, and
he *showed* himself anything but the man for a crisis" (Gissing)
〔只要給他時間，一般說來，他有能力應付郊區的顧客；若被催迫或中
途打斷，他就變成一個完全不能應付危機的人〕。我們也發現完成式的

祈使句，如法語 "soyez bon, pitoyable,intelligent,*ayez souffert* mille morts: vous ne sentirez pas la douleur de votre ami qui a mal aux dents" (Rolland)〔做一個善良、有同情心、有頭腦的人，即使你曾遭受過千百次要死的痛苦，你也不能體會你正患牙痛的朋友的痛苦〕。還有位於從屬子句中間的祈使句，如 "Darwin tells us how little curly worms, only *give* them time enough, will cover with earth even the larger kind of stones" (Birrell)〔達爾文告訴我們，小小的捲蟲，只要給它們足夠的時間，甚至會將巨大的石頭蓋滿泥土〕| "an Alpine Avalanche; which once *stir* it, will spread" (Carlyle)〔阿爾卑斯山似的雪崩；一旦攪動了它，就會四面八方滾滾而來〕| "I thought that, *take* them all round, I had never seen their equals" (Butler)〔我想，把他們整個加起來，我絕未見過他們的對手〕。

　　這種用法可以稱爲想像的祈使法 <註3>，它可以幫助我們解釋爲什麼有些祈使法動詞，後來變成介系詞或連接詞了，如 "When you feel that, *bar* accidents, the worst is over" (Quiller-Couch)〔當你感覺到，如果沒有意外，最壞的狀況業已過去〕| "I am not in the habit of beating women at any time, *let alone* at a lunch party" (Hope)〔我任何時候都沒有打女人的習慣，何況是大家在一起吃午餐的時候〕| *Suppose* he were to come, what then? (丹麥語：Sæt han kom, hvad så?)〔假使他果然來，將怎樣？〕

23.3　直敍法與假設法 (Indicative & Subjunctive)

　　提到假設法，不禁令我們首先想起一些無謂的麻煩說法，比如某些人竟然把 "助動詞 + 動詞" 的結合（如 may he come | he may come | if he should come | he would come）當做動詞come 的假使法（或相當

於假設法的形式）看待。假使我們只以英語為對象，完全用不著這種說法，其所以有此說法，只因為上述的結合，有些情形剛好可以用來翻譯德語或拉丁語的假設法，正如同把'to the boy'稱為「與格」一般。同樣，將'God bless you'〔上帝賜福與你〕中的 bless 稱為「祈願法」(optative)，也是錯誤的，雖則同一的形式在 if he bless you 之中，我們的確稱為假設法；「祈願法」這個名稱，只可用於具有獨特的祈願形式的語言，如希臘語——當然，即使在希臘語，所謂「祈願法」的用途，也並非唯一表示願望，它還有別的意義。一套精確的術語是不可或缺的條件，如果我們要想理解語法上的諸般現象。<註4>

　　本人以上所陳的觀點，與Sonnenschein教授恰恰相反。雖然我反對他關於「敘法」的論點，基本上跟我反對他關於「格位」的論點是相同的，不過我覺得仍有必要，把他關於「敘法」的論點略予介紹，以明其思想的矛盾和困難之處。他說，「敘法」一辭不可認為係指字形的曲折變化。這樣的定義，無論對於任何語言的「敘法」系統，都會造成天下大亂；例如拉丁語的regam (< rego〔統治〕)和rexerit (< rego)跟德語的liebte (< lieben〔愛〕) <註5> 皆是直敘法和假設法同形；拉丁語含接尾語-ere 的字，可為祈使法或直敘法或不定法。—— 我的回答當然是，我們必須承認拉丁語的各種「敘法」，乃因為大多數的形式都區別得很清楚：rego, regis, rexert, rexeras <註6>，還有無數的形式只可能各表一種敘法。至於模稜兩可的形式，只需要參酌上下文，換上另一個動詞，或同一動詞的另一人稱，便很容易決定它們是何種「敘法」。 比如德語的 liebte，如果在某句中可換上 hatte，它就是直敘法，如果需換上hätte，它就是假設法。<註7>

　　依照S.教授的意見，「敘法」乃指「意義」的範疇，而非形式。直敘法講的是實在的事象 (S. § 211)。 可是，如果我說 "Twice four is seven"〔四乘二等於七〕，我用的是直敘法，但所表現的與事實相反。

這個例子也許讓人覺得是吹毛求疵，因為S.教授的意思很明顯說的是，直敘法的用途，在於將某事象「視為事實」；然而縱然就此解釋而言，也並非無懈可擊，請看較常見於條件句中的直敘法：if he *is* ill〔如果他有病〕，及用於 wish 之後者：I wish he *wasn't* ill〔我真願他沒有生病〕。

其次，S.教授明白地告訴我們，假設法的意義十分不同於直敘法（§214），然而他在§315又說，Take care that you are not caught 其中的直敘法係 "用以表示假設的意義"。類此的矛盾說詞其他尚有多處：比如在§219，S.教授就承認，下面 Kipling 作品中的假設法（come, fall）即可能以直敘法（comest, falls）代之：

> stint not to ride,
> Until thou *come* to fair Tweedside
> 〔盡量多多騎馬，在你到達美麗的T.鎮之前...〕

> Who stands, if freedom *fall*? (Kipling)
> 〔假若自由倒下，誰還能站著？〕

不過他又說，"這些現在式直敘法乃用於一種特別的意義；它們事實上等於假設法"。同樣，在§234又說，"過去式直敘法有時用於as if之後，但其意義恆為過去式假設法。" 然而，依照S.教授的定義，敘法的分類既然是以意義為標準，那末，一個簡單的推論：這種直敘法豈不就 "是" 假設法！反轉過來，在§303的附註中S.教授又說，像這個例子："when I ask her if she *love* me"〔當我問她是否愛我〕，假設法和直敘法並沒有明顯的意義上的差別。再根據§219所說，現在式直敘法不可用在表示即將行事的名詞子句中。我們採用他的原例："give the order that every soldier is to kill his prisoners"〔下令每個士兵都要殺掉他的俘虜〕，我們不禁要問，to kill 之前的這個"is"到底

是直敘法還是假設法？用心的學生如何能在這樣一片紛亂的草叢中找到出路？<註8>

即使我們接受意義決定一切的立場，我們也難理解S.教授下面這些話（§215）的邏輯："為什麼假設法現在不及過去常用，原因是我們已經習慣用別的方法來表示假設的意義，尤多見者以助動詞shall和may結合不定詞來替代假設法。" 又如§219："如果說假設法實際上已自現代英語中消失，那是錯誤的... 但於§215所說與之相等的表現法比較更為普通，那倒是真的。" 這裡所說的假設法必然指的是"形式"，否則全文便沒有意義。

S.教授雖然說假設法的意義跟直敘法不同，卻從來沒有告訴我們他所謂的意義到底是什麼（除了對於假設法某些特殊用法的意義曾有所說明以外）。 即令將範圍限於任一亞利安語，要想為假設法找到一條能夠涵蓋所有用法的綜合公式，都是不可能的，更何況欲包括所有的亞利安語。 一個最接近萬全的名稱是「想像敘法」（thought-mood）<註9>，或者更妥當一點，「非斷定敘法」(non-committal mood)(Sheffield, 1912:123)，以避免斷然直接的陳述： 對於任何事象的真實性，抱持幾分猶豫或可疑性或不確定感，然而，即使如此含糊的定義，也並非萬無一失，因為所謂假設法所表示的，有時候"斷然"是想像的或非真實性的，如德語 Wäre ich doch reich!〔我若是有錢就好了！〕，有時候卻"斷然"是真實的，如法語 Je suis heureux que tu sois venu〔我真高興你來了〕<註10>。歷史的真相似乎是這樣的，假設法的意義在最初是很模糊的，可用以表示各種各樣的情況，相對於直敘法而言，只要這情況在邏輯上或概念上具有某種不確定性；同時，每一種語言又循著各自獨立的發展，有時將其適用範圍限嚴一點，有時予以放寬一點，尤多見於從屬子句。由於假設法的意義並不明確，促成了「現在的假設」轉變為「未來的直敘」（如拉丁語帶-am的形式）， 及強變化動詞的第二人稱單數,由假設法延伸爲直敘法,如古英語 wære (=were)。 有些情形使這兩種敘法匯合的原因,可能是由於 "形式" 的融合,不過除了這種情形,許多語言都有強大的排斥假設法的傾向。在丹麥語和俄語,只有少數零星的殘餘<註11>;英語的假設法,自從古英語時代以來就一直在衰退中,雖然到了十九世紀中葉,在一些文學作品中又復興了它的一部分用法。在羅曼語系諸語中,假設法的應用範圍已不如拉丁語廣泛,最顯著的例子便是法語的條件句,如 s'il était riche il payerait〔如果他富有,他會付的〕,其中 payerait (=should pay) 乃起源於拉丁語的直敘法 pacare habebat。 假使當初直敘法絕對表示事實,假設法絕對表示想像,今天也不會有如此廣泛的排斥假設法的運動。一個比較接近實際現象的說法是,直敘法表示沒有特別理由作相反的想法,假設法則隨不同的語言,應付某些特殊的需要。唯有如此,我們才能交代清楚,爲什麼在說話時每每感到猶豫,到底是用 if he comes, 還是用 come;(德語) 到底是用 damit er kommen kann (='can'),還是用 könne (='could');法語 s'il vient et qu'il dise〔如果他來了並且說話〕,在同一句中隨意使用兩種敘法(vient 爲直敘法,dise 爲假設法) 不影響意義。下面就英、法、德三種語言任舉若干例子,以說明它們在敘法使用上的分歧:

假設法	直敘法
1) (英)if he *be* ill 〔如果他病了〕	(英)if he *is* ill; (法)s'il *est* malade; (德)wenn er krank *ist*.
2) (英)if he *were* ill; (德)wenn er krank *wäre*	(英)if he *was* ill; (法)s'il *était* malade.

假設法	直敘法
3) (德)Sie glaubt, er wäre krank. 〔她相信他病了〕	(德)Sie glaubt, dass er krank ist; (英)She believes he is ill; (法)Elle croit qu'il est malade.
4) (德)Sie glaubt nicht, er wäre krank; (法)Elle ne croit pas qu'il soit malade	(英)She does not believe that he is ill. 〔她不相信他病了〕
5) (德)Damit wären wir fertig 〔希望我們已結束了〕	I hope we are through now; (法)Espérons que c'est fini.
6) (法)le premier qui soit arrivé 〔第一個到達的人〕	(英)the first who has arrived; (德)der erste, der angekommen ist.
7) (法)Je cherche un homme qui puisse me le dire〔我正在尋找一位能告訴我此事的人〕	(英)I am looking for a man who can tell me that;(德)Ich suche einen mann, der mir das sagen kann [könnte].
8) (法)quoiqu'il soit réellement riche 〔雖然他眞正很有錢〕	(英)though he is really rich; (德)obgleich er wirklich reich ist.

　　關於「敍法」的用法，雖然有這麼多分歧的現象，但就西歐語言而言，也有一些共同的趨勢。「直敍法」一般說來多用於關係子句，及表示時間或地點的子句(如以where, when, while導引者)，除非暗示含有

某種意圖(intention)的意味，或表明為他人(非說話者本人)的思想。
在條件句中，假使含有「不可能」的意思，那末，大多數需用假設法，
如表示拒絕或與事實相反的子句；不過英語即使在這種情形下，也傾向
於排斥假設法。令人感到猶豫的時候是，一方面雖然承認其可能性，但
另一方面卻 "抱持小心的態度，不願對於所言的真實性或能否實現，明
確表示負責" (NED)。 最後，假使兩個子句的內容，皆沒有條件性，而
是同等的真實，那末就需要用直敘法，如："If he was rich, he was
open-handed, too"〔他既有錢，也很大方〕， 這句話的意思就是說，
他兩樣都是，雖然這兩件事並不一定有連帶關係；而該句所用的條件句
型可以這麼解釋："If you admit that he was rich, you must also
admit that he was open-handed"〔如果你承認他很有錢，他也必須承
認他很大方〕；參 She is fifty if she is a day <註12>〔她的確有
五十歲，一天也不少〕。同樣的道理也適用於表示讓步 (concession)
的子句，如 though he were [was, be, is]。

23.4 概念上的敘法 (Notional Moods)

有沒有可能將所有的「敘法」，置於一個在邏輯上統一的系統呢？
這個問題在一百多年前， 就有語法家先後根據伍爾夫 (Wolff) 及康德
(Kant) 的哲學， 試圖尋求它的答案。 伍爾夫在他的「本體論」(On-
tology) 裡面列出三個範疇，即可能性 (possibility)，必要性 (ne-
cessity)，和偶然性(contingency)，康德在「情態」(modality) 項下
也列出三個範疇，即可能性，存在性(existence)，和必要性； 然後赫
爾曼 (G. Hermann) 又予以仔細劃分為：客觀的可能性(接續法)，主觀
的可能性(願望法)，客觀的必要性(希臘語以 -teos 為接尾的動詞性形
容詞)，主觀的必要性(祈使法)。 關於這些論調的後續發展，在這裡不
需要浪費筆墨(請參W.G. Hale, 1904有詳論)。

最近，Deutschbein (1917:113ff.) 發表了一個大致類似的系統。其主要的分類為：

I. 思考法 (Kogitativus)

II. 願望法 (Optativus)

III. 意志法 (Voluntativus)

IV. 期待法 (Expectativus)

每一大類又分為四小類，分別以形似數學的公式 1, 0, <1, 和 >1, 代表之。這些數字的意義，表示純想像或「願望」(Wish)與真實性或「實現性」(Realisierungsmöglichkeit) 之間的比率。例如(德語)"Lebte mein vater doch"〔願我的父親還活著〕，其中「願望」(W) 和「實現性」(R)之間的比值 =0，雖則數學家或許會說它 =∞，因為 R = 0。撇開這些奇怪的算術不談，考其實際的意義很顯然，>1 代表必要性，1代表真實性，<1 代表可能性，0 代表非真實性或不可能性。 如此說來，D.氏的見解還算有點道理，不過我本人的三分法，即必要性、可能性、和非可能性，在邏輯上仍似乎略勝一籌，因為真實性和非真實性，實在屬於其他的領域，與「必要」和「可能」並非同類的概念。

甚至D.氏的體系也並非包羅無遺，他對於語法的和概念的範疇，並未嚴格地區別清楚。在研究過各種語言的動詞敘法和助動詞用法以後，作為一個初步的純粹概念主義的體系，我們或許可以提出像下面這樣一個列單，雖然我並不能標榜它有任何了不起的重要性。各範疇之間常互相重疊，某些用語也不見得完全沒有爭議，對條件法和讓步法的列入，也讓人有產生疑慮之虞。在列單末尾或許還應該加入「附屬法」(Subordinative)。

I. 含有意志成分者：

命令 (Jussive)： Go.

強制 (Compulsive)： He has to go.

義務 (Obligative)： He ought to go ｜ We should go.

勸告 (Advisory)： You should go.

懇求 (Precative)： Go, please.

勸告 (Hortative)： Let us go.

許可 (Permissive)： You may go if you like.

承諾 (Promissive)： I will go ｜ It shall be done.

(可實現的)願望 (Optative)： May he be still alive!

(不可實現的)願望(Desiderative)： Would he were still alive!

意向 (Intentional)： in order that he may go.

2. 不含意志成分者：

必然 (Apodictive)： Twice two must be [is necessarily] four.

當然 (Necessitative)：He must be rich (or he could not spend so much).

斷言 (Assertive)： He is rich.

推斷 (Presumptive)： He is probably rich; he would [will] know.

可疑 (Dubitative)： He may be [is perhaps] rich.

可能 (Potential)： He can speak.

條件 (Conditional)： if he is rich.

假設 (Hypothetical)： if he were rich.

讓步 (Concessional)： though he is rich.

　　每一範疇在實際的語言裡，除了已經提到的以外，皆可有許多種不同的表現法。一旦跳出動詞形式這一塊安全土，我們就會發現，每一語言都有多種多樣的所謂「敘法」。<註13>

◎ 第 23章 附 註 ◎

1. 比如法語：ma femme veut que je lui *obéisse*〔我妻希望我聽從她〕｜ ma femme ne croit pas qu'il *vienne*〔我妻不相信他會來〕，其中的假設法(動詞)很明顯並不表示「說話者」的心態。

2. 愛斯基摩語(Eskimo) 常用未來式表示祈使的意思： torqorumâr-parse =（德語）ihr werdet es aufheben = hebt es auf! (Kleinschmidt: Gramm. d. Grönl. spr. 69)〔請把它舉起來〕。我舉此例的緣故是，因爲 E. Lerch 最近根據法語類似的現象，對於法國人的性格，作出了影響深遠的結論，其所根據的法語實例是 tu le feras = fais-le (='do it')，所下的結論是："命令未來式之高壓統制的性格" (den herrschsüchtigen, tyrannischen charakter des heischefuturums)。 格林蘭人(Greenlander)在精神上或許比任何民族都少有統制他人的性格。

3. 也許可以說它的對象不是「第二人稱」(聽者)，而是「概括人稱」(generic person)，參本書第16章。

4. 有些舊比較語法家指出，哥頓語系的所謂假設法，亦應稱爲「祈願法」，因其形式在語源上相當於希臘語的祈願法。

5. 拉丁語 regam 係rego 之直敘法未來第一人稱單數及假設法現在第一人稱單數；rexerit 係 rego 之直敘法未來完成第三人稱單數及假設法完成第三人稱單數；德語(規則動詞)的假設法與直敘法過去式同形，故 liebte 同時爲 lieben 之假設法及直敘法(過去)第一和第三人稱單數形──譯者註。

6. rego：直敘法現在第一人稱單數； regis：直敘法現在第二人稱單數；rexero：直敘法未來完成第一人稱單數； rexeras：直敘法過去完成第二人稱單數──譯者註。

7. Sonnenschein教授繼續說："英語的假設法,如果能確切地了解,對於其他語言之「敘法」的用法,是一個極佳的指引。"跟他關於「格位」所作同樣錯誤的教導(參§13.1末段)!熟習S.教授關於英語條件句之繁雜糾結的規則後,"只需要告訴"學生,拉丁語和德語的「敘法」皆同此──把學生送入了歧途,至少有某些情形!

8. 關於此例"I am glad that he should be here"〔我很高興他會來這兒〕中的 "should be", S.教授在§299稱之爲「同假設法」(subjunctive-equivalent),而在§475卻又說,它"差不多等於直敘法的一個時式"。

9. 依據Noreen (1903: 5.131),該連接語(conjunctive)表示假想的意念(但除去許可)和願望(但除去希望);作爲一種特別的敘法,他用的名辭是「祈願法」。所說重點何在,實在看不明白。

10. Sweet也說 (FSt,§96):"假設法有時被'不合邏輯地'用以敘述事實。他的例子引自 Beowulf 696: Gespræc þa se goda gylp-worda sum, Beowulf Geata, ær he on bed *stige*〔在他上床就寢之前,說了一些得意的話〕。

11. 俄語的by (或b) 已不再能稱爲一個動詞:它用以加在其他的字(如što='that', jesli='if')或動詞之後,如:jesli b ja znal 或 znal by ja (='if I knew', 'if I had known')。

12. 右列句子裡面實在不含條件的意味: "If he was successful it was because the whole situation helped him"〔如果說到他成功的話,那是因爲大環境幫了他的忙〕;另一方面請參眞正的條件句:"If he were successful in that matter, he would go on in the same way"〔這件事如果他眞的成功了,他會如法炮製繼續幹下去的〕。

13. 人造世界語Esperanto和Ido,很高明地,除直敘法以外,只許可有另兩種「敘法」，即所謂「不可實現的願望法」(desiderative)，和條件法，前者在Esperanto 的字尾是-u, 在 Ido 的字尾是-ez, 如 venez (='come'), il venez (='let him come'), por ke il venez (='in order that he may come')； 條件法的字尾是-us，如 se il venus, me pagus (='if he came, I should pay')。 除此之外，則用助動詞或副詞:mustas (='must'), povas (='can'), forsan (='perhaps')。

第24章 否 定 法

24.1 矛盾與相反 (Contradictory & Contrary)

邏輯學者區分矛盾詞 (如white：not-white│rich：not-rich) 和相反詞 (如white：black│rich：poor)。 兩個矛盾詞合起來構成世間一切事物，排除任何中間性詞語；而兩個相反詞卻可以容許一個以上中間性詞語。矛盾詞在一般語言用衍生字，如 unhappy〔不快樂〕, impossible〔不可能〕, disorder〔無秩序〕，或含not 的複合詞。另一方面，常用根本不同的字，來表達使用最頻繁的相反詞，如 young〔年輕〕：old〔年老〕│ good〔好〕：bad〔壞〕│ big〔大〕： small〔小〕等。中間的程度，可用否定的方式表達，如neither young nor old〔既不年輕也不算老〕，也可用特別的字來表達，如 indifferent〔不好不壞，無所謂(較晚近產生的新義)〕，有時甚至用一長串的字，各字的意義之間不免有部分重疊，如： (sweltering) hot 〔暑熱〕, warm〔溫暖〕, tepid〔微溫〕, lukewarm〔溫溫〕, mild〔溫和〕, fresh〔清涼〕, cool〔涼爽〕, chilly〔頗涼〕, cold〔冷〕, frosty〔寒〕, icy〔寒冷〕；以上靠前端的字和靠後尾的字，固然可視為一定程度的相反詞，但並不可能在其間畫一條線，把它們乾脆地截成兩半。

假設我們拿下面(a), (b) 兩個簡單的句子為例，在我看來，它們是兩個相反句，非矛盾句，因為它們容許有中間程度的(c), (d), 或(e)，若再加細分，應該還有(f)或(g)。

(a) John is rich〔約翰富有〕.

(b) John is not rich〔約翰並非富有〕.

(c) Perhaps John is rich〔約翰或許富有〕.

(d) He may be rich〔他也許富有〕.

(e) He is possibly rich〔他可能富有〕.

(f) John is probably rich〔約翰或許富有〕.

(g) No doubt John is rich〔約翰無疑富有——"no doubt" 在
實際日常說話中並非指絕對的無疑〕.

因此，我們可以成立一個三切分理論：

A. 肯定 (Positive)

B. 有疑問 (Questionable)

C. 否定 (Negative)

其中 A 和 C 是絕對的， 含有確定性 (certainty)， B 暗示不確定性
(uncertainty)，就此而言，B 乃是其次兩肯定句的對應否定： It is
certain that he is rich〔他確定富有〕| It is certain that he
is not rich〔他確定不富有〕。

可能使邏輯學者感到吃驚的是，我把"John is rich"和 "John is
not rich" 兩個句子看做是相反句，而非矛盾句，不過我希望他聽了我
的解釋，就會感到釋然。雖說rich跟not rich很明顯地互為矛盾詞，不
容許有中間性詞語，然而我所提議的三切分理論，僅指說話者的態度，
把 John 歸入"rich"一類，或"not rich"一類，二者之一。三切分理論
能幫助我們理解有關疑問句的某些現象，因為疑問句屬於上述的B 項，
加上對聽者即予回答的要求，以釋問句中的疑點。因此在提出疑問時，
用肯定的方式或否定的方式，就不甚重要了："Is John rich?" 或"Is
John not rich?" 意義是完全相同的， 因為實質的問題是二面的， 即
"Is John rich, or is he not?" (參§22.2)。同理，在向他人奉一杯
啤酒時，我們可以說下面的 (a) 句，也可以說 (b) 句。肯定或否定，在
這裡意義是相同的，恰如 (c) 和 (d) 的同義關係。

(a) Will you have a glass of beer?

(b) Won't you have a glass of beer?

(c) Perhaps he is rich.

(d) Perhaps he is not rich.

以上關於疑問句的討論，僅適用於不帶感情色彩的疑問句；如果以表示驚愕的口吻來說，上面 (a),(b) 兩句就有顯著的差別了：這時 (e) (=a) 句的實質意義就等於 (f)，而 (b) 句的意義則與 (f) 相反。

(e) Will you (really) have a glass of beer?

〔你(眞的)要啤酒嗎？〕

(f) I am surprised at your wanting a glass of beer.

〔我很驚訝你會想要啤酒。〕

英語如果說 "Won't you pass me the salt?"〔你不要把鹽瓶遞給我嗎？〕是很不禮貌的，因爲它暗示對方不願意，而在丹麥語：(g)(肯定)普通表示命令，(h)(否定)表示客氣的請求，等於英語 "Would you mind passing the salt?"〔麻煩你遞一下鹽瓶好嗎？〕。

(g) (丹) Vil De række mig saltet?

(='Will you pass me the salt?')

(h) (丹) Vil De ikke række mig saltet?

(='Will you not pass me the salt?')

一位荷蘭女士曾告訴我，她在哥本哈根一家公寓宿舍的經驗，當她初聽到像 (h) 這樣的否定問句，使她大吃一驚，因她以爲是請她不要遞鹽瓶過去。往往某一特殊的問句方式，也會暗示某種回答的方式，尤以墜問句 (tag-questions)爲然，如 "He is rich, isn't he?"〔他很富有，對不對？〕｜"He isn't rich, is he?"〔他並不富有，對不對？〕。 是故疑問句也常意味反面的斷言，如 "Am I my brother's keeper?" = 'I am not'〔我是我兄弟的監護人嗎？＝我不是〕｜"Isn't that nice?" ='It is very nice'〔這豈不很好？＝很好〕。

由於許多感歎句係來自疑問句，現在我們也可以明白，爲什麼在感歎句中有沒有not都不影響句意，如How often have I (not) watched him!〔我經常經常監視著他呀！〕

24.2 三切分法 (Some Tripartitions)

本節必須討論一些，無論對於語言學家或邏輯學者，都是非常非常重要的詞彙，即表兩（絕對）極端的all 和nothing，及表中道的 something。設兩極端爲 A 和 C，中道爲 B，茲依最自然的遞降方式，排列如下：

> A. everything, all, everybody〔一切，所有，人人〕：
>   [例] all girls, all the money.
> B. something, some, somebody〔一些，若干，某人〕：
>   [例] some girls, a girl, some money.
> C. nothing, none, nobody〔空物，烏有，無人〕：
>   [例] no girl(s), no money.

● 副詞亦然：

> A. always, everywhere〔永遠，處處〕
> B. sometimes, somewhere〔有時，某處〕
> C. never, nowhere〔永不，無處〕

請注意，這裡的some (something等)指的是平常說話的平常意義，非邏輯學者所賦予的意義——指爲no (nothing)的正面對應詞——故可能包括 all 在內。<註1> 中間B當然尚可容有許多小分類，茲舉部分在語言實用上具有特別價值者如下：

B-1: many (girls)　　much (money)　　very sorry

B-2: a few (girls)　　a little (money)　　a little sorry

B-3: few (girls)　　　little (money)　　little sorry

B-1接近A (all)；B-3接近 C (none)，並且在許多場合甚至可能被視爲含有否定的態度，而非肯定的態度；尤以副詞little爲然，例如："They *little* think what mischief is in hand" (Byron)〔他們一點也想不到，(有人)在搞什麼鬼〕。 藉一個不定冠詞將 B-2,B-3 區別開來，實在是一件很奧妙的事，且不限於英語，參法語un peu，義大利語及西班牙語un poco，德語ein wenig。這其間的區別，請看莎翁怎樣巧妙地運用： "When he is best, he is *a little* worse than a man, and when he is worst, he is *little* better than a beast"〔他在最好的時候，比一個人還稍差一點，最壞的時候比畜牲好不了多少〕。B-3(少) 感覺與B-1(多) 相反，然而 B-2(有一些) 卻跟 C(無) 相反；參 *Few* of the passengers survived〔旅客幾乎無人存活〕｜ *A few* of the passengers survived〔旅客有數人存活〕。

　　請考慮下面這一組三切分關係：

　　A. 必然性 (Necessity)

　　B. 可能性 (Possibility)

　　C. 不可能性 (Impossibility)

它實不過上一組三切分關係的一特殊情形，因爲必然性意味包括「所有的」可能性，而不可能性當然意味「排除」所有的可能性。動詞方面的三切分對應類別是這樣的：

　　A. 必定 (must 或 need)

　　B. 可能 (can 或 may)

　　C. 不能 (cannot)

如果加入意志的成分，且對他人而言，那末上面這三個範疇結果就
變成爲：

A. 命令 (Command)

B. 許可 (Persission)

C. 禁止 (Prohibition)

用相關的動詞來表示，它們便是：

A. You must

B. You may

C. You must not ("may not" 討論見下)

祈使句 (如 Take that!) 的意義可以是 A，也可以是B (參 § 23.2
關於「請求句」之討論)。

24.3 「否定」的意義 (Meaning of Negation)

欲深入探究「否定」的意義，第一要務就是，認清語言學上的「否
定」並不等於數學上的「否定」：比如 -4 的意義，並非指一切不同於
+4 之數字，而指的是在 0 之下的一「點」，其與0 之距離，恰如4 在0
之上與0 之距離。語言學上的「否定」，恰相反，它將相反者轉變爲互
相矛盾，至少在理論上可以這麼說，因爲實際上仔細研究起來，這條規
則還需要相當大的修正；爲了明白起見，請牢牢記住上面所說的A,B,C
三切分系統，這個系統會是很有用的。我們首先來談談B 的範疇：既非
全部，亦非全無。

在所有的 (或大多數的) 語言中，一般而言，"not X" 的意思等於
"less than X"，換句話說，就是介於 X 和 nothing 之間。比如 not
good〔不好〕意思是 inferior〔低劣〕， 但並不包括 excellent〔極
佳〕；not lukewarm〔不溫〕指比lukewarm 較低的溫度，大約在luke-

warm 與 icy〔寒冷〕之間，而非 lukewarm 與 hot〔熱〕之間。 這一點在涉及數量的場合，尤爲明顯，例如：

> He does not read *three* books in a year.
>
> 〔他一年讀不超過三本書。〕
>
> The hill is not *two hundred* feet high.
>
> 〔這座山不超過二百呎高。〕
>
> His income is not £200 a year.
>
> 〔他的收入一年不超過二百鎊。〕
>
> He does not see her *once* in a week.
>
> 〔他一個禮拜見不到她一次。〕
>
> The bottle is not *half* full.
>
> 〔瓶子裡裝的(水)不到半瓶。〕

以上的 "not X" (數量)都等於 "less than X"。因此，"not one" 在許多語言中很自然地就轉變成爲 "none" 的意思，如古英語 nan = ne-an，然後演變成爲現代的 none, no；又如古諾斯語 eingi，德語 k-ein，法語 pas un bruit, 等。

　　但有一個例外的情形就是，假使 not 後面的形容詞，用特強音調說出(表示相反的意思)，並且後面常必跟有一個較爲精確的說法，那末這時的 "not X" 意思便可能等於 "more than X"，如：not *lukewarm*, but really hot〔不是溫熱，而是眞正的熱〕｜ his income is not *two hundred* a year, but at least three hundred〔他的收入不是二百一年，至少三百〕｜ not *once*, but two or three times〔不是一次，而是兩三次〕等。 請注意 "not once or twice" 意思就是 "好幾次"，如 Tennyson 的詩句：*Not once or twice* in our fair island-story, The Path of duty was the way to glory.〔有好幾次，在我們美麗的

島國歷史上，／責任之道即是通往光榮之路。〕

　　"Not above 30" 意指30 或less than 30。 "No more than" 一般指 as little as; "no less than" 指 as much as, 例如 （蕭伯納）: the rank and file of doctors are *no more* scientific *than* their tailors; or their tailors are *no less* scientific *than* they〔一般普通的醫生，並不比他們的裁縫師傅更科學化；或者說他們的裁縫師傅也跟他們一樣的科學化〕； 注意no 跟not 在下列詞語裡面的區別。(c) 句暗示驚訝所付的錢數 (20鎊)太大，(d) 句表示對於所付的確實數字並無把握，但至少是20鎊 （參拙著MEG II, 16.84）。

　　(a) no more than three (='three only')

　　(b) not more than three (='three at most')

　　(c) He paid *no less than* twenty pounds.

　　　　〔他付了不下20 鎊——正是20 鎊。〕

　　(d) He paid *not less than* twenty pounds.

　　　　〔他付了不少於20 鎊——至少20 鎊。〕

拉丁語表示平級的比較，喜用non magis quam (='not more than') 或 non minus quam (='not less than')，當然用於不同的場合： Cæsar *non minus* operibus pacis florebat *quam* rebus in bello gestis〔凱撒的和平事蹟不低於他的戰功〕| Pericles *non magis* operibus pacis florebat *quam* rebus in bello gestis (Cauer) 〔白理克利斯的和平事蹟不高於他的戰功〕。

　　至於上面的B-1, B-2, B-3 三個小分類，我們發現B-1 的否定，等於B-3：not much = little; not many = few。不過B-2 的否定，幾乎與B-1 同義（或介於B-1 與B-2 之間）： not a little = much, not a few = many。B-3 正常情形不與not 連用。

其次要談的是A, C 兩個 "極端" 的範疇。一般的規則是，倘若否定詞置於首位，它就會迫使後面的形容詞拋棄其絕對值，結果得中間的程度，即 "Not A" = B，"not C" 也 = B。 另一方面，倘使形容詞置於首位，那末它的絕對值便得以保留，故而得到相反的結果："A...not" = C；"C...not" = A。

例如 (否定的A = B)：They are *not all* of them fools〔他們並非全是傻瓜〕| He is *not always* so sad〔他並非永遠如此悲傷〕| non omnis moriar (='I shall not wholly die')。

例外的是在一些文學作品中，縱然否定詞置於A-類字之後，也可達到跟 (B) 同樣的效果，如 (a), (b)，但是同一諺語，在丹麥語 (c) 和德語 (d)，仍將否定詞置於首位：

(a) 英　語 *All* that glisters is *not* gold. (Shakespeare)
　　　　〔並非所有發光之物全是金子〕

(b) 法　語 *Tout* ce qui reluit *n'est pas* or.

(c) 丹麥語 *Ikke alt* hvad der glimrer er guld.

(d) 德　語 *Nicht alles* was glänzt, is gold.

● 參英語同類的例子——

All things are lawfull vnto mee, but *all* things are
　not expedient. (Bible)〔一切對我都是可行的，
　　但並非全是有益的。〕

All is *not* lost. (Milton; Shelley)
　　〔並非一切都失去了。〕

But all men are not born to reign. (Byron)
　　〔並非所有的人都生來是統治人的。〕

"For each man kills the thing he loves,

Yet each man does not die" (Wilde)

〔每個人都殺了他的所愛，

但非每個人都死。〕

類似的例子，在世界各國的文學作品中都可以找到很多；這在心理學上很容易解釋爲兩個勢力衝突的結果，即 (1)把主語放在第一位，(2)否定詞爲動詞所吸引。Tobler (1921:1.197) 企圖從邏輯的立場支持這個說法，他說 "'gold sein'不可能做主語 'alles glänzende'的謂語"。這話是不錯的，但並未觸及問題的核心：依照詞序講，它給我們的瞭解是 C-意義 'Nothing of what glitters is gold' (或德語 'Was glänzt, ist niemals gold) 〔發光的東西沒有一樣是金子〕，而非原本所要表達的 B-意義：'Only some part of what glitters is gold' (或德語 'Was glänzt ist nicht immer gold') 〔發光的東西，只有一部分是金子；或：發光的東西不盡是金子。〕 <註2>

下列各例在否定 (C) 之前再加否定，結果 = B：

拉丁語 non-nulli = 'some'; non-nunquam = 'sometimes.'

英　語 He was *not* the eldest son of his father for

nothing〔他做他父親的長子，不是空做的〕。

It is *not* good for a man to have *no* gods.

(=it is good to have some gods.)

〔一個人心中沒有神，是不對的；有個神總是好的〕。

下列各例爲肯定 (A) 後加否定 (結果 = C)：

法　語 Tous ces gens-là ne sont pas humains (Rolland).

〔那些人都不人道。〕

英　　語　'the one [uncle] I was always going to write to.
And always didn't.' (Dickens)〔我一直要給他寫信
的叔父。又一直沒寫。〕

這種情形比較稀少，若有則否定的意義，或放在接頭語，或僅措辭暗示
而已，如： they were *all* of them *unkind; everybody* was unkind
(=nobody was kind)〔他們全都是不仁慈的〕 | he was *always un-*
kind〔他從來都沒有善心〕 | they *all failed* (=nobody succeeded)
〔他們全都失敗了 = 沒有人成功〕。

　　A-類字加否定詞，可能產生兩種不同的結果，其間的區別在習慣上
多用不同的副詞表達：

結果B：He is *not altogether* happy〔他並不十分高興〕.
　　　　（法）pas tout-à-fait = （丹）ikke helt =
　　　　（德）nicht ganz〔不盡然〕.
結果C：He is *not at all* happy (he is *not* happy *at all*)
　　　　〔他完全不幸福〕.
　　　　（法）pas du tout = （丹）slet ikke =
　　　　（德）gar nicht〔全然不〕.

　　參最近新聞報導： Germany's offer is *entirely unacceptable*
to the French and *not wholly acceptable* to the English Gov-
ernment〔德國的提議，對於法國政府是完全不能接受， 對於英國政府
也不完全能接受〕。
　　下列各例爲 C-類字後加否定詞，結果 = A：

　　　　Nobody was unkind (=everybody was kind).
　　　　〔沒有人是不仁慈的 = 人人都是仁慈的〕.

He was never unkind〔他從來沒有不仁慈過〕.

Nobody failed〔沒有人失敗〕.

這種情形用not的比較少見，像 Thackeray 的句子："Not a clerk in that house did not tremble before her" (= all the clerks trembled)〔全室的職員面對著她，沒有一個不發抖的 = 所有的人都發抖了〕，一般都認為不夠清晰而加以避免：聽者不易明瞭；但是，如果將兩否定詞分開各置於一子句中，就沒有問題了： there was *no* one present that did *not* weep〔在場者沒有人不哭〕| there is *nothing* I could *not* do for her〔沒有什麼我不能為她做的〕；參約翰生 (Johnson) 為高爾斯密 (Goldsmith) 所作的墓誌銘： Qui nullum fere scribendi genus Non tetigit, Nullum quod tetigit non ornavit (='who left scarcely any style of writing untouched, and touched nothing that he did not adorn)〔他幾乎沒有什麼文體沒嘗試過，而凡他嘗試過的文體，皆因他的生花妙筆而增色不少〕。

現在我們再回到上一節講過的三個範疇：(A)必然，(B)可能，(C)不可能。倘若加上一個否定詞，就會得到這樣的結果：not necessary (not A) =possible (B)；not impossible (not C) =possible (B)；

It is *impossible not* to see (=necessary).

　〔不可能看不見 = 必然看見。〕

No one can deny (=everyone must admit).

　〔沒有人能夠否認 = 人人必須承認。〕

Nobody need be present (=everybody may be absent).

　〔沒有人需要到 = 人人可以不到。〕

He *cannot* succeed (=he must fail).

　〔他不可能成功 = 他必然失敗。〕

拉丁語 *Non potest non* amare. 〔不可能不愛。〕

法　語 Il *ne pouvait pas ne pas* voir qu'on se moquait
　　　　de lui. 〔不可能看不到大家笑他。〕

關於(A)命令，(B)許可，和(C)禁止，這三個範疇，我們已經講過「祈使句」的意義可以屬(A)或(B)。故否定的祈使句，如 "Don't take that!"可以用作否定的命令(=禁止)，也可用作客氣的請求或勸告——"不要拿那個！" 由於這種意義的不確定，許多語言都盡量避免使用否定的祈使句。比如拉丁語僅用於詩歌，散文則用noli〔不希望，請勿〕代之，如 *Noli* me tangere〔請勿碰觸我〕，或用假設法，如 *Ne* nos *inducas* in tentationem (=lead us not into temptation) 〔不要讓我們陷入誘惑——馬太福音6章13節〕；西班牙語正規使用假設法，如 No bengas (=don't come) 〔不要來〕。丹麥語 Tag det ikke (=Take it not) 一般表示勸告，La vær å ta det; (口語)Lad være at tage det (=Refrain from taking it) 〔不可拿它〕，已成爲通常表示「禁止」的說法。其他語言表示禁止，或用特別的「命令法」(jussive)，或用不同的否定詞，如希臘語 mē 。

"May not"和"must not"皆可用以表示禁止。就前者而言，not在邏輯上屬於may，即對於「許可」的否定 (參德語du darfst nicht)，然而由於may not亦常用於其他的意義，如He may not be rich, but he is a gentleman〔他也許並不富有，但他是一位君子〕——這裡的not屬於be，即 It is possible that he is not〔他可能並不〕，又因爲 may 若用以表示禁止，在感覺上似嫌過於微弱，故一般的趨勢，越來越傾向於用較嚴厲的 must not，除非用於暗示肯定回答的疑問句 (如：Mayn't I? =I suppose I may)，或與另一個肯定的 may 有密切關係，如於答話中："May I take that?" "No, you *may not*"〔我可以拿它嗎？—— 不，你不可以〕。

　　另一方面，you *must not* take that〔你不許拿那個〕，其中的 not應屬於不定動詞，全句可理解爲一絕對的命令 (*must*)"not to take that" <註3>；但是由於普遍的趨勢是，否定詞爲助動詞所吸引，故造成常見的縮簡式"you mustn't"。 如此，在肯定句和否定句中，我們就得用不同的助動詞，如 (a),(b)。現在連must 也開始用於「墜問句」，如 (c)，雖在其他場合，仍不可以"Must I?" 取代"May I?"

(a) You *may* call me Dolly if you like; but you *mustn't* call me child (Shaw)〔你可以叫我Dolly，隨便你，但不可以叫我娃娃〕。

(b) You *mustn't* marry more than one person at a time, *may* you? (Dickens)〔你一次不可與超過一個以上的人結婚，對不對？〕

(c) I *must not* go any farther, *must* I? (G. Eliot)〔我不可再走遠一點，是嗎？〕

24.4 特定否定和離結否定 (Special & Nexal Negation)

　　我們已經談過，一個句子的意義，有時決定於否定詞的位置。大體而言，否定的概念在邏輯上，可以屬於一個單獨的字，也可屬於一個「離結」之兩部分的結合體，我稱前者爲「特定否定」(special negation)，後者爲「離結否定」(nexal negation)。 特定否定可以表現在一個否定的接頭語，如never〔從不〕，*unhappy*〔不高興〕,*disorder*〔無秩序〕，亦可以副詞 not 置於該字之前，如 not happy；有時一個單獨的字，並無任何否定的接頭語，可直接視爲含有否定的意念，如：lack (=have not), fail (=not succeed)； 當然，我們也可以說succeed〔成功〕乃是 fail〔失敗〕的否定對應詞。

　　一個「離結否定」的否定副詞，它的位置一般多靠近動詞，它的形式在許多語言都只是一個置於動詞之前的弱化 ne，或類似的小質詞，有時與動詞結合爲一體，參早期英語的 nis (=is not), nill (= will not)，現代英語利用 do 產生 does not come, doesn't come 等，除所熟知的幾個例外 (不用 do)：is not, isn't, cannot 等。

　　比如 Many of us didn't want the war〔我們很多人不想打仗〕，這是一個「離結否定」，但 Not many of us wanted the war〔我們很少人想打仗〕則是「特定否定」，這裡的 not 獨屬於 many，故使其意義轉變爲 few。

　　有許多情形，一個句子究竟是「特定否定」或「離結否定」似乎並不重要，如 she is not happy，可以分析爲「特定否定」，即 she is not-happy (=unhappy)〔她並不高興〕，或「離結否定」(全句否定)，即 she is-not [isn't] happy〔她不快樂〕；如果加入 very，二者區別立見：she is very unhappy〔她很不高興〕| she is not very happy〔她不很高興〕。

　　一般的趨勢是多用「離結否定」，縱使有某些情形，顯然「特定否定」較比更爲適切。除了在邏輯上無懈可擊者，如 (a)，我們也屢屢發現像 (b), (c) 這樣的句子。

(a) I came *not to send* peace, but a sword (Matt. 10.34).
〔我來不是爲帶平安，而是帶刀劍。〕

(b) I *don't complain* of your words, but of the tone of which they were uttered〔我並不是抱怨你所說的話，而是你說話的口氣。〕

(c) We *aren't here* to talk nonsense, but to act〔我們來這裡不是說廢話的，而是來行動的 —— 單就 "we aren't here" 這幾個字本身而言是矛盾不通的。〕

一個比較特殊的字就是because，它會造成兩個相反的意義， 比如下面 (a) 句的意義，可以是 (b)，也可以是 (c)， 雖然常由於說話者的語氣或上下文可辨別其意，請參 (d) 和 (e)：

(a) I *didn't* go *because* I was afraid.

(b) I went, but the reason was not fear.

　〔我去了，但理由是不怕——我並非是因為怕而去的。〕

(c) I did not go, and the reason for not going was fear.

　〔我沒有去，沒去的理由是怕——因害怕而未去。〕

(d) I *didn't* call *becasue* I wanted to see her (but for some other reason)〔我並非是因為想見她而去拜訪——而是為的其他理由。〕

(e) I *didn't* call *because* I wanted to avoid her.

　〔我沒有去拜訪，因為我不想見她——另一解矛盾不通。〕

在使用不定詞或類似的結構時，須弄清楚哪一個動詞被否定，就變得非常重要了；不同的語言運用各種不同的方法，以求語意明確，而免誤解。舉幾個例子就夠了：

She *did not* wish to reflect; she strongly wished *not* to reflect (Bennett)〔她不願反省；她堅持不願反省的意志〕.

Tommy deserved *not* to be hated〔T.應該不被憎恨〕.

Tommy *did not* deserve to be loved〔T.不值得被愛〕.

(Will he come?) I am afraid *not*〔(他會來嗎?)我怕不會〕.

I am *not* afraid〔我不怕〕.

(丹) prøv *ikke* på at se derhen〔勿試圖看那邊〕.

　　　prøv på *ikke* at se derhen〔試圖不看那邊〕.

（法）il *ne* tâche *pas* de regarder〔他不想法子去聽〕.

il tâche de *ne pas* regarder〔他想法子不去聽〕.

il *ne* peut *pas* entendre〔他不可以聽〕.

il peut *ne pas* entendre〔他可以不聽〕.

　　在實際語言之中，否定詞爲動詞所吸引，並非唯一的趨勢：我們也常常發現相反的情形，即將否定的概念，併入於任何容易造成否定形的字詞。在英國文學中，一般認爲 "we met *nobody*" 比口語所說的 "we didn't meet anybody"〔我們沒有遇到任何人〕較爲優雅；此外請參：This will be *no* easy matter〔這是一件不容易的事〕和 This won't be an easy matter〔這不是一件容易的事〕。有許多情形，如用 nothing 這類的字，實不及用「離結否定」較爲合理，如 She loves you so well that she has the heart to thwart you in *nothing* (Gilbert)〔她愛你至深，故而使她沒有什麼事敢違你意〕│ You need be under *no* uneasiness〔你不需要感到有什麼不安〕。在慣常的習用語當中，我們也發現這種構造：He was *no* ordinary boy〔他不是平凡的孩子〕——不作興說 He was a *not* ordinary boy。又如 You and I will go to the smoking-room, and talk about *nothing* at all subtle (=about something that is not subtle, Benson)〔你跟我一起到吸煙室去，談談絕對不是敏感的問題〕，這句話多數人或許會評爲不通。

　　如果句中同時有兩個字，對於否定詞皆具有吸引的條件，則多半爲在前的一字所併。我們可以說 *No* one ever saw him angry〔沒有人曾見過他發怒〕或 *Never* did any one see him angry，但不會說 "any one *never* saw him angry"，或 "ever did *no* one see him angry"。請參拉丁語 "*nec* auisquam" (='nor any one'), 〔非 "et *nemo*" (=and no one)〕| "*neque ullus*" (=nor any) 等。"With*out* any danger" 比 "with *no* danger"較爲人所樂用。

假使一句的主語含有否定詞，往往後一子句與之相對應的「肯定」主語，必須省略。這種情形通常是不會造成誤解的，惟有過分吹毛求疵的語法家才會在這裡面挑毛病，如下列 (a),(b)；參考 (c),(d)：

(a) *Not* one should scape, but perish by my sword (=but all perish, Marlowe)〔一人都不可逃，都必須亡在我的劍下〕.

(b) *None* of them are hurtful, but loving and holy (Bunyan) 〔他們沒有一個是害人的，都是愛人的、聖潔的〕.

(c) Don't let any of us go to bed to-night, but see the morning come (Benson)〔我們今晚任何人都不准睡覺，大家都要等到天明〕.

(d) I quite forget the details, only that I had a good deal of talk with him (Carlyle) <註4>〔我完全忘記了詳詳細的經過，只記得跟他談了很多很多〕.

24.5 雙重或累積的否定 (Double or Cumulative Negation)

語言學家，邏輯學家，和理論家之間，似乎有一點共識，那就是兩個否定應有互相抵消的作用，因爲在邏輯上，兩個否定造成一個肯定，正如同數學上 "-(-4)" = "+4" 是一個道理。是故，若有某語言或某作家，運用雙種否定作爲一種加強否定的手段，就會受到責難。如此，一位一貫的邏輯學者，當會挑剔Chaucer 的大作："He *neuere* yet *no* vileynye *ne* seyde In al his lyf unto *no* maner wight"〔他一生中對任何人等一句粗話也沒說過〕，因爲這裡是用了四個否定詞(恰爲偶數)，構成一個加強的否定，但不會挑剔古英語："*nan* man *nyste* nan þing" (=no man not-knew nothing)，因為這裡有三個否定詞，其中兩個互相抵消，尚餘一個。然而事實上，似乎沒有人如此計算累積的否定，這完全符合語言邏輯的觀點。

　　語言不是數學；　如前所述，語言裡的否定跟數學上的負號(-)不能相提並論；因此，任何比擬數學上的負負得正之說，都是站不住的。反過來說，某些語言學家對於雙重否定所提的正面論證，也不能完全令人滿意。Van Ginneken就不滿於羅曼語(Romanic) 學者所提出「半否定」(half-negation)的觀點(如法語的ne)── 此一觀點無論如何，不能解釋其他語言裡的許多實際現象。Ginneken本人的解釋是，自然語言中的否定，並不等於邏輯上的否定，它是一種「抗拒感」(feeling of re-sistance) 的表現；據他自己說，邏輯的或數學上的否定概念，亦即兩個否定互相抵消的概念，只在少數幾個文化中心地區獲得一些支持，從來沒有根植於一般人的心中。我對於這種「抗拒」觀念的基礎，也感到懷疑，比如我們對於此一簡單否定句"he does not sleep" 之「否定」的理解，它是一種「抗拒」的表現嗎？其他的學者提出「質」(quali-tative)和「量」(quantitative) 的否定，他們幻想這個區別可以得到康德之「範疇表」(table of categories) 的支持，雖則事實上，康德將所有的否定皆歸類在「質」的標題之下。總而言之，這個區別對於理解雙重否定，一點幫助也沒有。<註5>

　　語言有它自己的邏輯，這種情形正好用語言自己的邏輯來解釋。設若兩個否定詞實在指的是同一個字或概念(如特定否定)，結果毫無疑問是肯定的；此一原理可適用於所有的語言，比如像這樣的結合 ： not uncommon〔不是不普通〕｜ not infrequent〔不是不常見〕 ｜ not without some fear〔並非沒有一點恐懼〕。 不過，這兩個否定詞並未完全互相抵消，結果完全等於簡單的 common, frequent, with some fear；雙重否定的語氣永遠比較委婉，比如說 "This is not unknown

to me" 或 "I am *not ignorant* of this"〔此事我並非全無所知〕，其
眞實意義等於 "I am *to some extent* aware of it"〔我略知一二〕。
此話怎講？其心理上的理由是，通過兩個互相摧毀的否定詞，在語氣上
造成一個迴圈，削弱了聽者的判斷力，暗示說話者某種程度的猶豫，這
是不加修飾的、率直的 common 或 known 所不能表達的。　同樣的道理，
"I *don't deny* that he was angry"〔我不否認他很生氣〕其語氣比較
"I *assert* ... "〔我斷言 ... 〕要淡化許多。　參法語 "Il *n'*était
pas sans être frappé"〔他並非沒有被打〕。

　　另一方面，假使兩個(或兩個以上)否定詞，分別附屬於不同的字，
它們將不會有互相抵消的作用，因而其總的結果，大致都是否定的。這
種「累積否定」的現象，在許許多多語言都很常見。古英語和中古英語
例子極多，前已敘及，不必再贅，但伊利莎白時代比較少見；不過時至
今天，在各地方言及粗鄙英語之中仍然常見，比如從小說戲劇中代表通
俗語言的對話，我們就可以找到很多例子：　"*Nobody never* went and
hinted *no* such thing, said Peggotty" (Dickens)〔無人去過，暗示
過這種事情，P. 說〕｜　"I *can't* do *nothing* without my　staff"
(Hardy)〔沒有拐杖，我什麼事都不能做〕。　英語以外的語言，或多或
少也都有同樣的現象，例如：

中古高地德語 Nu en-kan ich *niemanne* gesagen.
　　　　　　　〔我什麼都不能說。〕
法　　語 On *ne* le voit *nulle* part.
　　　　〔沒人看見他在任何地方。〕
西班牙語 aquí *no* vienen *nunca* soldados (='here not come
　　　　　never soldiers')〔這裡從來沒有來過軍人〕。
塞爾維亞語 I *nikto* mu *ne* mogaše odgovoriti riječi (='and

　　　nobody him not could answer word') (Delbrück)
　　　〔沒有人能回答他一個字〕。

俄　語 Filipok *ničego ne* skazal (='Filipok nothing not
　　　said')〔F.什麼都沒說。〕

希臘語 Aneu toutou *oudeis* eis *ouden oudenos* an humōn *ou-*
　　　depote genoito axios (='Without this none of you
　　　would never become worthy of nothing'). (Plato)
　　　〔缺少了這一點，你們絕對沒有一個人會值什麼。〕

西歐以外的語言也有類此現象，如：馬扎兒語 semmit sem hallottam
(or) nem hallottam semmit (='nothing not I have heard')
(Szinnyei)〔我什麼都沒有聽見〕。(剛果)班圖語 Kavangidi kwandi
wawubiko, kamonanga kwandi nganziko, kaba yelanka kwa-u ko
(='not did he evil not, not feeling he no pain, not they sick
not')〔他沒有做壞事，他不感覺痛苦，他們沒有生病〕。

　　這個現象，既然如此遍及許多不同的語言，我們該如何解釋呢？我
有一點非常重要的觀察，(否則我們將不可能明白這個問題的所在)，也
就是習慣重複否定詞的語言，都是因為它們日常使用的否定詞在發音上
比較短小，如 ne 或 n- (古英語、法語、斯拉夫語)，en 或 n- (中古
德語)，ou (希臘語)，s- 或 n- (馬扎兒語)。 這些短小的否定詞都很
容易附著於各種別的字，(我們在前幾節已見過例子)，然後由於這些接
頭音或發音微弱的音節，又很容易被忽略，故使人感覺到最好在句中多
加一些否定成分，以求保險不致遭到誤解。在這種強烈的意識影響下，
說話者為了絕對保證其「否定」的語意，得到充分的表達，故在句中不
但對於動詞施以否定，同時對於其他任何方便變為否定形的字，概將之
易為否定：如此，就彷彿替整句塗上了一層「否定」的色彩，而不限於

單獨的某字而已。如果說多重否定在現代英語和德語，較從前爲少見，其理由之一或許是因爲有較成熟的not 和nicht，分別替代了短小的ne 和en <註6>；當然，學校教育的邏輯和拉丁語的影響，也幫了不少忙，最後得到同樣的結果。或許也可以說，在一稍長的句中只有獨一個否定詞，從頭至尾都需要牢牢地記住它，對於說者和聽者都是一件相當費腦筋的事，不如凡遇到方便的時候，即予一再重複「否定」的概念，俾給全句整體塗抹一層「否定」的色彩，這樣不論對於說者聽者，在記憶上便不會感覺那麼吃力了。

　　這種普見於許多語言的累積式否定，即使從邏輯的觀點看，我也不會稱之爲不合邏輯，因爲這些「否定」的成分並非加於同一個字。我的看法是，雖然獨一個否定詞就足夠了，然而兩個或三個，也不過是一種過剩現象 (redundancy)，在修辭上可說是多餘的，這一點就彷彿肯定句中過多的重複(如every and any, always and on all occasions)，佳未必佳，但也並非完全不能接受。誰也不會站在邏輯的立場，來反對這樣的結構:"I shall *never* consent, *not* under any circumstances, *not* on any condition, *neither* at home *nor* abroad" 〔我絕不會同意，在任何情形下都不會，在任何條件下也不會，在國內不會，在國外也不會〕；誠然，這裡面的否定詞皆爲句中的停頓 (也就是逗點的所在處)所隔開，故使其彷彿屬於不同的句子，然而像"He *never* said *no-thing*"〔他什麼都沒說〕，以及前面所引各種語言的例子，其中的否定詞皆屬於同一個句子。但是，怎樣算構成一句，怎樣算構成兩句，是全然不可能劃出一條界線的：比如"I cannot goe no further" (Sh.) 〔我再也不能向前走一步了〕，能靠僅僅給它加上一個逗點，就能使它變成兩句嗎："I cannot goe, no further" ？

　　還有一種必須特別處理的雙重否定，就是所謂的「再復否定」(re-sumptive negation; Delbrück's ergänzungsnegation)。 其特別常見

的結構是，在not之後跟著一組選擇性連接詞neither ... nor，或更進
一步加以限制的 "not even"，如：

> He *cannot* sleep, *neither* at night *nor* in the daytime.
> 〔他睡不著，夜晚睡不著，白天也睡不著。〕
> He *cannot* sleep, *not even* after taking an opiate.
> 〔他睡不著，甚至吃了安眠藥也睡不著〕。

比較這裡所補加的後半句："Loue *no* man in good earnest, *nor
no further* in sport *neyther*" (Sh.) 〔別眞愛上男人，也別遊戲
太過〕。 英語以外的語言亦同，如拉丁語 non ... neque ... neque
(='not ...neither ...nor')，或 non ...ne ...quidem (='not ...
not even')，希臘語 ou ...oude ...oude (='not...neither...nor')
等。像這種情形，既有neither—nor 和not even 可用，所有的語言似
乎都不排斥雙重否定，雖則嚴格的語法家對此仍有所責難。<註7>

最後談談與「再復否定」有密切關係的「並列否定」(paratactic
negation)：即主要動詞(如deny, forbid, hinder, doubt) 雖已間接
顯示否定的意義，卻在賓語子句中再加一否定詞，彷彿將此子句視爲一
獨立子句，或者將主要動詞當成與deny等相對的肯定動詞。如 "First
he *deni'de* you had in him *no* right" (Sh.) 〔他起初否認你在他身
上有權〕| What *hinders* in your own instance that you do *not*
return to those habits (Lamb)〔以你本人爲例， 是什麼阻擋了你，
使你不會拾起那些老習慣？〕各位都知道，這種否定法在某些語言，已
發展成爲定規， 如拉丁語有專用於「並列否定」的否定詞 ne, quin,
quominus, 法語也有ne，不過後者在現代法語，跟放在其他位置的 ne
一樣，有逐漸消失的傾向。我們認爲「並列否定」也是一種過剩現象，
或者說是過度的強調，而非違背理性或缺乏邏輯。

24.6 否定詞的演進史 (History of Negatives)

「否定」的表現法，在若干熟知的西歐語言裡，自古即呈現一種奇怪的波狀現象。否定副詞往往先經弱化，因為句中為了表示對比，必須特別強調另外的字。但是，當否定詞逐漸變成一個字首附著音節 (proclitic syllable)，亦即附著於他字之首的無重音音節，或者甚至只剩下一個單子音，這時我們對於這個否定詞就會感覺太微弱，必須加入他字以增強其效果，結果此字在感覺上就漸漸變成正式的否定詞，然後可能又走上跟原來否定詞同樣的道路。於是便形成弱化作用和強化作用不斷互相交替的現象，加上否定詞趨向句首的大勢，而句首又是一個容易遭失落的位置 (通過主語省略)，最後演化出極為奇特的結果，我在這裡只能從各種語言舉一些例子，將其發展歷程做一概略的說明。

首先談拉丁語及其後裔法語。起初的形式，跟別的語言一樣是ne，我認為這個ne (連同其變形me) 乃是一個原始的表示厭惡的感嘆詞，主要在描寫臉鼻部肌肉的抽搐動作。第一階段是：

(1) *ne* dico〔我不說〕。 這個形式，主要跟少數幾個動詞一起連用：nescio〔不知〕，nequeo〔不能〕，nolo (< ne+volo)〔不願〕，此外還有幾個代名詞和副詞； 其他場合，ne 會覺得太微弱，必須另加oenum (='one thing')以增強之，結果演變成non (ne-oenum)：

(2) *non* dico. 經過相當的時間，non 亦復失去重音，變成古法語的nen，稍後成為ne——如此，實際又回到了原始亞利安語的副詞ne：

(3) jeo *ne* di. 這個形式直到今天的法國文學，仍可見於若干習慣用語：je ne sais〔我不知〕，je ne peux〔我不能〕，以及口語中的n'importe〔不要緊〕；不過，一般而言皆必須加以強化：

(4) je *ne* dis *pas*. 然後在法語口語中，經弱化的ne消失：

(5) je dis *pas*.

北歐語的原始否定詞ne，也是首先藉助於其他的字加以強化，然後再爲這些字所取代，如古諾斯語eigi, ekki, 丹麥語ej, ikke, 這些字原本都沒有否定的意義。

德語最初只有ni 置於動詞之前，然後是ni 或ne（或被弱化爲 n- 或en-）置於動詞之前，nicht 置於動詞之後，最後只剩下nicht。

英語之否定詞的發展階段如下：

(1) ic *ne* secge.

(2) I *ne* seye *not*.

(3) I say *not*.

(4) I *do not* say.

(5) I *don't* say.

在某些日常口語中，一個顯著的例子就是I don't know，在這裡我們親眼目睹了一個新的弱化趨勢的開端，因在它的讀音 [ai d(n) nou] 中，其原來的否定詞實際已不存在了。

協助強化否定詞的方式， 或爲表示 "細小之物" 之字，如 not a bit, not a jot, not a scrap；(法語)ne ... mie, goutte, point, pas, 或爲表示"ever" 之副詞，如古英語na < ne + a = (哥德語) ni aiws, (德語) nie；英語的never 有時亦失去其有關時間的意義，而不過等於"not" 而已。最後一個方式是，增加一個表示"nothing" 的字，如拉丁語non, 英語not (由nought 弱化而來)，德語 nicht；中古英語 I *ne* seye *not*, 實含雙重否定。

丟掉一個弱化的否定詞，而使另一個肯定的字變成否定的字，其最典型的例子爲法語之pas, personne, jamais 等，這些字現在都屬於否定詞，尤其在沒有動詞的場合：(法語) *pas* de doute 〔沒有疑問〕｜ Qui le sait? *Personne*〔誰知道? 沒人知道〕｜ *Jamais* de la vie

〔我絕不相信〕；在俚俗語中，亦見於含有動詞的句子（文語則必須加ne）：Viens-tu *pas*?〔你不來嗎?〕| je le vois *jamais*〔我從來沒見過他〕。關於plus的多義問題，有時在俗常的讀音中得到解決：[j ã n a ply] ='there is no more of it'〔再沒有了〕；[j ã n a plys] = 'there is more of it'〔還有一些〕。另一個特例：Plus de bruit〔一點噪音都沒有了〕是否定的意義，而 Plus de bruit que de mal〔噪音極大〕是肯定的意義，雖則plus的讀音相同。Plus這種否定的用法，造成了一個有趣的結果，就是moins (='less') 偶被用作 plus 的比較級：Plus d'écoles, plus d'asiles, plus de bienfaisance, encore moins de théologie (Mérimée)〔沒有學校，沒有收容所，沒有慈善，更別說神學了〕。

肯定字轉變為否定字，在其他語言也偶而發生，如西班牙語 nada (='nothing') 源於拉丁語 (res) nata, nadie (='nobody')，及古諾斯語以 -gi 收尾的字；英語的but (=who not) 源於 ne ... but (參方言 nobbut)，在英國西南部更有趣的是，將 more 當作 no more 用，如："Not much of a scholar. *More* am I." (Phillpotts)〔不算是一位學者。我更不是〕。

24.7 暗示否定 (Implied Negation)

「否定」跟語法的其他領域一樣，也有概念的意義和語法的意義之爭。概念上的否定往往是暗示的，雖則句內並未含有真正的否定詞。

一個疑問句往往等於一個否定的論斷句，如：Am I my brother's keeper?〔我是我兄弟的監護人嗎?〕參§24.1末。

關於這種結構：Me tell a lie!〔我，說謊！＝我不可能說謊〕，前已論及，見§9.6。

條件句亦可達到同樣否定的效果，例如："I am a rogue if I

drunke to-day (Sh.) 〔我今天喝酒了就不是人 = 我今天沒喝酒〕 |
I'm dashed if I know〔我若知曉就被撞死〕；亦可為獨立的條件句：
If there isn't Captain Donnithornbe a-coming into the yard!
(G. Eliot)〔若不是D.隊長就要來院子的話!〕——這裡因為直接的和
間接的否定，互相抵消，結果當然是肯定的：隊長就要來。

其他值得一提的例子： (You) *see if* I don't 〔(你)看我會不會
——我會的〕 | Catch me going there!〔我去那兒的話，你就逮住我
吧——我絕不會去的!〕 | Mr Copperfield was teaching me — *Much*
he knew of it himself〔C.先生教我!——他本人知道幾多〕 | When
the devil was ill, the devil a monk would be; When the devil
got well, *the devil a monk* was he〔當魔鬼生病的時候，他想做修道
士；當魔鬼病好的時候，做修道士的事就成為過去了——依然故我〕。
像這類的習用語及諷刺語，似乎在所有的語言，都很常見。

(非事實)條件子句中的假設法過去，也暗示否定的意思（§19.6）。

【附記】 關於本章的主題，請參本人專著Negation (1917)，其
中有更多採自各種語言的例子，和更詳盡的討論，包括有本章未觸及的
題目，如否定連接詞，接頭語，not 之縮簡為 -nt 等。

◎ 第 24章 附 註 ◎

1. 參凱因斯 (Keynes, 1923:100)："不過， 邏輯學者習慣上將傳統
   的：A = 全稱肯定 (universal affirmative)； I = 特定肯定
   (particular affirmative)；E =全稱否定(universal negative)
   O = 特定否定 (particular negative)──另作他解，俾使這兩句
   話："Some S is P" (I判斷) 跟 "All S is P" (A判斷) 彼此並不
   相矛盾"。 在同書第200頁，凱氏不得不承認有許多邏輯學者 "未
   能認清潛伏在'some' 之四週的陷阱。 從他們的著作中隨處可以發
   現，他們的用意很明顯地是 'some, but not all'"。但是，從常
   識的立場講，我們不禁要問：爲什麼那些邏輯學者要挖掘出這樣的
   陷阱──運用普通的文字，而賦予不正常的意義──讓他們的同儕
   往裡面跳？凱氏在203頁的論據完全沒有說服力。

2. 關於本節各例句中的all，我們所採用的是它的概括的 (generic)意
   義(=everybody, anybody)；但它也可用於分配的 (distributive)
   意義 (=the sum of..., 參第15章註1) 。 這時的動詞也可附帶否
   定詞，如"All the perfumes of Arabia will not sweeten this
   little hand" (Sh.)〔把阿拉伯的香料都拿來對於這隻臭小手也無
   濟於事〕， 不過常因爲強調否定的意義，而將 not (=not even)
   置於all 之前，如 "Not all the water in the rough rude sea
   Can wash the balme from an anoynted king" (Sh.) 〔傾滔天的
   海水，也洗不去已油封爲王者身上的油膏。〕

3. 照理應該這樣寫：you must not-take; you may-not take.

4. 請參 "It is always astonishing to me how few people know
   anything (or very little) about Faraday" 〔永遠使我驚訝的
   是，那麼少的人知道關於法拉第的任何事〕──這裡面之所以能加

入 "or very little"， 乃因爲全句的意思是：'... that most
people know nothing ...'〔大多數的人什麼都不知道〕。

5. 這些理論曾受到 Delbrück (NS 36 ff.) 的批評，拙著 Negation
(69 ff.) 亦有評論。「否定」永遠是關於「量」的， 而非「質」
的。

6. 即使在古典拉丁語裡，non 亦比之原始的 ne 較有分量。至於伊利
莎白時代的英語，像這種累積式的否定 (有別於neither 等字所表
示的「再復否定」，例子很多)， 何以比較罕見，我的解釋是，因
爲當時人皆樂用已成熟的 not (其再度被削弱至 -n't， 並附著於
動詞之後，乃是較晚近的事)。

7. 「再復否定」的一個特殊情形，就是後置 hardly，以降低 not 的
力量(其實僅hardly 一字意義已足)，如 "He wasn't changed at
all hardly" (Kipling)〔他幾乎完全沒有變〕。

第25章 結 論

25.1 語法跟心理的衝突 (Conflicts)

　　一方面，由於人類生活現象的複雜性，亟待運用語言表現，另一方面，又因爲語言的表現手段，亦必具有高度的複雜性，故結果當然發生種種的衝突。 比如某甲遇到一個情況， 必須在多種表現方式中選擇其一，可能經過一陣躊躇，終於做了一個決定，然而若有某乙遇到同樣的情況，則很可能採取另一種表現方式。有些情形，就彷彿一場拉鋸戰，兩種不同的趨勢不分勝負，並行一段相當長的時間，這時候的語法家必沉浸於何者爲 "正確" 用法的爭論；也有些情形，其中之一勢力終於獲勝，而這個問題的終決者，實際爲該社區語言的每一個使用人，他們從不理會學者專家的責難，諸如文法權威 Lindley Murray 等人，或當時的「語言規範學會」(Academies)， 這班人往往要求的是邏輯的一致，而非語言的順暢和自然。關於語法上的種種矛盾，本書隨時隨地皆舉有實例。其中最具有代表性者，或許爲第17章所談概念上的性別 (sex) 和語法上的性屬 (gender) 之對立，如希臘語neanias〔青年〕(-s 陽性字尾)，德語ein Fräulein〔小姐〕(中性，惟代名詞則用陰性的sie)，西班牙語 el justicia〔法官〕(陽性冠詞 + 陰性名詞)。 第14章曾討論過「集合名詞」所轄動詞的單、複數之爭。以下另外舉一些其他類似性質的爭點。

　　在哥頓語系裡，複數名詞本沒有「性屬」的區別；但在提到兩個以上的事物時，因亟需一個「自然的中性」(natural neuter)來表達，於是就選了一個應該說是「單數中性」的字尾，如德語beides〔二者〕，

510

verschiedenes〔各種的〕(參alles ='all');Curme (1922:149) 提到過alles dreies〔所有三個〕,在Spitzer 的文章中也曾出現過alles drei:"Sie sind weder germanen noch gallier noch auch romanen, sondern *alles drei* der abstammung nach"〔你們既非日耳曼人,亦非高盧人,更非羅馬人,而是三者的血統你們都有份〕。 這裡是「性屬」戰勝了「數別」。

同樣,人們對於「中性」性屬的感覺,時常戰勝對於適當「格位」的感覺。比如「與格」本來沒有陽性和中性的區別;然而,英語從很早的時期就有for *it*, to *this*, after *what*, 最後,這些主格兼賓格的代名詞,都被當做它們的「中性」的唯一形式使用。德語也有同樣的趨勢,只是不及英語來得徹底:歌德(Goethe)用過 zu *was* (=to what);*was* wohnte er bei (=what lived he by)的用法很普通,而zu (mit, von) *etwas* (=to, with, of, something) 則爲唯一形式 <註1>;同樣還有mit nichts (=with nothing)等 (其舊式的殘餘散見於zu nichte machen, mit nichten); wegen was〔爲什麼〕在口語中取代了語意兩可的 wegen wessen〔爲何/誰〕(Curme 1922:198) <註2>。 然而,這個趨勢並不很強大,還不容許 mit das, von welches (中性賓格),而 mit dem, von welchem(與格)用於「中性」的例子也不多見 〔參damit (=with that), wovon (=of which)〕,但在不變形代名詞etwas 之後的形容詞則必需用「與格」:der gedanke von *etwas unverzeihlichem*〔欲做不可原諒之事的念頭〕。

德語wem,如同英語的whom,不分陽性、陰性(性屬), 但在特別需要一個表女性(性別) 的形式時,可以破例地使用 wer (主格): "Von Helios gezeugt? Von *wer* geboren?" (Goethe)〔太陽神(陽性)生子?生於何(女)人?〕| "Da du so eine art bruder von ihr bist. —— Von ihr? *Von wer*?" (Curme 1922:191)〔那末你是她的親兄弟? ——

她的？哪個她的？〕 不過，這個wer只可能用在介系詞之後，因為如其
出現於句首，則將被視為「主格」；因此，Raabe想出另外一個辦法：
"Festgeregnet! *Wem und welcher* (='what man and woman') steigt
nicht bei diesem worte eine gespenstische erinnerung in der
seele auf?〔好大的雨呀！有誰（不論男女）聽了這些話，不會在心頭
浮現幽靈般的往事〕？

　　另一方面，在英語和丹麥語，由於「領格」字尾-s逐漸擴及陰性
名詞，證明「格位」戰勝了「性屬」，主要的理由當然是因為舊的「領
格」形式，不特別顯出與其他格位相異之處。德語的專有名詞，有時也
呈現同樣的趨勢；茲舉Frenssen的文章為例："Lisbeths heller kopf"
〔Lisbeth（女子名）之聰明的頭腦〕。

　　如果遇到照平常的規則，在介系詞之後該用「偏格」(oblique)，
而又因為主語關係在感覺上需要「主格」，二者相互衝突的時候，這時
可能會產生後者戰勝前者的狀況，如：

英　語 Me thinkes no body should be sad *but I*. (Sh.)

　　　　〔我想任何人都不該悲傷，除了我以外。〕

　　　　Not a man depart, *Saue I* alone. (Sh.)

　　　　〔一個人都不要走，除了我以外。〕

　　　　Did any one indeed exist, *except I*? (Mrs. Shelley)

　　　　〔除了我以外，還有誰真正地存在？〕

德　語 Wo ist ein gott *ohne der herr*? (Luther)

　　　　〔除了主以外，哪裡還有神？〕

　　　　Niemand kommt mir entgegen *ausser ein unverschämter*.

　　　　(Lessing)〔沒有人來迎接我，除了厚臉者以外。〕

丹麥語 Ingen *uden jeg* kan vide det.

〔除了我以外，任何人都不可以知道。〕

(參拙著Chapters on English, p. 57ff.)

同理，西班牙語也有 *hasta yo* (='up to I' > 'even I') lo sé〔連我也知之〕(參法語 jusqu'au roi le sait〔連國王也知之〕)。其背後的原則，實在正如同德語的was für ein *mensch*(主格)〔什麼樣的人〕，及俄語的對應句 što za *čelovjek*(主格)；最後還有德語的ein alter schelm von *lohnbedienter*(主格)〔一個老流氓似的僕人〕。

意欲明白表示「第二人稱單數」的心理，往往會超越區別直敘法和假設法的要求；比如if thou dost及if thou didst (第二人稱)以直敘法替代假設法的流行，遠遠早於第三人稱同樣的發展。

我們在第21章已經講過「間接引述」裡兩個互相衝突的勢力，(1) 要求保留原直接引句的動詞時式，(2) 要求根據主要動詞的時式而予以轉換，如：He told us that an unmarried man *was* (or, *is*) only half a man〔他告訴我們，沒結婚的人只是半個人〕∣ He moved that the bill *be* read a second time〔他動議將該法案再宣讀一次〕。

又如在 He proposed that the meeting *adjourn*〔他提議暫時休會〕句中，我們可以說「敘法」超越了時式；法語也有相同的例子:Il désirait qu'elle lui *écrive*〔他盼望她寫信給他〕—— 這樣的說法現已成為日常說話的唯一形式，已不再用早先的 écrivisse。相反地，法語的口語裡也有時式戰勝「敘法」的例子，如 Croyez-vous qu'il *fera* beau demain〔你想明天天氣會好嗎?〕，迂腐的語法家會比較喜歡fasse(現在假設法)；參盧梭 (Rousseau) 的句子："Je ne dis pas que les bons *seront* récompensés; mais je dis qu'ils *seront* heureux"〔我不是說為善者會得到報償；而是說他們會得到幸福〕：通常的規則是，在否定的(主)動詞之後，從屬子句需用假設法。

關於詞序方面，也有很多類似的矛盾衝突，不過其中有許多情形屬於個人風格，而非關語法問題。這裡我只想提出一點語法的問題：一方面，介系詞須置於其賓語之前，另一方面，疑問代名詞及關係代名詞須置於一句(子句)之首。矛盾衝突於焉產生，解決之道往往依賴介系詞與其賓語之間，或介系詞與句中其他字詞之間，或多或少的親密關係：

> *What* are you talking *of*?
> 〔你們在談什麼？〕
> *What* town is he living *in*? (or)
> *In what* town is he living?
> 〔他住在什麼城鎮？〕
> *In what* respect was he suspicious?
> 〔他在那一方面有嫌疑？〕
> some things *which* I can't do *without*.
> 〔我不能沒有的一些東西。〕
> some things *without which* I can't make pancakes.
> 〔沒有了我就不能做煎餅的一些東西。〕

Stevenson 有一句富教育意義的句子："*What* do they care *for* but money? *For what* would they risk their rascal carcasses but money?"〔他們除了錢還在乎什麼？ 他們冒著丟掉賤軀的危險，除了錢還為什麼？〕再看"this movement *of which* I have seen *the beginning*〔這個我只看到開端的運動〕，如果這樣說 "*which* I have seen *the beginning of*" 會感覺不太自然，而 "*the beginning of which* I have seen" 顯得文縐縐的。<註3>

　　法語不可能將介系詞留在句尾，故必須說 l'homme *à qui* j'ai donné le prix〔我贈與獎賞的那個人〕，及 l'homme *au fils duquel* j'ai donné le prix〔我贈與其子獎賞的那個人〕。英語由於領格名詞

(代名詞)不能與其所屬之名詞分離，故平常置於動詞之後的賓語，也不得不提前置於whose之後，主語之前，如the man *whose son* I met〔我遇見他兒子的那個人〕；另一方面，法語就沒有這種吸引作用，賓語仍舊留在原位，儘管與 dont (='whose') 分離，如 l'homme dont j'ai rencontré le fils〔我會見他兒子的那個人〕。

25.2 術語問題 (Terminology)

任何一門科學，只要不是靜止的，而是不斷向前推進的，就必須時時檢討它所用的術語。爲了新發現的事物，如 radium〔鐳〕, ion〔離子〕，必須創造新的名辭；對於舊的現象作出新的解釋，因而發展出新的觀念，也必須創造新的名辭。傳統的術語，往往對於研究者的思想形成一種束縛，對於有成效的發展構成一種阻礙。如有一套固定的術語，每一個名辭的定義皆淺顯明白，人人能懂，那自然是最好不過的；然而這一套固定的術語，如果因時因地因人而有不同的意義，那就有必要先行解決，什麼是什麼名辭最恰當的定義，否則，勿寧創造一套新的不易誤解的專門術語。

語法術語所遭遇的困難，更形嚴重，原因之一是，許多名辭都還是先科學(pre-scientific)時代所遺留下來的；第二個原因是，許多名辭用在語法以外的學科所賦予的意義，跟語法學者所使用的專門意義，其間的關聯可說少之又少；原因之三是，拿同一套術語去解釋，語法結構根本不相同的各種語言現象。從語言學習的立場來說，每學一種新的語言，而不必另學一套新的語法術語，這當然是一件好事，但其價值僅限於兩種語法結構的確有相似之處，因而使用同一套術語，不致在學習者的頭腦中造成混亂局面。

我們責備舊時代語法家所使用的術語，不是沒有理由的，比如他們稱「動詞」爲 "verbum substantivum"，而動詞卻是最不具「實體」

(substance)的，也是距離任何「實體詞」(substantive)最遠的詞類。又如 "positive"，不用於通常相對於「否定」(negative) 的意義，卻用以指比較法中的「絕對級」，與「比較級」(comparative)相對。 再如 "impersonal"〔非人稱〕，指的卻是「第三人稱」的某一部分功能。還有許多語法術語，同時具有非專門性的意義，這也是極大的缺點，因爲它們有時會造成難以避免的衝突，如 "this *case* (格位) is found in other *cases* (情形) as well"〔此一格位也出現於其他的情形〕 |(法語) "en d'autres *cas* on trouve aussi le nominatif" 〔在別的情形/格位，我們也發現主格〕 | "a *singular* use of the *singular*"〔單數形的單數/奇特用法〕。

倘若一位語法家，在一篇邏輯學的論文裡，見到"a verbal proposition"，他的最初反應，會以爲它與動詞有些關係，或者係相對於名相句(nominal sentence)而言(事實上nominal 也是個多義字)，直到最後方才發現，它不過是一個‘字’的定義而已。又如active, passive, voice, object, subject 等詞， 我在本書各章相關的部分均曾指出，它們如何在日常語言中，對於粗心不愼的人可能造成的誤導；事實上，subject 可以指 "主題"，因而曾引起邏輯學、心理學、及語言學大規模的討論；假使語言學採用了一個較精確的名稱，這一番爭論就可以避免了。再如neuter這個字，除了不屬於語法領域的通常用法以外，其在語法之內，也有兩個明顯不同的意義，其一是不可避免的，即 neuter gender〔中性〕，但其另一義卻是完全不必要的，即neuter verb——被解釋爲 "既非主動亦非被動；不及物" (neither active nor passive; intransitive)， 儘管事實上，「不及物動詞」永遠是主動的，而「主動」在語法上只有一個唯一的意義，它用在這裡，是任何一位用詞一貫的語法家都認可的。除此之外，牛津大字典 (NED) 給它更加了一個定義： "中性被動，兼具中性及被動動詞的特性" (neuter passive,

having the character both of a neuter and a passive verb)——
眞是令人越發糊塗了！

　　一個不良的或錯誤的名稱，可能導致不正確的規則，進而對於語言
的自由使用產生不利的影響，尤當寫作之時。 比如 preposition〔介系
詞〕一詞，不幸有某些人因熟習其拉丁語的原義 <註4>，故而對於放置
在句末的介系詞，抱持可笑的深惡痛絕的態度；許多學校教師和報紙編
者，對於英語的歷史和原理，也都顯得全然無知。這些人士根本不考慮
下面兩種可能 （其實只要稍具一點粗淺的普通語言學常識就會明白）：
(1) 該命名也許打從一開始就是一個錯誤，(2) 或者因爲這個字的本義
業已改變，正如同許多其他的字一樣，其字源歷史已不復爲一般常人所
能理解。 比如 ladybird〔瓢蟲〕並不是一種 bird〔鳥〕，butterfly
〔蝴蝶〕也不是一種 fly〔蒼蠅〕，沒有人會弄錯； 又如 blackber-
ries〔黑莓〕 要到成熟時方才變黑； barn〔穀倉〕除了儲藏 barley
〔大麥 (古稱 bere-ærn 'barley-house')〕以外， 也能儲藏別的東西；
bishop〔主教〕除了 'overlook'〔監督；參希臘語 epi-skopos 'over-
seer'〕以外，也還有別的職務。 爲什麼不能稱之謂「後置的前置詞」
(postpositional preposition)？ <註5> 我們不是容許不在動詞旁邊的
副詞，也稱爲副詞嗎？ —— 事實上，very 雖然從不修飾動詞，我們卻
也稱之爲副詞。

　　術語的難題，由於時代的推移，語言不斷地變遷，使其益加困難，
適合某一時代的術語，到了下一個時代也許就不再適合了。比如古英語
的介系詞 to 後面的名詞必定爲「與格」(如 to donne)， 但我們不能據
此硬說現代的 to do 之中的 do 乃是「與格不定詞」(dative infini-
tive)——「牛津大辭典」雖如此稱之，但在 dative 項下卻並未提及此
一用法。更加不合理的是，將「與格」和「領格」應用於現代的介賓組
合 "to God" 和 "of God"；見第13章。

　　話說回來，倘若將傳統的術語一竿子全打落水中，然後從頭再造一套全新的名辭，這樣很明顯是全然荒唐不切實際的，例如古印度語法家所杜撰的lat(現在式)，lit(完成式)，lut(第一未來式)，lrt (第二未來式)，let(假設法)，lot(祈使法)，lan(未完成式)，lin(可能式) 等(Benfey, GdS:92；其他符號略)。舊的名辭大部分仍須保留，並盡量加以利用，只在必要時做些補充，對於所有的辭彙，不論新舊，一定要把它們的意義，盡量界定得精確切當而不致有含糊不清的狀況。不過，這並不是一件容易的工作，因此，我對於Sweet 的話非常具有同感，他在出版他的「新英文法」時，寫信給我這麼說：“我的最大困難在於術語問題。”

　　在前面各章(以及更早在拙著 MEG)，我大膽提出了若干新的名辭，不過我敢說這些新的名辭，為數既不甚多，也不是很困難。就這兩方面而言，我的辦法應優於Noreen的巨著，因為他全盤杜撰了一套新的語法術語，而且對於舊有的名辭也多所濫用；我的辦法也優於某些近代心理學者所創的那一套術語。當然我也拋棄了許多舊語法書中所用的辭彙，如：synalepha, crasis, synæresis, synizesis, ekthlipsis, synekphonesis,而這些不過是「語音理論」一個部門的辭語；關於「動貌」(第20章)問題，我的態度也比大多數的近代學者較為溫和。

　　說到我的創新部分，我要特別提醒各位注意有關我所主張的「三品論」的一些辭彙，我認為只要用這些少數新的辭彙，便可以使我們對於很多很多的現象解釋得更精確，更簡潔，這是前人所辦不到的。讓我舉一個最近所見到的例子。佛勒(H.W. Fowler) 先生在「純淨英語學會」(Society of Pure English) 叢刊之十五， 提到副詞的位置時， 說：“Adverb 的意義，除了指簡單的副詞 (如soon, undoubtedly) 以外，並包括副詞片語(如for a time)，副詞子句 (如if possible)，作述語用的形容詞(如alone)，及副詞性連接詞(如then) 等。” 這好幾行的敘述，如果用我的術語，一個簡單的"subjunct"就可以解決了。

25.3 語法的靈魂 (The Soul of Grammar)

　　我的任務至此告一段落。本書大部分的篇幅不得不談些具有爭議性的問題，但是，我希望本書所有的評論，將獲得方家肯定，認皆屬建設性，而非破壞性。對於某些批評家，慣常指摘本人遺漏某某近期期刊論文，或者某某博士論文，容我在此聲明，我的習慣是，隨時批評我認爲不對的觀點，但並未處處標明詳細的出處。我的主題非常龐雜，如果我在每一個問題上，對於所有其他學者的各種意見，皆不憚其煩地旁徵博引，那末本書的部頭將變得厚重不堪。反之，另外有些人，興趣只在討論較大的問題，而不在乎語法的細節，他們也許以爲，我對於日益大量湧進的相關書刊，援引過多，而非過少。

　　我努力的目標是，在不忽視各種語言細節的原則下，適當地突顯統馭所有語言語法的一切大原則，以期本人對於語法科學所做的貢獻，能同時奠基於正確的心理學，健全的邏輯學，及紮實的語言史實。

　　心理學對我們的幫助，在於理解說話者的心理過程，特別是說話者在面臨兩個各有部分事實依據的勢力，互相衝突時，如何隨之逐漸偏離早已存在的語法規律。

　　邏輯學到現在爲止，應用在語法上的常是一種偏狹的、嚴峻的形式主義，一般只是拿來譴責生活語言的某些發展。我們所需要的不是這種邏輯，我們應該培養一種視野較廣闊的邏輯，比如說能夠承認，從邏輯的觀點言，所謂「間接賓語」可以轉換爲被動句的主語，正如同「直接賓語」一樣；據此，像He was offered a crown〔他被獻上王冠〕這等句子的合理性，便從邏輯學的轄區，轉移到了實際用法的領域。 法語Je m'en souviens (='I remember')，這樣說是否合於邏輯，端視聽者對於souvenir(無人稱動詞)之原義的感覺如何 —— 但在當時一般人仍然講 Il （非人稱主語） m'en souvient，而前一句新的結構，只是該動詞在意義上已開始變化的外在徵兆 (參英語從 'me dreams' 到 'I dream' 的變化)； 但當 souvenir 的意義自 'come to one's memory' 完全轉變為 'have in one's memory'， 這時候，那新的結構便成了邏輯上唯一可能的形式。第24章討論「雙重否定」時，也曾指出應用於語法上之錯誤的邏輯觀念，我們的結論是，並非邏輯不可應用於語法問題，而是我們應該小心，不要拿一套膚淺的邏輯，不加深思，就來譴責可能完全合理的語法現象。當然，在另一方面，邏輯對於語法體系的建立，及語法規則或定理的編寫，也有極大的價值。

研究語言歷史，對於語法家也極為重要：它可以開拓我們的胸襟，可以幫助我們袪除隨意責難他人的傾向，而這是非歷史的語法家最常犯的毛病，因為語言的歷史告訴我們，語言經常發生變化，某一個時期不合法的，過一個時期也許就變得合法了。然而，一般研究語言歷史的學者，過去也許太過醉心於追尋每一現象的起始根源，對於較切近於我們現時代的許多新發展，反倒未予注意，而這些卻是亟待仔細探討的。

研究語法現象，可能而且應該，從各種不同的 (而常是互補的)角度考慮。就以「諧和」 (concord)為例，它照顧著名詞與形容詞之間 (性、數、格)，以及主語和動詞之間 (人稱、數)等的呼應。 傳統的舊式語法家只管敘述規則，凡偏離規則的一律視為錯誤，並且自以為是地給它戴上一頂「不合邏輯」的帽子。心理語言學家忙著尋找理由以圖解釋，某某規則何以在某某情況，讓人打破的原因：有些情況也許是因為，動詞在主語之後被拖的距離太遠，而人的腦力有限，故不易記得清楚主語的「數」；或者，因為動詞走在主語之前，而說話者此時尚未拿定主意其主語為何，等等。歷史語言學家努力鑽研各個時期的文獻資料，冀尋找出逐漸棄守「數」之區別等的大趨勢。然後來了語言哲學家，宣稱語法上要求種種「諧和」，乃是由於語言本身不夠完善，因為數、性、格、人稱等概念，在邏輯上只應屬於首品字，不屬於形容詞(附加語)及動詞等次品字。假設有某一語言聲稱，因爲逐漸拋棄加於形容詞和動詞藉以表示與首品字之間之「諧和」關係的字尾，而遭受到任何損失，那末，這種趨勢勿寧說是一種進步；任何語言，也唯有在拋棄所有這些屬於過去時代的累贅產物之後，方可達到完全穩定的境界。不過，請勿鼓勵我就此繼續發揮下去，未盡之處，請參拙著 Language 第四篇。

　　本書所關注者或許可以稱爲「高等語法理論」(higher theory of grammar)。但是很明顯的，如果要使我的意見能夠獲得廣泛的接受，即使只是部分的接受，它就必須要有實用的價值。第一，它必須能夠影響爲高級學生所寫的語法，例如拙著「現代英語語法」(Modern English Grammar) 第二卷，及 August Western 所著「挪威標準語法」(Norsk Riksmaalgrammatik) 可以爲證。 然後，透過此種新式語法，經過一段時間，希望能將其新觀念引入初級語法，俾其影響能自兒童最早的階段起，終擴及於整個的語法教學。然而，如何實現此一理想，有幾多新觀念和新名辭，能夠有效地推介給小學生——對於這些問題，我不願在此做任何宣示，首先我得看看諸位關心的學者對此書的觀感如何。我只希望未來的初級語法教學，能比現在較爲活潑，少一點半懂不懂的，或全然不可理解的名辭，少一些 "don't's"，少一些定義，而對於實際的活生生的語言現象，盡可能多做些直接的觀察。唯有如此，語法教學在整個學校教育中，方可成爲一門有用的，而且有趣的學科。

　　在初級小學唯一可教的語法，就是孩童們自己母語的語法。但是，在高等學校和大學需教外國語的時候，這些外國語既可以拿來互相作印證，也可與其母語作印證。這就需要「比較語法」(comparative grammar)，其中並應包括學生之母語的歷史語法。歷史的比較語法，其偉大的、活力充沛的影響，是有目共睹的。不過在本書結束以前，容我在此指出，本書對於語法現象的看法，可說創立了一個研究比較語法的新方法，或者說是一種新的比較語法學。照目前的情況，一般對於語法的研究，大都從語音和語形著手，總之拿各個同源的語言做比較，或者拿同一語言的各個不同時期做比較，俾建立一系列對照表，也就是我們所稱的「語音規律」(phonetic laws)，然後再利用經由類比 (analogy) 等方法所得的結果，加以補充。 就本書第3章所提供的概念範疇關係圖而言，這個方法係自A(形式) 出發，然後通過B (功能) 到達C (意念或內在意義)。甚至「比較造句法」(Comparative Syntax) 走的也是同一路線，受著形式的束縛，因為它的主要目標在於，按照著「比較詞形學」(Comparative Morphology)所確定的語形和語形類別，以考察其在各種語言中，作怎樣的用法。但是，我們的觀點是新的，有效的，採用本書所創立的方法，實際可說引進一種新的「比較造句法」，其過程反之，由C(意念或內在意義) 出發，考察人類所共通的每一個基本概念，在各種語言裡的表現法，亦即通過B(功能) 到達A(形式)。 這樣的比較，可不必局限於，共一祖語而代表各種不同發展的，同系族語言；它可以推廣至其他類型或祖系完全不同的語言。本書依此方法所展示的範例，可視為一種「概念比較語法」(Notional comparative grammar)的初步藍圖，我希望較本人更具有宏觀，更具有大量語言知識之人士，能夠接下這個棒子，繼續研究，以幫助我們對於人類語言及人類思想的最深層本質，獲得較本書所述更為深入的透視。

◎ 第 25章 附 註 ◎

1. 德語介系詞zu (=to), mit (=with), von (=of), bei (=by) 依例
   皆需支配「與格」，而 das (=that), was (=what) 皆係(中性)主
   格兼賓格而非「與格」(dem, wem)。 又 etwas (=something)永不
   變形，故爲其唯一形式——譯者註。

2. Wegen (=for)法定支配「領格」(genitive)，而wessen同時爲was
   (=what)和wer (=who)的領格，故可能產生歧義——譯者註。

3. 由於何處放置介系詞這個問題，令人遲疑不決，有時會造成過剩現
   象，例如 "Of what kinde should this cocke come of?" (Sh.)
   〔這隻雞是什麼種的?〕

4. 依照拉丁語字源，preposition 的本義爲'putting before'，故國
   人亦有將之譯爲「前置詞」者。不過譯爲「介系詞」恰能符合葉氏
   的理想：可不爲「前置」的意義所限—— 譯者註。

5. 參拉丁語tenus (='as far as')，希臘語 heneka (='on account
   of')，它們都是後置介系詞。

補　遺

　　在第9章討論「離結」時，我曾提到一種現象，即如這樣的句子：
We feed children *whom* we think *are hungry* 〔我們施食物給我們認
為飢餓的孩子們〕，關於其中whom的用法，所有的英語正誤手冊(cor-
rect English)，都視為十惡不赦的大錯特錯，他們的理由很明顯是這
樣的：因為關係代名詞whom 乃是are hungry 的主語，而主語應該用主
格。"we think"乃一插入子句，它並不能改變該關係代名詞與are 之間
的關係，故 whom 應作who，即We feed children *who* we think are
hungry。一般都承認此處用whom 是很普遍的，但這些手冊僅舉三兩個
名家的例子，再加幾個小作家和近期報紙的例子，即認為足矣。我的首
要論點是：這些手冊給我們一個非常錯誤的印象，表示這種結構中的
whom用得並不多。然而事實上，即使相當著名的作家，在上述結構中用
whom 的例子，也遠比大多數人所想像的要多得多。茲就本人在平日閱
讀時所蒐集的一些例子，摘錄於次，當然不很完備，因為我當時的注意
力並非全在於此，還有很多很多其他的語法現象也吸引著我。

> To spye and take *whom that* he fond
> Unto that roser putte an hond. (Chaucer?)
> 〔偵察並且逮住任何被發現動手摘花的人。〕
>
> Yet wol we us avyse
> *Whom that* we wole (that) shal ben our justise.
> (Chaucer)〔讓我們計畫，自己來做我們想要的裁判。〕
>
> his fowle hound *whom* I neuer see doth good. (Caxton)
> 〔他的惡犬，我從來沒見它做過好事。〕
>
> Arthur, *whom* they say is kill'd to night. (Sh.)
> 〔惡瑟，他們說他今晚被殺了。〕
>
> Thy vassall, *whom* I know
> Is free for me to aske. (Sh., All's)
> 〔你的臣僕，我知道我是可以隨便使的。〕

What lady would you choose to assail?
Yours, *whom* in constancie you thinke stands so safe.
〔你要向哪一位女人進攻？
　　你的女人，你以爲她的忠貞是那樣靠得住。〕

How?　Thy wife?
Aye sir: *whom* I thanke heauen is an honest woman. (Sh.)
〔怎麼？你的老婆？
　　是的，大人：她，我感謝上天，是個誠實的女人。〕

The nobility ... *whom* we see haue sided in his behalfe.
(Sh.)　〔貴族們...我們看得出他們是偏袒他的。〕

Ferdinand (*whom* they suppose is droun'd) (Sh., Temp.)
〔費狄南(他們以爲他是淹死了)〕

a bastard, *whom* the oracle
Hath doubtfully pronounced thy throat shall cut. (Sh.)
〔一個私生子，神諭隱約指示他將來會要割斷你的咽喉的。〕

Shall I ... giue it vnto men, *whom* I know not whence
they be? (A.V.)
〔難道要我把...給那些我不知道是從哪裡來的人嗎？〕

Pliny places the perosites here *whom* hee saith bee so
narrow-mouthed that they live only by the smel of rost
meat. (John Speed, 1626)
〔P.把這些缺食動物放在此處，他說他們的嘴巴非常狹窄，所
　　以只依賴烤肉的香味維生。〕

James and John, *whom* we know were fishers. (Walton)
〔James和John，我們知道他們都是漁夫。〕

Thornhill, *whom* the host assured me was hated. (Goldsm.)
〔Thorn 這個人，房東向我保證，沒有人喜歡他。〕

Thornhill, *whom* now I find was even worse than he
represented him. (Goldsm.)
〔Thorn 這個人，我現在發現他甚至比他所描述的更壞。〕

　　(以上二例最近版本均已‘訂正’。)

I advise you to apply to all those *whom* you know will
give something; next, to those *whom* you are uncertain
whether they will give any thing or not ... and, lastly,
do not neglect those *who* you are sure will give nothing.
(Franklin, Aut.)
〔我建議你申請的對象：第一，你知道會給點什麼的人；其次，
　　你沒有把握會不會給點什麼的人... 最後，不要漏掉你有把
　　握什麼都不會給的人。〕

to anyone, *whom* he knew had direct communication with
me. (Shelley)〔給(他知道)跟我有直接聯繫的任何人。〕

I have met with women *whom* I really think would like to
be married to a poem. (Keats)
〔我遇到過一些女人，我眞的認爲，她們很想跟詩結婚。〕

I suppose that the God *whom* you say made me ...
(Kingsley)〔我認爲是你所說的神使我...〕

to assist those *whom* he thought deserved assistance.
(Darwin)〔幫助那些他認爲值得幫助的人。〕

one *whom* all the world knew was so wronged and so un-
happy. (Muloch)
〔一個(世人都知道)因深受委屈而不快樂的人。〕

the Woman *whom* we know is hewn twelve-armed. (Kipling)
〔我們所知被雕成有十二隻臂膀的那座女像。〕

the Sleeper--*whom* no one but the superstitious, common
people had ever dreamt would wake up. (Wells)
〔那睡神，除了一班謎信者外，沒有人夢想他會醒來。〕

college friends, *whom* he gathered from Marjorie's talk
were destined to play a large part. (Wells)
〔大學的校友，他從M.的話中推知，命中注定要成大器。〕

Janet ... *whom* she had been told was the heiress of
the state. (Churchill)
〔Janet...(她被告知)乃是國君的女繼承人。〕

I met a man *whom* I thought was a lunatic. (Benson)
〔我遇到一個人，我以爲他是個瘋子。〕

his kindness to his grandson, *whom* he hoped and be-
lieved would be grateful. (Ingpen)
〔他對他孫子的慈愛，他希望而且也相信他將來會感激的。〕

People ask me to dinner, people *whom* I feel ought to
hate me. (Oppenheim)
〔有些人請我吃飯，我覺得他們都是應該恨我的人。〕

In ten minutes, the man *whom* you must believe, since
the breaking up of your band, has been your secret
enemy for all these months, will be here. (Ingpen)
〔十分鐘後，你必須相信自從你們散伙以後，幾個月來就一直是
　你的暗敵的那個人，就會來了。〕

the lover *whom* Prosper had told her was dead. (Burt)
〔Prosper 告訴她她的情郎已經死了。〕

I am going to watch the man *whom* your little friend...
believes is concerned in her father's disappearance.
(Ingpen)〔對於你的小朋友某某，相信涉及其父親失蹤案的那
個人，我將加以監視。〕

The police had the right to lock anyone up *whom* they
suspected contemplated committing political crime.
(Rev. of Rev., '05)
〔警方有權把任何他們懷疑圖謀不軌的人關起來。〕

the leader, *whom* I learned afterwards was D. L. Moody.
(Times '20)〔該領袖，我後來才獲悉就是D.L.M.〕

Writers *whom* we must all admit are honest in their
intentions have treated unpleasant subjects.(Newsp.,'22)
〔某些作家，我們雖則都必須承認他們的心誠意誠，但卻寫些不
愉快的題材。〕

the person *whom* the Prime Minister considers was the
original suggestor of the name. (Report of Royal Comm.
on Honours, 1922)〔首相認爲是該名稱最初的提議人。〕

a German Princess, *whom* she hopes will help her to gain
her independence. (Times Lit. Suppl., '23)
〔她希望會幫助她獲得自立的一位德國公主。〕

　　下列各例中的whom 皆作敍述語(predicative)用：

Hwæne secgað men þæt sy mannes sunu? (OE Matt. 16)
= *Whom* do men say that I the son of man am? (A.V.)
〔人說誰(我)是人子？〕

asking him *whom* he thought that he was. (Walpole)
〔問他，他以爲他是誰。〕

And *whom* do you think it is? (Farnol)
〔你想想看是誰？〕

Never mind *whom* you thought it might have been.
(Oppenheim)〔儘管直說，你認爲那可能是誰。〕

　　以上各例中之whom 的常見度，尤其值得特別注意，　因爲英語數百
年來的發展趨勢，都是朝著相反的方向走，即以 who 替代whom 作爲賓
語。　因此，說話者必然有一種強烈的感覺，　認爲 children whom we
think are hungry 中的whom，跟children who are hungry 中的who，
它們的地位完全不一樣，後者之who 沒有人會想到用whom來替換它。是

故，前者中的whom，在我們的感覺上，與we think必然有某種程度的依存關係，比如二者之間不可有任何停頓(pause)：　如果發生停頓，就不自然了，而且事實上，假設我們插入一個停頓，並加入一個as，這時就完全不可能用賓格的 whom， 即 "children, *who*, as we think, are hungry"， 這裡面才有一個眞正的插入子句，對於被它切斷的主要子句一點影響也沒有。<註> 另一方面，在"children, whom we think are hungry" 之中，我們不妨稱此關係子句爲一種特殊的「複合關係子句」(compound relative clause) 這裡我倒不願說whom 本身就是think 的賓語；我的看法是：think 的賓語乃整個的「離結」，而whom乃此「離結」的首品主語 (其所以置於「賓格」乃因爲整個的「離結」係從屬性質)，其「離加語」(述語) 爲are hungry，餘參本書第9章類例。 假使不用whom 而用who，即"who we think"，那末我們的語感將不免爲之困惑：兩個主格怎會接連出現，彷彿同一句中竟有兩個主語！

　　還有第二個測驗(即關係代名詞的省略)可以證明，我們的語感並未將該關係代名詞視爲主語，因爲，照英語通則，惟有非主語關係代名詞方可省略。Zangwill (GW 326) 例：Is it so with everything they say is wrong?〔是否他們所說的每一件不順的事情都是這樣?〕──如果不是因爲插入they say，當然不會省略關係代名詞，因爲"Is it so with everything is wrong"是不通的。我再舉幾個例子：

> I did not like to write before him a letter *he knew
> was to* reach your hands. (Keats)
> 〔我不想在他面前寫他明知是寫給你的信。〕

> Count the people who come, and compare them with the
> number *you hoped would come.* (Thurston)
> 〔數數已來的人，比較一下你所希望會來的人數。〕

《註》　莎士比亞對摺本(Cæs. III. 2.129)："I should do Brutus wrong, and Cassius wrong: Who (you all know) are honourable men."──在who(主格)之後有一暫停，由插入的括弧可見。

They chose the lingering death *they were sure awaited*
them rather than the immediate death *they were sure*
would pounce upon them if they went up against the
master. (London) 〔他們寧可在揮之不去的死亡陰影之下，多賴
活幾天，也不願起而反抗主子，立即遭到慘死。〕

puzzled over something untoward *he was sure had hap-*
pened (London) 〔苦思不解到底發生了什麼不幸之事。〕

In Central Europe there were blood feuds *they all*
thought had been dead and buried for centuries.
(Lloyd George)
〔在中歐，尚有一些他們都相信業已消滅了好些個世紀的血仇。〕

a piratical anthology in which he included certain poems
he knew were not Shakespeare's. (Times Lit. Suppl.)
〔一本內中包含了某些他明知非莎翁所作之盜版的詩集。〕

She's just the type *I always knew would attract him.*
(Lawrence) 〔她恰好是我一向認爲會吸引他的那一型。〕

　　本分析法的正確性，我們且跟丹麥語和法語之類似的結構，做一比

較，即可得到證明［參拙文"De to hovedarter av grammattiske for-

bindelser" (two kinds of grammatical constructions), 1921]。丹

麥語的關係代名詞der (='who') 僅可作主語用，而 som 可作主語及賓

語，但是現在，在下面(a)例中只能用som，絕對不用der。 同樣，專作

主語用的結合形疑問詞 hvem der (='who?')，也不可用以取代(b)例中

的hvem。 關係代名詞作賓語用時常被省略，作主語用時則否，但在(c)

例中仍可省略。 就詞序而言，請看(d)例，其中否定詞ikke的提前，也

可證明，jeg tror並非一個通常的插入句。

　丹麥語(a) den mand *som jeg tror* har taget pungen
　　　　　　　〔我以爲拿了錢包的那個人〕

　　　(b) Jeg veed ikke *hvem man tror* har taget pungen.
　　　　　　〔我不知道大家都相信是拿了錢包的那個人是誰。〕

　　　(c) den mand *jeg tor* har taget pungen
　　　　　　〔意同(a)〕

　　　(d) den mand som *jeg ikke tror* har taget pungen
　　　　　　〔我不相信他就是拿了錢包的那個人〕

法語有一個略嫌老舊的結構，即 "Mais quelle est cette femme que je vois qui arrive?" 〔然而我親眼看見抵達的那個女人是誰？〕——其中前一個關係代名詞 que 用偏格，說話者之所以不敢用qui（主格），乃因爲後面緊跟著一個主語，但是在 je vois 之後再拿起關係代名詞，這一次可以用主格了。顯而易見的，拉丁語由於詞序的不同，促使其關係代名詞變換格位的動機也不相同，如： "Cicero *qui* (=who) quantum scripserit nemo (=no one) nescit (=not know)" 〔無人不知著作豐富的西塞羅〕，然而在"Cicero, *quem* (=whom) nemo nescit multa scripsisse"中，後段的句法就不相同了。

換句話說， 傳統思維模式的兩個前提， 一經仔細考驗立即破產：(1) 主語不必一定限於主格，(2) 插入we think 以後，可能（而且的確能）改變關係代名詞與其動詞之間的關係。

參 考 書 目

AV   = Authorized Version of the Bible.
ESt   = Englische Studien.
IJAL = International Journal of American Linguistics.
KZ   = Kuhn's Zeitschrift für Vergleichende Sprachforschung.
MEG   = Modern English Grammar on Historical Principles.
NED   = A New English Dictionary (Oxford).

Alphonso, Smith C. Studies in English Syntax.
Andresen. Sprachgebrauch und Sprachrichtigkeit im Deutschen.
Anglia. Beiblatt zur Anglia. 1922.
Asboth, O. Kurze russische Grammatik. Leipzig, 1904.
Baissac. Étude sur le Patois Créole Mauricien.
Baldwin. Dictionary of Philosophy and Psychology. 1902.
Bally, Ch. Le Langage et la Vie. Genève, 1913.
———.   Traitré de Stylistique Française. Heidelberg, 1909.
Bang, W. Les Langues Ouralo-Altaïques. Bruxelles, 1893.
Barnes. Dorset Grammar.
Barnum. Grammatical Fundamentals of the Innuit Language of
    Alaska. Boston, 1901.
Behaghel. Die zeitfolge der abhängigen rede. 1878.
Benfdy. Gesch. d. sprachwiss.
Bloomfield, L. An Introduction to the Study of Language. New
    York, 1914.
Boas. Handbook of American Indian Languages. Washington, 1911.
Boyer, P. et N. Speranski. Manuel pour l'Étude de la Langue
    Russe. Paris, 1905.
Bradley, H. (ME) The Making of English. London, 1904.
Bréal, M. Mémoires de la Société de Linguistique.
———.   Mélanges de Mythologie et de Linguistique. Paris, 1882.
———.   Essai de Sémantique. Paris, 1897.
Brugmann, K. (Es) Ursprung des Scheinsubjekts 'es.' Leipzig,
    1914.
———.   (KG) Kurze Vergleichende Grammatik. Strassburg, 1904.
———.   (IF) Indogermanische Forschungen. Berlin Acad. 1921.
———.   (VG) Grundrisse der Vergleichenden Grammatik, 2te,
    Ausg., Strassburg 1897 ff.
———.   Verschiedenheiten der Satzgestaltung. Leipzig, 1918.
Brunot, F. La Pensée et la Langue. Paris, 1922.
Buck, C. Classical Philology. 1914.
Couturat. Revue de Métaphysique et de Morale. 1912.
Cuny. Le Nombre Duel en Grec. Paris, 1906.
Curme, G.O. A Grammar of the German Language, 2nd. ed. New
    York, 1922.
Dahlerup, V. 'Abstrakter og konkreter', Dania 10. 65ff.
Delbrück, B. Grundlagen der Neuhockdeutschen Satzlehre.
    Berlin, 1920.

——. Vergleichende Syntax der Indogermanischen Sprachen.
Strassburg, 1893.
——. Negative Satze.
Deutschbein, M. System der Neuenglischen Syntax. Cöthen, 1917.
——. Sprachpsychologishe Studien. 1918.
Diez, F. Grammatik der Romanischen Sprachen, 4te Aufl. Bonn,
1876.
Eliot, C.N.E. A Finnish Grammar. Oxford, 1890.
Ellis, A. J. On Early English Pronunciation, 1869-89.
Elphinston. Principles of English Grammar. 1765.
Elworthy, F.T. An Outline of the Grammar of the Dialect of
West Somerset.
Falk, H. & Alf Torp. Dansk-norskens Syntax. Kristiania, 1900.
Frank, T. Journal of English and German Philology, 7.
Gabelentz, G.v.d. Die Sprachwissenschaft. Leipzig, 1891.
Ginneken, J. v. Principes de Linguistique Psychologique.
Amsterdam, Paris, 1907.
Grimm. Personenwechsel.
——. Deutsches Wörterbuch.
Grönborg. Optegnelser.
Hale, W.G. "A Century of Metaphysical Syntax" in the St. Louis
Congress of Arts and Sciences, 1904, Vol. III
Hall, J. and E.A. Sonnenschein. Grammar. London, 1902
Hammerich, L. Arkiv för nordisk filologi.
Hanssen, F. Spanische Grammatik. Halle, 1910.
Hazlitt, W. New and Improved Grammar. 1810.
Hodgson. Errors in the Use of English.
Huchon. Hist. de la Laugue Angl., vii.
Jenisch, D. Philosophisch-kritische vergleichung und würdigung
von viersehn ältern und neuern sprachen Europens. 1796.
Jensen, S. Bisætningerne i moderne fransk. 1909.
Jespersen, O. Progress in Language. nd.
——. Phonetische Grundfragen. Leipzig, 1904.
——. "De to hovedarter av grammattiske forbindelser," (The
two kinds of grammatical constructions) Copenhagen Acad-
emy of Sciences, 1921, p. 20ff.
——. Language: Its Nature, Development and Origin. London,
1922.
——. (MEG) Modern English Grammar. Heidelbury, 1909-49.
——. Sprogets Logik. København, 1913.
——. Chapters on English. London, 1918.
——. Tid og Tempus (Time and Tense).
——. Lehrbuch der Phonetik, 3te Aufl. Leipzig, 1920.
——. Negation in English and Other Languages. København,
1917 (Videnskabernes selskab, Høst, Copenhagen).
——. (GS) Growth and Structure of the English Language, 4th
ed. Leipzig & Oxford, 1923.
Josselin de Jong, J.P.B. De Waardeeringsonderscheiding van
Levend en Levenloos. Leiden, 1913.
Keynes, J.N. Studies and Exercises in Formal Logic, 4th ed.
London, 1906.
Kleinschmidt. Gramm. d. grönländ.

Konow, S. Festskrift til A. Torp.
Kristensen, M. Nydansk. 1906.
Krüger, K. W. Greek Grammar. 185?
Lerch, E. Prädikative partizipia für verbalsubstantiva im
    französ. 1912.
Lindroth, H. Om Adjektivering af Particip. Lund, 1906.
Lorck. Dir erlebte Rede. Heidelberg, 1921.
Madvig, J.N. Klein Philologische Schriften. Leipzig, 1875.
Mckerrow, R. B. "English Grammar and Grammars", in Essays and
    Studies by Members of the English Association, 1992.
Meillet, A. Aperçu d'une Histoire de la Langue Grecque. Paris,
    1906-13.
——. Introduction à l'étude des Langues Indo-Européennes,
    2e éd. Paris, 1908.
——. Linguistique Historique et Linguistique Générale.
    Paris, 1921.
Meinhof. Sprachen der Hamiten.
——. Die mod. Sprachforschungen in Afrika.
Meyer, R. M. Indogermanische Forschungun.
Meyer-Lübke, W. Einführung in das Studium der Romanischen
    Sprachwissenschaft, 2te Aufl. Heidelberg, 1909.
Mikkelsen, Kr. Dansk Ordföjningslære. København, 1911.
Mill, J. S. System of Logic.
Misteli, F. Charakterisk der Hauptsächl. Typen des Sprachbaus.
    Berlin, 1892.
Moore, S. "Grammatical and Natural Gender in Middle English,"
    PMLA (1921).
Müller, Friedrich. Grammatik.
——. Grundriss der Sprachwissenschaft. Wien, 1876.
Murray, Sir James A. H., et al. A New English Dictionary
    (NED, OED). Oxford, 1884ff.
Noreen, A. Vårt Språk. Lund, 1903 ff.
Nygaard, M. Norrœn Syntax. Kristiania, 1906.
Nyrop, Kr. Italienische Grammatik. 1919.
——. Grammaire Historique de la Laugue Française.
    Copenhague, 1914ff.
Onions, C.T. An Advanced English Syntax. London, 1904.
Paul, H. Zeitschrift für Psychologie. 1910.
——. Deutsche Grammatik. Halle, 1916 ff.
——. Prinzipien der Sprachgeschichte, 7te Aufl. Halle, 1909.
Paul & Braune. Beiträge zur Geschichte der deutschen Sprache.
Pedersen, H. Vergleichende Grammatik der keltischen Sprachen.
    Göttingen, 1909.
——. Russisk Grammatik. København, 1916.
Poutsma, H. A Grammar of Late Modern English. Groningen,
    1904 ff.
Ries, J. Was ist Syntax? Marbury, 1894.
Sapir, E. Language: An Introduction to the Study of Speech.
    New York, 1921.
Sarauw. Festschrift Vilh. Thomsen. 1912.
——. (KZ) Kuhn's Zeitschrift für Vergleichende Sprach-
    forschung, 38. nd.

Schleicher, A. Nomen und Verbum. Leipzig, 1865.
Schmidt, J. Die Pluralbildungen der indogerm. Neutra, 1889.
Schmidt, P. W. Stellung der Pygmäervölker.
Schroeder. Die formelle unterscheidung der redetheile im griechischen und lateinischen. Leipzig, 1874.
Schütte, G. Jysk og østdansk artikelbrug (Videnskabernes selskab). Copenhagen, 1922.
Sheffield, A. D. Grammar and Thinking. New York, 1912.
Simonyi, S. Die Ungarische Sprache. Strassburg, 1907.
Smith, C. Alphonso. Studies in English Syntax. 1906.
Sonnenschein, E.A. A New English Grammar. Oxford, 1921f.
Steinthal, H. Charakteristik der hauptsächl. Typen des Sprachhaues. Berlin, 1860.
Stout, G.F. Analytic Psychology. London, 1902.
Streitberg, W. Gotisches Elementarbuch, 5te Aufl. Heidelberg, 1920.
Sweet, H. The History of Language. 1900.
——. First Steps in Anglo-Saxon.
——. Collected Papers. Oxford, 1913.
——. (NEG) A New English Grammar. Oxford, 1892-98.
Tegnér, E. Om Genus i Svenskan. Stockholm, 1892.
Thalbitzer. Handbook of American Indian Languages.
Thumb, A. Handbuch der Neugriechischen Volkssprache, 2nd ed. 1910.
Tobler, A. Vermischte Beiträge zur Französischen Grammatik, 3te Aufl. Leipzig, 1921.
Uhlenbeck. Karakteristiek k. bask. Gramm.
——. Grammatische onderscheidingen in het Algonkinsch. Amsterdam, 1909.
Vendryes, J. Le Langage. Paris, 1921.
Vondrák, W. Vergleichende Slavische Grammatik. Göttingen, 1906.
Wackernagel, J. Vorlesungen über Syntax. Basel, 1920.
Wegener, Ph. Untersuchungen über die Grundfragen des Sprachlebens. Halle, 1885.
Western, A. Norsk Riksmåls-grammatikk. Kristiania, 1921.
Wilmanns, W. Deutsche Grammatik. Strassburg, 1897 ff.
Wright, J. English Dialect Grammar, Oxford 1905.
Wulff, K. Festschrift Vilhelm Thomsen.
Wundt, W. Die Sprache. Leipzig, 1900.
Zeitlin, J. "On the Parts of Speech: The Noun," The English Journal, Mar. 1914.

附　錄

英漢名辭對照表 (兼索引)

國立中央圖書館出版品預行編目資料

語法哲學／葉斯泊森著；傅一勤譯.-- 初版，--
　　臺北市：臺灣學生，民83
　　　面；　公分.
　　--（現代語言論叢.甲類;17）　　譯自:The philosophy of
　grammar　　參考書目：面　　含索引　ISBN 957-15-0601-
X（精裝）.-- ISBN 957-15-0602-8（平裝）

　　　1.比較文法

801.4　　　　　　　　　　　　　　　　　　83002288

語　法　哲　學　（全一冊）

著　作　者：葉　　　斯　　　泊　　　森
譯　　　者：傅　　　一　　　　　勤
出　版　者：臺　灣　學　生　書　局
發　行　人：丁　　　文　　　　　治
發　行　所：台　灣　學　生　書　局
　　　　　臺北市和平東路一段一九八號
　　　　　郵政劃撥帳號○○○二四六六八號
　　　　　電　話：三　六　三　四　一　五　六
　　　　　FAX：三　六　三　六　三　三　四
本書局登
記證字號：行政院新聞局局版臺業字第一一○○號
印　刷　所：淵　明　電　腦　排　版
　　　　　地址：永和市福和路一六四號四樓
　　　　　電話：二　三　一　三　六　一　六
香港總經銷：藝　文　圖　書　公　司
　　　　　地址：九龍偉業街九十九號連順大廈
　　　　　　　　五字樓及七字樓
　　　　　電話：七　九　五　九　五　九　五
定價　精裝新臺幣四六○元
　　　平裝新臺幣四○○元
中　華　民　國　八　十　三　年　三　月　初　版
80509　版權所有‧翻印必究
ISBN　957-15-0601-X（精裝）
ISBN　957-15-0602-8（平裝）

現代語言學論叢書目

語文教學叢書書目